KB099329

DONGSUH MYSTERY BOOKS 59

WITNESS FOR THE PROSECUTION

검찰측 증인

애거서 크리스티/강영길 옮김

동서문화사

옮긴이 강영길(文滸)
조선대학교 정치외교학과 졸업
미육군성 기갑학교 수학, 미육군성 행태과학연구소 연구관 역임
옮긴 책 와일드《행복한 왕자》 디킨즈《크리스마스 캐럴》 등이 있다

DONGSUH MYSTERY BOOKS 59
검찰측 증인
애거서 크리스티 지음/강영길 옮김
초판 발행/1977년 12월 1일
중판 발행/2003년 3월 1일
발행인 고정일/발행처 동서문화사
창업 1956. 12. 12. 등록 16-345(윤)
서울강남구신사동540-22 ☎546-0331~6 (FAX) 545-0331
www.epascal.co.kr

*

사업자등록번호 211-90-02201
ISBN 89-497-0144-8 04840
ISBN 89-497-0081-6 (세트)

검찰측 증인

차례

The Witness for the Prosecution

검찰측 증인

메이헌 씨는 코안경을 고쳐 쓴 뒤 습관처럼 짧은 헛기침을 했다. 그리고 다시 한번, 살인죄로 기소되어 그의 맞은편에 앉아 있는 남자를 쳐다보았다.

세련되지는 않았지만 단정하게 차려입은 메이헌 씨는, 꼼꼼한 성격에 체격이 작은 남자로 예리하게 찌르는 듯한 잿빛 눈을 가지고 있다. 그는 어느 한 구석도 어수룩해 보이지 않았다. 사실 변호사로서 메이헌 씨에 대한 평판은 대단히 높았다. 의뢰인과 얘기하는 그의 목소리는 무미건조했지만 매정한 편은 아니었다.

"다시 한번 강조하겠소만 당신은 지금 중대한 위기에 처해 있소. 그러니 있는 그대로 솔직하게 얘기하는 게 좋아요."

망연한 태도로 눈앞의 창문도 없는 벽을 응시하고 있던 레너드 볼은 변호사 쪽으로 천천히 시선을 옮겼다.

"알고 있습니다." 그는 체념한 투로 말했다. "선생님은 계속 그렇게만 말씀하시는군요. 하지만 저는 제가 살인죄로 기소되었다는 게 도저히 믿어지지가 않습니다. 살인이라니요! 그것도 그런 비열한 방법으로."

메이헌 씨는 실제적인 인물이지 감정적인 사람이 아니다. 그는 한 번 더 기침을 하고 코안경을 벗어 꼼꼼하게 닦은 뒤 다시 코 위에 걸쳤다.

"예, 예, 예, 그러시겠죠. 아시겠소, 볼 씨? 우린 당신을 빼내기 위해 무진 노력하고 있어요. 그리고 우린 성공할 것이오. 물론 그러기 위해선 난 모든 사실을 알아야 해요. 이 사건이 당신한테 얼마나 불리한지 그 점을 알아야 한단 말이오. 그렇게 해야 최선의 변호 방침을 결정할 수 있을 것 아니겠소?"

청년은 그래도 여전히 멍하고 무기력한 태도로 상대를 바라보고 있었다. 메이헌 씨가 보기에 이 사건은 아주 절망스러웠고, 피고는 유죄가 틀림없다고 생각하고 있었다. 그런데 지금 처음으로 그 확신이 흔들리고 있었다.

"선생님은 제가 유죄라고 생각하시는군요." 레너드 볼은 낮은 목소리로 말했다. "하지만 신께 맹세코 전 무죄입니다! 상황이 저에게 몹시 불리하다는 건 알고 있어요. 올가미에 걸린 겁니다. 온 몸에 올가미가 감겨 있어서 몸부림을 치면 칠수록 더욱 죄어올 뿐이에요. 하지만 제가 한 게 아닙니다, 메이헌 씨. 제가 한 게 아니라고요!"

이런 입장이 되면 누구든 자기는 무죄라고 주장하기 마련이다. 메이헌 씨는 그걸 잘 알고 있었는데도 자기도 모르게 마음이 흔들리는 걸 느꼈다. 어쩌면 레너드 볼은 무죄일지도 모른다.

"당신 말이 맞아요, 볼 씨." 그는 무겁게 말했다. "이 사건은 당신에게 더할 나위 없이 불리해 보이는군요. 그러나 난 당신 말을 믿어요. 자, 사실 확인에 들어갑시다. 먼저 미스 에밀리 프렌치와는 어떻게 알게 되었는지 당신의 입을 통해 정확한 얘기를 듣고 싶군요."

"어느 날 옥스퍼드 가에서였습니다. 저는 한 나이든 부인이 길을 건너는 것을 보았습니다. 꾸러미를 잔뜩 안고 있었죠. 부인은 길 한복판에서 그 짐을 떨어뜨려 주우려고 몸을 구부렸을 때 버스가 달려오고 있는 것을 보았습니다. 사람들이 소리를 지르자 당황한 부인은, 간신히 길 옆으로 피할 수 있었습니다. 저는 부인의 물건들을 주워서 먼지를 털어주고 끈이 풀어진 것을 다시 묶어 부인에게 건네주었습니다."

"부인의 생명을 구해준 건 아니었고?"

"아니에요, 그런 건 아닙니다. 제가 한 건 당연히 해야 할 약간의 친절한 행위였을 뿐입니다. 부인은 고맙다고 몇 번이나 인사를 하며 제 행동이 요즘 젊은이와는 다르다고 말했습니다. 정확한 말은 기억나지 않는군요. 저는 모자를 살짝 벗어 인사를 한 뒤 그 자리를 떠났습니다. 그 부인을 다시 만나게 될 줄은 꿈에도 몰랐습니다.

하지만 인생은 우연의 연속인 것 같습니다. 그날 저녁 친구 집에서 열린 파티에서 그 부인을 다시 만났으니까요. 부인은 절 곧 알아보았고 친구를 통해 우리는 인사를 나누었습니다. 그래서, 그 부인의 이름은 미스 에밀리 프렌치이며, 크리클우드에 살고 있다는 걸 알게 되었습니다. 저는 잠시 부인과 얘기를 나눴는데, 제가 보기에 그 분은, 한순간 누군가에게 맹렬하게 정을 쏟는 노부인인 것 같았습니다. 그런 경우를 당하면 누구라도 그렇게 했을 더할 수 없이 사소한 행위였는데도 저에게 몹시 호감을 품은 것을 보면요. 작별할 때, 부인은 제 손을 다정하게 잡고 자기 집으로 놀러오라고 말했습니다. 제가 예의를 차려 그러겠다고 대답하자 부인은 당장 날짜를 잡자고 재촉하더군요. 특별히 가고 싶은 건 아니었지만 거절하는 것도 실례가 될 것 같아서 다음 토요일로 약속했습니다. 그녀가 돌아간 뒤 저는 친구들한테서 그 부인에 대한 얘기를 약간 들었습니다. 하녀와 단둘이 살고 있는 돈 많고 괴팍한 노인이며 고양이를 여덟 마리나 키우고 있다고 하더군요."

"그래요?" 메이헌 씨가 말했다. "그 부인이 돈이 많다는 얘기가 상당히 일찍 나왔군요."

"제 쪽에서 물어보았느냐는 뜻이라면……." 레너드 볼이 화가 난 듯 말하자 메이헌 씨는 손사래를 치며 그를 진정시켰다.

"난 일단 검찰측 입장에 서서 이 사건을 바라볼 필요가 있어요. 보통 사람 눈에는 미스 프렌치가 돈 많은 부인으로는 보이지 않았을 거요. 그녀는 거의 초라하리만큼 가난하게 살고 있었으니까요. 사실은 그렇지 않다는 얘기를 듣지 않았다면 당신은 아마 틀림없이 그 부인을 가난한 처지의 부인으로 생각했을 거요. 적어도 처음에는 말이오. 그 부인이 부유하다는 걸 처음으로 당신에게 말한 사람은 누군가요?"

"친구 조지 하비입니다. 그의 집에서 파티가 열렸거든요."

"그 사람은 자기가 그렇게 말한 것을 기억하고 있을까요?"

"글쎄요, 모르겠습니다. 꽤 오래 전 일이니까요."

"그렇군요, 볼 씨. 어쨌든 검찰측에서는 무엇보다 당신이 경제적으로 곤경에 빠져 있었다는 걸 입증하려 들 텐데, 그건 사실이었나요?"

레너드 볼은 얼굴을 붉히며 낮은 목소리로 말했다.

"예. 그때는 정말 불운의 연속이었습니다."

"그랬군요." 메이헌 씨는 다시 한번 말했다. "내 말대로 당신은 궁핍한 상태에서 그 부유한 노부인을 만나 열심히 그녀와 교제해 왔소. 그런데 만약 우리가, 당신은 부인이 부자라는 사실을 모르고 순수한 인정에서 그 부인을 만난 거라고 주장할 수 있다면……."

"정말 그랬습니다."

"물론 그렇겠지요. 난 그 점에 대해 이러쿵저러쿵 따지고 싶진 않소. 객관적인 관점에서 보는 거지요. 그렇게 되면 하비 씨의 기억이 중요한 의미를 가지게 돼요. 그 사람은 그 대화를 기억하고 있을까요 아니면 못 할까요? 변호사가 그를 잘 유도하면 그 얘기는 좀더 뒤에 나왔다고 믿게 할 수도 있지 않을까요?"

레너드 볼은 잠시 생각했다. 그런 다음 상당히 또렷한 목소리로 대답했는데 안색은 약간 창백했다.

"그건 성공하기 힘들 것 같습니다, 메이헌 씨. 그곳에는 다른 사람도 몇 명 있었고 그중 한두 사람은 제가 부유한 노부인을 낚았다고 놀렸으니까요."

사무 변호사는 손을 저으며 실망을 숨기려고 애썼다.

"운이 나쁘군요. 하지만 솔직히 얘기해 줘서 고맙소, 볼 씨. 내가 나아갈 방향을 당신이 지시해줘야 해요. 당신은 정확하게 판단한 거요. 내가 말한 대로 했더라면 참담한 결과가 될 뻔했소. 그 문제는 일단 제쳐두기로 합시다. 당신은 미스 프렌치와 가까워졌고 그녀의 집으로 찾아가 교제가 시작되었소. 이러한 행동들에 대해 우리는 확실한 이유를 가지고 있어야 합니다. 당신처럼 잘생기고 운동을 좋아하며 친구들 사이에 인기가 있는 서른세 살의 청년이, 무엇 때문에 공통점이라고는 거의 없는 늙은 부인을 위해 상당한 시간을 할애했을까요?"

레너드 볼은 안절부절못하며 두 손을 내저었다.

"모르겠습니다, 정말 모르겠어요. 첫 번째 방문 뒤, 부인은 자기가 고독하고 불행하다며 다시 와 달라고 간청했습니다. 거절할 수가 없더군요. 굉장히 노골적으로 저에 대한 호의와 애정을 표시하는 통에 정말 입장이 난처했습니다. 메이헌 씨, 저는 마음이 약한 사람입니다. 남에게 이끌려 다니죠. 싫다는 말을 못하는 사람입니다. 그리고 믿든 안 믿든 마음대로지만, 세 번짼가 네 번째 방문 뒤에 저 자신도 그 부인을 좋아한다는 걸 깨달았습니다. 저는 어머니를 일찍 여의었고, 저를 키워주신 아주머니도 제가 열다섯 살도 되기 전에 돌아가셨습니다. 저는 그 분한테서 어머니 같은 보살핌을 받으며 응석부리는 것을 진심으로 즐겼다고 말한다면 당신은 틀림없이 웃으시겠죠."

메이헌 씨는 웃지 않았다. 그 대신 다시 코안경을 벗어서 닦았다. 그것은 그가 생각에 잠겨 있다는 표시다.

"당신의 설명을 받아들이기로 하겠소, 볼 씨." 이윽고 그는 말했다. "심리학적으로 있을 수 있는 일이에요. 배심원들도 그 견해를 받아들일지는 모르겠지만. 얘기를 계속해 봐요. 미스 프렌치가 처음 당신한테 그녀의 사업상의 일을 알아봐달라고 부탁한 건 언제였소?"

"세 번짼가 네 번째 방문 뒤였습니다. 그녀는 금전 문제에 대해서는 거의 무지한 거나 마찬가지여서 몇 가지 투자에 대해 걱정하고 있었습니다."

메이헌 씨는 엄격하게 머리를 쳐들었다.

"잘 생각해서 대답해야 합니다, 볼 씨. 미스 프렌치의 하녀 재닛 매킨지는 자기 여주인은 사업 수완이 좋아서 모든 일을 스스로 처리하고 있었다고 주장했고, 그 사실은 그 분의 거래 은행 직원의 증언을 통해서도 확인했어요."

"저는 그렇게밖에 말할 수가 없습니다." 볼이 진지하게 말했다. "어쨌든 그녀가 저에게 그렇게 말했으니까요."

메이헌 씨는 잠시 묵묵히 상대를 바라보았다. 입 밖에 내어 말하지는 않았지만 레너드 볼은 무죄라는 믿음이 이때 더욱 강해졌다. 그는 나이든 부인의 심리에 대해 좀 알고 있었다. 미스 프렌치가 이 잘생긴 청년에게 빠져서 그를 집으로 불러들일 그럴듯한 구실을 찾고 있는 모습이 상상되었다. 사업에 어둡다는 구실로 자신의 재정 문제를 도와달라고 부탁하는 건 충분히 있을 법한 일이다. 세상 물정에 밝았던 그녀는 어떤 남자든 이렇게 장점을 인정해주면 우쭐해한다는 것을 잘 알고 있었다. 그래서 레너드 볼은 우쭐해졌다. 그리고 아마 미스 프렌치는 자기가 돈이 많다는 사실을 이 청년에게 알리는 것이 싫지 않았으리라. 의지가 강한 노부인 에밀리 프렌치는 원하는 것을 손에 넣기 위해 마땅한 대가를 치르는 것을 마다하지 않았다. 이러한 일들이 메이헌 씨의 머리 속을 주마등처럼 스쳐 지나갔지만, 내색은 전혀 하지 않고 질문을 계속했다.

"그래서 당신은 그녀의 의뢰로 사업을 도와주었군요?"

"예, 그랬습니다."

"볼 씨. 이제부터 아주 중요한 질문을 할 건데 반드시 진실을 말해야 합니다. 당신은 경제적으로 어려움을 겪고 있었소. 그리고 한 노부인의 사업에 손을 댔소. 그녀 자신의 말에 의하면 그런 일에는 거의 또는 완전히 어두운 부인이었소. 당신은 우연한 기회에, 어떤 방법으로 자신에게 맡겨진 유가 증권을 개인적으로 사용한 적이 있나요? 자신의 금전적 이익을 위해 부정한 거래를 한 일이 있소?" 그는 상대가 대답하려는 것을 제지했다. "대답은 잠시 후에 하시오. 이곳에 두 갈래의 길이 펼쳐져 있소. 그녀의 사업을 도와주고 있던 당신의 성실성과 결백을 강조하고, 마음만 먹으면 얼마든지 차지할 수 있는 돈을 위해 살인을 저지르는 건 비현실적인 일이라고 지적하는 방법. 또 하나는 만약 검찰측이 당신이 손댄 매매 중에서 무언가를 포착하여——노골적으로 말해 그녀가 이미 당신에게는 유리한 수입원이었다는 걸 인정하고, 당신에게 살인의 동기가 없다는 방향으로 끌고 가는 방법이오. 그런 차이점이 있다는 걸 알고 잘 생각해서 천천히 대답하시오."

그러나 레너드 볼은 생각하는 데 조금도 시간을 들이지 않았다.

"저는 미스 프렌치의 업무를 정말이지 공명정대하게 처리했습니다. 누가 조사하더라도 알겠지만 저로서는 그녀에게 이익이 되도록 능력 닿는 데까지 힘써주었습니다."

"고맙소." 메이헌 씨가 말했다. "덕분에 마음이 훨씬 가벼워졌어요. 당신은 이렇게 중요한 문제에 대해 거짓말을 할 만큼 생각 없는 사람 같지는 않군요. 그 점에 대해 경의를 표하고 싶소."

"물론입니다." 볼은 열중해서 말했다. "저에게 가장 유리한 건 동기가 부족하다는 겁니다. 설사 제가 돈을 바라고 어느 부유한 노부인과 친해졌다고 한다면——그것이 바로 당신이 말씀하시는 요지 같은데——오히려 그녀의 죽음은 말할 것도 없이 제 희망을 완전히 무너뜨리는 일 아니겠습니까?"

변호사는 지그시 상대를 바라보았다. 그리고 아주 천천히 코안경을 닦는 무의식적인 버릇을 되풀이했다. 그는 안경을 다시 코 위에 반듯하게 걸친 뒤에야 입을 열었다.

"볼 씨, 당신은 미스 프렌치가 당신을 첫 번째 유산 상속인으로 지정한 유서를 남긴 것을 몰랐다는 겁니까?"

"뭐라고요?"

피고는 벌떡 일어났다. 그가 당황하는 모습은 옆에서 봐도 명백했고 또 말할 나위 없이 자연스러운 일이기도 했다.

"오, 하느님! 뭐라고 하셨습니까? 그녀가 저에게 재산을 남겼다고요?"

메이헌 씨는 천천히 고개를 끄덕였다. 볼은 두 손으로 머리를 끌어안고 그 자리에 주저앉았다.

"그 유서에 대해 아무것도 몰랐다고 시치미를 떼려는 거요?"

"시치미라고요? 시치미라니 말도 안 됩니다. 전혀 몰랐습니다."

"당신이 알고 있었다고 하녀 재닛 매킨지가 말했다고 한다면 뭐라고 대답하겠소? 부인은 이 일에 대해 당신한테 의논했고 그 의향을 얘기했다고 분명하게 하녀에게 말한 것 같소."

"뭐라고 대답할 거냐고요? 하녀는 거짓말을 하고 있습니다! 아니 이건 지나친 말인 것 같군요. 재닛은 노인입니다. 여주인의 충실한 하녀로서 저를 좋아하지 않았어요. 질투가 심하고 의심도 많았지요. 미스 프렌치는 자신의 속마음을 재닛에게 털어놓았고, 재닛은 주인의 말을 잘못 받아들였거나 자기 혼자 제가 그렇게 하도록 부인을 설득한 것이라고 지레짐작했거나 둘 중 하나겠지요. 그리고 지금은 미스 프렌치가 실제로 그렇게 말했다고 스스로 믿고 있는 겁니다."

"이 일에 대해 고의로 거짓말을 할 만큼, 그녀가 당신을 싫어하고 있다고는 생각하지 않소?"

레너드 볼은 충격을 받은 표정이었다.

"말도 안 됩니다! 그녀가 저를 싫어할 이유가 어디 있겠습니까?"

"나도 모르겠소." 메이헌 씨는 생각에 잠긴 듯 말했다. "하지만, 그녀는 당신에 대해 더할 수 없이 신랄해요."

비참한 청년은 다시 신음했다.

"알 것 같군요" 하고 그는 중얼거렸다. "무서운 일입니다. 사람들은 제가 부인을 구슬러서 저에게 재산을 남기는 유언을 하도록 했다고 말하겠지요. 그날 밤 제가 그곳에 갔을 땐 집에 아무도 없었습니다. 그리고 이튿날 시체가 발견되었고…… 오! 하느님! 어떻게 그런 무서운 일이!"

"집에 아무도 없었다는 건 틀렸소." 메이헌 씨가 말했다 "당신도 기억하고 있겠지만 재닛은 그날 밤 외출했소. 하지만 9시 반쯤, 친구에게 약속한 블라우스 본을 가지러 다시 집으로 돌아왔어요. 뒷문을 통해 들어가서 2층으로 올라가 본을 꺼낸 다음 다시 밖으로 나왔소. 그때 거실에서 얘기 소리가 나는 것을 들었소. 무슨 얘긴지 확실하게 들리지는 않았지만, 그녀는 그중 한쪽이 미스 프렌치의 목소리였고 한쪽은 남자 목소리였다고 증언할 거요."

"9시 반이라고요?" 레너드 볼이 말했다. "9시 반이라면……."

그는 벌떡 일어섰다. "그렇다면 전 살았습니다, 살았어요!"

"살았다니, 그게 무슨 말이오?"

"9시 반에는 저는 집에 돌아가 있었습니다. 아내가 확인해줄 겁니다. 전 9시 5분전쯤 미스 프렌치의 집에서 나와 9시 20분이 지났을 때 집에 도착했습니다. 아내는 제가 돌아오기를 기다리고 있었어요. 아! 다행입니다, 정말 다행이에요! 재닛 매킨지의 블라우스 본에 감사해야겠군요."

기쁨에 들뜬 나머지 그는 변호사의 까다로운 표정이 여전히 밝아지지 않는 것을 전혀 눈치 채지 못했다. 그러나 변호사의 말은 그를 단번에 현실로 돌아오게 만들었다.

"그럼 당신은 누가 미스 프렌치를 죽였을 거라고 생각하시오?"

"그야 물론 처음에 생각했던 대로 도둑입니다. 창문이 억지로 열려 있었다고 하지 않았습니까? 그녀는 쇠막대로 끔찍하게 맞아 살해되었고 그 흉기는 시체 옆에 뒹굴고 있었습니다. 그리고 물건이 몇 가지 없어졌어요. 저에 대한 재닛의 어리석은 의심과 혐오만 아니었으면 경찰의 수사에 혼선이 빚어지는 일은 절대로 없었을 겁니다."

"그건 그렇지 않을 겁니다, 볼 씨." 변호사가 말했다. "값이 거의 나가지 않는 하찮은 물건만 없어진 걸로 보아 수사를 방해하기 위해 가지고 간 것 같아요. 창문에 나 있던 흔적도 결정적인 것이 못 됩니다. 게다가 생각해 보시오. 당신은 9시 반에는 이미 그 집에는 없었다고 했소. 그럼 재닛이 거실에서 미스 프렌치와 얘기하는 것을 들은 남자는 누구일까요? 미스 프렌치가 도둑과 허물없이 얘기하고 있었다는 건 거의 불가능한 얘기요."

"예, 그렇군요." 그는 당황하고 실망한 것 같았다. "하지만 어쨌든" 하고 다시 기운을 차리면서 덧붙였다. "전 풀려날 수 있습니다. 알리바이가 있으니까요. 꼭 로메인을——제 아내 말입니다——만나 보십시오."

"좋아요." 변호사는 승낙했다. "부인과는 벌써 만났어야 했는데 당신이 체포되었을 때는 집을 비우셨더군요. 그래서 곧바로 스코틀랜드에 전보를 쳤더니 오늘 밤에 돌아올 수 있다고 했소. 나가는 길에 부인을 만날 생각이오."

볼은 고개를 끄덕이며 무척 만족스러운 표정을 지었다.

"예, 로메인이 당신에게 얘기해줄 겁니다. 다행이에요! 정말 행운입니다."

"실례되는 말일지 모르지만 볼 씨, 당신은 부인을 무척 사랑하시는 모양이군요."

"물론입니다."

"그리고 부인도 당신을?"

"로메인은 저한테 무척 헌신적입니다. 저를 위해서라면 무슨 일이든 할 겁니다."

그는 자신 있게 말했지만 사무 변호사의 마음은 그리 밝지 않았다. 헌신적인 아내의 증언, 그런 것이 과연 인정될까?

"9시 반에 당신이 돌아온 것을 본 사람이 또 있나요? 예를 들어 하녀라든가?"

"우리는 하녀가 없습니다."

"집으로 돌아가는 길에 만난 사람도 없고?"

"아는 사람은 아무도. 도중에 버스를 탔는데 차장이 기억하고 있을지도 모르겠군요."

메이헌 씨는 의아한 듯이 고개를 저었다.

"그럼, 당신 부인의 증언을 뒷받침해줄 만한 사람이 한 사람도 없군요?"

"예, 하지만 그런 게 필요할까요?"

"아마 없겠지요, 아마도." 메이헌 씨는 당황해서 말했다. "자, 이제 한 가지만 더. 미스 프렌치는 당신이 결혼한 것을 알고 있었소?"

"예, 알다마다요."

"그런데 당신은 부인을 그녀에게 한번도 데려가지 않았소. 왜 그랬죠?"

처음으로 레너드 볼은 주저하는 듯 모호하게 대답했다.

"그건…… 저도 잘 모르겠습니다."

"재닛 매킨지는 여주인이 당신을 독신인 줄 알고 있었고, 장차 당신과 결혼할 생각이었다고 말했는데 알고 있나요?"

볼이 웃음을 터뜨렸다.

"말도 안 됩니다! 저와 그 부인은 40년이나 차이가 납니다."

"실제로 결혼한 사람들도 있어요." 변호사는 냉담하게 말했다.

"사실은 사실이오. 부인은 미스 프렌치를 한 번도 만나지 않았죠?"

"그렇습니다."

다시 괴로운 듯한 대답이었다.

"미안하지만 나로서는 이 점에 관한 당신의 태도를 이해할 수가 없군요."

볼은 얼굴을 붉힌 채 잠시 주저하다가 입을 열었다.

"사실대로 고백하겠습니다. 아시는 바와 같이, 저는 경제적인 곤경에 처해 있었습니다. 그래서 미스 프렌치가 약간의 돈을 빌려줄 수 있지 않을까 기대했지요. 그녀는 저를 좋아했지만 젊은 부부가 빈곤과 고투를 벌이는 것에는 전혀 관심이 없었습니다. 처음에는 그녀가 저와 아내가 사이가 좋지 않아 별거하고 있는 것으로 생각하고 있다는 걸 알았습니다. 메이헌 씨, 저는 돈이 필요했습니다. 로메인을 위해서요. 저는 필요없는 말은 하지 않고 그 사람이 멋대로 생각하도록 내버려 두었습니다. 저를 양자로 삼겠다는 말은 나온 적 있습니다. 하지만 결혼에 대한 얘기는 한번도 한 적이 없습니다. 그건 재닛이 상상해낸 이야기일 겁니다."

"그게 전부인가요?"

"그렇습니다, 이게 전부입니다."

변호사는 그 말에서 약간 주저의 빛을 느꼈다. 그는 일어서서 손을 내밀었다.

"그럼, 다음에 봅시다, 볼 씨." 그는 수척한 청년의 얼굴을 탐색하듯이 응시한 뒤 전에 없이 충동적으로 말했다. "당신에게 불리한 사실들이 많이 드러나고 있지만 그래도 난 당신의 무죄를 믿소. 그것을 증명하여 당신을 밝은 세상에 내보내고 싶어요."

볼은 미소로 답했다.

"알리바이가 확실하다는 것을 아시게 될 겁니다." 그는 쾌활하게 말했다.

이번에도 그는 상대가 대답하지 않는 것을 눈치 채지 못했다.

"재닛 매킨지의 증언에 모든 게 걸려 있어요." 메이헌 씨가 말했다. "그녀는 당신을 무척 싫어하고 있어요. 그것만은 분명해요."

"그럴 리가 없습니다." 청년은 항의했다.

변호사는 머리를 설레설레 흔들며 나갔다.

"자, 다음은 볼 부인의 차례다" 하고 혼잣말을 했다.

그는 사태의 향방을 몹시 걱정하고 있었다.

볼 부부는 패딩턴 그린 근처에 있는 작고 초라한 집에서 살고 있었다. 메이헌 씨가 찾아간 곳은 그 집이었다.

그가 벨을 누르자 한눈에 파출부임을 알 수 있는, 커다란 체격에 단정치 못한 차림의 여자가 문을 열어주었다.

"볼 씨 댁이죠? 부인은 돌아오셨나요?"

"한 시간 전에 돌아오셨지만 만나실 수 있을는지 모르겠군요."

"이 명함을 드리면 틀림없이 만나겠다고 하실 거요."

메이헌 씨는 온화하게 말했다.

여자는 의심스러운 듯이 그를 쳐다본 뒤 앞치마에 손을 닦고 명함을 받아들었다. 그리고 그를 계단 위에 세워놓고 그의 눈앞에서 문을 닫았다.

그러나 몇 분 뒤에 돌아왔을 때는 태도가 약간 달라져 있었다.

"들어오세요."

그녀는 작은 응접실로 그를 안내했다. 벽에 걸린 그림을 감상하고 있던 메이헌 씨는, 느닷없이 키가 크고 창백한 얼굴의 여자와 얼굴이 마주쳐서 깜짝 놀랐다. 너무 조용히 들어왔기 때문에 발소리를 듣지 못했던 것이다.

"메이헌 씬가요? 남편의 변호사시군요. 그 사람을 만나고 오시는 길이세요? 여기 앉으세요."

얘기를 시작하기 전까지 그는 부인이 영국 사람이 아니라는 걸 눈치 채지 못했다. 그런데 자세히 관찰해보니 높은 광대뼈와 짙은 감색이 도는 검은 머리, 이따금 눈에 띄는 조용한 손놀림에서 분명히 이국적인 데가 느껴졌다. 몹시 조용하고 묘한 여자다. 너무 조용해서 함께 있는 것이 거북할 정도였다. 처음부터 메이헌 씨는 자신이 이해할 수 없는 어떤 것과 마주하고 있다는 것을 의식했다.

"단도직입적으로 말씀드리겠습니다, 볼 부인" 하고 말을 꺼냈다.

"절대로 기운을 잃어서는 안 됩니다."

거기서 일단 입을 다물었다. 로메인 볼한테서 낙담의 빛이 조금도 느껴지지 않았기 때문이다. 그녀는 말할 수 없이 냉정하고 침착했다.

"어서 계속하시죠. 전 하나부터 열까지 모든 걸 알아야겠어요. 제 걱정은 마세요. 최악의 경우를 알고 싶어요." 그녀는 말을 마친 뒤 변호사가 이해할 수 없는 기묘한 열정을 담아 낮은 목소리로 되풀이했다. "전 최악의 경우를 알고 싶어요."

메이헌 씨는 레너드 볼과 면회한 상황을 설명했다. 부인은 이따금 고개를 끄덕이며 주의 깊게 귀를 기울였다.

"알겠어요." 변호사가 말을 마치자 그녀가 말했다. "그 사람은 그날 밤 9시 20분이 지나 집으로 돌아왔다고 제가 말해주기를 바라는 거군요?"

"남편께서 정말 그 시간에 돌아왔나요?"

메이헌 씨가 날카롭게 물었다.

"그건 중요하지 않아요." 부인은 차갑게 말했다. "제가 그렇게 말하면 그 사람은 풀려나게 되나요? 제 증언이 받아들여질까요?"

메이헌 씨는 불의의 기습을 받은 셈이었다. 그녀는 정통으로 사건의 핵심을 찌르고 들어온 것이다.

"제가 알고 싶은 건 그거예요. 그것으로 충분할까요? 제 증언을 뒷받침해 줄 사람이 누구 또 있을까요?"

그녀의 태도에서 보이는 속에 담긴 열정이 왠지 모르게 변호사를 불안하게 했다.

"지금으로서는 아무도 없습니다" 하고 마지못해 대답하는 변호사.

"알겠어요."

로메인 볼은 1, 2분 동안 미동도 하지 않고 앉아 있었다. 입가에 희미한 미소가 떠올라 있다.

변호사의 경악은 갈수록 커져갔다.

"볼 부인" 하고 메이헌 씨가 입을 열었다. "부인의 심정은 잘 알겠습니다."

"그래요? 하지만 정말 그럴까요?"

"사정이 사정이니만큼……."

"사정이니만큼, 전 저 혼자 승부를 볼 생각이에요."

변호사는 깜짝 놀라 상대를 쳐다보았다.

"아! 볼 부인, 너무 흥분하신 것 같군요. 남편을 지나치게 걱정한 나머지……."

"뭐라고 하셨나요?"

그 목소리가 뜻밖에 너무 날카로워서 그는 움찔하고 놀랐다. 그리고 주저하면서 되풀이했다.

"남편을 너무 생각하셔서……."

로메인 볼은 아까와 같은 이상한 웃음을 다시 입가에 떠올리면서 천천히 고개를 끄덕였다.

"그 사람은 제가 자기를 열렬히 사랑하고 있다고 말하던가요?" 로메인 볼이 조용히 물었다. "네! 그랬을 거예요, 그 사람은 그렇게 말했을 거예요. 남자란 얼마나 어리석은 바보인지!"

그녀가 갑자기 일어섰다. 변호사가 그 자리에서 줄곧 느끼고 있었던 강렬한 긴장이, 이제 그녀의 말투에서 모두 배어나오고 있었다.

"전 그 사람을 증오하고 있어요. 그래요! 증오하고 또 증오해요! 그 사람이 교수형 당하는 꼴을 보고 싶으리만큼!"

변호사는 그녀와 그 눈 속에 어려 있는 격정을 보고 아연해지고 말았다.

로메인 볼은 한 발 앞으로 나서더니 격정적으로 말을 이었다.

"아마 볼 수 있겠죠? 가령 그 사람이 집에 돌아온 건 그날 밤 9시 20분 지나서가 아니라 10시 20분 지나서라고 제가 말한다면? 유산이 자신의 차지가 될 거라는 걸 전혀 몰랐다고 했다고요? 만약 제가 그 사람은 그 사실을 다 알고 있었고, 기대도 하고 있었고, 그것을 손에 넣기 위해 살인을 저질렀다고 말한다면? 그날 밤 돌아왔을 때 자신이 한 짓을 저에게 털어놓았다고 말한다면? 옷에 피가 묻어 있었다고 말한다면? 그렇게 하면 어떻게 되나요? 만약 제가 법정에서 그런 사실들을 모두 증언한다면요?"

그녀의 눈빛은 도전적이었다. 가까스로 놀란 마음을 진정시킨 뒤 변호사는 이성적으로 말하려고 애썼다.

"자신의 남편에게 불리한 증언을 할 수는 없습니다."

"그 사람은 제 남편이 아니에요!"

그 말이 너무 빨랐기 때문에 변호사는 자신의 귀를 의심했다.

"뭐라고 하셨나요? 전……."

"그 사람은 제 남편이 아니에요."

핀이 떨어지는 소리까지 들릴 것 같은 긴장감이 감도는 침묵이 찾아왔다.

"전 빈에서 배우로 지냈어요. 남편은 살아 있지만 지금 정신 병원에 있죠. 그래서 저와 그 사람은 결혼할 수 없었어요. 지금 생각해 보니 차라리 잘된 일이었어요."

그녀는 싸울 기세로 고개를 까딱거렸다.

"한 가지 물어볼 것이 있습니다만." 그는 간신히 지금까지와 같이 감정을 드러내지 않는 냉정한 태도를 취할 수 있었다. "레너드 볼에 대해 왜 그토록 완강하신 겁니까?"

그녀는 엷은 미소를 지은 뒤 고개를 저었다.

"그래요, 궁금하시겠죠. 하지만 말하고 싶지 않아요. 비밀은 그냥 비밀로 해두겠어요."

메이헌 씨는 습관처럼 짧은 헛기침을 하며 일어섰다.

"더 이상 얘기하는 건 의미가 없을 것 같군요. 의뢰인과 의논한 뒤 다시 연락드리지요."

그녀는 메이헌 씨에게 다가가 그 아름다운 검은 눈으로 상대방의 눈을 응시했다.

"변호사님, 당신은 정말로 믿으셨나요? 오늘 이곳에 오셨을 때, 그 사람이 무죄라는 걸?"

"믿었습니다."

"안됐군요."

그녀가 웃기 시작했다.

"전 지금도 그렇게 믿고 있습니다." 변호사는 말을 맺었다. "이만 실례하겠습니다, 부인."

그녀의 놀라는 얼굴을 뇌리에 새기면서 그는 방을 나섰다. 길을 걸으면서 메이헌 씨는 이번 일은 꽤 까다로운 사건이 될 것 같다고 혼잣말을 했다.

모든 일이 정상이 아니었다. 정상이 아닌 여자, 위험하기 짝이 없는 여자, 원한을 품었을 때의 여자는 악마가 된다.

어떻게 해야 하나? 그 비참한 청년은 자신의 무죄를 증언해줄 아내조차 없는 것이다. 물론 그가 범인일 가능성도 있지만…….

"아니야." 메이헌 씨는 중얼거렸다. "아니야, 그에게 불리한 증거가 너무 많아. 난 그 여자를 믿지 않는다. 그건 날조해낸 이야기야. 하지만 설마 법정에까지 가지고 가지는 않겠지."

그 점에 대해 좀더 확신을 얻을 수 있기를 그는 바라고 있었다.

경찰의 법정 진술은 짧고 극적이었다. 검찰측의 주요 증인은, 죽은 여인의 하녀였던 재닛 매킨지와 형사 피고인의 정부인 오스트리아 국적의 로메인 하이르거.

메이헌 씨는 법정에 앉아서 로메인이 얘기하는 그 끔찍한 진술을 듣고 있었다. 그 얘기는 지난번 그녀를 만났을 때 메이헌 씨에게 말한 그대로였다.

피고는 자신의 항변을 보류했고 재판은 속개되었다.

메이헌 씨는 갈피를 잡지 못하고 있었다. 레너드 볼에 대한 기소 내용은 전망이 완전히 깜깜하리만큼 불리했다. 법정에서의 변호를 맡았던 유명한 K. C(왕실 변호사)인 찰스 경도 거의 희망을 품지 않고 있었다.

"그 오스트리아 여자의 증언을 무너뜨릴 수만 있으면 방법이 없는 것도 아닌데." K. C는 불안한 듯이 말했다. "하지만 좀처럼 가능할 것 같지가 않군."

메이헌 씨는 오로지 한 가지 점에 전력을 기울였다. 레너드 볼은 진실을 말하고 있으며 살해된 부인의 집을 9시에 떠난 것이 사실이라면, 하녀 재닛이 들은 9시 반에 미스 프렌치와 얘기를 나누고 있던 남자는 누구일까?

한 가닥 희망은 지난 날 돈을 뜯어내려고 자기 큰어머니를 여러 번 속이고 위협했던 망나니 조카였다. 사무 변호사가 알아본 바로는, 재닛 매킨지는 줄곧 이 젊은이를 역성들며 그의 요구를 들어주도록 늘 여주인을 부추겼다고 한다. 이 조카가, 레너드 볼이 돌아간 뒤에 미스 프렌치와 함께 있었던 남자였을 가능성은 충분히 있었다. 특히 그 자가 사건이 일어난 뒤부터 평소에 자주 드나들던 곳 어디에도 모습을 보이지 않고 있는 걸 보면 더욱 의심이 갔다.

그 밖에 변호사의 조사 결과는 한결같이 부정적이었다. 레너드 볼이 자기 집에 들어가는 것을 목격한 사람은 없었고 미스 프렌치의 집에서 나오는 모습을 본 사람도 없었다. 그리고 크리클우드의 노부인의 집에 그가 아닌 다른 남자가 드나드는 모습을 본 사람도 아무도 없었다. 조사는 모두 허사로 끝났다.

메이헌 씨가 자신의 생각을 완전히 새로운 방향으로 돌리게 만드는 편지를 받은 것은 바로 공판 전날 밤이었다.

그것은 6시에 배달되었다. 싸구려 종이에 아무렇게나 휘갈겨 쓴 그 편지는 우표를 삐딱하게 붙인 더러운 봉투에 들어 있었다.

메이헌 씨는 몇 번이나 되풀이해 읽은 뒤에야 가까스로 그 의미를 파악할 수 있었다.

> 그래, 당신이 그 젊은 놈을 위해 일하고 있는 변호사란 말이지? 만약 당신이 그 외국에서 굴러먹던 바람둥이 여자의 정체와 그 새빨간 거짓말을 폭로하고 싶다면, 오늘 밤 스테프니의 쇼네 셋집으로 오슈. 2백 파운드쯤 가지고. 목슨 부인을 찾으면 될 거외다.

사무 변호사는 이 기묘한 편지를 거듭 읽어보았다. 물론 장난 편지일 가능성도 있다. 그러나 생각하면 할수록 점점 진짜일 거라는 확신이 커져갔고, 그것이 피고에게 유일한 빛이 될 거라고 믿기 시작했다. 로메인 하이르거의 증언은 피고를 완전히 궁지로 몰아넣고 있었다. 게다가 변호인측이 구상하고 있는 방침, 즉 부도덕한 생활을 해온 여자의 증언은 신뢰할 수 없다는 주장은 아무리 봐도 설득력이 없었다.

메이헌 씨는 결심했다. 온갖 어려움을 무릅쓰고 의뢰인을 구하는 것이 자신의 의무가 아닌가. 그는 쇼의 셋집으로 가야 했다.

그는 한참을 고생한 끝에 편지를 보낸 자가 지정한 장소, 그 악취가 풍기는 빈민굴의 술집을 겨우 찾을 수 있었다. 물어보니 목슨 부인의 방은 4층이었다. 방문을 노크했지만 대답이 없어서 다시 한번 노크했다.

두 번째 노크 뒤 방안에서 다리를 끌고 느릿느릿 걷는 소리가 들리더니, 곧 문이 조심스럽게 1, 2센티미터쯤 열리면서 허리가 굽은 사람이 내다보았다.

갑자기 여자가——물론 그건 여자가 틀림없었다——낄낄 웃으면서 문을 활짝 열었다.

"오호, 결국 오셨군." 여자는 가쁜 숨을 몰아쉬면서 말했다. "물론 혼자 왔겠지? 이상한 짓은 하지 않을 거고? 좋아, 그럼 들어오시우, 어서."

다소 주눅이 드는 걸 느끼면서 변호사는 문턱을 넘어 가스등이 흔들리는 더럽고 작은 방에 들어섰다. 구석에는 이부자리가 그대로 있는 지저분한 침대에 간소한 소나무 판자 테이블이 하나, 그리고 흔들거리는 의자가 두 개 있었다. 메이헌 씨는 이 꺼림칙한 방의 주인을 처음으로 찬찬히 바라보았다. 허리가 굽은 중년여자로 퍼석퍼석하게 흐트러진 잿빛 머리에 스카프를 빈틈없이 꽁꽁 감고 있었다. 여자는 변호사가 스카프를 쳐다보고 있는 것을 알고 다시 조금 전과 같은 기묘하고 억양 없는 웃음을 흘렸다.

"내가 왜 이 미모를 숨기고 있는지 이상하게 생각하시는군, 그렇지? 이히히. 남자를 유혹할까봐 그게 무서운 거유? 하지만 보여드리지, 암. 얼마든지 보여줄 수 있어."

여자가 스카프를 풀었다. 변호사는 거의 문드러진 새빨간 흉터를 보고 자기도 모르게 뒷걸음질쳤다. 여자는 다시 스카프를 원래대로 둘렀다.

"이제 당신도 나한테 키스하고 싶은 마음이 들지 않지? 히히, 무리도 아니야. 하지만 전에는 이래봬도 미인이었다우. 그것도 당신이 생각하는 것만큼 그리 먼 옛날도 아니야. 황산이었어, 젊은 양반. 황산이 날 이렇게 만들어버렸지. 젠장! 난 놈들에게 보복하고 말 거야."

여자는 둑이 터진 것처럼 거침없이 더러운 말들을 주절대기 시작했다. 메이헌 씨가 막으려 해보았지만 소용없었다. 여자는 한참 뒤에야 입을 다물더니 신경질적으로 두 손을 쥐었다 폈다를 되풀이했다.

"그만 됐어요." 변호사는 엄격하게 말했다. "내가 이곳에 온 건, 나의 의뢰인 레너드 볼 씨의 혐의를 풀 수 있는 정보를 얻을 수 있을 거라고 믿었기 때문이오. 그럴 수 있겠소?"

여자는 교활하게 곁눈으로 그를 쳐다보았다.

"그럼 돈은, 젊은 양반?" 하고 목을 쌕쌕거리면서 말했다. "2백 파운드요, 기억하고 있겠지?"

"증언을 하는 건 당신의 의무요. 그렇게 하도록 재판정에 소환할 수도 있어요."

"그렇게는 안 될걸. 난 늙었고 아무것도 모르니까. 하지만 신사 양반이 2백 파운드를 준다면 아마 한두 가지 힌트는 줄 수 있을 거유. 어떻수?"

"어떤 힌트요?"

"편지 같은 건 어떨까? 그 여자한테서 받은 편지. 어떻게 해서 내 손에 들어왔는지는 신경 쓸 필요 없고, 신사 양반이 알 바 아니니까. 아마 꽤 사람들의 인기를 끌걸. 그러니까 2백 파운드는 받아야겠어."

메이헌 씨는 냉담하게 여자를 바라보며 계산을 했다.

"10파운드 주겠소. 그 이상은 안 돼요. 그것도 쓸 만한 내용이 있을 경우에 한해서요."

"10파운드?"

여자는 찢어지는 목소리를 지르며 길길이 날뛰었다.

"20파운드" 하고 메이헌 씨는 말했다. "더 이상은 안 돼."

메이헌 씨는 일어서려는 듯이 천천히 허리를 일으켰다. 그런 다음 지그시 상대의 얼굴을 주시하면서 지갑을 꺼내 1파운드짜리 지폐를 스무 장 헤아렸다.

"보시오, 이게 가진 돈 모두요. 이것을 받겠소, 아니면 그만 두겠소? 알아서 하시오."

그러나 돈을 본 것만으로도 여자의 마음이 몹시 동요하고 있다는 건 이미 알고 있었다. 투덜투덜 악담을 늘어놓기는 했지만 마침내 여자는 굴복했다. 침대로 간 그녀는 너덜너덜한 매트리스 밑에서 무언가를 꺼냈다.

"여기 있어, 이 더러운 자식!" 여자는 욕설을 퍼부었다. "당신이 원하는 건 맨 위에 있어."

여자가 던진 것은 편지 다발로 메이헌 씨는 그것을 풀어 언제나 그렇듯이 냉정하고 꼼꼼한 자세로 하나하나 살펴보았다. 여자는 계속 씩씩거리며 그를 응시하고 있었지만 변호사의 무표정한 얼굴에서는 아무런 반응도 읽을 수 없었다.

변호사는 편지를 하나하나 읽더니 다시 맨 위의 편지로 돌아가서 다시 한번 읽었다. 그런 다음 주의 깊게 그것들을 원래대로 묶었다.

그것은 로메인 하이르거가 쓴 연애 편지였는데 상대 남자는 레너드 볼이 아니었다. 맨 위의 편지는 레너드 볼이 체포된 날 쓴 것이었다.

"내가 말한 게 사실이지, 안 그러우? 신사 양반?" 여자는 코를 흥흥거렸다. "그 편지만 있으면 그년은 꼼짝 못하게 될 거야."

메이헌 씨는 편지를 주머니에 넣은 다음 질문을 던졌다.

"이 편지를 어떻게 손에 넣었소?"

"그것을 말하면 비밀이 탄로나지." 여자는 곁눈질을 하면서 말했다. "하지만 난 알고 있는 게 더 있어. 그 바람둥이가 법정에서 뭐라고 말했는지 들었지만 말이야. 그 여자가 집에 있었다고 말한 시간인 10시 20분에 어디에 있었는지 한번 알아보시우. 라이온 거리에 있는 영화관에 가서 말이야. 기억하고 있을 거야. 정말 못돼 먹은 여자지만 예쁘고 늘씬한 건 사실이거든!"

"상대방 남자는 누구요?" 메이헌 씨가 물었다. "세례명밖에 적혀 있지 않군."

여자의 목소리가 이상하게 갈라지면서 손을 쥐었다 폈다를 되풀이했다. 그러고는 한손으로 얼굴을 가리켰다.

"나를 이 꼴로 만든 건 그 남자였어. 벌써 몇 년 전의 일이지. 그 여자는 나한테서 그 남자를 빼앗아 갔어. 그땐 어린 처녀였는데. 내가 그 남자를 쫓아가서 원망하자 그자가 그 끔찍한 것을 나한테 던진 거야! 그 여자는 웃었지. 젠장! 그때부터 난 그 여자에게 복수하려고 기회만 노리고 있었어. 그 여자의 뒤를 밟아 염탐했지. 그런데 이번에야말로 제대로 걸려든 거야! 그 여자는 이것으로 고통을 당하게 되겠지. 그렇지, 변호사 양반? 고통을 말이야!"

"아마 위증죄로 일정 기간 금고형을 선고받을 거요."

메이헌 씨는 조용히 말했다.

"유치장에서? 그게 바로 내가 바라는 바야. 왜 벌써 가시려고? 내 돈은? 돈은 어디에 있수?"

메이헌 씨는 말없이 테이블 위에 지폐를 놓았다. 그런 다음 깊이 한숨을 쉬며 발길을 돌려 그 지저분한 방에서 나왔다. 돌아보니 여자는 돈 위에 코가 빠지도록 엎어진 채 작은 소리로 노래를 흥얼거리고 있었다.

메이헌 씨는 시간을 낭비하지 않았다. 별 어려움 없이 라이온 거리의 영화관을 찾아가 접수부에 로메인 하이르거의 사진을 보여주자 곧 그녀를 알아보았다. 그녀는 문제의 날 10시 조금 지나 남자와 함께 영화관에 왔다고 했다. 카운터의 남자는 동행한테는 특별히 신경 쓰지 않았지만 여자 쪽은 상영중인 영화에 대해 자세히 물었기 때문에 기억하고 있다고 했다. 두 사람은 거의 1시간 뒤 영화가 끝날 때까지 극장 안에 있었다.

메이헌 씨는 흡족했다. 로메인 하이르거의 증언은 처음부터 끝까지 거짓말의 연속이었던 셈이다. 그녀는 맹렬한 증오심에서 거짓말을 한 것이었다. 그 증오 뒤에 있는 게 무엇인지, 그걸 알게 될 날이 올까 하고 변호사는 생각했다. 레너드 볼은 그녀에게 무슨 짓을 한 것일까? 사무 변호사가 그녀의 태도를 전했을 때 그는 무척 놀란 기색이었다. 그리고 도저히 믿을 수 없다고 강력하게 주장했다. 그렇지만 메이헌 씨의 눈에는, 처음의 경악에서 깨어나자 그의 항의에는 어딘가 무력한 데가 있는 것처럼 느껴졌다.

볼은 다 알고 있었던 것이다. 메이헌 씨는 그렇게 확신했다. 알고는 있지만 사실을 밝힐 생각은 없었던 것이리라. 두 사람 사이의 비밀은 여전히 비밀인 채 남아 있었다. 그게 무엇인지 언젠가 자신이 알 수 있을까 하고 메이헌 씨는 또 생각했다.

변호사는 시계를 힐끗 쳐다보았다. 이미 늦었지만 최선을 다해 봐야 한다. 그래서 택시를 불러 세워 주소를 일러주었다. 차에 올라타면서 그는 중얼거렸다.

"찰스 경에게 어서 알려야 해."

에밀리 프렌치 살해 사건의 피고 레너드 볼의 공판은 일반인들의 관심을 불러모았다. 우선, 형사 피고인이 젊은 미남자인데다 특별히 비열한 범죄 혐의로 고발되었다는 것, 또 검찰측의 주요 증인인 로메인 하이르거에 대한 흥미 때문이었다. 수많은 신문에 그녀의 사진과 함께 그녀의 출생과 과거에 대한 여러 가지 억측 기사도 실렸다.

공판은 더할 나위 없이 조용하게 시작되었다. 여러 가지 전문적인 증거가 먼저 제출되었고 이어서 재닛 매킨지가 소환되었다. 그녀의 이야기는 대부분 종전 그대로였다. 피고측 변호사는 반대 신문에서 한두 번, 볼과 미스 프렌치의 관계에 대해 모순된 진술을 이끌어내는 데 성공했다. 그녀가 그날 밤 거실에서 남자의 목소리를 들었다고 해도, 그것이 볼이 그곳에 있었다는 증거가 되는 건 아니라는 점을 강조하고, 피고에 대한 질투와 혐오감이 그녀의 모든 증언 뒤에 숨어 있음을 논증했다.

이어서 다음 증인이 불려나갔다.

"증인의 이름은 로메인 하이르거 맞습니까?"

"네."

"오스트리아 국적이군요?"

"네."

"지난 3년 동안 당신은 피고와 함께 살며 아내로 행세해왔죠?"

한순간 로메인 하이르거의 눈이 피고석에 있는 남자의 눈과 부딪쳤다. 그 표정에는 기묘하고 불가해한 어떤 것이 담겨 있었다.

"네."

신문이 속행되었다. 끔찍한 사실들이 잇따라 드러났다. 문제의 밤, 피고는 쇠막대를 들고 집에서 나갔다. 그는 10시 20분이 지나 돌아와서 노부인을 살해했다고 고백했다. 그는 피로 물든 커프스를 부엌 난로에 넣어 불태웠다. 그리고 그녀를 위협하여 이 일을 발설하지 말도록 강요했다.

진술이 진행됨에 따라 처음에 피고 쪽에 다소 유리했던 법정 분위기는 이제 몹시 불리한 쪽으로 돌아서기 시작했다. 피고 자신도 마치 체념한 것처럼 고개를 떨어뜨리고 침울한 모습으로 앉아 있었다.

그렇지만 검찰측에서도 로메인의 적의를 견제하려는 태도를 보이고 있었다. 검사로서도 증인이 공정한 태도를 취하기를 바랐던 것이다.

만만치 않은 피고측 변호사가 비장하게 자리에서 일어섰다.

그는 로메인의 얘기가 처음부터 끝까지 악의에서 나온 날조이며, 그녀는 문제의 시간에 집에 없었을 뿐만 아니라 다른 남자와 정을 통하고 있었기 때문에 고의로 볼을 무고한 죄인으로 만들어 죽음으로 몰아넣기 위해 꾸민 것이라고 단정했다.

로메인은 오만하기 짝이 없는 태도로 이 주장을 일축했다.

그때 놀랄 만한 반전이 찾아왔다. 문제의 편지가 제출된 것이다. 침 넘어가는 소리마저 들리는 숨 막히는 정적 속에서 그것은 소리 높이 낭독되었다.

사랑하는 맥스, 운명의 여신이 드디어 그를 우리의 손에 넘겨주었어요! 그 사람은 살인, 그래요! 노부인을 살해한 용의로 체포되었어요. 그 파리 한 마리도 어쩌지 못하는 레너드가요! 드디어 난 복수할 수 있게 되었어요. 어리석은 사람! 난 그날 그가 피를 묻히고 집에 돌아왔다고 말해줄 거예요. 나에게 고백했다고요. 교수형에 처하게 해주겠어요, 맥스. 그는 자신이 처형될 때, 자기를 죽음으로 몰아넣은 사람이 이 로메인이라는 걸 알게 될 거예요. 그리고 난 행복해질 수 있어요. 이제야 행복해지는 거라구요!

그 필적이 로메인 하이르거의 것임을 증언하기 위해 전문가들이 참석해 있었지만 굳이 그럴 필요도 없었다. 그 편지가 등장하자 그녀는 몸을 가누지 못하고 모든 것을 자백했다. 레너드 볼은 본인이 말한 대로 9시 20분에 집에 돌아왔다. 그를 파멸로 몰아넣기 위해 그녀는 모든 진술을 날조했던 것이다.

로메인 하이르거의 증언이 무너지자 피고에 대한 기소 사유 또한 무너지고 말았다. 찰스 경은 변호인측 증인을 몇 사람 더 소환했고, 피고 자신도 증인석에 서서 남자다운 태도로 솔직하게 진술했으며 반대 신문에도 전혀 동요하지 않았다.

검찰측은 대세를 만회하려고 노력했지만 별다른 성과를 얻지 못했다. 판사의 총괄 설명은 피고에 대해 전적으로 호의적인 것은 아니었지만, 이미 반대효과가 나타나고 있었기 때문에 배심원들이 평결을 내리는 데는 거의 시간이 걸리지 않았다.

"우리는 피고를 무죄로 인정합니다."

레너드 볼은 자유의 몸이 되었다!

자그마한 체격의 메이헌 씨는 서둘러 자리를 떠났다. 의뢰인에게 축하 인사를 하기 위해서였다.

그는 열심히 코안경을 닦고 있는 자신을 깨닫고, 얼른 손길을 멈추었다. 바로 어젯밤에도 그렇게 하는 것이 당신의 버릇이 되었다고 아내한테서 한 소리 들었던 것이다. 버릇이란 참으로 묘한 것이다. 본인은 자기한테 그런 버릇이 있다는 걸 결코 알지 못한다.

흥미로운 사건, 정말 흥미로운 사건이었다. 그 여자, 바로 로메인 하이르거.

메이헌 씨는 로메인 하이르거라는 이국적인 여자 때문에 이 사건이 오래도록 머리에서 떠나지 않을 거라고 생각했다. 패딩턴의 집에서 그녀는 창백하고 조용한 여성으로 보였는데, 법정에서는 흐릿한 배경 속에서 타는 듯이 빛나고 있었다. 보란 듯이 도도하게 피어 있는 열대의 꽃처럼.

눈을 감아도 그녀의 모습을 떠올릴 수 있었다. 키가 크고 격정적인 여자, 약간 앞으로 기울어진 우아한 자태로 재판 내내 오른손을 쥐었다 폈다 하고 있었다.

기묘하다, 버릇이라는 것은. 그 손놀림은 아마 그녀의 버릇 같았다. 그런데 아주 최근에 누군가 다른 사람이 그렇게 하는 것을 본 기억이 있는데 누구였더라? 아주 최근이었는데…….

그것을 머리에 떠올렸을 때 그는 순간 숨을 삼켰다. 쇼의 셋집의 그 여자였다!

그는 현기증이 나서 그 자리에 못박힌 듯이 섰다. 있을 수 없는 일이다, 있을 수 없는 일이야. 하지만 로메인 하이르거는 배우였다…….

K. C가 그의 등 뒤에서 어깨를 두드렸다.

"아직도 의뢰인에게 축하의 말을 하지 않았나? 정말 아슬아슬한 순간에 살아났지. 함께 만나러 가세."

그러나 이 작은 남자는 상대의 손을 뿌리쳤다.

그의 희망은 단 하나, 로메인 하이르거를 단둘이 만나는 것이었다.

메이헌 씨가 그녀를 만난 것은 한참 뒤의 일이었다. 만난 장소는 아무래도 상관없었다.

"그럼, 알아내셨군요." 변호사가 속으로 생각하고 있던 것을 다 털어놓자 그녀가 말했다. "그 얼굴 말인가요? 아! 그건 아무것도 아니에요. 또 분장을 알아볼 수 있을 만큼 가스등 불빛이 밝았던 것도 아니고."

"그렇지만, 왜, 왜……."

"왜 제가 혼자서 승부했느냐는 말씀인가요?"

지난번에도 그 말을 사용했던 것을 떠올리며, 그녀는 엷게 웃음지었다.

"그런 감쪽같은 연극을!"

"보세요, 변호사님. 전 그 사람을 구하지 않으면 안 되었어요. 그에게 헌신적인 여자의 증언으로는 충분하지 않았을 거예요. 당신 스스로 그렇게 암시하셨잖아요? 하지만 난 군중 심리에 대해 좀 알고 있죠. 나 자신의 입에서 나온 증언이 위증이었음을 인정하면 당장 피고에게 유리한 반응으로 돌아가죠."

"그럼 그 편지 다발은?"

"한 통만, 결정적인 한 통만으로는——그걸 뭐라고 하죠?——그래요, 날조로 보였을지도 모르니까요."

"그럼 맥스라는 남자는?"

"그런 인물은 존재하지 않아요."

"난 아직도 이렇게 생각하고 있소." 메이헌 씨는 도저히 인정할 수 없다는 듯이 말했다. "우리는 정상적인 절차로도 그를 구할 수 있었을 거라고."

"저에게는 그런 모험을 할 용기가 없었어요. 첫째로 당신은 그이를 무죄로 생각하고 있었잖아요?"

"그럼 당신은 그것을 알고 있었군요? 역시."

"메이헌 씨." 로메인이 말했다. "당신은 전혀 이해를 못하시는군요. 전 알고 있었어요, 그이가 유죄라는 것을!"

The Red Signal

빨강신호

"아뇨, 하지만 정말 소름끼치는 얘기군요" 하고, 예쁘장한 에버슬레이 부인은 아름답지만 어딘지 멍한 데가 있는 푸른 눈을 크게 뜨며 말했다. "사람들은 여자들이 육감을 가지고 있다고들 하는데, 정말 그렇게 생각하세요, 앨링턴 경?"

유명한 정신병 전문의는 냉소적인 웃음을 지었다. 그는 자리를 같이한 이 부인처럼 백치미가 있는 여자한테는 경멸을 숨기지 못하는 남자였다. 풍채가 좋고 약간 거만한 데가 있는 앨링턴 웨스트는 정신병 분야에서는 최고의 권위자였고, 스스로도 자기의 지위를 충분히 의식하고 있었다.

"그런 터무니없는 말들을 많이 하고 있다는 건 알고 있습니다, 에버슬레이 부인. 도대체 그 육감이라는 건 무슨 말입니까?"

"당신네 과학자들은 항상 너무 엄격해요. 하지만 이따금 정말 특이한 방법으로 여러 가지 일을 확실하게 느끼는 사람들이 있답니다. 그러니까 그냥 느껴진다고나 할까요? 기분이 오싹할 만큼. 아마 부인은 내 말뜻을 이해할 거예요. 그렇죠, 클레어 부인?"

그녀는 입술을 약간 내밀고 어깨를 기울이면서 이 집 안주인에게 동의를 구했다.

클레어 트렌트는 금방 대답하지는 않았다. 그것은 조촐한 저녁 식사 자리였다. 그녀와 그녀의 남편 잭 트렌트, 바이올렛 에버슬레이, 앨링턴 웨스트 경, 그리고 경의 조카이자 이 집 주인 잭 트렌트의 오랜 친구인 더못 웨스트가 자리를 함께 하고 있었다. 느릿하고 유쾌하게 웃는, 몸이 둔중하고 혈색 좋은 잭 트렌트가, 사람 좋은 미소를 지으며 이야기를 받았다.

"다 쓸데없는 얘기예요, 바이올렛! 가령 당신 친구가 열차 사고로 죽었다고 합시다. 그런데 당신은 그 전 화요일에 검은 고양이를 꿈에서 보았어요. 그래서 그것으로 만사를 설명하려 드는 거지요. 기막히게 멋진 착상 아닙니까? 당신은 미리 무슨 일이 일어날 것 같다는 예감이 들었다고 생각하는 겁니다."

"어머나, 아니에요, 잭! 당신은 예감과 직감을 혼동하고 있어요. 안 그래요, 앨링턴 경? 당신은 예감이라는 것이 정말 있다는 걸 인정하시죠?"

"아마 어느 정도 있다고 봐야겠죠." 의사는 어디까지나 신중했다. "그러나 대부분 우연일 경우가 많고, 그것도 거의 나중에 이야기를 꾸며내는 경향이 있어요. 그 점을 잊어서는 안 됩니다."

"나는 예감이라는 것이 있다는 생각은 들지 않아요." 클레어가 불쑥 말했다. "직감이니 육감이니, 또 그 밖에 우리가 아주 가볍게 입에 올리는 것 모두 말이에요. 우리는 미지의 목적지를 향해 어둠 속을 달리는 기차처럼 인생을 보내고 있는 것 같아요."

"그건 그렇게 좋은 비유 같지는 않군요, 부인." 더못 웨스트가 처음으로 고개를 들고 대화에 끼어들었다. 그 맑은 잿빛 눈이 햇볕에 검게 탄 얼굴과는 약간 대조적으로 기묘하게 번쩍이고 있었다.

"당신은 신호를 잊고 있어요."

"신호?"

"그래요, 안전할 땐 녹색, 빨강이면 위험 신호!"

"빨강은 위험 신호, 정말 스릴 있는데요!" 바이올렛 에버슬레이가 작은 목소리로 말했다.

더못은 약간 신경질적으로 그녀한테서 얼굴을 돌렸다.

"물론 그냥 말이 그렇다는 겁니다. 전방 위험! 적신호다! 조심해!"

트렌트는 의아하다는 듯이 그를 응시했다.

"마치 실제로 경험한 것처럼 말하는군, 더못."

"그래……아니, 그랬지."

"어디 얘기해 보게."

"한 가지 예를 들어보겠네. 메소포타미아에서였어. 전쟁이 끝난 바로 뒤였는데, 어느 날 밤 막사에 들어갔을 때 나는 강렬한 예감이 들었네. 위험하다! 조심해! 그렇게 경고하고 있었어. 하지만 짚이는 데는 전혀 없었지. 필요 이상으로 신경을 쓰면서 캠프를 한 바퀴 돈 뒤, 적의를 품고 있는 아랍인의 습격에 대비하여 모든 태세를 갖추었지. 그런 다음 다시 막사로 돌아갔어. 안에 들어간 순간, 위험하다는 느낌은 전보다 훨씬 더 강해져 있더군. 위험하다! 결국 나는 담요를 가지고 밖으로 나가서 몸에 둘둘 말고 거기서 잤다네."

"그래서?"

"이튿날 아침, 막사 안에 들어갔을 때 맨 먼저 눈에 들어온 것은, 바로 내가 자려고 했던 침대 위에 꽂혀 있는 커다란 칼, 약 50cm는 되는 칼이었네. 범인은 곧 밝혀졌지. 아랍인 하인이었어. 그놈의 아들이 스파이 혐의로 총살당했거든. 내가 적신호라고 하는 것의 표본으로 어떻게 생각하세요, 앨링턴 백부님?"

의사는 애매한 웃음을 지었다.

"무척 흥미로운 얘기구나, 더못."

"하지만, 무조건 인정할 수는 없다는 말씀인가요?"

"아니야, 네 말대로 네가 위험을 미리 느꼈다는 건 의심하지 않는다. 내가 말하고 싶은 건, 네가 예감을 얻은 원인 쪽이다. 네 얘기에 따르면, 그건 뭔가 외부에서 온 힘이 네 정신에 작용했다는 것 같은데, 하지만 오늘날 우리는 거의 모든 일이 내부, 즉 우리의 잠재의식에서 나온다는 것을 발견했단다."

"아, 그 유명한 잠재의식 말인가요?" 잭 트렌트가 소리쳤다. "요즘은 뭐든지 거기다 갖다 붙이더군요."

앨링턴은 잭 트렌트의 말을 무시하고 말을 계속했다.

"그 아랍인의 눈길이나 표정이 무의식중에 자신의 정체를 드러내고 만 것이라고 생각한다. 네 지각이 의식하고 있는 부분은 눈치 채거나 기억하지 못하지만, 잠재의식은 결코 잊는 법이 없지. 또 잠재의식은 완전히 독자적으로 의식의 표면에 있는, 더 명도가 높은 의지에 판단을 내리거나 암시할 수 있다고 우리는 믿고 있다. 그래서 너의 잠재의식이 너를 암살하려는 시도가 있을지 모른다는 걸 알고, 그 불안을 네 의식에 경고할 수 있었던 거지."

"그 말씀은 확실히 설득력 있게 들리는군요." 더못은 웃음지으면서 말했다.

"하지만 그다지 재미있지는 않은 것 같아요." 에버슬레이 부인이 입술을 내밀었다.

"그리고, 잠재의식에서는 너에 대한 그 남자의 증오를 눈치 채고 있었을 가능성도 있어. 과거에 텔레파시라고 부르던 것이 존재한다는 건 확실해. 그것이 어떻게 해서 생기는 건지 거의 이해할 수 없지만."

클레어가 더못에게 물었다.

"다른 예는 없었나요?"

"아, 있었죠. 하지만 그리 확실한 것은 아닙니다. 틀림없이 모두 우연이 되풀이된 것일 뿐이라고 할 테니까요. 언젠가 시골 저택에 초대를 받은 적이 있는데, 저는 거절했습니다. 적신호를 느꼈을 뿐 다른 이유는 없었지요. 그랬는데 그 주일에 그 집이 깡그리 불타버렸어요. 백부님, 이 경우에는 잠재의식이란 게 어디서 등장한 건가요?"

"거기서는 등장하지 않은 것 같구나." 앨링턴 경이 웃으며 대답했다.

"하지만 아까처럼 멋지게 설명하실 수 있을 텐데요. 자, 조카한테는 사양하실 필요 없습니다."

"그렇다면 말이다만, 네가 그저 그곳에 가고 싶지 않다는 이유로 초대를 거절했을 뿐인데, 나중에 화재가 일어나자 넌 자신이 위험 경고를 받은 것으로 생각하게 되었고, 지금은 그걸 절대 믿고 있는 거지."

"더 이상 할 말이 없군요." 더못은 웃었다. "앞면이 나오면 백부님의 승리, 뒷면이 나오면 저의 패배라는 건가요?"

"신경 쓰지 마세요, 웨스트 씨." 바이올렛 에버슬레이가 말했다.

"전 당신의 적신호를 절대 믿어요. 메소포타미아에서 느낀 것이 마지막이었나요?"

"네, 오늘……."

"뭐라고 하셨죠?"

"아, 아무것도 아닙니다."

더못은 입을 다물었다. '네, 오늘 이곳에 오기 전까지는'이라는 말을 거의 할 뻔했다. 그건 완전히 저절로 나온 것으로, 아직 그걸 의식하기도 전에 자기도 모르게 튀어나올 뻔했던 것이다. 하지만 그는 그것이 사실이라는 것을 이내 알았다. 어둠 속에서 적신호가 희미하게 보인 것이다. 위험하다! 위험이 다가오고 있다.

하지만 왜? 여기에 어떤 위험이 있단 말인가? 친구 집인데? 그러고 보니 적어도 위험이 없는 것은 아니었다. 그는 클레어 트렌트를, 그 하얀 피부와 늘씬한 몸매, 우아하게 숙이고 있는 금발 머리를 바라보았다. 그러나 이 위험은 이미 얼마 전부터 시작된 일이다. 그리고 그 위험은 더 이상 고조될 리가 없었다. 잭 트렌트는 그의 친구, 아니 친구 이상이었다. 플랑드르에서 자신의 생명을 구해준 사람으로, 그 일로 빅토리아 훈장에 추천되기까지 했다. 잭은 좋은 친구요, 최상의 동지였다. 그 잭의 아내를 사랑하게 된 건 정말이지 불행한 일이었다. 아마 언젠가 이 감정은 희미해질 것이다. 이런 고통을 영원히 감당할 수는 없는 일이기 때문이다. 극복할 수 있을 거야. 그래, 극복하는 거다. 그녀가 눈치 채기 전에. 아니 만약 눈치 챈다고 해도 그녀가 걱정해야 할 일은 없다. 클레어는 조각상, 금과 상아와 엷은 분홍빛 산호로 깎은 아름다운 조각상이다…… 이상형이지 현실 속의 여성이 아닌 것이다…… 클레어…… 그 이름을 떠올리기만 해도 그의 가슴은 아파왔다. 이 감정을 극복하지 않으면 안 된다. 전에도 여자를 사랑한 적이 없는 것은 아니었다…….

'그러나 이것과는 달랐어!' 뭔가가 그렇게 말하고 있었다. '이것과는 달랐어.' 그랬다. 전에는 위험이 느껴지지 않았다. 가슴의 통증이 있었던 건 사실이지만 위험은 없었다. 적신호가 켜질 위험은 없었다. 뭔가 다른 것이었다.

그는 테이블을 둘러보며, 처음으로 이것이 약간 이례적인 모임이라는 것을 깨달았다. 예를 들면, 이렇게 조촐하고 허물없는 저녁모임에 앨링턴 경이 참석하는 건 거의 없는 일이었다. 트렌트 집안과 옛날부터 아는 사이 같지도 않았다. 오늘 저녁까지만 해도 더못은, 자기 백부가 이들 부부를 알고 있으리라고는 전혀 생각지 못했다.

사실 그럴듯한 구실이 없는 건 아니었다. 저녁 식사 뒤에 강령술 모임을 갖기 위해, 그다지 평판이 좋지 않은 영매가 찾아올 거라고 했다. 앨링턴 경은 심령술에 약간 흥미를 가지고 있는 것처럼 가장하고 있다. 그렇다, 분명히 이건 구실에 불과하다.

그는 그 말에 사로잡혀 있었다. 강령술 모임은 저녁 식사 자리에 정신과 의사가 참석한 것을 사람들이 부자연스럽게 여기지 않도록 하기 위한 구실에 지나지 않은 것일까? 만약 그렇다면, 백부가 이 자리에 있는 진짜 목적은 무엇일까?

많은 사소한 사실들, 그때는 몰랐던, 아니면 백부가 말한 것처럼 의식하지 못했던 사소한 일들이 더못의 머리 속에 한꺼번에 떠올랐다.

그 저명한 의사는 묘한, 굉장히 이상야릇한 시선으로 여러 번 클레어를 바라보았다. 그녀를 감시하고 있는 것 같았다. 그 살피는 듯한 시선을 받은 그녀는 안절부절못했다. 손이 희미하게 떨리고 있다. 그것도 몹시 신경질적으로. 어쩌면 겁을 먹고 있는 것이 아닐까? 무엇 때문에? 왜, 겁을 낸단 말인가?

다시 정신을 가다듬은 그는 식탁에서의 대화에 주의를 돌렸다. 에버슬레이 부인이 정신병의 대가에게 전문적인 의견을 청하고 있는 중이었다.

"부인, 원래 광기라는 건 무엇일까요? 분명히 말씀드려 이 문제는 연구하면 할수록 단정하기가 더 어렵습니다. 우리는 모두 자기기만이라는 것에 얼마만큼 빠져 있습니다. 그래서, 자신을 러시아 황제라고 믿을 지경에까지 이르면, 격리당하거나 감금당하는 겁니다.

그러나 거기까지 이르려면 긴 과정이 필요합니다. 도대체 어떤 지점에 말뚝을 박고, '여기까지는 제정신, 여기서부터는 광기'라고 정할 수 있겠습니까? 그건 불가능합니다. 만약 어떤 사람이 망상에 시달리고 있으면서도 입을 꼭 다물고 있다면, 아마 우리는 대부분 그 사람을 보통 사람과 구별하지 못할 겁니다. 정신이상자가 그토록 멀쩡하게 보일 수 있다는 건 정말 흥미로운 일이죠."

앨링턴 경은 와인을 음미하면서 모두에게 환하게 웃어보였다.

"그런 사람들은 무척 교활하다고 들었어요." 에버슬레이 부인이 말했다. "미친 사람 말이에요."

"그건 맞습니다. 게다가 억압당한 특정한 망상은, 자주 비참한 결과로 끝나는 걸 볼 수 있어요. 정신분석에서 말하는 것처럼, 억압이라는 것은 모두 위험합니다. 아무런 해를 끼치지 않는 특이한 버릇을 가지고 있고 그 속에 빠져서 만족할 수 있는 사람은, 제정신과 광기의 경계선을 넘는 일이 여간해서 없습니다. 그러나 실제로는" 하고 거기서 잠깐 뜸을 들인 뒤 앨링턴 경은 말을 이었다. "겉으로는 완전히 정상으로 보이는 남자 또는 여자가, 실은 사회에 심각한 위험을 끼칠 수도 있지요."

의사의 시선이 천천히 테이블을 돌아 클레어에게로 갔다가 다시 제자리로 돌아왔다. 그리고 다시 와인을 한 모금 마셨다.

더못은 공포를 느꼈다. 도대체 앨링턴 경은 무슨 얘기를 하고 싶은 걸까? 그의 목적은 무엇일까? 아니, 설마, 하지만――.

"그것도 모두 억압에서 오는 것이군요." 에버슬레이 부인이 한숨을 내쉬었다. "항상 주의해야 한다는 건 알고 있어요. 그러니까, 자신의 개성을 표현할 때는 말이죠. 상대가 위험할 수도 있다는 건 무서운 일이에요."

"에버슬레이 부인." 의사가 충고했다. "부인은 내 말을 전혀 이해하지 못하고 있군요. 병의 원인은 뇌의 물리적인 문제입니다. 때로는 구타 같은 외적인 요인에 의해 일어나기도 하고, 때로는 가엾게도 선천적인 경우도 있지요."

"유전은 정말 안됐어요." 부인은 애매하게 한숨을 쉬었다. "폐병이니 뭐니 하는 것들을 보면."

"결핵은 유전이 아닙니다." 앨링턴 경이 냉담하게 말했다.

"어머, 그래요? 전 유전인 줄로만 알았어요. 하지만 정신병은 그래요! 아, 정말 끔찍해. 또 있나요?"

"통풍이 있지요." 앨링턴 경은 웃으면서 말했다. "그리고 색맹도 있어요. 이쪽은 상당히 재미있습니다. 남자한테는 직접 유전되지만 여자한테는 잠재유전되거든요. 그래서 색맹인 남자는 많이 있는데 비해, 여성은 아버지가 현재 색맹인 동시에 어머니 쪽도 잠재색맹이어야 생기는데, 그런 경우는 매우 드물어요. 그게 바로 반성유전이라고 하는 겁니다."

"정말 재미있군요. 하지만 정신병은 다르겠죠?"

"정신병은 남자고 여자고 상관없이 유전됩니다." 의사는 무거운 어조로 말했다.

갑자기 클레어가 일어섰다. 너무 갑자기 벌떡 일어서는 바람에 의자가 뒤로 넘어가고 말았다. 얼굴이 몹시 창백했고, 신경질적인 손가락의 움직임이 확연히 드러났다.

"여, 여러분, 이제 자리를 옮기는 게 어떨까요?" 클레어가 권했다. "톰슨 부인이 곧 올 거예요."

"난 포도주를 한 잔 더 마신 뒤에 곧 뒤따라가겠소." 앨링턴 경이 분명하게 말했다. "내가 오늘 여기 온 건 그 유명한 톰슨 부인의 솜씨를 보기 위한 것 아니던가요? 하하! 그러니 말씀하지 않아도 그렇게 할 겁니다." 그는 그렇게 말하며 머리를 숙여보였다.

클레어는 희미한 웃음으로 답례한 뒤, 에버슬레이 부인의 어깨에 손을 얹고 방에서 나갔다.

"아무래도 내가 너무 전문적인 얘기만 한 것 같군요." 다시 자리에 앉으면서 의사가 말했다. "용서하시오."

"천만에요." 트렌트가 형식적으로 대답했다.

그는 긴장해 있는 것 같았고 걱정스러운 표정이었다. 더욱이 이 친구와 함께 한 자리에서 생판 남 같은 느낌이 든 것은 이번이 처음이었다. 두 사람 사이에 터놓고 말할 수 없는 비밀이 있는 것이다. 모든 상황이 이상야릇하고 믿을 수가 없었다. 그렇게 생각되는 근거는 도대체 무엇일까? 누군가의 몇 번의 의미심장한 눈길과 한 여자의 허둥대는 듯한 거동뿐이었는데?

모두들 잠시 와인을 아껴가며 마신 뒤 톰슨 부인이 도착했다는 전갈을 듣고 객실로 옮겼다.

영매는 조악한 짙은 붉은색의 비로드 옷을 입은 뚱뚱한 중년 여자로, 약간 큰 목소리의 소유자였다.

"제가 늦게 온 건 아니겠죠, 트렌트 부인?" 톰슨 부인은 밝게 말했다. "9시라고 하지 않았던가요?"

"제 시간에 오셨어요, 톰슨 부인." 클레어는 약간 갈라졌지만 아름다운 목소리로 말했다. "이분들이 오늘의 조촐한 모임에 참석하신 손님들이에요."

그 이상의 소개는 하지 않았다. 아마 그러는 것이 관습인 모양이다. 영매는 날카롭게 찌르는 듯한 눈길로 한 사람 한 사람 쳐다본 뒤, 시원스러운 목소리로 말했다.

"좋은 성과를 얻을 수 있으면 좋겠군요. 이렇게 모처럼 와서 여러분을 만족시키지 못했을 때, 제가 얼마나 실망하는지 아마 모르실 거예요. 정말 괴롭답니다. 하지만 시로마코——내 일본인 영혼이죠——는 오늘밤에는 걱정하지 않아도 될 것 같아요, 아마 틀림없이 나타나줄 겁니다. 무척 어울릴 것 같은 기분인 데다, 난 구운 치즈를 무척 좋아하지만 웰시래빗(녹인 치즈를 부은 토스트)은 끊었으니까요."

더못은 반쯤 즐기고 반쯤 지겨워하면서 듣고 있었다. 하나부터 열까지 이 얼마나 산문적이란 말인가! 이렇게 말하는 나는 어리석은 판단을 하고 있는 게 아닐까? 결국 모든 것이 당연한 일이다. 영매가 가지고 있다고 자처하는 힘은 자연이지만, 지금까지는 불완전하게밖에 이해되지 않았던 것이리라. 명의들도 어려운 수술이 있기 전날 밤에는 소화불량을 걱정할지도 모른다. 그렇다면, 톰슨 부인이 그 정도 조심을 하는 건 당연한 일 아닐까?

의자는 원형으로 배치했고, 조명은 밝기를 조절할 수 있는 것으로 켜두었다. 트릭의 유무를 조사하는 건 문제도 아니었고, 강령회의 조건에 대해 앨링턴 경이 만족하고 있다는 것을 더못은 알았다. 그렇다, 톰슨 부인의 이 공연은 단순한 구실이다. 앨링턴 경이 이곳에 있는 건 전혀 다른 목적을 위한 것이다. 더못은 클레어의 어머니가 외국에서 사망한 사실을 떠올렸다. 그 사람한테는 약간 석연치 않은 데가 있었다. 유전과 관련된.

그는 다시 주위의 상황에 관심을 돌렸다.

모두들 자리를 잡고 앉자, 떨어진 테이블 위에 있는 붉은색의 작은 갓을 씌운 등만 남기고 모든 조명이 꺼졌다.

한동안은 영매의 낮고 규칙적인 숨소리 외에는 아무 것도 들리지 않았다. 그 소리는 점점 높게 코고는 소리로 변해갔다. 그러다가 갑자기 방 반대쪽 끝에서, '탁' 하고 뭔가를 두드리는 큰 소리가 나자, 더못은 흠칫 놀랐다. 다른 반대쪽에서도 같은 소리가 들려왔다. 두드리는 소리는 점점 높아졌다. 잠시 뒤 그 소리가 사라지자, 갑자기 비웃는 듯한 높게 울려 퍼지는 웃음소리가 방 안을 가득 채웠다. 이어서 톰슨의 목소리와는 전혀 다른 날카롭고, 특이한 억양의 목소리가 침묵을 깼다.

"여러분, 난 이곳에 있어요" 하고 그 목소리가 말했다. "그래요. 이곳에 있어요. 나에게 묻고 싶은 것이 있나요?"

"당신은 누구죠? 시로마코인가요?"

"그래요, 난 시로마코예요. 오래 전에 죽었지요. 그러나 지금은 이렇게 활동하고 있어요. 무척 행복하답니다."

이어서 시로마코 자신에 대한 얘기가 한참 계속되었다. 평범하기 짝이 없고 재미없는 내용으로, 더못이 지금까지 많이 들어본 얘기였다. 모두들 행복하고, 또 행복하다는 얘기. 그리고 거의 어떤 경우에나 들어맞도록 더할 수 없이 모호하게 표현된 친지들의 말이 전해졌다. 참석자 중 누군가의 어머니라는 노부인이, 한동안 혼자 떠들면서 무척 거만한 어조로 진부한 격언을 들려주었는데, 그건 그녀에게는 어울리지 않는 화제였다.

"그런데, 다른 분이 얘기하고 싶어하는군요." 시로마코가 말했다. "신사분들 중 한 분에게 매우 중요한 얘기가 있는 모양입니다."

잠시 사이를 둔 뒤 먼저 악마처럼 불길한, 소리 죽인 웃음소리가 들리더니 새로운 목소리가 말하기 시작했다.

"하, 하! 하, 하, 하! 집으로 돌아가지 않는 게 좋아. 집으로 돌아가지 않는 게 좋아. 내 충고를 들으라구."

"누구한테 하는 말이오?" 트렌트가 물었다.

"당신들 세 사람 가운데 한 사람. 나라면 집에 돌아가지 않겠어. 위험해! 피가 보여! 많은 피는 아니지만 그래도 상당한 양이야. 안 돼, 집에 가지 마." 목소리는 희미해져 갔다. "집에 돌아가지 마!"

목소리는 완전히 사라졌다. 더못은 가슴이 두근거리는 걸 느꼈다.

그 경고는 자신을 가리키고 있는 것이라고 그는 확신했다. 어쨌든 오늘밤 문 밖에는 위험이 있다!

영매가 한숨을 쉰 다음 신음소리를 냈다. 의식이 돌아오기 시작한 신호다. 불이 켜지자 곧 자세를 바로 한 뒤 잠시 눈을 깜박거렸다.

"잘 됐나요? 그랬기를 바라요."

"무척 좋았어요. 감사드려요, 톰슨 부인."

"시로마코였죠?"

"네, 그리고 다른 사람들도 여러 명."

톰슨 부인이 하품을 했다.

"몹시 피곤하군요. 정말 녹초가 되었어요. 늘 이렇답니다. 하지만 잘 되었다니 다행이에요. 약간 걱정하고 있었거든요. 뭔가 이상한 일이 일어나는 게 아닌가 하고. 오늘밤 이 방에는 기묘한 분위기가 있어요."

그녀는 넓은 어깨 너머로 주위를 번갈아 둘러본 뒤, 불편한 듯이 어깨를 으쓱했다.

"아무래도 마음에 들지 않아요. 최근에 당신들 주위에 누군가 급사하신 분이라도 있나요?"

"무슨 말이오, 우리들 중에라니?"

"가까운 친척이나 친구분 중에 말이에요. 제가 좀더 과장스럽게 말했다면, 오늘밤의 공기에서 죽음의 냄새가 난다고 했을 거예요. 뭐, 그냥 터무니없는 헛소리일 뿐일지도 모르죠. 그럼 안녕히 계세요, 트렌트 부인. 만족하셨다니 무엇보다 다행이에요."

짙은 붉은색의 비로드 가운을 입은 톰슨 부인은 돌아갔다.

"재미있으셨나요, 앨링턴 경?" 클레어가 작은 목소리로 말했다.

"정말 흥미로운 밤이었소, 부인. 이런 기회를 마련해줘서 정말 고마워요. 그럼 이젠 가봐야겠군. 여러분은 춤추러 가실 거지요?"

"함께 가지 않으시겠어요?"

"아니오, 난 항상 11시 반에는 잠자리에 드는 걸 원칙으로 하고 있어서. 잘 있어요. 잘 가요, 에버슬레이 부인. 아! 더못, 너에게 잠깐 할 애기가 있다. 나하고 함께 나가지 않겠니? 그래프턴 갤러리스에서 다시 이분들과 합류할 수 있을 거다."

"그러죠, 백부님. 그럼 그쪽에서 만나세, 트렌트."

할리 거리(런던의 지명. 일류 의사가 많이 살고 있는 곳)까지 가는 짧은 드라이브 동안, 백부와 조카는 거의 말이 없었다. 앨링턴 경은 더못을 끌고 나온 것을 좀 미안해하며 몇 분이면 된다고 말했다.

"차를 그냥 기다리라고 할까?"

차에서 내리면서 앨링턴 경은 조카에게 물었다.

"아니에요. 걱정 마세요, 백부님. 전 택시를 타면 돼요."

"그러렴. 나도 가능하면 찰슨에게 늦도록 일을 시키고 싶지는 않구나. 잘 가게, 찰슨. 그런데, 내가 열쇠를 어디에 뒀더라?"

앨링턴 경이 계단 위에서 헛되이 호주머니를 뒤지고 있는 동안 차는 저만치 가버렸다.

"다른 코트 안에 넣어둔 모양이다." 마침내 그가 말했다. "벨을 눌러주겠니? 존슨은 아직 안 자고 있을 거다, 아마."

그 말대로 좀처럼 동요하는 일이 없는 존슨은 1분도 안 되어 문을 열어주었다.

"열쇠를 두고 왔다네, 존슨." 앨링턴 경이 설명했다. "소다수를 섞은 위스키 두 잔을 서재로 갖다 주게."

"알겠습니다, 나리."

의사는 성큼성큼 서재에 들어가서 불을 켰다. 그리고 더못에게 등 뒤의 문을 닫으라는 시늉을 했다.

"오래 붙잡을 생각은 없다. 더못, 너에게 할 말이 있어. 어쩌면 내 상상인지 모르겠다만, 분명히 넌 뭐랄까, 혹시 트렌트 부인에게 연정을 품고 있는 거 아니냐?"

더못의 얼굴이 순식간에 붉어졌다.

"잭 트렌트는 제 친굽니다."

"미안하지만, 그건 내 질문에 대한 대답이 못 되는구나. 틀림없이 넌 이혼 같은 것에 대해 몹시 엄격한 내 견해를 고려하고 있는 거겠지? 난 네가 나의 단 하나의 가까운 혈육이자 상속인이기도 하다는 것을 상기시켜 주어야겠다."

"이혼 같은 건 화제에 올랐던 적도 없습니다." 더못은 분개했다.

"그럴 테지, 그 이유는 너보다 내가 더 많이 알고 있다만. 그 특수한 이유를 지금 너에게 털어놓을 순 없지만 주의를 주고 싶구나. 클레어 트렌트는 너에게 어울리는 사람이 아니다."

청년은 백부의 시선을 정면으로 마주보았다.

"알고 있습니다. 아마 백부님이 생각하고 계시는 것보다 더 많이 알고 있을지도 모르죠. 오늘밤의 만찬에 오신 이유도 알고 있어요."

"그래?" 의사는 놀란 모양이었다. "어떻게 알았니?"

"추측한 것으로 해두죠. 제 말이 맞을지 모르지만, 백부님은 전문가의 자격으로 그곳에 계셨을 텐데요."

앨링턴 경은 방 안을 왔다갔다하기 시작했다.

"맞았다, 더못. 물론 너에게 털어놓을 수는 없었지만, 곧 알게 될 거라고 걱정은 하고 있었어."

더못은 가슴이 죄어오는 걸 느꼈다.

"그럼 백부님은 마음을 정하셨다는 말씀인가요?"

"그래, 그 집안에는 정신이상자가 있어. 슬픈 일이지, 참으로 슬픈 일이야."

"저는 믿지 못하겠어요."

"아마 그럴 거다. 만약 뭔가 징후가 보였다 해도, 전문가가 아니면 눈치 채지 못했을 테니까."

"전문가에게는 어떤데요?"

"증거는 결정적이다. 이런 경우 환자를 적극적으로 격리하지 않으면 안 돼."

"맙소사!" 더못이 숨을 몰아쉬었다. "하지만 이유도 없이 가둬둘 수는 없습니다."

"더못! 그들이 자유롭게 살고 있는 것이 사회에 위협이 될 경우에만 격리하는 거야."

"위협이라니요?"

"지극히 중대한 위협이지. 거의 살인광 특유의 증상이야. 그 어머니의 경우도 그랬어."

더못은 신음하며 두 손에 얼굴을 묻었다. 클레어, 그 하얀 피부에 금발머리의 클레어가!

"상황이 그러니까" 의사는 침착하게 얘기를 계속했다. "너에게 주의를 주는 것이 내 의무라고 생각했다."

"클레어." 더못은 중얼거렸다. "가엾은 클레어."

"그래. 우린 모두 그 사람에게 동정을 베풀어야 해."

갑자기 더못이 얼굴을 쳐들었다.

"전 못 믿겠습니다."

"뭐라고?"

"전 못 믿겠다고 말했습니다. 의사도 실수할 때가 있어요. 모든 사람이 다 알고 있는 일입니다. 그리고 의사는 자신의 전문 분야에는 외곬으로 되기 쉬운 법이니까요."

"더못!" 앨링턴 경이 분연히 소리쳤다.

"전 믿지 못하겠다고 했어요. 그리고 설령 그렇다 해도 상관하지 않겠어요. 전 클레어를 사랑해요. 만약 그 사람이 함께 가겠다고 하면 그 사람을 데리고 아주 먼 곳으로, 귀찮은 의사들이 참견하지 못하는 먼 곳으로 데리고 갈 겁니다. 제 사랑으로 그 사람을 보살피고 지켜주겠어요."

"그래선 안 돼. 너까지 미친 거냐?"

더못은 차갑게 웃었다.

"백부님이라면 아마 그렇게 말씀하시겠죠."

"잘 들어라, 더못." 앨링턴 경은 얼굴을 붉히며 화를 억제했다. "만약 네가 그런 짓을, 그런 수치스러운 짓을 한다면, 그것으로 넌 끝장이다. 지금 너에게 주고 있는 수당을 몰수하고, 유언장도 새로 작성해서, 내 전 재산은 여러 군데의 병원에 기증하기로 하겠다."

"백부님의 그 지긋지긋한 돈은 백부님 거니까 마음대로 쓰세요." 더못은 낮은 목소리로 말했다. "전 사랑하는 사람을 택하겠습니다."

"그 여자는……"

"그 사람에 대해 한 마디라도 험담을 하신다면 당신을 죽여버리겠어요!" 더못이 소리쳤다.

유리잔이 부딪치는 희미한 소리에 두 사람은 뒤를 돌아보았다. 얘기에 열중해 있어서, 존슨이 유리잔을 얹은 쟁반을 들고 들어오는 소리도 듣지 못했던 것이다. 유능한 하인답게 동요한 기색이 없는 표정을 보면서, 도대체 이 남자가 어디까지 들었을까 하고 더못은 생각했다.

"이제 됐네, 존슨." 앨링턴 경이 무뚝뚝하게 말했다. "가서 자도 좋아."

"감사합니다. 그럼, 편히 쉬십시오."

존슨이 물러갔다.

두 남자는 서로를 응시했다. 한순간의 방해가 조금은 격정을 가라앉혀 준 것 같았다.

"백부님." 더못이 입을 열었다. "그런 식으로 말해서는 안 되겠어요. 전문의의 관점에서 본다면, 백부님 말씀이 옳다는 건 잘 알고 있습니다. 하지만 전, 오래 전부터 클레어 트렌트를 사랑하고 있었습니다. 잭 트렌트가 제 친구라는 사실이 지금까지 클레어에게 사랑을 고백하는 걸 가로막아 왔어요. 하지만 이렇게 된 이상, 이제 그럴 필요가 없을 것 같군요. 금전적인 제약으로 절 말릴 수 있을 거라고는 생각하지 마십시오. 우린 이제 둘 다 할말은 다한 것 같군요. 이만 돌아가겠어요."

"더못——."

"더 이상 얘기해봤자 소용없습니다. 안녕히 주무세요, 백부님. 죄송합니다. 하지만 어쩔 수가 없어요."

그는 서둘러 방에서 나간 뒤 문을 닫았다. 홀은 캄캄했다. 그곳을 지나 현관문을 열고 밖으로 나오자, 뒤로 쾅하고 소리가 날 정도로 문을 닫았다.

택시 한 대가 저쪽에서 마침 손님을 내려주고 있었다. 더못은 그 차를 불러 세워 그래프턴 갤러리스로 달려갔다.

무도장 입구에서 그는 한순간 현기증을 느끼며 걸음을 멈췄다. 머리가 어질어질했다. 귀에 거슬리는 재즈 음악, 여자들의 웃음소리. 마치 딴 세상에 발을 들여놓은 것 같았다.

그건 모두 꿈이었을까? 백부와의 불쾌한 대화가 실제로 있었던 일이라는 게 믿어지지 않았다. 늘씬한 몸에 착 달라붙는 흰색과 은색의 드레스를 입은 클레어가 한 송이 백합처럼 떠가듯이 지나갔다. 더못에게 웃음을 던지는 그 얼굴은 온화하고 밝았다. 확실히 모든 것이 꿈이었던 모양이다.

춤이 끝나자 클레어가 옆에 와서 웃음짓는 얼굴로 그를 올려다보았다. 꿈꾸는 듯한 심정으로 그는 춤을 신청했다. 그녀를 품에 안았을 때, 귀에 거슬리는 멜로디가 다시 시작되었다.

그는 클레어가 약간 기운이 없는 것을 느꼈다.

"피곤해요? 그만 추겠소?"

"괜찮다면요, 어딘가 얘기할 수 있는 곳으로 가요. 하고 싶은 얘기가 있어요."

꿈은 아니었다. 그는 모든 것이 한꺼번에 현실로 돌아온 걸 느꼈다. 어째서 또 그녀의 얼굴이 온화하고 밝다고 착각했던 것일까? 그 얼굴은 무서우리만치 불안에 사로잡혀 있었다. 도대체 그녀는 어디까지 알고 있는 걸까?

그는 조용한 한구석을 찾아가 그녀와 나란히 앉았다.

"자——" 하며 그는 자신의 기분과는 반대로 짐짓 가벼운 말투로 입을 열었다. "나에게 할 얘기가 있다고 했죠?"

"네." 그녀는 시선을 내리깔았다. 손이 어쩔 줄 몰라하며 드레스의 술장식을 만지작거리고 있다. "말을 꺼내기가 쉽지 않군요. 무슨 얘긴가 하면."

"어서 얘기해 봐요, 클레어."

"사실은……당신이, 잠시 당신이, 어디로 떠나가 줬으면 해요."

그는 깜짝 놀랐다. 무엇을 예상하고 있었든, 적어도 이런 얘기는 아니었다.

"나에게 떠나가 달라고? 왜죠?"

"솔직하게 말해야겠죠, 그렇죠? 난, 난 알고 있어요. 당신은 신사이고 우리의 친구예요. 당신에게 떠나가 달라는 건, 내, 내가 당신을 좋아하게 되어 버렸기 때문이에요."

"클레어！"

그녀의 말이 그의 말문을 막아버렸다. 아무 말도 나오지 않았다.

"제발, 당신도 나를 사랑하고 있을 거라고 믿을 정도로, 내가 자만에 빠져 있다고는 생각지 말아주세요. 다만 난, 그리 행복한 편이 아니에요. 그래서, 아！ 당신이 떠나주기를 바라는 거예요."

"클레어, 내가 당신을 사랑하고 있다는 것을, 죽을 만큼 사랑하고 있다는 것을 몰랐단 말이오？ 당신을 처음 만났을 때부터."

그녀는 깜짝 놀라 그를 올려다보았다.

"당신이 나를？ 오래 전부터？"

"처음 본 순간부터."

"아！" 그녀가 소리쳤다. "왜 나에게 말해주지 않았어요？ 당신한테 갈 수 있었던 그때에. 왜 너무 늦어버린 지금에야 말하는 거예요？ 아니야, 내가 어떻게 된 건가 봐. 지금 내가 무슨 말을 하고 있는 거지？ 절대로 당신한테 갈 수 있었을 리가 없는데."

"클레어, '너무 늦어버린 지금'이라는 건 무슨 뜻이오？ 그건 앨링턴 백부님 때문이오？ 백부님이 무엇을 알고 있소？ 무슨 생각을 하고 있는 거요？"

고개를 끄덕이는 그녀의 뺨에 눈물이 흘러내렸다.

"이봐요, 클레어. 그런 말을 믿어서는 안 돼요. 그런 건 생각해서도 안 돼요. 그 대신 나와 함께 갑시다. 남태평양으로, 에메랄드빛 보석 같은 섬들이 있는 곳으로 갑시다. 그곳에 가면 당신은 행복해질 수 있소. 내가 당신을 보살펴줄 거요, 언제나 지켜주겠소."

그는 클레어를 두 팔로 감싸 안았다. 그녀 몸을 끌어당겼을 때, 그녀가 떨고 있는 것이 느껴졌다. 갑자기 그녀는 더못의 팔을 뿌리쳤다.

"아, 안 돼요, 부탁이에요. 이해 못하시겠어요？ 지금은 그럴 수 없어요. 그건 파렴치한, 파렴치한 일이에요. 지금까지 난 정숙한 여자로 살아왔어요. 그런데 이제 와서 그런다는 건 역시 파렴치한 일이에요."

그는 그 말에 혼란스러운 당혹감을 느꼈다. 그녀가 애원하듯이 그를 응시했다.

"부탁이에요, 난 정숙한 여자이고 싶어요."

더못은 말없이 일어서서 그 자리를 떠났다. 오랫동안, 생각해볼 여지도 없는 그녀의 말이 더못의 마음을 움직이며 괴롭혔다. 모자와 코트를 가지러 간 곳에서 그는 트렌트와 딱 마주쳤다.

"아니, 더못. 벌써 가려고?"

"응, 아무래도 오늘밤엔 춤을 출 기분이 아니군."

"정말 이상한 밤이야." 트렌트도 음울하게 말했다. "하지만 당신한테는 나 같은 고민은 없을걸."

더못은 트렌트가 비밀을 털어놓으려는 게 아닌가 싶어 공포에 빠졌다. 그것만은, 그것만은 안 된다!

"그럼, 먼저 가보겠네." 그는 조급하게 말했다. "난 집으로 돌아가겠어."

"집으로 간다고? 그 유령이 한 경고는 어쩌고?"

"대담하게 한번 부딪쳐 보지 뭐. 잘 있게, 잭."

더못의 아파트는 그리 멀지 않은 곳에 있었다. 흥분한 두뇌를 식히는 데 차가운 밤공기가 필요하다고 느낀 그는 아파트까지 걸어갔다.

열쇠를 돌려 안에 들어가서 침실의 불을 켰다.

바로 그 순간, 오늘밤 두 번째의, 그가 적신호라는 이름으로 표현했던 느낌이 밀려들었다. 그것은 한동안 그의 머리에서 클레어조차 쫓아버리게 할 만큼 압도적인 힘을 가지고 있었다.

위험하다! 난 위험에 처해 있어. 지금 이 순간, 내 방 안에서!

그는 그 공포를 무시하려고 노력했지만 아무 소용없었다. 아마 그 노력은 모르는 사이에 제풀에 꺾여 버렸을 것이다. 지금까지 적신호는 때맞춰 경고를 보내주었고, 그것 때문에 그는 무사히 재난을 피할 수 있었다. 자신의 미신을 믿는 어리석음을 잠시 비웃으면서, 더못은 신중하게 실내를 둘러보았다. 누군가 괴한이 들어와서 안에 숨어 있을 수도 있다. 그러나 그의 탐색에도 무엇 하나 발견되지 않았다. 하인 밀슨은 외출중이어서 아파트는 완전히 텅 비어 있었다.

그는 침실로 돌아가 얼굴을 찌푸리면서 천천히 옷을 벗었다. 위기감은 여전히 강했다. 그는 손수건을 꺼내려고 서랍을 열다가, 갑자기 못 박힌 듯 그대로 서고 말았다. 서랍속 한가운데가 어쩐지 불룩 솟아 있었다. 뭔가 단단한 물체가 그 속에 있다.

떨리는 손으로 손수건을 옆으로 제치고, 그 밑에 숨어 있는 물건을 꺼냈다. 그건 회전식 연발 권총이었다.

깜짝 놀란 더못은 그것을 유심히 살펴보았다. 그리 흔치 않은 형으로, 최근에 한 발 발사된 흔적이 있었다. 그 이상은 아무것도 알 수 없었다. 누군가가, 그것도 오늘 밤, 이 서랍 안에 넣어둔 것이다. 만찬에 가기 위해 옷을 갈아입었을 때는 없었다. 그건 확실하다.

권총을 서랍에 도로 넣으려는 순간 현관에서 나는 벨 소리에 그는 흠칫 놀랐다. 그 소리는 조용한 아파트 안에서 이상할 정도로 높게 세 번 울려 퍼졌다.

도대체 이 시간에 누가 찾아온 걸까? 그 질문에 대한 유일한 대답, 본능적인 집요한 대답이 있었다.

"위험——위험——위험……."

설명할 수 없는 일종의 본능에 이끌려, 더못은 불을 끄고 의자 위에 두었던 코트를 급히 입은 뒤 현관문을 열었다.

두 남자가 서 있었다. 두 사람 뒤에 푸른 제복을 입은 남자가 또 한 사람 서 있는 것이 보였다. 경찰이다!

"웨스트 씬가요?" 두 사람 중 앞에 있는 사람이 물었다.

더못에게는 자신이 대답할 때까지 몇 년이나 흐른 것 같은 느낌이 었다. 실제로는, 하인의 무표정한 목소리를 흉내내어 대답할 때까지 불과 몇 초밖에 걸리지 않았지만.

"웨스트 씨는 아직 돌아오지 않으셨습니다만, 이런 밤중에 도대체 무슨 일로?"

"아직 돌아오지 않았다고? 좋아. 그럼 잠시 안에 들어가서 기다리도록 하겠네."

"아니, 그건 안 됩니다."

"알겠나, 자네? 난 런던 경시청의 배럴 경감이네. 자네 주인의 체포 영장을 가지고 왔어. 궁금하다면 보여주지."

그가 내민 서류를 훑어본, 또는 훑어보는 척한 더못은 멍한 목소리로 물었다.

"이게 어찌된 일입니까? 그 분이 무슨 짓을 하셨기에?"

"살인이네. 할리 거리에 사는 앨링턴 웨스트 경을 살해했어."

더못은 머리가 혼란해지는 걸 느끼며 완강한 방문자들 앞에서 뒷걸음질쳤다. 그리고 거실로 가서 불을 켰다. 경감이 그 뒤를 따라왔다.

"수색해 봐" 하고 부하에게 명령한 다음, 더못 쪽으로 다시 돌아섰다.

"자네는 이곳에 있게. 빠져나가서 주인에게 알리거나 해선 안 되니까. 그런데 자네 이름은?"

"밀슨이라고 합니다."

"자네 주인은 몇 시쯤 돌아올 것 같은가, 밀슨?"

"모르겠습니다, 그래프턴 갤러리스에 춤을 추러 가셨습니다만."

"약 한 시간 전에 그곳에서 나왔어. 이곳에 돌아오지 않은 건 확실한가?"

"그렇습니다. 들어오셨다면 분명히 소리가 들렸을 겁니다."

그때 부하 경관이 옆방에서 들어왔다. 연발 권총을 손에 들고 온 그는, 약간 흥분한 모습으로 그것을 경감에게 건넸다. 경감의 얼굴에 만족스러운 듯한 표정이 얼핏 떠올랐다.

"이것으로 앞뒤가 완전히 맞아떨어지는군." 그는 말했다. "자네 모르게 몰래 출입한 게 틀림없어. 지금쯤 달아나고 있겠지. 그만 가 보는 게 좋을 것 같군. 머레이, 자네는 혹시 그가 돌아올 경우에 대비해서 여기 남아 있게. 그리고 이자를 잘 감시하고. 보기보다 주인에 대해 더 많은 걸 알고 있을지도 몰라."

경감은 바쁜 걸음으로 나갔다. 더못이 머레이한테서 상세한 내용을 캐내려고 애쓸 것도 없이, 그 남자는 스스로 잘 떠들어주었다.

"정말 명백한 사건이야" 하고 그는 설명했다. "살인은 거의 곧바로 발견되었네. 총소리 같은 것이 들렸을 때, 하인 존슨은 침대에 막 들어가던 참이었는데, 다시 아래층으로 내려갔지. 그리고 앨링턴 경이 가슴에 총을 맞고 죽어 있는 것을 발견했어. 바로 경찰에 알렸고, 우리는 현장에 출동해서 그 얘기를 들었지."

"그래서 명백한 사건이라고 하신 거군요?" 더못이 용기를 내어 물었다.

"물론이네, 젊은 웨스트와 그의 백부가 함께 왔는데, 존슨이 마실 것을 가지고 갔을 때 말다툼을 하고 있었다더군. 노인은 유언장을 새로 작성하겠다고 위협했고, 자네 주인은 상대를 쏘아 죽이겠다고 소리쳤어. 그리고 채 5분도 되지 않아 총소리가 들렸지. 그러니 더 이상 어떻게 명백할 수가 있겠나? 어리석은 도련님이야."

정말이지 명명백백해 보였다. 자기에게 압도적으로 불리한 증거 내용을 알았을 때, 더못은 절망에 빠지고 말았다. 진정한 위험, 그것도 소름끼치는 위험이다!

달아나는 것 외에는 살 길이 없었다. 그는 머리를 굴렸다. 잠시 뒤 그는 차를 한 잔 대접하겠다고 말했다. 이미 실내를 수색한 뒤라 뒷문이 없다는 것을 알고 있는 머레이는 흔쾌히 승낙했다.

더못은 부엌으로 가는 것을 허락받았다. 일단 부엌으로 들어가서 주전자를 올려놓고, 바쁘게 컵이니 접시를 챙기는 소리를 냈다. 그런 다음 재빨리 창문으로 다가가 창틀을 들어냈다. 방은 3층에 있었고, 창 밖에는 상인들이 사용하는 작은 철망승강기가 있었다. 강철 케이블로 오르내리는 것이다.

눈깜짝할 사이에 창 밖으로 나간 더못은 강철 로프에 매달렸다. 손이 베여 피가 나오는 것도 모르고 정신없이 내려갔다.

몇 분 뒤에 그는 그 구역의 뒷골목에 조심스럽게 나타났다. 모퉁이를 돌아서다가 보도에 서 있는 사람과 정면으로 마주쳤다. 놀랍게도 마주친 상대는 잭 트렌트였다. 트렌트는 위급한 사태라는 걸 충분히 알고 있었다.

"큰일 났네, 더못! 서둘러. 이런 곳에 얼쩡거리고 있으면 안 돼."

더못의 팔을 붙잡더니 그는 옆골목에서 다음 옆골목으로 끌고 갔다. 택시 한 대가 눈에 들어오자, 그것을 불러세워 안에 뛰어든 뒤, 트렌트가 운전 기사에게 자신의 주소를 일러주었다.

"당분간 거기가 제일 안전해. 어떻게 하면 그 멍청한 놈들을 따돌릴 수 있을지 거기서 생각해 보세. 경찰이 오기 전에 경고해 주려고 찾아왔는데 한발 늦어버렸군."

"자네가 알고 있을 줄은 꿈에도 몰랐어. 잭, 자네, 그 얘길 믿는 건 아니겠지?"

"물론 믿을 리가 있나? 난 자네를 잘 알고 있어. 어쨌든 자네한테는 불쾌한 일일 거야. 그들이 찾아와서 여러 가지 질문을 했어. 자네가 그래프턴 갤러리스에 온 건 몇 시였나, 돌아간 건 몇 시였나

등등. 더못, 누가 그 노인을 죽였을까?"

"상상도 되지 않아. 누가 했든, 그 놈이 내 서랍에 권총을 넣어두었어. 우리를 바로 옆에서 지켜보고 있었던 게 틀림없어."

"그 강령술 모임은 정말이지 신통했어. '집으로 돌아가지 마'라고 했잖아? 자네의 가엾은 앨링턴 백부를 두고 한 말이었어. 집으로 돌아가서 죽었으니까."

"나한테도 들어맞는 말이야." 더못이 말했다. "집으로 돌아가 보니 날 함정에 빠뜨리기 위해 일부러 숨겨둔 권총과 경찰이 기다리고 있었으니까."

"거참! 나에게도 그런 일이 일어나지 않기를 바라고 싶군." 트렌트가 말했다. "자, 도착했네."

그는 택시 요금을 치르고, 열쇠로 문을 연 뒤 더못을 2층에 있는 자신의 작은 서재로 통하는 어두운 계단으로 안내했다.

문을 가만히 열고 더못이 안에 들어가자, 트렌트는 불을 켠 다음 더못에게 돌아왔다.

"여기라면 당분간 안전할 거야. 자, 머리를 짜내어 어떻게 하면 좋을지 의논해 보세."

"어리석은 짓을 하고 말았어." 갑자기 더못이 말했다. "난 정면으로 맞서야 했네. 이제 와서 생각해보니 더 확실해졌어. 모든 건 음모였어. 도대체 자네는 왜 웃고 있는 건가?"

트렌트는 의자 안에서 몸을 젖히고, 웃음을 참지 못하겠다는 듯 몸을 마구 흔들고 있었다. 그 웃음소리에는 뭔가 소름끼치는 울림이 있었다. 트렌트한테도 역시 마찬가지로 소름끼치는 데가 있었다. 그 눈속에 기묘한 광채가 숨어 있었다.

"정말이지 절묘한 계획이었어." 그는 숨을 헐떡이기까지 하면서 말했다. "더못 군, 자넨 이제 끝났어."

그는 전화기를 끌어당겼다.

"자네, 뭘 하려는 건가?"

"런던 경시청을 불러야지. 범인이 이곳에 있다, 잠겨 있는 방에 단단히 갇혀 있다고 말일세. 그래, 집 안에 들어왔을 때 문에 자물쇠를 채우고, 열쇠는 내 호주머니에 집어넣었어. 내 뒤쪽에 있는 문을 쳐다봐도 소용없어. 그건 클레어의 방으로 통하고 있는데, 언제나 저쪽에서 잠겨 있지. 무엇보다 클레어는 나를 두려워하고 있으니까. 오랜 전부터 두려워해 왔어. 내가 그 칼, 그 길고 뾰족한 칼을 생각하고 있을 때를 그녀는 항상 알고 있지. 안 돼, 안 될 말씀이지."

더못이 그를 향해 돌진하려고 하자, 상대는 그 꺼림칙한 연발 권총을 꺼내들었다.

"이건 두 번째 총이라네." 트렌트가 낄낄 웃었다. "처음 것은 자네 서랍에 넣어두었지. 웨스트 영감을 죽인 뒤에 말이야. 내 머리 너머로 뭘 보고 있나? 저 문? 만약 클레어가 문을 열어준다 해도――자네를 위해서 말이야――소용없어. 자네가 저쪽에 도착하기 전에 이 총이 불을 뿜을 거니까. 심장을 맞히진 않겠어. 죽이기 위해서가 아니라 단지 상처를 입히려는 것뿐이야. 그렇게 하면 달아나진 못할 테니까. 자네도 알겠지만 난 명사수야. 자네의 목숨을 한 번 구해준 적이 있지. 어리석은 짓이었지만. 자네는 교수형을 당해 주어야겠어. 그래, 교수형! 칼로 죽이고 싶은 건 자네가 아니야. 그건 클레어라네. 하얗고 부드러운 피부의 아름다운 클레어. 웨스트 영감은 알고 있었어. 그래서 오늘밤 내가 미쳤는지 어떤지 확인하려 이곳에 왔던 거야. 나를 감금하고 싶었던 거지. 그렇게 하면 내가 칼을 들고 클레어에게 다가갈 수 없을 테니까. 어림 반 푼어치도 없는 말씀, 난 무척 교활해. 그 노인과 자네의 열쇠를 훔친 뒤 그래프턴 갤러리스에

도착하자 바로 거기서 빠져나왔어. 자네가 그의 집에서 나올 때를 노렸다가 안에 들어갔지. 그를 쏘고 곧 사라졌어. 그런 다음 자네 집으로 가서 권총을 두었고. 자네가 도착하는 것과 거의 같은 시각에 그래프턴 갤러리스에 돌아가서, 자네가 가겠다고 했을 때 자네 코트 주머니에 열쇠를 도로 넣었지. 자네한테 이렇게 모든 걸 얘기해서 어떡하냐고? 걱정 마. 우리 둘 말고는 아무도 듣는 사람이 없고, 자네가 교수형을 당하기 전에 내가 범인이라는 걸 알아주길 바랐거든……빠져나갈 길은 없어. 그러니 어떻게 웃지 않을 수 있겠나?……아, 정말 우스워! 도대체 무슨 생각을 하고 있나? 무엇을 보고 있는 거지?"

"방금 자네가 한 말과 같은 생각을 하고 있었네. 자넨 좀더 잘 할 수 있었는데, 트렌트. 집으로 돌아오지만 않았더라면."

"그게 무슨 소리야?"

"뒤를 돌아보게."

트렌트는 천천히 몸을 돌렸다. 옆방으로 통하는 문 앞에 클레어가 서 있었다. 그리고 배럴 경감도…….

트렌트는 빨랐다. 권총은 단 한 번 불을 뿜었다. 그리고 목표물을 놓치지 않았다. 트렌트가 앞으로 꼬꾸라지며 테이블 위에 쓰러졌다. 경감이 그쪽으로 뛰어갔고 더못은 꿈이라도 꾸는 것처럼 클레어를 응시했다. 머릿속에 온갖 생각이 복잡하게 떠올랐다가 사라져 갔다. 앨링턴 백부, 말다툼, 어처구니없는 오해, 미친 남편으로부터 결코 클레어를 자유롭게 만들어주지 않는 영국의 이혼법, '우리 모두 그 사람에게 동정을 베풀지 않으면 안 돼', 그녀와 앨링턴 경의 계획을 간파한 교활한 트렌트, 자신을 향해 그녀가 소리쳤던 '파렴치해요, 너무 파렴치해요'라는 말. 하지만 이젠…….

경감은 상체를 일으키더니 자못 분하다는 듯이 "죽었군요" 하고 말했다.

"그래요." 더못의 귀에 자신의 목소리가 들려왔다. "그는 명사수였으니까요."

The Fourth Man
네 번째 남자

성당 참사회 의원 퍼핏은 가쁜 숨을 몰아쉬었다. 그 정도 나이에, 달리기 시작한 기차에 올라타는 건 그리 어려운 일이 아니었다. 그런데, 그의 몸매가 예전같지 못한 데다, 날렵한 몸의 윤곽을 잃고부터는 갈수록 숨이 차는 것이었다. 이러한 증세를 그 참사회 의원은 항상 점잔을 빼며, "심장 탓이죠!" 하고 말했다.

그는 안도의 한숨을 내쉬며 1등칸 객실 구석자리에 가서 앉았다. 그는 난방 장치가 된 그 열차의 온기가 썩 마음에 들었다. 밖에는 눈이 내리고 있었다. 긴 밤기차 여행에서 구석자리를 얻은 건 행운이었다. 그렇지 못했다면 비참했을 텐데. 이 기차에도 침대칸이 있어야 했다.

다른 세 자리도 이미 차 있었는데, 그것을 본 순간 성당 참사회 의원 퍼핏은 대각선 쪽 구석에 있는 남자가 자기를 알아보고 웃고 있는 것을 알았다. 그의 냉소적인 얼굴은 말끔하게 면도되어 있었고, 관자놀이께에는 이제 막 머리가 희끗희끗해지고 있었다. 누가 보더라도 다른 직업은 상상도 할 수 없을 만큼, 법률 계통에 종사하는 사람이라는 것이 한눈에 드러나는 사람이다. 조지 두런드 경은 실제로 아주 유명한 변호사였다.

"여어, 퍼핏. 이걸 타려고 뛰어온 모양이군요?" 하고 그가 붙임성 있게 말했다.

"심장에 좋지 않다는 건 알지만 하는 수 없군요. 여기서 경을 만나다니 정말 우연입니다, 조지 경. 북쪽으로 가십니까?"

"뉴캐슬로 갑니다." 조지 경은 짤막하게 대답했다. 그리고 이렇게 덧붙였다. "그건 그렇고 캠벨 클라크 박사를 알고 있소?"

그 칸에서 참사회 의원과 나란히 앉아 있던 남자가 인상 좋게 눈인사를 했다.

"플랫폼에서 만났는데" 하고 변호사가 말을 계속했다. "또 다른 우연인 것 같군."

참사회 의원 퍼핏은 상당한 호기심을 느끼며 캠벨 클라크 박사를 바라보았다. 몇 번 들은 적이 있는 이름이었다. 클라크 박사는 내과의로서도, 정신병 전문가로서도 유명한 사람으로, 그가 최근에 쓴 《무의식적인 정신 문제》는 그해에 가장 화제가 된 책이었다.

참사회 의원 퍼핏은 그 사람의 각진 턱과 침착한 푸른 눈, 세지는 않았으나 빠른 속도로 숱이 줄어들고 있는 붉은 머리를 바라보았다. 그리고 매우 강렬한 개성의 소유자라는 인상을 받았다.

자연스러운 연상에 의해, 참사회 의원은 그와 마주 보고 있는 좌석을 건너다보며 거기에도 아는 사람이 있기를 반쯤 기대했지만, 그 객실의 네 번째 승객은 전혀 낯선 사람이었다. 참사회 의원이 보기에는 외국인 같았다. 홀쭉하게 마르고 가무잡잡한 피부를 가진 그 사람은 외투를 입고 웅크린 채 깊이 잠들어 있었다.

"브래드체스터의 퍼핏 참사회 의원이신가요?" 하고 캠벨 클라크 박사가 쾌활한 목소리로 물었다.

참사회 의원은 우쭐해하는 표정이 되었다. 그의 '과학적인 설교'는 대단한 호평을 받고 있었다. 특히 신문에 난 뒤로는 더했다. 아무튼 그것은 교회가 필요로 하는 근대적이고 시류에 맞는 내용이었다.

"당신이 쓰신 책을 무척 흥미롭게 읽었습니다. 캠벨 클라크 박사님" 하고 그가 말했다. "중간 중간 너무 전문적인 부분이 있어서 다 이해할 수는 없었습니다만."

두런드가 끼어들었다. "당신은 얘기하고 싶소, 아니면 자고 싶소, 퍼핏 씨? 난 솔직히 불면증에 시달리고 있어서 이야기를 나눴으면 좋겠소만."

"아, 좋지요! 좋고말고요." 참사회 의원이 말했다. "밤 기차를 탈 때는 거의 잠을 자지 않습니다. 또 가지고 온 책도 아주 따분한 내용이거든요."

"우리는 적어도 각 방면의 대표자들이 모인 셈이군요" 하고 의사가 웃음을 지으면서 말했다. "교회(영국국교)와 법조계, 그리고 의학계 말이오."

"이 정도면 의견을 얘기할 수 없는 일이 별로 없겠군, 안 그렇소?" 두런드가 웃었다. "목사님은 영적인 견해를 대변해주시고, 나는 아주 세속적이고 법률적인 견해를 대변하고, 그리고 박사께서는 순수한 병리학에서부터 초심리학에 이르기까지 모든 것을 망라하는 가장 넓은 분야에 관여하고 있어요! 우리 셋이라면 어떤 문제든 완전하게 다룰 수 있을 것 같지 않소?."

"당신이 생각하는 것만큼 그렇게 완벽하지는 못할 것 같군요." 클라크 박사가 말했다. "당신이 무시해버린 또 하나의 관점이 있어요. 그것도 꽤 중요하다고 할 수 있죠."

"그게 뭔가요?" 하고 변호사가 물었다.

"보통 사람의 관점이오."

"그게 그렇게 중요할까요? 보통 사람들은 대개 틀리지 않습니까?"

"아, 거의 그렇죠! 그러나 모든 전문가에게 결여되어 있는 것을 가지고 있어요. 바로 개인적인 관점이라는 것 말입니다. 결국 우리는 개인적인 관점에서 벗어날 수가 없어요. 나는 내 직업에 종사하는 동안 그것을 발견했어요. 나에게 찾아오는 환자들 가운데 진짜 환자 한 사람에 대해 적어도 다섯 명은 전혀 아픈 데가 없는 사람이오. 알고 보면 한 집안에 사는 사람들과 행복하게 지낼 수 없는 것 때문에 오는 거죠. 그들은 거기에다 온갖 것을 다 갖다 붙입니다. 무릎 통증에서부터 손가락 경련에 이르기까지. 그러나 모두 다 한 가지입니다. 마음의 갈등이 겉으로 드러나는 거지요."

"신경과민으로 오는 환자들도 많이 있겠죠?" 하고 참사회 의원이 경멸하듯이 말했다. 그의 신경은 건강하다.

"호오, 그건 무슨 뜻으로 하시는 말씀이신지?" 의사는 번개처럼 빠르게 돌아보았다. "신경과민이라고요! 사람들은 그 말을 한 뒤에 방금 당신이 그런 것처럼 웃죠. 그리고 이렇게 말합니다. '아무것도 아닌 걸 가지고 괜히 신경을 곤두세워서 그래.' 하지만 놀랍게도 모든 문제는 바로 거기에 있어요! 단순한 육체의 병은 원인을 찾아내서 치료하면 됩니다. 그러나 오늘날 우리는 수많은 유형을 가진 신경병의 불확실한 원인에 대해서, 글쎄요, 엘리자베스 여왕 시대 때보다도 더 모르고 있다오."

"저런!" 퍼핏은 이 맹공격에 약간 당황했다. "그래요?"

"그런데 그건 은총의 표시라고 할 수 있지요." 캠벨 클라크 박사가 계속했다. "과거에는 사람을 육체와 정신으로 이루어진 단순한 동물이라고 생각했습니다. 그것도 전자 쪽을 더 중시하면서 말이오."

"육체, 정신, 그리고 영혼이겠지요." 성직자가 온화하게 정정해주었다.

"영혼요?" 의사는 기묘하게 웃음지었다. "당신네 성직자들이 말하는 영혼이라는 건 정확하게 어떤 겁니까? 당신들은 그것에 관해 한번도 명쾌하게 말한 적이 없어요. 여러 시대를 거쳐 오면서 정확한 정의를 내리는 것을 회피해 왔지요."

참사회 의원은 일장 연설을 하기 위해 목청을 가다듬었지만 유감스럽게도 그럴 기회가 돌아오지 않았다. 의사가 말을 계속했다. "그 '영혼(spirit)'이라는 말조차 확신할 수 있는 겁니까? '영혼들(spirits)'이 아니고요?"

"영혼들이라뇨?" 조지 두런드 경이 눈썹을 묘하게 치켜올리며 이렇게 물었다.

"맞아요." 캠벨 클라크는 그에게 시선을 돌렸다. 그리고 몸을 앞으로 내밀고 앞에 있는 남자의 가슴을 가볍게 두드렸다. "당신은, 이 몸이라는 집 속에 단 한 사람밖에 살지 않는다고 확신할 수 있소? 모든 걸 갖추고 싶어하는 이 욕망 많은 인간이 7년, 21년, 41년, 71년, 뭐 얼마든지 좋습니다만, 그 기간 내내 말이오? 그러나 결국 그 집 속의 거주자는 자기 물건들을 처분해 버리죠. 조금씩 조금씩, 그리고 그 집에서 완전히 나와버립니다. 그러면 그 집은 퇴락하여 폐허가 되어버리지요. 당신은 그 집의 주인입니다. 그건 인정하겠소. 그러나 다른 사람의 존재를 한번이라도 눈치 챈 적이 없나요? 일을 하고 있을 때 외에는 거의 남의 눈에 띄지 않게 살짝살짝 걸어다니는 하인을, 게다가 일을 하고 있을 때조차 당신은 눈치 채지 못할 때가 있어요. 또는, 당신을 지배하며 한동안 흔히 말하는 전혀 '다른 사람'으로 만들어버리는 변덕스러운 마음이라는 것 말이오. 당신은 확실히 그 성의 주인임에는 틀림없지만, 아울러 거기에는 비열한 건달이 들어 있는 것도 확실해요."

"클라크 씨." 변호사가 점잔을 빼며 느릿느릿 말했다. "당신은 나를 몹시 불편하게 만들고 있군요. 내 마음이 일치하지 않는 인격들의 전쟁터란 말인가요? 그게 최신 과학이라는 겁니까?

이번에는 의사가 어깨를 으쓱할 차례였다. "당신의 육체는 그래요" 하고 그는 냉담하게 말했다. "만약 육체가 그렇다면, 마음이라고 아니란 법은 없잖소?"

"정말 흥미롭군요" 하고 참사회 의원 퍼핏이 말했다. "아! 놀라운 과학입니다, 놀라운 과학이에요."

그리고 그는 속으로 이렇게 생각했다. '이 이론을 이용하여 사람들의 눈길을 끄는 멋진 설교를 할 수 있겠구나.'

그러나 캠벨 클라크 박사는 일시적인 흥분이 가라앉자 다시 좌석에 깊이 몸을 기댔다.

박사는 냉정하고 직업적인 태도로 말했다. "사실, 오늘 밤 뉴캐슬에 가는 건 한 이중 인격 환자를 만나기 위해섭니다. 매우 흥미로운 증상이죠. 물론 신경증 환자지만, 진짜 환자지요."

"이중 인격이라면" 하고 조지 두런드 경이 생각에 잠긴 채 말했다. "그다지 드문 것 같진 않군요. 기억 상실이라는 것도 있잖습니까? 얼마 전에 검인 재판소에서 그런 사건이 하나 등장한 걸로 알고 있습니다만."

클라크 박사가 고개를 끄덕였다.

"그 고전적인 예가 펠리시 볼의 경우지요. 혹시 기억하시는지?"

"물론입니다" 하고 퍼핏이 말했다. "신문에서 읽은 기억이 나는군요. 꽤 오래 전이었죠. 적어도 7년은 됐을 걸요."

캠벨 클라크 박사가 다시 고개를 끄덕였다.

"그 처녀는 프랑스에서 가장 유명한 사람 가운데 하나가 되었죠. 전 세계 과학자들이 그녀를 보러 왔으니까요. 그녀는 네 개나 되는 별개의 인격을 가지고 있었습니다. 그것들은 펠리시1, 펠리시2, 펠리시3 등으로 불렸죠."

"속임수를 쓴 것 같은 눈치는 없었나요?" 조지 경이 빈틈없이 물었다.

"펠리시3과 펠리시4의 인격엔 좀 의심할 부분이 있었죠" 하고 의사가 인정했다 "그러나, 그래도 역시 주목할 만한 경우였어요. 펠리시 볼은 프랑스 북서부 브르타뉴 지방의 시골 소녀였어요. 그녀는 다섯 아이 중 셋째로, 술주정뱅이 아버지와 정신적인 결함이 있는 어머니 사이에서 태어났습니다. 그 아버지가 어느 날 술에 취해 발작을 일으켜 어머니를 목졸라 죽이고, 내 기억이 맞는다면 아마 종신형에 처해졌을 겁니다. 펠리시는 그때 5살이었어요.

어린이들에게 관심이 있는 자비로운 사람들이 좀 있었기에, 펠리시는 빈곤한 어린이들을 위한 고아원을 운영하고 있던 한 독신 여성이 길러 주고 교육시켜 주었죠. 그러나 펠리시에게는 많은 것을 가르쳐 줄 수가 없었습니다. 그 부인의 기록을 보면, 이 소녀는 이상하리만큼 우둔하고 손끝도 서툴러서, 읽고 쓰는 것만 배우는 데도 굉장한 어려움을 겪었다고 합니다. 그 슬래터라는 여인은 그 처녀에게 가사일을 가르치고 여러 일자리도 찾아 주었습니다. 그러나 펠리시 볼은 그 우둔함과 심한 게으름 때문에 어느 곳에서도 오래 붙어 있질 못했죠."

의사가 잠시 이야기를 멈췄을 때, 참사회 의원은 다시 다리를 꼬며 여행용 무릎 덮개를 좀더 바싹 끌어다 덮다가, 맞은편에 있는 남자가 희미하게 몸을 움직인 것을 보았다. 조금 전까지 감고 있던 눈을 지금은 뜨고 있었는데, 그 눈 속에 어딘지 조롱하는 듯한 막연한 그 무언가가, 이 저명한 참사회 의원을 흠칫 놀라게 했다. 그 사람은 그들의 얘기를 귀 기울여 듣고 있었던 것 같았으며, 그래서 혼자 몰래 웃고 있는 것 같기도 했다.

"펠리시 볼이 17살 때 찍은 사진을 봤는데" 하고 의사가 계속했다. "체격이 크고 촌티가 나는 시골 처녀더군요. 그 사진으로 봐서는 그녀가 곧 프랑스에서 가장 유명한 사람 가운데 하나가 될 것 같은 징후는 전혀 찾아볼 수 없답니다.

5년 뒤, 그녀가 22살 때 심한 신경쇠약에 걸렸는데, 회복하면서 기묘한 현상이 나타나기 시작했습니다. 지금부터 얘기하는 것은 많은 저명한 과학자들이 증명한 사실입니다.

펠리시1로 불리는 인격은 지난 22년 동안 펠리시 볼과 거의 같았습니다. 펠리시1은 몹시 서툴고 더듬거리는 프랑스어를 쓰며, 외국어는 전혀 하지 못할 뿐만 아니라, 피아노도 치지 못하죠. 펠리시2는 정반대로 이탈리아어를 유창하게 말하고 독일어도 웬만큼 합니다. 그녀의 필적은 펠리시1과 전혀 다르며, 풍부한 프랑스어 표현을 술술 써내려 갔습니다. 그녀는 정치와 예술을 논할 수 있었고, 피아노 치는 것을 무척 좋아했습니다. 펠리시3은 펠리시2와 공통점이 많았죠. 그녀는 지적이었고, 좋은 교육을 받은 것이 분명했지만 품성면에서는 완전히 대조적이었습니다. 사실 그녀는 완전히 타락한 여자 같았어요. 하지만 그것도 파리 사람으로서였고 시골 사람은 아니었어요. 그녀는 파리의 은어와 세련된 화류계 여자의 말씨를 모두 알고 있었습니다. 그녀가 쓰는 언어는 상스러웠으며, 종교와 소위 '훌륭한 사람들'을 아주 불경스러운 말로 욕했습니다. 마지막으로 펠리시4가 있는데, 지능은 낮지만 신심이 깊으며, 천리안을 가지고 있다고 장담했던 이 네 번째 인격은 매우 불완전하고 종잡을 수가 없었어요. 그리고 때로는 펠리시3쪽에서 계획적으로 속임수를 쓰는 것으로 보일 때도 있었습니다. 남을 쉽사리 믿는 대중을 상대로 일종의 장난을 치는 것처럼 말입니다. 펠리시4는 제외하더라도 저마다의 인격은 뚜렷하게 분리되었으며, 나머지 다른 인격에 대해서는 서로 전혀 모르고 있었다고 할 수 있습니다. 펠리시2가 확실히 단연 우세했으며, 때때로 한 번에 3주일씩 지속되었다가 펠리시1이 갑자기 하루나 이틀 동안 나타났습니다. 그런 뒤에는 펠리시3 또는 펠리시4가 나타나는데, 그 둘은 거의 두세 시간도 지탱하지 못했죠. 매번 변화할 때면 심한 두통과 깊은 잠이 수반되었으며, 저마다의 경우에 나머지 다른 상태에 대해서는 전혀 기억하지 못할 뿐만 아니라, 문제의 그 인격은 시간이 지난 것도 깨닫지 못한 채 자기가 두고 떠났던 생활로 다시 돌아가는 겁니다."

"놀라운 일이군요." 참사회 의원이 중얼거리듯이 말했다. "아주 놀라워요. 아직까지 우리는 우주의 경이에 대해 거의 모르고 있는 것 같습니다."

"우리는 그 안에 매우 교활한 사기꾼들이 있다는 건 알고 있소" 하고 변호사가 냉담하게 의견을 말했다.

"펠리시 볼의 병은 의사나 과학자들뿐만 아니라 법률가들도 조사했죠" 하고 캠벨 클라크 박사가 재빨리 말했다 "기억하시겠지만, 메이트르 킴블리에가 가능한 한 엄밀한 조사를 하여 과학자들의 견해가 옳다는 걸 증명했습니다. 그런데 우리가 그 사실에 왜 그렇게 깜짝 놀라야 하죠? 때로는 노른자가 두 개 들어 있는 달걀도 있지 않습니까? 그리고 쌍둥이 바나나도. 하나의 육체에 영혼이 둘이면 왜 안 된다는 거죠? 아니, 이 경우에서 보듯이 네 개의 영혼이라면요?"

"두 개의 영혼이라고요?" 참사회 의원이 동의할 수 없다는 듯이 말했다.

캠벨 클라크 박사는 그 꿰뚫어보는 듯한 푸른 눈을 그에게 돌렸다. "그 밖에 달리 어떻게 부를 수 있을까요? 만약 인격이 영혼이라면 말이오."

"그러한 상태가 단지 기형에서만 나타난다는 건 다행한 일이지요" 하고 조지 경이 말했다. "만일 그 병이 흔하다면 엄청난 혼란이 일어날 겁니다."

"이런 상황이야 더할 수 없이 드문 경우죠" 하고 의사가 동의하며 말했다. "더 지속적인 연구를 할 수 없었던 게 큰 유감이지만, 펠리시의 갑작스런 죽음으로 종결되고 말았습니다."

"내 기억이 옳다면, 거기에는 좀 이상한 점이 있었죠." 변호사가 천천히 말했다.

캠벨 클라크 박사가 고개를 끄덕였다.

"전혀 설명이 되지 않는 사건이었습니다. 그녀는 어느 날 아침 침대에서 죽은 채로 발견되었어요. 분명히 교살이었지요. 그러나 더욱 놀라운 것은 그녀 스스로 자기 목을 졸라 죽었음이 밝혀진 것이었어요. 그녀의 목에 남은 자국은 그녀의 손가락 자국이었습니다. 전혀 불가능한 일은 아니지만, 엄청난 근육의 힘과 거의 초인적인 의지력이 필요한 자살 방법이죠. 무엇이 그녀를 그러한 궁지로 몰고 갔는지는 끝내 밝혀지지 않았습니다. 물론 그녀의 정신은 언제나 불안정했던 게 틀림없지만. 결국 펠리시 볼의 불가사의한 사건은 영원히 막이 내려졌지요."

저쪽 끝에 앉은 남자가 웃은 것은 바로 그때였다.

다른 세 사람은 총이라도 맞은 것처럼 화들짝 놀랐다. 그들은 자기들 사이에 네 번째 존재가 있다는 것을 까맣게 잊고 있었던 것이다. 그들이 외투를 입은 채 여전히 웅크리고 앉아 있는 그를 쳐다보자, 그가 다시 웃었다.

"실례를 용서해 주십시오, 여러분." 완벽한 영어로 말했는데도, 그 남자한테는 이국적인 분위기가 감돌고 있었다.

그는 작고 새카만 콧수염을 기른 창백한 얼굴을 내보이며 똑바로 앉았다.

"정말 용서를 빌어야겠군요" 하고 그는 놀리는 듯이 절을 하는 시늉을 했다. "그렇지만 사실 과학 쪽에서는 결론이 나지 않았지요?"

"당신은 우리가 얘기하고 있던 그 사건에 대해 좀 알고 있나 보군요?" 하고 의사가 정중하게 말했다.

"그 사건에 대해서요? 아닙니다. 하지만 그녀는 알고 있죠."

"펠리시 볼을?"

"예. 그리고 아네트 라블도요. 여러분은 아네트 라블에 대해서는 들은 바가 없으신가 보죠? 펠리시 볼의 이야기는 바로 아네트 라블의 이야기이기도 합니다. 아시겠습니까? 만일 여러분이 아네트 라블의 이야기를 모른다면 펠리시 볼에 대해서도 안다고 할 수 없습니다."

그는 시계를 꺼내 들여다보았다.

"다음 역까지 꼭 30분이 남았군요. 이 정도면 여러분께 그 이야기를 해드릴 수 있겠습니다. 혹시 듣고 싶으시다면."

"해 보시오, 듣고 싶군요." 의사가 조용하게 말했다.

"좋아요" 하고 참사원 의원이 말했다. "기꺼이 듣겠소."

조지 두런드 경은 말없이 무척 흥미롭다는 듯한 모습을 보일 뿐이었다.

함께 여행하게 된 그 낯선 사람이 얘기를 시작했다. "내 이름은 여러분, 라울 르타르도라고 합니다. 여러분은 방금 자선 사업에 관여하고 있었던 슬래터라는 영국인 여성에 대해 말씀하셨죠? 나는 브르타뉴 지방의 어촌에서 태어났습니다. 부모님이 철도 사고로 모두 돌아가셨을 때, 영국 고아원 같은 데서 구원의 손길을 뻗어 나를 구해준 사람이 있었는데 그녀가 바로 슬래터 양이었습니다. 그녀가 보호해주고 있던 아이들은 남녀 합쳐서 20명 가량 되었습니다. 이 아이들 중에 펠리시 볼과 아네트 라블도 있었지요. 내가 여러분께 아네트의 인격을 이해시키지 못하면, 여러분은 아무것도 이해하시지 못할 겁니다. 그녀는 연인에게 버림 받은 뒤 폐병으로 죽은 매춘부의 딸이었죠. 그 어머니는 무희였는데, 아네트 역시 무희가 되고 싶어했습니다. 내가 그녀를 처음 보았을 때 그녀는 7살이었는데, 조소하는 듯하면서도 총명해 보이는 눈빛을 가진 꼬마였어요. 활기와 생명으로 넘치는 아이였죠. 그런데 당장, 네, 정말 당장이었어요, 그녀는 나를 노예로 만들어버렸습니다. '라울, 나에게 이것을 해줘.' '라울, 나에게 저것을 해줘' 하는 식이었죠. 그리고 나는 복종했습니다. 나는 이미 그녀를 숭배하고 있었고, 그녀는 그것을 잘 알고 있었어요.

우리는 해변가로 함께 놀러 가곤 했습니다. 셋이서요. 펠리시가 늘 우릴 따라왔죠. 그리고 거기서 아네트는 신발과 양말을 벗어던지고 모래 위에서 춤을 추었어요. 그리고 숨이 차서 털썩 주저앉으면, 그녀는 자기가 무엇을 할 것이며 무엇이 될 것인지 늘 우리에게 얘기해 주었습니다.

'잘 들어봐, 난 유명해질 거야. 아주 굉장히. 난 수백, 수천 켤레의 비단 양말을 갖게 될 거야. 그것도 가장 고급으로. 그리고 멋진 아파트에서 살 거야. 내 연인들은 모두 부자인 데다 젊고 잘생겼어. 내가 춤을 추면 모든 파리 사람들이 나를 보러 올 거야. 그들은 내 춤에 빠져 내 이름을 부르고 환호하고 열광할 거야. 하지만 난 겨울에는 춤을 추지 않을 테야. 햇빛을 찾아 남쪽으로 가겠어. 거기에는 오렌지나무가 있는 별장들이 있거든. 난 그 가운데 하나를 갖게 될 거야. 비단 쿠션을 베고 양지바른 곳에 누워 오렌지를 먹을 거야. 난 말이야, 라울, 내가 아무리 위대해지고 부유해지고 유명해지더라도 너는 결코 잊지 않을게. 너의 후원자가 되어 출세시켜 줄 거야. 여기 있는 펠리시는 내 하녀를 시켜야지. 아, 하지만 안 돼. 이 아이의 손은 너무 무딘걸. 저것 좀 봐, 얼마나 크고 거친지.' 펠리시는 이 말에 화를 냈습니다. 그러면 아네트는 그녀를 놀리기 시작하죠.

'펠리시는 정말 숙녀 같아. 매우 우아하고 아주 세련돼서 말이야. 아마도 사실은 공주인데 변장한 걸 거야, 호호호.'

'우리 아버지와 어머니는 결혼했으니까 너희 부모보다는 나아.' 펠리시는 악의에 가득 차서 이렇게 소리치곤 했습니다.

'그래, 하지만 너희 아버지는 어머니를 죽였잖아. 살인자의 딸인 주제에.'

'너희 아버지는 어머니가 죽어가도록 내버려두었잖아' 하고 펠리시도 한마디 해주죠.

'아, 그래.' 아네트는 생각하면서 말했습니다. '가엾은 엄마. 사람은 강하고 튼튼해야 해. 강하고 튼튼한 게 제일이야.'

'난 말처럼 튼튼해' 하고 펠리시가 자랑했습니다.

그녀는 정말 그랬어요. 그녀는 그 고아원에 있는 다른 소녀들보다 두 배나 힘이 세었습니다. 절대로 아픈 법이 없었죠.

하지만 여러분도 아시다시피, 그녀는 우둔했어요. 이성이 없는 짐승처럼 말입니다. 나는 가끔 그녀가 아네트를 왜 그렇게 따라다녔는지 의아스러웠죠. 그녀는 이를테면 홀린 것이었어요. 때때로 나는 그녀가 사실은 아네트를 미워하고 있다고 생각했습니다. 아네트는 그녀에게 친절한 편이 아니었거든요. 아네트는 그녀의 느릿하고 우둔한 태도를 우습게 여기며, 다른 사람들 앞에서 그녀를 괴롭혔습니다. 펠리시가 화가 나서 얼굴이 새하얗게 질리는 모습을 본 적이 있어요. 이따금 나는 그녀가 아네트의 목을 졸라 죽일지도 모른다는 생각이 들었습니다. 그녀는 아네트가 조롱하는 것을 되받아줄 만큼 머리가 빨리 돌아가지는 못했지만, 곧 절대로 실패하는 법이 없는 한 가지 말대꾸를 알게 되었습니다. 그것은 자기 자신의 건강과 힘에 관한 것이었죠. 그녀는 내가 줄곧 알고 있었던 것을, 즉 아네트가 그녀의 튼튼한 신체를 부러워한다는 것을 알고, 본능적으로 적의 갑옷에서 가장 약한 부분을 찔렀습니다.

어느 날 아네트는 굉장히 즐거워하며 나에게 이렇게 말했습니다.
'라울, 우리 오늘 그 멍청한 펠리시를 놀려주자.'

'뭘 하려고 그러는데?'

'작은 헛간 뒤에 가서 말해 줄게.'

아네트는 무슨 책을 가지고 있는 것 같았습니다. 그녀는 일부밖에 이해하지 못했는데, 사실 그 내용은 그녀의 머리로는 도저히 이해할 수 없는 것이었죠. 그건 초보 최면술에 관한 책이었거든요.

'빛이 나는 물건이라야 한대. 내 침대에 놋쇠 장식 있지? 빙빙 도는 것 말이야. 난 어젯밤 펠리시에게 그것을 보게 했어. '저걸 계속 쳐다봐' 하고 내가 말했지. '거기서 눈을 떼지 마' 하고 말이야. 그런 다음 그걸 돌렸어. 라울, 난 깜짝 놀랐어. 그 애의 눈이 이상하게 보였어. 너무 이상하게 보였단 말이야. 내가 '펠리시, 넌 항상 내가 말하는 대로 하게 될 거야' 하고 말했더니, 그 애가 '난 항상 네가 말하는 대로 하겠어' 하고 대답하는 것 아니겠어? 그래서 그때, 그때, 내가 이렇게 말했어. '내일 12시에 양초를 운동장으로 가지고 나와서 그것을 먹기 시작해. 그리고 누가 너한테 묻거든, 그게 네가 먹어본 것 중에서 가장 맛있는 과자라고 말하는 거야.' 아! 라울, 생각 좀 해 봐!'

'하지만 그녀는 절대로 그렇게 하지 않을걸' 하고 내가 반대하며 말했죠.

'그 책에는 그렇게 적혀 있었단 말이야. 나도 그걸 죄다 믿지는 않지만, 라울! 그 책이 정말 사실이라면 얼마나 재밌겠니!'

나 역시 무척 재미있을 거라고 생각했습니다. 우리는 친구들에게 알려서 12시에 모두 운동장에 모였습니다. 그 시간에 정확히 맞춰서, 펠리시가 쓰다 남은 양초 한 자루를 손에 들고 나오더군요. 내 말을 믿으시겠습니까, 여러분? 그녀는 진지한 표정으로 그것을 갉아먹기 시작하는 거였습니다. 우리는 모두 흥분했습니다! 아이들이 그녀에게 다가가서 진지하게 물었지요. '대단하다, 너! 거기서 뭘 먹고 있니, 펠리시?' 하고 말입니다. 그랬더니 그녀는, '응, 이건 내가 먹어본 것 중에서 가장 맛있는 과자야' 하고 대답하는 거예요. 우리는 깔깔거리고 웃었습니다. 우리가 너무 소란스럽게 웃었기 때문에 그 소리가 펠리시에게 자기가 무엇을 하고 있는지 깨닫게 만들었죠. 그녀는 당황한 듯 눈을 깜박거리며, 양초를 한번 쳐다본 다음 우리를 보았습니다. 그녀는 손으로 이마를 쓱 닦았어요.

'으응? 내가 여기서 뭘 하고 있는 거야?' 하고 그녀는 중얼거리듯이 말했습니다.

'넌 양초를 먹고 있었어' 하고 우리가 말해줬죠.

'내가 널 그렇게 하게 했어. 내가 널 그렇게 하게 했다니까' 하고 아네트가 소리치며 춤을 추었습니다.

펠리시는 잠시 동안 노려보더군요. 그러더니 천천히 아네트에게 다가갔습니다.

'그래 너였구나, 누가 날 어릿광대로 만들었나 했더니 바로 너였어. 난 잊지 않을 거야. 난 이 일에 대한 보복으로 널 죽이고 말겠어!'

그녀는 매우 조용한 목소리로 말했는데, 아네트는 갑자기 막 뛰어오더니 내 뒤에 숨더군요.

'날 구해줘, 라울! 난 펠리시가 무서워. 그건 단지 장난이었을 뿐이야, 펠리시. 장난이었을 뿐이라니까.'

'난 이런 장난 좋아하지 않아. 알겠어? 난 널 증오해. 너희들 모두

를 증오해!'

그리고는 갑자기 울음을 터뜨리며 뛰어가 버리더군요.

아네트는 자기가 한 실험의 결과에 겁을 집어먹고는 다시는 되풀이하지 않았습니다. 그러나, 그날부터 펠리시에 대한 그녀의 지배는 날이 갈수록 더 심해졌죠.

지금 생각해보면 펠리시는 그녀를 항상 미워했지만 아네트한테서 벗어날 수가 없었습니다. 그녀는 아네트의 뒤를 개처럼 졸졸 따라다녔으니까요.

그 뒤 곧 나는 일자리가 생겨서, 어쩌다 휴가 때라야만 그 고아원에 갔죠. 무희가 되고자 하는 아네트의 욕망은 어릴 때만큼 강렬하지는 않았지만, 그녀는 나이가 들면서 노래하는 목소리가 점점 더 아름다워졌습니다. 그래서 슬래터 양은 그녀에게 가수가 되기 위한 지도를 받게 해주었죠.

아네트는 게으름을 피우지 않았습니다. 그녀는 쉬지 않고 열심히 연습했어요. 슬래터 양이 그녀가 너무 지나치게 연습하는 것을 말리지 않을 수 없을 만큼. 한번은 슬래터 양이 나에게 그녀에 대한 얘기를 해주더군요.

'넌 늘 아네트를 좋아했지? 아네트에게 너무 무리해서 연습하지 말라고 설득 좀 해주겠니? 그 앤 요즘 기침을 하고 있는데, 그게 걱정이 된단다.'

나는 일 때문에 곧 멀리 떠났습니다. 처음에는 아네트한테서 한두 통의 편지를 받았지만 그 다음에는 소식이 끊겼죠. 내가 외국에 나간 지 5년이 흘렀습니다.

나는 어느 날 파리에 돌아왔다가, 우연히 아네트를 선전하는 포스터를 보게 되었습니다. 나는 그녀를 단번에 알아보았습니다. 그날 밤 그 극장에 갔죠. 아네트는 프랑스어와 이탈리아어로 노래하더군요.

무대 위의 그녀는 정말 눈이 부실 정도였어요. 공연이 끝난 뒤 그녀를 분장실로 찾아갔습니다. 그녀는 나를 반갑게 맞아주더군요.

'어머나, 라울!' 하고 외치며 그녀는 하얗게 분장한 두 손을 내밀었습니다. '이게 누구야! 그동안 어디 있었니?'

나는 그녀에게 얘기해주고 싶었지만, 사실 그녀는 별로 듣고 싶어하지 않았습니다.

'너도 봤겠지만 난 지금 성공을 바로 눈앞에 두고 있어!'

그녀는 꽃다발로 가득 찬 방에서 의기양양하게 손을 흔들었습니다.

'슬래터 양이 네가 성공한 것을 자랑스럽게 생각할 거야.'

'그 할머니가? 아냐. 사실 그분은 날 국립 음악학교에 보낼 생각이었거든. 고상한 음악회에서 노래를 부르라고 말이야. 하지만 난 가수야. 내가 나 자신을 표현할 수 있는 곳은 여기, 연예 무대뿐이야.'

바로 그때 잘생긴 중년 남자가 들어왔습니다. 아주 풍채가 좋은 인물이었는데, 그의 태도로 보아 나는 그가 아네트의 후원자라는 것을 알 수 있었죠. 그가 나를 힐끗 쳐다보자 아네트가 소개했습니다.

'어릴 적 친구예요. 파리에 들렀다가 포스터에 나온 내 사진을 보았대요. 그래서 찾아온 거예요!'

그러자 그 사람은 몹시 친절하고 정중해지더군요. 그는 내가 있는 자리에서 루비와 다이아몬드로 된 팔찌를 꺼내 아네트의 손목에 채워주었습니다. 내가 일어나서 가려고 하자, 아네트는 의기양양한 시선을 던지며 이렇게 속삭이더군요.

'난 성공했어, 그렇지? 세상이 모두 내 앞에 있어.'

그러나 방을 나왔을 때, 나는 그녀의 날카롭고 마른 기침소리를 들었습니다. 나는 그 기침이 무엇을 의미하는지 알고 있었죠. 그건 폐병 환자였던 그녀의 어머니가 물려준 것이었습니다.

다음에 그녀를 본 것은 2년이 지난 뒤였습니다. 그녀는 슬래터 양의 보호를 받고 있었습니다. 그녀의 가수로서의 성공은 무너져버렸죠. 의사도 포기해버릴 만큼 폐병이 심해졌던 겁니다.

아! 난 그때 만난 그녀의 모습을 결코 잊지 못할 겁니다! 그녀는 정원에 있는 조그만 오두막에 누워 있었어요. 그녀는 밤이고 낮이고 그곳에 있었습니다. 그녀의 볼은 움푹 패인 채 상기되어 있었고, 눈은 열에 들떠 번쩍였으며 쉬지 않고 기침을 했어요.

나를 맞이하는 그녀의 모습이 너무 필사적이어서 왠지 섬뜩한 느낌이 들더군요.

'만나서 반가워, 라울. 사람들이 하는 말 너도 들었겠지? 난 회복되지 못한다나? 내가 없는 데에서만 수군거린단다. 내 앞에서는 달래고 위로하면서 말이야. 그러나 그건 사실이 아니야, 라울. 사실이 아니라니까! 난 죽지 않아. 내가 죽는다고? 내 앞에 그렇게 멋진 인생이 펼쳐져 있는데? 중요한 건 살고자 하는 의지야. 요즘 훌륭한 의사들은 모두 그렇게 말하고 있어. 난 생명을 포기할 만큼 겁쟁이가 아니야. 난 벌써 굉장히 좋아진 것 같은 느낌이 들어. 굉장히 좋아졌단 말이야, 알겠니?'

그녀는 자신의 말을 납득시키기 위해 팔꿈치를 짚고 일어나다가, 발작적인 기침이 그녀의 약해진 몸을 마구 괴롭히는 바람에 뒤로 쓰러지고 말았습니다.

'이 기침은 별 것 아니야' 하고 그녀는 숨 막히는 목소리로 말했습니다. '그리고 각혈도 날 놀라게 하지는 못해. 난 의사들을 깜짝 놀라게 해주겠어. 중요한 건 의지야. 잘 기억해 둬, 라울. 난 살아날 거야.'

짐작하시겠지만 그건 정말 비참한 모습이었어요.

바로 그때 펠리시 볼이 쟁반을 들고 들어왔습니다. 뜨거운 우유 한 컵을 가지고 말이죠. 그녀는 아네트에게 그것을 주고 그녀가 마시는 것을 지켜보았는데, 그 표정은 저로서는 헤아릴 수가 없었습니다. 거기에는 일종의 자기 만족감 같은 것이 들어 있었어요.

아네트 역시 그 표정을 보았습니다. 그녀는 화를 내며 유리잔을 집어던져 산산조각내고 말았죠.

'저 애 표정 봤지? 저 앤 언제나 나를 저런 식으로 쳐다봐. 저 앤 내가 죽어가는 게 기쁜 거야. 그래, 그것을 고소해하고 있다니까. 자기는 튼튼하고 건강하거든. 하루도 아파 본 적이 없어, 정말이야! 하지만, 저렇게 좋은 신체를 가지고 있으면 뭘 해, 아무짝에도 쓸 데가 없는데. 저 애가 그걸 어떻게 이용할 수 있겠니?'

펠리시는 몸을 굽혀 깨진 유리 조각을 주웠습니다.

'난 저 애가 뭐라고 하든 신경 쓰지 않아.' 하고 펠리시는 억양이 없는 단조로운 목소리로 말했습니다. '그게 무슨 상관이람? 난 예의 바른 아가씨야. 저 앤 아마 머지않아 연옥의 불길에 시달리게 될걸. 난 그리스도 교인이라서 아무 말도 하지 않지만.'

'넌 나를 증오하고 있잖아!' 하고 아네트가 소리쳤습니다. '넌 언제나 그랬어. 흥! 하지만 난 널 조종할 수 있어. 널 내 마음대로 움직일 수 있다구. 자, 봐. 내가 원한다면 넌 당장 내 앞에서 잔디 위에 무릎을 꿇게 될걸.'

'말도 안 돼.' 하고 펠리시는 불안한 듯이 말했습니다.

'흥, 넌 그렇게 할 거야. 하고말고. 나를 기쁘게 해주기 위해. 무릎을 꿇어. 내가, 이 아네트가 그렇게 요구하겠어. 무릎을 꿇어! 펠리시.'

그 목소리에 거역할 수 없는 호소력이 담겨 있었는지, 아니면 다른 생각이 있었는지 모르겠지만, 펠리시는 그대로 복종하는 것이었습니다. 그녀는 천천히 무릎을 꿇고 팔을 활짝 벌린 채 멍하고 아둔한 표정을 짓더군요.

아네트는 고개를 젖히고 웃었습니다. 미친 듯이 깔깔거리면서.

'저 애 좀 봐, 저 멍청한 얼굴 좀! 얼마나 우스운지 너도 봤지, 응? 이젠 가도 좋아, 펠리시. 수고했어! 날 그렇게 노려봐봤자 소용없어. 난 너의 주인이니까 넌 내가 시키는 대로 하지 않을 수 없어.'

아네트는 지쳐서 베개 위에 다시 쓰러졌습니다. 펠리시는 쟁반을 집어 들고 느릿한 걸음으로 나가버렸죠. 가다가 한 번 어깨 너머로 뒤돌아보았는데, 그 눈에 가득 찬 분노를 보고 난 소름이 끼치는 걸 느꼈습니다.

아네트가 죽을 때 나는 그 자리에 없었습니다. 그건 끔찍한 죽음이었습니다. 그녀는 삶에 무척 집착하고 있었어요. 그녀는 미친 여자처럼 죽음과 싸웠습니다. 숨을 헐떡이면서도 계속 이렇게 말했죠. '난 죽지 않아, 알겠어? 난 죽지 않는다구. 난 살 거야, 살아날 거라니까!' 여섯 달 뒤에 내가 그녀를 보러 갔을 때 슬레터 양이 그 얘기를 해주더군요. '가엾은 라울' 하고 그녀는 친절하게 말했죠. '넌 그 애를 사랑했지?'

'언제나 그랬죠, 언제나. 하지만 그게 무슨 소용이 있습니까? 우리 그 이야기는 하지 말죠. 아네트는 죽었습니다. 그렇게 재기발랄하고 타는 듯한 생명으로 넘쳤던 아네트가.'

슬레터 양은 동정심이 많은 여자였습니다. 그녀는 다른 일에 대해서도 이야기해 주더군요. 펠리시가 무척 걱정된다는 말도 했습니다. 이상한 신경 쇠약 증세를 보였는데, 그 뒤부터는 태도가 아주 이상하다고요.

슬레터 양은 잠시 머뭇거린 뒤, '그 애가 피아노를 배우고 있는 걸 알아?' 하고 말했습니다.

난 물론 몰랐습니다. 그래서 그 말에 굉장히 놀랐지요. '펠리시가 피아노를 배운다구요?' 난 펠리시는 악보 하나도 제대로 보지 못할 텐데, 하는 말을 거의 할 뻔했죠.

'사람들 말로는 펠리시에게 재능이 있다는구나' 하고 슬래터 양이 계속했습니다. '나도 이해가 안 가. 난 항상 그 아이를, 글쎄다, 라울, 너도 알다시피 그 앤 우둔한 아이였잖니?'

나는 고개를 끄덕였습니다.

'그 아이의 태도가 너무 이상해서 어떻게 이해해야 할지 모르겠어.'

잠시 뒤 나는 연습실에 가 보았습니다. 펠리시가 피아노를 치고 있더군요. 그녀는, 내가 파리에서 아네트가 부르는 것을 들은 적이 있는 그 곡을 연주하고 있었습니다. 내가 얼마나 놀랐을지, 여러분, 짐작하시겠지요? 내가 들어가는 소리를 듣고, 그녀는 갑자기 피아노를 중단하더니 냉소와 지성으로 가득 찬 눈으로 나를 돌아보았습니다. 순간 내 마음속에는…… 아니, 내가 무슨 생각을 했는지는 여러분께 말하지 않겠어요.

'어머나! 너였구나, 무슈 라울' 하고 그녀가 말했습니다.

그녀의 그 말투를 도저히 묘사할 수가 없군요. 아네트에게 나는 늘 라울이었지만, 펠리시는 우리가 성인이 되어 만난 뒤부터는 항상 '무슈 라울' 이라고 불렀죠. 하지만 그때의 그녀의 태도는 보통 때와는 달랐습니다. 약간의 강세를 준 그 '무슈'라는 말에서 어쩐지 무척 재미있어하는 것 같은 느낌이 들었습니다.

'야아, 펠리시, 너 오늘 아주 달라 보이는데.' 나는 얼버무리듯이 이렇게 말했죠.

'내가?' 그녀는 생각에 잠기면서 말했습니다. '이상한 일이야. 하지만 그렇게 근엄한 표정은 짓지 마, 라울. 난 이제부터 널 라울이라고 부르겠어. 우린 어릴 때 함께 놀았잖아? 인생이란 우스운 거야. 불쌍한 아네트 얘기나 해볼까? 지금은 죽어서 묻혀 있지. 그 애는

연옥에 있을까, 아니면 어디에 있을까?'

그러더니 그녀는 흥얼거리며 노래를 한 곡 부르더군요. 리듬은 거의 다 틀렸지만, 가사가 나의 주의를 끌었습니다.

'펠리시! 너 이탈리아어를 할 줄 아는구나?' 하고 내가 소리쳤습니다.

'왜, 그러면 안 돼, 라울? 난 보기만큼 그렇게 바보는 아니야.' 그녀는 내가 당혹스러워하는 것을 보고 웃더군요.

'난 이해할 수가 없어.'

'아니, 내가 말해 줄게. 난 아주 훌륭한 여배우인데, 아무도 그것을 모르고 있는 거야. 난 여러 가지 역할을 할 수 있어, 그것도 아주 뛰어나게.'

그녀는 다시 한 번 웃더니 내가 말릴 새도 없이 재빨리 그 방에서 뛰어나갔습니다.

떠나기 전에 다시 한 번 그녀를 만났습니다. 그녀는 안락의자에서 잠들어 있었습니다. 큰 소리로 코를 골면서. 난 우두커니 서서 홀린 듯이, 그리고 혐오감을 느끼면서 그녀를 바라보았습니다. 갑자기 그녀가 눈을 뜨더군요. 그녀의 생기 없는 흐릿한 눈과 내 눈이 부딪쳤습니다.

'무슈 라울' 하고 그녀는 기계적으로 중얼거렸습니다.

'그래, 펠리시. 지금 돌아가려는 참이야. 내가 가기 전에 다시 한 번 피아노를 쳐주겠니?'

'내가? 피아노를? 날 놀리는 거니, 무슈 라울?'

'오늘 아침에도 피아노를 쳤잖아?'

그녀는 고개를 젓더군요.

'내가 피아노를? 어떻게 나 같은 아이가 피아노를 칠 수 있다는 말이니?'

그녀는 잠시 생각에 잠긴 듯이 말을 멈추더니, 나를 좀 더 가까이 오라고 손짓했습니다.

'무슈 라울, 이 집에서는 이상한 일이 일어나고 있어! 그들은 우리를 속이고 있는 거야. 시계를 움직이고 있어. 그래, 내가 무슨 말을 하고 있는지 잘 알고 있어. 그건 모두 다 그 애의 짓이야.'

'누구의 짓?' 하고 내가 놀라며 물었죠.

'아네트, 그 못된 아이 말이야. 그 앤 살아 있을 때 끊임없이 나를 괴롭혔지. 그런데, 죽은 지금도 나를 괴롭히기 위해 되살아난 거야.'

난 펠리시를 뚫어지게 쳐다보았습니다. 그녀는 극도의 공포에 사로잡혀서 눈이 튀어나올 것 같았습니다.

'그 앤 사악해. 정말이야. 입에서는 빵을, 몸에서는 옷을, 그리고 육체에서는 영혼을 빼앗아가려고 해…….'

그녀는 갑자기 나를 와락 붙들었습니다.

'무서워, 정말 무서워. 그 애의 목소리가 들려오고 있어. 귀에서가 아니라, 그래, 귀에서 들리는 게 아니라, 여기 내 머릿속에서——' 그녀는 자신의 이마를 두드렸습니다. '그 앤 나를 몰아낼 거야, 나를 완전히 몰아내고 말 거야. 그럼 난 어떻게 하지, 난 어떻게 되는 거지?'

그녀의 목소리는 거의 비명에 가까웠습니다. 그 눈에는 궁지에 몰린 짐승처럼 두려워하는 표정이 담겨 있었습니다.

그러더니 그녀는 갑자기 미소를 짓더군요. 교활함으로 가득 찬 즐거운 미소를. 거기에는 어쩐지 날 후들후들 떨리게 하는 무언가가 있었습니다.

'만약 그런 일이 생긴다 하더라도, 무슈 라울. 난 손 힘이 굉장히 세. 내 손은 굉장히 힘이 세다구.'

난 전에는 그녀의 손을 한 번도 눈여겨본 적이 없었습니다. 그때

비로소 그녀의 손을 보고 나도 모르게 몸서리를 쳤습니다. 뭉툭한 짐승 같은 그 손가락은 그녀가 말한 대로 무섭도록 강해 보였습니다. 나는 그때 구토를 느꼈는데, 그것을 도저히 설명할 수가 없군요. 그렇게 생긴 손으로 그녀의 아버지도 자기 아내를 목 졸라 죽인 게 틀림없었습니다.

펠리시 볼을 본 건 그때가 마지막이었습니다. 그 뒤 나는 외국으로 나갔으니까요, 남미로 말입니다. 그리고 그녀가 죽은 지 2년 뒤에 돌아왔죠. 신문에서 그녀의 일생과 갑작스러운 죽음에 관한 기사를 읽었습니다. 그리고 오늘 밤 좀더 자세한 설명을 듣게 된 겁니다. 여러분으로부터요! 펠리시3과 펠리시4라고 하셨나요? 그녀는 아시다시피 뛰어난 여배우였으니까요!"

열차가 속도를 늦추었다. 구석에 앉아 있던 남자는 자세를 고쳐 앉고 외투 단추를 채우기 시작했다.

"당신은 어떻게 생각하십니까?" 하고 변호사가 몸을 앞으로 내밀며 물었다.

"난 도저히 믿을 수가……" 하고 퍼핏이 말하려다가 입을 다물었다.

의사는 아무 말 없이 라울 르타르도를 응시하고 있었다.

"몸에서는 옷을, 육체에서는 영혼을" 하고 그 프랑스인은 조용히 인용한 뒤 일어섰다. "말씀드렸다시피 여러분, 펠리시 볼의 이야기는 아네트 라블의 이야기입니다. 여러분은 그녀를 모르고 있었죠. 하지만 난 알고 있었습니다. 그녀는 인생을 너무나도 사랑했던 겁니다."

그는 기차에서 내리기 위해 문에 손을 댄 채, 빙글 돌아서서 몸을 굽히고 퍼핏의 가슴을 가볍게 쳤다.

"저기 계신 의사 선생님이 아까 말했지요. 우리의 몸은……" 그의 손이 배를 찌르는 바람에 참사회 의원의 몸이 움찔 움직였다. "집이라고 했습니다. 만일 당신의 집에서 도둑을 발견한다면 어떻게 하시겠습니까? 그에게 총을 쏘지 않겠어요?"

"아니오" 하고 참사회 의원이 소리쳤다. "천만에! 즉 내 말은 이 나라에서는……."

그러나 그는 그 마지막 말을 아무도 없는 허공에다 하고 있었다. 객실문이 쾅! 하고 닫혔다.

객차속에는 목사와 변호사와 의사만 남았다. 네 번째 자리는 비어 있었다.

The Gipsy
집시

1

맥펄레인은 친구 디키 카펜터가 집시에 대해 기묘한 반감을 가지고 있다는 것을 알고 있었지만, 그 이유에 대해서는 전혀 몰랐다. 그러나 에스터 로즈와 디키의 약혼이 깨졌을 때, 두 사람 사이의 거리는 한순간에 사라졌다.

맥펄레인이 에스터의 여동생 레이첼과 약혼한 지는 1년쯤 된다. 그는 어릴 때부터 로즈 자매를 둘 다 알고 있었다. 무슨 일에나 유연하고 조심성 깊은 그는, 레이첼의 어린애 같은 얼굴과 성실한 갈색 눈의 매력을 애써 인정하려 하지 않았지만, 갈수록 그 매력에 빠져들고 있었다. 에스터만큼 미인은 아니었다. 사실 그랬다. 그러나 레이첼 쪽이 말로 표현할 수 없을 만큼 성실하고 마음씨가 고왔다. 디키가 그녀의 언니와 약혼한 것은 두 남자 사이의 유대를 더욱 강하게 해주었다.

그런데 몇 주일이 지난 지금 약혼은 깨지고, 그 단순하기 짝이 없는 디키는 심한 충격에서 헤어나지 못하고 있다. 지금까지 그의 젊은 인생은, 모든 것이 더할 나위 없이 순조롭게 진행되어 왔다. 그는 현명하게도 해군을 자신이 갈 길로 선택했다. 그의 바다에 대한 동경은 선천적인 것이었다. 디키는 해적처럼 약간 야성적이고 충동적으로 행동하는 성향이 있었고, 치밀한 사고력과는 거리가 먼 성격이었다. 어떠한 정서도 좋아하지 않고 대화가 서툰 영국인의 한 사람인 그에게는, 자신의 정신적인 궤적을 언어로 설명하는 건 커다란 고역이었다.

완고한 스코틀랜드인으로, 어딘가 켈트 민족의 상상력이 숨어 있는 맥펄레인은, 친구가 답답하고 어눌하게 표현하고 있는 고백에 귀를 기울이며 담배를 피우고 있었다. 마음의 무거운 짐을 내리기 위한 고백이 있을 줄은 짐작하고 있던 터였다. 그러나 그 내용은 예상했던 것과는 사뭇 달랐다. 어쨌든 처음에는 에스터 로즈의 이름은 등장하지 않았다. 아무리 봐도 그것은 그저 어린애 같은 괴담처럼 생각되었다.

"그건 모두, 내가 어린 시절에 본 꿈에서 시작되었어. 솔직히 말하면 악몽과는 달라. 그녀는――집시 말이야――모든 꿈에 나타났어. 좋은 꿈(아니면, 어린이가 그렇게 생각하는 것이라고 하는 편이 나을까――파티라던가 크래커 같은 그런 것 말이야)에서도 나타났으니까. 난 무척 재미있어하지만, 어쩌다 눈을 들면 그녀가 늘 그곳에 서서 나를 지그시 지켜보고 있는 듯한 느낌이 들고, 또 그럴 거라는 걸 알고 있는 거야……마치 내가 모르는 무언가를 알고 있는 것처럼 슬픈 눈길로……그것이 어째서 나를 두려워하게 했는지는 설명할 수 없어. 하지만 사실 그랬어! 언제나! 내가 공포로 비명을 지르면서 잠에서 깨면, 유모는 '아이구, 우리 디키 도련님이 또 집시 꿈을 꿨나 보군요' 하고 말했지."

"진짜 집시에게 놀란 일은 없었나?"

"훨씬 뒤에까지 한 번도 본 적이 없었어. 그것도 기묘한 얘기지.

나는 내 강아지를 쫓아가고 있었어. 개가 달아나 버렸거든. 난 뜰을 빠져나가 숲의 오솔길을 따라갔지. 그때 우리는 뉴포레스트에 살고 있었어. 마지막에 난 강물에 나무다리가 걸쳐진, 숲을 개척한 것 같은 곳으로 나왔어. 바로 그 다리 옆에 집시가 혼자 서있더군. 붉은 스카프를 머리에 두르고. 꿈속에 나오는 것과 똑같은 그 모습을 본 순간 소름이 끼치더군. 그녀는 나를 보고 있었어. 완전히 똑같은 표정, 마치 내가 모르는 무언가를 알고 있고, 동정하는 듯한 표정으로……그런 다음 더할 수 없이 조용하게 고개를 끄덕이면서 말했어. '나라면, 그쪽으로는 가지 않겠어'라고 말이야. 왜 그런지 알 순 없지만 난 죽을 만큼 놀랐어. 그녀 옆을 달려가 다리 쪽으로 거침없이 나아갔지. 어리석은 짓을 한 거야. 어쨌든 그 다리는 무너지고 난 물속에 빠져버렸어. 물살이 무척 빨라서 하마터면 익사할 뻔했지. 거의 죽을 뻔했어. 그 일을 도저히 잊을 수가 없어. 난 이번 일이 모두 그 집시와 관련이 있다는 기분이 들어."

"하지만 사실은 그 사람은 자네한테 주의를 준 거잖아?"

"자네라면 그렇게 받아들이겠지." 디키는 잠시 말을 중단했다가 다시 얘기를 계속했다.

"내가 꿈 이야기를 한 것은, 그것이 나중에 일어난 일과 뭔가 관련이 있기 때문이 아니라(적어도 나는 그렇지 않다고 생각해), 이를테면 그것이 요점을 벗어나 있기 때문이야. 내가 말하는 '집시의 느낌'이라는 의미를 자네도 언젠가 알게 될 거야. 이제 로즈 집안에서의 그 첫날에 대해 얘기를 계속할게. 그때 난 막 서해안에서 돌아온 참이었어. 다시 잉글랜드로 돌아온다는 건 정말 멋진 일이었어. 로즈 집안은 우리 집안과 오랜 친구 사이지. 7살 때 이후로 그 자매를 보지 못했지만, 젊은 아서는 내 친구였고, 그가 죽은 뒤에는 에스터가 편지를 쓰거나 신문을 보내주었지. 정말 멋진 편지였어! 그건 나에게 무척 힘이 되었지. 답장을 좀더 잘 쓸 수 있었으면 좋겠다고 난 늘 생각했어. 그녀를 무척 만나고 싶었어. 다른 수단이 아닌, 편지를 통해 여자를 알려고 하는 건 변칙적인 것으로 생각되더군. 그래서 난 맨 먼저 로즈 집안으로 갔지. 내가 도착했을 때 에스터는 집에 없었는데, 저녁에는 돌아온다고 하더군. 저녁 식사 때 레이첼 옆에 앉아 긴 테이블을 물끄러미 바라보고 있으니, 기묘한 느낌이 드는 거야. 누군가가 날 응시하고 있는 듯한 느낌……난 불쾌해졌어. 그때 그녀를 본 거야."

"누구를?"

"호워스 부인, 내가 얘기한 적 있지?"

맥펄레인의 목구멍까지 이런 말이 나오려 했다. '자넨 에스터 로즈에 대한 얘기를 하고 있었던 것 아닌가?' 하고. 그러나 그는 침묵을 지켰고 디키는 얘기를 계속했다.

"그녀에게는 다른 사람들과 전혀 다른 데가 있었어. 그녀는 로즈 노인의 옆에 앉아서, 머리를 갸웃하며 상대방의 얘기에 진지하게 귀를 기울이고 있었어. 목둘레에 붉은 명주 같은 것으로 된 무언가를 감고 있었는데, 찢어져 있었던 건지, 어쨌든 그것이 그녀의 머리 뒤에 작은 불꽃처럼 솟아 있더군. 난 레이첼에게 물었지. '저기 있는 저 여자분은 누구지? 검은 머리에 붉은 스카프를 쓴 사람?'

'아리스테어 호워스 말이에요? 저 부인은 붉은 스카프는 하고 있지만 머리는 금발이에요. 화려한 금발.'

그랬어. 그녀의 머리는 엷게 빛나는 아름다운 노란 색이었지. 하지만 분명히 검은 머리로 보였다고 맹세해도 좋아. 눈의 착각이었는지, 이상해……저녁 식사 뒤에 레이첼이 두 사람을 인사시켜 주어서, 우리는 뜰을 거닐면서 환생에 대한 얘기를 했어."

"평소의 자네하고는 다르지 않은가, 디키!"

"그래. 난 말이네, 처음 본 순간 전에 만난 적이 있는 것 같은 느낌이 드는 사람들이 있는 건 왜 그런지, 그 이유를 설명하는 건 무척 감각적인 일이라는 얘기를 하고 있었어. 그녀는 이렇게 말했지. '당신이 말하려고 하는 건 연인들의……' 그녀의 말투에는 약간 기묘한 데가 있었어, 어쩐지 친절하고 열성적인 느낌. 그건 나에게 무언가를 연상시켰지. 하지만, 그게 뭔지는 생각나지 않았어. 우리는 조금 더 얘기를 계속했는데, 곧 로즈 노인이 테라스에서 날 부르더군. 에스터가 돌아와서 나를 만나고 싶어한다는 거야. 호워스 부인은 내 팔에 손을 얹고 이렇게 말했어. '들어갈 건가요?' '예, 그래야겠죠.' 그랬더니."

"그랬더니?"

"말도 안 되는 헛소리 같은 거야. 호워스 부인은 '나라면 안에 들어가지 않겠어요……' 라고 하는 거야." 그는 잠시 뜸을 들였다. "난 깜짝 놀랐지. 정말 놀랐어. 꿈 이야기를 한 건 그 때문이야……왜 그런지 알겠지? 완전히 똑같은 태도였어. 온화한, 마치 내가 모르는 무언가를 알고 있기라도 한 듯한 태도 말이야. 아름다운 여성이 그저 나를 뜰에 붙들어두고 싶어서 하는 말이 아니었어. 그 목소리는 참으로 부드러웠어. 그리고 무척 동정하는 듯했지. 마치 앞으로 일어날 일을 알고 있는 것처럼. 난 대수롭지 않은 듯이 등을 돌려 그녀 옆을 떠났어. 거의 뛰다시피 하여 집안으로 들어갔지. 그러는 게 안전할 것 같은 기분이 들더군. 그때 난 처음부터 그 여자를 두려워하고 있었다는 걸 깨달았어. 로즈 노인을 보고 난 안도했어. 에스터가 그 옆에 있었지……." 그는 잠시 주저한 뒤 약간 모호하게 중얼거렸다.

"아무 말도 필요 없었지. 그녀를 본 순간 난 완전히 매료되었다는 걸 알았어."

맥펄레인의 마음은 당장 에스터 로즈에게로 달려갔다. 그는 전에

'1미터 85센티의 유대적인 완벽'이라고 그녀를 요약한 말을 들은 적이 있다. 유난히 큰 키에 늘씬한 자태, 대리석처럼 하얀 얼굴과 섬세한 하강선을 그리는 코, 그리고 머리카락과 검은 눈의 광채를 떠올리면서 정확한 인물비평이라고 생각했다. 어린아이처럼 너무나 단순한 디키가 그 매력의 포로가 된 건 놀라운 일이 아니었다. 에스터는 맥펄레인의 심장 박동을 조금도 빨라지게 만들 수는 없었지만, 그도 그 빼어난 아름다움은 인정하고 있었던 것이다.

"그리고" 하고 디키는 말을 이었다. "우리는 약혼했어."

"금방 말인가?"

"그야 1주일쯤 뒤였지. 그녀가 결국 결혼하고 싶어하지 않는다는 걸 깨달은 건 그 뒤 2주일이 더 걸렸지만……"

그는 짧게 쓴 웃음을 지었다.

"내가 다시 배로 돌아가기 전날 저녁이었어. 숲을 지나 마을로 돌아가던 중이었는데, 그때 그녀를 보았어, 호워스 부인 말이야. 그녀는 붉은색 두건형 모자를 쓰고 있었는데, 그래서 아주 잠깐이었지만 난 등골이 오싹했어! 꿈 이야기는 해 주었으니까 자네도 알 테지……. 그리고 우리는 잠시 함께 걸었어. 에스터에 대해서는 한마디도 하지 않았지만……."

"얘기하지 않았다고?" 맥펄레인은 의아하다는 듯이 친구를 바라보았다. 인간은 자기도 깨닫지 못하는 것을 얼마나 기묘하게 얘기하는지!

"그리고 집으로 돌아가려고 하자, 그녀는 나를 붙잡고 이렇게 말하더군. '저쪽에 너무 일찍 도착하면 모든 게 끝나버려요. 나라면 그렇게 빨리 돌아가지 않겠어요…….' 그때 난 알았어, 뭔가 엄청난 일이 기다리고 있다는 걸……그리고……돌아가자마자, 에스터가 나에게 말했어. 사실은 결혼하고 싶지 않다는 걸 깨달았다고…

…."

맥펄레인은 동정의 말을 중얼거렸다. "그래서, 호워스 부인은?"

"그 뒤론 못 만났어, 오늘 저녁까지는."

"오늘 저녁?"

"그래, 어떤 사립 병원에서 말이야. 난 내 다리를 진찰받고 있었어. 수뢰 때문에 엉망이 되어 있었지. 요사이 다시 약간 아프기 시작했는데 의사는 수술을 권하더군. 더할 수 없이 간단한 수술이라면서. 그 뒤에 병원에서 나오다가 간호사 옷 위에 붉은 점퍼를 입은 여자를 만났는데, 그녀가 말했어. '나라면 수술하지 않겠어요'. 난 그 사람이 호워스 부인이라는 걸 알았어. 붙잡을 사이도 없이 빨리 지나갔기 때문에 난 다른 간호사에게 그녀에 대해 물어보았지. 하지만 그런 이름의 사람은 이 병원에는 없다는 거야……묘한 일이지……."

"분명히 그녀였나?"

"물론이네. 무엇보다 그 사람은 굉장한 미인이야……." 그는 말을 중단한 다음 이렇게 덧붙였다. "난 물론 수술을 받을 거야. 하지만, 하지만 만약 내가 죽을 경우에는——."

"무슨 그런 말을!"

"물론 말도 안 되지. 하지만 역시 그 집시에 대한 얘길 하길 잘했어……그리고 만약 생각난다면 더 얘기할 것이 있는데……."

2

맥펄레인은 험악한 황야를 걸어갔다. 언덕 꼭대기에 가까운 집이 있는 곳에서 안으로 꺾어 들어갔다. 턱에 단단히 힘을 주면서 초인종 줄을 잡아당겼다.

"호워스 부인 계십니까?"

"네, 잠깐만 기다리세요." 하녀는 그를 천장이 낮은, 좁고 긴 방에 안내하고 나갔다. 창문에서 황량한 들판이 내다보였다. 맥펄레인은 약간 미간을 찌푸렸다. 내가 말도 안 되는 어리석은 짓을 하고 있는 건 아닐까?

그때 맥펄레인은 흠칫 놀랐다. 나지막한 노랫소리가 들려온 것이다.

'집시 여자가

황야에 살고 있었네.'

소리가 갑자기 멎었다. 맥펄레인의 심장 고동이 약간 빨라졌다. 문이 열렸다.

거의 스칸디나비아인 같은, 가슴이 철렁하리만큼 금발을 보고 그는 충격을 받았다. 디키의 설명을 듣기는 했지만, 그녀는 집시처럼 검은 머리일 거라고 생각했던 것이다……. 갑자기 그는 디키의 말과 그 기묘한 말투가 떠올랐다. '무엇보다, 그 사람은 굉장한 미인이야.' 완전하고 흠잡을 데 없는 아름다움이란 좀처럼 없는 일이지만, 아리스테어 호워스는 그 완전무결한 아름다움의 소유자였다.

그는 서둘러 정신을 수습하고 부인 쪽으로 다가갔다.

"저에 대해서 잘 모르실 겁니다. 실은 로즈 집안에서 부인의 주소를 알아냈습니다. 전 디키 카펜터의 친구입니다."

그녀는 1, 2분 동안 그를 찬찬히 바라본 뒤 말했다.

"전 막 외출하려던 참이었어요, 황무지로요. 함께 가지 않으시겠어요?"

그녀는 창문을 들어올리고 언덕 비탈로 내려섰다. 그도 그 뒤를 따랐다. 둔중해 보이는 약간 얼빠진 얼굴의 남자가, 버들 가지로 엮은 의자에 앉아 담배를 피우고 있었다.

"제 남편이에요. 우리 황무지에 가요, 모리스. 그리고 맥펄레인 씨는 우리와 함께 점심 식사를 하기 위해 돌아올 거예요. 그래도 괜찮죠, 맥펄레인 씨?"

"제겐 영광입니다." 그는 느릿한 걸음으로 부인을 따라 언덕을 올라가면서, 이 여자는 어째서 저런 남자와 결혼했을까 속으로 생각했다.

아리스테어는 바위가 있는 곳을 향해 나아갔다.

"이곳에 앉을까요? 그리고 얘기해 주세요. 나에게 하기 힘든 얘기를."

"당신은 알고 계십니까?"

"나쁜 일이 일어날 때는 언제나 알아요. 나쁜 일이죠? 디키에 대한 건가요?"

"그는 간단한 수술을 받았습니다. 무척 잘 됐어요. 그러나 심장이 약했던 모양입니다. 마취중에 사망했습니다."

아리스테어의 얼굴에 어떤 표정이 떠오를지는 거의 예상하지 못하고 있었다. 간신히, 결코 변하는 일이 없는 피곤한 듯한 눈길만…… 그는 부인의 중얼거림을 들었다.

"다시 기다리는 거예요, 아주 오랫동안……." 그녀는 얼굴을 들었다. "그래서, 당신은 무슨 말을 하고 싶은 건가요?"

"네, 누군가가 수술을 받지 말라고 그에게 경고했습니다. 간호사였는데, 그는 당신이라고 생각하고 있었습니다. 사실인가요?"

아리스테어는 고개를 저었다.

"아뇨, 전 아니에요. 하지만 간호사로 있는 사촌이 하나 있어요. 어두컴컴한 데서 보면 저하고 약간 닮았죠. 아마 그 사람일 거예요." 그녀는 다시 맥펄레인을 올려다보았다. "그게 누구든 무슨 상관인가요?"

그리고 갑자기 눈을 크게 뜨더니 숨을 삼켰다.
"아! 아! 정말 이상해! 당신은 모르시……."
맥펄레인은 당황했다. 부인은 아직도 그를 응시하고 있다.
"당신도 그렇다고 생각했는데…… 틀림없군요. 당신의 몸에도 갖춰져 있는 것처럼 보였어요."
"뭐가 말입니까?"
"천부적인 재능, 저주, 뭐든지 하고 싶은 대로. 당신도 그것을 타고났어요. 이 바위의 구멍을 뚫어지게 바라보세요. 다른 건 아무것도 생각하지 말고 그냥 보는 거예요. 아!"
아리스테어는 상대가 희미하게 놀라는 것을 알아차렸다.
"자, 뭐가 보이나요?"
"생각 탓일 겁니다. 한순간 구멍이 피로 가득 차 있는 것이 보였어요."
아리스테어가 고개를 끄덕였다.
"그건 옛날에 태양 숭배자들이 제물을 바쳤던 장소예요. 아무도 얘기해주지 않았지만 난 알고 있어요. 이따금 나, 그들이 그것을 어떻게 느꼈는지 훤히 다 알 때가 있어요. 마치 그 자리에 있었던 것처럼…… 게다가 황무지에는 고향에 돌아온 것처럼 느끼게 하는 무언가가 있어요……. 물론, 내가 천부적인 재능을 가지고 있는 건 당연한 일이에요. 난 퍼그슨 출신이니까요. 가족 중에 천리안을 가진 사람이 있어요. 어머니는 아버지와 결혼하기 전까지 영매였죠. 크리스틴이라는 이름으로 꽤 유명했어요."
"당신이 말하는 '천부적인 재능'이란, 무슨 일이 일어나기 전에 사물을 통찰하는 힘을 말하는 건가요?"
"그래요. 미래든 과거든, 모두. 네, 맞아요. 당신은 이상하게 생각했죠? 그 이유는 단순히 뭔가 무서운 일이 모리스에게 따라다니는 것을 내가 언제나 알고 있기 때문이에요……. 난 그를 구해주고 싶었어요……. 여자란 그런 존재니까요. 내가 가진 힘으로 그런 일이 일어나지 않도록 막을 수 있을 거예요……. 만약 인간이 할 수 있는 일이라면……. 난 디키를 구하지 못했어요. 디키는 알려고 하지도 않았구요……그 사람은 두려워하고 있었죠. 너무 젊었던 거예요."

"스물 둘이었습니다."

"난 서른. 하지만 그런 의미에서가 아니에요. 사이를 가를 수 있는 방법은 많아요. 길이, 높이, 넓이……하지만, 시간에 의해 갈라지는 것이 그 중에서도 가장 끔찍한 방법이죠……." 아리스테어는 오랜 명상에 빠져들었다.

낮은 징소리가 아래의 집 쪽에서 들려오는 바람에 두 사람은 현실로 돌아왔다.

점심 식사 뒤, 맥펄레인은 모리스 호워스를 바라보고 있었다. 틀림없이 그는 아내를 열렬히 사랑하고 있는 것 같았다. 그 눈에는 개의 그것과 같은, 명백하고 행복한 애정이 담겨 있었다. 맥펄레인은 또, 희미한 모성애를 느끼게 하는 부인의 반응도 알았다. 점심 식사 뒤에 맥펄레인은 작별을 고했다.

"전 하루 이틀 하숙집에 머물 예정입니다. 다시 만나러 와도 될까요? 내일은 어떠신가요?"

"물론 좋아요. 하지만,"

"하지만?"

아리스테어 호워스 부인은 서둘러 한 손을 눈으로 가져갔다.

"모르겠어요. 전, 전, 두 번 다시 만날 수 없을 것 같은 느낌이 드는군요. 그뿐이에요……. 안녕히 가세요."

맥펄레인은 천천히 길을 내려갔다. 자기도 모르게 차가운 손이 심장을 조여오는 것 같은 느낌이 들었다. 물론 그녀의 말에 무슨 의미가 있을 리는 없다, 하지만——.

자동차 한 대가 모퉁이를 조용히 돌아나왔다. 그는 울타리에 착 달라붙어……간발의 차이로 사고를 면할 수 있었다. 그의 얼굴에 기묘한, 잿빛이 감도는 창백한 빛이 번져갔다.

3

"이런! 내 신경이 엉망이 되어버렸어." 이튿날 아침 눈을 뜬 맥펄레인이 이렇게 중얼거렸다. 전날 오후에 있었던 일을 냉정하게 음미해 본다. 그 자동차, 하숙집으로 가는 지름길, 그리고 갑자기 끼기 시작한 안개가, 바로 가까이 위험한 늪이 있다는 지식과 아울러, 길을 잃어버리게 한 것이다. 그 다음 하숙집 굴뚝 꼭대기에 있는 통풍관이 떨어지고, 한밤중에는 뭔가 타는 냄새가 나서 살펴보니 난로 앞의 깔개 위에 타다 남은 재가 있었다. 모두 별 일 아니다! 정말 아무것도 아니다! 단지 부인의 말과, 진심으로 인정할 수는 없지만, 부인이 그것을 알고 있었다는 확신 외에는…….

그는 갑자기 기세 좋게 이불을 확 밀어젖혔다. 만사 제쳐놓고 나가서 부인을 만나지 않으면 안 된다. 그렇게 하면 주문을 풀 수 있으리라. 다시 말해, 만약 무사히 그곳에 도착할 수 있다면 말이지만……맙소사, 난 얼마나 바보였는지!

아침 식사는 거의 목구멍에 넘어가지 않았다. 10시에 그는 길을 오르기 시작했고, 10시 반에는 초인종 줄을 손에 잡고 있었다. 그때서야 지금까지 억제하고 있었던 긴 안도의 한숨을 내쉬었다.

"호워스 부인 계십니까?"

전에 문을 열어주었던 같은 연배의 부인이 나왔다. 하지만 그 부인의 표정은 전과는 달랐다. 슬픔에 일그러진 얼굴이었다.

"그럼, 손님은 소식을 듣지 못하셨군요?"

"무슨 소식 말인가요?"

"가엾은 마님, 마님은 매일 밤 강장제를 드시고 계셨어요. 나리께서는 지금 거의 실성한 사람처럼 되셨답니다. 어둠 속에서 선반에서 다른 약병을 잘못 집어서……의사 선생님이 불려왔지만 이미 늦은 뒤였어요."

맥펄레인의 머리에 그 말이 떠올랐다. "그 사람에게는 뭔가 무서운 일이 따라다니고 있다는 것을 언제나 알고 있기 때문이에요. 그런 일이 일어나지 않도록 막을 수 있을 거예요. 만약 인간이 할 수 있는 일이라면요." 아! 그러나 운명을 속일 수는 없는 일이었다……시각(視覺)의 신비로운 운명은, 구해야 할 것을 오히려 파멸의 길로 이끌고 만 것이다…….

늙은 하녀가 말을 이었다.

"가엾은 분! 그 분은 무척 친절하고 온화한 분이었고, 고뇌하는 사람은 누구든지 동정하셨어요. 남이 상처를 입는 것을 그냥 보지 못하셨지요." 하녀는 주저하며 이렇게 물었다. "위층에 올라가셔서 대면하시겠습니까? 그 분의 말투로 보아 손님은 옛날부터 잘 아시는 사이 같아서. 아주 오래 전부터라고 말씀하셨으니까요……."

맥펄레인은 노부인을 따라 2층으로 올라가, 전날 노랫소리를 들은 응접실 위의 방으로 들어갔다. 창문 위쪽에는 스테인드글라스가 끼워져 있었다. 그것이 침대 머리에 붉은 빛을 던지고 있었다……. 집시는 붉은 손수건을 머리에 쓰고 있었다. 어리석게도 또다시 신경이 착란을 일으킨 것이리라. 그는 아리스테어 호워스에게 마지막으로 긴 작별의 눈길을 보냈다.

4

"어떤 부인이 찾아오셨어요."

"예?" 맥펄레인은 방심한 표정으로 하숙집 여주인의 얼굴을 쳐다보았다. "아, 실례했어요. 로즈 부인, 전 유령을 보고 있었습니다."

"정말이세요? 밤이 되면 묘지에서 기묘한 것이 보인다는 건 알고 있지만. 흰 옷을 입은 여자나 악마의 대장장이, 그리고 선원과 집시……."

"뭐라고요? 선원과 집시?"

"그렇다더군요. 내가 젊었을 때는 상당한 소문들이 있었죠. 아주 오래전에 사랑을 이루지 못했대요……. 하지만 얼마 전부터는 나오지 않고 있어요."

"그래요? 어쩌면, 아마 다시 나타날지도……."

"어머나, 무슨 말씀을! 그 젊은 여자분은……."

"어떤 여자요?"

"당신을 만나려고 기다리고 있는 분요. 지금 응접실에 있어요. 미스 로즈라고 하더군요."

"아!"

레이첼! 그는 눈에 비치는 세계가 한순간에 변하는 기묘한 수축감을 느꼈다. 그는 지금까지 딴 세상을 들여다보고 있었던 것이다. 그는 레이첼을 잊고 있었다. 레이첼은 이 인생에만 속하고 있었기 때문이다……. 다시 그 기묘한 변화가, 삼차원밖에 없는 이 세계로 그를 살짝 되돌려보낸 것이었다.

그는 응접실 문을 열었다. 성실한 갈색 눈의 레이첼. 그리고 갑자기 꿈에서 깨어난 남자처럼, 빛나는 현실의 따뜻한 물결이 그에게 왈칵 밀려왔다. 그는 살아 있었다, 살아 있는 것이다!

'인간이 확신할 수 있는 유일한 인생이 여기에 있다! 이것이 그거야' 하고 그는 생각했다.

"레이첼!"

그는 그녀의 턱을 치켜들고 그 입술에 키스했다.

The Lamp

램프

그것은 글자 그대로 고풍스러운 집이었다. 고풍스럽다고 하면 이 광장 전체가 다 그러하여, 대성당이 있는 마을에서 흔히 볼 수 있듯 고색창연하고 장엄한 모습을 갖추고 있었다. 그러나 19번지는 그 가운데서도 특히 오랜 풍상을 견뎌온 것 같은 인상을 준다. 참으로 원로격이라 할 수 있는 위엄을 갖추고, 음울한 건물 가운데서도 가장 음울하고, 오만한 것 가운데서도 가장 오만하며, 냉엄한 것 가운데서도 가장 냉엄하게 버티고 서 있었다. 오랫동안 사람이 살지 않은 건물 특유의 황폐한 느낌을 풍기며, 범접하기 어려운 엄숙함으로 다른 집들 위에 군림하고 있는 것이다.

이런 집은 다른 마을에서는 공연히 유령의 집이라고 불렸겠지만, 웨이민스터 마을은 유령을 좋아하지 않았고, 지방의 오래된 가문의 속령을 제외하면, 유령에 대한 외경심 같은 건 거의 찾아볼 수 없는 곳이었다. 그런 까닭에 그 19번지는 유령의 집이라고 불린 적은 한번도 없었지만, 그런데도 '매매 또는 세 놓습니다'라는 푯말과 함께 오랜 세월 방치되어 있었다.

랭커스터 부인은, 말 많은 부동산 중개인과 함께 차에서 내리며, 마음에 든다는 눈길로 그 집을 바라보았다. 중개인은 장부에서 19번지의 집을 속 시원하게 쫓아버릴 수 있을 거라고 생각하고, 전에 없던 밝은 기분이 되어 있었다. 그리고, 집에 대한 찬사를 쉬지 않고 늘어놓으며 문에 열쇠를 꽂아 넣었다.

"집이 얼마동안 비어 있었죠?" 랭커스터 부인이 상대방의 끝없는 수다를 가로막으며 약간 기습하여 물었다.

래디시 씨(래디시 앤드 폴로 상회)는 약간 당황했다.

"아, 예, 한동안이지요." 그는 애매하게 대답했다.

"그렇겠죠." 랭커스터 부인은 선선히 대꾸한다.

희미하게 불이 켜진 현관은 불길한 냉기로 썰렁했다. 상상력이 좀 있는 여성이었다면 몸을 떨었을지도 모르지만, 그녀는 굉장히 실제적인 여자였다. 키가 크고, 이제 막 흰머리가 나기 시작한 풍부한 흑갈색 머리에, 약간 차가워 보이는 푸른 눈의 소유자다. 가끔 종잡을 수 없는 질문을 하면서, 그녀는 다락에서 지하실까지 구석구석 살펴보았다. 그리고 답사가 끝나자, 광장이 내려다보이는 건물 앞쪽 한 방으로 돌아가 단호한 태도로 중개인에게 말했다.

"이 집은 도대체 왜 이렇게 된 거죠?"

뜻밖의 기습이었다.

"물론 가구가 없이 텅 비어 있는 집은 언제나 약간 음산하기 마련이죠." 래디시 씨는 자신 없는 목소리로 변명했다.

"그래서가 아니에요. 이만한 집 치고는 이상하게 집세가 싸군요. 거의 명목이다 싶을 정도로. 거기에는 뭔가 이유가 있을 거예요. 이 집은 유령의 집이죠?"

래디시 씨는 몸을 약간 움찔했을 뿐 아무 말도 하지 않았다.

랭커스터 부인은 날카롭게 그를 쳐다보았다. 잠시 뒤 다시 얘기를 시작한다.

"물론, 그런 건 모두 말도 안 되는 얘기예요. 난 유령이니 하는 건 전혀 믿지 않기 때문에, 나 개인으로서는 이 집을 선택해서 나쁠 이유가 하나도 없다고 생각해요. 하지만 하인들은 아무래도 그런 미신을 믿기 쉬워서 금방 겁을 먹고 말 거예요. 사실대로 얘기해 줬으면 좋겠어요. 이 집에 무엇이 들러붙어 있는지 말이에요."

"저는 정말 모릅니다." 중개인은 말을 얼버무렸다.

"그럴 리가 없어요." 그녀는 조용히 말했다. "집에 대해서 모든 걸 얘기해 주지 않으면 빌리지 않겠어요. 무슨 일이 있었죠? 살인인가요?"

"아닙니다. 그럴 리가!" 래디시 씨는 이 광장의 품위와 전혀 반대되는 생각에 충격을 받고 소리쳤다. "그건, 그건, 그저 한 아이였습니다."

"아이요?"

"그렇습니다."

"정확한 건 저도 잘 모릅니다." 그는 마지못해 말을 계속했다. "물론 여러 가지 설들이 있었습니다. 하지만 한 30년쯤 전에 윌리엄이라는 이름의 남자가 19번지의 이 집을 빌린 것만은 확실합니다. 그 사람에 대해서는 아무것도 모릅니다만, 하인은 두지 않았고 친구도 없었으며, 낮에 외출하는 일도 매우 드물었습니다. 그에게는 어린 아들이 하나 있었습니다. 그 집에 이사온 지 2개월쯤 되었을 때 그는 런던으로 갔습니다. 런던에 거의 다 와 그만 뭔가의 혐의로——정확한 건 잘 모릅니다만——경찰의 검문에 걸려 수배자라는 사실이 드러나고 말았습니다. 아마 중대한 범죄였던 모양이에요. 순순히 응하는 대신 권총으로 자살하고 만 걸 보면 말이죠. 그동안 아이는 혼자 이 집에 살고 있었습니다. 얼마 동안은 먹을 것도 있었기 때문에, 며칠 동안 아버지가 돌아오기를 기다리고 있었지요. 그 아이는 아버지로부터 무슨 일이 있어도 집에서 나가거나 다른 사람하고 얘기해서는 안 된다고 귀가 닳도록 교육을 받고 있었죠. 아이는 병을 앓고 있었지만 아버지의 명령을 어기려는 생각은 꿈에도 하지 않았습니다. 아버지가 없는 것을 모르는 이웃사람은, 밤중에 그 아이가 아무도 없는 집에서 무서운 고독과 굶주림에 흐느껴 우는 소리를 이따금 들었습니다."

래디시 씨는 한숨을 내쉬었다.

"그리고…… 그 아이는 굶어 죽었습니다." 그는 마치 '비가 내리기 시작하는군요'라는 말이라도 하는 듯한 투로 얘기를 끝냈다.

"그럼, 이 집에 달라붙어 있는 건 어린아이의 유령이라는 얘기군요." 랭커스터 부인이 말했다.

"그렇지만 그 뒤에 아무런 결론도 나오지 않았습니다." 래디시 씨는 부인을 안심시키려고 당황해서 말했다. "사람이 본 건 아무 것도 없습니다. 단지, 물론 말도 안 되는 얘기지만 소리가 들린다고 하더군요. 아이가 우는 소리 말입니다."

랭커스터 부인은 현관 쪽으로 걸어갔다.

"이 집이 무척 마음에 들어요. 절대로 이 금액에 이만한 집을 얻을 수 없을 거예요. 다시 생각해본 뒤에 연락하겠어요."

"정말 무척 밝죠, 아버지?"

랭커스터 부인은 만족스러운 표정으로 새 집을 둘러보았다. 화려한 카펫, 반짝이는 가구, 많은 재미있는 장식물이 19번지의 음울한 분위기를 싹 바꿔놓고 말았다.

랭커스터 부인이 말을 한 상대는 마른 체격에 허리가 구부러지고, 섬세하고 탈속한 얼굴의 노인이었다. 윈버 씨는 딸과는 닮지 않았다.

그녀의 확고하고 실제적인 면, 그의 꿈꾸는 듯한 방심 상태, 이 서로 다른 두 가지에 의한 대조 이상의 것을 떠올리는 건 도저히 불가능하다.

"그래" 하고 노인은 미소 지으며 대답했다. "아무도 이 집을 유령의 집으로는 생각하지 않겠구나."

"아버지, 말도 안 되는 소리 그만 하세요! 게다가 오늘은 이사 온 첫날이잖아요?"

윈버 씨는 다시 미소 지었다.

"알았다, 얘야. 유령이라는 건 존재하지 않는다는 걸 인정하마."

"그리고 부탁이 있어요" 하고 랭커스터 부인은 말을 이었다. "조프 앞에서는 절대로 그런 얘기 하지 마세요. 그 아인 감수성이 무척 예민하니까요."

조프리는 랭커스터 부인의 사랑하는 아들이다. 이들 가족은 윈버 씨와 미망인인 딸, 그리고 손자 조프리 세 사람으로 구성되어 있다.

비가 창문을 두드리기 시작했다. 투둑투둑, 투둑투둑…….

"들어 보렴." 윈버 씨가 말했다. "작은 발소리 같지 않니?"

"그보다는 훨씬 빗소리에 가까워요." 랭커스터 부인이 웃으면서 말했다.

"하지만, 저건, 저건 발소리야." 아버지는 소리치면서 좀더 귀를 기울이려고 몸을 앞으로 내밀었다.

랭커스터 부인은 거침없이 웃었다.

"저건 계단을 내려오는 조프예요."

윈버 씨도 하는 수 없이 따라 웃는다. 두 사람은 거실에서 차를 마시고 있던 참으로, 노인은 계단을 등지고 앉아 있었다. 노인은 그쪽을 돌아보려고 의자를 빙글 돌렸다.

어린 조프리는 어린아이다운 낯선 장소에 대한 두려움에서 약간 느린 걸음으로 조용히 내려왔다. 계단은 반짝반짝 윤을 낸 떡갈나무로 카펫은 깔려 있지 않다. 소년은 어머니가 있는 곳으로 오더니 그 옆에 섰다. 윈버 씨는 흠칫 놀랐다. 아이가 방을 가로질러 올 때, 그것과는 다른 또 하나의 발소리가 똑똑히 들렸던 것이다. 마치 누군가가 조프리를 따라서 계단을 내려온 것처럼. 다리를 끄는 듯한, 기묘하고 애처로운 발소리였다. 노인은 회의적으로 어깨를 으쓱하면서 생각한다. '빗소리가 틀림없어.'

"나, 그 카스텔라를 보고 있어요." 조프리는 아이가 흥미가 끌리는 사실을 지적할 때 자주 그러는 것처럼, 일부러 무관심한 태도를 가장하며 말했다.

어머니는 이 힌트에 재빨리 반응한다.

"얘, 아가, 너는 이 새집이 마음에 드니?"

"무척 마음에 들어요." 조프리는 입안 가득 케이크를 베어 물면서 대답했다. "퐁, 퐁, 퐁." 분명하게 진심으로 만족의 뜻을 표한 이 마지막 말을 한 뒤, 소년은 부지런히 눈앞에서 카스텔라를 해치우는 작업에 몰두했다.

입안 가득히 문 마지막 케이크를 서둘러 삼키고, 그는 단숨에 얘기하기 시작했다.

"엄마, 제인이 이 집에 다락방이 있다고 말했어요. 지금 가서 탐험하면 안 돼요? 비밀의 문이 있을지도 몰라요. 제인은 없다고 하지만, 난 틀림없이 있을 것 같아요. 없다 해도 파이프와 수도관(그렇게 말했을 때, 소년의 얼굴에는 몹시 감동하는 표정이 퍼져갔다)은 틀림없이 있을 거니까 그것으로 놀 수 있어요. 네? 보러 가도 되죠? 보이——일러를?"

조프리는 몹시 열중하여 이 마지막 단어를 길게 늘여서 말했다. 그것을 들은 할아버지는 어린 날의 이 비할 데 없는 기쁨의 말이, 그의 마음에는 그저 전혀 뜨겁지 않은 물과, 엄청나게 쌓인 연관공의 계산서밖에 떠오르게 해주지 않았던 것을 생각하며 부끄러움을 느꼈다.

"다락방은 내일 살펴보자." 랭커스터 부인이 말했다. "블록을 가지고 와서 예쁜 집이나 기관차를 조립하는 게 어떻겠니?"

"기간차 같은 건 조립하고 싶지 않아요."

"기관차야."

"집도 기관차도 다 싫어요."

"그럼 보일러를 조립하려무나." 할아버지가 묘안을 생각해주었다.

조프리의 얼굴이 환하게 밝아진다.

"파이프로?"

"그래, 많은 파이프로."

조프리는 신이 나서 블록을 가지러 갔다.

비는 아직도 내리고 있다. 윈버 씨는 빗소리에 귀를 기울였다. 그가 듣고 있었던 것은 틀림없는 빗소리였지만, 발소리처럼 들리기도 했다.

그날 밤 윈버 씨는 이상한 꿈을 꾸었다.

대도시 같은 마을 속을 걷는 꿈이었다. 그것은 아이들의 마을이었다. 어른은 한 사람도 없고 수많은 아이들뿐이었다. 아이들은 모두, "그 아이를 데리고 왔어요?" 하고 소리치며 낯선 자기 쪽으로 달려왔다. 꿈속의 자신은 그 의미를 알고 있는 듯, 슬픈 듯이 고개를 저었다. 그것을 보고 아이들은 얼굴을 돌리더니 하염없이 울기 시작했다.

도시와 아이들이 사라지고, 눈을 떠보니 그는 자신의 침대 속에 있었다. 그러나 흐느껴 우는 소리는 아직도 귀에 남아 있었다. 완전히 잠에서 깨어 있는데도 그 소리는 뚜렷하게 들려왔다. 그는 조프리가 아래층에서 자고 있는 것을 떠올렸지만, 비탄에 잠긴 아이의 목소리는 위쪽에서 들려왔다. 노인은 다시 앉아서 성냥을 켰다. 흐느낌 소리는 이내 사라졌다.

윈버 씨는 꿈과 그 뒤에 일어난 일을 딸에게 얘기하지 않았다. 그것이 자신의 상상력 때문이 아니라는 것에 대해서는 확신을 가지고 있었다. 사실 그날 낮에, 그 소리를 다시 들었던 것이다. 바람이 굴뚝 속에서 휘잉휘잉 소리를 내고 있었지만, 그것은 다른 소리, 확실하고 틀림없는 소리, 동정심을 자아내는 비탄에 잠긴 작은 흐느낌 소리였다.

또 그 소리를 들은 것이 그 한 사람만이 아니라는 것도 알았다. 가정부가 심부름꾼에게, '유모는 조프리 도련님한테 친절하지 않은 것 같아. 아까 아침에도 도련님이 슬프게 우는 소리를 들었는걸' 하고 말하는 것을 들었기 때문이다. 조프리는 건강과 행복으로 반짝이는 얼굴을 하고 아침과 점심 때 아래층으로 내려왔다. 윈버 씨는 울고 있었던 건 조프리가 아니라, 다리를 저는 소리로 자신을 여러 번 놀라게 한 또 한 아이라는 걸 알고 있었다.

랭커스터 부인만 아무 소리도 듣지 못했다. 아마 부인의 귀는 딴 세상에서 나는 소리를 들을 수 있도록 조절되어 있지 않은 모양이다.

하지만 어느 날, 부인 또한 충격을 받는다.

"엄마." 조프리가 하소연하듯이 말했다. "그 작은 아이와 놀 수 있게 해주세요."

랭커스터 부인은 미소를 지으며 책상에서 머리를 들었다.

"어떤 아이?"

"이름은 몰라요. 다락방에 울면서 앉아 있었는데 나를 보더니 달아났어요. 틀림없이 부끄럼쟁이(하고 약간 경멸하는 듯한 표정을 지으며)인 것 같아요. 훌륭한 남자아이가 아닌가 봐요. 그리고 놀이 방에 있었을 때는, 문 앞에 서서 내가 조립하고 있는 걸 물끄러미 쳐다보고 있었어요. 무척 외로워서 나와 함께 놀고 싶어 하는 것 같았어요. 내가 '이리 와, 같이 기관차를 조립하자.' 하고 말했지만, 그 앤 아무 말도 하지 않았어요. 마치 초콜릿이 많이 있지만 엄마한테서 손대면 안 된다는 말을 들은 것처럼요." 자신의 슬픈 경험을 떠올린 듯 조프리는 한숨을 쉬었다. "그런데 제인에게, '그 아이는 누구야? 같이 놀고 싶어' 하고 말했더니, 이 집에는 그런 어린아이는 없으니까 쓸데없는 말을 하면 안 된다고 했어요. 나, 제인이 조금도 마음에 들지 않아요."

랭커스터 부인은 일어섰다.

"제인의 말이 맞아. 이 집에 너 말고 어린 사내아이는 없단다."

"하지만 난 본걸요. 네? 엄마, 그 아이와 놀게 해주세요. 무척 외롭고 불쌍해 보였어요. 나 그 아이한테 뭔가 해 주고 싶어요."

랭커스터 부인이 다시 뭔가 말하려 하자 아버지가 고개를 저었다.

"조프리." 그는 무척 다정하게 말했다. "그 불쌍한 아이는 외톨이야. 어쩌면 네가 그 아이를 위로해줄 수 있을지도 모르겠구나. 그렇지만, 어떻게 해야 할지는 네 스스로 찾아보렴. 수수께끼를 푸는 것처럼, 알겠니?"

"난 컸기 때문에 모든 걸 혼자 하지 않으면 안 돼요?"

"그래, 넌 이제 다 자랐으니까."

소년이 방에서 나가자 랭커스터 부인은 초조한 듯이 아버지 쪽으로 돌아섰다.

"아버지, 말도 안 돼요. 아이에게 하인들의 하찮은 이야기를 믿도록 부추기시다니!"

"하인들은 그 아이에게 아무 말도 하지 않았다." 노인이 온화하게 말했다. "그 아이는 자기 눈으로 본 거야. 내가 귀로 들은 것을 말이다. 그 아이만한 나이였다면 아마 내 눈에도 보였을 텐데."
"하지만, 그런 말도 안 되는 얘기를! 전 왜 보거나 듣지 못한 걸까요?"
윈버 씨는 묘하게 피곤해 보이는 미소를 지었을 뿐 거기에는 대답하지 않았다.
"왜 그럴까요?" 딸은 되풀이했다. "그리고 왜 우리 조프리가 그 아이를 도와줄 수 있을지 모른다고 하셨어요? 그건, 그런 건 모두 절대로 불가능한 일이잖아요."
노인은 생각에 잠긴 듯한 눈길로 딸을 바라보았다.
"어째서 못하지? 넌 이런 시를 기억하고 있니?

어떤 램프에
어둠 속을 헤매는 아이들을 인도하는 신의 뜻이 있는가?
'맑고 깨끗한 지혜'라고 하늘은 대답하시도다

조프리는 그것을 가지고 있어, 맑고 깨끗한 지혜를. 아이들은 모두 가지고 있는 거다. 다만, 점점 자랄수록 그것을 잃어버리거나 스스로 버리고 말지. 훨씬 나이를 먹은 뒤엔, 이따금 희미한 광채가 돌아올 때가 있어. 그러나 램프는 아이일 때 가장 밝게 빛나는 거란다. 조프리가 도와줄 수 있을지도 모른다고 내가 생각한 건 그 때문이다."
"전 모르겠어요." 자신 없는 목소리로 랭커스터 부인이 중얼거렸다.
"나도 그래. 그 아이는 괴로워하고 있고 자유로워지고 싶어하고 있어. 그러나 어떻게 하면 좋을지 난 모르겠다. 하지만 그걸 생각하면, 가슴이 미어질 것 같아. 그 아이의 흐느낌 소리를 떠올리면 견딜 수가 없구나."

이 대화가 있은 지 한 달 뒤 조프리는 중병에 걸렸다. 혹독한 바람이 불었다. 조프리는 원래 튼튼한 아이는 아니었다. 의사는 고개를 저으며 심상치 않은 증상이라고 말했다. 윈버 씨에게는 더욱 노골적으로 이 증상은 도저히 가망이 없다고 털어놓았다.

"이 아이는 어떤 환경에서도 성인이 될 때까지 버티지 못할 겁니다" 하고 의사는 덧붙였다. "오래 전부터 심한 결핵에 걸려 있어요."

랭커스터 부인이 그것을, 다시 말해 외톨이 아이를 느낀 것은 조프리를 간호하고 있을 때였다. 그 흐느낌 소리는 처음에는 바람 소리와 구별할 수 없었지만, 이윽고 갈수록 또렷해지고 확실해져 갔다. 어느 날 주위가 쥐 죽은 듯이 고요한 순간에 그녀는 그 소리를 들었다. 절망과 비탄에 잠긴 아이의 나지막한 흐느낌 소리를.

조프리의 증상은 계속 악화되어, 일시적인 착란 상태 속에서 몇 번이나 어린 사내아이 얘기를 했다. '나, 그 아이가 가는 것을 도와주고 싶어요, 정말이에요!' 하고 조프리는 소리쳤다.

이어서 혼수 상태가 찾아왔다. 조프리는 거의 숨도 쉬지 않고 돌처럼 잠들어 있었다. 그저 속수무책으로 바라보는 것 말고는 아무것도 해 줄 수 없었다. 이윽고 맑고 온화한, 바람 한 점 없는 조용한 밤이 찾아왔다.

아이가 갑자기 몸을 움직이더니 반짝 하고 눈을 떴다. 어머니 너머로 열려 있는 문 쪽을 바라보았다. 아이가 말하려는 것을 본 어머니는, 거의 속삭이는 듯한 그 말을 들으려고 허리를 구부렸다.

"알았어, 나 금방 갈 테니까 기다려!" 소년은 그렇게 속삭인 뒤 다시 축 늘어져버렸다.

갑자기 소름이 끼친 부인은 방을 가로질러 아버지한테 갔다. 두 사람 근처의 어딘가에서 또 한 아이가 웃고 있는, 즐겁고 만족스럽고 의기양양한, 방울을 흔드는 듯한 웃음소리가 온 방에 울려퍼졌다.

"무서워요, 무서워요." 그녀가 신음했다.

아버지는 보호하려는 듯이 딸의 어깨를 감싸 안았다. 돌풍이 두 사람을 깜짝 놀라게 했지만 그것도 이내 지나가고, 주위는 전처럼 적막해졌다. 웃음소리가 잦아들자, 거의 들리지 않는, 더할 수 없이 희미한 소리가 두 사람 귀에 들려온다. 그 소리는 서서히 높아져서 이윽고 무슨 소리인지 구별할 수 있게 되었다. 발소리, 서둘러 나가려고 하는 가벼운 발소리였다.

타닥타닥 타닥타닥 달려가는, 익숙한 절름발이의 작은 발. 그러나 지금은 또 하나의 발소리가, 더욱 빠르고 더욱 가벼운 발소리가, 그 소리에 화답하고 있었다.

두 사람은 서둘러 문으로 갔다.

계단을 내려가고 내려가고 내려가서, 문을 지나 타닥타닥 타닥타닥, 작은 아이들의 보이지 않는 발이 함께 나갔다.

랭카스타 부인이 미친 듯이 얼굴을 들었다.

"둘이에요, 둘!"

갑작스러운 공포에 새파랗게 질린 그녀는 구석에 있는 침대를 돌아보았다. 그러나 아버지는 온화하게 딸을 막으며 다른 쪽을 가리켰다.

"저쪽이다."

타닥타닥 타닥타닥——발소리는 자꾸만 희미해져 갔다.

그리고, 그 뒤에는 정적.

Wireless(Where there's a Will)

라디오

"걱정과 흥분은 금물입니다. 그것만 조심하시면 괜찮아지실 거예요." 메이넬 선생은 의사가 곧잘 가장하는 가벼운 태도로 말했다.

이렇게 환자를 안심시키려는 무의미한 말을 듣자, 대부분의 환자가 그렇듯이 하터 부인도 안심하기보다는 오히려 더 불안해지는 것 같았다.

"심장이 약간 약해졌군요." 의사는 유창하게 말을 이었다. "하지만 걱정하실 정도는 아닙니다. 그 점은 장담할 수 있어요."

"하지만" 하고 그는 덧붙였다. "역시 승강기를 설치하는 것이 좋을 것 같군요, 어떻습니까?"

하터 부인은 곤혹스러운 기색이었다.

반대로 메이넬 선생은 더할 나위 없이 만족스러워 보였다. 그가 가난뱅이들보다 부자 환자를 진찰하는 것을 좋아하는 이유는, 이렇게 자신의 풍부한 상상력을 발휘한 처방전을 내릴 수 있기 때문이다.

"네, 승강기 말입니다." 메이넬 선생은 더욱 그럴싸해 보이는 것을 생각해 내려고 하면서 말했다. 그러나 생각이 나지 않았다. "그렇게 하면 불필요한 육체 피로를 줄일 수 있어요. 날씨가 좋은 날에는 밖에 나가 매일 운동을 할 수도 있지요. 하지만 언덕을 올라가서는 안 됩니다. 그리고 특히" 하고 그는 유쾌한 듯이 덧붙였다. "아무쪼록 마음을 편히 가지세요. 자신의 건강을 너무 염려해서는 안 됩니다."

의사는 이 노부인의 조카 찰스 리지웨이에게는 좀더 솔직했다.

"오해하지는 마세요. 부인은 앞으로 몇 년이나 더 사실 수도 있습니다. 아마 그럴 거예요. 그러나 충격을 받거나 과로하면 갑자기 목숨을 잃을지도 모릅니다!" 그는 딱! 하고 손가락을 부딪쳤다. "그분은 아주 조용하게 사셔야 합니다. 무리는 금물이에요. 과로도 안 됩니다. 하지만 물론 지나치게 마음을 졸여서도 안 됩니다. 항상 밝은 분위기에서 마음을 편하게 해드리세요."

"마음을 편하게라……."

찰스 리지웨이는 생각에 잠긴 얼굴로 말했다.

찰스는 사려 깊은 청년이었다. 아울러 가능한 한 늘 자신의 생각을 관철하는 것을 좋아했다.

그날 밤 그는 고모에게 라디오 수신기를 설치할 것을 권유했다.

승강기에 대한 얘기만으로도 이미 몹시 놀라고 있었던 하터 부인은 머리가 혼란스러워서 마음이 썩 내키지 않았다. 찰스는 웅변가인 데다 설득력이 있었다.

"난 그런 신식 기계는 좋아하지 않는다." 하터 부인은 슬픈 듯이 말했다. "그 파장이니 전파니 하는 것이 내 몸에 좋지 않은 영향을 줄지도 몰라."

찰스는 우월감이 담긴 친절한 태도로 그런 생각의 어리석음을 지적했다.

그런 것에 대한 하터 부인의 지식은 더할 수 없이 막연했지만, 자신의 견해를 고집하는 성격이었기 때문에 아무리 말해도 납득하려 하지 않았다.

"그런 전기는 말이다." 고모는 겁이 나는 듯이 중얼거렸다. "뭐라고 말하든 네 마음대로지만 찰스, 전기가 몸에 해로운 사람도 있어. 천둥이 치기 전에는 어김없이 심한 두통이 오기 때문에 난 알아."

노부인은 자신에 차서 고개를 끄덕였다.

찰스는 참을성이 강한 청년이었고 끈기도 있었다.

"보세요, 메리 고모님. 제가 잘 설명해 드리죠."

전기에 대해 그는 상당한 지식을 가지고 있었다. 바야흐로 이 문제에 대한 일장 연설이 시작되었다. 그는 열정적으로 백열 진공관과 미열 진공관, 고주파, 저주파, 증폭기니 콘덴서에 대한 것을 얘기해 주었다.

뭐가 뭔지 알아들을 수 없는 언어들이 마구 쏟아져 나오자 입을 다물어버린 하터 부인은 드디어 두 손 들고 말았다.

"알았다, 찰스." 그녀는 중얼거렸다. "만약 네가 정말로 그렇게 생각한다면."

"고모님." 찰스는 힘차게 말했다. "이건 고모님의 기분 전환에 딱 안성맞춤인 물건이에요."

메이넬 박사의 처방에 의한 승강기가 그 뒤 곧 설치되었다. 그리고 나서 곧 하터 부인은 사망하지만, 다른 수많은 노부인들과 마찬가지로 하터 부인도 집안에 낯선 남자들이 들어오는 것에 끈질긴 반감을 품고 있었다. 그녀는 어느 누구고 할 것 없이 자신의 재산을 가로채려고 음모를 꾸미고 있는 게 아닌가 의심했다.

승강기가 설치된 뒤에는 라디오가 도착했다. 하터 부인은 왠지 마음에 들지 않는 물건, 손잡이 같은 것이 많이 달린 볼썽사나운 커다란 상자를 지그시 노려보았다.

찰스는 고모가 라디오와 친해질 수 있도록 무척 애를 썼다. 그는 물 만난 고기처럼 스위치를 만지작거리면서 술술 설명해갔다.

참을성 있고 예의 바르게 등받이가 높은 의자에 앉아 있기는 했지만, 하터 부인은 속으로 이런 최신 유행의 발명품은 오로지 성가시기만 하다는 뿌리 깊은 불신감을 가지고 있었다.

"보세요, 고모님. 이건 베를린이에요, 신기하잖아요? 이 남자의 목소리가 들리세요?"

"웅웅 하고 와글거리는 소리만 들리는구나." 하터 부인이 말했다.

찰스는 다이얼을 계속 돌린다.

"아, 여긴 브뤼셀이군요" 하고 신이 나서 말했다.

"그래?" 하터 부인은 약간 흥미를 나타냈을 뿐이었다.

찰스가 다시 다이얼을 돌리자 굉장히 시끄러운 소리가 방안을 가득 채웠다.

"무슨 정신 병원 같구나." 완고한 노부인답게 말했다.

"하하하! 드디어 농담을 하시는군요, 메리 고모님. 아주 좋아요!"

하터 부인은 조카를 향해 미소 짓지 않을 수 없었다. 노부인은 찰스를 무척 마음에 들어하고 있었다. 전에는 질녀 미리엄 하터가 몇 년 동안 부인과 함께 살았다. 부인은 그 질녀를 상속인으로 삼을 생각이었지만 미리엄은 결국 불합격이었다. 미리엄은 참을성이 없었고 백모가 속해 있는 사회를 노골적으로 경멸하고 있었다. 하터 부인의 말을 빌리면 미리엄은 늘 밖으로 '싸돌아다녔다'. 급기야 백모가 절대로 찬성할 수 없는 젊은 남자와 관계를 맺었다. 마치 테스트용으로 보내온 물건처럼 미리엄은 간단한 메모와 함께 그 어머니 곁으로 반납되고 말았다. 미리엄은 그 젊은 남자와 결혼했고 하터 부인은 크리스마스가 되면 어김없이 손수건이니 테이블세트 같은 것을 선물로 보냈다.

질녀에게 실망한 하터 부인은 조카들 쪽으로 주의를 돌렸다. 찰스는 처음부터 무조건 합격이었다. 고모에게 항상 친절이 넘치는 경의를 표했고, 고모의 젊은 시절의 추억담에도 흥미를 보이며 열심히 들어주었다. 그런 점은 노골적으로 지겹다는 감정을 표시한 미리엄과는 무척 대조적이었다. 찰스는 한번도 지루해하는 눈치를 보인 적이 없었고 항상 기분 좋고 쾌활했다. 하루 종일 수도 없이 고모님은 정말 멋진 분이라는 찬사를 아끼지 않았다.

자신이 새롭게 발굴한 보석에 무척 만족해진 하터 부인은, 변호사에게 편지를 보내 새 유언장을 작성하라고 지시했다. 새 유언장은 곧 부인에게 보내졌고 정식으로 사인도 마쳤다.

그리고 지금 이 라디오 건에서도 찰스가 새로운 명예를 얻었음이 곧 드러났다.

처음에는 반대했던 하터 부인은 점차 관대해지더니 이윽고 거기에 깊이 빠져들기 시작했다. 찰스가 외출했을 때는 특히 더 라디오를 즐기는 것이었다. 늘 라디오만 끼고 있으려 해서 오히려 찰스를 난처하게 만들기까지 했다. 하터 부인은 자신의 의자에 편안히 앉아 심포니 콘서트나 루크레치아 보르지아, 연못에 사는 생물에 관한 강연에 귀를 기울였고, 그것만으로 참으로 행복하고 안락한 기분이 되었다. 그런데 찰스는 그렇지 않았다. 외국 방송을 불러내려고 열심히 다이얼을 돌리는 동안, 귀에 거슬리는 잡음 때문에 하모니가 깨지고 마는 것이다. 그러나 찰스가 친구와 저녁 식사를 하기 위해 외출한 밤에는 하터 부인은 마음껏 라디오를 들을 수 있었다. 두 개의 스위치를 넣고 안락의자에 앉아 저녁 프로그램을 즐기는 것이다.

라디오가 생긴 지 석 달쯤 되었을 때 최초의 꺼림칙한 일이 일어났다. 찰스는 브리지 모임에 나가고 집에 없었다.

그날 밤의 프로그램은 민요 콘서트였다. 유명한 소프라노 가수가 애니 로리를 노래하고 있었는데 중간에 기묘한 현상이 일어났다. 라디오가 갑자기 중단되더니 잠시 음악 소리가 끊어졌다. 웅웅거리는 소리가 이어진 다음, 그것도 이내 사라지고 완전한 정적 뒤에 아주 희미하고 낮은, '우웅' 하는 소리가 들려왔다.

영문은 몰랐지만 하터 부인은, 방송이 어딘가 굉장히 먼 곳에서 들려오는 것 같은 인상을 받았다. 그런 다음 희미한 아일랜드 사투리가 섞인 남자의 목소리가 똑똑히 들려왔다.

"메리, 들리오, 메리? 나 패트릭이오……. 이제 곧 당신을 데리러 가리다. 준비하고 기다려요, 메리."

그리고 거의 동시에 애니 로리의 가락이 다시 실내를 가득 채웠다.

하터 부인은 의자 안에서 몸을 긴장한 채 무릎덮개를 꼭 쥐고 있었다. 꿈을 꾸고 있었던 것일까? 패트릭! 패트릭의 목소리였어! 이 방 안에서 패트릭의 목소리가 말을 걸어왔어. 아니야, 꿈이 틀림없어. 아마 환청이었겠지. 잠시 깜박 졸았던 걸 거야. 묘한 꿈도 다 있군. 죽은 남편이 라디오를 통해 말을 걸어오다니! 그 일은 그녀를 잠시 공포에 빠뜨렸다. 남편이 뭐라고 했지?

"이제 곧 당신을 데리러 가리다, 메리. 준비하고 기다려요."

그건 예고였을까. 그런 일이 있을 수 있을까? 심장쇠약, 심장…… 결국 나이는 어쩔 수 없나 보다.

"그건 경고였어, 그래." 하터 부인은 의자에서 천천히 힘겹게 일어서더니 그녀다운 한 마디를 덧붙였다.

"승강기를 설치한 돈은 완전히 날려버렸군."

부인은 자신의 경험을 누구한테도 말하지 않고, 하루 이틀 동안 생각에 잠긴 채 약간 방심한 모습이었다.

그 뒤 두 번째 사건이 일어났다. 이번에도 그녀는 방에 혼자 있었다. 관현악 선곡을 들려주던 라디오가 지난번과 마찬가지로 갑자기 중단되었다. 또다시 침묵과 원격감, 그리고 마지막으로 생전의 목소리와는 다른 패트릭의 목소리, 이 세상의 소리가 아닌 듯한 기묘한 울림을 지닌 희미한 목소리가 멀리서 들려왔다.

"나 패트릭이오, 메리. 곧 당신을 데리러 가겠소……."

그리고 웅웅거리는 잡음이 들리더니 다시 관현악 선곡이 힘차게 울려퍼졌다.

하터 부인은 시계를 쳐다보았다. 아니야, 이번에는 자지 않았어. 눈을 뜨고 의식도 똑똑히 있을 때 패트릭의 목소리를 들은 것이다. 환청이 아니었던 건 확실했다. 부인은 찰스가 설명해 준 전파의 이론을 두서없이 떠올리려고 애써 보았다.

나에게 말을 건 것이 정말 패트릭일 수가 있을까? 정말로 그의 목소리가 공간을 타고 흘러온 것일까?

행방불명의 파장이니 뭐니 하는 것이 있다. 찰스가 '음계의 갭'이라고 말한 것도 기억났다. 혹시 행방불명된 파장으로 흔히들 말하는 심리 현상을 모두 설명할 수 있는 건 아닐까? 그래, 그런 사고 방식은 함부로 부정할 수 있는 것이 아니다. 패트릭이 나에게 말을 걸어왔다. 언젠가 닥쳐올 것에 대한 마음의 준비를 시키기 위해 근대 과학을 이용해서…….

하터 부인은 벨을 눌러 하녀 엘리자베스를 불렀다.

엘리자베스는 예순 살의 키가 크고 마른 여자다. 고집스러워 보이는 외모 속에 여주인에 대한 충성과 배려라는 보물을 숨기고 있다.

"엘리자베스." 하터 부인은 이내 나타난 충실한 하녀에게 말했다.

"내가 자네한테 말한 것 기억하고 있어? 내 책상 맨 위 왼쪽 서랍 말이야. 아마 잠겨 있을 거야. 하얀 꼬리표를 붙인 길쭉한 자물쇠. 모든 걸 거기에 준비해 두었어."

"준비라니요, 마님?"

"내 장례식 말이야." 하터 부인은 '흥' 하고 가볍게 코웃음을 웃었다. "무슨 말인지 잘 알잖아, 엘리자베스? 자네가 그걸 정리하는 걸 도와줬으니까."

엘리자베스의 얼굴이 끝내 꿈틀꿈틀 뒤틀리면서 우는 소리로 말했다.

"아이구, 마님. 그런 걱정은 왜 하세요? 건강이 많이 좋아지신 줄 알았는데요."

"우리 모두 언젠가는 죽게 마련이야." 하터 부인은 현실적으로 말했다. "난 일흔을 넘겼어, 엘리자베스. 자자, 이제 그만해. 도저히 울지 않고는 못 배기겠거든 어디 딴 데 가서 울어."

엘리자베스는 여전히 코를 훌쩍이면서 물러갔다.

하터 부인은 깊은 애정이 담긴 눈으로 하녀가 나가는 모습을 지켜보았다.

"어리석은 사람이지만 나에겐 충실했지, 정말 충실했어. 어디 보자, 저 사람한테 남기기로 한 게 100파운드였나, 아니면 50파운드였나? 아무래도 100파운드는 줘야겠어. 오랫동안 날 보살펴줬으니까."

이 점이 마음에 걸려, 노부인은 이튿날 변호사에게 편지를 써서, 유언장을 보고 싶으니 보내달라고 의뢰했다.

그날 점심 식사 때, 찰스가 한 말은 노부인을 깜짝 놀라게 했다.

"그런데 고모님, 손님용 방에 걸어둔 이상한 사람은 누굽니까? 난로 위에 걸려 있는 그림 말이에요. 실크해트를 쓰고 턱수염을 기른 남자."

하터 부인은 엄격한 눈길로 그를 쳐다보았다.

"젊은 시절의 패트릭 고모부시다."

"예에? 그래요, 고모님? 정말 죄송하군요. 실례의 말을 할 생각은 아니었어요."

하터 부인은 위엄있게 고개를 끄덕이며 조카의 사과를 받아들였다.

찰스는 약간 모호하게 말을 이었다.

"그런데 좀 이상하군요. 아무래도……."

그는 망설이는 듯이 말을 얼버무렸다. 그러자 하터 부인이 날카롭게 물었다.

"뭐라고? 무슨 말을 하려고 했니?"

"아무것도 아닙니다, 고모님." 찰스는 당황하며 말했다. "별일 아니에요."

그 자리에서 부인은 더 이상 아무 말 하지 않았지만 나중에 두 사람만 있을 때 그 얘기를 다시 꺼냈다.

"어디 얘기해 보렴, 찰스. 어째서 고모부의 그림에 대해 나에게 물어볼 생각이 들었는지?"

찰스는 난처한 표정이었다.

"얘기했잖아요, 고모님. 아무 일도 아니라고요. 그저 터무니없는 제 상상일 뿐이에요. 정말 말도 안 되는."

"찰스." 하터 부인은 타고난 고압적인 목소리로 말했다. "난 반드시 알아야겠다."

"좋아요, 고모님. 정 그러시다면요. 전 그 사람이, 그러니까 그 그림의 남자 말입니다. 간밤에 제가 차도를 올라올 때 맨 안쪽에 있는 창문에서 밖을 내다보고 있는 것을 본 것 같은 느낌이 들었어요. 틀림없이 광선 때문에 그랬을 거예요. 도대체 누구일까 하고 이상한 생각이 들더군요. 얼굴이 뭐랄까, 마치 빅토리아 왕조 초기(19세기 초)의 느낌이 들었거든요. 그 의미를 아신다면 말이지만. 나중에 엘리자베스가 손님은 아무도 오지 않았다고 말했는데, 오늘 저녁 어쩌다 그 손님방에 들어가 보니 난로 위에 그 그림이 있더군요. 쏙 빼닮은 그림이 말이에요! 그건 아주 간단하게 설명할 수 있어요. 다시 말해 잠재 의식이죠. 스스로 기억은 못하지만 전에 그 그림을 본 적이 있었던 거예요. 그래서 창문에서 그 얼굴을 본 것 같은 느낌이 든 거죠."

"가장 안쪽에 있는 창문?" 하터 부인은 날카롭게 말했다.

"예, 왜 그러세요?"

"아무것도 아니다."

그러나 노부인은 속으로 섬뜩한 느낌이 들었다. 그 방은 남편이 쓰던 화장실이었던 것이다.

그날 밤에도 찰스는 외출했고 하터 부인은 몹시 초조하게 앉아서 라디오에 귀를 기울이고 있었다. 만약 그 이상한 목소리를 세 번이나 듣게 된다면 의심할 여지 없이 자신이 영계와 교신했다는 증거가 될 것이다.

지난번처럼 음악 소리가 끊기고, 완전한 정적 사이로 먼 곳에서 울리는 듯한 아일랜드 사투리가 다시 희미하게 들려왔을 때, 심장의 고동은 빨라졌지만 그리 놀라지는 않았다.

"메리, 이제 준비가 된 모양이구려……금요일에 당신을 데리러 가리다……금요일 9시 반에……무서워하지 말아요, 괴롭진 않을 테니까……기다려요."

그런 다음 거의 마지막 말을 잘라버리듯이 귀에 거슬리는 시끄러운 오케스트라 음악이 다시 시작되었다.

하터 부인은 잠시 동안 미동도 하지 않고 앉아 있었다. 얼굴이 창백하고 표정은 어두우며 입술 언저리가 떨리고 있었다.

이윽고 일어서서 책상 앞에 가서 앉았다. 약간 떨리는 손으로 그녀는 다음과 같이 썼다.

오늘 밤 9시 15분에 나는 죽은 남편의 목소리를 똑똑히 들었습니다. 이번 금요일 9시 반에 나를 데리러 온다고 했습니다. 만약 그날 그 시각에 내가 죽는다면 이 사실을 공표해주기 바랍니다. 그렇게 하면 영계와의 교신이 가능하다는 것이 명백히 증명될 것입니다.

메리 하터

하터 부인은 자기가 쓴 글을 다시 읽어본 뒤 봉투에 넣고 이름을 썼다. 부인이 벨을 누르자 엘리자베스가 이내 나타났다. 하터 부인은 책상에서 일어나 방금 쓴 메모를 하녀에게 주었다.

"엘리자베스, 만약 내가 금요일 밤에 죽거든 이 메모를 메이넬 선생님께 드려. 아니, 아니야." 엘리자베스의 항의하는 듯한 몸짓에 앞서 선수를 쳤다. "아무것도 묻지 말아줘. 자넨 이따금 예감이라는 것을 믿는다고 말했지. 난 지금 그 예감을 느꼈어. 그리고 또 하나, 자네한테 유언으로 50파운드를 남겼는데 100파운드를 주고 싶어. 만약 내가 죽기 전에 직접 은행에 갈 수 없을 경우엔 찰스가 주선해 줄 거야."

지난번과 마찬가지로 하터 부인은 눈에 눈물을 가득 담고 있는 엘리자베스의 항의를 서둘러 가로막았다. 자신의 결의에 따라 노부인은 이튿날 아침 그것을 조카에게 말했다.

"잘 기억해 둬라, 찰스. 만약 나한테 만약의 일이 생기면 엘리자베스에게 50파운드를 더 주도록 해."

"요즘 무척 우울하신 모양이군요, 고모님." 찰스는 밝게 말했다. "도대체 무슨 일이 있을 거라고 그러세요? 메이넬 선생님의 말씀으로는, 우린 앞으로 20년쯤 뒤에 고모님의 백 번째 생일을 축하하게 될 것 같은데요."

하터 부인은 애정을 담아 조카에게 미소를 지었으나 대답은 하지 않았다. 잠시 뒤 그녀가 말했다.

"금요일 밤엔 뭘 할 생각이니, 찰스?"

찰스는 약간 놀라는 얼굴을 했다.

"사실은 유잉스한테서 브리지를 하러 오지 않겠느냐는 제안이 있었어요. 하지만 제가 집에 있기를 원하신다면……."

"아니다." 하터 부인은 단호하게 말했다. "그런 게 아니다. 정말이야, 찰스. 그날 밤은 특별히 나 혼자 있고 싶구나."

찰스는 의아한 듯이 고모를 바라보았지만 하터 부인은 더 이상 아무 말도 하지 않았다. 그녀는 용기와 결단력이 있는 노부인이었다. 이 신비한 경험을 끝까지 혼자 해내야 한다고 느끼고 있었던 것이다.

금요일 밤 집안은 몹시 조용했다. 하터 부인은 평소처럼 난로 앞에 바짝 끌어당겨 놓은 안락의자에 앉아 있었다. 모든 준비는 완벽하게 끝났다. 그날 아침 노부인은 은행에 가서 지폐로 50파운드를 인출하여 엘리자베스의 눈물어린 저항에도, 그녀에게 건네주었다. 또 소지품을 모두 분류, 정리했고, 몇 개의 보석에는 친구와 친척의 이름을 쓴 꼬리표를 붙였다. 아울러 찰스에 대한 지시도 목록으로 만들어놓았다. 우스터 자기로 된 차도구 한 벌은 사촌 에마에게, 세이블 자기 항아리는 젊은 윌리엄에게 등등.

이윽고 손에 든 긴 봉투를 바라보다가 그 안에서 접은 서류를 꺼냈다. 그것은 그녀의 지시대로 변호사 홉킨슨 씨가 보내온 유언장이었다. 이미 꼼꼼하게 읽은 뒤였지만 기억을 새롭게 하기 위해 다시 한 번 훑어보았다. 짧고 간결한 서류였다. 충실하게 보살펴준 것에 감사하며 엘리자베스 마셜에게 50파운드의 유증, 여동생과 사촌에게 500파운드씩, 나머지는 사랑하는 조카 찰스 리지웨이에게.

하터 부인은 몇 번이나 고개를 끄덕였다. 자신이 죽으면 찰스는 굉장한 부자가 될 것이다. 그렇다, 부인에게는 무척 좋은 아이였으니까. 언제나 친절하고 다정하고 유쾌한 얘기로 부인을 즐겁게 해주었다.

노부인은 시계를 보았다. 9시 반까지 앞으로 3분. 자, 준비는 되었다. 그녀는 평온했다, 더할 나위 없이 평온했다. 이미 이 마지막 말을 몇 번이나 되풀이하여 자신에게 들려주었지만 심장의 고동은 기묘하게도 불규칙하게 뛰고 있다. 스스로는 거의 깨닫지 못했지만 부인의 신경은 극도의 긴장에 달해 있었던 것이다.

9시 반, 라디오 스위치를 켠다. 무슨 소리가 들려올까? 일기 예보를 전하는 친숙한 목소리일까, 아니면 25년 전에 죽은 남편이 먼 곳에서 부르는 소리일까?

그러나 그 어느 쪽도 들리지 않았다. 그 대신 들려온 소리, 익히 잘 알고 있는 소리인데도 오늘은 마치 심장에 얼음 같은 손이 닿은 것처럼 느껴지는 소리가 들려온다. 현관문을 더듬는 소리——.

소리는 다시 들려왔다. 그리고 차가운 돌풍이 방안으로 몰아치는 것 같았다. 하터 부인은 이제 똑똑하게 자신의 감정을 깨달았다. 두려운 것이다……아니다, 두려움 이상의 것——소름이 끼쳤다.

갑자기 그녀의 머리에 이런 생각이 떠올랐다. 25년은 긴 세월이다. 패트릭은 이제 나에게는 그저 타인일 뿐이다.

공포! 그녀는 공포에 사로잡혔다.

문 밖에서 가벼운 발소리, 가벼운, 저주하는 듯한 발소리가 들려왔다. 그리고 소리도 없이 문이 가만히 열린다…….

하터 부인은 비틀거리면서 일어섰다. 몸이 희미하게 좌우로 흔들렸다. 눈은 열린 문에 고정되어 있고, 무언가가 부인의 손가락에서 난로의 불 속으로 미끄러져 떨어졌다.

억눌린 듯한 부인의 비명은 목 언저리에서 사라졌다. 문에 비친 희미한 불빛 속에, 밤색 턱수염과 구레나룻을 기르고 고풍스러운 빅토리아 왕조식 상의를 입은, 기억에 남아 있는 모습이 서 있었다.

패트릭이 데리러 온 것이다!

하터 부인의 심장이 터질 것처럼 한 번 크게 뛴 뒤 그대로 정지했다. 몸이 웅크리듯이 바닥 위에 무너졌다.

한 시간 뒤 엘리자베스가 부인을 발견했다.

곧장 메이넬 선생이 달려오고 브리지 모임에 간 찰스 리지웨이가 서둘러 불려왔다. 그러나 처치는 없었다. 하터 부인은 이미 유명을 달리하고 있었던 것이다.

엘리자베스는 여주인이 자신에게 건네준 메모를 이틀이 지난 뒤에야 생각해냈다. 메이넬 선생은 비상한 관심을 가지고 그것을 읽은 뒤 찰스 리지웨이에게 보여주었다.

"정말 기묘한 우연이군요" 하고 그는 말했다. "하터 부인은 죽은 남편의 목소리가 들리는 환청을 느끼고 있었던 게 분명해요. 그리고 긴장한 나머지 극도의 흥분에 달했고, 실제로 그 시간이 되었을 때 충격 때문에 죽은 것이오."

"자기 암시 말인가요?" 찰스가 물었다.

"그런 셈이지요. 가능한 한 빨리 해부 결과를 알려드리겠소. 나로서는 의문의 여지가 없지만, 사정이 사정이니만큼 아무리 형식적인 것이기는 해도 해부는 하는 게 좋을 것 같소."

찰스도 이해하고 고개를 끄덕였다.

그 전날 밤 그는 모든 사람이 잠든 뒤에 라디오 캐비닛 뒤에서 2층에 있는 자신의 침실로 달려가는 전선을 이미 제거해 두었다. 또 저녁부터 추워졌기 때문에 자신의 방에 불을 피우도록 엘리자베스에게 부탁하여, 밤색의 턱수염과 구레나룻을 불 속에 넣어 태웠다. 죽은 고모부의 물건이었던 고풍스러운 의상은, 다락방의 장뇌 냄새가 나는 궤짝 속에 도로 갖다 놓았다.

아무리 생각해도 그의 계획은 완벽했다. 그 계획이 처음 머릿 속에 희미한 윤곽을 그린 것은, 메이넬 선생이 조심만 잘 하면 하터 부인이 몇 년은 더 살 거라고 말했을 때였는데 그것이 감쪽같이 성공한 것이다. 위험한 것은 갑작스러운 쇼크사라고 메이넬 선생은 말했다. 친절한 청년, 노부인이 좋아했던 찰스는 혼자 빙그레 미소 지었다.

의사가 가버리자 찰스는 부지런히 뒷처리를 시작했다. 장례식 준비를 빈틈없이 해둘 필요가 있었다. 멀리서 온 친척들에게는 기차편을 알아봐 주어야 하고, 그날 밤 머물고 가야 할 손님도 몇 명 될 것이다. 찰스는 자신의 속마음은 숨긴 채 모든 것을 능률적이고 조직적으로 처리해 갔다.

정말 절묘한 솜씨였다! 그에게는 고민거리가 있었다. 아무도, 특히 죽은 고모는 찰스가 곤경에 처해 있다는 사실을 몰랐다. 세상 사람들에게는 용의주도하게 숨겨왔지만, 그의 비행은 앞날에 교도소의 그림자가 어른거리는 데까지 그를 몰아넣었나. 2, 3개월 동안 상당한 금액의 돈을 마련하지 않는 한 폭로와 파멸이 기다리고 있었다.

후유! 하지만 이젠 다 끝났다. 찰스는 혼자 회심의 미소를 지었다. 그 계획 덕택에——법률을 어긴 것은 아니니까 나쁜 장난이라 해도 좋으리라——살아난 것이다. 이제 어마어마한 부자가 되었다. 그 점에 대해서는 털끝만큼도 의심하지 않았다. 하터 부인은 자신의 생각을 전혀 비밀로 하지 않았기 때문이다.

이런 생각들과 꼭 장단을 맞춘 것처럼 엘리자베스가 문 앞에 나타나 홉킨스 씨가 뵙고 싶어한다고 말했다.

때맞춰 잘 와주었다고 찰스는 생각했다. 휘파람을 불고 싶은 것을 가까스로 억제하며 그 순간 가장 어울리는 진지한 표정을 가장한 채 서재로 갔다. 그곳에서는 25년이 넘도록 하터 부인의 법률상의 상담역을 맡아온 꼼꼼한 노신사가 기다리고 있었다.

변호사는 찰스가 권하는 의자에 앉아 헛기침을 한번 한 뒤 용건에 들어갔다.

"당신한테서 받은 편지의 취지를 전혀 이해할 수가 없군요, 리지웨이 씨. 당신은 우리가 하터 부인의 유언장을 보관하고 있는 것으로 생각하시는 것 같던데?"

찰스는 놀란 표정으로 상대방의 얼굴을 응시했다.

"고모님이 그렇게 말씀하시는 것을 들었습니다만."

"아! 그래요, 물론 맞습니다. 보관하고 있었습니다."

"보관하고 있었다?"

"그렇습니다. 하터 부인은 지난 수요일에 편지를 보내, 그것을 자신에게 보내달라고 하셨습니다."

찰스는 일말의 불안에 사로잡혔다. 어쩐지 마음에 들지 않는 막연한 예감이 들었다.

"틀림없이 그분의 서류 속에 들어 있을 거라고 생각합니다만." 변호사는 무심하게 말했다.

찰스는 아무 말도 하지 않았다. 자신도 모르게 뭔가 쓸데없는 말을 해버리게 될까봐 걱정이 되었다. 그는 하터 부인의 서류를 이미 철저하게 조사한 뒤였고, 그 안에는 유서가 없다는 것을 충분히 알고 있었다. 몇 분이 지나 자신의 감정을 추스릴 수 있게 되자, 찰스는 그 얘기를 했다. 스스로도 자신의 목소리가 얼빠진 것처럼 들렸고, 찬물이 등줄기를 타고 흘러내리는 것 같은 느낌이었다.

"부인의 소지품은 누가 정리했습니까?" 변호사가 물었다.

찰스는 하녀 엘리자베스가 했다고 대답했다. 홉킨슨 씨의 요청으로 엘리자베스가 불려왔다. 엘리자베스는 이내 와서, 웃지도 않고 똑바로 선 채 질문에 대답했다.

그녀는 여주인의 옷과 소지품을 모두 정리했다. 그 안에는 유서 같은 법률 문서가 없었던 것은 확실했다. 엘리자베스는 유서가 어떤 것인지 알고 있었다. 가엾은 주인 마님이 세상을 떠나는 날 아침에도 그 손에 들려 있었으니까.

"그게 사실인가요?" 변호사가 날카롭게 추궁했다.

"네, 마님께서 그렇게 말씀하셨어요. 그리고 저에게 사례로 50파운드를 주시더군요. 유언장은 푸른색의 가늘고 긴 봉투에 들어 있었어요."

"맞아요." 홉킨슨 씨가 말했다.

"지금 생각해 보니 이튿날 아침, 같은 봉투가 이 테이블 위에 놓여 있었어요. 하지만 속은 비어 있던데요. 저는 그걸 책상 위에 그대로 두었어요."

"나도 거기서 본 기억이 있습니다." 찰스가 말했다.

찰스는 일어서서 책상으로 갔다. 잠시 뒤, 그는 봉투를 손에 들고 돌아와 홉킨슨 씨에게 건넸다. 변호사는 그것을 살펴본 뒤 고개를 끄덕였다.

"지난 화요일에 제가 유서를 넣어서 보낸 봉투가 맞습니다."

두 남자는 험악한 눈길로 엘리자베스를 쳐다보았다.

"무슨 다른 말씀이라도 있으신지요?" 그녀는 정중하게 물었다.

"지금은 없소, 고마워요."

엘리자베스는 문으로 갔다.

"잠깐 기다려요." 변호사가 불러 세웠다. "그날 밤, 난로에 불을 피웠소?"

"네, 그래요. 불은 절대로 꺼뜨리지 않아요."

"고맙소, 이제 됐소."

엘리자베스는 나갔다. 찰스는 테이블에 떨리는 손을 짚고 몸을 앞으로 내밀었다.

"도대체 무슨 생각을 하시는 거죠?"

홉킨슨 씨는 고개를 저었다.

"서류가 나올 거라는 희망을 아직 버려서는 안 됩니다. 그러나 만약 나오지 않는다면……."

"나오지 않는다면?"

"그렇게 되면, 아무래도 결론은 하나뿐일 것 같군요. 당신 고모님은 유언을 파기하기 위해 그것을 보내라고 한 겁니다. 하지만 엘리자베스에게 유산이 가지 않게 되는 건 바라지 않기 때문에, 그녀의 몫을 현금으로 준 것이겠죠."

"하지만, 왜?" 찰스는 거칠게 소리쳤다. "왜요?"

홉킨슨 씨는 기침을 했다. 헛기침이다.

"당신은 그러니까, 고모님과 사이가 나빴던 게 아닌가요, 리지웨이 씨?" 하고 중얼거리듯이 말했다.

찰스의 숨결이 거칠어진다.

"말도 안돼요." 그는 화가 치밀었다. "나와 고모님은 더할 수 없이 애정이 두터운, 아주 친밀한 사이였어요. 마지막 순간까지."

"그래요?" 홉킨슨 씨는 그를 쳐다보지도 않고 말했다.

변호사가 자신의 말을 믿지 않는다는 것이 찰스에게는 충격이었다. 이 늙어빠진 노인의 귀에 자신에 대한 나쁜 소문이 들어가지 않았다고 장담할 수는 없는 일 아닌가?

찰스의 행적에 대한 소문이 그에게도 들어간 것이다. 그 소문은 하터 부인의 귀에 들어갔고, 그래서 그 문제에 대해 고모와 조카가 다투었다고 이 노인이 상상하는 건 오히려 자연스러운 일이 아닐까?

하지만, 그렇지 않다! 찰스는 인생에서 가장 괴로운 순간을 맛보았다. 지금까지 자신의 거짓말은 진실처럼 믿어져 왔다. 그런데 진실을 얘기한 지금은 아무도 믿어주지 않는 것이다. 이 무슨 얄궂은 운명이란 말인가! 물론 고모는 유서를 불태우지 않았다. 물론──

갑자기 그의 사고가 중단되었다. 눈앞에 떠오른 이 광경은 무엇일까? 한 손에 심장을 움켜잡은 노부인……뭔가가 미끄러져 떨어지고 있다…… 종이 한 장이 빨갛게 달아오른 석탄 위로 떨어져간다…….

찰스의 얼굴이 납빛이 되었다. 그는 갈라진 목소리를 들었다. 질문을 하고 있는 자신의 목소리다.

"그래서, 그 유서를 찾지 못하면……?"

"하터 부인의 그 전 유서가 남아 있습니다. 날짜는 1920년 9월. 거기에 따르면 하터 부인은 현재 미리엄 로빈슨이 되어 있는 질녀 미리엄 하터에게 전 재산을 남겼습니다."

이 늙은 바보가 도대체 무슨 소리를 하는 거야? 미리엄이라고? 근본도 모르는 남편과 네 명의 코흘리개가 딸린 미리엄에게? 그럼 그의 화려한 솜씨가 모두 미리엄을 위한 것이 되어버렸단 말인가!

팔꿈치 밑에서 요란하게 전화벨이 울렸다. 그는 수화기를 집어 들었다. 친절한 의사의 목소리가 들려온다.

"리지웨이 씨인가요? 궁금해하실 것 같아서 알려드립니다만, 해부가 방금 끝났습니다. 사인은 제가 추측한 대로였습니다. 그러나 부인의 심장은 제가 생전에 생각하고 있었던 것보다 훨씬 더 심각했어요. 모든 처치를 다 했다 해도 고작 두 달밖에 살지 못했을 겁니다. 틀림없이 궁금해하실 것 같아서. 당신에게 다소나마 위로가 되었으면 합니다."

"미안하지만." 찰스는 말했다. "다시 한번 말씀해 주시겠습니까?"

"그 분은 어차피 두 달 이상 살지 못하셨을 겁니다." 의사는 조금

더 큰 목소리로 말했다.

"그것도 만사가 순조로웠을 경우에 말입니다. 어쨌든——."

찰스는 수화기를 던지듯이 거칠게 내려놓았다. 멀리서 들려오는 변호사의 목소리를 의식했다.

"이보세요, 리지웨이 씨. 어디가 편찮으신가요?"

모조리 지옥에나 가라! 기분 나쁠 만큼 자신에 찬 표정의 변호사. 그 불쾌하기 짝이 없는 멍청이 메이넬 선생. 그의 앞날에 희망은 없었다. 다만, 감옥의 벽에 비친 그림자가 희미하게 떠오르고 있을 뿐이다…….

그는 누군가에게 희롱당하고 있는 것 같은 느낌이 들었다. 고양이가 쥐를 희롱하듯이. 누군가가 틀림없이 배를 움켜잡고 웃고 있을 게 틀림없었다…….

The Mistery of the Blue Jar

푸른 항아리의 비밀

잭 하팅턴은 티에서 위쪽을 쳐서 날린 공을 원망스러운 눈길로 쫓고 있었다. 그 공 옆에 서서 티를 되돌아보며 거리를 가늠해보았다. 그 얼굴에는 숨길 수 없는 자조의 빛이 떠올라 있다. 한숨을 쉬며 아이언을 꺼내, 심술궂게 두 번을 휘둘러 민들레 한 포기와 잔디 덤불을 차례로 날려보낸 다음 본격적으로 공을 칠 자세를 취했다.

나이 스물넷에, 인생에서 바라는 거라곤 오직 골프의 핸디를 줄이는 것에 있는 사람에게, 생계비를 벌기 위해 자신의 시간과 신경을 소모해야 하는 건 한심한 일일 것이다. 잭은 1주일 가운데 닷새 하고도 반나절을 도회지의 사무실에 갇혀 있었다. 토요일 오후와 일요일은 인생에서 경건하고 의미 있는 일에 고스란히 바치게 되어 있어, 열정에 사로잡힌 그는 스터턴 히스 골프장 부근의 작은 호텔에 방을 빌려 살면서, 매일 아침 6시에 일어나 런던 행 8시 46분 기차를 타기 전에 1시간의 연습 시간을 할애하고 있을 정도였다.

이 계획에서 유일하게 불리한 점은, 원래 이렇게 이른 아침에는 어떤 공도 제대로 치기가 힘들다는 점이었다. 드라이버에 실패하고 나면 어김없이 아이언도 망치게 된다. 매시(아이언의 옛날 명칭)로 친 공은 지면 위를 떼굴떼굴 제멋대로 굴러갔고, 어떤 그린에서도 네 번은 퍼트를 하는 게 보통이었다.

잭은 한숨을 쉰 뒤 아이언을 단단히 잡고 골프의 원칙을 자신에게 되풀이해 들려주었다. '왼팔을 똑바로 펴서 스윙하고 절대로 얼굴을 들지 말 것.'

그는 골프채를 뒤로 치켜들었다. 그러나 바로 그 순간 화석이라도 된 것처럼 그대로 얼어붙고 말았다. 날카로운 비명이 여름 아침의 정적을 깨고 들려왔다.

"사람 살려!" 하고 그 목소리는 외치고 있었다. "도와주세요! 사람 살려!"

그것은 여자의 목소리로 끝에 가서는 숨 막히는 소리가 되어 사라졌다.

잭은 골프채를 내던지고 소리가 난 쪽으로 달려갔다. 어딘가 바로 가까운 곳이 틀림없었다. 골프 코스 중에서도 그 근처는 인적이 드문 곳이었고 주위에 인가도 거의 없었다. 사실 그 근처에는 잭이 그 고풍스럽고 우아한 모습에 자주 시선을 빼앗겼던, 그림 같은 작은 시골집이 한 채 있을 뿐이었다. 그가 있는 곳에서는 히스로 뒤덮인 비탈로 가려져 있는데, 그는 그곳을 빙 돌아 채 1분도 되기 전에 벌써 작은 빗장이 달린 그 집 대문에 손을 대고 있었다.

한 아가씨가 정원에 서 있었다. 잭이 순간, 살려달라고 비명을 지른 사람이 바로 이 아가씨일 거라고 믿어버린 건 당연한 일이었다. 하지만 그 생각은 이내 바뀌게 된다.

아가씨는 한 손에 작은 바구니를 들고 있었는데 그 안에 풀이 반쯤 들어 있었다. 넓은 삼색 바이올렛 꽃밭의 잡초를 뜯고 있다가 이제 막 상체를 일으킨 것 같았다. 잭은 아가씨의 눈 자체가 바이올렛을 꼭 닮은 듯, 비로드처럼 부드럽고 깊으며 푸르다기보다는 차라리 바이올렛과 같은 색을 하고 있다는 것을 알았다. 가슴께가 헐렁한 보라색 린넨 옷을 입은 그녀 자신이 또한 바이올렛과 꼭 닮아 있었다.

아가씨는 의혹과 놀람이 교차하는 표정으로 잭을 응시했다.

"실례합니다" 하고 청년은 말했다. "혹시 방금 소리치지 않았습니까?"

"제가요? 아뇨, 그런 적 없어요."

아가씨의 의아해하는 태도가 너무 생생해서 잭은 난처해졌다. 그녀의 목소리는 무척 부드럽고 아름다웠으며 희미한 외국 사투리가 느껴졌다.

"그럼 그 소리를 들었겠죠? 여기서 아주 가까운 곳에서 들렸는데."

아가씨는 그를 뚫어지게 응시했다.

"전 아무 소리도 듣지 못했어요."

이번에는 잭이 상대를 뚫어지게 쳐다볼 차례였다. 이 아가씨가 그 구원을 요청하는 다급한 소리를 듣지 못했다니 도저히 믿을 수가 없었다. 그렇지만 그녀의 천연스러운 태도 역시 거짓이 아닌 게 분명했다.

"어딘지 몰라도 굉장히 가까운 곳에서 들렸어요" 하고 잭은 주장했다.

아가씨는 이제 지겹다는 듯이 그를 바라보고 있었다.

"무슨 소리요?"

"사람 살려! 도와주세요! 사람 살려!"

"사람 살려! 도와주세요! 사람 살려!" 아가씨는 되풀이했다.

"누군가가 댁을 놀린 거겠죠, 무슈. 이런 곳에서 누가 살해를 당하겠어요?"

잭은 어떻게 하면 좋을지 몰라 정원의 오솔길 위에 시체가 있는 게 아닐까 생각하며 주위를 둘러보았다. 자신이 들은 비명이 진짜였고 잘못 들은 게 아니라는 것을 여전히 확신하고 있었다. 그는 그 집 창문들을 올려다보았다. 모든 것이 조용하고 평화롭게 보였다.

"우리 집을 수색해 보고 싶으세요?" 아가씨가 냉담하게 물었다.

그 말투에 회의의 빛이 여실히 드러나 있어서 잭의 당혹감은 더욱 커질 뿐이었다. 그는 얼굴을 돌리며 말했다.

"실례했습니다. 아마 저 숲 위쪽에서 난 소리였나 봅니다."

그는 모자를 들어 인사를 한 뒤 돌아섰다. 힐끗 돌아보니 아가씨는 다시 침착하게 잡초를 뜯고 있었다.

한참 동안 숲 속을 돌아다녀보았지만 이상한 일이 있었던 흔적은 전혀 발견되지 않았다. 하지만 그는 그 비명을 실제로 들었다고 확신하는 것에는 변함이 없었다. 마침내 그는 수색을 포기하고 허둥지둥 호텔로 돌아와 아침 식사를 드는 둥 마는 둥 한 뒤, 평소와 마찬가지로 발차 1, 2초를 남기고 8시 46분 발 기차에 올라탔다. 자리에 앉은 잭은 약간 후회하는 마음이 들었다. 처음 비명 소리를 들었을 때 지체하지 않고 경찰에 알렸어야 하는 게 아닐까? 그가 그렇게 하지 않았던 것은 오로지 그 바이올렛 아가씨의 불신 때문이었다. 그녀는 잭이 거짓말을 하는 거라고 생각하는 것이 분명했다. 어쩌면 경찰도 그렇게 생각할지 모른다. 도대체 자신이 비명 소리를 들은 것은 절대 확실하다고 할 수 있는 것일까?

지금 생각해보니 그다지 자신을 가질 수가 없었다. 지나간 흥분을 다시 돌이켜볼 때 흔히 나타나는 현상이다. 먼 곳에서 우는 새소리를 여자의 목소리로 착각해버린 것은 아닐까?

하지만 그는 화를 내며 그 생각을 뿌리쳤다. 그것은 여자의 목소리였고 자신은 똑똑히 들었던 것이다. 비명이 들리기 바로 전에 손목시계를 쳐다본 것을 그는 떠올렸다. 정확하게 말하면, 비명을 들은 것은 틀림없이 7시 25분이었다. 그것은 경찰에 참고가 되는 사실일지도 모른다. 만일——만일 뭔가가 발견된다고 한다면.

그날 밤 집으로 돌아가는 길에 혹 무슨 범죄가 일어났다는 기사가 실려 있지 않은가 하여 석간을 꼼꼼히 살펴보았다. 그러나 그런 기사는 아무데도 없었고, 그래서 안도한 건지 아니면 실망한 건지 스스로도 잘 알 수가 없었다.

이튿날 아침에는 비가 왔다. 그것도 가장 열의에 찬 골퍼도 단념하지 않을 수 없을 만큼 거센 비였다. 잭은 최대한 늦잠을 잔 뒤 아침식사를 급히 퍼 넣고 기차에 올라타 다시 신문을 열심히 살펴보았다. 여전히 사고가 일어났다는 기사는 없었고 석간도 마찬가지였다.

"이상한데." 잭은 혼잣말을 했다. "하는 수 없지, 뭐. 틀림없이 개구쟁이 녀석들이 숲 속에서 장난을 친 걸 거야."

이튿날 아침에는 일찍 코스에 나갔다. 그 집 옆을 지나갈 때 그는 그 아가씨가 또 정원에서 풀을 뜯고 있는 것을 곁눈질해 보았다. 아무래도 그것이 그녀의 일과인 것 같았다. 아주 멋진 어프로치 샷을 날렸을 때 그는 그 아가씨가 그것을 봐주었으면 좋겠다고 생각했다. 다시 티에 공을 올리면서 손목시계를 한번 쳐다본다.

"정각 7시 25분이군." 그는 중얼거렸다. "오늘은——."

하다가 그대로 입이 얼어붙고 말았다. 등 뒤에서 지난번에 그를 몹시 놀라게 했던 그 비명 소리가 또 들려온 것이다. 등골이 오싹한 여자의 다급한 단말마의 비명이었다.

"사람 살려! 도와주세요! 사람 살려!"

잭은 이번에도 달렸다. 바이올렛을 닮은 아가씨는 대문 옆에 서 있었다. 깜짝 놀란 표정으로. 잭은 자신에 찬 모습으로 그녀에게 다가가며 큰 소리로 말했다.

"이번에는 당신도 들었죠?"

크게 열려 있는 그녀의 눈동자에 그로서는 짐작도 할 수 없는 어떤 감정이 나타나 있었다. 그러나 자신이 다가감에 따라 그녀가 마치 달아나려고 하는 것처럼 뒷걸음질치면서, 집 쪽으로 힐끗 쳐다보는 것을 그는 보았다.

아가씨는 고개를 돌려 잭을 지그시 응시하며 이상하다는 듯이 말했다.

"아무 소리도 듣지 못했어요."

그런 그녀한테서 그는 미간에 일격을 맞은 것과 같은 충격을 느꼈다. 그녀의 태도가 너무 정직해보여서 그로서도 믿지 않을 수가 없었다. 그렇지만 내가 잘못 들었을 리가 없다. 그럴 리가 없다, 그럴 리가…….

그는 아가씨가 조용하게, 동정하는 듯한 투로 말하는 소리를 들었다.

"댁은 전쟁 노이로제에 걸렸군요, 그렇죠?"

순간 그는 상대의 겁먹은 표정과 집 쪽을 힐끗 돌아본 행동이 이해되는 것 같았다. 이 아가씨는 그가 환각에 사로잡혀 있다고 생각한 것이다.

그리고 찬물이라도 뒤집어쓴 것처럼 무서운 생각이 머리에 떠올랐다. 그녀의 말이 맞는 게 아닐까? 내가 환각에 시달리고 있는 건가? 그 무서운 생각에 사로잡히자 그는 한 마디도 하지 않고 휘청휘청 그 자리를 떠났다. 아가씨는 그 뒷모습을 바라보다가 한숨과 함께 고개를 설레설레 흔들곤 다시 웅크리고 앉아 잡초를 뽑기 시작했다.

잭은 스스로 진상을 해명하기로 결심했다. "만약 또 7시 25분에 그 기묘한 비명 소리를 듣는다면" 하고 혼자 생각했다. "내가 어떤 환각에 사로잡혀 있는 게 확실해. 하지만 그럴 리가 없지."

그는 그날 하루를 초조하게 보낸 뒤 이튿날 아침에 그 사실을 증명해야겠다고 다짐하면서 일찌감치 잠자리에 들었다.

이런 경우에 으레 그렇듯이 그는 새벽까지 잠을 이루지 못하다가 결국 늦잠을 자고 말았다. 호텔에서 나와 골프장을 향해 달려갈 때는 벌써 7시 20분이었다. 7시 25분까지 그 사활을 결정하게 될 지점에 닿을 수 없다는 것을 알았지만, 만약 그 목소리가 단순한 환각이라면 어디에 있든 반드시 들릴 것이다. 그는 손목시계에 눈을 고정한 채 계속 달려갔다.

25분이 되었을 때 멀리서 여자의 목소리가 메아리쳐 왔다. 무슨 말인지 알아들을 수는 없었지만, 그것이 전에 들었던 것과 같은 비명이고 그 집 부근의 같은 지점에서 들려온 것은 확실했다.

기묘하게도 그 사실이 그를 안심시켰다. 결국 장난일지도 모른다. 겉 보기와는 달리, 의외로 그 아가씨가 장난을 친 것일 수도 있다. 그는 어깨를 한번 으쓱한 뒤 골프 가방에서 골프채를 하나 꺼냈다. 아마 두세 홀을 돌다보면 그 집에 이르게 될 것이다.

아가씨는 오늘도 어김없이 정원에 있었다. 오늘 아침에는 얼굴을 들고 그를 쳐다보기까지 했다. 그가 모자를 벗어 보이자 그녀도 엷은 웃음을 지으며 인사를 했다……. '오늘 아침엔 평소보다 더 예뻐 보이는군' 그는 생각했다.

"날씨가 무척 좋죠?" 하고 잭은 쾌활하게 말하면서도 이 진부하기 짝이 없는 대사가 스스로 생각해도 지겨웠다.

"네, 정말 좋은 날씨예요."

"틀림없이 정원을 위해서도 좋은 거겠죠?"

그녀가 살짝 웃자 매력적인 보조개가 드러났다.

"그렇지는 않아요. 제 꽃에는 비가 필요한걸요. 보세요, 모두 목말라 하고 있잖아요."

잭은 그녀의 손짓에 응하여, 뜰과 골프 코스를 분리하고 있는 낮은 울타리에 가까이 다가가 울타리 너머로 뜰을 한번 둘러보았다.

"괜찮아 보이는데요, 뭘." 그녀의 희미하게 동정하는 듯한 시선이 자신을 훑어보고 있는 것을 느끼고 그는 어색하게 말했다.

"태양은 정말 좋은 거예요. 그렇죠?" 그녀는 말했다. "꽃에는 늘 물이 필요하지만 태양은 힘을 주고 건강을 회복시켜주죠. 오늘은 기분이 좋아보이시는군요."

그녀의 격려하는 듯한 말투에 잭은 예민해지는 걸 느꼈다.

"무슨 소리야?" 그는 속으로 생각했다. "암시에 의해 나를 치료하려는 건가?"

"난 원래 건강합니다." 그가 강조하며 말하자,

"네, 다행이군요." 그녀는 서둘러 무마하듯 대답했다.

잭은 그녀가 자기 말을 믿어주지 않아서 속이 탔다.

몇 홀을 더 돌고난 뒤 그는 아침 식사를 하기 위해 서둘러 돌아갔다. 식사를 하는 동안 이번이 처음은 아니었지만, 옆 테이블에 앉아 있는 남자가 힐끗힐끗 관찰하는 듯한 눈길로 자기를 바라보고 있는 것을 알았다. 정력적인 얼굴의 중년 남자였다. 작고 검은 턱수염과 날카로운 잿빛 눈, 유연하고 침착한 태도는 그 인물이 지적인 직업 중에서도 높은 지위에 있다는 것을 보여주고 있었다. 잭은 그 남자의 이름이 래빙턴이라는 것을 알고 있었고, 유명한 정신병 전문가라는 소문도 얼핏 들은 적이 있다. 그러나 할리 거리(런던의 거리 이름. 특히 일류 의사들이 많이 살고 있음)에 자주 드나들 만큼 병약한 몸은 아니었기 때문에 그 이름은 그에게 거의 의미를 가지지 않았다.

그러나 오늘 아침에는 자신이 몰래 관찰당하고 있다는 것이 몹시 의식되어 스스로도 약간 놀라고 있었다. 그의 비밀이 타인이 금방 알아볼 만큼 뚜렷하게 겉으로 나타나고 있는 것일까? 이 남자는 직업에서 비롯된 직감에서, 이 비밀에 싸인 석연치 않은 사건의 심상치 않은 무언가를 간파한 것일까?

그렇게 생각하자 잭은 몸이 떨려왔다. 정말 그런 것일까? 자신은 정말 정신이 이상해진 것일까? 모든 것은 환각인가, 아니면 못된 장난인가?

그러자 별안간 더할 나위 없이 간단한 해결책이 머리에 떠올랐다. 지금까지 그는 혼자서 그 일을 겪고 고민하고 있었다. 누군가 다른 사람이 함께 있다면 어떨까? 그렇게 되면 다음의 세 가지 가운데 한 가지가 될 것이다. 먼저, 그 비명소리가 들리지 않을지도 모른다. 다음에는 두 사람 다 그 소리를 들을 수도 있다. 아니면, 그 혼자만 들을지도 모른다.

그날 저녁, 그는 자신의 계획을 실행에 옮기는 데 착수했다. 그가 점찍은 사람은 래빙턴이었다. 잭은 별 어려움 없이 래빙턴과 얘기를 나눌 수 있었다. 나이가 지긋한 그 남자는 이런 기회를 기다리고 있었던 것 같았다. 분명히 뭔가의 이유로 잭에게 흥미를 가지고 있었던 것이다. 잭은 매우 자연스럽게 아침 식사 전에 함께 몇 홀 돌지 않겠느냐고 제안했다. 약속은 이튿날 아침으로 정해졌다.

두 사람은 7시 조금 전에 출발했다. 조용한 데다 구름 한 점 없이 맑고, 그렇다고 너무 덥지도 않은 더할 나위 없이 좋은 날씨였다. 의사는 능숙한 플레이를 했지만 잭은 형편없었다. 그의 온 신경은 가까이 다가온 운명의 갈림길에 집중되어 있었다. 손목시계에 쉬지 않고 눈길이 가는 것을 느꼈다. 7시 20분쯤 두 사람은 홀과 집의 중간에 있는 7번 티에 도착했다.

두 사람이 지나갈 때 아가씨는 평소처럼 뜰에 나와 있었지만 그들이 지나가도 얼굴을 쳐들지도 않았다.

두 개의 공이 그린에 올라와 있었다. 잭의 공은 홀 가까운 곳에,

의사의 공은 조금 떨어진 곳에.

“이건 내가 잡았어!” 래빙턴이 말했다. “놓칠 리가 없지.”

그는 상체를 구부려 방향을 가늠하고 있다. 몸을 굳힌 채 서 있는 잭의 시선은 시계에 못 박혀 있다. 정각 7시 25분이다.

공은 잽싸게 그린을 굴러가서 홀 가장자리에 머문 뒤 잠시 멈칫거리다가 쏙 빨려들어갔다.

“멋진 퍼트군요” 하고 잭이 말했다. 그 목소리는 자기도 모르게 갈라져 있었다. 그는 시계를 팔목 위로 끌어내며 커다랗게 안도의 한숨을 내쉬었다. 아무 일도 일어나지 않았다. 주문은 풀린 것이다.

“괜찮으시다면 잠시 기다려주시겠습니까? 파이프를 한 대 피우고 싶군요.” 그들은 8번 티에서 잠시 쉬기로 했다. 잭은 약간 떨리는 손가락으로 파이프를 채운 뒤 불을 붙였다. 커다란 정신적 부담이 사라진 것 같은 느낌이다.

“아, 정말 날씨 한 번 좋군요.” 잭은 매우 만족스럽다는 듯이 눈앞에 펼쳐진 경치를 바라보며 말했다. “계속 하시죠, 래빙턴 씨. 멋지게 한번 날려보세요.”

그때 갑자기 그것이 허를 찔러왔다. 의사가 공을 친 바로 그 순간. 여자의 날카롭고 다급한 비명.

“사람 살려! 도와주세요! 사람 살려!”

파이프가 잭의 힘 빠진 손에서 미끄러졌고 그는 목소리가 난 방향으로 홱 돌아섰다. 그리고 생각이 난 듯 마른 침을 삼키며 동행을 쳐다보았다.

래빙턴은 손으로 햇빛을 가리며 코스를 내려다보고 있었다.

“약간 짧은데. 벙커는 그런대로 잘 넘어간 것 같지만.”

그는 아무 소리도 듣지 못한 것이다.

주위의 사물들이 빙글빙글 도는 듯한 느낌이 들었다. 휘청거리는 다리로 한두 걸음 내디뎠다. 문득 정신을 차리고 보니 그는 짧게 깎은 잔디 위에 누워 있고, 래빙턴이 자신을 들여다보고 있었다.

"정신이 드나? 이제 마음을 편히 가지게."

"제가 어떻게 된 겁니까?"

"정신을 잃었네. 아니, 거의 잃을 뻔했지."

"뭐라고요!" 잭은 신음했다.

"무슨 걱정거리가 있나? 마음에 걸리는 일이라도?"

"곧 얘기해 드리죠. 하지만 그 전에 물어보고 싶은 게 있습니다."

의사는 파이프에 불을 붙인 뒤 비탈에 앉았다.

"자, 뭐든지 물어보게." 그는 흔쾌하게 말했다.

"지난 이틀 동안 선생님은 저를 관찰하고 계셨습니다. 왜 그러셨죠?"

래빙턴은 잠시 눈을 깜박거렸다.

"그건 좀 까다로운 질문이군. 누구나 보는 건 자유 아닌가?"

"얼버무리지 마십시오. 저는 진지합니다. 왜 그랬습니까? 이렇게 물어보는 건 중대한 이유가 있어서입니다."

래빙턴은 진지한 표정이 되었다.

"솔직하게 말해서, 난 뭔가 격렬한 긴장에 사로잡혀 있는 사람 특유의 모든 징후를 자네한테서 볼 수 있었네. 그래서 그 긴장이 어떤 것일까 하고 흥미를 느꼈던 걸세."

"그렇다면 간단하게 얘기할 수 있습니다." 잭은 씁쓸한 듯이 말했다. "저는 미쳐가고 있는 중입니다."

그는 좀 과장스럽게 말을 꺼냈지만 기대했던 만큼 상대를 놀라게 하거나 관심을 불러일으킨 것 같지는 않았다. 그래서 다시 한번 그 말을 되풀이했다.

"저는 미쳐가고 있어요."

"무척 흥미롭군." 래빙턴이 중얼거렸다. "정말 흥미진진해."
잭은 분개했다.
"선생님한테는 그렇게 보이는 것만으로 끝나겠지요. 의사라는 사람들은 정말이지 냉담한 인종이니까요."
"이보게, 자네. 자네 얘기는 지리멸렬해. 우선 첫째로 나는 학위를 가지고는 있지만 의사가 내 직업은 아닐세. 엄밀하게 말하면 나는 의사가 아니야, 육체의 의사는 아니라는 말일세."
잭은 날카롭게 상대를 바라보았다.
"그럼 정신 쪽입니까?"
"그렇네, 어떤 의미에서는. 하지만 좀더 정확하게, 난 영혼의 치료자라고 부르고 있지."
"예에?"
"자네의 말투에서 경멸이 느껴지는군. 그러나 육체에서 분리될 수 있고 독자적으로 존재하는 어떤 활력을 표현하는 데는 무언가의 용어를 사용하지 않으면 안 돼. 그래서 뭐, 영혼이라는 말로 타협한 셈인데 그건 성직자들이 만들어낸 종교적인 용어만은 아닐세. 그러나 정신 또는 잠재의식, 그것도 아니면 좀더 자네 마음에 드는 어떤 말로 불러도 상관없네. 방금 자네는 내 말투에 화를 냈지만 확실히 자네처럼 상식을 가진, 완전히 정상적인 청년이 자기는 미쳐가고 있다는 환각에 고민하고 있어. 그래서 몹시 흥미로운 얘기라고 느낀 게 사실이네."
"확실히 전 어떻게 된 것 같습니다. 정말 말도 안 되는 얘기지만."
"이렇게 말하면 실례가 될지도 모르지만 나는 그렇게 생각하지 않네."
"저는 환각에 시달리고 있습니다."
"저녁 식사 뒤에?"

"아닙니다. 아침에요."

"그럴 리가 없는데." 꺼진 파이프에 다시 불을 붙이면서 의사가 말했다.

"다른 사람에게는 들리지 않는 소리가 저에게는 들리고 있습니다."

"천 명에 한 사람은 목성의 위성을 볼 수 있네. 다른 999명이 보지 못한다고 해서 목성에 위성이 있다는 사실을 의심할 근거는 없지. 그리고 그 유일한 남자를 정신 이상자라고 부를 이유 또한 없다는 건 분명하지 않은가?"

"목성의 위성은 이미 증명된 과학적 사실입니다."

"오늘의 망상이 내일은 과학적 사실로 증명될 수도 있지."

래빙턴의 사무적인 태도는 모르는 사이에 잭에게 영향을 미쳤다. 그는 한없이 위로받고 기운을 얻었다. 의사는 잠시 주의 깊게 그를 응시한 다음 고개를 끄덕였다.

"이제 좀 좋아진 것 같군. 자네 같은 젊은이들이 곤란한 점은, 자신들의 철학 외에는 아무것도 존재하지 않는다고 절대 믿고 있다는 점일세. 그래서 그 의견을 뿌리째 뒤흔드는 상황이 발생하면 한 방에 무너져버리지. 정신이 이상해지고 있다고 자네가 믿고 있는 근거를 얘기해주겠나? 그 다음에 자네에게 치료가 필요한지 어떤지 결정하기로 하세."

잭은 가능한 한 상세하게 며칠 동안 잇따라 일어난 일들을 모두 얘기했다.

"하지만 제가 알 수 없는 건" 하고 그는 말을 끝맺었다. "왜 오늘 아침에는 그 소리가 7시 30분에, 즉 5분 늦게 들렸나 하는 점입니다."

래빙턴은 잠시 생각에 잠겼다.

"지금 자네 시계로는 몇 시인가?"

"8시 15분 전입니다." 잭이 시계를 들여다보며 대답했다.
"그럼 그렇지, 내 시계는 8시 20분 전일세. 자네 시계는 5분 빨리 가고 있었어. 아주 흥미로운, 중요한 사실이야. 나에게는 말일세. 음, 정말 말할 수 없이 중요해."
"어떤 상태인데요?"
잭은 흥미를 느끼기 시작했다.
"다시 말해 평범하게 설명하자면 첫날 아침, 자넨 그 비명 소리를 분명히 들었다는 걸세. 장난일지도 모르고 그렇지 않을 수도 있어. 그 다음날 아침, 자네는 자신에게 틀림없이 같은 시간에 그것을 들을 거라는 암시를 건 거지."
"저는 절대로 그러지 않았습니다."
"물론 의식적으로는 아니지. 그러나 잠재 의식이라는 건 일테면 이상한 장난을 좋아하는 법이라네. 하지만 어쨌든 그 설명은 받아들이기 어려워. 만약 그것이 암시에 의한 경우라고 한다면, 자네는 자네 시계로 7시 25분이 되었을 때 그 소리를 들었어야 했고, 그 시간이 지났다고 생각했을 때는 듣지 못했을 테니까."
"그렇다면?"
"그렇다면 너무나 뻔하지 않은가? 이 도움을 요청하는 비명은 완전히 같은 장소 같은 시간에 일어나고 있네. 장소는 그 집 근처이고 시간은 7시 25분."
"예, 하지만 왜 제가 그것을 들었던 것일까요? 저는 유령이니 하는 것——영혼이 영매에 옮겨 붙어서 톡톡 두드리는 소리를 내느니 하는 그런 종류의 것은 전혀 믿지 않습니다. 그런 제가 왜 그 기이한 비명 소리를 들어야 하는 거죠?"
"아! 지금으로서는 우리도 알 수 없네. 기묘한 일이지만 우수한 영매의 대부분은 완고한 회의주의자 중에서 나오고 있어. 초자연 현상에 흥미를 가지고 있는 사람이 초자연 현상을 경험하는 건 아니라는 걸세. 어떤 사람은 이상한 소리를 듣지만 다른 사람들은 그렇지 않아. 왜 그런 건지 우리는 알지 못하네. 또 그들 대부분은 그런 것을 보거나 듣고 싶어 하지도 않았고 자신이 환각에 시달리고 있는 것으로 믿고 있었어. 바로 자네처럼 말일세. 이건 전기와 비슷하다고 할 수 있지. 어떤 물질은 양도체이고 어떤 물질은 부도체이지만, 오랫동안 우리는 그 이유를 몰랐고 다만 그 사실을 그냥 받아들이는 것만으로 만족해 왔네. 오늘날에도 그 이유는 밝혀지지 않았다네. 물론 언젠가는 나나 그 아가씨에게는 들리지 않았던 소리가 왜 자네한테는 들렸는지 그 이유를 알게 되겠지. 어쨌든 삼라만상은 자연 법칙에 의해 지배되고 있네. 초자연이란 현실에는 존재하지 않아. 이른바 심령 현상이라는 것을 좌우하는 법칙을 찾아내는 건 어려운 작업이 될 거야. 그러나 아무리 작은 현상도 도움은 되는 법이지."

"하지만 저는 어떻게 하면 좋을까요?" 잭이 물었다.

래빙턴은 웃었다.

"자네는 실제적인 사람인 것 같군. 그렇다면 젊은이, 자네는 아침 식사를 맛있게 든 뒤 더 이상 자신이 이해할 수 없는 문제를 붙들고 고민하는 것을 그만두고 런던으로 가는 걸세. 나는 그 부근을 어슬렁거리면서 그 시골집에 대해 뭔가 정보가 없는지 알아봄세. 수수께끼의 핵심은 바로 그곳에 있다고 장담해도 좋아."

잭은 일어섰다.

"알겠습니다. 동의하겠습니다. 하지만 전……."

"뭔가?"

잭은 거북한 듯이 얼굴을 붉혔다.

"그 아가씨는 틀림없이 아무 상관없을 겁니다" 하고 중얼거렸다.

래빙턴은 재미있어하고 있는 것 같았다.

"자넨 그 아가씨가 미인이라는 말을 하지 않았구먼! 자, 기운을 내게. 수수께끼의 원인은 그 아가씨가 그 집에 살기 전부터 시작되었을 것 같으니까."

잭은 그날 저녁 완전히 호기심의 포로가 되어 호텔로 돌아왔다. 그는 이제 맹목적으로 래빙턴을 신뢰하고 있었다. 의사가 이 일을 더할 수 없이 자연스럽고 사무적으로 태연자약하게 받아들이는 걸 보고 잭은 감명을 받고 말았던 것이다.

저녁 식사를 하러 내려갔을 때 잭은 이 새로운 친구가 홀에서 자기를 기다리고 있는 것을 발견했다. 의사는 같은 테이블에서 함께 식사를 하자고 했다.

"뭔가 새로운 사실이라도 있습니까?" 잭이 마음 졸이며 물었다.

"그 헤더 별장의 내력을 샅샅이 수집했다네. 그 집은 처음에는 늙은 정원사 부부가 빌렸는데, 노인이 죽자 노파는 딸네 집으로 가버렸다는군. 집주인은 그 집을 근대적으로 멋지게 수리해서 한 도시 신사에게 팔았고, 그 남자는 주말에만 그곳을 사용했네. 1년쯤 전에 그 남자는 그 집을 터너 부부라는 사람들에게 되팔았어. 내가 알아낸 바로는 약간 기묘한 부부였던 것 같더군. 남편은 영국인이고 아내 쪽은 러시아인의 피가 흐르고 있는 사람으로, 굉장히 아름다운 이국 여성이었네. 두 사람은 조용히 살면서 아무도 만나지 않고, 대문 밖을 나가는 일도 거의 없었다더군. 뭔가를 두려워하고 있었다는 소문이 나돌았지만 그리 믿을 만한 얘기는 아닌 것 같네.

그리고 어느 날 갑자기 두 사람은 아침 일찍 집에서 나가 두 번 다시 돌아오지 않았네. 런던에서 이곳 부동산 중개인에게 보낸 터너 씨의 편지에는, 가능한 한 빨리 그 집을 처분해달라고 했더군. 가구는 모두 팔리고 집도 몰레버러 씨에게 팔렸지. 그가 실제로 그곳에 산 건 단 2주일뿐이었네. 그런 다음 가구와 함께 집을 세놓는다는 광고를 냈고 지금은 결핵을 앓는 프랑스인 교수와 딸이 살고 있네. 그들이 여기 온 지는 열흘밖에 안 되었더군."

잭은 입을 다문 채 그의 얘기를 곰곰이 생각하고 있었다.

"별로 참고가 될 만한 얘기는 아닌 것 같습니다만" 마지막에 그가 말했다. "선생님은 어떻게 생각하십니까?"

"그 터너 부부에 대해 더 조사해야겠네." 래빙턴은 조용히 말했다. "아까도 말했지만 그들은 이른 아침에 떠났어. 내가 조사한 바로는 그들이 나가는 것을 목격한 사람이 아무도 없네. 그 뒤에 터너 씨를 본 사람은 있었지만 터너 부인을 본 사람은 한 사람도 없었어."

잭의 얼굴이 새파랗게 질렸다.

"그래요? 선생님은 설마……."

"흥분해선 안 되네. 누구라도 죽는 순간——그것도 특히 변사——에는 주위 사람과 환경에 매우 강한 영향을 미치는 법일세. 그 환경이 그런 영향력을 흡수해 두었다가, 적절한 수신기——이 경우에는 자네지만——가 나타나자 그것을 전달한 건지도 모르지."

"하지만 왜 저에게?" 잭은 반발하듯이 중얼거렸다 "어째서 실제로 도움을 줄 수 있는 사람에게가 아니고?"

"자넨 이 힘을 맹목적이고도 기계적인 것이 아니라, 지성적이고 의미심장한 것으로 생각하고 있네. 나 자신은 특정한 목적을 가지고 한 장소에 달라붙는 세속적인 유령 같은 건 믿지 않아. 그러나 내가 지금까지 완전한 우연이 아니라는 걸 믿게 될 때까지 수없이 경험해 온 건 일테면 정의의 암중모색 같은 것으로, 맹목적인 힘이 숨어서 움직이며 항상 그 목적을 향해 눈에 띄지 않게 나아가고 있다는 것일세."

그는 몸을 떨었다. 마치 자신에게 달라붙어 있는 망집을 떨쳐버리려는 듯이. 그리고 재빨리 살짝 웃더니 잭 쪽을 다시 돌아보며 말했다.

"이 문제는 잠시 보류하기로 하세, 어쨌든 오늘밤만은 말일세."

잭은 이내 동의했지만 이 문제를 머리에서 쫓아버리는 건 그리 쉬운 일이 아니라는 걸 알았다.

주말 동안 그는 나름대로 열심히 조사해 봤지만 결과적으로 의사가 조사한 것을 다시 한 번 확인하는 데 그쳤을 뿐이었다. 그는 아침 식사 전의 골프도 포기하고 말았다.

사슬의 다음 고리는 예기치 않은 방향에서 이어졌다. 어느 날, 일을 끝내고 돌아온 잭은 젊은 여자가 자기를 기다리고 있다는 전갈을 받았다. 놀랍게도 그 여자는 정원에 있었던 아가씨로 머릿 속에서 언제나 바이올렛 아가씨라고 부르고 있었던 그 아가씨였다. 그녀는 몹시 안절부절못하며 동요하고 있는 기색이었다.

"이렇게 갑자기 찾아온 걸 용서해 주시겠죠? 꼭 말씀드릴 것이 있어서요."

그렇게 말하며 불안한 듯이 주위를 둘러본다.

"이쪽으로 오시죠." 잭은 서둘러 호텔의 여성 휴게실, 온통 붉은 비로드로 장식되어 있지만 지금은 거의 사용하지 않는 방으로 안내했다. "앉아요, 미스, 미스……."

"마르쇼라고 해요, 펠리스 마르쇼."

"앉아요, 마드무아젤 마르쇼. 그런데 무슨 일로?"

펠리스는 권하는 대로 자리에 앉았다. 연한 녹색 옷을 입고 있는 그녀의 당당하고 사랑스러운 얼굴은 전보다 더욱 아름답고 매력있었다. 그 옆에 앉았을 때 잭의 심장은 높이 고동치고 있었다.

"사실은" 펠리스가 설명하기 시작했다. "이곳에 이사온 지 얼마 되진 않았지만 우린 처음부터 그 집――우리의 무척 사랑스러운 작은 집——에 유령이 떠돌고 있다는 것을 알고 있었어요. 그래서 하인들도 오래 붙어 있지 않았죠. 물론 그런 건 중요한 게 아니에요. 전 집안일을 할 줄 알고 요리도 잘 하거든요."

"천사 같다"고 떠올린 청년은 속으로 생각했다. "멋진 아가씨야."

그러나 그는 사무적으로 귀를 기울이는 척했다.

"저는 이런 유령 얘기 같은 건 정말 바보 같다고 생각해 왔어요. 나흘 전까지만 해도요. 그런데, 무슈. 전 나흘 밤을 계속해서 같은 꿈을 꾸었어요. 여자가 혼자 서 있었어요——키가 크고 굉장한 미인이 푸른 도자기 항아리를 두 손에 들고 있더군요. 그 사람은 괴로워하고 있었어요——무척 괴로워하면서 마치 그 항아리로 뭔가를 해달라고 애원하는 것처럼 계속 내 쪽으로 내미는 거예요——하지만, 아! 그 사람은 말을 할 수 없어서 저는 그녀가 무엇을 원하는 건지 알 수 없었어요. 그것이 첫 두 밤의 꿈이었는데, 그저께 밤의 꿈은 더욱 이상했어요. 그녀와 푸른 항아리는 사라지고 갑자기 비명 소리가 들려오는 거예요. 아시겠지만 그 사람의 목소리라는 걸 알 수 있었어요. 그리고, 오! 무슈, 그 내용은 그날 아침 당신이 저에게 얘기해준 바로 그 말이었어요. '사람 살려! 도와주세요! 사람 살려!' 하는. 전 공포 속에서 눈을 떴어요. 그리고 자신에게 타일렀죠. 이건 악몽일 뿐이고 당신이 들은 말은 우연이었다고요. 그런데 간밤에 또 그 꿈을 꾼 거예요. 무슈, 도대체 이게 무슨 일일까요? 당신도 물으셨죠? 어떻게 하면 좋을까요?"

겁에 질린 얼굴의 펠리스는 작은 손을 꼭 쥐고 호소하듯이 잭을 응시하고 있었다. 그는 속마음과는 반대로 태연한 태도를 가장했다.

"걱정 마세요, 마르쇼 양. 걱정할 일이 아닙니다. 만약 괜찮으시다면 그 얘기를 이곳에 머물고 있는 내 친구, 래빙턴 박사에게 다시 한번 그대로 얘기해 주시겠소?"

펠리스가 기꺼이 그렇게 하겠다고 말하자 잭은 래빙턴을 찾으러 밖으로 나갔다. 그는 곧 그 의사와 함께 돌아왔다.

래빙턴은 잭의 간단한 소개에 고개를 끄덕이면서 아가씨를 날카로운 눈빛으로 관찰했다. 그리고 짤막한 격려의 말로 아가씨를 안심시킨 뒤 주의 깊게 자초지종에 귀를 기울였다.

"정말 흥미롭군요." 얘기가 끝나자 의사가 말했다. "이 사실을 아버님께 얘기했나요?"

펠리스는 고개를 저었다.

"아버지께 걱정을 끼치고 싶지 않았어요. 아직 건강이 퍽 좋지 않으시거든요." 그 눈에 눈물이 가득 고여 있다. "흥분하거나 동요하게 만드는 일은 되도록 삼가고 있어요."

"알겠소." 래빙턴이 부드럽게 말했다. "우리를 찾아오길 잘했어요, 마르쇼 양. 아시다시피, 이 하팅턴 군도 아가씨와 같은 경험을 했어요. 우리는 거의 정확한 단서를 붙잡았다고 해도 좋을 것 같소. 달리 뭔가 생각나는 일은 없소?"

펠리스가 재빨리 몸짓을 했다.

"있어요! 내 정신 좀 봐! 그것이 이 이야기의 핵심이에요, 보세요, 무슈. 찬장 뒤에 떨어져 있는 것을 발견했어요."

펠리스는 한 여자를 수채물감으로 대충 스케치한 지저분한 도화지를 꺼냈다. 그건 잘 그리지도 못한 평범한 그림이었지만 표정은 충분히 살아 있는 것처럼 보였다. 그림 속의 여자는 키가 큰 미인으로 얼굴에는 영국인답지 않은 데가 어렴풋이 드러나 있었다. 청자 항아리가 놓여 있는 테이블 옆에 서 있는 그림이었다.

"오늘 아침에 발견했어요." 펠리스가 설명했다. "선생님, 그건 제가 꿈에 본 여자의 얼굴이고 푸른 항아리도 똑같아요."

"놀라운 일이군요." 래빙턴이 의견을 말했다. "이 푸른 항아리가 틀림없이 비밀을 푸는 열쇠일 거요. 중국산 항아리 같은데 오래된 것으로 보이는구먼. 기묘한 무늬가 들어 있어."

"그건 중국산 맞습니다." 잭이 단언했다. "백부님의 수집품 중에서 똑같은 것을 봤어요. 백부님은 중국 자기를 많이 수집하시는데 바로 이것과 같은 항아리를 최근에 본 기억이 있어요."

"중국산 항아리라……." 래빙턴은 그림을 자세히 들여다보며 잠시 생각에 빠져 있다가 갑자기 고개를 들었다. 그 눈에서 기묘한 빛이 빛나고 있었다. "하팅턴, 자네 백부님이 그 항아리를 손에 넣으신 건 언젠가?"

"글쎄요, 잘 모르겠습니다."

"잘 생각해보게. 최근에 사신 것 아닌가?"

"저는 모릅니다. 아니, 어쩌면 그럴지도 모르겠군요. 저는 자기에 별로 흥미가 없지만 최근 보물을 보여준 것 가운데 이것이 들어 있었어요."

"두 달이 채 되기 전인가? 터너 부부가 헤더 별장을 떠난 게 바로 2개월 전인데."

"예, 그쯤 될 겁니다."

"자네 백부님은 지방의 경매에도 참석하시나?"

"자동차를 타고 늘 경매장을 순례하시지요."

"그럼, 그가 터너의 물건을 경매하는 데서 이 특별한 자기를 산 것으로 가정해도 절대로 불가능한 일은 아니겠군. 기묘한 우연의 일치라고 할까 아니면 지난번에 내가 말했던, 표면에는 드러나지 않는 섭리의 인도일지도 모르겠어. 하팅턴, 곧장 그 항아리를 어디서 샀는지 백부님께 알아봐 주게."

잭은 안타깝다는 표정이 되었다.

"애석하지만 그건 불가능합니다. 백부님은 지금 유럽에 계십니다.

어디로 편지를 보내면 되는지도 모르고 있어서요."

"언제까지 그쪽에 계실 예정인가?"

"적어도 3주일에서 한달입니다."

침묵이 찾아왔다. 펠리스는 걱정스러운 듯이 두 남자를 번갈아 쳐다보았다.

"뭔가 우리가 할 수 있는 일이 없을까요?" 그녀가 조심스럽게 물었다.

"아, 한 가지 있어요." 래빙턴은 흥분을 억제한 듯한 목소리로 말했다. "이례적인 일일지도 모르지만 성공할 거라고 믿어요. 하팅턴, 자네, 그 항아리를 가지고 올 수 없을까? 이곳으로 가지고 와서 만약 아가씨가 허락한다면, 헤더 별장에서 그 푸른 항아리와 함께 하룻밤을 보내는 걸세."

왠지 소름이 오싹 끼치는 걸 느낀 잭이 불안한 듯이 물었다.

"무슨 일이 일어날 거라고 생각하십니까?"

"그야 알 수 없지. 그러나 솔직하게 말해서, 이 수수께끼를 해결하여 유령이 나오지 않도록 할 수 있을 거라고 생각하네. 항아리 바닥이 높게 되어 있고 그 안에 뭔가 숨겨져 있는 경우도 충분히 생각할 수 있는 일일세. 만약 아무런 일도 일어나지 않는다면 뭔가 다른 궁리를 해야 하지만."

펠리스가 손뼉을 쳤다.

"멋진 생각이에요."

그 눈이 열정으로 빛나고 있다. 잭은 그다지 마음이 내키지 않았다. 실은 속으로 몹시 겁을 먹고 있었지만 펠리스 앞에서는 그 사실을 인정하고 싶지 않았을 것이다. 의사는 자기의 제안이 세상에서 가장 지당한 일인 것처럼 행동하고 있었다.

"언제 그 항아리를 가지고 올 수 있겠어요?" 펠리스가 잭을 돌아보며 물었다.

"내일." 청년은 마지못해 말했다.

여기까지 온 이상 뒤로 물러설 수는 없었다. 매일 아침 자신을 따라다니고 있는, 그 구원을 요청하는 단말마에는 듣는 사람의 마음에 호소하는 데가 있었고, 달리 더 좋은 생각도 떠오르지 않았다.

이튿날 저녁, 그는 백부의 집에 가서 문제의 항아리를 가지고 나왔다. 그 항아리를 다시 보았을 때 그것이 그 스케치에 그려져 있는 것과 똑같은 것이라는 확신이 전보다 더욱 강해졌다. 하지만 자세히 살펴봐도 비밀이 숨어 있을 만한 공간 같은 건 보이지 않았다.

그와 래빙턴이 헤더 별장에 도착한 것은 밤 11시였다. 펠리스는 두 사람이 오는 것을 지켜보고 있었는지 문을 노크하기도 전에 살짝 문을 열어주었다.

"들어오세요." 그녀는 작은 목소리로 말했다. "아버지가 2층에서 주무시고 계시니까 깨지 않으시도록 해야 해요. 이쪽에 커피가 준비되어 있어요."

그녀는 작고 아늑한 거실로 두 사람을 안내했다. 벽난로 안에 알코올 램프가 놓여 있었고, 그녀는 두 사람을 위해 향기로운 커피를 내왔다.

잭이 몇 겹이나 되는 포장지를 풀고 중국산 항아리를 꺼냈다. 그것을 푼 순간 펠리스는 숨을 삼켰다.

"아! 바로 이거예요" 하고 자신 있게 소리쳤다. "이게 그거예요. 어디에 있더라도 전 금방 알아볼 수 있어요."

그 사이 래빙턴은 자기가 해야 할 일을 준비하고 있었다. 작은 테이블 위에 있는 물건들을 모두 치운 뒤 그것을 방 한가운데 갖다놓고 주위에 의자 세 개를 놓았다. 이어서 잭한테서 청자 항아리를 받아 테이블 한가운데 놓았다.

"자, 이제 준비는 끝났네. 불을 끄고 어둠 속에서 테이블 주위에 둘러앉도록 하세."

두 사람은 그가 시키는 대로 따랐다. 래빙턴의 목소리가 다시 어둠 속에서 들려왔다.

"아무것도 생각해서는 안 돼요. 그러면 정신이 산란해지니까. 정신에 무리를 강요해서도 안 돼요. 우리 가운데 한 사람이 영매로서의 능력을 가지고 있을 수도 있는데, 만약 그렇다면 그 사람은 무의식 상태에 빠질 거요. 하지만 두려워할 필요는 없어요. 마음에서 공포를 쫓아내고 몸을 맡기는 거요. 그냥 맡기면 돼요."

래빙턴의 목소리가 사라지자 주위는 정적에 빠져들었다. 그 침묵 속에 시시각각 영계와의 교류 가능성이 더욱 커져가는 것 같았다. 래빙턴이 '공포를 쫓아내라'고 말하는 건 더할 수 없이 간단한 일일 것이다. 그러나 잭이 느끼고 있었던 건 공포가 아니었다. 그것은 공황이었다. 또 펠리스가 마찬가지로 느끼고 있다는 것도 거의 확신할 수 있었다. 갑자기 펠리스의 겁먹은 듯한 낮은 목소리가 들려왔다.

"뭔가 무서운 일이 일어날 것 같아요. 전 느낄 수 있어요."

"공포를 쫓아버려요." 래빙턴이 말했다. "감응력을 거부해서는 안 돼요."

어둠은 더욱 짙어지고 정적은 더욱 깊어져 갔다. 막연한 위기감이 서서히 다가온다.

잭은 숨이 막히는 걸 느꼈다…… 숨이 막힌다…… 불길한 것이 바로 옆에…….

그리고 갈등의 시간은 지나갔다. 그는 떠다니고 있다. 물 속을 떠다니고 있다. 눈이 감긴다. 평화…… 어둠…….

잭은 희미하게 몸을 움직였다. 머리가 무거웠다, 납덩이처럼. 나는 어디에 있는 것일까?

햇빛…… 새…… 그는 하늘을 올려다보고 누워 있었다.

그리고 기억이 모두 되살아났다. 강령술. 작은 방. 펠리스와 의사. 무슨 일이 일어난 것일까?

그는 불쾌한 듯 머리를 흔들면서 일어나 주위를 둘러보았다. 그 집에서 그리 멀지 않은 작은 잡목림 속에 누워 있었다. 근처에는 사람 그림자도 보이지 않는다. 그는 시계를 꺼냈다. 놀랍게도 낮 12시 반을 가리키고 있었다.

잭은 허우적대며 일어나 그 집 쪽으로 뛰기 시작했다. 의사와 펠리스가, 그가 입신 상태에 빠지는 데 실패한 것에 놀라 집 밖으로 옮긴 것이 틀림없었다.

집에 도착하자마자 문을 쾅쾅 두드렸다. 그러나 대답도 없고 인기척도 없다. 틀림없이 도움을 청하러 간 모양이다. 그렇지 않으면? 잭은 막연한 불안에 사로잡혔다. 간밤에 도대체 무슨 일이 일어난 것일까?

그는 최대한 빨리 호텔로 돌아갔다. 호텔 사무실로 들어가는데 누가 가슴을 세게 찌르는 바람에 하마터면 고꾸라질 뻔했다. 화를 내며 돌아보니, 반가운 눈빛으로 숨을 쌕쌕거리고 있는 백발의 노신사가 눈에 들어왔다.

"설마 내가 올 줄은 몰랐지, 응? 놀랐지?"

"아니, 조지 백부님. 백부님은 외국에, 이탈리아 어딘가에 계시는 줄 알았는데요."

"그래! 하지만 지금은 아니다. 간밤에 도버에 도착했지. 런던으로 가는 길에 널 만나보려고 잠시 들렀다. 그런데 내가 만난 건 네가 밤새도록 외출했다는 사실이었어. 응? 신나게 잘 놀고 있는 게로구나."

"조지 백부님." 잭은 백부의 말을 가차없이 자르고 들어갔다. "사실은 어처구니없는 일이 있었어요. 틀림없이 백부님은 믿지 않으실 거예요."

"물론 그렇겠지." 노인은 웃으며 말했다. "하지만 얘기는 들어주마."

"우선 뭔가 좀 먹어야겠어요. 배가 고파 죽을 것 같아요."

그는 앞장서서 식당으로 가서 배불리 먹은 뒤 자초지종을 얘기했다.

"그리고 그 두 사람이 어떻게 되었는지는 아무도 모릅니다."

백부는 당장이라도 뇌졸중으로 쓰러질 것처럼 보였다.

"그 항아리!" 하고 가까스로 소리쳤다 "그 푸른 항아리! 그건 어떻게 됐니?"

잭은 무슨 말인지 알아듣지 못하고 어리둥절한 눈으로 백부를 바라보고 있다가, 잇따라 쏟아지는 백부의 말에 겨우 사태를 이해하기 시작했다.

"중국 명나라의 진품, 내 수집품 중의 최고의 명품, 적어도 1만 파운드의 가치, 미국의 백만장자 호겐하이머가 팔라고 한 것, 그런 종류의 것으로는 세계에서 단 하나뿐인 그것을! 네가 도대체 무슨 짓을 한 게냐, 응? 내 청자를 어떻게 했다고?"

잭은 방에서 달려나갔다. 래빙턴을 찾지 않으면 안 된다. 사무실의 젊은 아가씨는 그를 무미건조하게 바라보았다.

"래빙턴 박사는 어젯밤 늦게 떠나셨어요. 자동차로요. 여기 당신한테 남긴 편지가 있어요."

잭은 얼른 봉투를 뜯었다. 간결하면서도 모든 게 다 들어 있는 문구였다.

친애하는 젊은 친구에게

미신의 시대는 이미 지나가 버린 걸까? 완전히 그렇다고 할 순 없을 것 같군. 그것이 새로운 과학 용어로 치장되어 있는 경우에는 특히 더. 펠리스와 병든 아버지, 그리고 내가 안부 전하네. 우리는 바빠서 자네보다 12시간 빨리 출발했다네.

앰브로즈 래빙턴
영혼 치료자

The Strange Case of Sir Arthur Carmichael

아서 카마이클 경의 이상한 사건

——저명한 심리학자이자 의학박사인 고 에드워드 카스테아스의 비망록에서——

여기에 기록하는 기이하고 비극적인 사건을 고찰하는 데는 서로 완전히 다른 두 가지 길이 있다는 것을, 나는 잘 알고 있다. 나 개인의 의견은 조금도 흔들린 적이 없다. 사건의 전말을 하나도 빠뜨리지 말고 쓰라고 사람들은 권유했지만 사실, 과학이 이러한 설명할 수 없는 이상한 사실을 망각 저편에 묻어버릴 리는 없다고 나는 믿고 있다.

애초에 나를 이 사건에 끌어들인 것은 친구 세틀 박사한테서 걸려온 한 통의 전화였다. 카마이클이라는 이름이 나온 것 말고는 모든 게 석연치 않았지만, 어쨌든 나는 그가 지시한 대로 퍼딩턴 발 12시 20분 기차를 타고 헤리포드셔의 월든으로 갔다.

카마이클은 나에게 친숙한 이름이었다. 월든의 죽은 윌리엄 카마이클 경과는 약간 면식이 있었기 때문이다. 하지만 만년의 11년 동안에는 한번도 만나지 못했다. 그에게는 현재 준남작인 아들이 하나 있는

데 아마 지금은 스물세 살 정도의 청년이 되어 있을 터였다.

윌리엄 경의 두 번째 결혼에 대해 어떤 소문이 나돌았던 것을 나는 어렴풋이 기억하고 있었다. 그러나 두 번째 카마이클 부인에 대해서는, 왠지 좋지 않은 인상을 주는 사람이라는 것을 제외하면 확실한 것은 아무것도 생각나지 않는다.

세틀이 역까지 마중 나와 있었다.

"와 줘서 고맙네." 그는 내 손을 붙잡으면서 말했다.

"천만에. 뭔가 내 전문 분야와 관련이 있는 일인가?"

"크게 관련이 있지."

"그럼 정신병 환자?" 나는 넘겨짚어 보았다. "무슨 이상한 점이라도 있나?"

그때는 이미 짐을 찾아서 이륜마차에 실은 뒤, 5킬로미터 정도 떨어진 월든을 향해 역을 빠져나가고 있었다. 세틀은 잠시 대답을 하지 않다가 느닷없이 말을 하기 시작했다.

"모든 것이 이해가 안 가. 스물세 살의, 어느 모로 보나 건전하고 정상적인 젊은 청년이 있네. 극히 상시적인 사고 방식을 가진 쾌활하고 선량한 청년이지. 뛰어난 지성을 갖추고 있는 건 아니지만, 평범한 영국 상류 계급 청년의 전형이라고 할 수 있네. 그런데 어느 날 밤, 평소와 다름없는 건강한 상태로 잠자리에 들었는데, 이튿날 아침 반쯤 백치 상태로 마을을 헤매고 돌아다니는 것이 발견되었다네. 그리고 가족과 친구도 알아보지 못하고 있어."

"그래?" 나는 호기심이 발동했다. 이 증상은 연구할 만한 가치가 있을 것 같다. "완전히 기억을 상실한 건가? 그 일이 일어난 건?"

"어제 아침일세, 8월 9일."

"자네가 아는 한에서 아무 일도 없었나? 그런 상태의 원인이 될만한 쇼크 같은 건?"

"아무 것도 없었네."

갑자기 나는 의혹을 느꼈다.

"자네 뭔가 숨기고 있는 건 아니겠지?"

"아, 아닐세."

그의 주저는 내 의혹을 증폭시켰다.

"난 모든 것을 알아야 하네."

"그건 아서와는 아무 상관도 없는 일이야. 상관이 있는 건 집 쪽이네."

"집이라고?" 나는 놀라서 물었다.

"자네는 그런 종류의 일에는 많은 경험이 있을 거야. 그렇지, 카스테아스? 자넨 이른바 '유령의 집'을 연구하지 않았나? 그런 것에 대한 자네 의견은 어떤가?"

"열에 아홉은 가짜일세. 하지만 그 중 하나는, 그래, 일반적인 유물론의 견지에서는 도저히 설명할 수 없는 현상에 부딪칠 때가 있지. 나는 신비학을 믿고 있네."

세틀이 고개를 끄덕였다. 마차가 막 사유지 안으로 들어서고 있었다. 그는 언덕 비탈에 있는 나지막하고 하얀 대저택을 채찍으로 가리켰다.

"저것이 그 집일세. 저 집에는 뭔가가 있어. 불길하고 무서운 것이. 우리 모두 그것을 느끼고 있다네……난 미신을 믿는 사람도 아닌데 말일세……."

"어떤 형태를 하고 있던가?" 내가 물었다.

그는 똑바로 앞쪽을 바라보았다.

"자네한테는 아무 말도 하지 않는 게 좋을 것 같네. 다시 말해, 자네가 아무런 편견을 가지지 않고 이 일에 대해 아무것도 모르는 상태라야 훨씬 잘 이해할 수 있을 거라는 얘길세."

"아, 그것도 좋겠지. 하지만 가족에 대해 좀더 얘기해 주면 좋겠군."

"윌리엄 경은" 하고 세틀이 설명하기 시작했다. "두 번 결혼했네. 아서는 첫 번째 부인한테서 낳은 아들이지. 9년 전에 그는 재혼했어. 지금의 카마이클 부인은 좀 기이한 인물일세. 영국인의 피는 반밖에 들어 있지 않고, 내가 본 바로는 나머지 반은 아시아 인의 피라고 생각하네."

거기서 세틀은 입을 다물었다.

"세틀, 자넨 카마이클 부인을 좋아하지 않는 모양이군."

그는 솔직하게 인정했다.

"맞아, 난 부인을 좋아하지 않네. 그 사람한테는 늘 꺼림칙한 데가 있는 것 같아. 그건 그렇고, 윌리엄 경은 두 번째 부인한테서 아이를 하나 더 얻었어. 이쪽도 아들인데 지금 여덟 살이 되지. 윌리엄 경은 3년 전에 죽었고 아서가 경의 칭호와 영지를 상속받았네. 계모와 이복 동생은 월든에서 줄곧 그와 함께 살고 있어. 미리 말해 두네만 영지는 몹시 척박한 땅이야. 아서 경의 수입은 대부분 영지의 유지에 사용되고 있네. 윌리엄 경이 아내에게 남긴 건 해마다 수백 파운드뿐이지만, 다행히 아서는 계모와 더할 나위 없이 사이가 좋아서 함께 잘 살고 있었다네. 그런데……."

"그런데?"

"두 달 전에 아서는 아름다운 아가씨 필리스 패터슨 양과 약혼했네." 그는 약간 감정을 담아 목소리를 낮춰서 덧붙였다. "두 사람은 다음 달 결혼할 예정일세. 패터슨 양은 지금 이곳에 머물고 있어. 그녀가 얼마나 슬픔에 빠져 있을지 자네도 충분히 짐작이 가겠지."

나는 말없이 고개를 끄덕였다.

우리는 집에 거의 다 와 있었다. 왼쪽에는 완만한 비탈 가장자리에 잔디가 펼쳐져 있다. 그때 나는 굉장히 아름다운 광경을 목격했다. 젊은 아가씨가 천천히 잔디밭을 가로질러 집 쪽으로 오고 있었다. 모자를 쓰지 않은 금발이 밝은 햇살을 받아 더욱 금빛으로 반짝였다. 장미를 담은 커다란 바구니를 안고 있는데, 걸음을 옮길 때마다 아름다운 잿빛 페르시아 고양이가 정답게 발 언저리를 뛰어다니고 있었다.

나는 궁금해 하는 눈길로 세틀을 바라보았다.

"패터슨 양일세."

"그 가여운 아가씨인가? 장미꽃과 잿빛 고양이와 저 아가씨, 마치 그림처럼 아름답군."

나는 희미한 소리를 듣고 얼른 친구를 돌아보았다. 그의 손가락에서 고삐가 미끄러지고 얼굴이 새파랗게 질려 있었다.

"왜 그러나?" 내가 놀라서 소리치자 그는 가까스로 다시 정신을 수습한 것 같았다.

"아무것도 아닐세, 아무것도 아니야."

잠시 뒤 우리는 집에 도착했고, 나는 세틀의 뒤를 따라 녹색 응접실로 들어갔다. 차가 이미 준비되어 있었다.

우리가 안에 들어서자 중년의 나이에도 아직 아름다움을 간직하고 있는 부인이 일어나서 손을 내밀며 걸어왔다.

"내 친구 카스테아스 박사입니다, 카마이클 부인."

이 매력적이고 기품 있는 부인의, 신비에 찬 나른하고 유연한 행동거지는 동양의 피가 섞여 있을 거라고 한 세틀의 말을 떠올리게 했는데, 그녀가 내민 손을 잡았을 때 나를 덮친 본능적인 강렬한 혐오감을 설명하는 건 도저히 불가능할 것 같다.

"어서 오세요, 카스테아스 박사님." 그녀는 음악적인 목소리로 나직하게 말했다. "저희들에게 닥친 불행에 꼭 힘이 되어주셨으면 해요."

나는 모호하게 대답했고 그녀는 차를 건네주었다.

잠시 뒤 밖의 잔디밭에서 본 아가씨가 방안에 들어왔다. 고양이는 없었지만 아직도 장미 바구니를 손에 들고 있었다. 세틀이 나를 소개했다. 그러자 아가씨가 간절한 동작으로 내 앞으로 왔다.

"아! 카스테아스 박사님. 세틀 선생님이 박사님에 대해 말씀 많이 하셨어요. 박사님이라면 가엾은 아서를 틀림없이 도와주시겠죠?"

뺨은 창백하고 솔직한 눈에는 검은 그늘이 져 있었지만 이 미스 패터슨이 굉장히 사랑스러운 아가씨인 것은 확실했다.

"패터슨 양." 나는 안심시키듯이 말했다. "그래요, 낙심해서는 안 됩니다. 기억 상실이나 2차적 성격 같은 증상은 극히 짧은 기간에 회복되는 경우가 흔히 있습니다. 언제 그랬느냐는 듯이 완전히 원래의 모습으로 돌아갈지도 모릅니다."

아가씨는 고개를 저었다.

"제가 보기에는 2차적인 성격 같지는 않아요. 아서는 마치 다른 사람이 된 것 같아요. 그 사람의 성격이 전혀 없어요. 그 사람이 아니에요. 저는……."

"필리스." 카마이클 부인이 조용한 목소리로 말했다. "차 여깄어."

필리스를 바라보는 그 눈빛은, 이제 곧 며느리가 될 아가씨를 부인이 조금도 좋아하고 있지 않다는 것을 얘기하고 있었다.

미스 패터슨은 차를 거절했다. 나는 어색한 분위기를 무마하려고 말했다.

"그 고양이한테도 우유를 좀 주시면 안 될까요?"

그녀는 의아한 듯이 나를 쳐다보았다.

"그, 고양이라뇨?"

"예, 아까 당신이 뜰에서 데리고 있던……."

쨍그렁! 하는 소리에 나는 입을 다물었다. 카마이클 부인이 주전자를 놓쳐서 바닥에 뜨거운 물이 쏟아지고 만 것이다. 나는 그녀를 도왔고, 필리스 패터슨은 묻는 듯한 표정으로 세틀을 돌아보았다. 그는 일어섰다.

"그럼 자네 환자를 만나보겠나, 카스테아스?"

나는 그의 뒤를 따라갔다. 미스 패터슨도 함께였다. 이층에 올라가자 세틀은 호주머니에서 열쇠를 꺼내면서 설명했다.

"그는 이따금 아무데나 헤매고 다니는 발작을 일으킨다네. 그래서 내가 집을 비울 때는 대개 문을 잠그고 가지."

그가 문을 열자 우리는 안으로 들어갔다.

젊은 청년이 서쪽으로 기운 태양의 노란 광선이 가득 들어오고 있는 창가에 걸터앉아 있었다. 등을 약간 구부리고 기묘할 정도로 조용하게 앉아 모든 근육을 이완시키고 있는 것처럼 보였다. 나는 처음에 이 남자가, 우리의 존재를 전혀 알아보지 못하고 있다고 생각했는데, 실은 움직이지 않는 눈꺼풀 아래로 빤히 이쪽을 주시하고 있는 것을 깨달았다. 내 시선과 부딪친 순간 그는 시선을 내리깔며 눈을 깜박거렸다. 그러나 몸은 움직이지 않았다.

"이보게, 아서." 세틀이 쾌활하게 말했다 "패터슨 양과 내 친구가 자네를 만나러 왔네."

그러나 창가의 청년은 여전히 눈만 깜박거리고 있을 뿐이었다. 하지만 곧 나는, 그가 다시 몰래 이쪽을 훔쳐보고 있다는 걸 알았다.

"차를 마시겠나?" 아이에게 말을 걸듯이 세틀이 큰 소리로 물었다.

그리고 테이블 위에 우유가 가득 담긴 찻잔을 내려놓았다. 내가 놀라며 눈썹을 꿈틀 하자 세틀이 미소 지었다.

"이상한 일이야, 그가 입에 대는 음료는 우유뿐이라네."

곧 아서 경은, 그다지 서두르는 기색도 없이 웅크리고 있던 몸을 쭉 펴더니 천천히 테이블로 걸어왔다. 나는 그의 동작이 너무 조용하고, 걷는데도 전혀 발소리가 나지 않는 것을 알았다. 테이블에 다가오자 한쪽 다리는 앞으로, 다른 쪽 다리는 뒤로 뻗어 크게 기지개를 켰다. 그리고 최대한 오랫동안 그 동작을 유지한 뒤에 하품을 했다. 나는 그런 하품은 본 적이 없었다! 마치 얼굴 전체를 삼켜버릴 것 같았다.

그런 다음 우유 쪽으로 눈길을 돌리더니 우유에 입술이 닿을 때까지 테이블 위로 몸을 구부렸다.

세틀은 나의 의아해하는 표정을 보고 곧 설명해주었다.

"손을 전혀 사용하려 하지 않는다네. 원시적인 상태로 돌아간 것처럼. 기묘하지?"

나는 필리스 패터슨이 내 쪽으로 약간 뒷걸음질치는 것을 보고 위로하듯이 그 팔에 손을 얹었다.

우유를 다 마신 아서 카마이클은 다시 한번 기지개를 켠 뒤, 이번에도 조용하고 소리 나지 않는 걸음으로 원래의 자리로 돌아가 전처럼 몸을 웅크리더니 이쪽을 보며 눈을 깜박거렸다.

미스 패터슨이 우리를 복도로 불러냈다. 온몸을 떨고 있었다.

"아! 카스테아스 박사님, 그 사람이 아니에요. 저기 있는 사람은 아서가 아니라구요. 저는 느낄 수 있어요, 알 수 있어요."

나는 슬픈 눈으로 고개를 저었다.

"뇌라는 건 가끔 기묘한 장난을 칠 때가 있어요, 패터슨 양."

고백하지만 사실 나 자신도 어떻게 생각해야 할지 몰라 당황하고 있었다. 그 증상은 이상한 양상을 보이고 있었다. 지금까지 젊은 카마이클을 만난 적이 없었음에도 불구하고 그 기묘한 걸음걸이와 눈을 깜박거리는 모습은, 정확하게 지적할 수 없는 누군가를 또는 무언가를 연상시키고 있었다.

그날 밤의 저녁 식사는 침울한 가운데 진행되었다. 대화의 부담은 오로지 부인과 내가 떠맡았다. 여자들이 나가자 세틀은 나에게 안주인에 대한 인상을 물었다.

"고백하네만 아무런 이유도 근거도 없이 몹시 거부감이 느껴지더군. 자네 말대로 그 사람한테는 분명히 동양인의 피가 흐르고 있어. 그리고 두드러진 매력을 가지고 있는 것 같아. 엄청난 자력을 가진 여성이야."

세틀은 뭔가 말하고 싶은 듯했지만 스스로를 억제시키는 듯 한참 뒤 "그 사람은 자기가 낳은 아들에 대해 절대적인 애착을 가지고 있네" 하고 말했을 뿐이었다.

저녁 식사를 마친 뒤 우리는 다시 녹색의 응접실에 모였다. 커피를 마시며 약간 어색한 분위기 속에서 얘기를 나누고 있는데, 안에 들어오고 싶은 건지 문 밖에서 고양이가 가련하게 울고 있는 소리가 들려왔다. 아무도 신경 쓰는 사람이 없어서 동물을 좋아하는 나는 자리에서 일어섰다.

"저 가엾은 동물을 안에 들여도 될까요?"

나는 카마이클 부인에게 물었다.

그녀의 얼굴은 몹시 창백하게 보였지만, 희미하게 고개를 끄덕였기 때문에 나는 그것을 승낙의 표시로 받아들이고 문을 열었다. 그러나 밖의 복도는 텅 비어 있었다.

"이상하군, 분명히 고양이 울음소리가 들렸는데."

자리로 돌아간 순간 나는 모두가 나를 빤히 바라보고 있다는 걸 깨달았다. 어쩐지 약간 거북한 느낌이었다.

우리는 일찌감치 침실로 물러났다. 세틀이 내 방까지 따라왔다.

"뭐 필요한 건 없나?" 그가 주위를 둘러보면서 물었다.

"아, 없어. 고맙네."

뭔가 말하고 싶은 것이 있는데 선뜻 말할 수 없는지, 그는 약간 어색한 모습으로 계속 머뭇거렸다.

"그런데 이 집에는 뭔가 꺼림칙한 데가 있다고 자네가 말했지? 지금까지는 극히 정상으로 보이네만."

"즐거운 집이라는 얘긴가?"

"사정이 사정이니만큼 그렇다고는 할 수 없겠지. 확실히 커다란 슬픔의 그림자가 드리워져 있어. 하지만 무언가 비정상적인 영향이 있는가 하는 점에서는, 의심할 여지없는 건강 진단서를 써줄 수도 있네."

"잘 자게." 세틀이 불쑥 말했다. "좋은 꿈꾸고."

분명히 나는 꿈을 꾸었다. 아마 미스 패터슨의 잿빛 고양이가 내 뇌리에 각인되어버린 건지 밤새도록 그 가련한 동물을 본 것 같은 느낌이었다.

깜짝 놀라 잠에서 깬 나는, 갑자기 왜 그 고양이가 자신의 뇌리에 이토록 강하게 들어와 있는 건지 그 이유를 알았다. 방문 밖에서 고양이가 집요하게 울고 있었던 것이다. 그게 계속되다가는 도저히 잠을 잘 수 없을 것 같아서 촛불을 밝히고 방문을 열었다. 방 밖의 복도는 이번에도 텅 비어 있었다. 하지만 고양이 울음 소리는 여전히 들려왔다. 새로운 생각이 얼핏 머리를 스치고 지나갔다. 그 운 나쁜 동물은 어딘가에 갇혀버려서 나올래야 나올 수가 없는 것이다. 왼쪽은 복도 끝이고 카마이클 부인의 방이 거기에 있다. 그래서 나는 오른쪽으로 갔는데 몇 걸음도 못가 이번에는 뒤쪽에서 소리가 났다. 재빨리 돌아본 내 귀에 고양이 우는 소리가 다시 한번, 이번에는 확실하게 오른쪽에서 들려왔다.

아마 복도의 틈새바람 탓이겠지 하면서 나는 몸을 떨며 서둘러 방으로 돌아왔다. 주위는 다시 정적에 싸였고 나는 곧 잠에 빠져들었다. 빛나는 여름 아침에 눈을 뜰 때까지.

옷을 입고 있을 때 나는 창문 너머로 나의 밤잠을 방해한 것의 정체를 보았다. 잿빛 고양이가 잔디밭을 조용하게 살금거리는 걸음으로 천천히 가로지르고 있었다. 그리 멀지 않은 곳에서 짹짹 지저귀거나 부리로 날개를 빗느라 분주한 새들을 덮치려는 거라고 나는 짐작했다.

그때 참으로 기묘한 일이 일어났다. 고양이가 새들이 모여 있는 한가운데로 곧장 지나가는데 그 털이 거의 새를 스칠 지경이었다. 그런데도 새들은 날아오르지 않았다. 나는 이해할 수가 없었다. 도저히 있을 수 없는 일이었다.

몹시 강렬한 인상을 받은 나는 아침 식사 때 그 일을 얘기하지 않을 수 없었다.

"댁의 고양이는." 나는 카마이클 부인에게 말했다. "정말 특이하더군요."

접시에 찻잔이 부딪쳐 덜그럭거리는 소리가 들렸다. 입술을 열고 가쁜 숨을 내쉬면서 꼼짝 않고 나를 주시하고 있는 필리스 패터슨이 보였다.

순간 주위가 조용해졌다. 그리고 카마이클 부인이 노골적으로 불쾌한 태도를 보이며 말했다.

"틀림없이 잘못 보신 거겠죠. 이 집에는 고양이가 없어요. 전 고양이 같은 건 키운 적이 없답니다."

실수를 한 것이 분명했다. 그래서 나는 서둘러 화제를 바꿨다.

이 일은 나를 당황하게 만들었다. 카마이클 부인은 왜 이 집에 고양이는 없다고 주장하는 걸까? 어쩌면 그 고양이는 미스 패터슨의 것이고, 이 집 주인 몰래 키우고 있는 건가? 카마이클 부인은 요즘 흔히 볼 수 있는 고양이에 대해 기묘한 반감을 가진 사람일지도 모른다. 그것은 그리 그럴 듯한 설명으로는 생각되지 않았지만 나는 당분간 그것으로 만족하려고 노력했다.

환자는 여전히 같은 상태였다. 나는 이번에는 면밀하게 살펴보고 전날 밤보다 더욱 정확하게 진찰할 수 있었다. 나는 그가 될 수 있는 한 많은 시간을 가족과 함께 지낼 수 있도록 하라는 처방을 내렸다. 환자가 경계심을 품고 있지 않을 때 관찰할 수 있는, 이쪽에게 유리한 기회를 얻기 위해서뿐만 아니라 평소에 하던 일상적인 생활습관이 그의 지성의 빛을 조금이라도 일깨워줄지도 모른다고 생각했기 때문이다. 그러나 그의 태도는 변함없었다. 조용하고 순종적이고 멍하게 보였지만, 실제로는 계속해서 약간 교활할 정도로 경계심을 늦추지 않고 있었다. 나를 놀라게 한 것이 한 가지 있었다. 그것은 계모에게 보이는 깊은 애정이었다. 미스 패터슨에 대해서는 완전히 무시하면서 항상 카마이클 부인 가까이에 앉으려고 애썼고, 어느 날에는 말없는 애정이 담긴 표정으로 부인의 어깨에 얼굴을 비비고 있는 모습을 보았을 정도였다.

나는 이 증상에 대해 우려를 느꼈다. 그리고 사건 전체를 푸는 뭔가의 열쇠가 지금까지 간과되고 있었다는 느낌이 들어 견딜 수가 없었다.

"정말 기묘한 증상이야" 하고 나는 세틀에게 말했다.

"그래, 무척 암시적인."

그러면서 그가 나를 쳐다보았는데 왠지 모르게 훔쳐보는 듯한 느낌이 들었다.

"이보게, 그의 태도에서 무언가 연상되는 것이 없나?"

그 말이 불쾌하게 내 마음에 스며들며 전날의 막연한 인상을 떠올리게 했다.

"무엇이 연상된다는 건가?"

세틀은 고개를 저으며 중얼거렸다.

"아냐 내 상상이야, 그냥 상상."

그렇게 말하더니 거기에 대해서는 더 이상 한 마디도 하지 않았다.

이 사건은 완전히 수수께끼에 싸여 있었다. 나는 아직도 수수께끼를 해명할 단서를 찾지 못한 채 이해할 수 없는 감정에 사로잡혔다. 그리고 작은 쪽의 사건도 수수께끼였다. 뭔가 하면 잿빛 고양이에 대한 것이다. 무슨 이유에서인지 그 일이 내 신경을 놓지 않고 있었다. 나는 고양이 꿈을 꾸었다. 쉬지 않고 그 소리가 들리는 것 같은 기분이 들었다. 이따금 먼 곳에 있는 그 아름다운 동물이 힐끗 보였다. 그 고양이에게 무언가의 수수께끼가 있다는 사실이 견딜 수 없이 나를 초조하게 만들었다. 어느 날 오후 갑작스러운 충동에 사로잡힌 나는 하인한테서 정보를 캐내기로 했다.

"자네, 내가 본 고양이에 대해 뭔가 알고 있나?" 하고 나는 물었다.

"고양이 말입니까?"

하인은 예의바른 태도로 놀라움을 표시했다.

"고양이를 키운…… 아니, 현재 키우고 있지 않은가?"

"마님은 고양이를 한 마리 키우셨습니다. 훌륭한 고양이였지요. 하지만 처분하지 않을 수 없었습니다. 가엾게도, 아름다운 동물이었는데."

"잿빛 고양이였나?" 나는 천천히 물었다.

"그렇습니다. 페르시아 고양이였습니다."

"자네는 처분했다고 말했지?"

"예."

"처분한 건 확실한가?"

"물론입니다! 확실하고말고요. 마님은 수의사에게 보내고 싶어 하지 않으셨습니다. 직접 하셨지요. 1주일쯤 전이었습니다. 저곳의 너도밤나무 아래에 묻혔습니다." 하인은 생각에 잠겨 있는 나를 남겨 두고 방에서 나갔다.

부인이 그토록 분명하게 고양이를 키운 적이 없다고 딱 잘라 말한 이유는 무엇일까?

나는 이 사소한 고양이 건에 왠지 모르게 중대한 의미가 있다는 걸 직감했다. 그래서 세틀을 찾아 한쪽으로 데리고 갔다.

"세틀, 자네한테 한 가지 물어볼 게 있네. 자네는 이 집 안에서 고양이를 보거나 소리를 들은 적 없나?"

그는 놀라지 않았다. 오히려 예상하고 있었다는 눈치였다.

"우는 소리는 들었네. 보지는 못했지만."

"하지만 첫날" 나는 소리쳤다. "잔디밭에서 패터슨 양과 함께 있지 않았나!"

세틀은 가만히 나를 응시했다.

"나는 패터슨 양이 잔디를 가로질러 오는 모습을 보았네. 내가 본 건 그것뿐이야."

나는 알 것 같았다.

"그럼, 그 고양이는?"

그는 고개를 끄덕였다.

"난 자네가 편견 없이, 우리 모두가 들은 소리를 들을 수 있을 지 어떨지를 알고 싶었네."

"그럼 다른 사람들도 모두 들었단 말인가?"

그는 다시 고개를 끄덕였다.

"기묘한 얘기군." 나는 생각에 잠기면서 말했다. "고양이의 유령이 집에 달라붙었다는 얘기는 들은 적도 없네."

나는 하인한테서 들은 얘기를 해주었다. 그는 경악의 빛을 보였다.

"그건 처음 듣는 얘기군. 몰랐네."

"그건 무엇을 의미할까?" 나는 난처한 표정으로 물었다.

그는 고개를 저었다.

"그건 아마 신밖에 모를 걸! 하지만 카스테아스, 난 불안해. 그, 그 울음소리는 위협하는 것처럼 들려."

"위협?" 나는 날카롭게 말했다. "누구를?"

세틀은 팔을 벌려보였다.

"글쎄, 모르겠어."

저녁 식사가 끝난 뒤까지 나는 그의 말의 의미를 깨닫지 못했다. 우리가 도착한 날 밤처럼, 모두 녹색 응접실에 앉아 있었다. 그때, 문 밖에서 커다란 고양이 울음 소리가 집요하게 들려왔다. 그러나 그 가락에는 이번에는 분노가 담겨 있는 것이 확실히 느껴졌다. 사나운 고양이의 신음 소리, 길게 늘이며 위협하는 듯한 울음 소리. 그 소리가 들리지 않게 되자 이번에는 문 바깥쪽의 놋쇠 장식을 마치 고양이 발톱이 할퀴기라도 하는 것 같은 거칠고 날카로운 소리가 났다.

세틀이 벌떡 일어나 "저건 틀림없이 진짜야" 하고 소리치더니 문으로 돌진하여 활짝 열어 젖혔다.

밖에는 아무것도 없었다.

그는 이마를 닦으면서 돌아왔다. 필리스 패터슨은 창백한 얼굴로 몸을 떨었고 부인의 얼굴은 새파랗게 질려 있었다. 아서 혼자 어린아이처럼 만족한 듯이 웅크리고 앉아 유유자적하게 머리를 계모의 무릎에 기대고 있다.

미스 패터슨이 내 팔에 손을 얹었다. 우리는 이층으로 올라갔다.

"도대체 어떻게 된 일일까요, 카스테아스 박사님. 그건 뭐였을까요, 네?"

"우리도 아직 모릅니다, 패터슨 양. 하지만 걱정하실 필요 없습니다. 당신한테는 아무런 위험도 없다는 확신이 있으니까요."

패터슨 양은 의아하다는 듯이 나를 쳐다보았다.

"그렇게 생각하세요?"

"확실합니다." 나는 단호하게 말했다. 잿빛 고양이가 그녀의 발밑에서 뛰놀던 사랑스러운 모습을 기억하고 있었기 때문에, 난 그 점에 대해서는 염려하지 않았다. 위해를 가하려 하는 상대는 그녀가 아니다.

잠들기까지 한참이나 시간이 걸렸지만, 이윽고 가물가물 잠 속에 빠져들어 갔다. 그러다가 갑작스러운 충격을 느끼고 눈을 떴다. 무엇이 난폭하게 찢기거나 뜯기고 있는 듯한, 득득거리는 소리가 들린 것이다. 나는 침대에서 벌떡 일어나 복도로 돌진했다. 세틀도 맞은 편 방에서 뛰쳐나오고 있었다.

"들었나, 카스테아스?" 세틀이 소리쳤다. "그 소리를 들었어?"

우리는 급히 카마이클 부인의 방 앞으로 달려갔다. 우리 옆을 지나간 자는 아무도 없었는데도 소리는 멎어 있었다. 우리의 촛불이 부인의 방문의 반짝이는 문짝을 희미하게 비추었다. 우리는 서로의 얼굴을 마주보았다.

"저게 뭔지 알겠나?" 세틀의 목소리는 거의 속삭임에 가까웠다.

나는 고개를 끄덕였다.

"고양이 발톱이 뭔가를 찢거나 뜯고 있었던 거야." 나는 약간 몸서리를 쳤다. 다음 순간, 앗! 하는 비명과 함께 들고 있던 촛불로 아래쪽을 비췄다.

"이걸 좀 보게, 세틀!"

그것은 벽에 기대어져 있던 의자였는데 시트가 세로로 갈기갈기 찢기고 뜯겨져 나가 있었다.

우리는 그것을 자세히 살펴보았다. 세틀이 내 얼굴을 쳐다보았고 나는 고개를 끄덕여 보였다.

"고양이 발톱이야." 세틀은 숨을 몰아쉬면서 말했다. "틀림없어." 그의 시선은 의자에서 닫힌 문 쪽으로 옮겨갔다. "위해를 가하려 했던 상대는 카마이클 부인이었어!"

나는 그날 밤 더 이상 잠을 이루지 못했다. 상황은 이제 무언가 손을 쓰지 않으면 안 될 지경에 이르러 있었다. 내가 아는 한 이 상황의 열쇠를 쥐고 있는 사람은 한 사람밖에 없었다. 카마이클 부인은 자신이 말하고 있는 것보다 많은 것을 알고 있다고 나는 생각했다.

이튿날 아침 아래층에 내려갔을 때 부인은 창백한 얼굴로 접시 위의 음식을 그저 콕콕 찌르고 있을 뿐이었다. 오로지 강철 같은 의지로 버티고 있는 것이 틀림없었다. 식사 뒤에 나는 할 얘기가 있다고 부인에게 요청했다. 다짜고짜 나는 핵심부터 찌르고 들어갔다.

"카마이클 부인. 정말 심각한 위험이 부인의 신변에 닥치고 있다는 믿을 만한 근거가 있습니다."

"정말인가요?"

부인은 놀라울 만큼 무관심을 가장하며 시치미를 뗐다.

"그것도 이 집 안에서입니다." 나는 말을 계속했다. "유령이, 악령이 분명히 부인에게 적의를 보이고 있습니다."

"무슨 그런 말도 안 되는 말씀을?" 부인은 경멸스럽다는 듯이 중얼거렸다. "마치 내가 그런 어리석은 얘기를 믿기라도 할 것처럼 말씀하시는군요."

"부인의 방문 밖에 있는 의자가" 하고 나는 냉정하게 말했다. "간밤에 갈기갈기 찢겨졌습니다."

"정말인가요?" 눈썹을 치켜 올리며 놀람을 가장했지만 나는 그 부인이 모든 걸 알고 있다는 것을 깨달았다. "틀림없이 별것 아닌 장난일 거예요."

"그렇지 않습니다." 나는 상당히 반발을 느끼면서 대답했다. "얘기해 주셨으면 합니다, 부인을 위해."

"무엇을 말인가요?"

"이 문제를 해명하는 데 실마리가 되는 것이라면 뭐든지." 나는 진지하게 말했다.

부인은 웃음을 터뜨렸다.

"전 아무것도 몰라요. 정말 아무것도."

위험이 닥쳐오고 있다는 경고로도 부인의 입을 열게 할 수는 없었다. 그렇지만 부인이 누구보다도 많은 것을 알고 있고, 우리가 전혀 깨닫지 못하는 이 사건의 열쇠를 쥐고 있다고 나는 확신했다. 물론 부인에게 그것을 털어놓게 하는 건 완전히 불가능하다는 것도 깨달았지만.

나는 가능한 한 모든 경계를 게을리하지 않겠다고 결심했다. 부인이 현실적으로 절박한 위험에 처해 있다는 확신이 있었기 때문이다. 다음 날 밤, 부인이 방으로 들어 가기 전에 세틀과 나는 철저하게 그 방 안을 조사했다. 그런 다음 우리는 교대로 아래층에서 망을 보기로 했다.

내가 먼저 불침번을 섰는데 이렇다 할 이상한 일이 없이 3시에 세틀과 교대했다. 전날 밤 잠을 자지 못했기 때문에 피곤했던 나는 이내 잠에 깊이 빠져들었다. 그리고 굉장히 기괴한 꿈을 꾸었다.

침대 발치에 잿빛 고양이가 앉아, 호소하는 듯 묘한 표정으로 나를 응시하고 있었다. 꿈속이긴 하지만 그 동물이 나보고 같이 가달라고 하는 것을 금방 알 수 있었다. 내가 뒤따라가자 고양이는 커다란 계단을 내려가 건물의 맞은쪽 날개에 있는, 분명히 서재 같은 방으로 곧장 들어갔다. 고양이는 방 한쪽의 벽 앞에서 걸음을 멈추고 낮은 책장 하나에 닿는 데까지 앞발을 들면서, 다시 한번 아까와 같이 마음을 움직이게 하는 애원의 표정으로 나를 응시했다.

그런 다음 고양이와 서재는 사라지고 눈을 떴을 때는 아침이 되어 있었다.

세틀의 불침번도 아무 일 없이 끝났는데 그는 내 꿈 이야기에 무척 흥미를 보였다. 그에게 부탁하여 서재로 안내받은 나는, 그곳이 세부에 이르기까지 내 꿈과 일치하는 것을 알고 놀랐다. 마지막에 그 동물이 슬픈 듯이 나를 응시했던 정확한 위치까지 지적할 수 있을 정도였다.

우리는 둘 다 당혹한 채 말없이 서 있었다. 갑자기 생각이 나서 나는 꿈에서 본 위치에 있는 책의 제목을 알고 싶어 몸을 구부렸다. 진열된 책 사이에 빈틈이 있었다.

"여기 있던 책이 뽑혀나갔군." 나는 세틀에게 말했다.

세틀도 책장 쪽으로 몸을 구부렸다.

"이것 좀 보게. 이 뒤에 못이 하나 나와 있고, 없어진 책이 못에 걸려 약간 찢어진 조각이 있어."

세틀은 조심스럽게 작은 종이 조각을 떼어냈다. 그것은 사방 3센티미터 정도의 크기밖에 안 되었지만 의미심장한 두 단어가 인쇄되어 있었다. "고양이(The Cat)……."

우리는 얼굴을 마주보았다.

"왠지 등골이 오싹해지는군" 하고 세틀이 말했다. "정말이지, 기분이 좋지 않아."

"여기서 없어진 책이 뭔지 그걸 알 수만 있다면 어떤 대가라도 치르고 싶은 심정일세. 알 수 있는 방법이 없을까?"

"어딘가에 목록이 있을 거네. 아마 카마이클 부인이……."

나는 고개를 저었다.

"카마이클 부인은 아무 말도 해주지 않을 걸세."

"그렇게 생각하나?"

"틀림없어. 우리가 추리하거나 해결책을 찾으려고 애쓰고 있다는 것을 카마이클 부인은 다 알고 있어. 자기만 알고 있는 이유 때문에 아무 말도 하지 않을 거야. 침묵을 깨기보다 이제 곧 다가올 무서운 위험을 무릅쓰는 편이 나은 거지."

그날은 평온하게 지나갔지만 마치 폭풍 전의 고요함을 연상시켰다. 나는 이제 곧 문제가 해결되리라 싶은 기묘한 느낌이 들었다. 이 깜깜한 굴 속같은 어둠도 이제 곧 훤히 밝혀지리라. 모든 진실은 지금 내 눈앞에 놓여 있으니 나는 그것들을 제자리에 끼워맞춘 뒤 그 중요성을 설명할 수 있는 작은 빛줄기만 기다리면 되었다.

과연 모든 것이 바라던 대로 이루어졌다. 더군다나 가장 기이한 형태로!

그것은 저녁 식사 뒤, 여느 때처럼 모두 녹색의 응접실에 모여 있을 때였다. 모두들 말이 없었다. 방안이 완전히 정적에 싸여 있는 바로 그때 작은 쥐가 방바닥을 가로질렀다. 그 순간 일이 일어난 것이다.

아서 카마이클이 펄쩍 뛰어오르더니 의자에서 튀어나갔다. 떨리는 몸이 화살처럼 빨리 쥐를 쫓아갔다. 쥐가 벽의 널빤지 뒤로 사라지자 그는 정신을 집중하고 그 자리에 웅크리고 앉았다. 온몸이 갈망에 떨고 있었다.

무서운 광경이었다! 이토록 온몸이 마비되는 듯한 순간은 경험한 적이 없었다. 아서 카마이클의 조용한 발걸음과 방심하지 못하는 눈길이 나에게 연상시키는 것에 대해 더 이상 의심할 여지가 없었다.

즉각 터무니없고, 놀랍고, 믿을 수 없는 한 가지 해석이 내 머리에 떠올랐다. 도저히 불가능한 일, 생각할 수 없는 일이라서 나는 애써 뿌리쳤다. 하지만 그 생각을 머리 속에서 쫓아내는 건 불가능했다.

그 뒤에 무슨 일이 있었는지 나는 거의 기억하지 못한다. 모든 것이 몽롱하여 현실 속의 일이라는 생각이 들지 않았다. 여하튼 우리는 이층으로 올라가 짤막하게 밤 인사를 나누었다. 다른 사람들과 시선이 부딪쳐 자신의 공포를 확인하는 것을 두려워하면서.

세틀은 3시에 나를 깨우기로 하고, 카마이클 부인의 방문 앞에서 먼저 불침번을 섰다. 나는 특별히 그녀를 걱정하지는 않았다. 나는 자신의 엉뚱하고 불가능한 가설을 지나치게 믿었던 것이다. 그런 일은 있을 수 없다고 자신에게 말했지만, 내 머리는 항상 그 생각으로 돌아가 그것의 포로가 되고 말았다.

갑자기 밤의 정적이 깨어졌다. 세틀이 큰 소리로 나를 부르고 있었다. 나는 복도로 뛰어나갔다.

그는 카마이클 부인의 방문을 있는 힘껏 두드리며 온몸을 부딪치고 있었다.

"부인에게 무슨 일이 생긴 것 같네." 그가 소리쳤다. "문이 잠겨 있어."

"하지만……."

"그것이 안에 있어! 그 사람과 함께! 들리지 않나?"

잠긴 문 뒤에서 고양이의 길게 끄는 사나운 신음 소리가 들렸다. 이어서 공포의 비명 소리……그리고 또 한번……. 그것은 카마이클 부인의 목소리였다.

"문을!" 나는 소리쳤다 "부수지 않으면 안돼. 우물거리다간 늦네."

우리는 있는 힘을 다해 온몸을 문에 부딪쳤다.

카마이클 부인은 피투성이가 되어 침대에 쓰러져 있었다. 눈뜨고는 볼 수 없는 처참한 모습이었다. 심장은 아직 뛰고 있었지만 상처는 깊었고 목의 살갗이 처참하게 찢겨져 있었다……. 몸을 떨면서 나는 속삭였다.

"고양이 발톱이야."

미신에 사로잡힌 공포의 전율이 나의 온몸을 훑고 지나갔다.

응급 처치를 끝내고 조심스럽게 상처를 붕대로 감싼 뒤, 나는 부상의 원인에 대해서는 비밀로 해두는 것이 좋겠다, 특히 미스 패터슨에게는 하고 세틀에게 말했다. 전보국이 문을 열자마자 곧 발신할 수 있도록 나는 병원의 간호사 앞으로 전문을 썼다.

이미 창가에는 희미하게 새벽이 밝아 오고 있었다. 나는 바깥의 잔디밭을 내려다보았다.

"옷을 입고 오게." 불현듯 나는 세틀에게 말했다. "부인은 이제 괜찮을 거야."

그가 곧 준비를 마치자 우리는 함께 정원으로 나갔다.

"무엇을 하려는 건가?"

"고양이의 사체를 파내는 걸세." 나는 짤막하게 대답했다. "확인해야 해."

나는 도구 창고에서 가래를 찾아와 커다란 너도밤나무 밑에서 작업을 시작했다. 발굴 작업의 결과는 곧 드러났지만 기분 좋은 일은 아니었다. 동물은 죽은 지 1주일도 지나지 않은 것이었다. 그러나 나는 확인하고 싶었던 것을 확인했다.

"그 고양이일세. 이곳에 온 첫날 본 그 고양이."

세틀은 킁킁거리며 냄새를 맡았다. 지독한 아몬드 냄새가 남아 있었다.

"청산이군." 그가 말했다.

나도 고개를 끄덕였다.

"도대체 자넨 무슨 생각을 하고 있는 건가?"

세틀이 의아한 듯이 물었다.

"자네도 생각하고 있는 것!"

내 추측은 그에게도 의외의 것이 아니었다. 그의 뇌리에도 같은 생각이 스치고 지나갔음을 나는 간파했다.

"불가능해." 그는 중얼거렸다. "있을 수 없는 일이야! 모든 과학, 모든 자연의 법칙에 반하는." 그 목소리는 희미한 떨림과 함께 오래 꼬리를 끌다가 사라졌다. "간밤의 그 쥐, 하지만 오! 그럴 리가 없어."

"카마이클 부인은 무척 기이한 여자일세." 나는 말했다. "그 부인은 마력과 최면 능력을 가지고 있어. 부인의 조상은 동양 출신이야. 아서 카마이클 같은 약하고 선량한 사람에게 이런 마술을 건 건 무엇 때문인지, 우리가 알아 낼 수 있을까? 게다가 세틀, 만약 아서 카마이클이 도저히 회복될 가망이 없는 백치가 된다면 전 재산은 부인에게 돌아가고, 사실상 그녀와 그녀의 아들의 것이 되네. 그 부인이 무척 애착을 가지고 있다고 자네가 말했던 그 아들. 그리고 아서는 곧 결혼하려던 참이었어!"

"그래서 이제 우리는 어떻게 해야 하지, 카스테아스?"

"손쓸 방도가 없어. 하지만 카마이클 부인을 복수의 손에서 지키도록 최선을 다하세."

카마이클 부인은 서서히 회복해 갔다. 상처는 의외로 빨리 좋아지고 있었다. 그 무서운 습격의 타격으로 부인은 하마터면 목숨을 잃을 뻔했다.

나는 자신이 이토록 무력하게 느껴진 적이 없었다. 우리를 좌절시킨 힘은, 난공불락이고 제멋대로 방치된 상태였다. 당분간 휴지상태에 들어갔다고는 하나, 이쪽으로서는 그저 시기를 기다리는 것 말고는 할 수 있는 게 없을 것 같았다. 나는 한 가지 결심했다. 몸을 움직일 수 있게 되는 대로 부인을 월든에서 데리고 나가지 않으면 안 된다. 그것은 그 무서운 악령이 그녀에게 따라붙지 못하게 할 수 있는 유일한 방법이었다. 그렇게 며칠이 흘렀다.

나는 카마이클 부인이 집을 떠나는 날을 9월 18일로 정했다. 뜻밖의 위기가 찾아온 것은 14일 아침이었다.

서재에서 세틀과 함께 부인의 병상을 자세히 조사하고 있을 때, 하녀가 거의 광란 상태가 되어 방으로 뛰어들었다.

"아! 선생님." 하녀가 소리쳤다. "빨리 와주세요. 아서 경이 연못에 빠지셨어요. 보트를 타고 나가셨는데 중심을 잃고 그만 빠지셨나 봐요. 창문에서 제가 봤어요."

나는 더 이상 듣지 않고 세틀과 함께 방에서 뛰어나갔다. 마침 방 밖에 서서 하녀의 얘기를 듣고 있던 필리스도 함께 달려갔다.

"하지만 그리 걱정하지 않으셔도 될 거예요." 필리스가 소리쳤다.

"아서는 수영을 굉장히 잘하거든요."

그러나 나는 어떤 직감을 느끼고 더욱 빨리 달렸다. 연못은 고요하고 보트가 한가롭게 떠 있었다. 아서의 모습은 어디에도 보이지 않았다.

세틀은 서둘러 윗옷과 구두를 벗었다.

"내가 물 속에 들어가겠네. 자네는 배를 타고 갈고리가 달린 장대로 찾아봐 주게. 그리 깊지는 않아."

그렇게 헛되이 찾고 있는 동안 참으로 긴 시간이 흐른 것 같았다. 시간은 시시각각 흘러갔다. 마침내 우리가 거의 포기하려던 마지막 순간에 아서가 발견되었다. 얼핏 죽은 것처럼 보이는 아서 카마이클의 몸이 물 밖으로 운반되었다.

내가 그때 본 필리스의 절망적인 고뇌의 표정은 아마 평생 동안 잊지 못할 것이다.

"설마, 설마……."

그녀의 입술에서 그 무서운 말은 끝까지 나오지 않았다.

"아니, 아니오, 패터슨 양. 정신이 돌아오게 할 테니 걱정 말아요."

그러나 나는 속으로 거의 희망을 품지 않고 있었다. 아서는 약 반 시간이나 물 속에 있었던 것이다. 나는 세틀을 집으로 보내 따뜻한 담요와 그 밖의 필요한 물건들을 가지고 오게 한 뒤 인공호흡을 시작했다.

한 시간이 넘도록 열심히 노력했지만 소생의 징후는 전혀 보이지 않았다. 세틀과 교대하자고 신호한 뒤 나는 필리스에게 다가갔다.

"유감이지만" 하고 조용히 말했다. "너무 늦은 것 같군요. 최선을 다했지만."

그녀는 잠시 그대로 조용히 서 있었다. 그런 다음 갑자기 생기 없는 아서의 몸 위에 자신의 몸을 던졌다.

"아서!" 그녀가 미친 듯이 소리쳤다. "아서! 나한테 돌아와요! 아서, 돌아와요, 제발 돌아와 줘요!"

그 목소리는 주위에 메아리치다가 사라졌다. 나는 세틀의 팔에 손을 얹었다.

"저것 좀 보게!"

물에 빠진 남자의 얼굴에 희미한 생기가 나타나고 있었다. 나는 심장이 마구 뛰는 것을 느꼈다.

"인공 호흡을 계속해!" 나는 소리쳤다 "의식이 돌아왔어."

그때부터 시간은 나는 듯이 지나갔다. 믿을 수 없을 만큼 짧은 시간 안에 그가 눈을 떴다.

그 순간 나는 뭔가 다르다는 것을 깨달았다. 그 눈은 지성이 있는 눈, 인간의 눈이었다.

아서 경의 시선이 필리스에게 머물렀다.

"아, 필." 아서 경은 힘없이 말했다. "당신이오? 내일까지는 못 올 줄 알았는데."

필리스는 입을 열면 자신의 입에서 무슨 말이 나올지 모르겠다고 느꼈다. 그래서 아서에게 미소를 지어보였다. 그는 점점 당혹감을 느끼며 주위를 둘러보았다.

"그런데, 내가 지금 어디에 있는 거요? 그리고 왜 이렇게 불쾌한 느낌이 들까? 나에게 도대체 무슨 일이 일어난 거지? 아, 세틀 선생님!"

"자넨 하마터면 익사할 뻔했다네." 세틀은 웃지도 않고 대답했다.

아서 경은 얼굴을 찌푸렸다.

"언젠가 아무리 시간이 흘러도 지긋지긋할 정도로 기억은 되살아나는 법이라고 말씀하신 것 같은데…… 어째서 이런 일이 생겼단 말씀이죠? 제가 자면서 돌아다니기라도 했습니까?"

세틀은 고개를 저었다.

"집으로 옮겨야겠어." 내가 앞으로 나서면서 말했다.

아서 경이 나를 쳐다보자 필리스가 소개해주었다.

"카스테아스 박사님이에요, 이곳에 머물고 계세요."

우리는 그를 양쪽에서 부축하고 집 쪽으로 걷기 시작했다. 아서는 뭔가 갑자기 생각난 듯 물었다.

"선생님, 전 12일까지 이런 상태로 있게 되는 건 아니겠죠?"

"12일?" 나는 천천히 말했다. "8월 12일 말이오?"

"그렇습니다, 다음 금요일."

"오늘은 9월 14일이네." 세틀이 말했다.

아서 경이 당혹해하는 모습을 보였다.

"그런데, 그런데, 전 8월 8일인 줄 알았습니다. 그럼 틀림없이 제가 병에 걸려 있었던 거군요?"

필리스가 약간 당황해서 부드러운 목소리로 끼어들었다.

"그래요, 무척 깊은 병에 걸려 있었어요."

아서 경은 미간을 찌푸렸다.

"알 수가 없군. 간밤에, 아, 물론 정말 간밤은 아니지만, 침대에 들어갔을 때는 정말 멀쩡했는데. 하지만 꿈을 꾸었습니다. 기억하고 있어요……." 기억해내려고 아서 경은 더욱더 미간을 찌푸렸다. "뭔가가, 그게 뭐였을까? 누군가가 저에게 무서운 짓을 했습니다. 저는 화가 나고 절망했죠……. 그 다음에는 제가 고양이가 되는 꿈을 꾸었어요. 그래요, 고양이요! 우스운 얘기죠? 하지만 우스운 꿈이 아니었어요. 오히려 소름이 끼치는 일이었습니다! 그런데 생각이 나지 않아요. 생각해내려고 하면 모두 사라져버려요."

나는 그의 어깨에 손을 얹었다.

"생각하려고 애쓰지 말아요, 아서 경" 하고 무겁게 말했다. "만족하고 다 잊어버리시오."

그는 의아한 듯이 나를 쳐다보며 고개를 끄덕였다. 필리스가 가만히 한숨을 쉬는 것이 들렸다. 일행은 집에 도착했다.

"그런데" 하고 아서 경이 불쑥 말했다. "어머니는 어디 계십니까?"

"그 분은 지금 아프세요." 필리스가 한 순간 망설인 뒤 대답했다.

"뭐라고? 가엾은 어머니!" 그의 목소리는 진심으로 걱정하고 있었다. "어디 계시오? 어머니 방에?"

"그래요, 하지만 방해하지 않는 게……."

내 말은 입가에서 얼어붙고 말았다. 응접실 문이 열리더니 실내복을 입은 카마이클 부인이 거실에 들어온 것이다.

부인의 눈은 아서에게 못 박혀 있었다. 죄의식에 사로잡힌 완벽한 공포의 표정이라는 것이 만약 있다고 한다면, 그때 부인의 눈 속에 떠오른 표정이 바로 그것일 것이다. 그 미친 듯한 공포에 사로잡힌 얼굴은 도저히 인간의 것 같지가 않았다. 부인의 한 손이 목 언저리로 올라갔다.

아서는 소년 같은 애정을 담은 몸짓으로 부인에게 다가갔다.

"아, 어머니! 그럼 어머니도 저처럼 불행을 겪으신 거군요? 놀랐어요, 가엾은 양반!"

부인은 눈을 크게 뜬 채 뒷걸음질쳤다. 그리고 느닷없이 악운이 다한 듯한 영혼의 비명을 지르더니 열린 문 저쪽으로 쓰러졌다.

나는 얼른 뛰어가서 부인의 몸 위에 엎드렸다. 그런 다음 세틀에게 고개를 끄덕여 보였다.

"어서 그를 이층에 데려다 놓고 다시 내려오게. 카마이클 부인은 숨졌네."

세틀은 이내 돌아왔다.

"어떻게 된 건가? 원인은?"

"쇼크사야." 나는 냉담하게 말했다. "아서 카마이클이, 그것도 진짜 아서 카마이클이 살아서 돌아온 것을 본 쇼크겠지! 아니면 신의 심판이라고 해도 좋을 거고. 난 그쪽이 더 마음에 드네만."

"그럼 자넨……." 세틀은 말을 흐렸다.

나는 세틀의 눈을 응시했고 그는 그 의미를 이해했다.

"생명에는 생명을." 나는 의미심장하게 말했다.

"하지만……."

"아아! 뜻밖의 기이한 사고 때문에 아서 카마이클의 영혼은 육체로 돌아올 수 있었네. 하지만 그래도 역시 아서 카마이클은 살해되었어."

세틀은 약간 두려워하는 표정으로 내 얼굴을 쳐다보았다.

"청산으로 말인가?" 하고 낮은 목소리로 물었다.

"맞아, 청산으로."

세틀과 나는 우리의 생각을 결코 입 밖에 내지 않았다. 쉽게 믿어줄 만한 얘기가 아니었기 때문이다. 상식적인 견지에서 말한다면, 아서 카마이클은 단순히 기억 상실증에 걸린 것에 지나지 않는다. 카마이클 부인은 일시적인 착란 속에서 자신의 목을 쥐어뜯었으며, 잿빛 고양이에 대한 환영은 단순한 상상의 산물이 된다.

그러나 나에게는 틀림없는 사실이 두 가지 있었다. 하나는 복도의 찢어진 의자였다. 또 하나는 더욱 의미심장한 것이었다. 도서 목록을 찾아내어 힘겹게 조사한 결과, 사라진 책은 인간을 동물로 변하게 하는 가능성에 대해 쓴, 기묘한 고대의 책이었던 것이다.

또 하나, 나는 아서가 아무것도 모르는 것을 다행으로 여기고 있다. 필리스는 그 몇 주일 동안의 비밀을 자신의 가슴 속에 꼭 담아두고 있었다. 그리고 그녀가 그토록 깊이 사랑하고, 자신이 부르는 소리에 응답하여 죽음의 경계선 저편에서 돌아온 남편에게, 앞으로도 결코 비밀을 밝히지 않을 것임을 나는 확신하고 있다.

The Call of Wings

날개의 부름

1

사이러스 헤이머가 처음 그 얘기를 들은 것은 어느 추운 2월의 밤이었다. 그와 딕 보로는 신경과 전문의인 버나드 셀든이 초대한 저녁식사에 참석한 뒤 걸어서 집으로 돌아가는 길이었다. 보로가 몹시 말수가 적은 것을 알고 사이러스 헤이머는 약간 호기심을 느껴 무슨 생각을 하고 있느냐고 물어보았다. 보로의 대답은 좀 뜻밖이었다.

"난 말이네, 오늘 밤 모인 사람들 가운데 스스로 행복하다고 말할 수 있는 사람은 두 사람밖에 없었다는 것을 생각하고 있었네. 그리고 정말 이상한 것은, 그 두 사람이 바로 자네와 나라는 사실일세."

'이상한'이라는 말은 정말 딱 맞는 표현이었다. 성실한 이스트엔드(런던 시내에 있는 하층민들이 사는 지역)의 주민인 목사 리처드 보로와, 수백만 파운드의 돈을 떡 주무르듯이 다루며 아무런 부족함을 모르는, 뚱뚱한 체격의 사이러스 헤이머만큼 이질적인 두 사람도 없었기 때문이다.

"이상한 일이지만" 보로는 생각에 잠긴 얼굴로 말했다. "자네는 내가 지금까지 만난 사람 중에서 지극히 만족하고 있는 단 한 사람의 부자라고 생각하네."

헤이머는 잠시 동안 말이 없었다. 이윽고 입을 열었을 때 그 말투는 변해 있었다.

"난 지난날 추위에 떠는 가난한 신문팔이였네. 그 때 난——결국 지금은 그렇게 되었지만! 부가 가져다주는 위안과 쾌락을 원했어. 권력이 아니었다네. 힘을 휘두르기 위해서가 아니라 호기롭게 사용하기 위해 돈을 원했지——스스로 말이네! 이보게, 난 그 점에 대해서는 솔직하네. 돈으로 모든 것을 살 수는 없다고들 하지. 정말 맞는 말이야. 하지만 내가 원하는 건 뭐든지 살 수 있어. 그래서 난 만족하는 거라네. 난 유물론자일세. 보로, 철저한 유물론자!"

불이 켜진 거리의 휘황한 빛이 이 신념의 고백을 장식해 주었다. 사이러스 헤이머의 비만한 몸의 윤곽은 두꺼운 모피로 안을 댄 코트로 더욱 커보였고, 밝은 불빛이 턱 밑의 두둑한 살집을 더욱 도드라져 보이게 했다. 그와는 대조적으로 딕 보로는 야윈 금욕적인 얼굴과 별빛과도 닮은 열정적인 눈의 소유자다.

"내가 알 수 없는 건 자네 쪽일세." 헤이머가 강한 어조로 말했다.

보로는 미소 지었다.

"난 비참과 욕망과 기아, 그리고 모든 육체적인 질병들이 우글대는 한복판에서 살고 있다네! 오로지 멋진 환상만이 나를 지탱해 주는 거지. 자네가 환상을 믿지 않는 한 아마 이해하기 어려운 일일테고, 아마 틀림없이 믿지 않을 거라고 생각하네."

"난 믿지 않네." 사이러스 헤이머는 완강하게 말했다. "보고 듣고 만질 수 있는 게 아니면 뭐든지.”

“그럴 테지. 그게 우리의 다른 점일세. 그럼 이만 실례하겠네. 이제 땅속으로 기어들어가야겠어!”

두 사람은 보로의 집으로 가는 방향에 있는, 불이 켜진 지하철역 입구에 도착해 있었다.

헤이머는 혼자 계속 길을 걸었다. 오늘밤 차를 돌려보내고 걸어서 돌아가기로 한 것을 그는 잘했다고 생각했다. 밤공기는 살을 에듯이 차가웠지만 그는 모피 코트를 입은 쾌적한 따뜻함을 즐기고 있었다.

길을 건너기 전에 보도 끝 경계석 위에서 잠시 걸음을 멈췄다. 거대한 버스가 무거운 몸을 이끌고 이쪽으로 오고 있었다. 그는 한없이 느긋한 기분으로 그것이 지나가기를 기다렸다. 버스 앞을 지나가려면 서두르지 않으면 안 된다. 서두른다는 건 그의 마음에 들지 않는 일이었다.

그때 옆에 서 있던, 초라한 사회의 낙오자가 술에 취해 비틀거리다가 차도로 굴러 떨어졌다. 헤이머는 사람들의 고함 소리와 버스가 급하게 핸들을 꺾는 것도 소용없다는 것을 알고 있었다. 그는 점점 더해가는 공포를 느끼며 길 한가운데 축 늘어져 움직이지 않는 넝마덩이를 망연하게 바라보고 있었다.

두 사람의 경찰과 버스 운전 기사를 중심으로 사람이 마법에 걸린 것처럼 모여들었다. 그러나 헤이머의 눈은 공포에 빨려들 것처럼, 조금 전까지는 인간, 그 자신과 같은 인간이었던 생명이 없는 물체에 못 박혀 있었다. 헤이머는 겁에 질린 것처럼 약간 몸을 떨었다.

“스스로를 책망할 필요는 없어요, 신사 양반.” 그 옆에 서 있던 허름한 차림의 남자가 말했다. “당신이 어떻게 할 수 있는 일은 아니었어요. 어차피 저 자는 술에 취해 있었으니까.”

헤이머는 상대방을 응시했다. 어쩌면 내가 저 남자를 구할 수 있었을 텐데 하는 생각은, 솔직하게 말해 한번도 머리에 떠오르지 않았다. 이내 헤이머는 더없이 어리석다는 듯이 그 생각을 뿌리쳤다. 만약 자신이 그토록 멍청했더라면 지금쯤 자신은…… 단호하게 그 생각을 잘라버리고 헤이머는 사람들한테서 떨어져 다시 걷기 시작했다. 도저히 표현할 수 없고 억제하기도 힘든 공포에 그는 몸을 떨었다. 자신이 두려워하고 있다는 것, 죽음을 몹시 두려워하고 있다는 것을 인정하지 않을 수 없었던 것이다. 죽음의 사자는 부자에게도 가난뱅이에게도, 분명히 평등하게, 무서울 만큼 빠른 속도로 인정사정없이 찾아오는 것이다.

헤이머는 걸음을 빨리했다. 하지만 새로운 공포는 아직도 그 차갑고 불길한 지배의 손아귀로 그를 붙잡고 놓아주지 않았다.

원래부터 자신이 겁쟁이가 아니라는 것을 알고 있었기 때문에 그는 스스로도 놀랐다. 5년 전이었다면 이런 공포는 느끼지 않았을 거라고 지난날을 돌아보며 헤이머는 생각했다. 그때는 인생이 그다지 달콤한 것이 아니었다……. 그래, 바로 그거야. 인생에 대한 애착이 비밀의 열쇠다. 그에게 있어서 살아가는 기쁨은 이제 그 정점에 와 있었다. 단 하나의 위협은 파괴자인 죽음의 사자다.

헤이머는 불빛이 비치는 대로를 벗어났다. 높은 벽으로 가로막힌 좁은 길은 광장으로 가는 지름길이었고, 그 한쪽에 온갖 미술품으로 장식된 그의 저택이 있었다.

등 뒤로 거리의 소음이 멀리 사라지면서 똑똑 하는 자신의 가벼운 발소리만이 유일하게 귀에 들려왔다. 그때 앞쪽의 어두컴컴한 속에서 또 하나의 소리가 들려왔다. 한 남자가 벽에 기대앉아 플루트를 불고 있었다. 아마 수많은 거리의 악사 중 한 사람일 것이다. 그러나 왜 이런 특별한 지점을 선택했을까? 밤의 이런 시간에는 틀림없이 경찰이——헤이머의 상념은, 그 남자에게 다리가 없는 것을 본 충격으로 갑자기 중단되었다. 한 쌍의 목발이 옆의 벽에 기대어져 있었다. 헤이머는 남자가 불고 있는 건 플루트가 아니라 플루트보다 높고 맑은 음색을 내는 기묘한 악기라는 것을 알았다.

남자는 계속 불고 있었다. 헤이머가 다가가는 건 본 척도 하지 않고, 마치 자신의 음악에 도취한 것처럼 고개를 뒤로 젖히고 있다. 거기서 흘러나오는 맑은 음색은 즐거운 듯이 높이, 더 높이 올라갔다……

그건 기묘한 가락, 아니 엄밀하게 말하면 전혀 가락이라고 할 수 없는 소리였다. 리엔치(바그너의 오페라)의 바이올린이 내는, 완만한 장식음과 비슷하기도 한 한 소절로, 왠지 모르게 키에서 키로, 하모니에서 하모니로 되풀이하면서 그때마다 어김없이 더욱 멋진, 더욱 한없는 자유의 높은 곳에 도달하는 것이었다.

그건 그때까지 헤이머가 들어본 그 어떤 소리와도 닮지 않은 것이었다. 거기에는 기묘한 영감을 주는 그 무엇, 그리고 고양시키는 그 무엇이 있었다……. 그는 미친 듯이 옆에 있는 벽을 두 손으로 붙들었다. 그가 의식하고 있었던 건 오직 한 가지——아래에 머물러 있지 않으면 안된다——어떠한 희생을 치르더라도 아래에 머물러 있지 않으면 안된다는 것이었다.

문득 음악이 멎은 것을 깨달았다. 다리가 없는 남자가 목발로 손을 뻗었다. 사이러스 헤이머는 여전히 미친 사람처럼 돌로 된 벽에 달라붙어 있었다. 그것도 정말이지 터무니없는 생각에 사로잡혀서 말이다. 얼핏 보아 어리석기 짝이 없는 생각! 자신이 대지를 떠나 올라간다는, 그 음악이 위쪽으로 그와 함께 올라간다는…….

그는 소리 내어 웃었다. 완전히 미친 생각이었다! 물론 한순간이라도 두 다리가 대지를 떠나는 건 있을 수 없는 일이다. 하지만 얼마나 기묘한 환각이란 말인가? 보도 위에서 빠르게 딱딱거리는 목발소리는 불구의 남자가 사라져가는 것을 말해주고 있었다. 헤이머는 그 모습이 어둠 속으로 빨려들 때까지 바라보았다. 정말 이상한 사람이다.

그는 아까보다 걸음을 좀 늦추었다. 발 아래의 대지가 아무 소용없이 느껴진, 그 도저히 있을 수 없는 느낌에 대한 기억을 머리 속에서 지울 수가 없었다…….

그리고 충동에 사로잡혀 뒤돌아선 그는 서둘러 남자가 사라진 방향으로 쫓아갔다. 그리 멀리 가지는 못했을 것이다. 금방 따라잡을 수 있으리라.

천천히 몸을 흔들면서 나아가는 불구의 남자를 보자마자 그는 크게 소리를 질렀다.

"이봐요! 잠깐만 기다려요."

남자는 멈춰 서서 헤이머가 자기에게 다가올 때까지 꼼짝도 하지 않고 서 있었다. 바로 그 사람의 머리 위에 밝혀 있는 램프가 남자의 이목구비를 구석구석 비춰주었다. 사이러스 헤이머는 자기도 모르게 숨을 삼켰다. 그 남자는 그가 태어나서 처음으로 보는 지극히 비범한 용모의 소유자였던 것이다. 나이는 전혀 짐작이 가지 않았다. 소년이 아닌 것은 분명하지만 젊음은 이 남자의 탁월한 특징이었다. 젊음과 격정적인 정열의 힘!

헤이머는 그 남자에게 말을 하는 것이 묘하게도 어렵게 느껴졌다.

"이보시오" 하고 그는 어색하게 말을 꺼냈다. "난 알고 싶소. 방금 당신이 불고 있었던 건 뭔가요?"

그는 미소 지었다……. 갑자기 온 세상을 환희로 가득 채우는 것 같은 미소였다…….

"옛날의 가락, 아주 오랜 옛날의 가락입니다……. 몇 년, 몇 세기나 전의."

그는 어느 음절에도 같은 악센트를 주면서 기묘하리만치 순수하고 명확한 발음으로 말했다. 영국인이 아닌 것은 분명했지만 국적에 대해서도 전혀 짐작이 가지 않았다.

"당신은 영국인이 아닌 것 같은데 어디서 왔소?"

다시 즐거운 듯한 미소가 남자의 얼굴에 퍼졌다.

"바다 저편에서입니다. 아주 오래전, 아주 아주 오래전에 왔습니다."

"큰 사고를 당하셨군. 언제?"

"한참 전의 일이지요."

"두 다리를 다 잃다니 정말 안됐구려."

"이렇게 된 걸 다행으로 생각하고 있습니다." 남자는 지극히 평온하게 말했다. 이상하게 엄숙한 표정을 띤 눈으로 상대를 쳐다보면서. "그건 사악한 것이었습니다."

헤이머는 남자의 손에 1실링을 쥐어준 뒤 발길을 돌렸다. 그는 당혹감과 함께 막연한 불안을 느꼈다. '그건 사악한 것이었습니다.' 얼마나 기묘한 말인가! 분명히 질병 때문일 것이다. 아무리 그렇다 해도 그 말은 참으로 기묘하게 들렸다.

헤이머는 생각에 잠겨 집으로 돌아왔다. 그 일을 머리 속에서 쫓아내려고 애썼지만 소용없었다. 침대에 누워 잠에 빠져들면서 옆에 있는 시계가 1시를 치는 것을 들었다. 확실하게 한 번 치고 그런 다음 조용해졌다. 그 정적은 들은 적이 있는 어떤 희미한 소리에 의해 깨어졌다……. 이내 그 소리가 머리에 떠올랐다. 헤이머는 자신의 심장 박동이 빨라지는 것을 느꼈다. 그리 머지않은 거리에서 연주하고 있는 그 남자…….

그것은 기분 좋은 가락이었다. 즐거운 듯 매혹적인 완만한 장식음, 역시 쉽게 잊혀지지 않는 한 소절…… "불길해." 헤이머는 중얼거렸다. "불길해. 그 가락에는 날개가……."

점점 선명해지고 점점 높아지면서 각각의 음파는 전보다 높게 그를 데리고 올라갔다. 그는 이번에는 저항하지 않고 몸을 맡겼다…… 위로, 위로…… 음파는 그를 높이 높이 데리고 간다…… 사람의 목소리가 닿는 한계를 넘어 더욱 계속 올라간다…… 마지막 목적지, 완전한 극한의 높이까지 도달할 것인가?

올라간다…….

뭔가가 잡아당기고 있다. 그를 아래로 잡아당긴다. 크고 무겁고 집요한 것이. 그것은 냉혹하게 그를 끌어내렸다. 아래로…… 아래로……….

그는 맞은편의 창문을 응시하면서 침대에 누워 있었다. 답답한 듯 절박하게 숨을 내쉬더니 한 팔을 침대 밖으로 뻗는다. 그는 그 움직임이 기묘할 정도로 귀찮게 느껴졌다. 침대의 부드러움이 답답하게 느껴졌다. 빛과 대기를 가리는 창문의 무거운 커튼도 답답했다. 천장이 몸 위로 덮쳐오는 듯한 느낌이 든다. 숨이 막히고 질식할 것 같은 느낌이 들었다. 이불 속에서 희미하게 몸을 움직였다. 자신의 몸의 중압감이 모든 것 가운데 가장 답답하게 느껴졌다…….

2

"자네한테 조언을 구하고 싶은 일이 있네만, 셀든."

셀든은 테이블에서 의자를 약간 뒤로 밀었다. 그는 이 두 사람만의 저녁 식사의 목적이 무엇인지 몰라 궁금해하고 있었다. 지난 겨울 이후로 헤이머를 거의 만나지 못했는데, 오늘 밤 이 친구한테서 뭐라 표현하기 힘든 변화를 보았던 것이다.

"사실은" 하고 부호는 말했다. "내 자신이 걱정돼서 그러네."

셸든은 테이블 너머로 상대를 응시하면서 미소 지었다.

"자네는 지금 지극히 건강해 보이네만."

"그런 얘기가 아닐세." 헤이머는 잠시 말을 끊었다가 조용히 덧붙였다. "내가 혹시 미쳐가고 있는 게 아닐까 하는 생각이 들어."

신경과 전문의는 갑자기 흥미를 느낀 듯 상대를 얼른 올려다보았다. 그리고 약간 느릿한 동작으로 포도주를 잔에 가득 따른 다음 조용히 말했다. 날카로운 시선을 상대에게 던지면서.

"왜 그렇게 생각하나?"

"내 몸에 일어난 일 때문일세. 설명할 수도 없고 믿어지지도 않는 일이지. 그게 정말일 리가 없어. 그래서 난 틀림없이 미쳐가고 있는 거고."

"천천히 얘기해 보게. 사정을 자세히 들어보세."

"난 초자연 현상 같은 건 믿지 않네." 헤이머는 얘기하기 시작했다. "전에도 믿은 적이 없고. 하지만 이건, 그래, 첫 시작부터 모든 걸 얘기하는 게 좋을 것 같군. 그건 작년 겨울 어느 날 밤 자네와 함께 저녁 식사를 한 날부터 시작됐네."

그리고 간단하게, 걸어서 집에 돌아간 것과 그 뒤의 기묘한 과정을 얘기했다.

"그것이 모든 것의 시작일세. 자네한테 그걸 정확하게 설명할 수가 없군. 그러니까 그 느낌 말이네. 그건 멋진 느낌이라네! 전에 느끼거나 꿈꾸었던 어떤 것과도 달라. 그것이 그때 이후 내내 계속되고 있다네. 매일 밤은 아니고 가끔씩이지만. 그 음악, 떠오르는 듯한 느낌, 하늘을 나는 비행…… 그런 다음 엄청난 항력, 지상으로의 귀환, 그 뒤의 고통, 잠에서 깰 때의 현실적인 육체의 고통. 바로 높은 산에서 내려왔을 때와 같은 기분이라네. 이명에 대해선 자네도 알고 있겠지? 뭐, 이것도 그것과 비슷한데 더욱 격렬하고,

동시에 심한 중압감이 뒤따른다네. 갇혀 있는 것처럼 숨이 막히고 ……."

헤이머는 말을 멈추고 잠시 쉬었다.

"하인들은 벌써 내 머리가 이상해졌다고 생각하고 있다네. 난 지붕이나 벽을 견딜 수가 없어. 그래서 집의 맨 위층에 천장이 트인 장소를 만들었네. 가구니 카펫이니, 조금이라도 답답하게 느껴지는 건 아무 것도 두지 않고……. 하지만 그것도 사방에 집이 있으면 안돼. 내가 원하는 건 어디든 탁 트인 넓은 땅일세, 거기서는 숨을 쉴 수 있을 것 같은……." 헤이머는 셀든을 바라보았다. "자넨 어떻게 생각하나? 설명할 수 있겠나?"

"흠." 셀든이 입을 열었다. "설명은 여러 가지로 할 수 있네. 최면술에 걸리거나 자기최면을 걸었다고 설명할 수도 있고, 아니면 신경이 이상해진 경우도 있고, 또 아니면 그저 꿈에 불과할 수도 있지."

헤이머는 고개를 저었다.

"그 설명은 어느 것도 맞지 않는 것 같군."

"또 있네." 셀든은 천천히 말했다. "일반적으로 인정되고 있는 건 아니지만."

"자넨 그걸 인정할 마음은 있고?"

"대부분의 점에서는. 세상에는 우리가 이해할 수 없고 상식적으로 설명할 수 없는 일이 많이 있다네. 원인을 밝혀야 하는 것이 아직 많이 있어. 그래서 나는 편견을 갖지 않도록 노력하고 있지."

"난 어떻게 하면 좋겠나?" 한참의 침묵 끝에 헤이머가 말했다.

셀든이 가볍게 앞으로 몸을 내밀었다.

"몇 가지가 있는데, 그 하나는 런던을 떠나 자네가 말하는 넓은 땅을 찾는 걸세. 그러면 꿈이 진정될지도 몰라."

"그건 불가능하네." 헤이머가 조급하게 말했다. "그 꿈이 없이는 살 수 없게 되어버렸어. 잃고 싶지가 않아."

"아! 예상했던 대로군. 그럼 대안은 그 불구의 남자를 찾는 걸세. 자넨 이제 모든 종류의 초자연적인 속성을 그 남자한테 부여하고 있어. 그 남자와 얘기해야 해. 그리고 주문을 깨는 걸세."

헤이머는 이번에도 고개를 저었다.

"왜 안 되나?"

"두려워." 헤이머는 솔직하게 말했다.

셀든은 답답하다는 듯한 몸짓을 했다.

"뭐든지 그렇게 무조건 믿어서는 곤란하네. 이번 일을 불러일으킨 매개가 되었던 그 선율은 어떤 것이었나?"

헤이머가 허밍을 하자 셀든은 의아한 듯 미간을 찌푸리며 귀를 기울였다.

"리엔치 서곡과 아주 비슷하군그래. 고양시키는 듯한 데가 있어, 날개 같은 것. 그래도 난 지상에서 떠오르거나 하진 않을 걸세! 그런데 자네의 그 비행은 매번 똑같은 것인가?"

"아닐세, 아니야." 헤이머가 바짝 몸을 내밀었다. "갈수록 발전하고 있다네. 매번 조금씩 더 보여. 설명하기는 어렵지만. 난 언제나 일정한 지점에 도달한 것을 깨닫는다네. 음악이 나를 그곳까지 데리고 가주지. 직접은 아니고 연속되는 음파로 말일세. 하나하나의 음파가 차례차례 더 높은 곳에 닿다가 이윽고 그 이상 갈 수 없는 가장 높은 곳에 달하네. 그리고 난 다시 끌려 내려갈 때까지 그곳에 머무르지. 내가 머무는 곳은 장소가 아니라 하나의 상태라 할 수 있네. 그리고 처음부터가 아니라 한참 뒤가 된 뒤에, 자신의 주위 전체에 여러 가지 사물이 있고, 내가 그것을 식별할 수 있게 될 때까지 기다리고 있다는 것을 알기 시작했네. 새끼고양이를 생각해 보게. 눈은 있지만 처음부터 볼 수는 없지 않나? 장님과 같아서 보는 법을 배우지 않으면 안 되지. 나도 그것과 같아. 눈과 귀는 아무런 도움도 되지 않았지만, 그런 것에 상당하는 아직 개발되지 않은 뭔가가 있어. 육체적인 것이 전혀 아닌. 그것은 조금씩 발달하며…… 빛을 느끼고 …… 그 다음에는 소리……또 그 다음에는 색채…… 모든 건 극히 희미하고 형태가 없어. 그것은 보거나 듣는 이상의 사물의 인식이라고 할 수 있네. 처음엔 빛이었지. 빛은 점점 강해지고 밝아지네…… 그리고 모래, 붉은 모래의 멋진 전개……그 다음에는 곳곳에 운하처럼 길게 뻗어 있는 쪽 곧은 수로……."

셀든은 그 순간 숨을 들이마셨다.

"운하라고! 흥미롭군, 계속하게."

"그러나 그런 건 아무래도 상관없어. 전혀 문제가 안돼. 진짜는 나에게는 아직 보이지 않는 것, 그러나 들리는 것…… 날개가 쇄도해 오는 듯한 소리야…… 이유는 설명할 수 없지만 참으로 장려하다네! 지상에는 그것과 닮은 것이 전혀 없어. 그 다음 또 하나의 영광이 내려오지. 나는 내 눈으로 보았어…… 날개를! 오, 셀든. 날개란 말일세!"

"그래 그게 뭐였나? 인간인가, 천사인가, 아니면 새인가?"

"몰라. 보이지 않아, 지금은. 하지만 그 빛깔! 날개의 빛깔, 이 세상에는 존재하지 않는 멋진 색이라네."

"날개의 색?" 셀든이 되풀이했다. "어떤 색인데?"

헤이머는 답답하다는 듯이 손을 내저었다.

"어떻게 가르쳐줄 수 있겠나? 장님에게 푸른색을 설명하는 것과 같은 걸세. 자네가 한번도 본 적이 없는 색이야, 날개의 색!"

"그래서?"

"그래서? 그것뿐일세. 내가 경험한 것은. 하지만 갈수록 돌아오는 게 힘들어지고 있어. 고통이 더욱 강해진단 말일세. 난 이해할 수가 없어. 내 몸이 침대에서 절대로 떠나지 않았다는 것만은 확신할 수 있네. 그곳에서는 내가 육체적인 존재가 아니었던 게 확실해. 그런데도 왜 그 끔찍한 고통이 찾아오는 걸까?"

셀든은 말없이 고개를 흔들었다.

"정말 싫은 느낌이라네, 돌아오는 것이. 그 끌려가는 힘, 다음에는 고통, 사지와 온 신경의 통증, 그리고 귀는 마치 파열할 것 같은 느낌이야. 그런 다음 모든 것이 덮쳐오는 것 같은 그 중압감, 유폐되는 것 같은 무서운 감각. 내가 원하는 건 빛과 대기와 공간, 특히 숨을 쉴 수 있는 공간이라네! 그리고 자유를 원해."

"그래서, 지금까지 자네한테 가장 소중했던 건 어떻게 됐지?"

"그게 가장 곤란한 점일세. 전만큼은 아니지만 여전히 소중하게 생각하고 있지. 그런 것, 즉 안락이니 사치니 도락 같은 건, 아무래도 날개와는 반대 방향으로 끌어당기고 있는 것 같네. 이 두 가지 사이에는 끊임없는 투쟁이 있어. 그리고 어떤 결말이 올지 전혀 짐작이 가지 않는다네."

셀든은 말이 없었다. 그가 들은 이상한 이야기는 그대로 받아들이기에는 너무나 환상적이었다. 모든 건 망상, 터무니없는 환각일까? 아니면 그것이 사실일 가능성이 조금이라도 있는 것일까? 만약 그렇다면 왜 하필이면 헤이머인가?…… 분명히 유물론자이며, 육체를 사랑하고 정신을 부정하는 이 남자는, 딴 세상의 광경을 볼 것 같은 인간형이 거의 아니었다.

테이블 너머로 헤이머는 불안한 눈길로 상대를 지켜보고 있었다.

"기다리는 수밖에 없겠군." 셀든은 천천히 말했다. "무슨 일이 일어날지 지켜보는 걸세."

"그럴 순 없네! 그럴 순 없어! 그 말투로 보아 자네는 아무것도 알고 있지 않은 것 같군. 이 무서운 투쟁은 나를 둘로 갈라놓으려 하고 있어. 이 치명적인 기나긴 싸움, 이, 이…….” 헤이머는 더이상 말을 잇지 못했다.

“영혼과 육체 말인가?” 셸든이 거들었다.

헤이머는 괴로운 듯이 앞쪽을 응시했다.

“그렇게 말할 수 있을지도 모르겠네. 어쨌든 견딜 수가 없어……자유의 몸이 될 수가 없어…….”

버나드 셸든은 다시 고개를 저었다. 그는 설명할 수 없는 힘의 포로가 되어버린 것 같았다. 그는 다시 한번 제안했다.

“나라면 그 불구의 남자를 찾아보겠네.”

그러나 집으로 가면서 그는 가만히 중얼거렸다. “운하라니!”

3

사이러스 헤이머는 이튿날 아침, 새로운 결의를 품은 듯한 걸음걸이로 집을 나섰다. 셸든이 권한 대로 목발의 남자를 찾으려고 결심한 것이다. 그럼에도 불구하고 내심으로는 자신의 수색은 무위로 끝나버리고, 그 남자는 땅속으로 꺼진 것처럼 완전히 사라지고 없을 거라고 확신하고 있었다.

양쪽의 어두운 건물이 햇빛을 차단하고 있어서 거리는 어두컴컴하고 음산한 느낌이었다. 다만 중간쯤 되는 곳에 벽이 무너져 있고, 그곳을 통해 비쳐드는 금빛 광선이 땅에 앉아 있는 사람을 비추고 있었다. 그 사람은 바로 그 남자였다!

관악기를 목발 옆 벽에 기대놓고 남자는 석필로 길바닥에 그림을 그리고 있는 중이었다. 두 개의 그림은 이미 완성되어 있었다. 그것은 눈이 번쩍 뜨일 정도로 아름답고 섬세한 숲 속의 광경으로, 흔들리는 나무와 시냇물의 속삭임은 마치 진짜처럼 보였다.

또다시 헤이머는 망설였다. 이 남자는 단순한 거리의 악사나 길거리 화가에 불과한 것일까? 아니면 뭔가 다른…….

이 부호의 자제심은 한순간에 무너졌다. 그는 화난 듯한 거친 목소리로 말했다.

"자넨 누군가? 도대체 뭐하는 사람인가?"

남자의 시선이 그와 마주쳤다. 미소 짓고 있다.

"왜 대답하지 않나? 말해, 어서 말해봐!"

그때 그는 남자가 믿을 수 없이 빠른 속도로, 아무것도 그려져 있지 않은 바닥 위에 그림을 그리고 있다는 것을 알았다. 헤이머는 눈으로 그 움직임을 쫓았다……. 몇 개의 대담한 필치, 그리고 거대한 나무들이 나타났다. 그런 다음 돌 위에 앉은…… 한 남자가 피리를 불고 있다. 이상하리만치 아름다운 얼굴……그리고 염소의 다리……

남자의 손이 재빨리 움직인다. 그림 속의 남자는 아직도 돌 위에 앉아 있다. 염소의 다리는 사라졌다. 그의 눈이 헤이머의 눈과 다시 부딪친다.

"그건 사악한 것이었습니다." 남자가 말했다.

헤이머는 집어삼킬 듯이 상대를 응시했다. 왜냐하면 눈앞에 있는 얼굴은 바로 그림 속의 얼굴이었고 이상하고 믿을 수 없이 아름다웠다…… 지상의 살아 있는 기쁨 밖의 모든 것으로부터 정화된 얼굴.

헤이머는 몸을 돌려 거의 달아나듯이 골목을 빠져나와 밝은 햇빛 속으로 나갔다. "있을 수 없는 일이야. 있을 수 없는……난 머리가 어떻게 되었어. 꿈을 꾸고 있는 거라구!" 하고 끊임없이 중얼거리면서. 그러나 그 얼굴이 그에게 달라붙어 떠나지 않는다, 그 목양신의 얼굴이…….

헤이머는 공원에 들어가서 의자에 앉았다. 이 시간에는 거의 사람이 없었다. 아이를 돌보는 유모 몇 사람이 아이들과 함께 나무 그늘에 앉아 있고, 넓은 잔디밭 여기저기에는 바다 속의 새처럼 남자들이 빈둥빈둥 뒹굴고 있었다……. '한심한 부랑자'라는 표현은 헤이머에게는 비참을 요약한 말이었다. 그러나 오늘 갑자기 그는 그 남자들이 부럽다는 생각이 들었다.

그들이야말로 모든 피조물 가운데 유일하게 자유로운 존재로 생각되었다. 발밑에는 대지, 머리 위에는 하늘, 그리고 마음대로 돌아다닐 수 있는 세상……그들은 갇혀 있지도 않고 속박되어 있지도 않았다.

헤이머의 머리 속에, 자신을 그토록 가차 없이 속박하고 있는 것이 실은 다름 아닌 자신이 숭배하고 소중히 해온 것, 바로 부라는 생각이 얼핏 떠올랐다. 그는 그것을 이 세상에서 가장 강한 것이라고 믿고 있었다. 그런데 그 황금의 힘 위에 앉아 있는 지금에야, 그는 자신의 말이 맞았다는 것을 깨달았다. 그를 구속하고 있는 건 다름 아닌 그의 돈이었다…….

하지만 그럴까? 정말 그럴까? 자신이 알지 못하는 더욱 심원하고 더욱 핵심적인 진상이 있지 않을까? 돈, 아니면 돈에 대한 애착? 그는 자신이 만들어낸 족쇄에 구속되고 만 것이다. 부 그 자체가 아닌, 부에 대한 집착이 속박의 쇠사슬이다.

그는 지금 분명하게 자신을 찢어놓으려 하고 있는 두 개의 힘을 알았다. 그를 가두고 에워싸는 유물주의의 온갖 따뜻한 요소를 내포하고 있는 힘과, 그것과 맞선 명료하고 엄연하게 부르고 있는 소리였다. 그는 그 소리를 날개의 부름이라고 혼자서 이름지었다.

그리고 한쪽이 싸우며 끈덕지게 달라붙어 있는 동안 다른 한쪽은 싸움을 비웃으며 굴하지 않고 완강하게 버티고 있다. 그것은 단지 부르고 있을 뿐, 끝없이 부르고 있을 뿐이다……. 그에게는 말로 표현할 수 있는 것과 마찬가지로 지극히 명료하게 들을 수 있는 목소리다.

"너는 나와 타협할 수 없다." 그것은 그렇게 말하고 있는 것 같았다. "나는 다른 모든 것보다 더욱 우월하기 때문이다. 만약 내 부름에 응한다면, 너는 다른 모든 것을 포기하고 너를 사로잡고 있는 힘을 뿌리치지 않으면 안 된다. 왜냐하면 내가 이끄는 곳에는 단지 자유로운 자만이 따라갈 수 있기 때문이다."

"나는 못해." 헤이머는 외쳤다. "난 할 수 없어……."

앉아서 혼잣말을 하고 있는 거구의 남자를 사람들이 뒤돌아보았다. 그건 희생을 요구하고 있었다. 그에게는 가장 소중한, 자신의 일부분이 되어 있는 것을 희생하는 것이다.

자신의 일부분——그는 다리가 없는 남자를 떠올렸다…….

4

"도대체 무슨 바람이 불어서 이런 곳까지 왔나?" 보로가 물었다.

사실 이스트엔드의 교회는 헤이머와는 인연이 먼 장소였다.

"난 상당히 많은 설교를 들어왔네." 부호가 말했다 "어느 설교나 한결같이 자금이 있다면 어떠어떠한 사업을 할 수 있다는 말을 하더군. 나는 단지 자네한테 이 말을 하러 왔네. 다시 말해 자네한테 자금을 제공하겠다는 말일세."

"그것 고마운 말이구먼." 보로는 약간 놀라며 대답했다. "거금을 기부하려는 겐가, 자네?"

헤이머는 담담하게 미소 지었다.

"그렇네. 전 재산을 1페니도 남기지 않고."

"뭐라고?"

헤이머는 미련 없는 사무적인 태도로 토해내듯이 상세한 내용을 설명했다. 보로는 머리가 혼란스러웠다.

"자네는, 자네는 이스트엔드의 빈민을 구제하기 위해 전 재산을 기증하고 나를 재정 관리인으로 지정하겠다는 말인가?"

"그렇네."

"하지만 왜? 왜지?"

"설명할 수는 없네." 헤이머가 천천히 말했다. "작년 2월, 환상에 대해 말한 것을 기억하고 있나? 말하자면 하나의 환상이 나를 포로로 만든 셈이지."

"그것 참 멋진 말이군!"

보로는 눈을 빛내며 몸을 앞으로 내밀었다.

"특별히 멋지다 할 건 아무 것도 없네." 헤이머는 무안한 듯이 말했다. "난 이스트엔드의 빈민 따위에는 요만큼도 관심 없는 사람이네. 그들에게 부족한 건 패기뿐이야. 나도 한땐 정말 가난했지. 하지만 난 거기서 벗어났어. 어쨌든 난 재산을 정리하지 않으면 안돼. 그렇다고 해서 어리석게 자선단체 같은 데 내줄 마음은 없네. 내가 신뢰할 수 있는 사람은 자네야. 그것으로 육체와 영혼을 살찌우는 게 좋아. 가능하다면 전자 쪽을 말이네. 나도 옛날에는 배고픔을 느꼈으니까. 하지만 자네 좋을 대로 해도 상관없어."

"이런 얘기는 지금까지 듣도 보도 못했네." 보로가 말을 흐렸다.

"모든 게 끝나고 말았어." 헤이머는 계속했다. "변호사들은 모든 수속을 마쳤고, 난 모든 서류에 사인했네. 지난 2주일 동안 무척 바빴어. 재산을 처리한다는 건 만드는 것과 마찬가지로 어려운 일이더군."

"하지만 자네, 자네. 자신을 위해서도 조금은 떼어두었겠지?"

"1페니도!" 헤이머는 밝게 말했다. "적어도, 그건 정확한 말이라고는 할 수 없겠군. 내 주머니에 딱 2펜스 들어 있으니까." 그는 소리 내어 웃었다.

어이없어하는 친구에게 작별을 고한 뒤 헤이머는 교회에서 나가 비좁고 불쾌한 냄새가 나는 거리로 걸어 들어갔다. 방금 그토록 즐거운 듯이 한 자신의 말이 따끔따끔한 상실감과 함께 돌아왔다. "1페니도!" 그 막대한 재산 가운데 그는 무엇 하나 자신의 것으로 남기지 않았다. 그는 지금 두려워하고 있었다. 빈곤과 굶주림과 추위를. 그에게 있어서 희생적인 행위는 그다지 즐거운 일이 아니었다.

그렇지만 그는 그 이면에서 내리누르고 있던 중압감과 위협이 제거되었음을 느끼고 있었다. 이제 압박당하지도 구속당하지도 않을 것이다. 가혹한 속박의 사슬이 그를 괴롭히고 쇠약하게 만들어버렸지만 해방의 환영이 그에게 기운을 주었다. 육체적인 요구는 그 부르는 소리를 희미하게 해줄지도 모른다. 그러나 사라지게 할 수는 없을 것이다. 왜냐하면 그는 그것이 절대로 사라지지 않는 불멸의 것임을 알고 있었기 때문이다.

대기 속에서 가을의 기척이 느껴졌고 바람은 차갑게 몸에 스며들었다. 그는 냉기를 느끼며 몸을 떨었다. 그리고 배도 고팠다. 점심 먹는 것을 까맣게 잊고 있었던 것이다. 그것은 극히 가까운 장래의 일을 떠올리게 했다. 자신이 전 재산을, 안락과 따뜻함을 포기해버렸다는 건 믿을 수 없는 일이었다. 헤이머의 육체가 힘없이 소리쳤다…… 그러자 다시 자유로워져 환희로 고양된 분위기 속으로 돌아왔다.

헤이머는 망설였다. 지하철 역 부근에 와 있었다. 주머니 속에는 2펜스가 들어 있다. 2주일 전에 빈둥거리는 게으름뱅이들을 관찰했던 공원에 가야겠다는 생각이 들었다. 충동적인 생각이지만 딱히 이제부터 무엇을 해야겠다는 계획도 없었다. 사실 그는 자신이 미친 것이라고 믿고 있었다. 제정신이라면 그런 행동을 하지 않는다. 그렇지만 만약 그렇다 해도 광기는 멋지고 놀라운 것이었다.

그렇다, 그는 지금 공원의 탁 트인 넓은 지대로 가는 것이다. 그리고 지하철을 타고 그곳으로 간다는 것은 그에게는 특별한 의미가 있다. 지하철은 갇힌, 폐쇄적인 생활의 모든 공포를 나타내고 있기 때문이다……. 그는 이 유폐된 곳에서, 사방에 있는 집들의 위협을 가려주는 넓은 잔디밭과 숲이 있는 곳으로 올라가는 것이다.

엘리베이터가 빠르게, 간단없이 그를 아래쪽으로 운반해갔다. 공기가 무겁게 괴어 있었다. 헤이머는 사람들 틈에서 벗어나 플랫폼 가장자리에 섰다. 왼쪽에 입을 벌리고 있는 터널 속에서 곧 전동차가 뱀 같은 모습을 드러낼 것이다. 그는 이 장소 전체에서 표현할 길 없는 불길한 것을 느꼈다. 바로 옆에 술에 취한 청년 하나가 몸을 웅크리고 의자에 쓰러져 있을 뿐이다.

멀리서 위협하는 듯한 전동차의 포효가 희미하게 들려왔다. 청년이 일어나더니 다리를 끌면서 휘청휘청 헤이머 옆으로 다가왔다. 그리고 플랫폼 끝에 서서 터널 속을 들여다보았다.

그때 그것은 거의 믿을 수 없을 만큼 눈 깜짝할 사이에 일어났다. 청년이 중심을 잃고 선로에 떨어진 것이다…….

동시에 무수한 생각들이 헤이머의 머리 속에 한꺼번에 밀려왔다. 버스에 치인 주저앉은 살덩어리를 본 일, 갈라진 목소리가 "스스로를 책망할 필요는 없어요, 신사 양반. 당신이 어떻게 할 수 있는 일이 아니었어요" 하고 말한 일. 동시에 이 생명은 구할 수 있을 것이며, 그를 구할 수 있는 사람이라고 하면 그건 자기뿐이라는 생각이 들었다. 근처에는 아무도 없고 전동차는 시시각각 다가온다……. 이러한 일들이 주마등처럼 그의 뇌리를 스치고 지나갔다. 그는 묘하게 평정한 마음으로 명석한 사고를 경험한 것이다.

결심할 시간은 1초도 없었다. 그리고 그 순간에 그는 죽음의 공포가 사라지지 않는 것을 알았다. 너무 두려웠다. 어쩌면 그것은 헛된 희망이 아닐까? 두 사람의 생명을 헛되게 버리는 일이 되지는 않을까?

반대쪽 플랫폼에 있던 목격자들의 놀란 눈에는, 청년이 떨어지는 것과 그 뒤를 따라 또 한 남자가 뛰어내리는 것이 거의 동시에 일어난 것으로 보였다. 그리고 터널의 커브를 돌아 돌진해 오는 전동차가 급정거하기에는 이미 너무 늦었다.

헤이머는 잽싸게 청년을 두 팔로 안아들었다. 자연스럽게 용감한 충동에 사로잡혔던 것은 아니었다. 그의 떨리는 몸은 희생을 요구하는 딴 세상의 정령의 명령에 따랐을 뿐이었다. 마지막 힘을 짜내어 그는 청년을 플랫폼 위로 던져 올렸다…….

그 순간 갑자기 공포가 사라졌다. 물질 세계는 이미 그를 붙잡을 수 없었다. 속박에서 해방된 것이다. 그는 한순간 목양신의 즐거운 듯한 피리 소리를 들은 것 같았다. 그리고 더 가까운 곳, 더 높은 곳에서, 다른 모든 것을 집어삼키며 무수한 날개들이 기쁜 듯이 쇄도해 왔다…… 그를 감싸고 에워싸면서…….

The Last Seance

마지막 강령술

라울 드브르이유는 콧노래를 부르면서 센 강을 건넜다. 그는 서른두 살쯤 된 잘생기고 젊은 프랑스인으로, 혈색 좋은 얼굴에 검은 콧수염을 짧게 기르고 있다. 직업은 기술자. 이윽고 카르도네 거리에 도착하자 17번지의 문 안으로 들어간다. 창구 안에서 얼굴을 내밀며 마지못해 인사하는 여자 관리인을 향해 밝게 인사를 건넨 다음 3층으로 올라갔다. 벨을 누른 뒤 기다리면서 다시 한번 조금 전의 콧노래를 부른다. 오늘 아침 라울 드브르이유는 유달리 기분이 좋았다. 늙은 프랑스 여자가 문을 열더니 방문자가 누구라는 걸 알자 주름이 가득한 얼굴이 이내 웃음으로 허물어졌다.

"안녕하세요, 무슈!"

"안녕, 엘리스."

장갑을 벗으며 현관에 들어선다.

"시몬이 기다리고 있지?" 하고 돌아보면서 묻는다.

"그럼요, 무슈."

엘리스는 현관문을 닫은 뒤 그를 향해 돌아섰다.

"작은 응접실로 가세요. 아씨는 곧 나오실 거예요. 지금 쉬고 계세요."

라울은 놀란 얼굴로 상대를 쳐다보았다.

"어디가 아프기라도 한 건가?"

"약간요."

엘리스는 코를 흥흥거리며 라울의 앞을 지나 작은 응접실 문을 열었다. 그가 안에 들어가자 엘리스도 뒤따라 들어왔다.

"몸이 성하실 리가 있나요? 강령술, 강령술, 언제나 강령술이니 원! 그건 건전하고 자연스러운 일이 아니고, 신의 뜻에 합당한 일도 아니에요. 까놓고 말해서 그건 악마와의 거래예요."

라울은 안심시키듯이 그녀의 어깨를 두드렸다.

"그만해요, 엘리스" 하고 달래듯이 말한다. "흥분해선 안돼. 그리고 자기가 이해할 수 없는 일이라 해서 무조건 악마 탓으로 돌려선 안되지."

엘리스는 의심스럽다는 듯이 고개를 저었다.

"하지만" 하고 목소리를 낮춰 불평했다. "무슈가 뭐라 하시든 난 마음에 들지 않아요. 아씨를 보세요. 하루하루 파리하게 여위어가고 게다가 저 두통!"

그녀는 도저히 못 말리겠다는 듯이 두 팔을 번쩍 치켜들었다.

"아니야, 안돼요. 이런 신령(神靈) 장사 같은 건 좋은 일이라고 할 수 없어요. 영혼요? 선량한 영혼은 모두 천국에 있답니다. 그렇지 않으면 연옥이구요."

"사후 생활에 관한 당신의 사고는 굉장히 단순하군, 엘리스." 털썩 의자에 앉으면서 라울이 말했다.

노파는 엄한 표정이 되었다.

"난 선량한 가톨릭 교도예요, 무슈."

그녀는 성호를 그은 뒤 문으로 걸어가서 손잡이에 손을 댄 채 걸음을 멈췄다.

"결혼하신 뒤에는" 하며 애원하듯이 말한다. "계속하지 않으실 거죠, 이런 일?"

라울은 애정이 담긴 웃는 얼굴을 보였다.

"당신은 선량하고 충실한 사람이오, 엘리스. 그리고 주인을 진정으로 걱정해주고. 하지만 걱정할 필요 없어요. 그녀가 내 아내가 되면 당신이 말하는 그 신령 장사는 딱 끊을 테니까. 드브르이유 부인이 되면 이제 더 이상 강령회는 없어."

엘리스의 얼굴이 비로소 웃는 얼굴로 돌아갔다.

"정말이세요?" 하고 열심히 묻는다.

상대는 진지하게 고개를 끄덕여보였다.

"그럼" 하고 노파에게라기보다 오히려 자기 스스로에게 들려주는 것 같은 말투로 "그럼, 이런 건 완전히 그만두게 해야 해. 시몬은 천부적으로 뛰어난 재능을 타고났고, 그걸 맘껏 발휘해왔지만 이제 그녀의 역할은 끝났어. 당신이 매우 적절한 말로 표현했듯이 엘리스, 그녀는 날마다 파리하게 여위어가고 있어. 영매의 생활은 특히 피로와 육체적 소모가 심하고 극도의 정신적 긴장을 동반하지. 그렇지만 엘리스, 당신 주인은 파리에서 가장, 아니, 프랑스에서 제일가는 뛰어난 영매야. 전 세계에서 사람들이 찾아오는 건, 그녀는 아무런 트릭도 속임수도 쓰지 않는다는 걸 알고 있기 때문이지."

엘리스는 경멸하듯이 코웃음을 쳤다.

"속임수라구요! 아, 말도 안돼. 우리 아씨는 갓난아기도 속이지 못해요."

"그 사람은 천사야." 젊은 프랑스 청년은 정열을 담아 말했다. "그 사람을 행복하게 해 주기 위해서라면, 난 남자로서 할 수 있는 일은 뭐든지 할 거야. 당신도 믿지?"

엘리스는 엄한 얼굴이 되어, 꾸민 데가 없는 장중한 태도로 말했다

"난 오랫동안 아씨를 모셔왔어요, 무슈. 그 분을 사랑하고 있다고 감히 말할 수 있어요. 아씨의 인품에 어울리는 정열로 당신이 아씨를 사랑하고 있다는 걸 믿지 못했다면, eh bien(잘 들으세요), 무슈. 난 기꺼이 당신을 갈가리 찢어놓았을 거예요."

라울은 웃음을 터뜨렸다.

"브라보, 엘리스! 당신은 충실한 사람이군. 아씨가 이제부터 영혼과는 인연을 끊을 거라고 약속한 이상 나를 인정해 주지 않으면 안될 걸."

라울은 노파가 이 농담에 웃으며 응할 거라고 예상하고 있었는데 놀랍게도 그녀는 근엄한 태도를 허물지 않았다.

"만약에 말이에요, 무슈" 하고 노파는 주저하면서 말했다. "영혼 쪽에서 아씨와 인연을 끊으려 하지 않으면요?"

라울은 찬찬히 상대방을 응시했다.

"뭐라고? 그게 무슨 뜻이지?"

"혹시 영혼이 그분을 놓아주지 않으면 어떻게 하실 건가요?" 노파는 되풀이했다.

"당신은 영혼 같은 것 믿지 않는 줄 알았는데, 엘리스?"

"물론 믿지 않아요." 엘리스는 완고하게 말했다. "그런 걸 믿는 건 어리석기 짝이 없는 일이죠. 하지만"

"하지만, 뭐?"

"설명하기가 어렵군요, 무슈. 영매를 자처하는 사람은, 애정의 대상을 잃은 가엾은 사람들을 이용해서 잔꾀나 부리는 사기꾼이라고 난 늘 생각했어요. 하지만 우리 아씨는 그렇지 않아요. 아씨는 정

말 좋은 분이에요. 정직하고, 그리고……."

엘리스의 낮은 목소리에는 외경의 감정이 담겨 있었다.

"여러 가지 일들이 일어난답니다. 트릭이 아니고 진짜로 일어나요. 그래서 전 두려운 거예요. 왜냐하면 무슈, 그것이 옳은 일이 아니라는 게 분명하니까요. 자연과 Le bon Dieu(신)을 거스르는 행위이고, 누군가가 그 벌을 받지 않으면 안돼요."

라울은 의자에서 일어나 그녀 옆으로 다가가더니 어깨를 두드렸다.

"그만 진정해요, 엘리스. 내가 좋은 소식을 알려주지. 오늘은 강령회의 마지막 날이야. 앞으로는 절대로 안 할 테니까."

"그럼 오늘 한번은 하신다는 거잖아요?" 노파가 의심스럽다는 듯이 물었다.

"마지막이야, 엘리스. 마지막."

엘리스는 안타깝다는 듯이 고개를 저었다.

"아씨가 몸이 좋지 않아서……."

그러나 그 말은 중단되었다. 문이 열리고 키 큰 금발의 여성이 들어왔다. 호리호리하고 우아한 여인으로 보티첼리의 성모 마리아 같은 얼굴이다. 라울의 얼굴이 환하게 밝아졌다. 엘리스는 눈치 빠르게 물러갔다.

"시몬!"

그녀의 가녀린 하얀 두 손을 마주 잡고 그는 양쪽에 번갈아 입을 맞췄다. 시몬은 중얼거리듯이 가만히 그의 이름을 불렀다.

"라울, 내 사랑."

그는 다시 한번 그 손에 키스한 뒤, 그녀의 얼굴을 지그시 들여다보았다.

"시몬, 얼굴이 왜 그렇게 창백하지? 엘리스가 당신은 쉬고 있다고 말했는데, 병에 걸리기라도 한 거요?"

"아니에요, 병은 아니에요." 그녀는 말꼬리를 흐렸다.
그는 시몬을 소파로 데리고 가서 나란히 앉았다.
"그럼 얘기해 봐요."
영매는 보일락말락 미소지으며 중얼거리듯이 말한다.
"당신은 나를 바보로 생각하고 있군요."
"내가? 당신을 바보로 생각한다고? 말도 안돼."
그녀는 라울의 손 안에서 자신의 손을 뺐다. 잠시 카펫을 응시하면서 가만히 앉아 있다가 이윽고 낮은 목소리로 빠르게 말했다.
"나는 두려워요, 라울."
그녀가 말을 계속할 줄 알고 기다렸지만 그럴 기색이 보이지 않자 라울은 격려하듯이 말했다.
"뭐가 두려운 거요?"
"그냥 두려워요, 그뿐이에요."
"그렇지만……."
그가 당황하여 시몬을 바라보자 그녀는 곧 그것을 알고 대답했다.
"네, 정말 어리석어요. 하지만, 난 그렇게 느껴요. 그냥 두려워요, 뭐가 두려운 건지, 왜 그런 건지는 모르겠지만 늘 무서운 일이 일어날 거라는 예감에 사로잡혀 있어요. 뭔가 무서운 일이 내 몸에 일어날 것 같은……."
시몬은 초점 없는 눈으로 앞쪽을 응시했다. 라울은 다정하게 그녀의 어깨를 감싸 안았다.
"이봐요, 시몬. 그런 마음 약한 소리 하면 안돼. 기운을 내, 시몬. 영매로서의 생활에서 오는 긴장 탓이야. 당신한테 필요한 건 휴식——휴식과 안정이오."
시몬은 고마워하는 눈빛으로 그를 바라보았다.
"네, 라울. 맞아요. 나에게 필요한 건 휴식과 안정이에요."

시몬은 눈을 감고 라울의 팔에 몸을 기댔다.

"그리고 행복도." 라울이 그 귀에 속삭인다.

그의 팔이 시몬을 끌어안았다. 그녀는 눈을 감은 채 깊은 숨을 내쉬었다.

"이렇게 당신 품에 안겨 있을 때는 안심이 돼요. 내 생활——영매의 고통스러운 생활을 잊을 수 있어요. 잘 알죠, 라울? 하지만, 당신도 그 의미를 완전히는 알지 못해요."

라울은 자신의 품속에서 그녀의 몸이 굳어지는 것을 느꼈다. 시몬은 다시 눈을 뜨고 앞쪽을 응시하고 있다.

"작은 방의 어둠 속에 앉아 기다리고 있을 때, 암흑이 얼마나 무서운지, 라울, 공허한, 허무의 암흑. 자신을 의식적으로 그 속에 몰입시키죠. 그 뒤에는 아무것도 모르고 아무것도 느끼지 않지만, 마지막에는 고통을 동반한 느린 회복이 시작되면서 잠에서 깨어나요. 하지만 죽을 것처럼 지쳐서 일어날 수가 없어요."

"알고 있소." 라울은 중얼거렸다. "알아요."

"너무 지쳐서." 시몬이 다시 한번 말했다.

그 말을 되풀이할 때마다 그녀는 온몸에서 힘이 빠져나가는 것 같았다.

"하지만 당신은 훌륭해, 시몬."

라울은 시몬의 손을 잡고 자신의 정열을 함께 나누어 그녀의 기운을 북돋우려고 했다.

"당신은 세상에서 둘도 없는 사람, 세상에서 가장 위대한 영매요."

그녀는 살며시 미소지으면서 고개를 저었다.

"아니야, 내 말이 맞아." 라울은 그렇게 주장하며 주머니에서 편지를 두 통 꺼냈다. "이것 좀 봐요, 사르페트리에에 있는 로시에 교수가 보낸 편지요. 이쪽은 낭시의 제니르 박사한테서 온 거고. 둘 다가끔 자신들을 위해 앞으로도 강령술을 계속해달라고 부탁해 왔소."
"안돼요!"
시몬은 벌떡 일어났다.
"난 하지 않아요, 하지 않을 거예요. 이제 모든 건 끝이에요, 모두 끝났다구요. 약속했잖아요, 라울?"
라울은 어리둥절한 눈으로 그녀를 응시했다. 시몬은 마치 쫓기는 짐승처럼 비틀거리며 그의 눈앞에 서 있었다.
"알았소, 알았어요. 이젠 끝났어, 그건 나도 알고 있어요. 하지만 난 당신이 무척 자랑스러워, 시몬, 그래서 이 편지를 꺼낸 거였소."
그녀는 의심스럽다는 듯이 곁눈으로 재빨리 그를 보았다.
"그럼, 이제 두 번 다시 강령술을 하게 하지 않을 거라는 말이군요."
"그래. 당신이 아주 가끔, 오랜 친구들을 위해 스스로 하고 싶은 마음이 들지 않는 한……."
그러나 그녀는 라울의 말을 가로막으며 흥분한 듯이 밀했다.
"아니에요, 아니에요. 두 번 다시 하지 않을 거예요. 위험해요, 이해해 줘요, 라울. 중대한 위험이 느껴져요."
그녀는 잠시 이마 위로 두 손을 마주잡고 있다가 창가로 걸어갔다.
"다시는 시키지 않겠다고 약속해 줘요." 그녀는 뒤돌아보며 아까보다 침착한 목소리로 말했다.
라울은 그녀의 뒤에 다가가서 어깨를 감싸 안았다.
"시몬" 하고 부드러운 목소리로 부른다. "오늘 이후로는 두 번 다시 시키지 않겠다고 약속하리다."
라울은 시몬이 몸을 꿈틀하는 것을 느꼈다.
"오늘" 시몬은 중얼거렸다. "아, 그랬군요. 마담 엑스를 잊고 있었어요."

라울은 손목시계를 들여다보았다.

"이제 올 때가 됐는데, 시몬, 만약 기분이 좋지 않으면……."

시몬은 그의 말을 제대로 듣고 있지 않는 것 같았다. 잇따라 뇌리에 떠오르는 자신의 생각을 쫓고 있는 것이다.

"그 사람은 묘해요, 라울. 아주 묘한 사람이에요. 당신 알아요? 난 그 사람이 두려워요."

"시몬!"

라울의 목소리에는 비난의 빛이 담겨 있었다. 그녀는 금방 그것을 느꼈다.

"네, 알고 있어요. 당신도, 다른 프랑스 남자들과 다를 게 없군요, 라울. 당신에게도 어머니라는 건 신성한 존재이고, 그런 어머니가 자식을 잃고 슬픔에 빠져 있는데 그렇게 느끼는 내가 매정하다는 거죠? 하지만…… 설명할 순 없지만, 그 부인은 체격이 무척 크고 검은 옷만 입고, 게다가 그 손, 당신, 그 부인의 손, 본 적 있어요, 라울? 굉장히 커요, 남자처럼 우악스러운 손이에요, 아!"

시몬은 진저리를 치며 눈을 감았다. 라울은 그녀를 안고 있던 팔을 풀더니 냉담함마저 느껴지는 태도로 이렇게 말했다.

"정말이지 당신이라는 사람은 알 수가 없어, 시몬. 당신도 여자이면서 다른 여자, 더구나 자식을 잃은 어머니에게 전혀 동정심을 갖지 않다니."

시몬은 초조한 듯한 몸짓을 했다.

"아, 당신이야말로 정말 알 수가 없군요! 누구라도 견딜 수 없을 거예요. 그 부인을 처음 보았을 때 난 느꼈어요."

그녀는 도움을 청하듯이 두 손을 내밀었다.

"공포예요! 기억해요? 그 부인을 위해 강령술을 하는 것을 난 좀처럼 승낙하지 않았어요. 왠지 모르게 그 부인이 악운을 불러올 것 같은 느낌이 들었어요."

라울은 어깨를 으쓱했다.

"그런데 실제로는 그것과 정반대의 것을 당신한테 가져다주었지." 그는 냉담하게 말했다. "강령술은 매번 대성공을 거두었소. 소녀 아메리의 영혼은 이내 당신 몸에 들어왔고, 구체화한 영혼은 정말이지 거의 진짜와 가까웠소. 정말 그땐 로시에 교수가 입회했더라면 좋았을 거라는 생각이 들 정도였지."

"구체화한 영혼." 시몬은 낮은 목소리로 말했다 "네, 얘기해줘요, 라울(실신 상태에 있는 동안 무슨 일이 일어나는지 난 전혀 모른다는 걸 알죠?), 그 구체화는 정말 그렇게 대단한 것이었나요?"

그는 힘 있게 고개를 끄덕였다.

"처음 두세 번은 희미한 안개처럼 보였소. 하지만, 지난번의 강령회에서는……."

"어땠어요?"

그는 무척 부드럽게 말했다.

"시몬, 그곳에 서 있었던 것은 피와 살을 가진, 진짜 살아 있는 아이였소. 나는 만져보기도 했지. 하지만 만지는 것이 당신한테는 무척 끔찍한 고통이 되는 것 같았소. 그래서 나는 마담 엑스에게는 만지는 것을 허락하지 않았어. 그녀가 자제심을 잃으면 당신한테 해를 미치는 결과가 될지도 모른다고 생각했소."

시몬은 다시 창가로 갔다.

"눈을 떴을 때 나는 모든 기력이 다 소모되고 말았어요. 라울, 당신……당신, 이런 일이 옳다는 확신이 정말 있는 거예요? 당신은 엘리스가 어떻게 생각하고 있는지 알고 있죠? 엘리스는 내가 악마와 거래하고 있다고 생각해요."

시몬은 자신 없는 듯이 웃었다.

"내 신념은 알고 있지 않소?" 라울이 진지한 표정으로 말했다. "미지의 것을 다루는 일에는 늘 위험이 뒤따르는 법이오. 그러나 과학을 위해서라면 그 목적은 훌륭한 것이지. 전 세계 어디에나 과학을 위한 순교자는 있어요. 선구자가 희생을 치른 덕택에 뒤를 잇는 자들은 안전하게 그 발자취를 따라갈 수 있는 거요. 지난 10년 동안, 당신은 심한 정신적 긴장이라는 대가를 치르며 과학을 위해 공헌해 왔소. 하지만 당신의 역할도 오늘로 끝나고 이제부터는 당신이 행복하게 사는 것을 방해하는 건 아무 것도 없을 거요."

그녀는 애정이 담긴 미소를 지었다. 안정을 되찾은 듯이 보였다. 그리고 얼른 시계를 쳐다보았다. "마담 엑스가 늦는군요. 어쩌면 안 올지도 몰라요."

"난 올 거라고 생각하는데. 당신의 시계가 좀 빠른 것 같아, 시몬."

시몬은 방 안을 서성거리며 장식품을 이리저리 옮겨놓았다.

"그 마담 엑스라는 부인은 어떤 사람일까요? 어디서 왔으며 가족은 어떤 사람들일까요? 그 부인에 대해 아무것도 모른다는 게 기묘해요."

라울은 어깨를 한번 으쓱했다.

"영매를 찾아오는 사람들은 대부분 신원을 숨기려고 하니까. 기본적인 조심이지."

"그렇겠죠." 시몬은 우울한 듯이 고개를 끄덕였다.

그때 그녀가 들고 있던 작은 도자기 꽃병이 손에서 미끄러져 난로 타일 위에서 산산조각이 나고 말았다. 그녀는 얼른 라울에게 몸을 돌리며 중얼거렸다.

"아셨죠, 당신. 내가 어떻게 된 거라구요. 라울, 만약 오늘은 할 수 없다고 거절하면 나를 무척, 무척 겁쟁이라고 생각하실 거죠?"
감정이 상한 그의 놀라는 표정을 보자 시몬은 얼굴을 붉혔다.
"약속하지 않았소? 시몬……." 그는 부드럽게 말했다.
시몬은 벽 쪽으로 뒷걸음질쳤다.
"하고 싶지 않아요, 라울. 하고 싶지 않아요."
하지만 부드럽게 책망하는 듯한 라울의 눈빛을 보자 시몬은 위축되는 걸 느꼈다.
"내가 생각하고 있는 건 돈 문제가 아니오, 시몬. 하지만, 지난번에 그 부인이 주고 간 사례는 막대한 것이었음을 잊어선 안돼. 정말 어마어마한 금액이었어."
그녀는 반항하듯이 그 말을 가로막았다.
"세상에는 돈보다 더 중요한 것이 있어요."
"분명히 있지." 힘 있는 말투로 그는 인정했다. "그건 바로 내가 하려던 말이오. 생각해 봐요. 그 여성은 어머니, 그것도 외동딸을 잃은 어머니요. 만약 당신이 정말 병에 걸린 게 아니라 그저 마음의 거리낌 때문이라고 한다면——돈 많은 여자의 돼먹지 않은 변덕을 거절하는 거라면 몰라도, 자식의 모습을 마지막으로 한번만 더 보고 싶다는 어머니의 청을 거절할 수 있겠소?"
영매는 절망한 듯이 두 팔을 들었다 놓았다.
"아, 당신은 날 괴롭히고 있어요." 그녀는 중얼거렸다. "하지만, 당신 말이 맞아요. 당신이 원하는 대로 하죠. 하지만, 이제야 겨우 내가 무엇을 두려워하고 있는 건지 알았어요. 그건 바로 어머니라는 말이었어요."
"시몬!"
"세상에는 분명히 원시적인 자연의 힘이라는 것이 있어요, 라울. 그런 것은 대부분 문명에 의해 사멸되고 말았지만, 모성이라는 건

원초적인 모습 그대로예요. 동물도 인간도 똑같이. 자식에 대한 어미의 사랑은 아무데도 비할 데가 없는 거예요. 관습도 무시하고 동정심도 모르고, 모든 것을 아랑곳하지 않고, 가는 길을 가로막는 것은 모조리 무자비하게 짓밟아 버리죠."

시몬은 입을 다물고 잠시 숨을 몰아쉰 뒤 그를 향해 돌아서더니, 도저히 화를 낼 수 없게 만드는 미소를 살짝 지어보였다.

"나, 오늘은 정말 어떻게 되었나 봐요, 라울. 알고 있어요."

라울이 그녀의 손을 잡았다.

"잠시 누워 있도록 해요. 부인이 올 때까지 쉬면 괜찮아질 거요."

"그럴게요." 웃는 얼굴을 돌리더니 시몬은 방에서 나갔다.

라울은 잠시 깊은 생각에 빠져 있다가 뚜벅뚜벅 걸어가서 문을 연 뒤 작은 응접실을 가로질러갔다. 그리고 맞은편에 있는 거실로 들어갔다. 방금 나온 방과 많이 닮았지만, 커다란 팔걸이의자가 놓여있는 커다란 벽감이 그 한쪽 끝에 설치되어 있다. 벽감에는 묵직한 검은 비로드 커튼이 쳐져 있어서 칸막이처럼 되어 있다. 엘리스는 바쁘게 방을 준비하고 있었다. 그녀는 벽감 둘레에 의자 두 개와 작고 둥근 테이블을 갖다놓았다. 테이블 위에는 탬버린과 뿔피리가 하나씩, 그리고 종이와 연필이 올려져 있다.

"마지막 모임이군요." 엘리스는 불안하면서도 만족스런 빛을 드러내며 중얼거렸다. "아, 무슈. 이미 다 끝나 있다면 얼마나 좋을까요?"

벨 소리가 날카롭게 울려퍼졌다.

"그 여자가 왔어요, 남자 같은 여자." 늙은 하녀는 말을 계속했다. "그 여자는 왜 성당에 가서 죽은 자식의 영혼을 위해 제대로 된 기도를 올리고 성모님께 양초 한 자루라도 바치지 않는 걸까요? 우리에게 무엇이 가장 좋은지 신께서는 다 알고 계시잖아요?"

"어서 나가 봐, 엘리스." 라울이 엄하게 말했다.

엘리스는 그를 힐끗 쳐다보았지만 그 말에는 따랐다. 그리고 곧 방문객을 데리고 돌아왔다.

"당신이 왔다고 전하겠습니다, 부인."

라울은 앞으로 나아가 마담 엑스와 악수를 나눴다. 시몬의 말이 그의 기억에 되살아났다.

'체격이 무척 크고 검은 옷만 입는'

그녀는 사실 무척 큰 여자로 프랑스식의 무거운 검은색 상복이 그녀의 경우에는 좀 과장스럽게 보이는 것도 사실이었다. 게다가 무척 낮고 멀리까지 잘 울리는 목소리를 가졌다.

"제가 좀 늦었죠, 무슈?"

"아닙니다. 괜찮습니다." 라울은 미소 지으면서 말했다. "마담 시몬은 지금 잠시 쉬고 있습니다. 안타깝게도 몸이 별로 좋지 않아서요. 신경 과민인 데다 몹시 피곤해하고 있습니다."

그러자 빼고 있던 그녀의 손이 갑자기 굉장한 악력으로 그의 손을 다시 붙들었다.

"하지만 하실 거죠?" 하고 날카롭게 묻는다.

"하고말고요, 부인."

마담 엑스는 안도의 한숨을 내쉬더니 의자에 몸을 깊숙이 묻고, 얼굴에 쓰고 있던 무거운 검은 베일을 하나 벗었다.

"아, 무슈!" 그녀는 중얼거리듯이 말했다 "당신은 상상도 못하실 거예요. 저에게 이 강령술이 얼마나 중요한 일인지, 얼마나 기쁜 일인지 아마 모르실 거예요. 내 딸, 나의 아메리! 그 아이의 모습을 보고 그 아이의 목소리를 듣고, 또 그래요, 아마 손을 뻗어 만질 수도 있을 걸요."

라울은 얼른 단호하게 말했다.

"엑스 부인, 어떻게 설명하면 좋을지……무슨 일이 있어도 제가 지시한 것 외에 아무것도 해서는 안 됩니다. 그렇지 않으면 큰 위험이 발생합니다."

"저에게 위험하다는 말인가요?"

"아닙니다, 부인. 영매에게 위험합니다. 이 강령현상은 어떤 의미에서 과학적으로 설명되고 있다는 것을 이해해 주셔야 합니다. 전문적인 용어를 사용하지 않고 간단하게 설명하지요. 영혼이 모습을 드러내기 위해서는 영매의 현실적인 육체를 사용해야 합니다. 영매의 입술에서 기체가 흘러나오는 것을 보셨지요? 그것이 마지막에 응축하여 영혼의 죽은 육체와 유사한 것을 형성하는 겁니다. 그러나 이 심령체는 우리가 믿는 바로는 영매의 현실의 육체입니다. 우리는 앞으로 정밀하게 몸무게를 재거나 시험함으로써 그것을 증명할 수 있기를 바라고 있습니다. 하지만 그 현상체에 손을 대면, 영매에게 위험과 고통이 뒤따른다는 점이 대단히 까다로운 부분이지요. 만약 이 구체화한 영혼을 함부로 붙잡거나 하면 그 결과 영매가 죽을 수도 있습니다."

마담 엑스는 온몸이 귀가 된 듯이 열심히 듣고 있었다.

"무척 흥미로운 얘기군요, 무슈. 그럼 영혼의 구체화가 언젠가는 더 진전되어 그 모체인 영매한테서 분리될 수도 있겠군요?"

"그건 좀 엉뚱한 생각 같은데요, 부인."

부인은 물러서지 않았다.

"하지만 실제로 불가능하지는 않죠?"

"현재로서는 도저히 불가능합니다."

"그럼 장래에는?"

그때 시몬이 들어온 덕택에 다행히 그는 대답하지 않아도 되었다. 그녀는 기운이 없고 파리해 보였지만 자제심은 완전히 회복한 것 같았다. 앞으로 나서서 마담 엑스와 악수를 나누었다. 그러나 악수한 순간 희미한 전율이 그녀의 온몸을 타고 흐르는 것을 그는 느낄 수 있었다.

"몸이 좋지 않다니 안됐군요." 마담 엑스가 말했다.

"별일 아니에요." 약간 무뚝뚝하게 시몬이 말을 이었다. "그럼 시작할까요?"

그녀는 벽감으로 가서 팔걸이의자에 앉았다. 이번에는 라울 자신이 갑자기 온몸에 공포의 물결이 밀려드는 것을 느꼈다.

"당신은 아직 몸이 회복되지 않았어." 그는 소리쳤다. "강령회는 취소하는 게 좋겠소. 엑스 부인도 이해해 주실 거요."

"라울 씨!" 마담 엑스가 분연히 일어섰다.

"시몬, 그만 두는 게 좋겠소. 그렇지 않소? 절대 취소하는 게 좋을 거요."

"마담 시몬은 한번 더 해 주겠다고 나에게 약속했어요."

"그래요." 시몬은 조용히 고개를 끄덕였다. "전 약속을 지킬 생각이에요."

"꼭 그래주길 바래요, 마담."

"난 약속한 건 어기지 않아요." 시몬은 차갑게 말한 뒤 조용히 덧붙였다. "걱정 말아요, 라울. 어차피 이번이 마지막인 걸요. 다행히도 이것으로 마지막이에요."

그녀가 신호하자 라울은 벽감의 두꺼운 커튼을 쳤다. 그리고 창문의 커튼도 치자 실내는 어두컴컴해졌다. 그는 마담 엑스에게 의자를 권하고 자신도 다른 의자에 앉았다. 그러나 마담 엑스는 뭔가 망설이고 있었다.

"실례지만 무슈, 내가 당신과 마담 시몬의 성실성을 무조건적으로 신뢰하고 있다는 걸 알아주세요. 하지만 나의 증언을 더욱 가치 있는 것으로 만들기 위해 제멋대로인 것 같지만 이것을 가지고 왔어요."

그렇게 말하더니 핸드백에서 가느다란 끈을 꺼냈다.

"부인! 무례하군요!" 라울이 소리쳤다.

"확신을 가지기 위해서예요."

"거듭 말하겠소, 그건 무례한 행동이오."

"왜 반대하는지 모르겠군요, 무슈." 마담 엑스는 비웃듯이 말했다.

"속임수를 쓰지 않는다면 두려워할 건 아무 것도 없을 텐데."

라울이 경멸하듯이 웃었다.

"난 절대로 두려워하지 않소, 마담. 만약 원하신다면 내 손발을 묶어도 좋아요."

그의 대사는 기대한 대로 효과를 거두지는 못했다. 왜냐하면 마담 엑스는 단지 차갑게, "고마워요, 무슈" 하고 중얼거리면서 감겨 있는 끈을 들고 그에게 걸어왔기 때문이다.

그때 커튼 안에서 시몬이 소리쳤다.

"안돼요, 라울. 그렇게 하게 해선 안돼요."

마담 엑스는 비웃듯이 웃더니 "마담은 걱정되나 보군요" 하고 빈정댔다.

"네, 난 걱정돼요."

"말 조심해, 시몬." 라울이 소리쳤다. "마담 엑스는 아무래도 우리를 사기꾼으로 생각하고 있는 것 같아."

"확인하고 싶을 뿐이에요." 마담 엑스는 완강하게 말했다.

그녀는 솜씨 좋게 일을 시작하여 라울을 의자에 단단히 묶어버렸다.

"당신 솜씨에 경의를 표해야 할 것 같군요, 부인." 부인의 작업이 끝나자 이번에는 그가 빈정댔다. "이제 만족하십니까?"

마담 엑스는 대답하지 않았다. 실내를 한 바퀴 돌며 벽의 널빤지를 꼼꼼하게 조사하고, 거실로 통하는 문을 잠그고 열쇠를 꺼낸 뒤 의자로 돌아왔다.

"이제" 부인이 형언하기 힘든 목소리로 말했다. "준비가 다 된 것 같군요."

몇 분이 흘렀다. 커튼 뒤에서 들려오는 시몬의 숨결이 점차 거칠어지더니 코를 고는 듯한 소리로 변해갔다. 이윽고 그 소리도 완전히 사라지자 신음 소리가 연속적으로 일어난다. 다시 잠시 침묵이 흐른 뒤, 갑자기 시끄러운 탬버린 소리가 정적을 깼다. 테이블에서 뿔피리가 공중에 떠오르더니 바닥에 떨어졌다. 야유하는 듯한 웃음 소리가 일어났다. 벽감의 커튼이 조금 열리고 그 틈새로, 고개가 가슴까지 푹 꺾여 있는 영매의 모습이 보였다. 마담 엑스가 날카롭게 숨을 삼켰다. 영매의 입에서 리본처럼 안개가 흘러나왔다. 그것은 서서히 응축되면서 어떤 형태, 작은 어린아이의 형태를 취하기 시작했다.

"아메리! 나의 아메리!"

마담 엑스가 쉰 목소리로 속삭였다. 희미한 모습이 더욱 응축되어 간다. 라울은 놀란 표정으로 바라보고 있다. 이렇게 멋지게 구체화되어 성공한 적은 지금까지 한번도 없었다. 지금 진짜 아이, 진짜 피와 살을 가진 아이가 분명히 그곳에 서 있는 것이다.

"엄마!" 귀여운 아이의 목소리가 말했다.

"내 아기!" 마담 엑스가 소리쳤다. "내 아기예요."

그녀가 허리를 일으켰다.

"주의해요, 부인." 라울이 큰 소리로 경고했다.

구체화한 영혼은 망설이는 듯 머뭇거리며 커튼에서 나타났다. 팔을 내밀고 있는 작은 계집아이가 그곳에 서 있었다.

"엄마!"

"오!" 마담 엑스가 소리치면서 다시 한번 허리를 일으켰다.

"부인!" 라울이 깜짝 놀라 소리쳤다. "영매는……."

"저 아이를 만져봐야겠어." 마담 엑스는 갈라진 목소리로 그렇게 소리치더니 한 걸음 앞으로 나갔다.

"제발 부탁이오, 부인. 진정해요." 라울이 소리쳤다.

이제 그는 거의 제정신이 아니었다.

"어서 자리에 앉아요!"

"내 딸, 내 아이를 만져볼 거야."

"부인, 명령하겠소. 앉아요!"

그는 포박을 풀기 위해 몸부림쳤지만 마담 엑스의 매듭은 보통 솜씨가 아니었다. 옴짝달싹할 수가 없었다. 그의 머리 속에는 재앙을 미리 방지해야 한다는 절박한 생각밖에 없었다.

"제발 부탁이에요, 부인. 앉으시오! 영매를 잊어서는 안돼요."

마담 엑스는 그를 무시했다. 마치 딴사람이 된 것 같았다. 그 얼굴에는 황홀과 환희가 생생하게 드러나 있었다. 앞으로 내민 그녀의 한 손이 커튼 틈새 앞에 서 있는 작은 모습을 만지자 영매의 입에서 무서운 신음이 새어나왔다.

"하느님!" 라울은 소리쳤다. "오, 하느님! 이건 너무합니다. 영매가……."

마담 엑스는 귀에 거슬리는 목소리로 웃으며 그를 향해 돌아섰다.

"당신의 영매 따위 내 알 바 아니야. 난 내 자식만 있으면 돼."

"이 미친 여자!"

"내 아이야, 알겠어? 내 거야. 내 거라구! 내 피와 살이야! 내 딸이 죽음의 세계에서 살아 돌아왔어, 내 품으로."

라울은 입을 벌렸지만 말이 나오지 않았다. 미친 여자! 자신의 욕망의 포로가 된 무자비한 야만인!

아이가 입술을 열어 무어라 같은 말을 되풀이 했는데 세 번째에야 겨우 알아들을 수 있었다.

"엄마!"

"이리 온, 내 딸." 마담 엑스가 소리쳤다.

부인은 얼른 아이를 품에 안아들었다. 그러자 커튼 뒤에서 길게 꼬리를 끄는 격렬한 고뇌의 외침이 들려왔다.

"시몬!" 라울이 소리쳤다. "시몬!"

그는 마담 엑스가 자기 옆을 쏜살같이 지나 문의 자물쇠를 열고 계단을 달려내려가는 것을 몽롱하게 의식했다.

커튼 안에서는 아직도 등골이 오싹한, 날카롭고 길게 끄는 절규——라울이 한번도 들은 적이 없는 비명이 들려왔다. 그 비명은 이윽고 보글보글 목이 끓는 듯한 불길한 소리로 변하더니 이내 멎고 말았다. 그 다음 털썩! 하고 몸이 무너지는 소리…….

라울은 포박에서 벗어나려고 필사적으로 발버둥쳤다. 마침내 그는 그 불가능해 보이는 일에 성공하여 온몸의 힘을 모아 툭! 하고 로프를 끊었다. 정신없이 일어서는데 엘리스가 "아씨!" 하고 소리치며 달려왔다.

"시몬!" 라울도 소리쳤다.

두 사람은 동시에 달려가 커튼을 젖혔다.

라울은 자기도 모르게 뒷걸음질치며 비틀거렸다.

"오, 하느님! 붉은색, 온통 붉은 색이야……."

옆에서 들려오는 엘리스의 목소리는 갈라지면서 떨고 있었다.

"오, 아씨께서 돌아가셨어요. 끝나고 말았어요. 무슈, 도대체 무슨 일이 일어난 거예요? 왜 아씨가 저렇게 오그라들고 말았어요? 어째서 키가 저렇게 반으로 줄어버렸냐구요? 대체 여기서 무슨 일이 일어났어요?"

"나도 모르겠어." 라울이 말했다.
그 목소리는 날카로운 절규로 변했다.
"난 모르겠어. 모르겠어. 아무래도 난 미쳐버릴 것 같아……시몬! 시몬!"

SOS

1

"아!" 딘스미드 씨는 자신의 솜씨를 음미하면서 감탄사를 터트렸다.

뒤로 물러서서 만족스러운 듯이 둥근 테이블을 바라본다. 희끔한 흰색 테이블보와 나이프와 포크, 그리고 다른 식탁용품들을 벽난로의 불빛이 어렴풋이 비춰주고 있었다.

"이제, 다 된 거예요?" 딘스미드 부인이 머뭇거리며 물었다. 부인은 시들어서 말라버린 것 같은 자그마한 여자로, 핏기 없는 얼굴에 숱이 적은 머리를 똑바로 뒤로 빗어 넘기고 끊임없이 안절부절못하고 있다.

"다 됐어." 남편이 무척이나 다정한 태도로 말했다.

새우등에 커다랗고 붉은 얼굴을 한 거구의 남자다. 움푹 들어간 작은 눈이 더부룩한 눈썹 밑에서 빛나고 있고 커다란 턱에는 수염이 없다.

"레모네이드로 할까요?" 딘스미드 부인이 모기만한 목소리로 물었다.

남편은 고개를 저었다.

"차로 해야지. 모든 점에서 차가 제일이야. 날씨를 좀 보구려. 비가 계속 내리고 바람이 몰아치고 있잖아? 이런 날씨의 저녁 식사에는 맛있는 차 한 잔만큼 좋은 건 없지."

그는 익살스럽게 윙크를 한 번 해보인 뒤 다시 테이블을 바라보았다.

"맛있는 달걀 요리와 차가운 콘비프, 그리고 빵과 치즈. 그것이 나의 저녁 식사 주문이오. 자, 어서 준비해 줘요, 여보. 부엌에서 샬럿이 도와 주려고 기다리고 있잖아?"

딘스미드 부인은 일어서서 뜨개질하던 실뭉치를 조심스럽게 챙겨 넣었다.

"그 아이는 무척 예쁜 처녀로 자랐어요." 부인이 중얼거렸다. "정말 사랑스럽고 예쁜 아이."

"그래! 어머니를 쏙 빼닮았지. 자, 어서 가 봐요. 시간 낭비하지 말고." 딘스미드 씨가 말했다.

그는 잠시 콧노래를 부르면서 방 안을 왔다갔다하다가 창가에 다가가서 밖을 내다보았다.

"지독한 날씨로군" 하고 혼잣말을 한다. "오늘 밤엔 아무래도 방문객이 없을 것 같군."

그러고 나서 그도 방에서 나갔다.

10분 정도 지나 딘스미드 부인이 계란 프라이가 담긴 접시를 가지고 들어왔다. 두 딸도 다른 음식을 들고 뒤따라왔고 딘스미드 씨와 아들 조니도 들어왔다. 딘스미드 씨는 테이블의 상석에 앉았다.

"우리도 여러 모로 혜택을 입고 있으니 맨 처음 통조림 식품을 생각해 낸 사람에게 감사해야 해." 그는 익살맞게 말했다. "이렇게 마을에서 몇 마일이나 떨어져 있는 데다 통조림마저 떨어지고 게다가 푸줏간이 매주 주문을 받으러 오는 것을 잊었을 때는, 도대체 어떻게 해야 하는지 누가 가르쳐줬으면 좋겠구나."

그는 익숙한 솜씨로 콘비프를 자르기 시작했다.

"도대체 누가 이렇게 마을에서 몇 마일이나 떨어진 곳에 집을 지을 생각을 했을까요?" 하고 그의 딸 맥덜린이 불만인 듯이 말했다. "도대체 사람 구경을 할 수가 없다니까요."

"그래, 한 사람도 볼 수가 없구나." 아버지가 말했다.

"왜 이런 집을 사신 거예요, 아버지?" 샬럿이 말했다.

"아, 그것 말이냐? 그럴 만한 이유가 있었지. 나 나름대로의 이유 말이다."

그의 눈길이 아내의 눈을 가만히 훔쳐보았지만 부인은 눈썹을 찌푸렸을 뿐이다.

"게다가 이 집에는 꼭 뭔가가 있는 것 같아요" 하고 샬럿이 말했다. "무슨 일이 있어도 나 혼자서는 이런 곳에서 잘 수 없을 것 같아요."

"쓸데없는 소리. 이상한 것을 보거나 한 적은 한번도 없지 않니. 응?"

"아무것도 보지는 못했지만, 그래도……."

"그래도 뭐?"

샬럿은 대답하지 않고 희미하게 몸을 떨었다. 장대비가 유리창을 세차게 때렸다. 딘스미드 부인은 쨍그랑 소리를 내며 숟가락을 접시에 떨어뜨렸다.

"너무 신경이 예민해진 것 아니오, 여보?" 딘스미드 씨가 말했다. "폭풍이 부는 밤일 뿐이야, 신경 쓸 것 없어. 우리는 이렇게 난롯

가에서 안전하게 있지 않소? 밖에서 침입해 올 사람은 아무도 없어. 뭐, 누군가 그렇게 하는 자가 있다면 오히려 그게 더 기적이지. 그리고 기적 같은 건 일어날 리가 없어. 암, 그렇고 말고." 그는 일종의 기묘한 만족감을 느끼며 스스로에게 말하듯이 덧붙였다. "기적 같은 건 없어."

그 말이 떨어지기가 무섭게 누가 문을 두드리는 소리가 났다. 딘스미드 씨는 화석이 된 것처럼 꼼짝하지 않았다.

"저게 뭐지?" 하고 중얼거리며 입을 딱 벌렸다.

딘스미드 부인은 흐느껴 우는 듯한 작은 비명을 지르며 걸치고 있던 숄을 다시 여몄다. 맥덜린의 뺨에 핏기가 돌면서 앞으로 몸을 내밀고 아버지에게 말했다.

"기적이 일어났어요. 누가 왔든지 들어오게 하는 게 좋겠어요."

2

그 20분 전, 모티머 클리블랜드는 억수같은 비와 안개 속에서 차를 살펴보고 있었다. 정말이지 그는 운이 나빴다. 10분 사이에 바퀴가 두 번이나 펑크 나는 바람에 아무데도 비를 피할 데가 없을 것 같은, 어디서나 몇 마일이나 떨어진 이 황량한 윌트셔 벌판 한복판에서, 밤은 깊어 가는데 오도 가도 못하게 된 것이다. 지름길로 가려다가 그만 이 꼴이 되고 만 것이다. 원래 길로 갔어야 했는데! 지금 그가 헤매고 있는 곳은 아무래도 언덕 비탈에 나 있는 짐마차가 다니는 길인 듯, 차를 더 이상 움직일 수도 없고 그렇다고 근처에 마을이 있는지 어떤지도 전혀 짐작이 가지 않았다.

어찌할 바를 몰라 주위를 둘러보고 있는데 위쪽의 산허리에 희미한 불빛이 있는 것이 눈에 들어왔다. 한순간 뒤에는 다시 안개가 그것을 가리고 말았지만, 참을성 있게 기다리던 그는 곧 두 번째로 희미한 빛을 보게 되었다. 잠시 생각한 뒤, 차를 버리고 산허리를 올라가기 시작했다.

잠시 뒤 안개를 벗어나니 작은 별장의 창문에서 비치고 있는 불빛이 눈에 들어왔다. 적어도 비는 피할 수 있을 것 같았다. 모티머 클리블랜드는 고개를 숙이고 그를 뒤로 몰아내려고 전력을 다해 달려드는 맹렬한 비바람을 견디면서 걸음을 재촉했다.

클리블랜드는 자신의 전문 분야에서 나름대로 이름을 떨치고 있었지만, 일반 사람들은 그의 이름과 업적에 대해 거의 알지 못하고 있었다. 그는 정신 의학의 권위자로 잠재 의식에 관한 뛰어난 책을 두 권이나 썼다. 또 심령연구회 회원인 그는, 자신의 학설과 연구 방향에 영향을 끼치는 범위 안에서 신비학을 연구하기도 했다.

그는 선천적으로 분위기에 민감한 기묘한 재능을 가지고 있었는데, 체계적인 훈련을 통해 그 천부적인 능력을 갈고 닦아왔다. 가까스로 별장에 도착하여 문을 두드린 순간, 그는 자신의 모든 재능이 갑자기 예민해진 것 같은 흥분을 느끼며 호기심이 솟아나는 것을 의식했다.

실내에서 얘기하는 목소리가 똑똑히 귀에 들어왔다. 노크와 동시에 갑자기 조용해지더니 의자를 뒤로 빼는 소리가 들렸다. 곧 열다섯 살쯤 된 소년이 가만히 문을 열었다. 소년의 어깨 뒤로 실내의 광경이 그대로 클리블랜드의 눈에 들어왔다.

그것을 본 그는 어떤 네덜란드 화가가 그린 방안의 정경을 연상했다. 식사 준비를 마치고 둥근 테이블에 빙 둘러앉아 있는 가족을, 한두 자루의 깜박이는 촛불과 난로 불빛이 비춰주고 있었다. 가장으로 보이는 거구의 남자가 테이블 한쪽 끝에, 그리고 겁먹은 듯한 얼굴의 작고 음침한 여자가 맞은쪽에 앉아 있었다. 문과 마주하여 똑바로 클리블랜드를 바라보고 있는 것은 젊은 아가씨였다. 그 놀란 눈이 똑바로 그의 눈을 응시하고 있고, 입가로 가져가려던 찻잔을 든 손이 중간에서 그대로 정지해 있다.

클리블랜드는 한눈에 그녀가 보기 드문 미인이라는 걸 알아보았다. 금빛 머리카락이 안개처럼 얼굴을 감싸고 있고 미간이 넓은 두 눈은 순수한 잿빛이었다. 입매와 턱은 이탈리아 초기의 마돈나를 닮았다.

한순간 주위는 완전한 정적에 빠져들었다. 클리블랜드는 방 안에 들어가 자신이 처한 곤경을 설명했다. 그가 얘기를 마치자, 다시 이해하기 힘든 침묵이 흘렀다. 마침내 아버지가 간신히, 정말 간신히 그러는 것처럼 자리에서 일어섰다.

"어서 오십시오. 클리블랜드 씨라고 하셨죠?"

"예, 그렇습니다." 모티머가 미소지으면서 말했다.

"아, 예. 어서 들어오세요, 클리블랜드 씨. 이런 날씨에는 개도 바깥에 내놓을 수 없을 겁니다. 그렇죠? 불 옆으로 오세요. 문을 닫아주겠니, 조니? 밤중에 그런 곳에 서 있지 말고."

클리블랜드는 앞으로 나아가 불 옆의 나무 의자에 앉았다. 조니라고 불린 소년이 문을 닫았다.

"전 딘스미드라고 합니다" 하고 남자가 말했다. 이제 그는 태도가 상당히 부드러워져 있었다. "이 사람은 제 아내이고, 저쪽은 딸 샬럿과 맥덜린입니다."

클리블랜드는 자기에게 등을 돌리고 앉아 있는 딸의 얼굴을 처음으로 보았다. 완전히 다른 의미에서, 이 딸 역시 동생만큼 뛰어난 미인이었다. 검은 머리, 대리석처럼 파리한 얼굴, 섬세한 매부리코, 차분한 입매. 그것은 가까이 범접할 수 없는 차갑고 엄격한 아름다움이었다. 아버지의 소개에 고개를 숙여 보인 뒤 사람을 꿰뚫어보는 듯한 강한 눈길로 그를 주시했다. 마치 자신의 미숙한 판단으로는 어느 쪽으로도 결정하기 어렵다는 듯, 그래서 감정하고 있는 것처럼 보였다.

"뭘 좀 마시겠습니까, 클리블랜드 씨?"

"감사합니다." 모티머가 말했다. "이런 때에는 한 잔의 차보다 더 좋은 건 없지요."

딘스미드 씨는 잠깐 머뭇거리더니 테이블에서 다섯 개의 찻잔을 거두어 개수통에 비웠다.

그리고 무뚝뚝하게 "차가 식어버렸군" 하고 말했다. "차를 다시 끓여 주겠소, 여보?"

딘스미드 부인은 얼른 일어나서 차 주전자를 들고 바삐 나갔다. 모티머에게는, 부인이 방에서 나갈 수 있게 되어서 안도하고 있는 것처럼 보였다.

곧 새 차가 나왔고 이 불의의 방문객을 위해 쉴 새 없이 음식이 날라져왔다.

딘스미드 씨는 열심히 얘기하고 있었다. 그는 지칠 줄 모르고 말을 하는 타고 난 이야기꾼이었다. 초면인 손님에게 자신에 대한 온갖 얘기를 다 해주었다. 그는 건축업을 하다가 최근에 은퇴했다고 했다. 사업에서 엄청난 돈을 벌어들인 그와 아내는 시골의 신선한 공기를 마시고 싶다는 생각이 들었다. 지금까지 시골에서 산 적이 한번도 없었기 때문이다. 물론 10월과 11월은 집을 구하기에는 좋은 계절이 아니었지만 그들은 기다리고 있을 수가 없었다.

"인생이라는 건 언제 무슨 일이 있을지 알 수 없는 법이니까요."

그리하여 그들은 이 별장을 구입했다. 어디서나 13킬로미터는 떨어져 있고 마을이라 부를 만한 곳에서는 30킬로미터. 그렇다고 그것을 불평하지는 않았다. 딸들은 조금 따분한 모양이지만 부부는 그 조용함이 마음에 들었다.

그는 계속 얘기했고 모티머는 입심 좋은 그의 화술에 압도당하여 마치 최면술에라도 걸린 것처럼 듣고 있었다. 분명히 이 집에 있는 것은 평범한 가정 생활 그 자체였다. 그런데도 처음 방의 내부를 보았을 때 그는 다른 무언가를, 이 네 사람 가운데 한 사람——그것이 누구인지는 모르겠지만——한테서 발산되는 일종의 절박감과 긴장을 간파했다. 정말이지 터무니없는 느낌이었다. 신경이 완전히 어떻게 되어 버린 게 아닐까? 그가 갑자기 나타난 것에 모두들 놀라고 있을 뿐인데——그저 그뿐이다.

그는 오늘밤 여기서 묵어 가도 되겠느냐고 물었다. 그러자 집주인은 흔쾌하게 대답했다.

"저희 집에 꼭 머무르셔야 합니다, 클리블랜드 씨. 몇 킬로미터 사방에는 아무 것도 없어요. 비어 있는 침실도 있고, 내 잠옷은 당신한테는 좀 클지도 모르지만 그래도 없는 것보다는 낫겠지요. 내일 아침까지는 당신의 옷도 마를 겁니다."

"무척 친절하신 분이군요."

"천만에요." 상대는 붙임성있게 말했다. "조금 전에도 말씀드렸지만 이런 밤에는 개도 쫓아낼 수 없지요. 맥덜린과 샬럿은 이층에 가서 방을 준비해 놓도록 해라."

두 딸이 방에서 나갔다. 모티머는 곧 머리 위에서 두 사람이 걸어 다니는 소리를 들었다.

"따님들처럼 매력적인 젊은 숙녀가 이곳을 따분하게 여기는 건 당연한 일입니다." 클리블랜드가 말했다.

"물론 어디 내놔도 빠지지 않는 용모지요." 딘스미드 씨는 아버지다운 자랑이 담긴 말투로 얘기했다. "저희 부부를 별로 닮지 않았어요. 이쪽은 못생긴 한 쌍이지만 서로 무척 사랑하고 있답니다, 클리블랜드 씨. 그렇지 않소, 매기?"

딘스미드 부인은 굳은 얼굴로 미소 지으며 다시 뜨개질을 시작했다. 바늘이 바쁘게 소리 내며 움직였다. 손놀림이 굉장히 빠르다.

이윽고 방이 준비되자 모티머는 다시 한번 감사의 뜻을 표한 뒤 이제 침실로 가서 쉬어야겠다고 말했다

"침대에 뜨거운 물통을 넣어두었니?" 딘스미드 부인이 갑자기 자기 집을 자랑스럽게 여기는 기분에 젖어 말했다.

"네, 어머니. 두 개 넣어뒀어요."

"잘 했다." 딘스미드 씨가 말했다 "너희들이 함께 올라가서 손님에게 뭐 필요한 것이 더 없는지 살펴보고 오너라."

맥덜린이 촛불을 높이 들고 앞장서서 계단을 올라갔다. 샬럿도 뒤따라갔다.

방은 무척 쾌적했다. 작고 천장은 기울어져 있지만 침대는 안락해 보였고 먼지가 엷게 쌓인 몇몇 가구들은 옛날의 마호가니제였다. 세면대에는 뜨거운 물을 담은 커다란 용기가 놓여 있고, 커다란 분홍색 잠옷 한 벌이 의자 위에 있으며 침대는 깔끔하게 정돈되어 있었다.

맥덜린이 창가로 가서 빗장이 잘 걸려 있는지 확인했다. 샬럿은 세면대 설비를 마지막으로 점검했다. 그 뒤 두 사람 다 망설이는 듯이 문 앞에 서서 서성거렸다.

"편히 쉬세요, 클리블랜드 씨. 정말 더 필요하신 건 없으세요?"

"예, 고맙소. 미스 맥덜린. 아가씨들께 수고를 끼쳐서 미안하군요. 그럼 잘 자요."

"안녕히 주무세요."

두 사람이 돌아서서 문을 닫고 가버리자 모티머 클리블랜드는 혼자 남았다. 뭔가 생각하면서 천천히 옷을 벗는다. 딘스미드 씨의 분홍색 잠옷을 입고 부인이 지시한 대로 젖은 옷을 그러모아 문밖에 내놓았다. 아래층에서 딘스미드 씨가 얘기하는 목소리가 들려왔다.

정말 말이 많은 남자다! 아주 특이하다——그리고 이 가족 전체에 어딘지 모르게 이상한 데가 있다. 아니, 어쩌면 단지 자신의 상상

에 지나지 않을 뿐일까?

그는 천천히 침실로 돌아가 문을 닫았다. 그리고 골똘히 생각에 잠기면서 침대 옆에 섰다. 그때 그는 몸을 움찔하며 놀랐다.

침대 옆에 먼지로 덮인 마호가니 테이블이 있는데 그 먼지 속에 적힌 세 글자가 똑똑히 보였던 것이다. SOS.

자신의 눈을 믿을 수 없다는 듯이 모티머는 그것을 뚫어지게 응시했다. 그것은 그의 막연한 추측과 예감을 뒷받침하고 있었다. 그가 옳았던 것이다. 이 집 안에는 뭔가 사악한 것이 있었다.

SOS. 구조를 요청하는 신호. 먼지 속에 이것을 쓴 것은 누구의 손가락일까? 맥덜린일까, 아니면 샬럿일까? 그는 두 사람 다 방에서 나가기 전에 잠시 그곳에 서 있었던 것을 떠올렸다. 몰래 테이블로 손을 뻗어 이 세 글자를 쓴 사람은 도대체 누구일까?

두 딸의 얼굴이 눈앞에 떠올랐다. 맥덜린의 검은 머리와 차가운 얼굴, 처음 봤을 때 깜작 놀란 눈을 크게 뜨고 있던 샬럿의 얼굴, 그 눈빛에 뭔지는 모르지만 그 뭔가를 담고…….

그는 다시 문으로 걸어가서 열어보았다. 딘스미드 씨의 목소리는 이제 들리지 않았다. 집안은 고요했다.

그는 혼자 생각했다.

"오늘밤엔 어쩔 수 없어. 내일까지 기다리는 수밖에. 뭐 곧 알게 되겠지."

3

클리블랜드는 아침 일찍 눈을 떴다. 그는 거실을 지나 뜰로 나갔다. 비가 그친 아침은 청량하고 아름다웠다. 뜰에는 그 말고도 일찍 일어난 사람이 있었다. 뜰이 끝난 곳에서 샬럿이 울타리에 기대서서 언덕을 바라보고 있었다. 그 옆으로 걸어가면서 그는 심장의 고동이 약간 빨라지는 것을 느꼈다. 처음부터 그는 그 암호를 쓴 사람은 샬럿이라고 확신하고 있었다. 그가 다가가자 그녀는 돌아보며 아침인사를 했다. 솔직하고 순진해 보이는 그 눈에 비밀을 암시하는 듯한 데는 전혀 없었다.

"좋은 아침이죠?" 모티머가 미소지으며 말했다. "오늘 아침의 날씨는 간밤과는 무척 대조적이군요."

"정말이에요."

모티머는 옆에 있는 나무에서 작은 가지를 하나 꺾었다. 그 가지로 무료하다는 듯 발 아래의 매끄러운 모래땅에 뭔가를 쓰기 시작한다. S를 쓰고, 다음에 O, 그리고 다시 S. 처녀는 그 모습을 유심히 지켜보고 있다. 뭔가 알아본 듯한 기색은 전혀 보이지 않았다.

"이 글자가 무엇을 나타내는 건지 아십니까?" 그가 느닷없이 물었다.

샬럿은 눈썹을 살짝 찡그렸다.

"조난당했을 때 배, 정기선이 보내는 신호 아닌가요?"

모티머는 고개를 끄덕였다.

"간밤에 누가 침대 옆 테이블 위에 이것을 써 놓았더군요." 그는 조용히 말했다. "난 틀림없이 당신이 썼을 거라고 생각했는데요."

그녀는 놀란 눈을 크게 뜨고 그를 응시했다.

"제가요? 아뇨, 전 아니에요."

그럼 그는 잘못 짚은 것이다. 날카로운 실망이 그의 가슴을 찌르고 지나갔다. 그토록, 그토록 확신을 가지고 있었는데. 그의 직감이 틀리는 일은 좀처럼 없는 일이었다.

"정말입니까?" 그는 다시 한번 확인했다.

"네, 정말이에요."

그들은 발길을 돌려 함께 집 쪽으로 천천히 걸어갔다. 샬럿은 딴 데 정신이 팔려 있는 것 같았다. 그가 묻는 말에도 건성으로 대답했다. 그러다가 그녀는 당황한 듯한 낮은 목소리로 말을 시작했다.

"소, 손님이 그 SOS에 대해 물어보시니 이상한 느낌이 드는군요. 물론 제가 쓰지는 않았지만 아마 저라도 그렇게 썼을지 몰라요."

그는 걸음을 멈추고 상대를 응시했다. 샬럿은 서둘러 말을 계속했다.

"어리석은 말이라고 생각하실 거라는 건 알고 있지만 저는 정말 무서워요, 정말 무척 무서웠어요. 그래서 간밤에 손님께서 오셨을 때, 마치 거기에 대한 응답처럼 생각되었어요."

"무엇을 무서워하고 계시죠?" 그가 재빨리 물었다.

"모르겠어요."

"모른다고?"

"저는 이 집일 거라고 생각해요. 이곳에 온 이후, 그런 느낌이 갈수록 강해지고 있어요. 왠지 모르게 모두가 다른 사람처럼 보여요. 아버지도 어머니도, 그리고 맥덜린도 모두 사람이 달라진 것처럼."

모티머는 잠시 동안 입을 열지 않았다. 그가 말을 하지 않자 샬럿이 다시 얘기를 계속했다.

"이 집에 유령이 있을지도 모른다는 것, 아세요?"

"예?" 그는 몹시 호기심이 당기는 걸 느꼈다.

"몇 년 전에 어떤 남자가 이 집 안에서 아내를 죽였어요. 우리는 이 집을 구입한 뒤에야 그 사실을 알았죠. 아버지는 유령 같은 건 다 터무니없는 거라 하시지만 저는 잘 모르겠어요."

모티머는 재빨리 머리를 굴렸다.

"그 살인은 간밤에 제가 머물렀던 방에서 일어났나요?" 그는 사무적인 투로 물었다.

"거기에 대해서는 아무것도 몰라요."

"그렇다면, 어쩌면 그럴 수도 있다는 생각이 드는군요." 모티머는 반쯤 혼잣말처럼 말했다.

샬럿은 이해할 수 없다는 얼굴로 그를 바라보았다.

"딘스미드 양." 모티머가 부드럽게 말했다. "아가씨는 자신이 영매일지도 모른다는 생각을 해 본 적이 없나요?"

아가씨는 그를 응시했다.

"내 생각에는, 아가씨는 간밤에 자신이 SOS를 썼다는 것을 알고 있는 것 같은데요." 그가 조용히 말했다. "아! 물론 완전히 무의식적으로 말입니다. 말하자면 범죄에 더럽혀진 분위기, 그것 때문에 당신의 그 민감한 의식이 그렇게 행동하게 했을지도 모릅니다. 당신은 희생자의 감각과 인상을 재현한 거지요. 몇 년 전에 그녀도 그 테이블에 SOS라고 썼을지도 모릅니다. 그래서 어젯밤 당신은 무의식 속에서 그녀의 행위를 재현했던 겁니다."

샬럿의 얼굴이 환하게 밝아졌다.

"무슨 얘긴지 알겠어요. 당신은 그런 해석이 가능하다고 생각하세요?"

집 쪽에서 부르는 소리가 들리자, 뜰의 오솔길을 거닐고 있는 모티머를 남겨두고 샬럿은 집안으로 들어갔다. 그 해석에 나 자신도 만족하고 있는가? 내가 알게 된 여러 가지 사실들을 그것이 해명해줄 수 있을까? 간밤에 이 집에 들어섰을 때 느낀 그 긴박감의 설명이 될 수 있을까?

아마 그럴 것이다. 그러나 그는 여전히 자신의 갑작스러운 출현이 그들의 간담을 서늘하게 만들었다는, 기묘한 느낌이 계속 들고 있었다. 그는 속으로 생각했다. '심령학적 해석에 빠져서는 안돼. 샬럿에게는 설명이 될지도 몰라. 하지만 다른 사람에게는 적용되지 않아.

나의 방문이 그들을 무척 당황하게 만들었어, 조니만 빼놓고. 그게 무엇이든 조니와는 상관없는 일인 건 확실해.'

그 점에 대해서는 확신이 있었다. 그토록 절대적인 확신이 든다는 건 이상한 일이지만 사실은 사실이었다.

바로 그때 그 조니가 집에서 나와 손님에게 다가왔다.

"아침 식사가 준비되었어요." 소년은 어색하게 말했다. "들어오시겠어요?"

모티머는 소년의 손가락이 몹시 더러운 걸 알아보았다. 시선을 느꼈는지 조니가 멋쩍게 웃었다.

"저는 항상 약품을 가지고 놀아요. 그래서 가끔 아빠가 무척 화를 내시곤 해요. 아빠는 제가 건축업자가 되기를 원하시지만 전 화학을 연구하고 싶어요."

커다란 몸집의 딘스미드 씨가 앞쪽의 창가에 나타나 쾌활하게 미소짓고 있는 것을 보자, 모티머의 마음속에서 의혹과 적의가 고스란히 되살아났다. 딘스미드 부인은 벌써 테이블에 앉아 있다가 생기 없는 목소리로 아침 인사를 했다. 또다시 모티머는 그녀가 무언가의 이유에서 자신을 두려워하고 있다는 인상을 받았다.

마지막으로 맥덜린이 들어왔다. 그에게 약간 고개 숙여 보인 뒤 맞은쪽 자리에 앉았다.

"편히 주무셨나요?" 맥덜린이 물었다. "침대가 불편하진 않으셨어요?"

그녀는 유심히 그를 응시했다. 모티머가 정중하게 편안했다고 대답하자, 실망의 그림자 비슷한 것이 그 얼굴을 스치는 것이 느껴졌다. 자신이 다른 대답을 할 거라고 예상했던 것일까 하고 그는 생각했다.

그는 부인을 향해 쾌활한 목소리로 말했다.

"아드님이 화학에 흥미를 가지고 있는 것 같더군요?"

쨍그렁! 하는 소리와 함께 댄스미드 부인의 손에서 찻잔이 떨어졌다.

"이봐, 매기." 남편이 말했다.

모티머에게는 그 말투에 책망과 경고의 울림이 담겨 있는 것처럼 생각되었다. 집주인은 손님을 향해, 건축업의 전망과 젊은이들이 분수를 잊어서는 안 된다느니 하는 말을 끝없이 늘어놓았다.

아침 식사 뒤, 모티머는 혼자 뜰에 나가 담배를 피웠다. 이 집을 떠나야 할 때가 다가오고 있었다. 하룻밤의 잠자리를 빌릴 수는 있었지만, 적당한 구실 없이 그것을 연장하는 건 어려운 일이고 무엇보다 그럴 듯한 구실이 없었다. 그런데도 그는 이상하게 떠나는 것이 내키지 않았다.

머릿속으로 이리저리 생각을 굴리면서 그는 빙글 몸을 돌려 집 반대쪽으로 나가는 오솔길을 걸어갔다. 고무 바닥을 댄 신발은 거의 소리가 나지 않았다. 부엌 창문 앞을 지나가려 했을 때 안에서 들려오는 딘스미드 씨의 목소리가 당장 그의 주의를 끌었다.

"대단한 금액이야, 그건."

딘스미드 부인이 뭔가 대답했다. 목소리가 너무 작아서 알아들을 수는 없었고 딘스미드 씨가 다시 말을 이었다.

"변호사 말로는 6만 파운드에 가깝대."

모티머는 엿들을 생각은 털끝만큼도 없었기 때문에 골똘히 생각하는 표정으로 왔던 길을 되돌아갔다. 돈 얘기가 나온 것이 사태를 분명하게 해주고 있었다. 어쨌든 6만 파운드의 돈 문제가 걸려 있는 것이다. 그것은 지금의 상황을 더욱 확실하게, 또 한층 더 추한 것으로 만들고 있었다.

맥덜린이 집에서 나오다가 거의 동시에 아버지의 부름을 받고 다시 안으로 들어갔다. 잠시 뒤 딘스미드가 손님에게 다가왔다.

"보기 드물게 좋은 아침이죠?" 그가 즐거운 듯이 말했다 "손님의 차도 무사했으면 좋겠군요."

'내가 언제 갈지 알고 싶은 거로군.' 모티머는 속으로 생각했다.

그는 커다란 목소리로 딘스미드 씨를 향해 곤경에 처했을 때 친절을 베풀어준 데 대한 감사의 말을 했다.

"아닙니다, 천만에요." 집주인은 말했다.

맥덜린과 샬럿이 함께 밖으로 나와, 팔짱을 끼고 조금 떨어진 통나무 의자 쪽으로 한가롭게 걸어갔다. 검은 머리와 금발이 서로 아름다운 대조를 이루고 있었다. 모티머는 충동적으로 말했다.

"따님들은 서로 전혀 닮지 않았군요, 딘스미드 씨."

마침 파이프에 불을 붙이려던 상대는 갑자기 손목에 쥐라도 난 것처럼 성냥을 떨어뜨렸다.

"그렇게 생각하십니까? 예, 뭐, 그런 셈이지요."

모티머의 머리에 직감이 번뜩이고 지나갔다.

"그런데 둘 다 당신의 친딸은 아닌 것 같군요" 하고 내친 김에 말해버렸다.

딘스미드는 그를 쳐다보며 잠시 망설인 뒤 결심한 듯이 말했다.

"당신은 무척 예리한 분이군요. 그렇습니다. 한 아이는 버림받은 아이인데 우리가 아기 때 맡아서 친자식처럼 키웠습니다. 그 아이는 그 사실을 전혀 모르고 있지만 언젠가는 알게 되겠지요." 그가 한숨을 내쉬었다.

"유산 문제인가요?" 모티머가 넌지시 떠본다.

딘스미드 씨가 살피듯이 힐끗 그를 쳐다보았다. 그런 다음 솔직하게 얘기하는 것이 제일이라고 결심한 듯, 적극적이라고 해도 좋을 만큼 솔직하고 개방적인 태도로 말했다.

"당신이 그렇게 말씀하시다니 기묘한 일이군요."

"정신 감응이라고나 할까요?" 모티머가 미소 지었다.

"실은 저희들이 어머니 대신 그애를 맡았답니다. 그때만 해도 건설업을 시작한 지 얼마 안 돼서 보수도 보잘 것 없었지요. 그런데 몇 달전에 우연히 신문 광고를 보게 되었는데 문제의 아이가 바로 맥덜린이라고 생각했지요. 전 그 변호사를 만나서 얘기를 나누었습니다. 그 사람들은 의심이 많더군요, 물론 당연한 일이겠지만. 하지만 지금은 모든 것이 밝혀졌습니다. 다음 주에 그 아이를 런던에 데리고 갈 건데 그 애는 아직 아무것도 모르고 있어요. 아버지는 부유한 유대인인 것 같더군요. 죽기 바로 몇 달 전에 아이가 있다는 사실을 안 겁니다. 아이를 찾으려고 백방으로 수배하면서, 만약 아이를 찾을 경우에는 모든 유산을 물려주기로 한 거죠."

모티머는 주의 깊게 귀를 기울이고 있었다. 딘스미드 씨의 말을 의심할 이유는 아무 것도 없었다. 그래서 맥덜린의 아름다운 검은 머리의 이유도 알았고, 그 차가운 태도도 이해할 수 있었다. 하지만 지금의 얘기가 사실이라 해도 뭔가 다른 비밀이 숨어 있는 것 같았다.

모티머는 상대방의 의혹을 살 필요는 없다고 생각했다. 이곳을 떠남으로써 그들을 안심시키지 않으면 안 된다.

"무척 흥미로운 애기군요, 딘스미드 씨. 미스 맥덜린에게 축하의 말을 해야겠어요. 상속녀인 데다 저렇게 미인이니 창창한 미래가 보장된 셈이군요."

"그렇습니다." 아버지는 흥분한 듯 말했다. "게다가 무척 착한 아이예요, 클리블랜드 씨."

그의 태도에는 마음속으로부터의 따뜻한 정이 생생하게 드러나 있었다.

"아무래도" 하고 모티머는 말했다 "이제 떠나야 할 것 같습니다. 다시 한번 당신의 환대에 감사드립니다. 딘스미드 씨."

주인을 따라 딘스미드 부인에게 작별 인사를 하기 위해 그는 집안으로 들어갔다. 부인은 등을 돌리고 창가에 서 있었다. 두 사람이 들어오는 소리를 듣지 못한 것 같았다. "클리블랜드 씨가 작별 인사를 하러 오셨소." 하는 남편의 밝은 목소리에, 그녀는 흠칫 놀라며 돌아서다가 손에 들고 있던 뭔가를 떨어뜨렸다. 모티머는 그것을 주워주었다. 약 25년 전에 유행했던 스타일의 옷을 입은 샬럿의 작은 초상화였다. 모티머는 부인에게도 그 남편에게 한 것과 같은 감사의 말을 되풀이했다. 다시 한번 부인의 공포어린 표정과, 눈꺼풀 속에서 자신에게 쏠려 있는 은밀한 시선을 느꼈다.

두 딸은 아무데도 보이지 않았지만 그녀들을 만나고 싶어하는 눈치를 보여서는 곤란할 것 같았다. 게다가 모티머는 나름대로 생각이 있었고 곧 그 생각이 옳았다는 것이 증명되었다.

전날 밤 차를 둔 곳으로 내려가는데 집에서 약 8백 미터 되는 곳에서 길 한쪽의 덤불이 갈라지며 맥덜린이 나타났다.

"손님을 꼭 만나고 싶었어요."

"그럴 줄 예상했어요." 모티머가 말했다. "간밤에 내 방 테이블 위에 SOS를 쓴 것은 당신이군요. 그렇죠?"

맥덜린이 고개를 끄덕였다.

"왜죠?" 모티머는 부드럽게 물었다.

처녀는 옆으로 돌아서며 풀숲에서 잎을 뜯었다.

"모르겠어요. 솔직히 말해 저도 모르겠어요."

"얘기해 보세요."

맥덜린은 숨을 깊이 들이마셨다. "전 실제적인 사람이에요. 무엇을 상상하거나 공상하는 성질이 아니죠. 당신은 유령이니 영혼이니 하는 것을 믿고 있지만 난 아니에요. 그래서 내가 그 집에 뭔가 무척 사악한 것이 있다고 말한다면" 하며 맥덜린은 언덕 위를 가리켰다. "뭔가

실체가 있는 사악한 것을 의미하는 거예요. 단순한 과거의 반영이 아니에요. 우리가 이곳으로 온 이래 그것은 갈수록 커지고 있어요. 날마다 악화되어 가는 거죠. 아버지는 변해 버렸고 어머니도 샬럿도 모두 다른 사람이 된 것 같아요."

"조니도 달라졌나요?" 모티머가 끼어들었다.

맥덜린은 그를 응시했다. 그 눈에는 이제야 생각났다는 듯한 기색이 떠올라 있었다. "아니에요, 지금 생각해 보니 조니는 변하지 않았어요. 우리 중에 그 아이만은 아무 영향도 받지 않았어요. 간밤에 차를 마실 때도, 그 아이는 전혀 달라져 있지 않았거든요."

"그럼, 아가씨는?" 모티머가 물었다.

"전 무서웠어요, 무척 무서웠어요. 어린아이처럼. 그러면서도 무엇을 무서워하고 있는 건지 몰랐죠. 그리고 아버지도 이상했어요. 정말 이상하다고밖에 표현할 수가 없어요. 아버지는 기적에 대해 얘기했고, 저는 기도했어요, 정말 기적이 일어나게 해달라고. 바로 그때 당신이 문을 노크하신 거예요."

맥덜린은 갑자기 말을 끊고 그를 응시했다.

"틀림없이 저를 머리가 이상한 여자로 생각하시겠죠?" 하고 마치 도전하는 투로 말했다.

"아니오, 오히려 아가씨는 지극히 정상으로 보입니다. 건전한 사람은 위험이 다가왔을 때 예감을 느끼는 법이지요."

"손님께서는 이해하지 못하고 계시군요." 맥덜린이 말했다. "제가 걱정하고 있는 건 저에 대한 것이 아니에요."

"그럼 누구를?"

맥덜린은 다시금 곤혹스러운 모습으로 고개를 저었다. "모르겠어요."

그런 다음 말을 이었다.

"전 일종의 충동에 사로잡혀 SOS를 썼어요. 생각난 것이 있었지만, 정말 말도 안 되는 일이고. 가족들은 손님에게 얘기하는 것을 허락하지 않았을 거예요. 즉, 가족이 아닌 사람에게 말이에요. 당신이 무엇을 해주기를 바랐는지 스스로도 모르겠어요. 지금도 모르겠어요."

"걱정 말아요. 내가 해결해 줄 테니."

"당신이 무엇을 할 수 있다는 말씀이세요?"

모티머는 약간 미소 지었다.

"난 생각하는 일을 할 수 있답니다."

맥덜린은 의아하다는 듯이 상대를 바라보았다.

"그래요." 모티머가 말했다. "믿을 수 없을 만큼 많은 일들을 그런 방법을 통해 이룰 수가 있어요. 혹시 어젯밤 식사 전에 당신의 주의를 끄는 말이나 행동은 없었나요?"

맥덜린은 미간을 찌푸렸다.

"그렇진 않았던 것 같아요. 다만 아버지가 어머니에게 샬럿은 어머니를 쏙 빼닮았다고 말하며, 몹시 이상하게 웃으시는 걸 봤어요. 이상한 일이 아닌데, 안 그래요?"

"예." 모티머는 천천히 말했다. "샬럿이 당신 어머니를 닮지 않았다는 점만 제외하면."

그가 몇 분 동안 깊은 생각에 잠겨 있다가 이윽고 시선을 들자, 의심스럽다는 듯이 자신을 응시하고 있는 맥덜린과 시선이 마주쳤다.

"집으로 돌아가요, 아가씨. 아무 걱정하지 말고 나한테 맡겨요."

그녀는 순순히 집 쪽을 향해 길을 올라갔다. 모티머는 잠시 더 그곳에서 서성거린 뒤 파란 잔디 위에 몸을 던졌다. 눈을 감고, 의식적인 사고와 노력을 버리고, 생각나는 대로 일련의 광경을 의식의 표면에 떠오르게 했다.

조니! 그의 생각은 언제나 조니에게 돌아가는 것이었다. 지극히 천진난만하고 이 의혹과 음모의 거미줄과는 전혀 관계가 없어 보이는데도 불구하고, 모든 것이 돌아가고 있는 축은 조니인 것이다. 그는, 오늘 아침 식사 때 딘스미드 부인이 접시에 컵을 쨍그랑 부딪친 것을 떠올렸다. 부인을 동요하게 만든 것은 무엇이었을까? 그가 그때 소년의 화학에 대한 열정을 언급한 것과 관계가 있을까? 그때는 딘스미드 씨를 의식하고 있지 않았다. 그러나 지금은, 그가 입으로 가져가던 찻잔을 중간에서 멈추던 모습이 생생하게 눈앞에 떠올랐다.

그것은 다시, 간밤에 문을 열었을 때 본 샬럿을 연상시켰다. 그때 샬럿은 찻잔 너머로 그를 뚫어지게 응시하고 있었다. 그리고 계속하여 또 하나의 기억이 되살아났다. 딘스미드 씨는 찻잔을 하나씩 비우며 "차가 식어버렸다"고 말했다.

그는 김이 오르고 있었던 것을 똑똑히 기억하고 있다. 그 차는 그다지 식지 않았던 것이 아닐까? 뭔가 그의 두뇌를 자극하는 것이 있었다. 그리 오래된 일은 아니었다. 아마 한 달도 되기 전에 읽었던 어떤 신문 기사에 대한 기억이다. 소년의 부주의 때문에 온 가족이 중독된 기사. 식품 저장실에 두었다가 깜박 잊어버린 비소 봉지에서 내용물이 새어나와, 아래쪽 선반에 있는 빵에 떨어진 사건이었다. 아마 딘스미드 씨도 틀림없이 신문에서 읽었을 것이다.

상황은 점점 분명해지고 있었다……. 30분 뒤에 모티머 클리블랜드는 단호한 동작으로 일어섰다.

4

별장에 다시 저녁이 찾아왔다. 오늘밤엔 계란 반숙과 소금에 절인 돼지고기 통조림이 하나 나와 있었다. 잠시 뒤 딘스미드 부인이 부엌에서 커다란 차 주전자를 들고 들어왔다. 가족들은 테이블에 둘러앉았다.

"간밤의 날씨와는 대조적이죠?"

딘스미드 부인이 창쪽을 보면서 말했다.

"그렇군." 딘스미드 씨가 말했다. "오늘 밤엔 너무 조용해서 핀 하나 떨어지는 소리까지 들릴 것 같군. 여보, 차를 따라 주겠소?"

딘스미드 부인은 찻잔에 차를 따른 뒤 순서대로 돌렸다. 차 주전자를 내려놓던 부인이 갑자기 꺅! 하고 소리를 지르며 심장에 손을 얹었다. 딘스미드 씨가 빙글 몸을 돌려 그녀의 겁에 질린 시선을 쫓았다. 모티머 클리블랜드가 문 앞에 서 있었다.

그가 안으로 들어섰다. 그 태도는 미안해하며 변명하는 듯했다.

"제가 여러분을 놀라게 해드린 것 같군요. 실은 일이 있어서 돌아오지 않으면 안 되었습니다."

"일이 있어서 돌아오셨다면?" 딘스미드 씨가 소리쳤다. 얼굴은 보랏빛이었고 정맥이 부풀어 올라 있었다. "무슨 일이신지?"

"차를 좀" 하며 모티머는 주머니에서 무언가를 재빨리 꺼내더니, 테이블에서 찻잔을 하나 집어 들어 왼손에 든 작은 시험관 속에 내용물을 조금 비웠다.

"무슨 짓을, 무슨 짓을 하고 있는 거요?" 딘스미드 씨의 숨이 가빠졌다. 보랏빛의 험악한 표정은 흔적도 없이 사라지고 얼굴이 창백해져 있다. 딘스미드 부인은 날카롭게 겁에 질린 소리를 질렀다.

"당신도 그 신문 기사를 읽으셨죠, 딘스미드 씨? 난 그렇게 확신하고 있어요. 한 가족이 중독되어, 회복된 사람도 있지만 죽은 사람도 있다는 기사를 가끔 볼 수 있지요. 이번 경우에는 한 사람이 회복되지 않을 예정이었소. 가장 그럴듯한 설명은 당신들이 지금 먹으려하던 통조림에 든 소금에 절인 고기가 되겠지만, 만약 의사가 의심이 많은 남자여서 통조림 중독설을 쉽게 받아들이지 않는다면 어떻게 될까요? 당신의 식품 저장실 안에는 비소가 한 봉지 있고 그 아래쪽 선반에는 차 봉지가 있어요. 위쪽 선반에는 편리하게도 구멍이 뚫려 있어서 거기서 비소가 새어나와 차 속으로 떨어졌다고 가정하는 것보다 더 자연스러운 생각은 없을 겁니다. 당신 아드님인 조니가 부주의에 대한 질책을 받을지는 모르지만 아마 그 정도에서 끝나겠지요."

"나…… 나는, 도대체 무슨 소린지 알아들을 수가 없군요."

딘스미드는 숨 막히는 듯 말했다.

"아니, 아실 거라고 생각하는데요." 모티머는 두 번째 찻잔을 들어 두 번째 시험관에 따랐다. 하나에는 붉은 꼬리표, 또 하나에는 푸른 꼬리표를 붙였다.

"붉은 시험관에는 샬럿 양의 찻잔에서 따른 차, 또 하나에는 맥덜린 양의 찻잔에서 따른 것이 들어 있소. 나는 첫 번째 쪽에서 다른 것보다 4, 5배나 많은 비소가 발견될 거라고 장담하겠소."

"당신은 미쳤어!" 딘스미드가 소리쳤다.

"오, 당치도 않아요! 난 그런 사람이 아닙니다, 딘스미드 씨. 오늘 당신은 나에게 맥덜린 양이 친딸이 아니라고 말했소. 그건 거짓말이었어요. 맥덜린은 당신의 친딸입니다. 당신이 양녀로 들인 아이는 샬럿이었소. 어머니를 쏙 빼닮은 아이. 오늘 그 어머니의 초상화를 보았을 때 난 샬럿을 그린 것이라고 착각했소. 당신은 친딸이 재산을 상속받게 되기를 바랐어요. 그러나 사람들이 친딸로 알고 있는 샬럿을 사람들 눈에 보이지 않게 가둬두는 건 불가능한 일이고, 그 어머니를 알고 있는 누군가가 두 사람이 닮은 것을 보고 진상을 알아차릴 수도 있기 때문에 당신은 결심한 거요. 그래서 찻잔 속에 하얀 비소를 한 줌 넣기로 한 거죠."

딘스미드 부인은 갑자기 히스테리를 일으켜 날카로운 소리로 웃으며 몸을 앞뒤로 흔들었다.

"그래요, 차였어요." 부인은 꺽꺽대는 목소리로 말했다. "이 이가 그렇게 말했어요. 레모네이드는 안돼, 차로 해야 해."

"입 닥쳐, 매기!" 남편이 고함을 질렀다.

모티머는 테이블 너머로, 깜짝 놀란 눈을 크게 뜨고 자신을 응시하고 있는 샬럿을 보았다. 그때 누군가가 그의 팔을 붙잡았다. 그리고 맥덜린이 소리가 들리지 않는 곳으로 그를 끌고 갔다.

"저건" 하고 맥덜린은 주전자를 가리켰다. "아버지가 설마……."

모티머는 맥덜린의 어깨에 손을 얹었다.

"아가씨, 당신은 과거를 믿지 않지만 난 믿어요. 난 이 집의 분위기를 믿었소. 이 집으로 이사 오지 않았더라면 아마——아마 말입니다——당신 아버지는 그런 계획을 생각해내지 않았을지도 몰라요. 난 앞으로 샬럿을 지켜주기 위해 이 두 개의 시험관을 보관해 두겠어요. 그것만 빼고 그 SOS를 쓴 손에 감사하며 난 아무 짓도 하지 않을 겁니다."

The Hound of Death

죽음의 사냥개

1

내가 처음 그 얘기를 들은 것은 미국의 신문 기자 윌리엄 P. 라이언한테서였다. 그가 뉴욕으로 돌아가기 전날 밤 우리는 런던에서 함께 식사를 했는데, 그때 우연히 내일 폴브리지루 가는 것을 그에게 얘기하게 되었다.

그는 얼굴을 들더니 놀란 듯이 물었다.

"폴브리지라고? 콘월에 있는?"

폴브리지가 콘월에 있다는 사실을 아는 사람은 아마 천 명에 한 명도 안 될 것이다. 대부분의 사람들은 폴브리지가 햄프셔에 있는 것으로 알고 있다. 그런만큼 라이언이 그것을 알고 있다는 사실은 내 호기심을 끌었다.

"어! 자네 알고 있었나?"

그는 그저 희한한 인연이군 하고 말한 뒤 그곳에 트레언 장(莊)이라는 저택이 있는 것을 아느냐고 물었다.

내 관심은 더욱 높아졌다.

"알다마다. 사실은 바로 그 트레인 장으로 가려는 걸세. 내 누님의 집이거든."

"그래? 정말 믿을 수 없는 일이군" 하고 라이언이 말했다.

나는 수수께끼 같은 말은 그만두고 어서 설명해 보라고 재촉했다.

"그렇다면 전쟁이 시작된 무렵의 내 경험부터 말하지 않으면 안 돼."

나는 한숨을 내쉬었다. 당시는 1921년으로 다행히 이미 잊혀지고 있었지만, 전쟁 기억은 누구에게나 가장 떠올리고 싶지 않은 일이기도 하다. 더구나 이 윌리엄 P. 라이언은 전쟁 경험을 믿을 수 없을 정도로 장황하게 끝도 없이 늘어놓는 경향이 있었다.

그러나 지금은 그를 만류할 수가 없다.

"아마 자네도 알고 있겠지만, 전쟁이 시작되었을 무렵 난 신문사 일로 벨기에 곳곳을 돌아다니고 있었네. 작은 마을이 있었는데 뭐 그냥 X라고 해두지. 아주 작은 마을이었지만 상당히 큰 수도원이 있었어. 수녀들은 거 뭐라더라? 정식 이름은 모르겠지만 아무튼 하얀 옷을 입고 있었는데, 뭐 그런 거야 아무래도 상관없지. 그런데 이 작은 마을은 바로 독일군이 진군하는 길목에 있었네. 창기병이 도착하자……."

내가 마음이 조마조마하여 몸을 꿈틀거리자 윌리엄 P. 라이언은 안심시키려는 듯이 손을 내저었다.

"걱정 말게. 독일군의 잔학상을 얘기하려는 건 아니니까. 어쩌면 그렇게 되었을 수도 있었지만 그런 일은 없었어. 실제로는 예상이 완전히 빗나가버린 거지. 독일병들은 수도원으로 갔어. 그리고 모두 날아가 버렸다네."

"뭐어?" 나는 약간 놀랐다.

"이상한 사건이었어. 물론 독일병들이 자신들이 운반해온 폭발물 주위에서 신나게 축배를 들며 떠들고 놀다가 실수한 거라고 할 수도 있네. 하지만 그들은 폭발물 같은 건 하나도 가지고 오지 않았던 것 같아. 고성능 폭약을 가지고 있는 부대가 아니었거든. 그렇다면 도대체 어떻게 수녀들이 폭약 같은 걸 알고 있었을까? 수녀들이 말이야."

"분명히 이상하군." 나는 인정했다.

"이 사건에 대한 농부들의 얘기가 내 흥미를 끌었네. 그들의 얘기는 전부 판에 박은 듯이 똑같았어. 그들은 완벽한, 효과 만점의 제1급의 기적이라고 하더군. 수녀들 중 한 명이 햇병아리 성녀라고나 할까, 그런 평판을 얻고 있었는데, 혼수 상태에 빠지거나 환상을 보기도 했던 모양이야. 그들의 얘기로는 그 수녀가 기적을 일으켰다는 거였네. 신을 두려워하지 않는 독일병들을 날려 보내기 위해 번개를 불렀는데, 유효 범위 내의 모든 것을 몽땅 날려버린 거지. 정말이지 효과 백 퍼센트의 신기(神技) 아닌가?

난 사건의 진상을 끝내 밝혀내지는 못했어. 시간이 없었지. 어쨌든 그 무렵엔 기적이 대유행이었어, 몽스(벨기에 남서부의 도시)의 천사라느니 하는 종류의……. 그래서 약간 감상적인 색채를 추가하고 종교적인 분위기는 적당하게 죽여서 쓴 기사를 본사로 보냈네. 미국에서는 무척 반응이 좋았지. 그 시절엔 그런 얘기에 관심들이 많았으니까.

하지만(자네가 이런 기분을 이해할는지 모르겠지만) 기사를 쓰는 동안 난 흥미를 느끼기 시작했어. 정말 무슨 일이 있었는지 알고 싶어진 거네. 장소 자체는 볼 만한 데라고는 하나도 없더군. 벽이 두 군데 아직 남아 있고 그 하나에 검은 화약 흔적이 나 있는데, 커다란 사냥개 모양을 하고 있었어. 근처의 농부들은 그 흔적을 끔찍할 정도로 두려워하고 있었지. 그것을 죽음의 사냥개라고 부르며 어두워진 뒤에는 그곳을 지나가려고 하지 않았어. 미신이라는 건 늘 재미있는 법이지. 난 이 기적을 이루었다는 수녀를 만나고 싶었어. 그녀는 아마 죽지 않았던 모양이야. 다른 피난민들과 함께 영국으로 갔다더군. 난 온갖 난관을 무릅쓰며 그녀의 뒤를 추적했네. 그리고 콘월의 폴브리지에 있는 트레언 장에 간 것을 알아냈지."

난 고개를 끄덕였다.

"누님은 전쟁이 시작된 무렵 벨기에의 피난민들을 많이 거두어 주었네. 한 스무 명 정도?"

"그래서, 난 시간만 있으면 그 수녀를 방문해야겠다고 생각했네. 그 일에 대해 그녀로부터 직접 얘기를 듣고 싶었지. 그런데 이런저런 일로 바빠서 결국 잊어버리고 만 거야. 콘월은 너무 먼 곳 아닌가? 사실을 말하면, 자네가 방금 폴브리지로 간다는 말을 듣고 생각이 나기 전까지는 까맣게 잊고 있었다네."

"누님한테 물어보겠네. 뭔가 들은 얘기가 있을지도 몰라. 물론 벨기에 사람들은 벌써 옛날에 전원 송환되었지만."

"당연하지. 어쨌든 자네 누님이 뭔가 알고 있으면 나한테 알려주면 고맙겠네."

"그러지." 나는 진심으로 말했다.

대충 그런 얘기였다.

2

그 애기를 떠올린 것은 트레언 장에 도착한 이튿날이었다. 누님과 나는 테라스에서 차를 마시고 있었다.

"아참, 누나. 누나가 돌봐줬던 벨기에 인들 중에 가톨릭 수녀가 한 명 있지 않았어?"

"설마, 마리 앤젤리크 수녀에 대한 얘기는 아니겠지?"

"그 사람일지도 몰라." 나는 조심스럽게 말했다. "그 사람에 대해 얘기해 주겠어?"

"그 사람은 무척 신비스러운 인물이야. 아직 이곳에 있단다."

"뭐어? 이 집에 말이야?"

"아니, 이 마을에. 로즈 선생, 너 로즈 선생 기억하지?"

나는 고개를 저었다.

"83살쯤 된 노인이라면 기억하고 있지만."

"그 분은 레어드 선생님이셔. 안됐지만 그분은 이미 돌아가셨고, 로즈 선생이라는 분은 이곳에 온 지 2, 3년 밖에 되지 않았어. 무척 젊은 분이지. 신지식에 무척 관심이 많으셔. 앤젤리크 수녀에게도 무척 관심을 가지고 있나 봐. 수녀님은 환영 같은 것을 보는데 의학적인 견지에서 보아 무척 흥미로운 얘긴가 봐. 가엾게도 그녀는 어디에도 갈 곳이 없어서——그리고 이건 내 생각이지만 정말 미쳐 있어. 그러니까 그런 인상을 받았다는 얘긴데——로즈 선생을 이 마을에 살도록 돌봐주었지. 틀림없이 선생은 그녀에 대해 논문이니 뭐니 하는 것을 쓰고 있을 거야."

누님은 잠시 숨을 돌린 뒤 다시 말했다.

"그런데 너 그 사람에 대해 뭔가 알고 있니?"

"약간 기묘한 얘기를 들었어."

나는 라이언한테서 들은 얘기를 그대로 옮겼다. 누나는 무척 흥미를 느끼는 눈치였다.

"그 사람은 널 날려보낼 수도 있는 사람이야. 이 말의 의미를 안다면 말이지만."

"아무래도 그 젊은 수녀를 만나봐야 할 것 같은 기분이 들어." 나는 더욱더 호기심에 사로잡혔다.

"그렇게 하렴. 네가 그 사람을 어떻게 생각할지 알고 싶구나. 그러려면 먼저 로즈 선생부터 만나야 해. 차를 마신 뒤 마을까지 걸어서 가볼래?"

나는 그 권유를 받아들였다.

로즈 의사의 집에 찾아간 나는 자기 소개부터 했다. 그는 붙임성이 있는 청년이었지만 그 인품에는 어쩐지 불쾌감을 느끼게 하는 데가 있었다. 그 느낌은 내 기분에 영향을 미칠 정도로 상당히 강했다.

내가 마리 앤젤리크 수녀의 이름을 입에 올린 순간 그가 긴장하는 것이 느껴졌다. 틀림없이 무척 흥미를 느낀 듯하다. 나는 라이언의 얘기를 들려주었다.

"그랬군요." 그는 생각에 잠긴 표정으로 말했다. "그 얘기를 듣고 보니 상당히 납득이 가는군요."

그는 눈을 치뜨고 나를 힐끗 보더니 말을 계속했다.

"그 분의 증상은 무척 흥미로워요. 이곳에 왔을 때 그 분은 분명히 극심한 정신적 쇼크로 괴로워하고 있었어요. 게다가 심하게 흥분하고 있었지요. 굉장히 특이한 환각에 빠지는 것 같았어요. 정말 특이한 성격의 사람이에요. 저와 함께 가보시겠어요? 틀림없이 당신도 그 분을 만나고 싶어할 것 같은데 만나볼 만한 가치가 있을 겁니다."

나는 두말없이 동의하고 함께 나갔다. 우리가 찾아갈 집은 마을에서 떨어진 작은 시골집이었다. 폴 강 하구에 있는 폴브리지는 매우 아름다운 곳으로 동쪽 해안의 대부분을 차지하고 있다. 서쪽 해안은 몇 채의 집들이 절벽에 달라붙어 있기는 하지만 집을 짓기에는 너무 험악한 곳이었다. 의사의 집은 서쪽 해안의 절벽 가장자리에 있었다.

눈 아래의 검은 바위에는 커다란 파도가 밀려오고 있었다.

우리가 찾아가는 집은 바다가 보이지 않는 깊숙한 곳에 있었다.

"이 지역을 담당하는 간호사가 이곳에 살고 있어요." 로즈가 설명했다.

"마리 앤젤리크 수녀를 그 간호사 집에 있도록 주선해 주었습니다. 숙련된 사람의 감독을 받는 편이 좋을 것 같아서요."

"수녀의 상태는 정상인가요?" 나는 확인삼아 물어보았다.

"곧 직접 판단할 수 있을 겁니다." 의사는 웃는 얼굴로 대답했다.

우리가 도착했을 때 땅딸막한 키에 인상 좋은 간호사는 마침 자전거를 타고 외출하려던 참이었다.

"안녕하세요, 당신의 환자는 좀 어떻소?" 의사가 말을 걸었다.

"늘 그렇죠 뭐. 손을 마주잡고 방심한 듯이 앉아 있을 뿐이에요. 지금도 영어를 알아듣지 못하는 사람처럼 말을 걸어도 대답하지 않을 때가 자주 있어요."

로즈는 고개를 끄덕였고, 간호사가 자전거를 타고 나간 뒤 문을 노크하고 안에 들어갔다.

마리 앤젤리크는 창가의 긴 의자에 누워 있다가 우리가 들어가자 얼굴을 돌렸다.

이상한 얼굴이었다. 커다란 눈에 투명할 정도로 창백한 얼굴. 그 눈 속에는 측량할 길 없는 비극이 숨어 있는 것처럼 보였다.

"안녕하세요, 수녀님." 의사가 불어로 말했다.

"어서 오세요, M. le docteur(선생님)."

"제 친구 안스트라저 군을 소개합니다."

나는 머리를 조금 숙여 보였다. 마리 앤젤리크도 힘없이 미소 지으면서 고개를 끄덕였다.

"오늘은 좀 어떠신가요?" 의사가 옆에 앉으면서 물었다.

"늘 똑같아요." 그녀는 그렇게만 말하고 입을 다물었다가 다시 말을 이었다. "무슨 일도 저에게는 현실로 생각되지가 않아요. 지나가는 건 날일까요? 아니면 달일까요? 그것도 아니면 해일까요? 전 모르겠어요. 꿈만이 현실처럼 생각돼요."

"아직도 꿈을 많이 꾸시는군요?"

"언제나, 언제나 그래요. 이해하시겠어요? 저에게는 꿈의 세계가 현실처럼 느껴져요."

"고국, 벨기에의 꿈입니까?"

수녀는 머리를 흔들었다.

"아뇨, 실재하지 않는 나라를 꿈에 봐요. 하지만 선생님, 선생님은 아시죠? 몇 번이나 말씀드렸으니까." 거기서 말을 끊은 뒤 불쑥 말했다. "이분도 의사 선생님이신가 보군요. 아마 뇌병 쪽?"

"아닙니다. 그렇지 않습니다." 로즈는 안심시키는 듯이 말했는데 나는 그가 미소 지었을 때 이상하리만치 뾰족한 송곳니를 보았다. 난 문득 이 남자에게는 어딘지 모르게 늑대를 닮은 데가 있다는 생각이 들었다. 의사는 말을 계속했다.

"안스트라저 군을 만나보는 것이 좋을 거라고 생각해서요. 벨기에에서의 일을 알고 있어요. 최근에 수녀님이 계시던 수도원에 대한 얘기를 들은 모양입니다."

그녀의 눈이 내 쪽을 향했다. 그 뺨에 희미하게 핏기가 돌았다.

"뭐, 그리 대단한 얘기는 아닙니다." 나는 당황해서 설명했다. "며칠 전 저녁 식사를 함께 한 친구가 파괴된 수도원 벽에 대한 얘기를 해주었습니다."

"그럼 그게 파괴되었단 말인가요?"

우리에게라기보다 스스로에게 말하는 듯한 낮은 중얼거림이었다. 그녀는 다시 내 얼굴을 쳐다보며 주저하듯이 물었다.

"무슈, 친구 분이 어떻게, 어떤 방법으로 수도원이 파괴되었는지 말해 주던가요?"

"폭파되었다고 하더군요." 그리고 덧붙였다. "그곳 농부들은 밤에 그곳을 지나가는 것을 두려워하고 있다고 합니다."

"왜요?"

"무너진 벽 위의 검은 흔적 때문입니다. 모두들 거기에 미신 같은 공포를 품고 있습니다."

그녀가 몸을 내밀었다.

"얘기해 주세요. 그, 그 흔적은 어떤 모양을 하고 있죠?"

"커다란 사냥개 모양을 하고 있습니다. 농부들은 죽음의 사냥개라고 부르고 있다 합니다."

"아!" 그녀의 입술에서 날카로운 비명이 새어나왔다. "그럼, 그건 사실이었군요, 사실이었어요. 내가 기억하고 있는 건 모두 사실이었어요, 악몽이 아니라 실제로 일어난 일이었어요."

"무슨 일이 있었습니까?" 의사가 낮은 목소리로 물었다.

그녀는 무릎을 내밀면서 그를 향해 돌아앉았다.

"저는 기억하고 있어요. 단 위에서였어요. 그때의 상황을 똑똑히 기억하고 있어요. 전 그 힘을 마땅히 사용해야 했기에 사용한 거예요. 저는 제단에 서서 더 이상 다가와서는 안 된다고 독일병들에게 경고했어요. 얌전하게 물러가라고요. 그런데, 그들은 경고를 듣지 않고 다가왔어요. 그래서……." 그녀는 앞으로 몸을 숙이며 기묘한 동작을 했다. "그래서 전 죽음의 사냥개를 그들을 향해 풀어 놓았던 거예요……."

그녀는 눈을 감고 온몸을 부들부들 떨면서 의자에 쓰러졌다.

의사는 일어서서 찬장에서 컵을 꺼내 반쯤 물을 따른 뒤, 주머니에서 꺼낸 작은 병의 약을 몇 방울 떨어뜨려 그녀에게 건넸다.

"드십시오." 의사는 명령조로 말했다.

그녀는 의사가 시키는 대로 했다. 마치 기계 장치 인형처럼. 그 눈은 가슴 속의 환영을 응시하듯이 다른 쪽을 쳐다보고 있었다.

"그럼 그건 전부 사실이었군요. 모든 것이. 원형 도시, 수정궁의 사람들, 그 모든 것이 다 사실이었던 거예요."

"그런 것 같습니다." 로즈가 말했다. 그 목소리는 낮고 부드러워서, 그녀에게 용기를 북돋워 사고의 흐름이 끊어지지 않도록 배려하고 있었다.

"도시에 대한 얘기를 해주시죠. 원형 도시라고 하셨죠?"

그녀는 방심한 것처럼 기계적으로 대답했다.

"네, 세 개의 원이 있었어요. 첫 번째 원에는 선택받은 사람들의, 다음의 원은 수녀들의, 그리고 가장 바깥쪽 원은 사제를 위한 것이었어요."

"그리고 중심에는?"

그녀의 숨결이 거칠어졌다. 그 낮고 작은 목소리에서는 말할 수 없는 외경심이 느껴졌다.

"수정의 전당."

그렇게 말하면서 그녀는 오른 손을 이마에 대고 손가락으로 무언가의 형태를 그렸다.

눈을 감고 있는 그 몸은 점점 경직되어 가는 것처럼 보였고 희미하게 흔들리고 있었다. 그때 마치 갑자기 잠에서 깬 것처럼 벌떡 상체를 일으켰다.

"어떻게 된 거예요?" 그녀는 당황한 모습으로 물었다. "제가 무슨 말을 했죠?"

"별 것 아닙니다." 로즈가 말했다. "피곤해 보이는군요. 좀 쉬셔야겠습니다. 우린 이제 그만 가보겠습니다."

우리가 집을 나올 때도 그녀는 여전히 어리둥절해 있었다.
"어떻게 보셨습니까?" 밖에 나오자 로즈가 물었다.
그는 예리하게 곁눈으로 나를 살폈다.
"완전히 정신 착란 상태에 있는 것 같더군요."
나는 천천히 말했다.
"그렇게 느끼셨습니까?"
"그보다 실제적인 문제로서 그녀는 기묘할 정도로 확신을 품고 있어요. 그녀의 얘기를 듣고, 정말 그 주장대로 뭔가 엄청난 기적을 이루었다는 느낌을 받았습니다. 자신이 했다는 신념은 정말 진실 같았으니까요. 그래서……."
"그래서 그녀는 완전히 정신착란을 일으키고 있는 게 틀림없다는 말씀이군요. 그럴 테지요. 하지만 다른 관점에서 이 문제를 한번 생각해 봅시다. 그녀가 정말로 기적을 행했다고 생각해 보는 겁니다. 한 건물을 파괴하고 수백 명의 사람을 죽였다고 가정하는 거지요."
"단순한 의지의 힘으로 말인가요?" 나는 미소 지으면서 말했다.
"뭐, 그렇다고는 말하지 않겠습니다. 하지만 광산의 기구를 제어하는 스위치를 누르면 혼자서도 수많은 사람을 죽일 수 있다는 건 인정하시죠?"
"예, 그렇지만 그건 기계의 힘이죠."
"맞아요, 기계의 힘이에요. 허나 본질적으로는 자연력의 이용과 통제입니다. 뇌우와 발전소는 기본적으로 같은 겁니다."
"예, 하지만 뇌우를 통제하기 위해서는 기계의 힘을 사용하지 않으면 안 되지요."
로즈가 미소 지었다.
"아무래도 다른 길로 빠져버린 것 같군요. 저곳에 노루발풀이라는 물질이 있습니다. 저것은 원래는 식물의 형태로 존재하고 있어요. 하지만 그것 역시 연구실에서 화학을 이용하여 인공적으로 만들 수 있습니다."

"그래서요?"

"제가 말하고 싶은 건, 같은 결과에 이르기 위해서는 종종 두 가지 방법이 존재한다는 것입니다. 우리의 방법은 분명히 인공적인 방법입니다. 하지만 다른 방법이 있을지도 모르지요. 예를 들면, 인도의 수행자가 이룩한 놀라운 성과는 어떤 방법으로도 설명할 수 있습니다. 우리가 초자연이라고 부르는 것은 반드시 초자연적인 것만은 아닙니다. 미개인들한테는 손전등도 초자연이 되지요. 초자연으로 보이는 현상은, 법칙이 아직 밝혀지지 않은 자연 현상에 지나지 않는 겁니다."

"그렇다면?" 나는 거의 매료된 것처럼 물었다.

"즉, 한 사람의 인간이 일종의 막대한 파괴력을 손에 넣고 자신의 목적을 달성하기 위해 이용할 수도 있다는 가능성을 완전히 부정할 수는 없습니다. 그 결과는 우리에게 초자연적인 현상으로 비칠지도 모릅니다. 하지만 실제로는 그렇지 않습니다."

나는 그를 응시했고 그는 목소리를 높여 웃었다.

"단순한 공론입니다. 그뿐이에요." 그가 별것 아니라는 듯이 말했다. "그런데 그녀가 수정의 전당이라고 말했을 때의 몸짓을 보셨습니까?"

"이마에 손을 가져갔지요."

"그렇습니다. 이마에 원을 그렸어요. 가톨릭 교도가 성호를 긋는 것과 비슷하지요. 안스트라저 씨, 재미있는 얘기를 하나 해드리죠. 수정이라는 말이 그녀의 종잡을 수 없는 얘기 속에 자주 나오는 것을 알고, 나는 실험을 해보았습니다. 수정을 빌려와서 반응을 테스트하기 위해, 어느 날 갑자기 그녀 앞에 불쑥 내밀어 보았지요."
"그랬더니?"
"결과는 굉장히 기묘하고 암시적이었어요. 그녀는 온몸을 긴장시키며, 믿을 수 없다는 듯이 수정을 응시했습니다. 그런 다음 그 앞에 무릎을 꿇더니 한 마디 두 마디 중얼거리다가 정신을 잃고 말았습니다."
"어떤 말이었습니까?"
"굉장히 이상한 말이었어요. '수정! 그럼 신앙은 아직 살아 있어!'라고 했으니까요."
"놀라운 일이군요."
"상당히 암시적이죠? 기묘한 일은 더 있습니다. 실신에서 정신이 들었을 때 그녀는 아무 것도 기억하지 못했습니다. 나는 수정을 보여주며 그것이 뭔지 알고 있느냐고 물었습니다. 점술사들이 사용하는 수정 구슬인 것 같다고 대답하더군요. 그런 물건을 전에 본 적이 있지 않느냐고 물었더니 없다는 거예요. 그러나 난 그녀의 눈 속에서 주저하는 빛을 보았어요. 왜 그러십니까, 수녀님? 하고 물으니 그녀는 이렇게 대답하더군요. '너무 이상해서요, 전 지금까지 수정 같은 건 한번도 본 적이 없어요. 그런데도 잘 알고 있는 것 같은 느낌이 들어요. 뭔가 생각해 낼 수만 있다면……' 그러나 생각해내는 건 그녀에게는 명백하게 고통인 것 같아서 난 더 이상 생각하는 것을 금지했어요. 그것이 2주일 전의 일입니다. 일부러 기회를 기다렸지요. 내일 다시 한번 자세한 실험을 해볼 생각입니다.
"수정으로?"
"그렇습니다. 그녀에게 그것을 응시하게 할 겁니다. 흥미로운 결과가 나올 거예요."

"어떤 결과가 나올 거라고 예상하십니까?" 나는 호기심을 느끼며 물었다.

별 생각 없이 한 질문이었지만 그것은 뜻밖의 결과를 낳았다. 로즈가 흠칫 놀라며 얼굴을 붉힌 것이다. 그리고 다시 입을 열었을 때는 태도가 약간 변해 있었다. 좀더 형식적이고 전문가다운 태도를 보였던 것이다.

"불완전하게밖에 이해할 수 없는 일종의 정신 장애를 해명하기 위해섭니다. 마리 앤젤리크는 가장 흥미로운 임상 예가 될 겁니다."

그러자 로즈의 관심은 순수하게 의사로서 갖고 있는 것일까 하는 의심이 들었다.

"저도 함께 가도 될까요?"

대답하기 전에 그가 잠깐 망설이는 것처럼 보인 것은 내 생각 탓일까? 갑자기 나는 자신이 환영받고 있지 않다는 것을 직감했다.

"아, 물론입니다. 별다른 지장은 없습니다." 그렇게 말하더니 그는 덧붙였다. "그리 오래 머무실 건 아니죠?"

"모레까지 있을 예정입니다."

내 대답은 그를 만족시킨 것 같았다. 그는 밝은 표정이 되어 모르모트에 관한 최근의 실험에 대한 얘기를 시작했다.

3

이튿날 오후, 약속한 대로 나는 의사를 만나 함께 마리 앤젤리크 수녀에게 갔다. 그는 전날 자신이 준 인상을 불식시키고 싶은 듯 끊임없이 쾌활하게 행동했다.

"내가 얘기한 것을 너무 진지하게 받아들이지는 마십시오." 그는 웃으면서 말했다. "신비학에 관심이 있는 걸로 오해받고 싶지는 않거든요. 나의 가장 나쁜 점은 증상을 연구하는 데 너무 깊이 빠져 버린다는 점입니다."

"그렇습니까?"

"예, 증상이 특이할수록 마음이 끌려요."

그는 스스로 이상한 취미를 자조하듯이 웃었다.

우리가 집에 도착하자 간호사는 뭔가 로즈 씨와 의논하고 싶은 일이 있는 듯하여 나는 마리 앤젤리크 수녀와 단둘이 남겨졌다. 그녀는 살피듯이 힐금힐금 나를 쳐다보다가 이윽고 입을 열었다.

"당신은 제가 벨기에에서 이리로 왔을 때 무척 호의를 베풀어주신 그 커다란 저택의 부인의 동생이라고 하더군요. 이곳의 친절한 간호사한테서 들었어요."

"예, 맞습니다."

"그분은 저에게 무척 잘해 주셨어요. 훌륭한 분이에요."

그녀는 사고의 흐름을 따라가는 듯 잠시 말을 끊었다가 다시 입을 열었다.

"저 의사 선생님도 좋은 분일까요?"

나는 약간 당황했다.

"예, 물론이죠. 그러니까…… 저는 그렇게 생각합니다만."

"그래요……그 분이 무척 친절하신 건 사실이에요."

"그렇겠죠."

그녀는 날카로운 시선으로 나를 올려다보았다.

"무슈, 당신은 지금 저와 얘기하면서 제가 미쳤다고 생각하시나요?"

"당치도 않습니다, 수녀님. 그런 생각은 전혀……."

그녀는 천천히 고개를 흔들며 내 항변을 가로막았다.

"전 미친 걸까요? 저도 잘 모르겠어요. 제가 기억하고 있는 일,

잊어버린 일……."

그녀는 한숨을 쉬었다.

그때 로즈 씨가 들어와서 그녀에게 밝게 인사한 뒤 그녀에게 해주기를 바라는 것을 설명했다.

"수정 속에서 미래를 투시하는 능력을 타고난 사람들이 있습니다. 수녀님, 전 당신도 그런 능력을 가지고 있는 사람들 중의 한 사람일지 모른다고 생각하고 있어요."

그녀는 비통한 표정을 지었다.

"아니에요, 아니에요. 전 할 수 없어요. 미래를 알다니, 그건 죄악이에요."

로즈는 뜻밖에 허를 찔렸다. 수녀들이 그런 사고 방식을 가지고 있다는 것을 전혀 고려하지 않았던 것이다. 현명하게도 그는 얼른 논점을 바꿨다.

"미래를 알려고 해서는 안 된다, 그건 맞는 말씀이에요. 그러나 과거를 보는 건 다릅니다."

"과거?"

"그래요, 과거에는 기묘한 사항들이 많이 있습니다. 우리는 과거의 단편을 한순간 포착할 수는 있지만 그것은 눈 깜짝할 사이일 뿐 이내 사라지고 맙니다. 수정 속에서 뭔가를 보려 하지 않아도 좋습니다. 그냥 손에 들고, 그래요, 그저 응시하는 겁니다, 지그시. 네, 지그시 마음을 집중해서. 생각이 떠오르시죠? 네, 생각이 났어요. 내가 말하고 있는 목소리가 들립니다. 그리고 내 질문에 대답할 수 있습니다. 내가 말하는 것이 들립니까?"

마리 앤젤리크 수녀는 의사가 지시한 대로 기묘할 만큼 다소곳한 태도로 수정을 받아들었다. 그런 다음 수정을 응시하기 시작하자 두 눈이 몽롱해지더니 고개가 푹 꺾이고 마치 잠들어버린 것처럼 되었다.

의사는 가만히 수정을 받아서 테이블 위에 놓았다. 그녀의 눈꺼풀을 뒤집어본 뒤 내 옆으로 돌아와 앉았다.

"그녀가 눈을 뜰 때까지 기다려야 합니다. 그렇게 오래 걸리진 않을 겁니다."

그대로였다. 5분쯤 지나자 수녀는 몸을 움직이며 꿈을 꾸는 듯이 눈을 떴다.

"제가 어디에 있는 거죠?"

"이곳에, 집에 있어요. 당신은 잠시 잠을 잤습니다. 꿈을 꾸었죠, 그렇죠?"

그녀는 고개를 끄덕였다.

"네, 꾸었어요."

"수정을 꿈에 보았나요?"

"네."

"그것을 얘기해 주세요."

"틀림없이 선생님은 제 머리가 이상하다고 생각하시는군요. 어쨌든 꿈속에서는 수정은 성스러움의 상징이에요. 제2의 그리스도, 신앙을 위해 죽은 수정궁의 지도자의 꿈도 꾸었어요. 그의 신도들은 쫓겨나고 박해 받았어요……하지만 사람들은 고난을 견디며 신앙을 계속 지켜왔죠."

"신앙을 계속 지켰다고요?"

"네. 1500회의 보름달 동안, 즉 1500년이 되겠군요."

"보름달이 한번 떠오르자면 얼마나 시간이 걸립니까?"

"보통 1년이 걸립니다. 그래요, 1500번째의 보름달이었어요. 물론 저는 수정의 전당의 다섯 번째 기적의 여사제였어요. 여섯 번째 기적이 증명되는 첫 무렵에……."

그녀는 미간을 찡그렸다. 공포의 빛이 얼굴에 살짝 스치고 지나갔다.

"너무 빨라요." 그녀가 중얼거린다. "너무 빨라요. 과거가…… 아! 그래요! 전 기억하고 있어요! 여섯 번째 기적!"

그녀는 일어서려고 하다가 다시 앉더니 두 손으로 얼굴을 가리며 중얼거렸다.

"그런데 제가 무슨 소리를 하고 있는 거죠? 그런 말도 안 되는 얘기를! 그런 일은 전혀 일어나지 않았어요."

"자, 자신을 괴롭히지 마십시오."

그녀는 비통한 표정으로 의사를 올려다보았다.

"선생님, 전 모르겠어요. 저는 왜 그런 꿈을, 그런 환상을 보는 걸까요? 제가 신앙 생활을 시작했을 때는 겨우 열여덟 살이었어요. 그때까지 여행을 해 본 적은 한번도 없었죠. 그런데, 제 눈엔 도시와 낯선 사람들과 낯선 풍습이 보여요. 왜 그럴까요?" 그녀는 두 손으로 얼굴을 가렸다.

"전에 최면술에 걸린 적이 있나요, 수녀님? 아니면 혼수 상태에 빠진 적은?"

"최면술에 걸린 적은 없어요. 하지만 성당에서 기도를 드리고 있을 때, 정신이 종종 육체를 떠나 몇 시간씩 죽은 것처럼 된 적이 있어요. 그건 틀림없는 지복의 상태라고 원장님은 말씀하셨죠. 신의 은총을 입은 상태라고. 아, 그래요." 그녀는 숨을 삼켰다. "기억하고 있어요. 우리도 그것을 신의 은총을 입은 상태라고 부른다는 걸."

"수녀님, 한 가지 실험을 해보고 싶군요." 로즈는 사무적인 투로 말했다. "이런 괴롭고 애매한 기억을 뿌리칠 수 있을지도 모릅니다. 다시 한번 수정을 응시해 주세요. 몇 가지 말을 할 테니 다른 말로 대답해 주세요. 수녀님이 피곤해질 때까지 이 방법을 계속합시다, 언어 쪽이 아니라 수정에 정신을 집중하는 겁니다."

수정을 다시 수녀의 손에 건넸을 때 나는 그녀가 공손한 손놀림으로 수정을 만지는 걸 알았다. 검은 비로드 위에 놓인 수정은 가녀린 그녀의 두 손바닥 사이에 있었다. 그녀의 깊이를 알 수 없는 두 눈이 수정을 응시했다. 짧은 침묵 뒤에 의사는 사냥개라고 말했다.

사이를 두지 않고 수녀가 대답했다.

"죽음."

4

나는 실험의 자초지종을 상세히 얘기할 마음은 없다. 의사는 일부러 중요하지도 않은 무의미한 말을 많이 제시했다. 어떤 말은 대여섯 번 반복했는데, 같은 대답이 나올 때도 있고 전혀 다른 대답이 나올 때도 있었다.

그날 저녁 우리는 절벽 위에 있는 의사의 집에서 실험 결과를 함께 검토했다.

그는 헛기침을 하여 목을 가다듬은 뒤 노트를 끌어당겼다.

"이 결과는 정말 재미있군요. 지극히 호기심을 불러일으켜요. 여섯 번째 기적이라는 말에 대한 대답으로 파괴, 보랏빛, 사냥개, 권력, 그 뒤에 또 파괴, 마지막에는 권력이라는 말이 나왔습니다. 당신도 눈치 채셨겠지만, 나중에 나는 방법을 완전히 바꿨습니다. 결과는 다음과 같았죠. 파괴에 대한 답이 사냥개, 보랏빛에 대해서는 권력, 사냥개에 대해서는 다시 죽음, 그리고 권력에 대해서는 사냥개. 전부 정리하면 그렇게 되는데 두 번째 파괴라고 되풀이했을 때는 바다라는 대답이 나왔습니다. 하지만 이건 아무래도 전혀 관계가 없어 보이는군요. 다섯 번째 기적에 대해 얻은 대답은 푸른색,

사고(思考), 새, 다시 푸른 색, 그리고 마지막으로, 약간 암시적인 마음에 대해 마음을 연다는 대답입니다. 네 번째 기적에서는 노란색 뒤에 빛, 첫 번째 기적에서는 피를 끌어낸 사실에서 보아, 각각의 기적에는 특별한 색과 상징, 이를테면 다섯 번째 기적의 것이 새이고 여섯 번째 기적의 것이 사냥개 같습니다. 다만, 다섯 번째 기적이 표현하고 있는, 마음에 대해 마음을 연다는 말은 아마 오늘날에는 정신감응으로 알려진 것을 나타내는 거라고 생각합니다. 여섯 번째 기적은 의문의 여지없이 파괴의 권력을 나타냅니다."

"바다의 의미는 무엇일까요?"

"고백하자면 그건 저도 설명할 수가 없군요. 나중에 그 말을 꺼내봤지만, 배라는 진부한 답밖에 얻을 수 없었습니다. 일곱 번째 기적에 대해서는 처음에는 생명, 두 번째는 사랑. 여덟 번째 기적에 대해서는 무(無)입니다. 그리하여 모두 일곱인데 기적의 수로 해석되는군요."

"그러나 일곱 번째는 있을 수 없어요." 나는 갑자기 영감을 받은 것처럼 말했다. "여섯 번째가 파괴인 이상에는!"

"아! 그렇게 생각하십니까? 하지만 우리는 아무래도 이 종잡을 수 없는 말들을 너무 심각하게 받아들이고 있는 것 같군요. 이건 전적으로 의학적인 견지에서 흥미롭다는 것뿐입니다."

"의학자들의 주목을 받을 건 확실해 보이는군요."

의사는 눈을 가늘게 떴다. "전 이걸 공표할 생각이 없습니다."

"그럼 무엇에 대해 관심을 가지고 있는 겁니까?"

"순수하게 개인적인 거지요. 물론 이 증상에 대해서는 기록을 하고 있지만."

"그렇군요" 하고 말했지만, 나는 처음으로 자신이 맹인처럼 완전히 오리무중 속에 있는 것 같은 기분이 들었다. 나는 일어섰다.

"이제 그만 가봐야겠군요, 전 내일 런던으로 돌아갈 겁니다."

"아, 그러세요?" 하고 그는 말했다. 나는 그 말 뒤에 만족 혹은 안도의 빛을 본 것 같은 느낌이 들었다.

"연구가 성공하시길 빌겠습니다." 나는 평온하게 말했다. "다음에 만날 때·저에게 죽음의 사냥개를 풀어놓거나 하지는 마십시오!"

나는 그의 손을 잡고 있었는데 그가 움찔 몸을 움직이는 것을 느꼈다. 그러나 곧 그는 아무렇지도 않은 듯 미소 지으며 입술 사이로 길고 뾰족한 이를 내보였다.

"권력을 사랑하는 남자에게는 이건 참으로 멋진 권력 아닙니까? 모든 사람의 생명을 자신의 손아귀에 쥐고 있다는 것 말입니다!"

그리고 그 미소는 얼굴 전체로 퍼져갔다.

5

사건과 나의 직접적인 관계는 그것이 마지막이었다.

나중에 의사의 노트와 일기가 내 손에 들어왔다. 여기에 몇 가지 부족한 기입 사항을 전재하고자 한다. 이것이 진정으로 내 것이 될 때까지 한동안 시간이 걸린 사정을 이해해 주시리라 믿으면서.

8월 5일 선택받은 자의 의미 발견. M. A 수녀는 종족을 낳은 자를 그렇게 표현한 것이다. 그들은 분명히 최고의 영예를 얻어 성직의 상위에 있었다. 원시 그리스도교와 대조해 보라.

8월 7일 최면술을 시도해 보자고 수녀를 설득. 최면 상태와 혼수 상태를 불러일으키는 데 성공했지만 영혼의 교류에는 실패.

8월 9일 우리의 문명이 도저히 미치지 못하는 고도의 문명이 과연 과거에 존재했을까? 만약 그렇다고 한다면 이상한 일이다. 그리고 나는, 그 단서를 얻을 수 있는 유일한 인간이 될 수 있지 않을까?

8월 12일 최면술을 할 때 M. A 수녀는 전혀 암시에 따르려 하지 않는다. 그러면서도 쉽게 혼수상태에 빠진다. 이해하기 힘든 일이다.

8월 13일 오늘 수녀는 신의 은총을 입은 상태에서 타인이 육체를 지배할 수 없도록 문을 닫지 않으면 안 된다고 말했다. 흥미롭다. 하지만 뭐가 뭔지 알 수 없다.

8월 18일 그렇다면 첫 번째 기적은 다름 아닌……(글이 지워져 있다)……그런 다음 여섯 번째 기적에 도달하는 데는 몇 세기가 걸릴까? 그러나 만약 권력에 이르는 지름길이 있다면?

8월 20일 M. A가 간호사와 함께 이곳에 오기로 결정. 모르핀을 계속 맞아야 할 필요가 있다고 그녀에게 말했다. 나는 미쳐가고 있는 것일까? 자신의 수중에 죽음의 권력을 쥔 초인이 된 것일까?

(여기서 기록이 끝난다)

6

내가 그 편지를 받은 것은 8월 29일이었던 것으로 기억된다. 그것은 비스듬한 외국풍의 글씨체로 쓴 것이었는데 나는 약간 호기심을 느끼며 뜯어보았다. 그것은 다음과 같은 것이었다.

Cher Monsieur(근계). 당신과는 두 번밖에 만나지 않았지만 신뢰할 수 있는 분으로 느껴졌습니다. 제 꿈이 사실이든 아니든, 그것은 요즘 더욱 더 뚜렷해지고 있습니다……그리고 무슈, 어쨌든 적어도 하나는, 즉 죽음의 사냥개만은 꿈이 아닙니다. 그 때(그것이 사실인지 어떤지는 모르지만) 전 수정궁의 수호자였던 자가, 너무 일찍 여섯 번째 기적을 사람들에게 밝혀버렸다는 것을 당신에게 말했습니다. 악마가 사람들 마음에 들어왔습니다. 마음대로 사람을 죽일 수 있는 힘을 가진 사람들은 정당한 이유도 없이 사람을 죽였습니다. 분노에 사로잡히고 권력에 대한 욕망에 취했던 것입니다. 그 일을 목격했을 때 아직 순결했던 우리는, 두 번 다시 원을 완성하여 영원한 생명의 기적에 도달해서는 안 된다는 걸 깨달았습니다. 수정궁의 다음 수호자가 되는 자는 행동할 것을 명령받았습니다. 낡은 것을 멸하고, 무한한 것처럼 생각되는 세월 끝에 새로운 것을 다시 살리라고 기도하며, 수호자는(원을 닫지 않도록 조심하며) 바다에 죽음의 사냥개를 풀고, 바다는 개의 형태로 부풀어 올라 육지를 모조리 삼켜버렸습니다.

옛날에도 저는 그것을 생각해 낸 적이 한번 있습니다. 벨기에의 제단 위에서…….

로즈 선생은 같은 가르침을 믿는 신자입니다. 선생님은 첫 번째 기적을 알고 두 번째의 형태도 알았습니다. 하기는 그 의미는 선택받은 몇 사람을 제외하고는 숨겨져 있습니다. 그는 나한테서 여섯 번째를 찾아내겠지요. 저는 지금까지 거부해 왔습니다. 하지만 점점 힘이 약해지고 있습니다. 무슈, 정해진 때가 오기 전에 권력을 얻는 것은 옳은 일이 아닙니다. 이 세계가 죽음의 권력을 그 손에 쥘 수 있는 준비가 갖춰지려면, 아직도 몇 세기를 더 기다리지 않으면 안 됩니다……. 만약, 당신이 진실과 선함을 귀히 여기신다면 부탁드립니다. 저를 도와주세요……. 늦기 전에.

경건한 수도녀
마리 앤젤리크

나도 모르는 사이에 내 손에서 편지가 툭 떨어졌다. 발 아래의 단단한 대지가 전에 없이 불안하게 느껴졌다. 나는 다시 정신을 가다듬기 시작했다. 가련한 수녀의 진심에서 나온 신앙에 나는 오로지 감동을 느낄 뿐이었다! 한 가지 확실한 것이 있었다. 병상 연구에 몰두한 나머지 의사 로즈는 자신의 직권을 남용하고 있다는 사실이다. 나는 그의 양심을 촉구하여…….

문득 나는 다른 우편물 속에 누님한테서 온 편지가 섞여 있는 것을 보았다. 서둘러 봉투를 뜯었다.

'무서운 일이 일어났어' 하는 말로 시작되고 있었다. '절벽 위의 로즈 선생의 작은 집, 기억하고 있니? 간밤에 사태가 일어나 집이 무너지고, 선생과 그 가엾은 마리 앤젤리크 수녀님이 목숨을 잃었단다. 해변가에 떠밀려온 잔해는 차마 눈뜨고 볼 수 없을 만큼 처참했어. 모든 것이 기묘한 덩어리를 이루며 쌓여 있더구나. 멀리서 보면 마치 커다란 사냥개처럼.'

편지가 이번에도 내 손에서 떨어졌다.

그 밖의 사실은 우연의 일치일지도 모른다. 같은 날 밤, 로즈라는 부호가 급사했다. 나는 그 사람이 의사의 친척이라는 사실을 알아냈는데 사인은 벼락 때문이었다. 알려져 있는 바로는 그 부근에서 뇌우가 있었던 것 같지는 않다. 그러나 몇몇 사람이 천둥 소리를 한번 들었다고 주장했다. 시체에는 '기묘한 형태를 한' 벼락에 맞은 화상의 흔적이 남아 있었고 한다. 유언장에는 전 재산을 조카 로즈에게 상속한다고 되어 있었다.

그런데, 만약 로즈가 마리 앤젤리크 수녀한테서 여섯 번째 기적의 비밀을 손에 넣는 데 성공했다면 어떨까? 나는 늘 그가 무절제한 남자라는 느낌을 받고 있었다. 만약 자신에게 혐의가 걸리지 않을 거라는 확신이 있다면, 백부의 생명을 제거하는 것도 주저하지 않을 사람이었다. 그러나, 수녀의 편지 한 구절이 내 머리 속에 남아 있었다. '원을 닫지 않도록 조심하며…….' 로즈는 그것을 조심하지 않았다. 아마 그렇게 하는 방법을 몰랐거나, 그렇게 할 필요성조차 느끼지 않았거나 둘 중의 하나일 것이다. 그래서 그가 사용한 힘이 원을 한 바퀴 돌아 그에게 되돌아온 것은 아닐까…….

그러나 물론 이건 완전히 터무니없는 얘기다. 모든 것을 자연스럽게 설명할 수 있다. 즉, 로즈는 마리 앤젤리크 수녀의 환각을 믿고 있었고, 결국 자신의 머리도 역시 약간 균형을 잃고 있다는 것을 증명하고 말았을 뿐이다.

그럼에도 불구하고 이따금 나는, 옛날에 우리가 도저히 미칠 수 없는 고도의 문명에 도달했던 사람들이 살았다고 하는 해저의 대륙을 꿈꾸는 일이 있다.

아니면, 마리 앤젤리크 수녀는 반대로 기억하고 있었고――그럴 수도 있을 것 같지만――원형 도시는 과거가 아니라 미래에 있는 것은 아닐까?

물론 말도 안 된다! 그 모든 것은 단순한 환각일 뿐이다.

A CARIBBEAN MYSTERY

카리브해의 수수께끼

서인도제도 방문의
즐거운 추억과 더불어
옛벗 크룩셩 로즈에게
이 책을 바친다.

등장인물

팰그레이브 소령
래필
에스터 월터즈
아서 잭슨
프리스콧 신부
미스 프리스콧
그레고리 다이슨
러키
에드워드 힐링던
이블린
그레이엄 의사

(위 인물들: 골든 팜 호텔의 손님)

팀 켄들　골든 팜 호텔 경영자
몰리　팀의 아내
빅토리아 존슨　골든 팜 호텔의 고용인
짐 에리스　빅토리아의 정부(情夫)
웨스턴　산 트레노 경찰 범죄수사과 경감
미스 마플　탐정일 좋아하는 독신 노부인

카리브해의 수수께끼

팰그레이브 소령의 회고담

"케냐에 관한 이런저런 이야기를 해보십시오. 모든 사람들이 케냐가 어떤 곳인지도 모르고 자신만만하게 떠벌리지요. 그런데 나는 14년 동안이나 그곳에서 지냈습니다. 그때가 내 생애에서 가장 좋은 시절이기도 했지요."

팰그레이브 소령이 말하자 미스 마플은 몸을 앞으로 내밀었다. 그것은 예절바른 마음에서 우러나온 동작이었다.

팰그레이브 소령이 그리 재미없는 회고담을 늘어놓는 동안 미스 마플은 자기의 상념을 느긋하게 쫓고 있었다. 그것은 그녀로서는 몇 번이나 해본 적이 있는 늘 해오던 수법이었다.

장소는 그때그때 달라진다. 지금까지는 주로 인도가 무대였다. 소령들, 대령들, 중장들, 그리고 귀에 익은 말의 행렬, 시므라(인도 북부의 피서지), 가마꾼, 호랑이, 초타 하즐리(이른 아침의 가벼운 식사), 티핀(점심), 키트마트갈(인도 영국인 가정의 급사) 등등.

팰그레이브 소령의 입을 통해 잇달아 흘러나오는 말이 지금은 좀 달라지고 있었다. 사파리, 키쿠유(케냐 서부의 한 지방), 코끼리, 스와힐리어…….

그러나 이야기의 패턴은 본질적으로 모두 같았다. 회상 속에서 행복했던 지난날을 돌이켜보기 위해 들어 주는 이가 필요한 노인. 등이 곧고 시력도 확실하며 귀도 날카로웠던 옛날.

이들 이야기하는 사람들 가운데 어떤 이는 잘생긴 군인 같은 노인이지만, 개중에는 가엾을 만큼 못생긴 남자도 있다. 검붉은 얼굴, 의안(義眼), 전체적으로 두꺼비의 박제 같은 느낌을 주는 팰그레이브 소령은 못생긴 편에 속했다.

미스 마플은 어느 노인에게나 차별 없이 친절하고 상냥하게 대했다. 상대방 이야기에 열심히 귀 기울이고 때로는 조용히 고개를 끄덕여 맞장구치면서도 실은 자기 생각에 젖어 어떤 즐거움의 대상을 찾는 것이었다. 이 경우는 검푸른 카리브해가 그녀의 눈을 즐겁게 해주고 있었다.

레이먼드의 친절한 마음씨를 그녀는 고마운 마음으로 생각하고 있었다. 정말로 다정한 레이먼드…… 어째서 나이든 아주머니인 자신을 이토록 생각해 주는지 도무지 알 수가 없다. 양심의 목소리가 그렇게 시키고 있는 것일까, 그렇지 않으면 친척이라서? 어쩌면 레이먼드는 다만 내가 좋기 때문일지도 모른다.

요컨대 레이먼드는 나에게 호의를 가지고 있다. 옛날부터 죽 그랬었다고 그녀는 생각한다. 하기야 좀 사람을 무시하는 듯한 괘씸한 데가 없지도 않지만!

그는 언제나 그녀를 새로운 풍조에 끌어들이려고 했다. 그녀에게 읽히고 싶은 책을 보내 준다. 이른바 현대 소설이라는 것이다. 모두 읽기 어려운 것들이다. 도무지 마음에 들지 않는 사람들이 하는 묘한 짓들만 씌어 있는 책, 더욱이 그들 자신도 자기 행위를 즐기고 있는 기색은 보이지 않는다.

'섹스'니 하는 말을 미스 마플이 젊었을 무렵의 사람들은 입 끝에도 올리지 않았었다. 그러나 섹스 그 자체는 충분히 있었으며——다만 지금만큼 화제에 오르지 않았을 뿐이다——지금보다 훨씬 향락되고 있었다. 적어도 미스 마플에게는 그렇게 생각되었다.

흔히 섹스를 즐기는 데에는 죄악이라는 레테르가 붙지만, 그래도 섹스가 일종의 의무로 되어 버린 현대에 비하면 훨씬 낫다는 느낌이 들었다.

그녀의 눈길은 23페이지까지 계속 읽어 나갔다. 그 이상은 읽을 마음이 들지 않았다! 그리고 그 눈길은 책을 떠나 허공을 헤맸다.

젊은이는 믿을 수 없다는 얼굴로 물었다.

"그럼, 너는 섹스를 한 번도 해본 적이 없다는 거니? 19살이나 됐는데도? 아무튼 해봐야 해. 그건 절대로 필요한 일이니까."

아가씨는 슬픈 듯이 고개를 숙였으며, 윤기 있는 곧은 머리칼이 얼굴 위로 흩어졌다.

그녀는 중얼거렸다.

"알고 있어. 알고 있어."

젊은이는 그녀를 바라보았다. 얼룩투성이인 허름한 저지 옷, 맨발, 더러운 발톱, 썩은 듯한 기름 냄새…….

대체 어째서 이 아가씨에게 미칠 듯한 매력을 느끼는 것일까 하고 그는 이상하게 생각했다.

이상하다고 말하면 미스 마플도 마찬가지였다. 대체 이 무슨 짓인가! 섹스가 철분이 함유된 강장제처럼 권장되다니! 가엾은 젊은이들…….

"아시겠습니까, 제인 아주머니, 어째서 행복한 타조처럼 모래 속에 머리를 파묻고 있어야만 합니까? 이 목가적인 전원생활 속에 완전히 파묻혀 버리셨군요. '현실 생활', 중요한 것은 이것입니다."

레이먼드로부터 그런 말을 들으면 그의 제인 아주머니는 몹시 수줍은 얼굴로 "그럴 테지" 하고 맞장구쳤다. 그녀는 자기가 시대에 좀 뒤떨어져 있는 것을 두려워하고 있었다.

그러나 전원생활이 목가적이라고 여기는 것은 크게 어긋난 짐작이었다. 레이먼드 같은 사람들은 그 점에 대해 아무것도 몰랐다.

교구일을 보는 동안 미스 마플은 이른바 전원생활이라는 것의 현실을 샅샅이 알게 되었다. 여기에 대해 쓰는 것은 물론 사람들 앞에서 말하고 싶지도 않지만, 어쨌든 속속들이 알고 있었다.

자연스러운 것, 부자연스러운 것이 뒤섞여 곳곳에 범람하는 섹스, 부녀 폭행, 근친상간, 갖가지 종류의 성적 도착, 그 가운데에는 지금까지 여러 권의 책을 쓴 옥스퍼드 출신의 총명한 젊은이들조차 들어보지 못한 것도 있다.

미스 마플은 깊은 생각에서 깨어나 카리브해의 무대로 돌아와 팰그레이브 소령의 이야기 줄거리를 더듬었다.

"아주 신기한 경험을 하셨군요. 정말 흥미 있는 이야기였어요."

"아직 얼마든지 있습니다. 물론 그 가운데에는 여성들 앞에서는 이야기할 수 없는 것도 있습니다만."

오랜 세월에 걸쳐 닦여 온 아주 자연스러운 태도로 미스 마플은 재빨리 눈을 내리떴고, 팰그레이브 소령은 여성 앞에서 말할 수 없는 것은 적당히 얼버무리며 케냐 부족의 습관에 대해 줄곧 이야기했다. 그동안 미스 마플은 사랑하는 조카 생각을 다시 좇았다.

레이먼드 웨스트는 인기 있는 소설가로 막대한 수입이 있으며, 나이든 아주머니가 여생을 즐길 수 있도록 진심으로 애쓰고 있었다.

지난 겨울 그녀는 심한 폐렴을 앓아 의사로부터 남쪽으로 전지 요양을 가라는 권유를 받았었다. 레이먼드는 서인도제도가 좋다고 고집스럽게 내세웠다. 미스 마플은 비용이 많이 들고 거리가 멀다는 것과 여행 도중의 갖가지 곤란이며 세인트 메리 미드의 집을 비울 수 없다는 점 등을 들어 가기를 꺼려했다.

레이먼드는 그 모든 문제를 해결해 주었다. 책을 쓰고 있는 그의 친구가 시골의 조용한 집을 한 채 빌리고 싶어 한다고 했다.

"집은 그가 잘 봐드릴 겁니다. 그는 집안일을 아주 깔끔히 하는 사람이니까요. 실은 퀴어랍니다. 다시 말하면 그――."

그는 좀 머뭇거렸다. 그러나 아무리 제인 아주머니라 하더라도 퀴어(동성애)에 대한 것쯤은 들은 적이 있으리라.

이어서 그는 다른 문제도 해결했다.

"요즘 여행은 아주 편합니다. 비행기로 가십시오. 제 친구 다이내어 홀럭스가 트리니다드에 가기로 되어 있으니 그곳까지 제인 아주머니를 보살펴 드릴 테고, 산 트레노에 닿으면 샌더슨 부부가 경영하는 골든 팜 호텔에 묵으십시오. 샌더슨 부부는 아주 좋은 사람들입니다. 아주머니를 극진히 모실 겁니다. 제가 편지를 보내 드리겠습니다."

샌더슨 부부가 영국으로 돌아온 것은 나중에야 알았다. 그러나 호텔을 인수한 켄들 부부 또한 아주 친절한 사람들로, 아주머니 일은 걱정하지 말라는 편지를 레이먼드에게 보냈다. 만일의 경우 섬에는 솜씨가 뛰어난 의사도 있고, 부족하나마 아주머니의 건강에 마음 써서 아무 불편 없도록 돌봐 드리겠다는 회답이었다.

켄들 부부는 정말 좋은 사람들이었다. 금발에 성품이 소박한 20살을 갓 넘긴 몰리 켄들은 언제나 생기발랄했다. 미스 마플을 따뜻이 맞이했으며 즐겁게 해주려고 이것저것 마음 썼다. 남편 팀 켄들은 여위고 가무잡잡한 30대 사나이로 그 역시 친절하기 그지없었다.

영국의 가혹한 기후를 피해 마침내 여기까지 왔다고 생각하니 미스 마플은 감회가 깊었다. 멋진 방갈로를 혼자 쓰며 다정한 미소를 짓는 서인도제도 아가씨들의 보살핌을 받았고, 팀 켄들은 식당에서 얼굴을 대하면 재치 있는 농담을 던지며 그날의 메뉴 가운데에서 맛있는 요리를 골라 권했다.

방갈로에서 바닷가까지는 아주 가까웠으며, 해수욕장의 편안한 등의자에 앉아 바다에서 헤엄치는 사람들을 바라볼 수도 있었다.

말벗이 될 만한 나이 지긋한 사람들도 꽤 많았다. 래필 씨, 그레이엄 박사, 프리스콧 성당 참사회원과 그 누이, 그리고 지금 미스 마플이 상대하고 있는 팰그레이브 소령 등이었다. 미스 마플 같은 노부인으로서 더 이상 무엇이 필요하겠는가?

그러나 아주 유감스러운 일이며 사실 미스 마플도 이 점을 깨닫고 좀 기분이 꺼림칙했지만, 그녀는 이곳 생활에 만족하고 있지 않았다.

쾌적하고 따뜻하다. 류머티즘에 안성맞춤인 기후다. 경치도 아름답다. 하긴 좀 단조롭다고 할 수 있지 않을까? 어디에나 종려나무만이 눈에 띈다. 나날이 판에 박힌 듯 변함이 없고 사건다운 것은 결코 일어나지 않는다. 언제나 무슨 사건이 일어나곤 하는 세인트 메리 미드와는 다르다.

언젠가 그녀의 조카는 세인트 메리 미드 생활을 괸 물에 떠 있는 먼지로 비유한 적이 있었다. 그래서 그녀는 좀 뿌루퉁한 얼굴로 현미경 아래의 슬라이드에서도 많은 생물을 볼 수 있음을 지적했었다. 사실 세인트 메리 미드에서는 늘 무슨 일이 일어나고 있었다.

갖가지 사건이 미스 마플의 마음에 떠올랐다가는 사라졌다. 나이 많은 리닛 부인의 기침약이 잘못 조제됐던 일, 젊은 폴케이트의 별난 행동, 그레고리 우드의 어머니가 그를 만나러 왔던 때의 일――그녀는 정말 그의 어머니였을까?――조 아딘과 그 아내가 다툰 진짜 원인.

흥미 깊은 인간적인 갖가지 문제, 그것들이 끊임없이 즐거운 인간 관찰의 기회를 낳는다. 부디 이곳에서도 그녀가 뭐라고 할까, 진지하게 맞붙어 볼 만한 사건이 있으면 좋으련만.

문득 팰그레이브 소령이 케냐에서 영국령 인도 북서부주로 화제를 옮겨 중위 시절의 체험담을 이야기하고 있음을 깨달았다. 운 나쁘게도 그는 자못 열띤 목소리로 그녀에게 묻고 있는 참이었다.

"당신은 그렇게 생각하지 않습니까?"

오랜 세월에 걸쳐 쌓은 수련 덕분에 미스 마플은 이러한 말을 받아넘기는 데 능숙했다.

"글쎄요, 나는 그리 경험이 없어서 어떻다고 판단하기가 어렵군요. 거의 은둔에 가까운 생활을 해왔으니까요."

팰그레이브 소령은 너그러이 맞장구쳤다.

"아니지요. 아주 좋습니다. 그야말로 바람직한 생활이라고 할 수 있습니다."

미스 마플은 바로 조금 전의 유쾌한 무관심을 벌충할 셈으로 말을 이었다.

"나와 달리 소령님은 아주 다채로운 생활을 해온 것 같군요."

팰그레이브 소령은 만족스럽게 말했다.

"글쎄요, 그리 나쁘지 않은 생활을 해온 셈입니다."

그는 평가하듯 주위를 둘러보았다.

"여기도 꽤 멋진 곳입니다."

"네, 그래요."

맞장구친 미스 마플은 그 다음 말을 억누를 수 없었다.

"이런 곳에서도 뭔가 사건이 일어날까요?"

팰그레이브 소령은 멍한 표정을 지었다.

"물론 일어나고말고요. 스캔들은 어디에나 있습니다. 예를 들어…

…."

그러나 미스 마플이 바라고 있는 것은 스캔들이 아니었다. 요즘의 스캔들은 진지하게 다룰 만한 것이 하나도 없다. 남자와 여자가 서로 상대를 바꾸고, 그것도 사람들 눈을 피해 가며 스스로를 감추려고 하는 게 아니라 오히려 눈길을 끌려고 하는 시대다.

"2년 전쯤 살인사건이 있었습니다. 해리 웨스턴이라는 사람이었지요. 신문에 크게 났으니 아마 보셨겠지요."

미스 마플은 내키지 않는 듯 고개를 끄덕였다. 그것은 그녀의 취향에 맞는 살인사건이 아니었던 것이다. 신문이 크게 써댄 주된 까닭은 사건 관계자가 모두 부자였기 때문이었다.

해리 웨스턴이라는 사나이가 아내의 정부 드 펠러리 백작을 총으로 쏘아 죽였고, 그의 용의주도한 알리바이는 돈으로 사들인 것이었다는 사건이었다. 사건이 일어났을 때는 모두들 술에 취해 있었으며 더욱이 마약 중독자가 많이 얽혀 있었던 것 같다.

그리 흥미 있는 사람들이 아니라고 미스 마플은 생각했다. 하긴 몹시 야하고 구경거리로서는 꽤 매력 있는 사람들이었다. 그러나 아무리 생각해도 그녀의 취향에는 맞지 않았다.

소령은 고개를 끄덕이며 한쪽 눈을 찡긋해 보였다.

"그것이 그 무렵에 일어난 오직 하나의 살인사건은 아니었습니다. 그 밖에도 몇 가지 의심스러운 것이 있었지요.……이크!"

미스 마플이 털실 뭉치를 떨어뜨렸으므로 소령은 몸을 굽혀 주웠다. 그리고 말을 이었다.

"살인이라면, 아주 흥미로운 사건을 한 번 접한 적이 있습니다. 내가 직접 거기에 관련된 것은 아닙니다만."

미스 마플은 미소지으며 이야기를 재촉했다.

"어느 날, 늘 그랬던 것처럼 클럽에 모인 사람들이 여러 가지 이야기로 꽃을 피우고 있을 때 그 가운데 한 사람이 어떤 이야기를 시작했습니다. 그는 의사로, 이야기는 그의 환자에 관한 것이었지요.

한 젊은 남자가 한밤중에 와서 그를 깨웠답니다. 아내가 목을 매달았다는 것이었지요. 그 집에 전화가 없었으므로 그는 우선 끈을 끊고 아내를 끌어내려서 응급조치를 한 다음 자동차를 타고 의사를 찾으러 왔다고 했습니다. 아내는 아직 죽지는 않았으나 퍽 중태였습니다. 어쨌든 아슬아슬하게 목숨을 건졌지요. 젊은 사나이는 그녀를 깊이 사랑하고 있었는지 마치 어린아이처럼 울더랍니다. 실은 얼마 전 이따금 묘하게 침울해지곤 하는 아내의 태도가 이상하다고 여기고 있었던 것 같습니다.

어쨌든 그것으로 사건은 일단락지어져 모든 일이 잘된 것처럼 보였지요. 그런데 그로부터 한달쯤 뒤 그의 아내는 수면제 과용으로 죽었습니다. 슬픈 사건이었지요."

팰그레이브 소령은 말을 끊고 몇 번이나 고개를 끄덕였다. 틀림없이 그것이 전부는 아닌 듯싶어 미스 마플은 다음 말을 기다렸다.

"이야기는 이것으로 끝이 아닙니다. 사실 신경쇠약인 여자가 수면제를 과용한 흔한 사건 같았지요.

그로부터 1년쯤 뒤 그 의사는 역시 의사인 친구와 이야기를 나누었는데, 그 친구는 투신자살을 하려다가 남편에게 구출되어 의사의 치료를 받고 목숨을 건진 여자의 이야기를 했습니다. 그리고 그 여자는 몇 주일 뒤 가스 자살을 했다는 겁니다. 어떻습니까, 우연치고는 너무 비슷한 이야기라고 여겨지지 않습니까? 내 친구인 의사는 말했지요.

'나도 그와 비슷한 사건을 알고 있네. 존스라는 이름——어쩌면 다른 이름이었을지도 모르네만——이었던 것 같은데, 자네 이야기의 남편 이름은?'

'글쎄, 잘 기억나지 않지만 아마 로빈슨이었으리라고 여기네. 어쨌든 존스는 아니었어.'

두 의사는 얼굴을 마주보며 이상한 이야기도 다 있다고 서로 말했다고 합니다. 그리고 나서 내 친구가 스냅 사진을 한 장 꺼냈지요. 그는 그 사진을 상대에게 보여 주며 말했습니다.

'자, 이 사람일세. 나는 사고가 일어난 다음날 자세한 것을 알아보러 그 집에 갔었는데, 현관 바로 옆에 이 고장에서는 본 일 없는 종류의 멋진 하비스커스가 피어 있더군. 마침 자동차 안에 카메라가 있어서 한 장 찍어 두었지.

막 셔터를 누를 때 남편이 현관으로 나오는 바람에 꽃과 함께 찍혔다네. 그 자신은 알아차리지 못했지만 말이야. 어떤 종류의 하비스커스냐고 물었더니 그는 대답하지 못하더군.'

또 한 의사가 그 사진을 보며 말했지요.

'초점이 좀 흐리긴 하지만 거의 틀림없다고 잘라 말할 수 있는데 이 사람은 내가 말한 그 사나이와 같은 인물일세!'

두 의사가 그 뒤 조사해 보았는지 어떤지는 모르겠지만, 조사했다 해도 결국 아무것도 알아내지 못했겠지요. 그 존스인지 로빈슨인지 하는 사나이는 아주 교묘하게 자취를 감춘 듯하니까요. 정말 이상한 이야기라고 여겨지지 않습니까? 그런 일이 과연 있을 수 있을까요?"

미스 마플은 침착하게 대답했다.

"네, 있을 수 있고말고요. 거의 날마다 일어나고 있답니다."

"설마, 그런 터무니없는 일이 있을까요?"

"어떤 일정한 방식이 잘되기 시작하면 사람은 그만두지 못하지요. 언제까지나 그 일을 계속하게 돼요."

"《욕조의 신부》, 그런 종류의 것 말입니까?"

"네, 그것도 하나의 예지요."

"의사는 신기한 일이라면서 그 사진을 나에게 주었답니다."

팰그레이브 소령은 속에 무엇인가 가득 든 지갑을 손으로 더듬으며 중얼거렸다.

"복잡하게 여러 가지가 들어 있어서요. 나는 어째서 이런 것들을 소중히 간직하는지 모르겠습니다……."

미스 마플은 그 까닭을 알 것 같았다. 그것은 소령의 장사 도구의 일부였다. 그것들은 그의 레퍼토리에 들어 있는 이야기를 설명하는 이른바 삽화 같은 것이었다. 지금 그가 이야기한 것도 본디는 그런 형식이 아니었는데 여러 번 되풀이하는 동안에 차츰 발전하여 그 같은 형식이 되었을 것이다.

소령은 여전히 중얼거리며 지갑을 뒤적였다.

"그 사건을 잊고 있었군. 아무튼 그녀는 좋은 여자였지. 아니, 이건 어디였더라? 아, 이제 생각나는군. 정말 굉장한 상아였지! 당신에게 꼭 보여 드려야 할 텐데요."

그는 혼잣말을 멈추고 갑자기 작은 사진 한 장을 골라내어 뚫어지게 보았다.

"살인자의 사진을 보시겠습니까?"

그녀에게 그 사진을 건네주려던 소령의 손이 갑자기 움직임을 멈추었다. 더욱더 박제 두꺼비와 비슷해 보이는 팰그레이브 소령은 그녀의 어깨너머를 뚫어지게 지켜보았다. 그곳에서 몇 사람의 발소리와 이야기 소리가 다가왔다.

"이거 참, 난처하군. 그——."

그는 지갑에서 꺼낸 것들을 모두 도로 담아 주머니에 찔러 넣었다.

소령의 얼굴이 한층 더 짙은 빛으로 검붉게 물들었다. 그는 일부러 큰소리로 외쳤다.

"아까 이야기의 계속인데, 그 코끼리의 상아를 당신에게 보여 드리고 싶습니다. 그 녀석은 내가 잡은 것 가운데 가장 큰 코끼리로……여, 어서 오십시오!"

그의 목소리는 꾸며 낸 친밀감을 띠고 있었다.

"호, 네 분이 함께 동식물 관찰을 하셨습니까? 오늘은 어떤 수확이 있었지요?"

다가온 발소리의 주인은 미스 마플도 이미 얼굴을 알고 있는 호텔 손님이었다. 그들은 두 쌍의 부부로, 미스 마플은 아직 그들의 성까지는 몰랐지만 흩어진 흰 머리칼을 곤두세우고 있는 키큰 사나이는 그렉이고 그의 금발 아내는 러키라는 이름임을 알고 있다.

그리고 또 한 쌍의 부부는 가무잡잡한 여윈 사나이와 아름다운 얼굴이 햇빛에 그을린 여자로, 이름은 에드워드와 이블린이라고 했다. 그들은 식물학자로 새에도 흥미를 가지고 있다고 한다.

그렉이 대답했다.

"수확은 전혀 없었습니다. 적어도 우리가 찾고 있는 것은 말입니다."

"미스 마플을 아십니까? 힐링던 대령과 그 부인, 그리고 그렉과 러키 다이슨 부부입니다."

네 사람은 미스 마플에게 상냥하게 인사했으며, 러키가 지금 당장 뭐든 마시지 않으면 죽을 것 같다고 큰소리로 말했다. 그렉은 좀 떨어진 곳에 앉아 있는 팀 켄들에게 말을 걸었다. 켄들 부인이 그 옆에서 메뉴를 열심히 들여다보고 있다.

"팀, 모두에게 뭐든 마실 것 좀 갖다 주시오."

그리고 그렉은 모두에게 물었다.

"플랜더즈 펀치면 되겠지요?"

모두들 고개를 끄덕였다.

"미스 마플도?"

미스 마플은 좋다고 대답했지만 실은 라임 주스를 마시고 싶었다. 팀 켄들이 말했다.

"미스 마플은 라임 주스입니다. 그리고 플랜더즈 펀치 다섯이지요?"

"당신도 함께 들겠소, 팀?"

"그러고 싶지만 이 계산을 마쳐야 합니다. 무엇이든지 몰리에게 떠맡길 수는 없으니까요. 오늘 저녁에는 스틸 밴드(카리브해 지방 특유의 드럼통을 여러 높이로 잘라 만든 악기를 연주하는 밴드)가 옵니다."

러키가 말했다.

"그거 참, 반가운 소리군요. 아이, 어쩌면 좋지요. 온몸이 상처투성이니 말예요. 아얏! 에드워드는 나를 일부러 들장미 덤불 속으로 밀어 넣었다니까요!"

힐링던이 말했다.

"아름다운 핑크빛 꽃이었잖소."

"그리고 기다란 가시도 있었어요. 당신은 정말이지 심술궂은 새디스트예요, 에드워드."

그렉이 웃으며 말했다.

"나만 못할 거요. 자연적인 인간미가 넘쳐흐르고 있잖소."

이블린 힐링던은 미스 마플 옆에 앉아 스스럼없이 그녀에게 말을 걸었다. 미스 마플은 뜨개질감을 무릎 위에 내려놓았다. 목덜미의 류머티즘 때문에 느릿하게 좀 괴로운 듯이 얼굴을 오른쪽으로 돌려 뒤돌아보았다.

조금 떨어진 곳에 부호 래필 씨가 사는 큰 방갈로가 있었다. 그러나 지금은 사람이 있는 기척이 없었다.

그녀는 이블린에게 적당히 맞장구치고 있었지만——정말로 여러분은 친절한 분들이시군요! ——눈은 두 사나이의 표정을 신중히 쫓고 있었다.

에드워드 힐링던은 인상 좋은 사람이었다. 조용하며 굉장히 매력적이었다. 그리고 그렉은 키가 크고 말이 많으며 태평스러워 보였다. 그와 러키는 캐나다 사람이거나 미국 사람일 거라고 미스 마플은 짐작했다.

그녀는 좀 지나치게 줄곧 상냥한 태도를 보이고 있는 팰그레이브 소령을 유심히 지켜보았다. 무슨 까닭이 있는 듯싶다.

관찰

1

그날 밤 골든 팜 호텔은 몹시 떠들썩했다.

구석의 작은 테이블에 앉은 미스 마플은 매우 관심 있게 주의를 둘러보았다.

식당은 세 면이 서인도제도의 따뜻하고 향긋한 공기 쪽으로 트여 있는 큰 방이었다. 테이블마다 부드러운 빛깔의 작은 스탠드가 놓여 있었다. 여자들은 대부분 가벼운 목면 프린트 이브닝 드레스를 입고 햇볕에 그을린 어깨와 팔을 드러내고 있었다.

미스 마플 자신은 어떤가 하면, 조카며느리 조이스(여류화가 조이스 랑프리엘은 '미스 마플 13 수수께끼'에서 마플의 조카와 약혼한다)로부터 얼마 안 되는 액수의 수표이지만 받아 달라는, 깊은 정이 담긴 청을 받았었다.

"제인 아주머니, 그곳은 몹시 더울 텐데 아주머니는 얇은 옷이 없으시잖아요."

제인 마플은 그녀에게 고맙다는 말을 하고 수표를 받았다. 그녀는 노인이 젊은이를 키우며 금전적으로 돕고 또한 중년이 노인을 돌봐

주는 게 아주 자연스러운 일이었던 시절의 사람이었기 때문이다.

그렇긴 해도 '얇은 옷'인가 하는 것은 아무래도 살 마음이 나지 않았다! 그녀만한 나이가 되면 더할 나위 없이 더운 날이라 하더라도 불쾌해질 정도로 더위를 느끼는 일은 좀처럼 없으며, 게다가 산 트레노의 기온은 이른바 열대성 고온이라고 할 만한 것이 아니었다.

오늘 밤 그녀는 영국 시골에 사는 숙녀의 훌륭한 전통 의상인 잿빛 레이스를 몸에 걸치고 있었다.

노인은 그녀 하나만이 아니었다. 식당에는 온갖 연대를 대표하는 사람들이 있었다. 세 사람째인지 네 사람째인 젊은 부인을 거느린 늙은 대실업가들이 있었다. 영국 북부에서 온 중년 부부도 몇 쌍 있었다. 카라카스에서 온 아이들이 많은 명랑한 가족도 있었다.

남아메리카 여러 나라의 대표도 얼굴을 보이고 있으며, 모두 소리 높여 스페인어나 포르투갈어로 지껄이고 있었다. 영국인도 목사 둘, 의사와 퇴직 판사가 하나라는 식으로 건재해 있었다. 중국인 가족도 있었다.

식당 서비스를 맡은 것은 주로 여자들, 풀이 빳빳한 흰 옷을 입고 당당하게 가슴을 편 키큰 흑인 여자들이었으며, 경험 많은 이탈리아인 급사 우두머리 한 사람과 프랑스인 급사가 있고, 더욱이 팀 켄들이 구석구석까지 주의를 기울이며 여기저기 멈춰 서서 손님들에게 친절을 베풀고 있었다.

켄들 부인도 부지런히 남편을 돕고 있었다. 그녀는 굉장한 미인이었다. 머리칼은 타고난 금발이며 큰 입을 벌리고 잘 웃었다. 몰리 켄들이 찌푸린 얼굴을 보이는 일은 아주 드물었다.

고용인들은 모두 그녀를 위해 부지런히 일했고, 그녀는 그녀대로 손님을 한 사람 한 사람 알아보며 자상하게 마음 쓰는 태도로 대했다. 나이 지긋한 남자 손님에게는 적당히 웃음과 애교를 보였고, 젊은 여자일 경우에는 입고 있는 옷을 칭찬해 주었다.

"어머나, 오늘 밤은 정말 멋진 드레스를 입고 계시는군요. 다이슨 부인, 부러워서 등 뒤에서 잡아 뜯고 싶을 정도예요."

그렇게 말하는 그녀의 드레스도 아주 멋있었다. 적어도 미스 마플의 눈에는 그렇게 보였다. 하얀 시스(위에서 아래까지 폭이 같은 드레스), 어깨에 사뿐히 걸친 수놓은 엷은 초록빛 비단 숄, 러키가 그 숄을 만지작거렸다.

"아름다운 빛깔이에요! 나도 이런 것을 갖고 싶어요."

"이곳 매점에서 팔고 있어요."

몰리는 대답하고 다음 손님에게로 가버렸다. 그녀는 미스 마플의 테이블에는 멈춰 서지 않았다. 나이 많은 부인들은 대개 남편에게 맡기기로 하고 있었다.

그녀는 늘 입버릇처럼 말했다.

"나이 많은 부인들은 남자를 훨씬 좋아해요."

팀 켄들이 미스 마플에게 다가와 허리 굽히고 물었다.

"뭔가 특별한 주문이라도 있으십니까? 있으시다면 말씀하십시오. 특별히 만들도록 할 테니까요. 호텔 요리는 반쯤 열대풍이라서 늘 드시던 것과 달라 입에 맞지 않을 듯싶습니다만?"

미스 마플은 방긋 웃으며 그것이 외국 여행의 즐거움 가운데 하나라고 대답했다.

"그러시다면 다행입니다. 그러나 뭔가 주문하실 게 있다면……."

"예를 들면 어떤 것일까요?"

팀 켄들은 좀 자신이 없는 듯한 표정을 지었다. 그리고 생각나는 대로 말해 보았다.

"글쎄요, 버터빵 푸딩은 어떠실지요?"

미스 마플은 웃으며 버터빵 푸딩은 먹고 싶지 않다고 대답했다.

그녀는 스푼을 들고 시계초 열매 아이스크림 선디를 맛있게 먹기 시작했다.

이윽고 스틸 밴드의 연주가 시작되었다. 스틸 밴드는 서인도제도의 명물 가운데 하나였다.

솔직히 말해서 미스 마플은 그리 재미있게 여겨지지 않았다. 쓸데없는 금속성 소음만 마구 내는 것 같았다. 그러나 다른 사람들이 모두 그 음악을 즐기고 있다는 것을 부정할 수 없었으므로 미스 마플은 진정한 뜻에서 젊음의 정신을 이끌어내어 그토록 재미있는 것이라면 자기도 어떻게든 좋아하도록 애써야겠다고 생각했다.

팀 켄들에게 부탁하여 '푸른 도나우'의 조용한 멜로디, 아주 우아한 왈츠 멜로디를 어디서든 끌어내 달라고 말해 볼 마음도 나지 않았다. 춤이라면 요즘 사람들의 춤만큼 기묘한 것도 없다. 덮어놓고 뛰어다니기만 해서 비뚤어진 것으로밖에 보이지 않는 춤. 그러나 젊은이들은 그런대로 무척 즐기고 있는 듯하다. 여기서 그녀의 상념은 문득 끊어졌다. 생각해 보니 호텔 손님 가운데 젊은이는 손꼽을 정도밖에 없었기 때문이다.

춤도 조명도 밴드 음악도——비록 스틸 밴드이기는 하지만——모두 틀림없이 젊은 사람들을 위한 것이었다. 그러나 그 젊은이들은 대체 어디 있는가? 아마 대학에서 공부하고 있거나 직장에서 일하고 있을 것이다.

그러한 사람들에게는 1년에 2주일의 휴가가 고작이다. 이런 곳은 너무 동떨어진 세계이며 게다가 돈도 지나치게 많이 든다. 이와 같이 명랑하고 아무 고생도 없는 생활은 30대나 40대 사람들, 그리고 젊은 아내들의 비위를 맞추며 사는 노인들이 독점하고 있다. 그것은 어떤 뜻에서는 유감스러운 일이다.

미스 마플은 젊은이들을 생각하고 한숨지었다. 물론 켄들 부인은 젊다. 겨우 22, 3살쯤일 테고, 그녀는 그녀 나름대로 즐기고 있는 것 같다. 그러나 그녀가 하고 있는 것은 '일'이다.

가까운 테이블에 성당 참사회원 프리스콧 신부와 그의 누이가 앉아 있었다. 그들에게서 미스 마플은 커피를 함께 마시자는 권유를 받고 그쪽으로 자리를 옮겼다. 미스 프리스콧은 여윈 몸매에 까다로워 보이는 얼굴을 한 여자였으며, 성당 참사회원은 투실투실한 얼굴의 붙임성 있는 사람이었다.

커피가 날라져 오고 의자가 테이블에서 좀 뒤로 물려졌다. 미스 프리스콧이 바느질 주머니를 열어 가장자리가 절반쯤 감침질된, 겉치레 말로도 솜씨가 좋다고 할 수 없는 테이블보를 꺼냈다.

그녀는 그날 있었던 일을 미스 마플에게 모두 이야기했다. 그들은 오전 중에 어느 새로운 여학교를 방문했던 것이다. 그리고 점심시간 뒤에는 사탕수수 농장을 지나 몇몇 친척들이 머무르는 하숙식 호텔까지 걸어서 차를 마시러 갔었다.

프리스콧 남매는 미스 마플보다 먼저 골든 팜에 묵고 있었으므로 호텔 손님 몇몇에 대해 그녀에게 여러 가지로 가르쳐 줄 수 있었다.

예를 들면 그 노인, 래필 씨. 그는 해마다 이 고장에 온다. 굉장한 부자라고 한다! 영국 북부에서 큰 슈퍼마켓 연쇄점을 경영하고 있다. 그와 함께 있는 젊은 여성은 비서 에스터 월터즈——미망인이라고 한다——물론 이상한 관계는 아니에요. 래필 씨는 머잖아 80살이 되니까요!

미스 마플이 두 사람 관계의 정당함을 이해하는 듯 고개를 끄덕이자 성당 참사회원은 말했다.

"아주 훌륭한 젊은 부인입니다. 그녀의 어머니도 미망인으로 치체스터에 살고 계시답니다."

"래필 씨는 가엾게도 몸이 거의 말을 듣지 않는답니다. 정말 슬픈 일이에요. 너무 많아서 걱정스러울 만큼 돈이 있는데도."

프리스콧 성당 참사회원은 힘주어 말했다.

"아주 씀씀이가 큰 분입니다."

사람들이 스틸 밴드로부터 멀리 떨어져 앉기도 하고 더욱 가까이 가기도 하며 새로운 몇 개의 그룹을 이루고 있었다. 팰그레이브 소령은 힐링던과 다이슨 부부 사이에 끼어들었다.

미스 프리스콧은 스틸 밴드의 소음으로 잘 들리지 않는데도 필요 이상 낮은 목소리로 말했다.

"저 사람들은——."

"네, 나도 저 사람들에 대해 물어 보려고 생각하고 있었어요."

"그들은 지난해에도 이곳에 왔었어요. 해마다 석 달 동안 서인도에서 지내며 여기저기 섬을 떠돌아다니지요. 키크고 여윈 사람이 힐링던 대령, 햇빛에 그을린 여자가 그의 부인인데 두 사람 모두 식물학자예요.

다른 두 사람은 그레고리 다이슨 부부로 미국 사람이에요. 남편 되는 분은 나비에 관한 책을 쓰고 있다더군요. 그리고 네 사람 모두 새에 흥미를 가지고 있다고 해요."

프리스콧 씨가 상냥하게 말했다.

"야외 취미를 갖는다는 것은 아주 좋은 일이지요." 그의 누이가 말했다.

"그것을 취미라고 부르면 저 사람들이 좋아할까요, 제리미? 저 사람들이 쓴 글은 '내셔널 지오그래픽'이며 '로열 호티컬처럴 저널' 등의 잡지에 실려 있어요. 그래서 그들은 자기들을 버젓한 권위자로 여기고 있지요."

그들이 바라보고 있는 테이블에서 요란스러운 웃음소리가 일었다. 스틸 밴드 연주도 당해 내지 못할 만큼 큰 웃음소리였다. 그레고리 다이슨은 의자 등받이에 몸을 젖히며 테이블을 쾅 쳤고, 그의 아내는 남편의 버릇없는 행동을 나무랐으며, 팰그레이브 소령은 글라스의 술을 다 마시고 박수를 치는 것 같았다.

그것은 아무래도 자신을 버젓한 권위자로 여기고 있는 사람들에게 어울리는 태도가 아니었다. 미스 프리스콧이 야무지게 말했다.

"팰그레이브 소령은 저렇게 술을 마시면 안 돼요. 저분은 혈압이 높거든요."

플랜더즈 펀치가 또 나왔다. 미스 마플이 말했다.

"여러분들이 어떤 사람인지 설명해 주시니 편리하군요. 오늘 오후 저분들과 만났을 때에는 어느 분과 어느 분이 부부인지도 몰랐거든요."

한순간 침묵이 찾아왔다. 미스 프리스콧이 마른기침을 짧게 하고 나서 말했다.

"실은 그 점에 대해서 말씀인데요……."

그녀의 오빠가 타이르듯 말했다.

"조운, 그쯤 해두는 게 좋지 않겠니."

"알고 있어요, 제리미. 나는 무슨 말을 하려는 게 아니에요. 다만 지난해 무엇 때문이었는지, 나도 왜 그랬는지 모르지만 우리는 다이슨 부인이 힐링던 부인인 줄로만 알고 있다가 누군가가 가르쳐 주어 비로소 제대로 알았었답니다."

미스 마플은 천진스럽게 대답했다.

"인상이란 믿을 게 못 되지요."

한순간 그녀의 눈이 미스 프리스콧의 눈과 마주쳤다. 여성 특유의 육감이 두 사람 사이에 흘렀다. 제리미 프리스콧보다 좀더 민감한 사나이라면 자신이 방해자로 여기지고 있음을 느꼈으리라.

두 여자 사이에 다시 눈짓이 오갔다. 입 밖에 내어 한 말과 같을 만큼 또렷하게 '언젠가 기회를 봐서……'라는 뜻이 한쪽에서 한쪽으로 전달되었다.

미스 마플이 물었다. "다이슨 씨는 부인을 러키라고 부르고 있더군요. 그것은 본디 이름일까요, 아니면 별명일까요?"

"설마 본디 이름은 아니겠지요."

프리스콧 씨가 말했다.

"그것이라면 내가 남편 되는 분에게 물어 보았습니다. 그는 부인이 자기에게 행운을 가져다주기 때문에 러키라고 부른다더군요. 그녀를 잃으면 그의 행운도 날아가 버린다는 겁니다. 그럴듯한 말이라고 여겼지요."

미스 프리스콧이 말했다.

"그는 농담을 무척 좋아한답니다."

프리스콧 씨는 의심스러운 듯 누이의 얼굴을 보았다. 스틸 밴드는 한층 더 요란스럽게 폭발적인 불협화음을 연주했고, 한 무리의 댄서들이 플로어로 달려 나왔다.

그들은 의자 방향을 바꾸어 춤추는 모습을 지켜보았다. 미스 마플은 음악보다는 춤 쪽을 즐겼다. 사뿐사뿐 걸어 다니며 리듬에 맞춰 몸을 흔드는 재미있는 춤이었다. 이것은 진짜인 듯하다고 그녀는 생각했다. 거기에는 소극적인 표현에서 배어 나오는 강렬함이 있었다.

그날 밤 비로소 그녀는 새로운 환경 속에서 얼마쯤 편안한 기분이 되었다. 그때까지는 여느 때라면 간단히 찾아낼 수 있는 것, 처음 만난 사람들과 이미 알고 있는 여러 사람들과의 유사점을 도저히 찾아내지 못했던 것이다. 아마 화려한 의상이며 이국적인 색채에 홀려 있었기 때문이리라. 그러나 오래지 않아 그녀는 몇 가지 흥미있는 비교가 가능하다는 느낌을 가졌다.

예를 들면 몰리 켄들은 이름은 생각나지 않지만 마켓 베이싱의 버스 안내양과 비슷했다. 그 안내양은 손님을 부축해 주기도 하고, 손님이 좌석에 앉을 때까지 결코 벨을 누르지 않았다.

팀 켄들은 맨치스터에 있는 로열 조지의 급사장과 좀 비슷했다. 자신만만하면서도 한편으로는 걱정을 많이 하는 성격인 것이다. 로열 조지의 급사장은 늘 위궤양을 앓고 있었음을 그녀는 기억해 냈다.

팰그레이브 소령에 관해 말하라면 릴로이 장군, 프레밍 대위, 위클로 제독, 그리고 리처드슨 해군 중령 같은 사람들과 전혀 구별을 할 수 없을 것 같았다.

그녀는 좀더 흥미 있는 사람들에 대해 생각해 보았다. 예를 들어 그렉은 누구와 비슷할까? 그렉은 미국 사람이므로 비교하기가 어려웠다. 조지 트럴롭 경과 좀 비슷하다고 할 수 있을지도 모르겠다. 민간방위회의에서 언제나 농담을 하여 사람을 웃기는 조지 경이나 아니면 푸줏간의 머독 씨라고 해야 할지. 머독 씨는 그리 바람직하지 못한 평판을 받고 있었으나, 그것은 다만 소문에 지나지 않는다고 말하는 사람도 있었다. 더욱이 머독 씨가 스스로 그 소문에 불을 지르고 있다는 이야기였다!

러키는 어떨까? 이것은 간단하다. 스리 크라운즈의 마린이라고나 할까!

이블린 힐링던은? 이블린은 정확하게 누구와 비슷하다고 잘라 말할 수가 없다. 겉모습은 여러 부류의 사람들과 비슷하다고 할 수 있다. 키가 크고 햇빛에 그을린 영국 여자는 어디에서나 흔히 볼 수 있기 때문이다. 피터 울프의 첫 부인으로 자살한 캐럴라인 울프와 비슷하다고나 할까? 또는 레슬리 제임스——좀처럼 감정을 겉으로 드러내지 않으며, 집을 팔고 마을의 누구에게도 인사 한 마디 없이 모습을 감춰 버린 그 말없는 여자와 비슷하다.

힐링던 대령은? 금방 생각나는 사람이 없다. 좀더 그의 인물됨을 알아봐야지. 조용하고 예절바른 신사들 가운데 한 사람. 그런 사람들은 무엇을 생각하고 있는지 도무지 알 수가 없다…….

이따금 사람을 놀라게 하는 일을 저지른다.

이를테면 허퍼 소령은 어느 날 참으로 조용히 자기 목을 베었다. 그가 왜 그런 짓을 했는지는 결국 아무도 몰랐다. 미스 마플은 그 까닭을 알 수 있을 것 같았다. 그러나 아무래도 확신을 가질 수가 없다…….

그녀의 눈길은 래필 씨의 테이블로 옮겨 갔다. 래필 씨에 관해 알고 있는 것은 주로 믿을 수 없을 만큼 큰 부자라는 것, 해마다 서인도제도에 온다는 것, 반신불수이며 주름투성이의 사나운 짐승 같은 얼굴을 하고 있다는 것 등이었다.

입고 있는 옷은 졸아든 몸에서 축 늘어져 있었다. 나이는 70살로도 80살로도 또는 90살로도 보였다. 눈길이 날카로워서 이따금 무례하다고 여겨질 정도였으나, 사람들은 좀처럼 언짢아하지 않았다.

그 이유 가운데 하나는 그가 부자라는 까닭도 있겠으나, 그 위압적인 존재가 지닌 최면술적 효과가 왠지 래필 씨에게 자신이 바라기만 하면 사람들에게 무례한 태도를 취해도 괜찮다고 여기도록 만드는 데가 있기 때문이었다. 그와 함께 월터즈 부인이 앉아 있었다. 머리는 엷은 갈색이며 인상 좋은 얼굴이었다. 래필 씨는 이따금 그녀에게 무척 짓궂게 굴지만, 그녀는 그것에 조금도 마음 쓰지 않는 것 같았다. 비굴하다기보다는 오히려 잘 잊는 성격인 듯싶었다. 어쩌면 그녀는 간호사 출신인지도 모른다고 미스 마플은 생각했다.

하얀 윗옷을 입은 키크고 잘생긴 젊은 사나이가 래필 씨 옆으로 다가갔다. 노인은 그를 올려다보고 고개를 끄덕이며 의자를 권했다. 젊은이는 권하는 대로 의자에 앉았다.

미스 마플은 혼잣말을 했다.

"저 사람이 아마 잭슨 씨일 테지. 래필 씨를 보살펴 주는 사람."
그녀는 잭슨 씨를 주의 깊게 관찰했다.

2

호텔 바에서 몰리 켄들이 등을 펴고 하이힐을 벗었다. 팀이 테라스에서 들어와 옆에 앉았다. 지금은 바에 아무도 없었다.
팀이 물었다.
"피곤하지?"
"조금, 오늘 밤에는 발이 아픈 것 같아요."
그는 근심스러운 듯 아내의 얼굴을 들여다보며 말했다.
"참을 수 없을 정도는 아닐 테지, 이 일이? 힘든 일이라는 건 알고 있소만."
그녀는 웃으며 대답했다.
"당신도 참, 그런 말 하지 마세요. 나는 이곳을 무척 좋아해요. 아주 좋아해요. 오래 전부터의 꿈이 실현되었으니까요."
"그렇고 말고, 멋진 일이오, 손님으로서 여기 있다면. 그러나 호텔을 경영한다는 것은――이건 일이니까."
"하나에서 열까지 모두 마음에 들 수는 없는 거잖아요?"
몰리 켄들의 말이 확실히 맞다.
팀 켄들은 눈썹을 찌푸렸다.
"정말로 잘되어 가고 있다고 여기오? 우리의 일이 성공하리라 생각하오?"
"물론 성공하지요."
"'결국 샌더슨 부부 때와 똑같지 않은가' 하고 사람들이 말하고 있다고는 여겨지지 않소?"
"물론 그렇게 말하는 사람도 있겠지요. 그런 사람은 언제나 있는 법이니까요. 하지만 그건 나이 많은 사람들뿐이에요. 우리가 샌더슨 부부보다 더 잘하고 있다는 자신이 있어요.

당신은 나이든 여자들에게 애교부려 소름끼칠 듯한 4, 50대 여자라도 설득해 낼 듯싶은 얼굴을 하고 있고, 나는 나대로 노신사들에게 추파를 던져 그들을 암내 맡은 개 같은 기분으로 만들기도 하고, 감상적인 노인이 바라는 귀여운 소녀 역할도 훌륭히 해내고 있잖아요. 우리의 평판은 나무랄 데가 없어요."

찌푸렸던 팀의 얼굴이 밝아졌다.

"당신은 그렇게 생각할지 모르지만, 나는 걱정이오. 우리는 이 일에 모든 것을 걸었소. 전의 일을 헛되이 만들기까지 하며——."

몰리가 재빠르게 말을 가로막았다.

"이편이 나아요. 그토록 신경이 지치는 일도 없으니까요."

그는 웃으며 몰리의 코끝에 입맞추었다. 그녀는 되풀이하여 말했다.

"이제는 문제없어요. 우리의 평판은 아주 좋아요. 당신은 어째서 늘 걱정만 하지요?"

"아마 천성이 그런가 보오. 나는 늘 생각만 하니까, 뭔가 언짢은 일이 일어나지 않을까 하고."

"대체 무슨 일이……."

"그건 모르오. 누군가가 물에 빠져 죽을지도 모르고 말이오."

"그런 일은 있을 수 없어요. 이곳은 참으로 안전한 바닷가예요. 게다가 저 뚱뚱한 스웨덴 사람이 늘 지키고 있잖아요."

"내가 공연한 걱정을 하고 있군."

그는 좀 머뭇거리다가 덧붙였다.

"그건 그렇고, 당신 그 꿈은 이제 꾸지 않소?"

"그것은 갑각류였어요."

몰리는 대답하고 나서 웃었다.

호텔에서의 죽음

미스 마플은 언제나처럼 아침 식사를 침대로 날라 오도록 했다. 차, 삶은 달걀, 그리고 둥글게 썬 포포였다.

이 섬의 과일은 기대에 어긋난다고 미스 마플은 생각했다. 언제나 포포만 나오는 것 같았다. 지금 맛있는 사과를 먹을 수 있다면, 그러나 사과는 이 고장에 알려져 있지 않은 듯했다.

섬에 온 지 1주일이나 지난 지금 미스 마플은 날씨에 대해 묻고 싶은 충동을 꾹 참고 있었다. 이곳의 날씨는 언제나 똑같이 맑은 날뿐이었다. 흥미 있는 변화라고는 아무것도 없었다.

"갖가지 빛나는 변화가 풍부한 영국의 날씨."

그녀는 중얼거리며 그 말을 어디에서 인용한 것인지, 아니면 자기가 생각해 낸 것인지 곰곰이 생각했다.

물론 이 고장에는 허리케인이 있다고, 적어도 그녀는 그렇게 들었다. 그러나 미스 마플의 어감으로 보면 허리케인은 날씨의 일종이 아니었다. 그 본질은 오히려 천재지변에 가까웠다. 또한 5분 동안 계속 내리다가 딱 멎는 심한 소나기도 있었다. 삼라만상이 속속들이 젖어 버리지만 5분만 지나면 모두 말라 버린다.

서인도의 흑인 아가씨가 미스 마플의 무릎 위에 쟁반을 내려놓고 방긋 웃으며 안녕히 주무셨느냐고 말했다. 새하얀 아름다운 이, 행복스럽게 웃는 얼굴. 이곳 아가씨들은 모두 마음씨가 착한데 그녀들이 결혼을 싫어하는 것은 유감스러운 일이었다.

그것은 프리스콧 성당 참사회원의 걱정거리이기도 했다. 세례식은 많아도 결혼식은 좀처럼 없다고 그는 스스로를 위로하듯 말했었다.

미스 마플은 아침 식사를 끝내자 하루의 계획을 세웠다. 그러나 실제로는 이것저것 생각할 필요가 없었다. 편한 시간에 일어나, 바깥은 몹시 덥고 손가락도 전처럼 잘 움직여지지 않으므로 느릿느릿 돌아다닌다. 그리고 10분쯤 쉬고 뜨개질을 조금 한 뒤 호텔 쪽으로 천천히 걸어가 앉을 데를 정한다.

바다가 보이는 테라스가 좋을까? 아니면 바닷가로 나가 해수욕객이며 어린아이들이라도 바라볼까? 언제나 나중 것을 택하게 된다.

오후에는 낮잠을 잔 뒤 드라이브를 해도 좋다. 뭐, 그런 건 아무래도 좋았다.

오늘도 별다른 일 없는 하루가 될 것 같다고 그녀는 마음속으로 중얼거렸다.

그러나 그렇지 않았다.

미스 마플이 미리 세운 대로 계획을 실행하고 호텔로 이어지는 오솔길을 느릿느릿 걷고 있을 때 몰리 켄들과 마주쳤다. 뜻밖에도 이 쾌활한 젊은 여자는 웃는 얼굴을 보이지 않았다. 뿐만 아니라 그녀답지 않게 흥분하고 있었으므로 미스 마플은 서슴없이 말을 걸었다.

"무슨 일이 있나요?"

몰리는 고개를 끄덕였다. 그리고 멈칫거리며 말했다.

"네, 어차피 당신도 아시게 될 일이니까요. 언젠가는 모두에게 알려질 일이에요. 팰그레이브 소령님이 돌아가셨어요."

"돌아가셨다고요?"

"네, 밤중에 돌아가셨어요."

"어머나, 어쩌면!"

"네, 호텔에서 죽은 사람이 생기다니 끔찍한 일이에요. 여러분들의 기분이 언짢아지지요. 그야 물론 그분은 꽤 나이가 많으셨지만요."

미스 마플은 노인은 언제 어느 때 죽을지 모른다는 몰리의 냉정한 가정에 좀 의분을 느끼며 말했다.

"어제는 그처럼 기운차고 즐거워 보이시던데요."

그리고 다시 덧붙여 말했다.

"그분은 아주 건강해 보이셨는데요."

"그분은 혈압이 높으셨어요."

"하지만 요즘은 여러 가지 약이 있지요. 의학이 굉장히 발달해 있으니까요."

"그건 그렇지만, 그분은 아마 약드시는 걸 잊었거나 너무 많이 드셨을 거예요. 인슐린이 그렇지요."

미스 마플로서는 당뇨병과 고혈압이 같은 종류의 병으로 여겨지지 않았다. 그녀는 물었다.

"의사 선생님은 뭐라고 하시던가요?"

"네, 지금은 은퇴한 거나 다름없는 이 호텔에 사시는 그레이엄 선생님이 진단하시고 물론 경찰에서도 사람이 와서 사망 증명서를 썼지만, 의심가는 점은 전혀 없는 것 같아요. 혈압 높은 사람은 특히 술을 지나치게 마시면 이런 일이 일어나기 쉽답니다. 팰그레이브 소령님은 술에 대해서는 말을 잘 듣지 않으셨거든요. 어젯밤만 해도 그러셨지요."

"네, 나도 그 점은 알고 있었어요."

"아마 약드시는 것을 잊으셨을 거예요. 그분으로서는 운이 나빴다 고밖에 할 수 없지만, 그러나 사람은 누구나 언젠가는 죽지요. 그렇기는 해도 야단났어요, 저와 팀의 입장 말이에요. 호텔 식사가 나빴기 때문이라는 소문이 나돌지도 모르니까요."

"식중독과 고혈압의 징후는 뚜렷이 다르잖아요."

"네, 하지만 사람 입에 문을 만들어 달 수는 없는걸요. 만일 여러분이 역시 식사가 나빴기 때문이라고 단정하고 여기서 나가시거나 또는 친구 분들에게 이야기하시면——."

미스 마플은 부드럽게 위로했다.

"그건 지나친 생각이에요. 당신도 말했듯 팰그레이브 소령 같은 노인은——아마 70살이 넘었겠지요——정말이지 언제 돌아가실지 몰라요. 그러므로 대부분의 사람들은 그저 예사로운 일로 여길 테지요. 슬프기는 해도 그리 특별한 일은 아니라고 말예요."

몰리의 얼굴이 흐려졌다.

"그렇긴 해도 너무나 갑작스러운 일이어서요."

확실히 갑작스러운 일이라고 미스 마플은 느릿느릿 걸으며 생각했다. 바로 어젯밤 아주 기분 좋게 웃으며 힐링던 부부, 다이슨 부부와 이야기 나누었었는데.

힐링던 부부와 다이슨 부부…… 미스 마플은 걸음을 더욱 늦췄다……. 이윽고 문득 멈춰 섰다. 바닷가로 나가는 것을 그만두고 테라스 그늘에 앉았다.

그녀는 뜨개질감을 꺼내 생각의 속도에 뒤지지 않으려는 듯 뜨개바늘을 재빨리 움직이기 시작했다.

'이 사건은 아무래도 마음에 들지 않는다. 어딘지 마음에 들지 않는 점이 있다. 이야기가 너무 잘 맞아 들어간다.'

그녀는 마음속으로 어제 일을 다시 생각해 보았다.

팰그레이브 소령과 그의 회고담…….

그것은 아주 흔해빠진 이야기로 특별히 주의를 기울여 들을 필요는 없었다……. 그러나 정말은 좀더 귀담아 들었어야만 했을지도 모른다.

케냐, 소령은 케냐에 대해, 그리고 인도에 대해 이야기했다. 영국령 인도 북서부주, 그리고 그 다음은 어찌 된 일인지 화제가 살인으로 옮겨갔다. 그리고 그때까지도 그녀는 진지하게 듣고 있지 않았었다…….

이 고장에서 일어난 유명한 살인사건. 그것은 신문에도 났었다.

소령이 한 장의 스냅 사진에 대해 이야기하기 시작한 것은 그 뒤 그녀의 털실 뭉치를 그가 주워 주었을 때였다. '살인범의 스냅 사진'——소령은 그렇게 말했었다.

미스 마플은 눈을 감고 그 이야기의 내용을 정확히 생각해 내려 했다.

그것은 꽤 복잡한 이야기였다. 소령이 자기 클럽에서——아니면 어떤 다른 사람의 클럽에서였던가——어떤 의사로부터 들은 이야기로, 더욱이 그 의사도 역시 친구 의사로부터 들은 것이었다. 그리고 어느 쪽 의사인지 현관으로 나오는 어떤 사람을 사진으로 찍었다. 그 사람이 살인자였다.

맞아, 확실히 그런 이야기였어. 이야기 내용이 겨우 미스 마플의 기억 속에 되살아났다. 그리고 소령은 그 사진을 그녀에게 보여 주겠다고 말했다. 그는 지갑을 꺼내 사진을 찾기 시작했다. 그동안에도 내내 이야기를 계속하며.

여전히 이야기를 계속하다가 소령은 문득 얼굴을 들어 보았다, 그녀가 아니라 그녀 뒤에 있는 누군가를. 정확하게 말하면 그 사람은 그녀의 오른쪽 어깨너머에 있었다.

그 순간 그는 입을 다물었고 얼굴이 보랏빛으로 달라졌다. 그는 바르르 떨리는 손으로 지갑에서 꺼냈던 것을 도로 넣고 부자연스러울 만큼 커다란 목소리로 상아 이야기를 하기 시작했다.

그 뒤 힐링던 부부와 다이슨 부부가 그들의 테이블에 함께 자리했다…….

그녀가 오른쪽 어깨너머를 돌아본 것은 그때였다……. 그러나 거기에는 아무도 없었다.

왼편 호텔 쪽으로 조금 떨어진 곳에 팀 켄들과 그의 아내가 있었다. 그리고 너머에는 베네수엘라에서 온 한 가족이 있었다. 그러나 팰그레이브 소령은 그쪽을 보고 있었던 게 아니었다…….

미스 마플은 점심시간까지 줄곧 생각했다. 점심 뒤의 드라이브는 그만두었다.

그 대신 기분이 좋지 않으므로 그레이엄 의사에게 진찰받고 싶다고 프런트에 연락했다.

미스 마플, 진찰받다

그레이엄 의사는 65살쯤 된 친절한 노인이었다. 서인도에서 오랫동안 개업의로 일해 왔는데, 지금은 물러나서 대부분의 일을 서인도 제도 사람인 동업자에게 맡기고 있었다. 그는 미스 마플에게 상냥스레 인사하고 어디가 아프냐고 물었다.

다행히 미스 마플만한 나이가 되면 환자 쪽에서 좀 과장해 가며 호소할 수 있는 병이 두세 가지는 있는 법이다. 미스 마플은 '어깨'로 할까 '무릎'으로 할까 망설인 끝에, 결국 무릎으로 정했다. 미스 마플의 무릎은 그녀가 틀림없이 이럴 것이라는 표현을 택하면 언제나 그녀 편이었다.

그레이엄 의사는 아주 친절한 사람으로, 그녀의 나이에서는 흔히 있는 고장이라는 사실을 뚜렷이 입 밖에 내어 말하지 않았다. 그는 의사 처방의 기초를 이루고 있는 효과적인 알약을 하나 그녀를 위해 처방했다. 대부분의 노인이 산 트레노에 처음 오면 쓸쓸함을 느낀다는 것을 경험으로 알고 있었으므로 그는 잠시 남아서 이런저런 이야기 상대를 해주었다.

미스 마플은 마음속으로 중얼거렸다.

'아주 좋은 사람 같아. 이런 사람에게 거짓말을 해야 한다니 꺼림칙한걸. 하지만 달리 방법이 없잖은가.'

미스 마플은 진실에는 진실에 해당하는 경의를 나타내도록 교육받아 왔으며 천성 또한 성실했다. 그러나 때와 장소에 따라 그러는 것이 의무라고 여겨질 때는 놀라울 만큼 그럴듯하게 거짓말을 할 수 있었다.

그녀는 헛기침을 하고 할머니답게 좀 안절부절못하며 말했다.

"실은 좀 물어 보고 싶은 게 있어요, 그레이엄 선생님. 이런 말씀은 드리고 싶지 않지만 달리 어떻게 해야 좋을지 모르겠어서요. 물론 아주 하찮은 일이에요. 그래도 내게는 중요한 일이지요. 이 점을 양해하시고 내 물음이 따분하다거나 어쨌든 받아들이기 힘들다고 여기시지 말기 바래요."

그레이엄 의사는 서슴없이 친절하게 되물었다.

"뭔가 걱정거리라도 있으십니까? 할 수 있는 힘껏 도와드리고 싶습니다."

"실은 팰그레이브 소령님과 관계가 있어요. 그분이 돌아가시다니 참으로 슬픈 일이에요. 오늘 아침 그 소식을 듣고 크게 충격을 받았지요."

"그렇습니다. 너무도 갑작스러운 일이었으니까요. 어제까지도 그토록 기운차 보이셨는데요."

말투는 부드러웠으나 판에 박힌 대사였다. 그에게 있어 팰그레이브 소령의 죽음은 분명 아주 흔해빠진 일에 지나지 않았다.

미스 마플은 이래서야 과연 무에서 유를 끌어낼 수 있을까 의심스러웠다. 이런 식으로 무엇이든지 의심하는 습관이 이미 자기 몸에 배어 버린 것일까? 이미 자신의 판단이라기보다 그저 의혹에 지나지 않지만, 어느 쪽이든 이미 배는 떠나고 있다! 여기서 멈출 수는 없다.

그녀는 말했다.

"우리는 어제 오후 함께 이야기를 나누었답니다. 그분은 자신의 다채롭고 흥미 깊은 생활을 이야기해 주셨지요. 이 세상의 온갖 희한한 곳을 두루 다니셨더군요."

그레이엄 의사는 맞장구쳤다.

"그렇습니다."

그 자신도 소령의 회고담에 얼마나 진절머리 냈는지 모른다.

"그리고 그분이 가족에 대해서라기보다 소년 시절 일을 말씀하시기에 나도 조카들 이야기를 하니 아주 재미있게 들어 주시더군요. 그래서 나는 마침 가지고 있던 조카의 스냅 사진을 보여 드렸어요. 무척 귀여운 아이였어요. 지금은 이미 어린아이가 아니지만요. 그러나 내가 보기에는 언제나 어린아이지요."

"그 기분은 잘 알겠습니다."

그레이엄 의사는 이 노부인이 대체 언제쯤 본론으로 들어가려나 하고 의아스러워했다.

"내가 준 사진을 그분이 들여다보고 있을 때 갑자기 그분들——모두 아주 좋은 분들이시지요——이, 그 야생꽃이며 나비를 채집하고 있는 힐링던 대령 부부라던가 하는——."

"아, 힐링던 부부와 다이슨 부부 말이군요."

"네, 그래요. 갑자기 그들이 크게 소리 내어 웃고 이야기꽃을 피우며 다가왔어요. 그들은 우리와 같은 테이블에 앉아 마실 것을 주문했고 모두 함께 이야기 나누었지요. 무척 즐거웠어요.

그런데 팰그레이브 소령님은 아무 생각 없이 사진을 그분의 지갑 속에 넣어 주머니에 집어넣었던 듯해요. 나도 그때는 깜빡 잊었지만, 나중에 생각나 혼잣말을 했지요. '소령님에게 딘질의 사진을 돌려 달라고 잊지 말고 말씀드려야지.'

어젯밤 춤과 밴드 연주 사이에 그 일이 생각났지만, 여러분이 모두 무척 즐거워하시는 듯싶어 소령님을 방해하고 싶지 않았지요. 내일 아침에 돌려 달라고 말씀드려야겠다고 스스로에게 타일렀답니다. 그런데 오늘 아침이 되어 보니……."

미스 마플은 말을 끊었다. 그레이엄 의사는 고개를 끄덕였다.

"아, 네, 그 기분은 잘 알겠습니다. 그러니 당신은 물론 그 사진을 돌려받고 싶으신 거지요?"

미스 마플은 세게 고개를 끄덕였다.

"그래요. 사진은 그것 하나밖에 없고, 원판도 없거든요. 그 사진만은 잃고 싶지 않아요. 가엾은 딘질은 5, 6년 전에 죽었답니다. 그 아이는 내 마음에 꼭 들었었지요. 지금 그 애를 추억할 만한 것은 그 사진뿐이에요.

이런 성가신 부탁을 드리기 무척 망설였어요. 어떨까요, 그 사진을 되돌려 받을 수 있도록 해주시겠어요? 선생님 말고는 어느 분에게 부탁드리면 좋을지 나는 모르겠어요. 어느 분이 소령님의 소지품 등을 인수하실는지. 그리 간단한 일 같지가 않아서요.

이런 말씀을 드려 무척 성가신 노인으로 여기실 줄 알아요. 정말은 내 기분 같은 건 알아주지 않을 테지요. 그 사진이 내게 얼마나 소중한지 아무도 모를 거예요."

그레이엄 의사는 말했다.

"물론 나는 잘 압니다. 당신의 기분은 아주 자연스러운 것이지요. 나는 실은 곧 이곳 당국자와 만나기로 되어 있습니다. 장례식은 내일로 예정되어 있고, 친척들에게 연락하기 전에 행정부에서 누군가가 고인의 소지품을 조사하러 올 겁니다. 그것이 어떤 사진인지 내게 말씀해 주시면——."

미스 마플은 말했다.

"어떤 집 현관의 사진이에요. 그 집 현관에서 어떤 사람——딘질인데——이 나오고 있어요. 사진을 찍은 것은 나의 또 다른 조카입니다만, 그 아이는 플라워 쇼를 무척 좋아하므로 현관 옆의 하비스커스인지, 아니면 그 아름다운 앤티패스토라는 이름의 백합꽃을 찍었던 것 같아요.

그런데 그때 마침 딘질이 현관으로 나왔지요. 초점이 좀 맞지 않아 그리 잘된 사진은 아니에요. 그래도 나는 그 사진이 좋아 늘 소중히 간직하고 있었지요."

"네, 알겠습니다. 그 사진을 되찾는 일은 그리 어렵지 않을 겁니다, 미스 마플."

그는 의자에서 몸을 일으켰다. 미스 마플은 그에게 미소를 던졌다.

"선생님은 무척 친절한 분이에요. 내 마음을 이해해 주시는군요."

그레이엄 의사는 그녀의 손을 따뜻이 쥐며 말했다.

"물론입니다. 아무 걱정 마십시오. 무릎은 날마다 조금씩 움직이십시오. 그러나 너무 힘든 운동은 좋지 않습니다. 약은 나중에 보내드리지요. 한 번에 한 알씩 하루 세 번 드시기 바랍니다."

결단을 내리다

다음날 죽은 팰그레이브 소령의 유해 앞에 매장의 기도가 바쳐졌다.

미스 마플은 미스 프리스콧과 함께 장례에 참석했다. 프리스콧 성당 참사회원이 기도를 바쳤고, 그 뒤로는 다시 여느 때의 일상으로 돌아갔다.

팰그레이브 소령의 죽음은 이미 하나의 흔한 사건에 지나지 않게 되었다. 그것은 좀 기분 나쁜 사건이긴 해도 머지않아 사람들 마음에서 사라질 운명에 있었다.

이곳 생활은 바다와 햇빛과 사교의 즐거움이었다. 한 침울한 방문객이 갑자기 이들 활동을 멈추게 하고 잠시나마 그림자를 던졌지만, 그 그림자도 이제는 사라졌다.

죽은 이와 특별히 친했던 사람은 아무도 없었다. 그는 클럽에서 귀찮게 여겨지는 수다스러운 노인으로, 언제나 그리 듣고 싶지도 않은 개인적인 추억담으로 사람들을 괴롭히기만 했었다.

그는 이 세상 어디에도 닻을 내릴 특정한 장소를 갖지 못했었다. 아내도 몇 해 전에 세상을 떠나 고독한 생활을 보내다가 고독한 죽음을 맞았던 것이다. 그것은 사람들 속에 섞여 반드시 싫은 기분만은 아닌 나날의 시간을 보냄으로써 해소되는 종류의 고독이었다.

팰그레이브 소령은 고독한 사람이었을지 모르지만 또한 명랑한 사람이기도 했다. 그는 그 나름의 방법으로 생활을 즐기고 있었던 것이다. 그리고 지금 죽어서 묻히고 나니 이미 아무도 그를 생각하는 사람도 없었다. 아마 앞으로 1주일만 지나면 그의 추억을 더듬는 사람조차 없으리라.

그의 죽음을 애도하고 있을지도 모를 오직 한 사람은 미스 마플이었다. 소령 개인에 대한 감정에서라기보다도 오히려 그는 그녀가 잘 아는 생활을 대표하고 있었기 때문이었다. 사람은 나이를 먹으면 남의 이야기에 더욱 귀 기울이는 습관이 몸에 배게 된다고 그녀는 스스로를 돌이켜보며 생각했다. 아마 그리 관심 없이 들었겠지만, 그녀와 소령은 서로 동정심이 넘쳐흐르는 정을 주고받았다. 그것은 유쾌하고 인간미 넘치는 것이었다. 그녀는 팰그레이브 소령의 죽음을 슬퍼했다고는 할 수 없을지 몰라도 그가 없어져서 쓸쓸한 기분임은 부정할 수 없었다.

장례식 다음날 오후 늘 앉던 자리에 앉아 뜨개질을 하고 있는데 그레이엄 의사가 와서 말을 걸었다. 그녀는 뜨개바늘을 놓고 인사했다. 그는 좀 미안한 듯한 얼굴로 말했다.

"실은 당신을 실망시킬 소식입니다, 미스 마플."

"어머나, 그렇다면 내……."

"네, 당신의 소중한 스냅 사진이 보이지 않습니다. 당신이 얼마나 실망하실까 생각했습니다."

"정말 유감스럽군요. 하지만 괜찮아요. 내가 너무 감상적이었어요. 지금 그 점을 깨달았어요. 그렇다면 팰그레이브 소령님의 지갑에 들어 있지 않았나요?"

"그렇습니다. 그의 소지품 속에서는 찾아낼 수가 없었습니다. 편지며 신문 오려낸 것이며 낡은 사진이 나왔지만, 당신이 말씀하신 사진은 보이지 않더군요."

"저런, 어쩔 수 없지요……. 번거롭게 해드려 죄송해요, 그레이엄 선생님."

"천만에요. 나도 내 경험을 통해 잘 알고 있지만, 가족과 관계되는 일은 아무리 하찮은 것일지라도 큰 뜻이 있는 법이지요. 더욱이 나이를 먹으면 더합니다."

이 노부인은 잘 참아낸다고 그는 마음속으로 감탄했다. 어쩌면 팰그레이브 소령은 지갑에서 뭔가 꺼낼 때 그 사진을 보고 이런 게 어떻게 섞여 들어왔는지 모르겠다며 그리 중요하지 않은 것으로 여기고 찢어 버렸을지도 모른다. 그러나 말할 나위도 없이 이 노부인에게는 귀중한 사진이다. 그런데도 그녀는 아주 점잖게 깨끗이 단념한다.

미스 마플의 마음은 점잖게 깨끗이 단념하는 것과는 거리가 먼 상태였다. 그녀는 상황을 정리해 볼 시간이 좀 필요했지만, 또한 주어진 기회를 최대한으로 이용하고 싶은 마음도 있었다.

그녀는 그레이엄 의사를 더욱 만류하며 이야기에 열중했다. 한편 친절한 의사는 이 노부인의 이야기하기 좋아하는 태도를 노인들이 흔히 느끼는 고독 때문이라고 해석하고, 그녀를 위로하기 위해 산 트레노의 생활이며 그녀가 찾아가고 싶어 할 만한 장소에 대해 이것저것 스스럼없이 이야기했다. 이럭저럭하는 동안에 문득 깨닫고 보니 화제는 어느덧 다시 팰그레이브 소령의 죽음으로 돌아가 있었다.

미스 마플이 말했다.

"정말 슬픈 일이에요. 이렇듯 집으로부터 멀리 떨어진 곳에서 돌아가셨으니 말예요. 하긴 그분 이야기로 미루어 보아 가족은 없는 것 같았지만요. 소령님은 런던에서 혼자 살았던 듯싶어요."

그레이엄 의사는 말했다.

"그는 온갖 곳을 여행하며 지내 온 듯합니다. 특히 겨울에는 말입니다. 그는 영국의 겨울을 싫어했지요. 무리도 아닙니다만."

"맞아요. 게다가 어쩌면 외국에서 겨울을 지낼 필요가 있는 폐질환 같은 것을 앓고 있지 않았을까요?"

"아니오, 그렇지는 않았으리라고 봅니다."

"하지만 혈압이 높았겠지요. 슬프게도 요즘은 그런 분이 많으니까요."

"소령이 직접 그런 말을 했습니까?"

"아니오, 그분은 아무 말씀도 하지 않았어요. 나는 다른 사람으로부터 들었지요."

"호……."

미스 마플은 말을 이었다.

"그런 상태로는 죽을지도 모른다고 예상하지 않았을까요?"

"반드시 그렇다고 할 수는 없습니다. 요즘은 혈압을 조절하는 여러 가지 방법이 있으니까요."

"그의 죽음은 너무도 갑작스러운 것이었지만 당신에게는 그리 뜻밖의 일이 아니었겠지요?"

"그야 나이가 있으니만큼 전혀 뜻밖이라고는 할 수 없겠지요. 그러나 예기하고 있었던 일은 아닙니다. 솔직히 말해서 그는 늘 아주 건강해 보였으니까요. 내가 의사로서 그를 진찰하고 있었던 것은 아닙니다만, 혈압을 재본 적도 없습니다."

미스 마플은 천진스러운 얼굴을 꾸며 보이며 물었다.

"고혈압인 사람은 얼굴을 보기만 해도——의사 선생님은 말이에요——그렇다는 것을 알 수 있나요?"

의사는 미소 지었다.

"얼굴만 보아서는 알 수 없지요. 간단한 테스트가 필요합니다."

"아, 팔에 고무 밴드를 감고 부풀리는 그 싫은 테스트 말이지요. 나는 그것이 아주 싫어요. 하지만 나의 주치의 선생님은 내 나이치고는 이상 없는 혈압이라고 말씀하셨지요."

"그거 참, 다행한 일입니다."

미스 마플은 생각난 듯이 말했다.

"그러고 보니 소령님은 플랜더즈 펀치를 자주 드시는 것 같았어요."

"네, 혈압에는 그리 좋지 않습니다, 알코올이라는 것은."

"그런 사람들은 늘 약을 복용하겠지요? 나는 그렇게 알고 있는데요."

"네, 몇 가지 종류의 약이 시중에 팔리고 있지요. 소령의 방에도 그것이 한 병 있었습니다. 세레나이트라는 것입니다."

"요즘 의학의 발전은 굉장해요. 의사 선생님은 그야말로 여러 가지 일을 하실 수 있겠지요?"

"우리들 의사에게는 강적이 하나 있습니다. 자연이 그것이지요. 그리고 옛날식 가정 요법이라는 것이 이따금 되살아난답니다."

"베인 상처에 거미줄을 붙이거나 하는 것 말씀인가요? 어릴 적에 흔히 그렇게 했지요."

"아주 현명한 방법입니다."

"그리고 기침이 심할 때는 가슴에 아마인유 찜질을 하고 장뇌유를 문질렀지요."

그레이엄 의사는 웃으며 일어섰다.

"잘 아시는군요! 그건 그렇고, 무릎은 어떻습니까? 그리 나쁜 것 같지 않습니다만?"

"네, 훨씬 좋아졌어요."

"그것이 자연의 힘인지 내 약이 효험을 나타낸 것인지는 말하지 않기로 하지요. 좀더 도와드리지 못해 유감입니다."

"아니오, 당신은 아주 친절하셨어요. 바쁘실 텐데 폐를 끼쳐 드려 정말 죄송해요. 그런데 소령님의 지갑에는 사진이 한 장도 들어 있지 않았다고 말씀하셨던가요?"

"아니오, 폴로 경기용 망아지를 타고 찍은 젊은 시절 소령 자신의 낡은 사진이 있었습니다. 그리고 죽은 호랑이 사진이 한 장, 소령이 거기에 발을 얹고 서 있는 것입니다. 그런 종류의 스냅 사진——젊은 시절의 추억거리라는 거지요——을 주의해서 보았는데, 당신이 말씀하신 조카분의 사진은 없었습니다……."

"당신이 못 보고 넘기셨을 리 없지요. 너무 마음 쓰지 마세요. 그런 하찮은 것을 소중히 간직하려는 경향은 누구에게나 있는 법이니까요."

그레이엄 의사는 빙그레 웃었다.

"지난날의 보물이라고 할 수 있는 거지요."

그는 작별 인사를 하고 가버렸다. 미스 마플은 그 자리에 남아 골똘히 생각에 잠기며 종려나무와 바다를 바라보고 있었다. 한참 동안은 뜨개질에 손을 댈 수도 없었다. 그녀는 하나의 사실을 알았다. 그 사실이 뜻하는 바를 생각해 볼 필요가 있었다.

소령이 일단 지갑에서 꺼냈다가 다시 재빨리 집어넣은 사진은 '소령이 죽은 뒤 지갑 속에 없었다'. 그것은 소령이 버리거나 할 사진이 아니었다. 그는 다시 그것을 지갑 속에 넣었으므로 죽은 뒤에 당연히 거기에 있어야만 한다.

돈이라면 도둑맞았다고 할 수 있지만 그런 사진은 아무도 훔치지 않을 것이다. 단 사진을 훔쳐야 할 특별한 까닭이 있다면 이야기가 다르지만…….

미스 마플의 얼굴은 진지했다. 그녀는 어떤 결단을 내려야만 했다. 팰그레이브 소령을 무덤 속에서 편안히 잠들게 할 것인가, 아닌가? 그편이 낫지 않을까? 그녀는 나직한 목소리로 《맥베드》의 한 구절을 읊조렸다.

'덩컨은 죽었다. 삶의 변덕스러운 열병에서 해방되어 지금 조용히 잠들어 있다!'

이제 아무도 팰그레이브 소령을 해칠 수는 없다. 그는 위험의 손이 미치지 않는 곳으로 가버렸다. 그가 다름 아닌 바로 그날 밤에 죽은 것은 다만 우연이었을까? 아니면 우연이 아니었을까?

의사는 노인의 죽음을 아주 당연한 것으로 받아들이고 있다. 게다가 소령의 방에는 혈압 높은 사람이 살아 있는 동안 날마다 복용해야 할 약병이 있었다고 하지 않던가. 그러나 만일 누군가가 소령의 지갑에서 사진을 빼냈다면 그 사람이 약병을 방에 갖다 놓았다고도 생각할 수 있다.

그녀 자신은 소령이 약을 먹는 것을 본 적 없으며, 소령의 입을 통해 혈압에 대한 이야기도 듣지 못했다. 그가 건강에 대해 말한 것은 오직 한 번뿐이었다.

"이제는 옛날처럼 젊지 않아서 말입니다."

이따금 좀 숨이 차고 천식의 기미가 있긴 했어도 그 밖에는 어디

하나 이상한 데가 없었다.

하지만 누군가 소령은 혈압이 높았다고 말한 사람이 있었다. 몰리였던가, 아니면 미스 프리스콧이었던가? 미스 마플은 생각나지 않았다.

미스 마플은 한숨지으며 소리는 내지 않았으나 마음속으로 스스로를 타일렀다.

'제인, 너는 대체 무슨 말을 하고 싶은 거지? 무엇을 생각하고 있는 거지? 모두 너의 지나친 생각이 아닐까? 무슨 근거가 있어서 그러는 거지?'

그녀는 살인사건과 살인자에 관한 자신과 소령의 대화를 되도록 정확하게 되새겨 보았다.

이윽고 미스 마플은 혼잣말을 중얼거렸다.

"맙소사! 만일…… 아니야, 아무리 생각해도 어쩔 도리가 없잖아?"

그래도 자신이 해보지 않고는 견디지 못하리라는 것을 그녀는 잘 알고 있었다.

밤의 나래 속에서

1

미스 마플은 일찍 잠이 깼다.

대부분의 노인들과 마찬가지로 그녀도 잠이 얕았고, 한밤중에 잠이 깨면 잠자리에 누운 채 다음날 또는 며칠 동안의 행동계획을 세우는 것이었다. 물론 여느 때는 전적으로 개인적인 일이나 가정적인 성질의 일로, 그녀 말고는 아무도 거의 관심이 없는 사항이었다.

그러나 오늘 아침 그녀는 살인에 대한 것, 그리고 만일 자신의 의혹이 옳다면 그에 대해 무엇을 할 수 있는가를 냉정하게 거듭 생각해

보고 있었다.

그것은 쉬운 일이 아니다. 그녀는 오직 하나의 무기밖에 가지고 있지 않다. 그 무기란 대화였다.

나이 많은 부인은 두서없는 대화를 좋아한다. 사람들은 그 대화를 지루하게 여기지만 밑바닥에 숨겨진 동기까지는 알아차리지 못한다. 단 이번 일은 직접적으로 질문을 던질 수 있는 경우가 아니다. 첫째 어떤 질문이 가능하겠는가!

문제는 몇몇 사람에 대해 좀더 자세히 알아야 하는 것이었다. 그녀는 그 사람들에 대한 것을 마음속에서 되새겨 보았다.

아마 팰그레이브 소령에 대해 좀더 자세히 알 수 있을지도 모르지만, 과연 그것이 뭔가 도움이 될까? 그 점은 의심스러웠다.

만일 팰그레이브 소령이 살해되었다 하더라도 그것은 그의 생애에서의 어떤 비밀이 있어서라거나 유산 문제나 복수 때문은 아니다. 실제로 그가 피해자라 할지라도 이것은 피해자에 대해 보다 자세히 알 수 있을 뿐이지 범인을 찾아내는 단서는 되지 않는다는 보기 드문 사건이었다.

요점은, 그것도 오직 하나의 요점은 팰그레이브 소령이 지나치게 수다스러웠다는 점인 듯하다고 미스 마플은 생각했다.

그녀는 그레이엄 의사로부터 꽤 흥미 깊은 사실을 하나 들었다. 소령은 지갑 속에 몇 장의 사진을 가지고 있었다고 했다. 폴로 경기용 망아지를 타고 있는 그 자신의 사진, 호랑이 시체에 발을 얹고 있는 사진, 그 밖에 비슷비슷한 것 몇 장.

대체 무슨 까닭으로 소령은 그런 사진을 지니고 다녔을까? 나이 많은 제독이며 준장이며 소령들을 상대해 온 지금까지의 오랜 경험으로 보아 소령은 그 사진에 얽힌 갖가지 추억담을 사람들에게 이야기하는 것을 즐기고 있었다고 그녀는 판단했다.

"옛날에 내가 인도에서 호랑이 사냥을 했을 때 참으로 재미있는 사건이 있었습니다……."

이런 식으로 이야기를 시작한다. 또는 그 자신의 폴로 경기용 망아지에 관한 추억담을 늘어놓는다. 그러므로 살인범인 듯한 그 인물에 관한 이야기도 지갑에서 스냅 사진을 꺼내 보이며 설명했을 것이다. 소령은 그녀와의 대화에서 바로 그런 식으로 순서를 밟으며 이야기했었다. 살인사건이 화제에 올랐을 때까지 이야기에 상대방의 흥미를 끌어들이기 위해 그는 언제나처럼 스냅 사진을 꺼내며 말하려 했었다.

"이 사람이 살인자라고 여겨지지 않습니까?"

문제는 그것이 그의 '습관'이 되어 있었다는 점이다. 이 살인자 이야기는 그가 즐겨 꺼내는 재료 가운데 하나였던 것이다. 살인사건이 화제에 오르기만 하면 소령은 그 순간부터 기다렸다는 듯이 기운이 솟아 자기가 알고 있는 이 이야기를 시작하곤 했으리라.

그렇다면 그가 여기서도 다른 누구에게 그 이야기를 했을지 모른다고 미스 마플은 생각했다. 게다가 이야기 상대는 한 사람에 그친 게 아니라고도 생각할 수 있다. 만일 그렇다면 그녀는 그것을 들은 사람으로부터 이야기 내용을 좀더 자세히 들을 수 있고, 스냅 사진의 사나이가 어떤 얼굴 생김새였는지 알아낼 가능성도 있으리라.

그녀는 만족스레 고개를 끄덕였다. 우선 그것이 첫 번째 순서가 될 듯싶다.

게다가 그녀가 은근히 '네 용의자'라고 부르고 있는 사람들이 있었다. 하긴 실제로 팰그레이브 소령이 이야기한 상대가 '남자'였다는 점에서 생각하면 두 사람의 용의자라고 해야 옳을지도 모른다.

힐링던 대령과 다이슨 씨 어느 쪽도 살인자로는 보이지 않지만, 설마 하고 여겨지는 인물이 살인자일 경우는 많지 않은가.

달리 또 누가 있을까? 그녀가 돌아보았을 때 네 사람 말고는 아무도 없었다.

물론 방갈로가 있다. 래필 씨의 방갈로가. 그곳에서 누군가가 나왔다가 그녀가 돌아보기 전에 다시 안으로 들어갔을까?

그렇다면 래필 씨를 보살펴 주는 사람밖에 없다. 그의 이름이 무엇이었더라? 맞아, 잭슨이었지.

문에서 나온 사람은 잭슨이었을까?

그렇다면 그 사진과 같은 포즈가 된다. '현관으로 나오는 한 사나이', 그 구도의 일치에서 문득 깨달은 바가 있었을지도 모른다.

그때까지 팰그레이브 소령은 아서 잭슨에 대해 특별한 관심을 가지고 보아 오지 않았었다. 그의 침착하지 못한 흘끗거리는 눈은 본질적으로 속물의 눈이었다. 아서 잭슨은 진정한 신사가 아니었다. 팰그레이브 소령은 두 번 다시 거들떠보지도 않았으리라.

그러나 그것은 스냅 사진을 손에 들고 미스 마플의 어깨너머로 방갈로에서 나오는 사나이의 얼굴을 보기 전까지의 이야기가 아니었을까?

미스 마플은 베개 위에서 몸을 뒤척였다. 내일의 프로그램이라기보다 이미 오늘이지만, 힐링던 부부, 다이슨 부부, 그리고 래필 씨의 하인을 좀더 자세히 조사해 보자.

2

그레이엄 의사도 한밤중에 잠이 깼다. 여느 때라면 몸을 뒤척이고 다시 한 번 잠들 텐데, 오늘은 어쩐지 불안해서 잠을 이룰 수가 없었다.

다시 잠들지 못하게 하는 이 불안은 그가 오랫동안 잊고 있던 것이었다. 대체 원인이 무엇일까? 아무리 생각해도 짚이는 바가 없었다.

그는 생각에 잠겨 누워 있었다. 무엇인가와 관계가 있다. 무엇인가와 관계가. 맞아, 팰그레이브 소령과 관계가 있다. 팰그레이브 소령의 죽음과? 그러나 소령의 죽음의 어떤 점이 자기를 불안하게 하는지 알 수가 없었다. 그 이야기하기 좋아하는 할머니가 말한 것 때문일까?

스냅 사진에 관해서는 참으로 안됐다. 그녀는 갸륵하게도 잘 이겨냈다. 그런데 그녀의 입에서 문득 새어나온 어떤 말이 이 묘하게 불안한 기분을 불러일으키고 있는 것일까?

소령의 죽음에는 아무 '이상'이 없었다. 그건 뚜렷하다. 적어도 나 자신은 아무 이상이 없었다고 여긴다.

소령의 건강 상태에 대해서는 분명――여기서 그의 생각은 딱 막혀 버렸다.

그 자신이 소령의 건강 상태에 대해 얼마나 잘 알고 있었단 말인가? 소령이 고혈압으로 고생하고 있었다고 사람들은 말했다. 그러나 그 점에 대해 그가 소령과 의논한 적은 한 번도 없다. 아니, 소령과 제대로 이야기 나눈 적도 별로 없지 않은가. 팰그레이브는 따분한 노인으로, 그는 그 노인을 되도록 피하려고 애썼다.

대체 어째서 이런 일을 생각해야만 하는가? 그 할머니 때문일까? 그러나 생각해 보면 그녀는 아무 말도 하지 않았다.

어쨌든 이것은 내가 알 바 아니다. 이곳 경찰은 아무것도 이상하게 여기고 있지 않다. 방에 세레나이트 정제가 든 약병이 있었고, 죽은 노인은 혈압에 대해 누구에게나 거침없이 이야기해 댔다.

그레이엄 의사는 몸을 뒤척이고 다시 잠들었다.

3

호텔 부지 밖, 후미 옆에 늘어서 있는 오두막집 가운데 한 채에서 빅토리아 존슨이라는 젊은 아가씨가 몸을 뒤척이다가 침대에서 일어나 앉았다.

이 산 트레노의 아가씨는 조각가가 탐낼 듯한 검은 대리석 토르소를 가진 아름다운 생물이었다. 그녀는 조그맣게 곱슬거리는 검은 머리를 다섯 손가락으로 그러 올렸다. 그리고는 한쪽 발로 같은 침대에 누워 있는 사나이의 옆구리를 쿡쿡 찔렀다.

"이봐요, 좀 일어나요."

사나이는 투덜거리며 몸을 한 번 뒤척였다.

"왜 그러오? 아직 아침도 아닌데."

"일어나요, 할 이야기가 있어요."

사나이는 일어나 기지개를 켜며 큰 입과 고운 치열을 드러내 보였다.

"대체 무슨 일이오?"

"그 죽은 소령에 관한 일인데, 좀 마음에 걸리는 게 있어요. 왠지 이상하다는 생각이 들어요."

"쓸데없는 걱정은 그만두오. 그는 노인이었고 이미 죽은 사람이오."

"그런데 그 약이 마음에 걸려요. 의사가 내게 물어 보던 약 말예요."

"약이 어쨌다는 거요? 아마 소령은 약을 너무 많이 먹은 것일 테지."

"아네요, 그렇지 않아요. 내 이야기 좀 들어 봐요."

그녀는 열띤 목소리로 말하며 사나이 쪽으로 몸을 내밀었다. 사나이는 하품을 하며 도로 누웠다.

"아무 일도 아니잖소. 대체 무슨 이야기를 하고 있는 거요?"

"하지만 역시 아침에 켄들 부인에게 그 이야기를 해야겠어요. 나는 어쩐지 이상하다는 생각이 들어요."

결혼식은 올리지 않았어도 그녀가 현재의 남편으로 여기고 있는 사나이가 말했다.

"내버려둬. 성가신 일에 말려들게 되는 건 질색이니까."

그는 다시 하품하며 그녀에게 등을 돌렸다.

바닷가 아침

1

오전의 절반이 지난 호텔 아래 바닷가.

이블린 힐링던이 바다에서 올라와 따뜻한 황금빛 모래 위에 앉아 있다. 그녀는 수영 모자를 벗고 검은 머리를 힘차게 흔들었다. 그곳은 그리 넓은 바닷가는 아니었다. 그곳에서는 오전 중에 사람들이 모여와 11시 30분쯤 언제나 사교적인 모임이 시작되었다.

이블린 왼편의 이국적이고 현대적인 등의자에 베네수엘라에서 온 아름다운 여성 드 카스페어로 부인이 누워 있다.

그 옆에서는 래필 노인이 골든 팜 호텔의 가장 오랜 고객이며 부호인 병든 노인만이 바랄 수 있는 권세를 마음껏 누리고 있었다.

에스터 월터즈가 그 옆에 대령해 있다. 그녀는 래필 씨가 갑자기 사업상 급한 전보를 보내야겠다는 생각이 들 때를 위해 언제나 속기용 노트와 연필을 손 닿는 곳에 준비해 두고 있었다.

수영복을 입은 래필 씨는 뼈에 마른 가죽이 씌워진 것 같은 모습이었다. 마치 관 속에 한쪽 발을 집어넣고 있는 사람 같아 보이지만, 그런데도 지난 8년 동안 달라진 데가 조금도 없다는 것이 섬의 소문이었다. 주름투성이 얼굴에서 날카로운 파란 눈이 내다보고 있으며, 그의 인생에서 가장 큰 즐거움은 다른 사람이 하는 말을 모두 강하게 부정하는 일이었다.

미스 마플도 그 자리에 얼굴을 내밀고 있었다. 언제나처럼 앉아서 뜨개질을 하며 사람들 이야기에 귀 기울였고 이따금 그녀 자신도 대화에 끼어들었다.

그녀가 입을 열면 누구나 놀란 얼굴을 했다. 모두 그녀의 존재를 알아차리지 못하고 있는 게 보통이었기 때문이다! 이블린 힐링던은 상냥한 눈길로 그녀를 보며 인상 좋은 할머니라고 생각했다.

드 카스페어로 부인은 늘씬하고 아름다운 다리에 기름을 바르며 혼자 콧노래를 부르고 있었다. 그녀는 그리 수다스러운 편이 아니었다. 이윽고 기름병을 불만스럽게 바라보았다.

그녀는 슬픈 듯 말했다.

"이 기름은 프랜지파니오만큼 좋지 않아요. 하지만 여기서는 프랜지파니오를 살 수 없으니 유감이에요."

그녀는 다시 눈을 내리떴다.

에스터 월터즈가 물었다.

"이제 수영하지 않으시겠어요, 래필 씨?"

래필 씨는 심술궂게 대답했다.

"나는 들어가고 싶으면 들어가오."

"벌써 11시 30분이에요."

"그것이 어쨌다는 거요? 나를 시간에 매여 사는 사람으로 여기고 있소? 몇 시에는 이것, 20분 뒤에는 저것, 20분 전에는 요것 하는 식으로 성가시게 굴지 마오!"

월터즈 부인은 오랜 세월 동안 래필 씨를 상대해 왔으므로 자기 나름대로 노인 다루는 법을 터득하고 있었다. 그가 수영의 피로에서 회복되기 위해 시간을 충분히 갖기 좋아한다는 것을 알고 있으므로, 그가 그녀의 말을 하나하나 거역하다가 마침내 아무렇지도 않은 듯 하라는 대로 하도록 10분 넘게 여유를 남겨 놓고 수영할 시간이 되었음을 노인에게 알리기로 하고 있었다.

래필 씨는 한쪽 다리를 끌어올려 바라보았다.

"나는 이 샌들이 마음에 들지 않소. 잭슨 녀석에게 말했는데도 그는 내 말을 도무지 들어주지 않거든."

"다른 것을 가져올까요?"

"아니, 그럴 건 없소. 당신은 여기 앉아 입 다물고 있으면 되오. 시끄러운 암탉처럼 이 언저리를 뛰어다니지 말고."

이블린이 따뜻한 모래 위에서 몸을 조금 움직여 두 팔을 폈다.

미스 마플이 뜨개질에 열중한 채——적어도 옆에서 보기에는 그랬다——한쪽 다리를 뻗다가 급히 사과했다.

"어머나, 미안해요, 정말 미안해요, 힐링던 부인. 내가 당신을 발로 찼지요?"

이블린이 대답했다.

"천만에요. 이 바닷가는 좀 붐벼요."

"아니에요, 그대로 계세요. 다시는 차지 않도록 내 의자를 조금 끌어당길 테니까요."

다시 자리 잡자 미스 마플은 자못 천진스럽게 말을 이었다.

"그래도 이곳은 아주 멋진 고장인 것 같아요! 나는 서인도제도는 이번이 처음이거든요. 이런 곳에 올 기회는 없으리라고 여겼는데 이처럼 여기 와 있군요. 모두 내 사랑스러운 조카 덕분이랍니다. 당신은 이 고장에 대해 잘 알고 있을 테지요, 힐링던 부인?"

"이 섬에는 전에 한두 번 와본 적 있고, 물론 다른 섬에도 거의 가보았어요."

"그렇군요. 나비와 야생꽃이 목표겠지요? 당신 친구분, 아니 저 내외분은 당신의 친척인가요?"

"친구예요."

"같은 취미를 가지고 있어서 온갖 곳을 함께 다니시는가 보군요?"
"네, 벌써 여러 해 동안 함께 여행하고 있어요."
"이따금 가슴 설레는 모험에 맞닥뜨린 적도 있었겠지요?"
이블린이 좀 따분해 하는 울림이 깃든 억양 없는 목소리로 말했다.
"글쎄요, 그렇지도 않아요. 모험 같은 것은 우리와 인연이 없나 봐요."
그녀는 하품을 했다.
"독사며 야생 동물이라든가 광포한 원주민과 마주치는 위험 같은 것도 없었나요?"
(이 얼마나 얼빠진 질문인가.)
"고작 벌레에 물리는 정도예요."
미스 마플은 밑도 끝도 없는 거짓말을 했다.
"가엾은 팰그레이브 소령님은 한 번 뱀에 물린 적이 있었다더군요."
"어머나, 정말이에요?"
"당신에게는 그 이야기를 하지 않던가요?"
"그러고 보니 들은 것 같기도 해요. 확실한 기억은 없지만요."
"그분을 잘 아실 테지요?"
"팰그레이브 소령님을요? 아니오, 거의 몰라요."
"그는 언제나 재미있는 이야기를 많이 가지고 있었지요."
래필 씨가 말했다.
"진절머리 나는 노인이었소. 게다가 어리석은 사람이었지요. 정신만 차리고 있었다면 죽지 않아도 되었을 텐데."
월터즈 부인이 말했다.
"그만두세요, 래필 씨."
"걱정하지 않아도 내가 무슨 말을 하고 있다는 것쯤은 아오. 늘 건강에 주의를 기울이면 어디에 있든 걱정 없소. 이 나를 보오. 몇 년 전 의사들이 나를 단념했지만 나는 내 나름의 건강법이 있다고 말해 주었소. 보다시피 나는 이렇게 건강하잖소."

그는 의기양양하게 주위를 둘러보았다.

그가 거기에 있는 것은 오히려 무엇인가가 잘못되어 있기 때문인 듯해 보였다.

월터즈 부인이 말했다.

"가엾은 팰그레이브 소령님은 혈압이 높으셨어요."

"바보 같은 소리."

이블린 힐링던이 말했다.

"하지만 그건 정말이에요."

그 말투에는 뜻밖의 위엄이 어려 있었다.

"누가 그렇게 말했소? 소령 자신이 말했소?"

"어떤 사람이 그렇게 말했어요."

미스 마플이 옆에서 거들었다.

"그러고 보니 그분 얼굴이 무척 벌갰지요."

"그렇다고 반드시 고혈압이었다고 할 수는 없소. 어쨌든 그는 혈압 같은 건 높지 않았소. 나는 그 자신의 입으로 그렇게 들었으니까요."

월터즈 부인이 말했다.

"그 자신의 입으로 들었다니, 무슨 뜻이지요? 혈압이 높다면 또 몰라도 일부러 높지 않다고 떠벌리는 사람이 있을까요?"

"있소. 언젠가 그가 플랜더즈 펀치를 마구 마시고 식사도 많이 하는 것을 보고 나는 주의를 주었지. '당신은 식사와 술을 좀더 삼가야겠소. 그 나이로는 혈압도 생각해야 하니까요.' 그러자 그는 그 점은 아무 걱정 없다, 나이치고는 아주 이상적인 혈압이라고 대답했었소."

미스 마플이 다시 대화에 끼어들었다.

"하지만 그분은 혈압약을 복용하고 있었다던데요. 뭐라든가 하는 약…… 맞아요, 세레나이트였어요."

이블린 힐링던이 말했다.

"나로서는 그분이 자기 몸 어딘가에 고장이 있다는 것을 인정하고 싶지 않았던 게 아닐까 여겨요. 병이 두려워 자기 몸에 이상이 있음을 부정하는 사람이 있는데, 아마 그분도 그런 사람 가운데 하나였을 거예요."

그녀로서는 드물게 말을 많이 했다. 미스 마플은 주의 깊게 그녀의 검은 머리 꼭대기를 내려다보았다.

래필 씨가 거만스럽게 말했다.

"한심하게도 사람들은 누구나 남의 병에 대해 알고 싶어하는 버릇이 있소. 50살이 넘은 사람은 누구나 고혈압이니 관상동맥 경화증이니 뭐니로 죽는다고 단정하려 들거든. 당치도 않은 이야기지! 자신이 아무 나쁜 데가 없다고 하면 그것으로 문제는 없다고 여기오. 자신의 건강 상태는 자신이 가장 잘 알고 있으니까. 그건 그렇고, 몇 시요? 12시 15분 전이라고? 저런, 바다에 들어갈 시간이 훨씬 지났잖소. 어째서 나에게 말하지 않았소, 에스터?"

월터즈 부인은 한마디도 항의하지 않았다. 그녀는 일어나 래필 씨를 재치있게 부축하여 일으켰다. 그리고 조심스럽게 노인의 몸을 붙잡고 함께 물가에 내려가 물 속으로 들어갔다.

드 카스페어로 부인이 눈을 뜨고 나직한 목소리로 말했다.

"노인이란 추악해요! 정말 추악하다니까요! 사람은 40살이 넘으면 모두 죽어야 해요. 아니, 35살이면 돼요. 그렇게 생각하지 않으세요?"

에드워드 힐링던과 그레고리 다이슨이 모래를 저벅저벅 밟으며 다가왔다.

"바다는 어떻소, 이블린?"

"여느 때와 같아요."

"전혀 다를 바 없단 말이오? 러키는?"

"모르겠어요."

미스 마플은 다시금 그녀의 검은 머리를 뚫어지게 보았다.

"자, 그럼, 고래 흉내라도 내볼까."

그레고리는 무늬가 야한 버뮤더 셔츠를 벗어 던지고 바다로 뛰어들어 숨을 헐떡이며 빠른 자유형으로 헤엄치기 시작했다. 에드워드 힐링던은 아내와 나란히 모래 위에 앉았다.

이윽고 그가 물었다.

"다시 한 번 헤엄치겠소?"

그녀는 미소 짓고 수영 모자를 고쳐 썼다. 두 사람은 그레고리 다이슨보다 훨씬 조용히 물가로 내려갔다.

드 카스페어로 부인이 다시 눈을 떴다.

"처음에는 저 두 사람을 신혼부부로 생각했어요. 남편 되는 분이 부인에게 너무 잘해 주셔서 말예요. 그런데 결혼한 지 벌써 8, 9년쯤 되었다는군요. 믿어지지 않아요. 그렇게 여기지 않으세요?"

미스 마플이 말했다.

"다이슨 부인은 어떨까요?"

"그 러키라는 여자? 그녀에게는 남자가 있어요."

"어머나, 정말로 그렇게 생각하세요?"

"그럴 거예요. 그녀는 그런 타입인걸요. 하지만 그리 젊지 않아요. 남편은 이미 아내에게서는 마음이 떠나서 여기저기 여자를 유혹하고 다니지요. 나는 다 알고 있어요."

"네, 당신이라면 아실 테지요."

드 카스페어로 부인은 놀란 듯 미스 마플을 쳐다보았다. 그녀가 그런 말을 하리라고는 꿈에도 생각지 못했던 듯싶다.

그러나 미스 마플은 자못 천진스럽게 파도를 바라보고 있었다.

2

"잠깐 말씀드릴 게 있는데요, 켄들 부인."

몰리는 대답했다.

"좋아요, 어서 들어와요."

그녀는 사무실 책상 앞에 앉아 있었다.

키가 크고 풀이 빳빳한 흰 제복을 입은 시원스러운 태도의 빅토리아 존슨이 방안으로 들어와 무언가 까닭이 있는 듯 문을 닫았다.

"제 이야기 좀 들어 보세요, 켄들 부인."

"무슨 이야기지요? 뭔가 난처한 일이라도 있어요?"

"글쎄요, 뭐라고 말해야 좋을지 모르겠어요. 돌아가신 노인 손님에 관한 일이에요, 그 소령님 말예요. 그분은 주무시다가 돌아가셨지요."

"그래요. 그것이 어떻다는 거지요?"

"방에 약병이 있었어요. 의사 선생님이 그것에 대해 제게 물어 보셨지요."

"그래서요?"

"선생님은 욕실 선반에 무엇이 있는지 봐야겠다고 말씀하셨어요. 그래서 가보니 가루 치약과 소화제와 아스피린과 카스카라 알약과 세레나이트라는 병에 든 알약이 있었어요."

몰리가 다시 한 번 재촉했다.

"그래서?"

"선생님은 그것을 바라보며 아주 만족스럽게 고개를 끄덕였어요. 저는 나중에 곰곰이 생각해 보았는데 그 약은 전에는 없었어요. 욕실에서 한 번도 본 적 없는 약이었어요. 다른 약들은 전부터 있었지요. 가루 치약과 아스피린과 면도한 뒤에 바르는 로션 같은 것은. 하지만 그 세레나이트라는 약만은 한 번도 본 적이 없어요."

몰리는 의아한 표정을 지었다.

"그렇다면 당신 생각으로는——."

"저는 어떻게 생각해야 좋을지 모르겠어요. 다만 좀 이상한 것 같아 당신에게 말씀드리는 편이 좋으리라고 여겼지요. 당신이 선생님에게 말씀드려 보면 어떨까요? 어떤 뜻이 있을지도 모르니까요. 그분이 그 약을 먹고 돌아가시도록 '누군가가' 그 방에 놓아두었을지도 몰라요."

"설마."

빅토리아는 검은 얼굴을 가로저었다.

"알 수 없는 일이에요, 사람이란 어떤 나쁜 짓을 할지 모르니까요."

몰리는 창 밖으로 흘끗 눈길을 보냈다. 그곳은 지상 낙원처럼 보였다. 햇빛, 바다, 산호초, 음악, 춤, 그곳은 바로 에덴 동산이었다.

그러나 에덴 동산에도 하나의 그림자, 뱀의 그림자가 있었다. '사람이란 어떤 나쁜 짓을 할지 모른다', 이 얼마나 끔찍한 말인가.

몰리가 말했다.

"내가 조사해 보겠어요, 빅토리아. 당신은 걱정하지 말아요. 특히 이상한 소문을 퍼뜨리거나 해서는 안 돼요."

빅토리아가 어딘지 꺼림칙한 표정으로 나가려 하는데 팀 켄들이 모습을 나타냈다.

"무슨 일이 있었소, 몰리?"

그녀는 망설였다. 그러나 빅토리아가 그에게 이야기할지도 모른다. 결국 그녀는 지금 빅토리아로부터 들은 이야기를 그에게 했다.

"무슨 말인지 도무지 모르겠군. 대체 그것은 무슨 약이오?"

"나도 잘 몰라요, 팀. 로버트슨 선생님이 혈압약이라고 말씀하신 것 같아요."

"그렇다면 아무 문제없잖소. 소령님은 혈압이 높았으니 혈압약을 복용했다고 해서 이상할 건 없지. 누구나 그랬을 테니까. 나는 그런 약을 여러 번 본 적 있소."

몰리는 머뭇거리며 말했다.

"그건 그렇지만, 빅토리아는 소령님이 그 약을 먹고 돌아가셨다고 여기나 봐요."

"그런 연극 같은 말은 그만두오! 누군가가 그의 혈압약 알맹이를 바꿔 놓아 그를 독살했다는 거요?"

"그렇게 말하니 확실히 터무니없는 이야기 같아요. 하지만 빅토리아는 그렇게 여기고 있단 말이에요!"

"어리석은 여자로군! 뭣하면 그레이엄 선생님에게 가서 물어 보면 되오. 선생님이라면 알고 계실 테니까. 하지만 너무 터무니없는 이야기니 선생님까지 머리 썩이게 할 건 없다고 여기오."

"나도 동감이에요."

"그녀는 어째서 누군가가 약의 알맹이를 바꿔치기 했다고 생각했을까. 같은 약병에 다른 약을 넣었다는 것일 테지?"

몰리는 당황한 듯한 표정을 지었다.

"나는 잘 몰라요. 하지만 빅토리아는 그때까지는 세레나이트 병이 소령님 방에 없었다는 거예요."

"그런 터무니없는 말을. 소령님은 혈압을 가라앉히기 위해 날마다 그 약을 먹어야 했었소."

그는 말을 마치자 급사장 페르난도와 의논하기 위해 힘차게 방에서 나갔다.

그러나 몰리는 이 문제를 그리 간단히 제쳐둘 수가 없었다. 바쁜 점심 시간 때가 지나자 그녀는 남편에게 말했다.

"팀, 나는 내내 생각하고 있었는데요, 만일 빅토리아가 이 일을 떠벌리고 다닌다면, 차라리 우리가 이 일을 누군가와 의논하는 편이 좋지 않을까요?"

"여보! 로버트슨 선생님이며 경찰들이 와서 방안을 조사했고, 필요한 건 모두 물어 보았잖소."

"네, 하지만 빅토리아가 당신도 알다시피 무슨 말을 할지 몰라요."

"알았소! 그럼, 이렇게 합시다. 그레이엄 선생님에게 가서 의견을 물어 보지. 그분이라면 좋은 대답을 해줄 테니까."

그레이엄 의사는 홀에 앉아 책을 읽고 있었다. 젊은 부부는 그리로 들어가서 몰리가 정황을 설명했다. 그러나 그녀의 설명은 일관성이 없어 팀이 대신 설명했다.

그는 미안한 듯 말했다.

"도대체가 터무니없는 이야기입니다만, 내가 들은 바로는 빅토리아는 누군가가 그 세레 뭐라든가 하는 약병에 독약을 넣었다고 여기는 것 같습니다."

그레이엄 의사는 물었다.

"빅토리아는 어째서 그런 생각에 사로잡혔을까요? 뭔가 이상한 것을 보았거나 들은 것일까요? 그녀가 그렇게 생각하게 된 근거가 무엇일까요?"

팀은 몹시 당황해 했다.

"그건 모르겠습니다."

"병이 다른 것이었을까요? 그렇소, 몰리?"

"그렇지 않아요, 빅토리아는 분명 세븐인지 세렌인지 하는 레테르가 붙은 병이 있었다고——."

의사가 말했다.

"세레나이트요. 그리 이상할 건 없소. 잘 알려진 약이니까. 그는 그 약을 규칙적으로 복용하고 있었겠지요."

"빅토리아는 전에는 그 약병을 그 방에서 본 적이 한 번도 없었다고 했어요."

"소령의 방에서 한 번도 본 적이 없었다고요? 그게 무슨 뜻이지요?"

"어쨌든 그녀는 그렇게 말했어요. 욕실 선반에는 여러 가지 것이 놓여 있었대요. 가루 치약이니 아스피린이니 면도한 뒤에 바르는 로션이니——그녀는 그 이름들을 줄줄 대더군요. 아마 날마다 선반을 청소하므로 모두 외웠나 봐요. 그런데 그 약 세레나이트만은 소령님이 돌아가신 다음날까지 한 번도 본 적 없었대요."

그레이엄 의사는 꽤 날카로운 목소리로 말했다.

"거참, 이상하군. 그녀가 한 말은 확실하오?"

이 여느 때와 다른 날카로운 말투에 켄들 부부는 깜짝 놀라 그의 얼굴을 보았다. 그레이엄 의사가 그런 태도를 보이리라고는 생각도 못했던 것이다.

몰리가 느릿하게 대답했다.

"그런 것 같아요."

팀이 말했다.

"그녀는 눈길을 끌고 싶었기 때문일지도 모릅니다."

그레이엄 의사가 말했다.

"어쩌면 그랬을지도 모르지요. 어쨌든 내가 그 아가씨와 직접 이야기해 보는 편이 좋을 것 같소."

빅토리아는 터놓고 이야기할 수 있게 되자 몹시 기뻐했다. 그녀는 말했다.

"복잡한 일에 휘말리는 것은 질색이에요. 그 병을 선반 위에 놓은 것은 제가 아니에요. 전 누가 놓았는지도 몰라요."

"그러나 당신은 누군가 갖다 놓은 사람이 있다고 여겼단 말이지요?"

"그렇지 않을까요, 선생님. 전에는 없었으니 누군가 밖에서 갖다 놓은 사람이 있지 않을까요?"

"팰그레이브 소령이 서랍 속이나 또는 서류함 속에라도 넣어 두었던 것일지 모르잖소."

빅토리아는 단호하게 고개를 저었다.

"날마다 먹어야 하는 약이라면 그런 곳에 넣어 두었을 리 없다고 생각해요."

그레이엄 의사는 마지못해 인정했다.

"그건 그렇군. 이런 종류의 약은 하루에 세 번 먹어야 하니까. 당신은 그가 그 약을 먹는 것을 본 적 없소?"

"전에는 그런 약이 없었어요. 그래서 문득 생각했어요. 그 약이 그분의 죽음과 무슨 관계가 있지 않을까, 그의 피에 독을 흘려 넣은 게 아닐까. 어쩌면 그의 적이 그를 죽이기 위해 방에 놓아두었을지도 모른다고 말예요."

의사는 목소리를 높여 말했다.

"당치도 않은 생각이오. 도무지 당치도 않은 생각이야."

빅토리아는 순간 자신 없는 표정을 지었다. 그리고 의심스러운 듯 물었다.

"그럼, 그것은 좋은 약이었나요?"

"좋은 약이었을 뿐 아니라 '절대적으로 필요한 약'이었소. 그러니 당신은 아무것도 염려할 필요가 없소, 빅토리아. 그 약은 대수로운 것이 아니었다는 점을 내가 보증하겠소. 그와 같이 병을 앓고 있는 사람에게는 꼭 필요한 약이오."

"그 말씀을 들으니 마음이 편해졌어요."

빅토리아는 흰 이를 드러내며 그레이엄 의사에게 웃음지어 보였다.

그러나 그레이엄 의사는 마음이 편치 않았다. 정체를 알 수 없는 불안이 바야흐로 뚜렷한 모습을 갖추기 시작하고 있었다.

에스터 월터즈

래필 씨는 비서와 단둘이 앉아 있는 곳으로 다가오는 미스 마플을 언짢은 듯 바라보고 있었다.

"이곳도 옛날 같지 않게 되었어. 한 발자국만 내디뎌도 할망구의 발에 부딪치게 되니 말이야. 할망구들은 대체 뭘 하러 서인도제도에 오는 것일까?"

에스터 월터즈가 물었다.

"그럼, 어디로 가면 좋다는 거지요?"

래필 씨가 곧 대답했다.

"첼트넘의 본머스쯤이 어울리지. 아니면 토키나 랜들린도드 웨일즈쯤도 좋고. 알맞은 곳은 얼마든지 있소. 그녀들은 그런 곳을 좋아하고, 완전히 만족하기도 하거든."

"누구나 서인도제도까지 올 만한 여유는 없다고 생각해요. 모두 당신처럼 풍족한 사람들만은 아니니까요."

"그래, 실컷 빈정거리구려. 나는 온몸이 쑤시고 마디마디가 뒤틀린단 말이오. 그런데도 당신은 나를 조금도 위로해 주지 않소. 게다가 일을 하는 것도 아니고, 어째서 그 편지를 타이핑하지 않았소?"

"시간이 없었어요."

"어쨌든 빨리 해주오. 당신을 이곳으로 데려온 것은 일을 시키기 위해서지 물에 젖은 몸뚱이나 말리며 육체미를 자랑하라는 뜻이 아니오."

사람에 따라서는 래필 씨의 말투를 참을 수 없는 것으로 여기겠지만, 에스터 월터즈는 몇 년 동안 비서로 일해 온 경험으로 그가 말을 거칠게 해도 마음은 그토록 심술궂은 사람이 아님을 알고 있었다.

그는 거의 끊임없는 고통에 시달리고 있으므로 거친 말투로 울분을 달래고 있었다. 따라서 그로부터 아무리 지독한 말을 들어도 그녀는 조금도 흔들리지 않았다.

미스 마플이 그들 옆에 멈춰 서서 말을 걸었다.

"참으로 아름다운 저녁이에요."

래필 씨가 말했다.

"아름다운 저녁이면 안 된다는 거요? 대체 우리는 그것 때문에 여기로 온 게 아니던가요?"

미스 마플이 나직이 웃었다.

"어머나 심한 말씀을 하시는군요. 날씨는 아주 영국적인 화제라서 그만 무심코. 이런, 털실 빛깔이 다른 것을 가져왔군요."

그녀는 뜨개질 주머니를 뜰의 테이블 위에 놓고 종종걸음으로 자기 방갈로 쪽으로 갔다.

래필 씨가 외쳤다.

"잭슨!"

잭슨이 모습을 나타냈다.

"나를 안으로 데려다 주게. 저 수다쟁이 암탉이 돌아오기 전에 마사지를 시작하세. 마사지를 한다고 해서 즐거워지는 것도 아니지만."

이렇듯 하지 않아도 될 말을 덧붙이고 그는 마사지사의 부축을 받으며 방갈로 안으로 모습을 감췄다. 에스터 월터즈는 두 사람을 바라보고 있다가 마침 털실 뭉치를 가지고 돌아온 미스 마플 쪽으로 눈길을 돌렸다.

미스 마플이 말했다.

"방해되는 건 아니겠지요?"

"물론이에요. 이제 곧 들어가서 타이프를 쳐야 하지만. 그전에 10분쯤 아름다운 저녁놀을 바라볼 생각이에요."

미스 마플은 자리잡고 앉아 상냥한 목소리로 이야기하기 시작했다. 이야기하며 에스터 월터즈를 대충 평가해 보았다. 미인이라고까지는 할 수 없어도 그럴 마음만 있으면 충분히 매력적으로 보이게 할 수 있으리라. 미스 마플은 그녀가 어째서 그렇게 하지 않을까 의아해 했다.

물론 래필 씨가 그것을 좋아하지 않기 때문이라고도 생각할 수 있다. 그러나 래필 씨가 그런 것에 관심이 있으리라고는 여겨지지 않았다. 그는 자기 일밖에 관심이 없으므로 자신이 소홀히 다뤄지지 않는 한 비서가 천국의 여신처럼 아름다워졌다해도 반대하지 않을 것이다.

게다가 그는 일찍 잠자리에 들므로 스틸 밴드며 댄스 시간에 에스터 월터즈가——미스 마플은 마음속으로 알맞은 말을 찾기 위해 잠시 이야기를 끊었다가 제임스타운을 방문했을 때의 일을 즐겁게 입에 올렸다——맞아, 날개를 편다 해도 아무도 뭐라고 할 사람은 없다. 에스터 월터즈는 밤에는 어렵지 않게 날개를 펼 수 있는 것이다.

그녀는 화제를 넌지시 잭슨에게로 돌렸다.

잭슨의 이야기에 이르자 에스터 월터즈는 말을 적당히 흐렸다.

"그는 기술이 뛰어나지요. 숙련된 마사지사예요."

"래필 씨와 무척 오래 함께 있었나 보지요?"

"아니에요, 아홉 달쯤 됐을 거예요, 아마."

미스 마플은 용기를 내어 파고드는 질문을 했다.

"그는 결혼했나요?"

에스터 월터즈는 좀 뜻밖이라는 듯 대답했다.

"결혼? 글쎄요, 독신이라고 생각돼요. 하지만 그는 한 번도 그런 말을 하지 않았어요."

그녀는 잠시 말을 끊었다.

"아니오, 결혼하지 않은 게 확실해요."

그녀는 말을 마치자 재미있는 듯 웃었다.

미스 마플은 마음속으로 여기에 대해 다음과 같은 문장을 덧붙여 해석했다.

"어쨌든 그의 말투와 행동을 눈여겨보고 있으면 결혼한 사람으로는 여겨지지 않아요."

그렇기는 하지만 결혼했으면서도 독신자처럼 행동하는 남자가 얼마나 많은가! 미스 마플이 알고 있는 사람만 해도 열 손가락을 꼽을 수 있다!

그녀는 떠보았다.

"그는 아주 잘생겼어요."

"네, 그런 것 같아요."

에스터 월터즈는 그리 관심 없는 것 같았다.

미스 마플은 그녀를 차분히 관찰했다. 남자에게 관심이 없는 것일까? 아마 오직 한 남자에게만 관심을 가지는 타입인 듯하다. 듣건대 그녀는 미망인이라고 했다.

미스 마플은 물었다.

"래필 씨의 일을 오래 보아 오셨나요?"

"4, 5년 됐어요. 남편이 세상을 떠났으므로 또다시 일해야만 했지요. 학교에 다니는 딸이 하나 있고, 남편은 거의 아무것도 남겨 주지 않았거든요."

"래필 씨를 모시는 일은 쉽지 않지요?"

"그분을 알고 있으면 그렇지도 않아요. 확실히 곧잘 화를 내고 굉장한 고집쟁이기는 하지만요. 그분의 가장 큰 결점은 사람에게 싫증을 잘 내는 게 아닌가 해요. 2년 동안에 다섯 번이나 시중드는 사람을 바꿨으니까요. 누구든 새로운 사람을 못살게 굴고 싶어 하는 거지요. 하지만 저와는 잘해 나가고 있어요."

"잭슨 씨는 아주 자상한 젊은이 같더군요."

"빈틈없고 생각이 잘 미치는 사람이지요. 물론 이따금 좀——."

그녀는 말을 머뭇거렸다.

미스 마플은 조금 생각한 다음 도와주었다.

"이를테면 어려운 입장이란 말씀이지요?"

에스터 월터즈는 웃음 지었다.

"네, 어중간한 입장이지요. 하지만 그는 아주 잘 해내고 있다고 여겨요."

미스 마플은 그 말뜻을 곰곰이 생각해 보았다. 그러나 그리 얻은 바는 없었다. 더욱 이야기를 계속하는 동안 마침내 그 4인조 자연 애호가 힐링던 부부와 다이슨 부부에 대해 많은 것을 알게 되었다.

에스터는 말했다.

"힐링던 부부는 적어도 지난 3, 4년 동안 줄곧 이 섬에 와 있답니다. 그레고리 다이슨은 훨씬 더 오래됐지요. 그는 서인도제도를 잘 알고 있어요. 처음에는 전부인과 함께 왔었어요. 그녀는 선병질이어서 겨울 동안에는 외국이나 어디 따뜻한 곳에서 지낼 필요가 있었지요."

"그분은 돌아가셨나요? 아니면 재혼하셨나요?"

"돌아가셨어요. 이곳에서 세상을 떠나셨대요. 이 섬이 아니라 서인도제도의 다른 섬에서요. 뭔가 문제가 있었던 것 같아요. 스캔들이라고나 할까요. 그는 전부인 이야기는 한마디도 하지 않아요. 나는 다른 사람으로부터 이 이야기를 들었지요. 아마 부부 사이가 원만하지 못했던 듯싶어요."

"그리고 지금의 부인과 재혼했군요, 러키와."

미스 마플은 '그런 우스꽝스러운 이름도 다 있을까요'라고 하는 듯 불만스럽게 그 이름을 입에 올렸다.

"그녀는 전부인의 친척이래요."

"그 두 사람은 힐링던 부부와 오래 전부터 아는 사이였나요?"

"아니오, 힐링던 부부가 이곳에 온 뒤부터라고 생각해요. 겨우 3, 4년쯤 됐을 거예요."

"힐링던 부부는 인상 좋은 사람들 같아요. 게다가 아주 조용하고."

"네, 아주 조용한 사람들이에요."

"그 두 사람은 서로 깊이 사랑하고 있는 것 같아요. 사람들이 그러더군요."

미스 마플의 말투는 태연스러웠는데도 에스터 월터즈는 그녀를 쏘아보았다.

"당신은 그렇게 생각하지 않는군요?"

"당신도 그렇게 생각하지 않는 게 아닌가요?"

"솔직히 말해서 이따금 의문스럽게 여겨져요."

미스 마플이 말했다.

"힐링던 대령처럼 조용한 사람은 이따금 화려한 타입에 끌리지요."

그리고 뜻 깊게 사이를 두었다가 그녀는 덧붙였다.

"러키, 재미있는 이름이에요. 다이슨 씨는 알아차리고 있을지도 모르지요. 어쩌면 두 사람 사이가 수상쩍다는 것을."

에스터 월터즈는 생각했다.

'이 천박한 수다쟁이 노파!'

그래서 그녀는 쌀쌀맞게 대답했다.

"글쎄요, 나는 모르겠는데요."

미스 마플은 화제를 바꾸었다.

"팰그레이브 소령님은 정말 안됐어요."

에스터 월터즈는 건성으로 맞장구치고 나서 말했다.

"그보다도 안된 것은 켄들 부부예요."

"그래요, 호텔에서 그런 사건이 일어나면 난처하겠지요."

"사람들은 모두 즐겁게 지내려고 이곳에 오니까요. 병이며 죽음이며 얼어터진 수도관 같은 것을 잊기 위해서 말예요. 그러므로……."

그녀는 갑자기 태도를 바꾸어 말을 이었다.

"언젠가는 죽는다는 것을 상기시키는 일을 보게 되면 그리 기분 좋지 않겠지요."

미스 마플은 뜨개질감을 내려놓았다.

"아주 잘 표현하셨어요. 당신 말씀이 맞아요." 에스터 월터즈는 말을 이었다. "게다가 그 부부는 아직 젊어요. 겨우 반년 전에 샌더슨 부부로부터 호텔을 인수받은 데다 경험도 적으니 과연 성공할지 어떨지 몹시 걱정스러워요."

"이 사건이 호텔에서는 아주 불리하다고 생각하나요?"

"아니오, 솔직히 말해서 그렇게 생각하지는 않아요. 사람들의 소문이란 곧 사라지는 법이니까요. 모처럼 즐기러 왔으니 적당히 즐기려는 분위기 속에서는요. 사람이 죽어서 받은 충격은 겨우 24시간 정도밖에 가지 않으며, 장례식이 끝나면 아무도 생각조차 하지 않게 되지요. 억지로 생각나게 하지 않는다면요. 몰리에게도 그렇게 말했어요. 그녀는 잔걱정이 많은 성격이거든요."
"켄들 부인이 잔걱정 많은 성격이라고요? 아주 태평스러워 보이는데요."
에스터 월터즈는 느릿하게 말했다.
"그렇게 보인다면 그건 연기 탓일 거예요. 실제로 그녀는 뭔가 곤란한 일이 일어나지 않을까 늘 걱정하는 성격이라고 나는 생각해요."
"나는 그녀보다도 남편 쪽이 더 걱정을 많이 하는 사람이라고 생각했는데요."
"아니오, 그렇지 않을 거예요. 오히려 그녀가 잔걱정이 많은 성격이어서 그가 그 점을 염려하고 있지 않을까요?"
"재미있는 이야기로군요."
"몰리는 명랑하게 생활을 즐기고 있는 것처럼 보이려고 열심히 애쓰고 있는 듯이 생각돼요. 너무 애쓰기 때문에 오히려 지치고 말지요. 그래서 이따금 우울증에 사로잡히곤 해요. 그녀는 정신의 균형이 잘 잡히지 않은 상태에요."
"가엾게도 확실히 그런 사람이 꽤 있어요. 다른 사람은 전혀 그 점을 알아차리지 못하는 경우가 많지요."
"네, 그런 사람은 연기를 잘하니까요. 하지만 이번 경우 몰리는 아무 걱정할 필요가 없다고 여겨요. 요즘은 관상동맥 경화증이니 뇌출혈 같은 병으로 죽는 사람이 많으니까요. 내가 보는 바로는 옛날보다 훨씬 많아졌어요. 사람들이 아우성치는 것은 식중독이나 장티푸스 경우지요."
"팰그레이브 소령님은 혈압이 높다는 말을 한마디도 하지 않았는데, 당신에게는 그런 말을 했었나요?"
"누구에게였는지 모르지만 그 자신이 이야기했대요. 래필 씨에게였는지도 모르겠어요. 언젠가 잭슨으로부터 분명히 들었어요. 소령님에게 술을 너무 마시면 좋지 않다고 말했다더군요."

"그랬었군요."

미스 마플은 고개를 끄덕이며 생각에 잠겼다. 그리고 말을 이었다.

"당신은 소령님이 좀 성가시다고 여기지 않았나요? 그는 여러 가지 이야기를 했는데, 아마 같은 이야기를 여러 번 되풀이 하셨을 테지요?"

"거기에는 정말 질렸어요. 선수 쳐서 미리 달아나지 않으면 같은 이야기를 여러 번 듣게 되지요."

"나는 그렇지 않답니다. 그런 일에는 익숙해 있으니까요. 같은 이야기를 여러 번 들어도 곧 잊어버리므로 조금도 성가시게 느끼지 않지요."

에스터는 명랑하게 웃었다.

"그게 가장 좋아요." 미스 마플이 말했다.

"그런데 그 가운데에서 그분이 무척 즐겨 이야기하시던 게 하나 있어요. 살인사건 이야기인데, 당신도 들은 적 있을 거예요."

에스터 월터즈는 핸드백을 열어 손으로 속을 더듬었다. 이윽고 입술연지를 꺼내며 말했다.

"잃어버린 줄 알았네. 실례지만 지금 뭐라고 말씀하셨지요?"

"팰그레이브 소령님이 즐겨 하시던 이야기를 들은 적 있느냐고 물었어요."

"글쎄요, 그러고 보니 들은 것 같기도 해요. 가스로 죽은 부부의 이야기였던가요? 실제로는 아내가 남편을 가스로 죽였다던가요. 다시 말해서 아내가 남편에게 수면제를 먹인 다음 가스 오븐에 얼굴을 밀어 넣었다는 이야기 아닌가요?"

미스 마플은 그녀의 얼굴을 주의 깊게 바라보았다.

"그건 좀 다른 이야기 같군요." 에스터 월터즈는 변명했다.
"그분은 여러 가지 이야기를 하셨거든요. 게다가 아까도 말했듯 나는 모두 진지하게 들었던 것은 아니니까요."
"그분은 스냅 사진 한 장을 내게 보여 주셨답니다."
"그러고 보니 확실히……어떤 사진이었는지는 기억나지 않지만. 당신도 보았나요?"
미스 마플은 대답했다.
"아니오, 나는 보지 못했어요. 때마침 방해를 받아서요."

그 밖의 사람들

미스 프리스콧은 조심스럽게 주위를 둘러보며 목소리를 낮춰 말하기 시작했다.

미스 마플은 의자를 조금 끌어당겼다.

그녀가 미스 프리스콧과 터놓고 이야기 나누게 되기까지는 시간이 꽤 걸렸다. 그것은 신부인 오빠가 아주 가정적인 사람이어서 거의 늘 미스 프리스콧과 함께 있는데다, 미스 마플과 미스 프리스콧이 악의 없이 남의 이야기로 꽃을 피울 때에는 명랑한 프리스콧 신부의 존재가 좀 성가시게 느껴지기 때문이었다.

미스 프리스콧이 말했다.
"나는 남의 스캔들을 이야기하는 건 싫고, 게다가 그리 아는 것도 없어서……."
미스 마플이 말했다.
"네, 그러실 테지요."
"어쨌든 내가 들은 바로는 그의 첫 부인이 살아 있을 때 뭔가 스캔들 비슷한 일이 있었던 것 같아요! 아무래도 그 러키——무슨 이름이 그런지, 원! ——라는 여자는 첫 부인의 사촌이라고 짐작되는데, 이곳에 와서 부부와 만나 남편 되는 사람과 함께 꽃이며 나비 등을 채집하고 다녔지요. 두 사람이 너무 사이좋게 지내므로 사람들이 여러 가지로 수군거렸어요. 아실 테지만."

"그런 일에 대해 사람들 눈은 날카로우니까요."

"그래서 물론 그 부인이 갑자기 죽었을 때에는……."

"부인은 여기서, 이 섬에서 죽었나요?"

"아니오. 그때는 아마 마르티니크였던가, 아니면 토바고에 있었다나 봐요."

"그랬었군요."

"그 무렵 그곳에 있다가 나중에 이곳으로 온 사람들 이야기를 들어보면, 의사가 죽은 원인을 미심쩍게 여겼었다더군요."

미스 마플은 무릎을 내밀었다. 미스 프리스콧은 목소리를 낮춰 말했다.

"물론 이것은 추문에 지나지 않지만, 그래도 확실히 다이슨 씨의 재혼은 너무 일렀어요. 아내가 죽은 지 한달쯤밖에 지나지 않았던 것 같아요."

"한달이라고요?"

두 여자는 얼굴을 마주보았다. 미스 프리스콧이 말했다.

"왠지 서글픈 생각이 들었었지요."

미스 마플은 맞장구쳤다.

"정말 그렇군요. 돈 문제라도 얽혀 있었나요?"

"그건 모르겠어요. 하지만 그는 이런 농담을 했지요. 아마 들은 적 있겠지만, 그녀는 내 행운의 여신이라고."

"네, 나도 그건 들었어요."

미스 프리스콧은 자신을 애써 공평한 사람으로 보이려 하며 말했다.

"사람들 가운데에는 그 뜻을 그가 돈 많은 아내와 결혼했다는 것으로 해석하는 이도 있어요. 하지만 물론 그녀는 보는 눈에 따라서는 굉장한 미인이지요. 내가 생각하기에는 돈은 오히려 첫 부인이 더 많았던 것 같아요."

"힐링던 부부는 부자인가요?"

"그러리라고 생각돼요. 놀랄 만한 부자는 아닐지라도 알맞게 유복한 것 같아요. 두 아들을 사립학교에 보내고, 영국에 훌륭한 집이 있으며, 겨울 동안에는 부부가 거의 함께 여행한다고 하니까요."

이때 프리스콧 신부가 나타나 여동생에게 산책하자고 말했다. 미스 프리스콧이 가버리자 미스 마플은 혼자 남아 앉아 있었다.

몇 분 뒤 호텔 쪽으로 가는 그레고리 다이슨이 그녀 옆을 지나쳤다. 그는 지나가며 상냥스레 손을 흔들었다. 그리고 말을 걸었다.

"무슨 생각을 하고 계십니까?"

미스 마플은 만일 '나는 당신이 살인자인지 아닌지에 대해 생각하고 있어요' 라고 대답하면 상대가 어떤 반응을 나타낼까 생각하며 상냥하게 웃음 지었다.

그것은 매우 있음직한 일이었다. 여러 가지 일이 맞아 들어가고 있다. 다이슨 첫 부인의 죽음에 관한 소문——팰그레이브 소령이 이야기했었던 것은 다름 아닌 아내 살해 사건에 대한 일이었다——그것도 《욕조의 신부》와 관련시켜서.

확실히 앞뒤가 맞는다. 오직 하나 곤란한 점이라면 오히려 앞뒤가 너무 들어맞는 데 있다. 그러나 미스 마플은 자신의 그런 지나친 생각을 나무랐다.

누군가의 목소리가 그녀를 놀라게 했다. 좀 쉰 듯한 목소리였다.

"어디서 그렉을 못 보셨나요, 미스——."

러키는 기분이 그리 좋지 않는 듯하다고 미스 마플은 생각했다.

"지금 막 여기를 지나 호텔 쪽으로 가셨어요."

"역시!"

러키는 초조하게 외치며 종종걸음으로 사라졌다. 미스 마플은 마음 속으로 생각했다.

'틀림없이 40살은 넘었어. 오늘 아침의 그녀는 그만한 나이로 보여.'

동정하는 마음이 그녀를 휩쌌다. 세상의 러키들에 대한 동정심. 시간의 흐름에 저항할 힘을 전혀 지니지 못한 러키들.

그리고 등 뒤에서 나는 어떤 소리를 듣고 그녀는 의자를 빙그르르 돌렸다.

잭슨의 부축을 받으며 래필 씨가 아침 행차를 하기 위해 방갈로에서 모습을 나타내고 있었다.

잭슨은 주인을 바퀴의자에 앉히고 그 둘레를 서성거렸다. 래필 씨가 성가시다는 듯이 쫓아 버리자 잭슨은 호텔 쪽을 향해 걷기 시작했다.

미스 마플은 얼른 일어났다. 래필 씨가 오랜 시간 혼자 있는 법은 결코 없었다. 이제 곧 에스터 월터즈가 나타날 것이다. 미스 마플은 래필 씨와 단둘이 이야기하고 싶었는데, 지금이 그 기회라고 판단했다.

하고 싶은 말을 빨리 해야만 한다. 머리말을 늘어놓고 있을 틈이 없다. 래필 씨는 노부인들의 수다에 기꺼이 귀 기울일 사람이 아니다. 아마도 자신을 시끄러운 수다의 피해자로 여기고 다시 방갈로 안으로 들어가 버릴지도 모른다. 미스 마플은 맞부딪쳐 보기로 마음먹었다. 그녀는 래필 씨 옆으로 다가가 의자를 끌어당겨 앉으며 말을 걸었다.

"잠깐 여쭈어 볼 것이 있는데요, 래필 씨."

래필 씨는 말했다.

"좋소. 이야기를 들어 봅시다. 무슨 부탁이라도 있소? 기부라도 하라는 말씀인가요? 아프리카에서의 전도 사업이니 교회 수리니 하는 이야기요?"

"네, 나는 그런 일에 관심을 가지고 있어요. 기부하시겠다면 정말 기뻐요. 하지만 지금 묻고 싶은 것은 그런 일이 아니에요. 팰그레이브 소령님은 당신에게도 살인사건 이야기를 하신 적 있나요?"

"호, 그렇다면 그는 당신에게도 그 이야기를 했군요, 그래. 당신은 그것을 그대로 받아들였소?"

"실은 어떻게 생각해야 좋을지 모르겠어요. 당신에게는 어떤 식으로 이야기하셨지요?"

"얼토당토않은 시시한 이야기지요. 루크리시아 보르지아가 다시 태어난 것 같은 미인에 관한 것이었소. 미인, 젊음, 금발 등 모두 갖춰져 있는 거지요."

미스 마플은 좀 허를 찔린 느낌이었다.

"어머나, 그래, 그녀는 누구를 죽였나요?"

"물론 남편이지요. 다른 누구를 죽이겠소?"

"독살이었나요?"

"아니오. 수면제를 먹인 다음 가스 오븐에 얼굴을 처박았던가요. 머리 좋은 여자지요. 그리고는 자살했다고 주장했답니다. 아주 간단한 죄를 피했지요. 경감(輕減) 책임인지 뭔지로. 그 무렵에는 범인이 미인이거나 어머니에게 응석부리며 자란 불량소년이면 그런 죄목으로 무죄가 되었지요. 참으로 당치 않은 이야기요."

"소령님은 당신에게도 사진을 보여 주었나요?"

"뭐, 여자의 사진 말이오? 어째서 그런 것을 내게 보여 줘야 하지요?"

"어머나!"

미스 마플은 의표를 찔린 듯한 모습이었다. 팰그레이브 소령은 호랑이 사냥이나 코끼리 사냥 이야기뿐만 아니라 그가 만났던 살인자들 이야기를 하며 일생을 보낸 듯했다. 아마 그는 몇 가지 살인사건 이야기를 레퍼토리로 가지고 있었으리라. 아무래도 그 사실을 인정하지 않을 수 없었다.

그녀는 갑자기 "잭슨!" 하고 부르는 래필 씨의 목소리에 깜짝 놀랐다. 대답이 없었다.

미스 마플이 일어섰다.

"내가 가서 불러올까요?"

"가도 보이지 않을 거요. 여자의 꽁무니나 따라다니고 있겠지요. 괘씸한 녀석. 그래도 내게는 잘 맞거든요."

"어쨌든 찾아보겠어요."

미스 마플은 호텔 테라스 끄트머리에서 팀 켄들과 함께 뭔가 마시고 있는 잭슨을 발견했다.

"래필 씨가 부르고 계세요."

잭슨은 드러내 놓고 얼굴을 찌푸리며 글라스를 비우고는 일어섰다.

"쳇, 그 심술궂은 영감, 잠시나마 가만히 내버려둬 주면 좋으련만. 전화 두 통화와 특별식 주문으로 15분쯤 숨 돌릴 수 있을 줄 알았더니, 아무래도 예상이 빗나갔나 보군. 고맙습니다, 미스 마플. 잘 마셨소, 켄들 씨."

그는 성큼성큼 걸어갔다.

팀이 말했다.

"저 사람도 안됐습니다. 나는 그를 북돋아 주기 위해 이따금 한 잔씩 대접하지요. 당신도 뭔가 들지 않겠습니까, 미스 마플. 라임 주스는 어떨까요? 괜찮으시겠지요?"

"지금은 사양하겠어요, 고마워요. 래필 씨 같은 사람을 보살피려면 정신적 피로가 굉장하겠어요. 병자는 분별없이 구는 사람이 많아서 ……."

"그뿐만이 아니지요. 많은 급료를 받고 있으니 주인의 변덕스러움을 참는 것은 당연한 일이지만요. 게다가 래필 노인은 그리 나쁜 사람이 아니지요. 그보다도 오히려——."

그는 말하다가 말았다.

미스 마플은 다음 말을 재촉하는 표정을 지었다.

"뭐라면 좋을지, 그는 사회적으로 미묘한 입장이지요. 이곳 사람들은 모두 이를테면 사이비 신사들이거든요. 그와 같은 계급의 사람은 아무도 없습니다. 어쨌든 하인보다는 위지만 여느 손님보다는 아래지요. 적어도 사람들은 그렇게 생각하고 있으니까요. 빅토리아 시대의 가정교사 같은 존재라고나 할까요. 비서인 월터즈 부인마저도 그보다 한 단계 위라고 여기고 있으니까요. 이야기가 점점 복잡해지는군요."

팀은 한숨 돌리고 나서 조용히 덧붙였다.

"이런 곳에서는 사회적인 문제가 너무 많아서 질색입니다."

그레이엄 의사가 지나갔다. 손에 책을 한 권 들고 있었다. 그는 바다가 보이는 의자에 앉았다.

미스 마플이 말했다.

"그레이엄 선생님은 뭔가 근심거리가 있으신 것 같군요."

"근심거리 없는 사람이 어디 있습니까."

"어머나, 당신도? 팰그레이브 소령님이 돌아가셨기 때문인가요?"

"그런 일은 이미 걱정하지 않습니다. 여러분들도 그 일은 잊으셨고, 여느 때의 생활로 돌아간 것 같으니까요. 그게 아니라, 제 아내 몰리 말씀입니다만, 당신은 꿈에 대해 좀 아십니까?"
미스 마플은 놀라 되물었다.
"꿈이라고요?"
"네, 악몽인 듯합니다. 물론 누구나 이따금 악몽을 꾸는 수가 있지요. 그러나 몰리는 거의 밤마다 그런 꿈을 꾸는 것 같습니다. 그래서 몰리는 무서워하고 있지요. 무슨 방법이 없을까요? 수면제를 먹으면 더 심해진다고 합니다. 차라리 잠을 못 자도록 했습니다만, 그것도 잘 안 되더군요."
"대체 어떤 꿈인데요?"
"뭔가에, 또는 누군가에게 쫓기는 꿈입니다. 그리고 언제나 누군가에게 감시당하는 꿈. 잠에서 깨어나 있을 때에도 그런 느낌을 버릴 수가 없다는군요."
"의사 선생님이라면 틀림없이——."
"그녀는 의사를 싫어합니다. 말해도 듣지 않을 겁니다. 언젠가는 그런 꿈을 꾸지 않게 되겠지요. 어쨌든 우리는 아주 행복했습니다. 나날이 무척 즐거웠지요. 그런데 요즘, 아마 팰그레이브 소령님의 죽음으로 충격을 받았나 봅니다. 그 뒤로 마치 사람이 달라진 것처럼——."
그는 몸을 일으켰다.
"오늘 하루의 일을 처리하러 가야겠습니다. 정말 라임 주스를 들지 않으시겠습니까?"
미스 마플은 머리를 저었다. 그녀는 생각에 잠겨 앉아 있었다. 얼굴이 불안으로 흐려져 있었다.
그녀는 그레이엄 의사 쪽을 흘끗 보았다. 이윽고 그녀는 어떤 일을 결심했다.
그녀는 몸을 일으켜 그의 테이블로 다가갔다.

"당신에게 사과드릴 일이 있어요."

"호?"

의사는 진심으로 놀란 표정을 지었다. 미스 마플은 그가 당겨 준 의자에 앉았다.

"나는 매우 부끄러운 일을 했어요. 당신에게 거짓말을 했답니다, 그레이엄 선생님."

그녀는 상대의 얼굴을 근심스럽게 지켜보았다. 그레이엄 의사는 기분상한 기색은 없었으나 좀 놀란 듯했다.

"정말입니까? 하지만 마음 쓰실 것 없습니다."

대체 이 할머니는 어떤 거짓말을 했다는 건가. 나이를 속이기라도 했다는 말인가? 하지만 그녀가 자기 나이를 말한 적은 없는 것 같다.

상대가 무엇인가를 털어놓고 싶어 견딜 수 없어하는 것 같으므로 그는 재촉했다.

"어쨌든 말씀을 들어 보지요."

"내 조카의 사진 이야기 기억하시겠지요? 팰그레이브 소령님에게 그 사진을 보여 드렸는데 돌려받지 못했다는 이야기."

"네, 물론 기억하고말고요. 그것을 끝내 찾지 못해서 안됐습니다."

미스 마플은 좀 머뭇거리며 낮은 목소리로 말했다.

"실은 그런 사진은 처음부터 없었어요."

"네? 뭐라고 하셨지요?"

"그런 사진은 없었어요. 그건 내가 지어낸 이야기였지요."

그레이엄 의사는 좀 불쾌한 표정을 지었다.

"지어낸 이야기? 어째서 그런 짓을?"

미스 마플은 그 까닭을 이야기했다. 쓸데없는 군더더기는 빼고 뚜렷한 까닭을 말했다. 팰그레이브 소령의 살인사건 이야기, 그 사진을 그녀에게 보여 주려다가 갑자기 당황해 했었다는 것, 그녀 자신이 불안을 느끼게 되어 그 일에 대해 누군가의 의견을 듣기로 결심했다는 것 등을 설명했다.

"당신에게 거짓말하는 것 말고는 어떤 방법으로 알아내야 할지 몰랐기 때문이었어요. 부디 언짢게 여기지 마세요."

"요컨대 소령이 당신에게 보여 주려 했던 것은 살인자의 사진이었다고 여기시는군요?"

"소령님이 그렇게 말씀하셨으니까요. 그 사진은 그분에게 살인자 이야기를 들려 준 친구로부터 받은 거라고 하셨거든요."

"그랬었군요. 그래서, 실례지만 당신은 소령의 이야기를 믿으신 거지요?"

"그때는 믿었는지 어땠는지 잘 모르겠어요. 하지만 그 다음날 소령님은 돌아가셨지요."

그레이엄 의사는 갑자기 그 말의 명백한 뜻을 깨달았다. '그 다음날 그는 죽은 것이다'…….

"그리고 사진이 없어진 거예요."

그레이엄 의사는 그녀의 얼굴을 지켜보았다. 어떻게 대답해야 할지 짐작도 가지 않았다.

그는 겨우 입을 열었다.

"실례지만 지금 말씀하신 것은 사실입니까?"

"나를 의심하시는 것도 무리가 아니에요. 내가 당신 입장이더라도 당연히 의심할 테니까요. 네, 지금 이야기한 것은 사실이에요. 증거는 아무것도 없어요. 아무튼 믿어 주지 않더라도 당신에게 말씀드려야 한다고 생각했지요."

"어째서요?"

"당신이라면 누구보다도 정보를 풍부하게 손에 넣을 수 있으리라고 여겼기 때문이에요, 만일."

"만일?"

"만일 당신이 이 일을 조사해 봐야겠다고 마음먹는다면 말예요."

제임스타운의 결정

그레이엄 의사는 제임스타운의 행정부에서 35살의 성실한 젊은 친구 대번트리와 테이블을 사이에 두고 마주앉아 있었다.

대번트리가 말했다.

"전화로는 요점을 알 수가 없었습니다, 그레이엄 씨. 아주 특별한 문제입니까?"

그레이엄 의사는 말했다.

"나도 잘 모르겠소. 하지만 걱정스러워서요."

대번트리는 상대의 얼굴을 지켜보며 이윽고 날라져 온 마실 것을 권했다. 그는 얼마 전 시도한 낚시 여행에 대해 즐겁게 이야기했다. 그리고 급사가 방에서 나가자 의자 등받이에 기대어 차분히 그레이엄을 보았다.

"그럼, 이야기를 들어 볼까요."

그레이엄 의사는 마음에 걸려 있는 문제를 모조리 털어놓았다. 대번트리는 느릿하고 길게 나직이 휘파람을 불었다.

"그랬었군요. 팰그레이브 소령의 죽음에 미심쩍은 데가 있단 말씀이지요. 이제 그것이 자연사였다고는 여길 수 없다는 거겠지요? 그의 죽음을 증명한 사람은 누구였습니까? 아마 로버트슨이었겠지요. 그는 아무 의심도 품지 않았습니까?"

"그렇소. 그는 사망 증명서를 쓸 때 욕실에서 세레나이트 알약을 발견했다는 사실에 영향을 받았으리라고 여기오. 그가 팰그레이브가 고혈압에 관해 이야기한 적 있느냐고 묻기에 나는 없었다고 대답했지요. 나는 의사로서 소령으로부터 상담 받은 적이 한 번도 없었으니까요.

그러나 소령은 호텔의 다른 사람들에게는 고혈압에 대해 이야기했던 듯하오. 모든 일이, 세레나이트 알약병이며 팰그레이브가 사람들에게 이야기한 것 등이 꼭 맞아 들어가오. 달리 의심해야 할 까닭이 아무것도 없소. 그것은 아주 자연스러운 결론이었지요. 그런데도 이제 와서 그 결론이 틀리지 않았을까 하는 기분이 드오. 만일 내가 사망 증명서를 쓰는 입장에 있었더라도 조금도 의심하지 않고 그대로 썼을 거요. 현장 상황도 그가 고혈압으로 죽었다는 것과 일치되어 있었소. 그 사진이 없어졌다는 이해할 수 없는 일만 빼면 나도 이런 일을 생각지도 않았을 거요……."

"그레이엄 씨, 솔직히 말씀드린다면 당신은 그 노부인으로부터 들은 얼마쯤 공상적인 이야기에 너무 얽매여 있는 게 아닙니까? 그처럼 나이 많은 부인이 어떤지는 당신도 아시겠지요. 그녀들은 아무것도 아닌 일을 과장해서 터무니없는 이야기를 만들어 내곤 하니까요."

그레이엄 의사는 흥미 없는 듯한 얼굴로 말했다.

"그건 알고 있소. 나도 그런 종류의 이야기일 거라고 스스로에게 타일렀을 정도요. 그러나 확신이 없었소. 그녀의 이야기는 아주 뚜렷하고 구체적이오."

"나로서는 아무리 생각해도 있을 수 있는 일 같지 않습니다. 어떤 노부인이 거기에 있을 리 없는 한 장의 사진——아니, 이야기가 혼란되어 버렸군요. 그 반대였지요?——에 관해 이야기했단 말씀이지요. 단서는 당국이 증거로 인정하고 있는 약병이 소령이 죽기 전날까지는 방에 없었다는 하녀의 말밖에 없습니다. 그것은 어느 쪽으로도 설명할 수 있지요. 예를 들어 소령은 그 약병을 늘 주머니에 넣어 가지고 다녔다고도 생각할 수 있습니다."
"확실히 그렇게 생각할 수도 있소."
"또는 하녀가 잘못 생각한 것일 뿐, 약병은 전부터 있었는데 미처 알아차리지 못했다고 여길 수도 있지요."
"확실히 그렇게도 생각할 수 있소."
"그렇다면 어떻게 됩니까?"
그레이엄 의사는 천천히 대답했다.
"그 아가씨는 확신을 가지고 있었소."
"산 트레노 사람들은 다혈질이니까요. 감정적이라고 할까요. 흥분을 잘 하는 경향이 있습니다. 그 아가씨는 당신에게 말씀드린 것 이상의 일을 알고 있으리라고 생각하십니까?"
"그럴지도 모르오."
"그렇다면 그녀로부터 알아내야지요. 공연히 떠들썩하게 만들고 싶지 않습니다. 뚜렷한 증거가 있다면 문제가 다릅니다만, 만일 소령이 고혈압으로 죽은 게 아니라면 원인은 무엇이리라고 생각하십니까?"
"이런 세상이니 여러 가지로 생각할 수 있지요."
"아무 흔적도 남지 않는 방법을 썼다고 여깁니까?"
그레이엄 의사는 비웃듯 말했다.
"누구나 비소를 신중하게 다룬다고 할 수는 없지요."
"말씀을 분명히 하십시오. 대체 무슨 말을 하고 싶으신 겁니까? 약병이 진짜와 바뀌어졌다는 겁니까? 그래서 팰그레이브 소령은 독살 당했다고 생각하시는 겁니까?"
"아니오, 그렇게는 생각하지 않소. 그 빅토리아인가 하는 아가씨는 그렇게 생각하는 듯하지만 그건 잘못이오. 소령을 손쉽게 죽이기 위해 마실 것에 독을 타는 방법을 취했을 거요. 그리고 자연사로 보이게 하기 위해 혈압 강하제 병을 그의 방에 갖다 놓고 그가 고혈압으로 고민하고 있었다는 소문을 퍼뜨린 거지요."

"소문을 퍼뜨린 것은 누구입니까?"

"그걸 알아내려고 했으나 실패했소. 실로 교묘한 수법이었소. 분명 B로부터 들은 것 같다고 A가 말합니다. 그래서 B에게 물어 보면 B는 '아니오, 나는 그런 말을 하지 않았지만 언젠가 C가 그런 말 하는 것을 들은 적이 있습니다'하고 대답합니다. 그리고 C는 몇몇 사람이 그런 말을 하더라, 그 가운데에는 A도 있었던 것 같다고 말하는 겁니다. 결국 헛돌기만 하고 있는 거지요."

"누군지 머리 좋은 녀석이 있는 셈이군요?"

"그렇소. 소령의 죽음이 알려지자마자 모두 그의 고혈압에 대한 이야기를 하기 시작했는데, 그것은 다른 사람의 말을 그대로 받아 옮기는 형태였지요."

"차라리 독을 타는 게 간단하지 않았을까요?"

"아니오, 그렇게 되면 조사받게 될 테니까요. 그리고 검시해부도 하게 되지요. 그런데 이 방법이면 의사는 의심을 품지 않고 죽음을 받아들여 사망 증명서를 쓰지요. 실제로 로버트슨이 그랬듯이."

"그럼, 나더러 어떻게 하라는 겁니까? 수사과에 가서 시체를 파내도록 하라는 겁니까? 그렇게 되면 소문이 퍼져."

"비밀리에 진행시킬 수도 있잖소."

"그럴까요? 이 산 트레노에서? 잘 생각해 보십시오! 아마 일을 시작하기도 전에 벌써 소문이 퍼질 겁니다. 하지만……."

대번트리는 탄식했다.

"무슨 수를 써야 할 필요는 있는 것 같군요. 어차피 쥐 한 마리 때문에 태산이 울리는 격일 테지만요!"

그레이엄 의사가 말했다.

"나도 그렇게 되기를 진심으로 바라고 있소."

골든 팜의 밤

1

몰리는 식당 테이블을 꾸민 장식을 몇 가지 바로잡고, 여분의 나이프를 하나 거두고, 비뚤어진 포크를 바로 놓고, 글라스 한두 개를 바꿔 놓은 다음 한 걸음 물러서서 효과를 확인하고 나서 테라스로 나갔다.

지금은 주위에 사람 그림자도 없어 그녀는 테라스 맨 끄트머리로 다가가 난간 옆에 섰다.

머지않아 다시 새로운 밤이 시작된다. 손님들이 즐겁게 이야기 나누며 술을 주고받는 명랑하고 태평스러운 밤, 그것은 그녀가 오랫동안 동경해 온 생활, 그리고 며칠 전까지는 마음껏 즐기고 있던 생활이었다.

그런데 지금은 남편 팀마저도 불안에 시달리고 있는 것 같았다. 제아무리 그일지라도 조금은 불안을 느끼는 게 당연할지 모른다. 호텔 경영이라는 이 모험을 무슨 일이 있어도 성공시켜야만 한다. 뭐니 뭐니 해도 그는 전 재산을 여기에 쏟아 넣었으니까.

그러나 그가 '정말로' 걱정하는 것은 그 일이 아니라고 몰리는 생각했다. 걱정거리는 '내' 일인 것이다. 그러나 어째서 '내' 일을 걱정할 필요가 있을까? 그가 그녀 일을 걱정하고 있는 것은 틀림없었다. 그의 여러 가지 질문. 이따금 그녀에게 던지는 신경질적인 눈길. 무엇 때문일까? 자기는 충분히 주의해 왔다고 그녀는 마음속으로 생각을 가다듬었다. 그녀 자신은 잘 알 수 없었으며, 그것이 언제쯤 시작되었는지 기억나지 않는다. 그 정체조차도 그녀에게는 분명하지 않았다.

언제부터인가 사람이 두려워지기 시작했다. 어째서 그런지도 짐작가지 않는다. 그들이 그녀에게 무엇을 할 수 있다는 건가? 대체 어째서 그녀에게 뭔가 하려고 하는가?

그녀는 고개를 끄덕이다가 움찔 놀랐다. 누군가의 손이 그녀의 팔에 와 닿았기 때문이다. 홱 돌아보니 좀 놀란 듯한 그레고리 다이슨이 미안해하는 얼굴로 서 있었다.

"미안, 미안, 놀랐소?"

몰리는 재빨리 몸을 꼿꼿이 하고 쌀쌀맞게 대답했다.

"발소리가 들리지 않았거든요, 다이슨 씨. 그러니 깜짝 놀랄 수밖에요."

"다이슨 씨라고? 오늘 밤은 몹시 깍듯하군요. 이곳 사람들은 모두 행복한 대가족이 아닌가요? 에드와 나, 러키와 이블린, 당신과 팀, 에스터 월터즈와 래필 노인. 모두 행복한 가족이오."

몰리는 생각했다.

'이 사람 꽤 취했군.'

그러나 그녀는 겉으로는 상냥한 미소를 지어 보이며 농담하듯 말했다.

"나도 때로는 위엄 있는 안주인이 되는 수가 있어요. 팀과 나는 손님을 세례명으로 부르거나 하며 너무 허물없이 대하지 않는 편이 예의에 맞다고 여기고 있거든요."

"맙소사! 그런 젠체하는 타입을 나는 좋아하지 않소. 몰리, 나와 함께 한잔하지 않겠소?"

"나중에요. 아직 일이 남아 있으니까요."

그의 팔이 그녀를 안았다.

"달아나지 마오. 당신은 미인이오, 몰리. 팀은 자신의 행운을 알고 있겠지요."

몰리는 재미있게 말했다.

"네, 내가 알도록 할 테니 걱정 마세요."
그는 은근한 눈길로 몰리를 바라보았다.
"당신에게 진정으로 사랑의 고백을 하고 싶어지는걸. 이런 걸 알면 아내가 화내겠지만."
"오늘 오후에는 수확이 있었나요?"
"그럭저럭. 우리끼리의 이야기지만, 이따금 진절머리가 나오. 새며 나비란 곧 싫증나는 것이니까. 언젠가 우리 둘만의 피크닉을 해볼 생각은 없소?"
몰리는 명랑하게 대답했다.
"생각해 볼게요. 기다려지는데요."
그녀는 나직이 웃으며 달아나 바로 돌아왔다. 팀이 말을 걸었다.
"아니, 여보, 왜 그러오? 테라스에서 누구와 함께 있었소?"
그는 밖을 내다보았다.
"그레고리 다이슨이에요."
"뭐라고?"
"나를 유혹하려고 하잖아요."
"괘씸한 녀석."
"마음 쓰지 마세요. 정작 위급해지면 찰싹 때릴 테니까요."
팀은 그녀에게 뭐라고 말하려다가 페르난도의 모습을 보자 큰소리로 지시하며 그쪽으로 걸어갔다. 몰리는 조리실에서 빠져 나와 돌층계를 밟고 바닷가로 내려갔다.
그레고리 다이슨은 가볍게 혀를 찼다. 그리고 자기네 방갈로 쪽으로 천천히 돌아가기 시작했다. 바로 가까이까지 다가갔을 때 수풀 그늘에서 어떤 목소리가 불렀다. 그는 깜짝 놀라 돌아보았다. 차츰 짙어지는 이른 저녁의 어스름 속에서 그는 한순간 눈앞에 서 있는 유령을 보았다고 생각했다.

이윽고 그는 웃었다. 얼굴 없는 도깨비로 잘못 안 것은 상대가 흰 옷을 입고 있었지만 얼굴을 새까맣기 때문이었다.

빅토리아는 숲 속에서 오솔길로 나왔다.

"다이슨 씨인가요?"

지금 막 놀란 것이 멋쩍어 그는 좀 쌀쌀맞게 말했다.

"그렇소. 무슨 일이오?"

"이것을 가져왔어요."

그녀는 한손을 내밀었다. 손바닥 위에 약병이 있었다.

"당신 것이지요?"

"맞소. 내 세레나이트 알약병이로군. 어디서 찾았소?"

"이것이 놓여 있던 곳에서요. 그 손님방에서요."

"그 손님방이라니? 대체 어느 손님 말이오?"

그녀는 엄숙하게 말했다.

"돌아가신 손님 말예요. 그분은 무덤 속에서 편안히 잠들어 있지 못할 거예요."

"어째서?"

빅토리아는 그를 뚫어지게 지켜보며 서 있었다.

"무슨 말인지 도무지 모르겠군. 이 약병을 팰그레이브 소령의 방갈로에서 찾아냈단 말이오?"

"네, 의사 선생님과 제임스타운에서 오신 분들이 돌아간 뒤 저는 욕실에 있는 것들을 모두 버리라는 분부를 받았어요. 가루 치약이며 로션 등. 그 가운데 이것도 있었지요."

"어째서 이것도 함께 버리지 않았소?"

"이것은 당신 것이니까요. 당신은 이것이 보이지 않는다고 하며 찾으셨지요. 내게 못 보았느냐고 물은 것을 잊었나요?"

"아, 그러고 보니 확실히 그런 일이 있었소. 아마 어디엔가 놓고 잊었었나 보오."

"아니오. 이것을 당신 방갈로에서 들고 나가 팰그레이브 소령님의 방갈로에 갖다 놓았어요."

그는 거친 목소리로 물었다.

"어떻게 그런 것을 아오?"

그녀는 흰 이를 드러내며 웃었다.

"알고 있어요. 보았으니까요. 누군가가 돌아가신 손님의 방에 이것을 갖다 놓았어요. 그럼, 전 틀림없이 돌려드렸어요."

"이보오, 기다리오. 그게 무슨 뜻이오? 대체 무엇을, 누구를 보았다는 거요?"

그녀는 달아나듯 어두운 숲 속으로 모습을 감췄다. 그렉은 한순간 그 뒤를 쫓으려다가 그만두었다. 그는 턱을 어루만지며 그 자리에 잠시 멈춰 서 있었다.

방갈로에서 나온 다이슨 부인이 물었다.

"왜 그래요, 그렉? 유령이라도 봤어요?"

"한순간은 그런 줄 알았소."

"누구와 이야기했지요?"

"우리 방갈로를 청소해 주는 흑인 여자였소. 빅토리아라던가?"

"무슨 일로? 당신을 유혹하려고?"

"시시한 말 하지 마오, 러키. 그녀는 이상한 생각을 하고 있는 것 같소."

"이상한 생각이라니요?"

"요전에 내가 세레나이트 알약병을 잃어버렸다고 했던 것 기억하오?"

"네, 당신이 그렇다고 말했지요."

"그렇다고 말했다니, 무슨 뜻이오?"

"어머나, 왜 그처럼 일일이 꼬투리잡지요?"
"미안하오. 누구랄 것 없이 이상한 말만 해서 말이오."
그는 약병을 든 한손을 내밀었다.
"그 여자가 이것을 돌려주었소."
"그녀가 훔쳤나요?"
"아니, 어디선가 주운 듯하오."
"그게 어쨌다는 거예요? 조금도 이상할 것 없잖아요?"
"그건 그렇소. 그저 그녀의 태도가 좀 비위에 거슬렸을 뿐이오."
"그렉, 쓸데없는 생각은 그만하고 저녁 식사 전에 한잔해요."

2

몰리는 바닷가로 내려갔다. 좀처럼 쓰인 적 없는 금방이라도 쓰러질 듯한 등의자 하나를 끌어냈다. 거기에 앉아 한동안 바다를 바라보다가 마침내 갑자기 두 손에 얼굴을 묻고 울음을 터뜨렸다. 한참 동안 흐느껴 울며 앉아 있었다.

문득 바로 옆에서 옷스치는 소리가 났으므로 얼굴을 번쩍 드니 힐링던 부인이 그녀를 내려다보고 있었다.

"어서 와요, 이블린. 발소리가 들리지 않아서. 미, 미안해요."
이블린이 물었다.
"왜 그래요, 몰리? 무언가 언짢은 일이라도 있었나요? 말해 봐요."
그녀도 의자를 끌어내어 앉았다.
"아무것도 아니에요."
"그럴 리 있겠어요. 아무것도 아닌데 이런 곳에 앉아 우는 사람이 있나요. 내게 말 못할 일인가요? 팀과 다투기라도 했나요?"
"설마."

"그렇다면 다행이에요. 당신들은 언제나 행복해 보였으니까요."

"당신들만큼은 아니에요. 팀과 나는 당신들 두 분이 결혼한 지 몇 년이나 지났는데도 그토록 행복해 보인다는 것은 정말 멋진 일이라고 여기고 있어요."

"그렇지도 않아요."

그녀의 목소리에는 가시가 돋쳐 있었으나, 몰리는 거의 그것을 알아차리지 못했다. 몰리는 말을 이었다.

"어떤 부부든 다투는 법이에요. 서로 사랑하고 있어도 역시 싸우며, 게다가 사람들 앞이든 아니든 싸울 때는 그리 개의치 않고 마구 싸우지요."

"그런 방식으로 사는 것을 좋아하는 사람도 더러 있어요. 그리 대단한 뜻은 없지요."

"그럴까요. 나는 끔찍한 일이라고 생각하는데요."

"나도 그래요, 정말은."

"하지만 당신과 에드워드를 보고 있으면."

"우리는 전혀 글렀어요, 몰리. 당신이 언제까지나 그렇게 생각하도록 내버려둘 수는 없어요. 에드워드와 나는……."

그녀는 좀 머뭇거렸다.

"사실을 가르쳐 드릴까요. 우리는 단둘이 있을 때는 지난 3년 동안 입도 열지 않은 적이 많답니다."

몰리는 상대의 얼굴을 멍하니 바라보았다.

"설마! 그런 일이…… 믿어지지 않아요."

"둘다 연기를 잘 하고 있는 거지요. 둘다 사람들 앞에서 다투거나 할 타입이 아니거든요. 게다가 어쨌든 다툴 일이 하나도 없는걸요."

"대체 어째서 그렇게 되었지요?"

"아주 흔해빠진 일이지요."
"흔해 빠진 일이라니요? 설마 다른……."
"네, 다른 여자가 얽혀 있어요. 당신도 그 여자가 누구인지 대충 짐작할 테지만."
"다이슨 부인, 러키인가요?"
이블린은 고개를 끄덕였다.
"그 두 사람이 늘 허물없이 지내는 것은 알고 있었지만, 그건 그저……."
"장난질하고 있는 줄 알았나요? 아무 특별한 까닭이 없다고 여겼나요?"
"하지만 어째서?"
몰리는 말을 끊었다가 다시 이었다.
"하지만 당신은 그, 다시 말해서, 아니에요, 이런 것 물어서는 안 되겠지요."
"무슨 말이든 물어 보세요. 나는 아무 말 하지 않고 있는 일에, 고상하고 행복한 아내인 척하는 일에 지쳐 버렸어요. 에드워드는 러키에게 흠뻑 빠져 있어요. 그는 어리석게도 그것을 내게 털어놓았답니다. 아마 그럼으로써 마음이 편해졌겠지요. 정직하고 성실한 태도. 그는 스스로 그렇게 여기고 있겠지만, 그런 일을 당한 내 기분이 편치 않다는 것을 알아차리지 못하고 있어요."
"그는 이혼을 원하나요?"
이블린은 머리를 저었다.
"우리에게는 아이들이 둘이나 있잖아요. 나도 그도 아이들을 깊이 사랑하고 있어요. 둘 다 영국의 학교에 있지만, 아이들을 위해 가정만은 파괴하고 싶지 않아요. 게다가 러키도 이혼을 바라고 있지 않아요. 그렉은 큰 부자거든요. 그의 부인이 막대한 재산을 남기고 죽었지요. 그래서 우리는 협정을 맺어 에드워드와 러키는 영원한 행복 속에서, 그렉은 전혀 알아차리지 못한 채로, 에드워드와 나는 그저 사이좋은 친구로서 살아가기로 했지요."

이블린의 말투에는 헤아릴 길 없는 괴로움이 깃들여 있었다.

"어떻게 그런 생활을 이겨낼 수 있나요?"

"어떤 일에나 익숙해지게 되는 법이에요. 하지만 이따금……."

"이따금?"

"그 여자를 죽여 버리고 싶다는 생각이 들 때가 있어요."

이블린의 싸늘한 목소리 뒤에 숨겨진 격정이 몰리를 놀라게 했다. 이블린은 말을 이었다.

"내 이야기는 그만해요. 그보다도 당신이 어째서 울고 있었는지 알고 싶어요."

몰리는 한참 동안 말이 없다가 이윽고 입을 열었다.

"나는 다만…… 내가 어떻게 되어 버린 게 아닐까 생각했어요."

"어떻게 되다니요? 그게 무슨 뜻이지요?"

몰리는 슬픈 듯이 머리를 저었다.

"나는 무서워요. 몹시 무서워요."

"무섭다니, 뭐가요?"

"모든 것이. 그것이 차츰 심해져요. 숲 속의 목소리, 발소리…… 왜, 있잖아요, 언제나 누구인가에게 감시당하고 있는 듯한 기분. 그리고 누군가가 나를 미워하고 있는 듯한 기분이 들어요."

이블린은 충격을 받았다.

"가엾어라. 언제쯤부터 그렇지요?"

"모르겠어요. 모르는 사이 조금씩 그렇게 되었어요. 게다가 그것만이 아니에요."

"또 어떤 일이 있지요?"

"스스로도 설명할 수 없는 일이, 아무것도 기억나지 않을 때가 가끔 있어요."
"일시적인 기억상실 같은 것인가요?"
"그런 것 같아요. 지금이 5시라고 해봐요. 그러면 1시 30분이나 2시쯤에 있었던 일을 하나도 기억해 낼 수 없는 적이 흔히 있어요."
"그건 당신이 잠을 잤기 때문일 테지요. 자기도 모르게 졸았겠지요."
"아녜요, 그것과는 전혀 달라요. 알아차렸을 때는 지금 막 잠에서 깨어난 느낌이 아닌걸요. 어떤 다른 장소에 있었던 것 같은 기분이라고나 할까요. 때로는 입고 있던 옷이 달라져 있으며 그동안에 무엇인가 했다. 누군가와 이야기했다고 여겨질 때조차 있어요. 그런데도 아무것도 기억나지 않아요."
이블린은 충격 받은 듯했다.
"몰리, 정말로 그렇다면 의사에게 진찰받을 필요가 있겠어요."
"싫어요! 의사 옆에조차 가기 싫은걸요."
이블린은 몰리의 얼굴을 찬찬히 바라보다가 그녀의 손을 잡았다.
"혼자 고민하고 있어 봐야 아무 소용없어요, 몰리. 대수롭지 않은 신경의 변조가 여러 가지가 있다고 하던데, 그런 것은 의사에게 보이면 곧 고쳐질 거예요."
"글쎄요. 어쩌면 정말 어딘지 몹시 나쁜 데가 있을지도 몰라요."
"어째서 그렇게 생각하지요?"
"그건……."
몰리는 말하려다가 도중에 멈췄다.
"그리 이유는 없지만요."
"당신 가족 가운데 어머니나 자매들 가운데 누구든 이리로 와줄 수 있는 사람이 없나요?"

"어머니와는 사이가 좋지 않아요. 옛날부터 그랬지요. 자매는 있어요. 모두 결혼했지만 부탁하면 아마 와주겠지요. 하지만 그렇게 하고 싶지 않아요. 팀만 곁에 있으면 돼요."

"팀은 이 일을 알고 있나요? 그에게 말했어요?"

"분명하게 말하지는 않았지만, 팀은 내 일을 걱정하여 늘 눈길을 떼지 않고 있지요. 나를 도와주고 보호하려는 것 같은데. 정말 그렇다면 내가 보호를 바라고 있는 셈이 되겠지요?"

"아마 거의 당신의 지나친 생각일 테지만, 역시 의사의 진찰을 받아야 한다고 여겨요."

"그레이엄 선생님에게? 그 선생님으로서는 어쩔 수 없을 거예요."

"섬에는 그분 말고도 의사 선생님이 계세요."

"하지만 정말 괜찮아요. 다만――아니, 이 일은 생각하지 말기로 해야겠어요. 당신 말씀대로 아마 내 지나친 생각일지도 몰라요. 어머나, 시간이 벌써 이렇게 되어 버렸어요. 식당에 가봐야지. 나는 가겠어요."

그녀는 거의 적의마저 품은 눈길을 이블린에게 던지고 재빨리 사라졌다. 이블린은 그 뒷모습을 지그시 바라보았다.

지난 죄

1

"나는 좋은 증거를 얻었어요."

"무슨 이야기요, 빅토리아?"

"좋은 증거를 얻었다니까요. 어쩌면 큰 돈이 생길지도 몰라요."

"당신 조심하는 게 좋겠소. 복잡한 일에 말려들지 않도록 하오. 내게 털어놓는 게 좋을지도 모르오."

빅토리아는 웃었다. 잘 울리는 웃음소리였다.

"잠자코 보고만 있어요. 나도 빈틈이 없으니까요. 큰 돈이 들어온단 말예요. 내 눈으로 본 것이 절반, 어림짐작이 절반이지만, 내 생각이 틀림없을 거예요."

부드럽고도 여유로운 웃음소리가 다시 한 번 어둠 속에 울려 퍼졌다.

2

"이블린……."

이블린 힐링던은 아무 관심도 없이 싸늘하게 대답했다.

"왜 그래요?"

말을 걸어 온 남편 쪽은 돌아보지도 않았다.

"이블린, 이 여행을 일단락 짓고 영국으로 돌아가는 게 어떻겠소?"

그녀는 짧게 자른 검은 머리를 빗고 있었는데, 두 손이 머리에서 획 떨어져 내렸다. 그녀는 남편 쪽으로 몸을 돌렸다.

"요컨대 당신은——하지만 온 지 얼마 안 되었잖아요. 서인도제도에 온 지 겨우 3주일밖에 안 됐어요."

"알고 있소. 하지만…… 돌아가기 싫소?"

그녀는 믿을 수 없는 얼굴로 남편의 속마음을 살폈다.

"정말 영국으로 돌아가고 싶은가요? 집으로 돌아가고 싶어요?"

"그렇소."

"러키를 남겨 두고?"

그는 좀 움찔했다.

"오래전부터 알고 있었구려, 그녀와의 일을?"

"네, 다 알고 있었어요."

"그런데도 당신은 아무 말 하지 않았군."

"무엇 때문에 하겠어요? 이미 여러 해 전에 모든 것이 끝나 있었는걸요. 다만 당신과 나는 이혼을 바라지 않았을 따름이지요. 그래서 서로 다른 길을 걸으며 사람들 앞에서는 체면을 지키기로 했잖아요. 그런데 어째서 갑자기 영국으로 돌아갈 마음이 들었지요?"

"이제 막다른 곳까지 와버렸기 때문이오. 나는 더 이상 참을 수가 없소. 이블린, 이제 틀렸소."

조용한 성품인 에드워드 힐링던은 마치 다른 사람 같았다. 두 손이 부들부들 떨리고 침착하며 냉정한 얼굴은 고통으로 일그러져 있었다.

"에드워드, 대체 왜 그러지요?"

"아무것도 아니오. 다만 이곳에서 달아나고 싶을 뿐이오."

"당신은 러키를 죽도록 사랑했어요. 그러나 그 사랑은 이미 끝났다고 당신은 말하고 싶은 건가요?"

"맞소. 당신은 아마 이 기분을 모를 테지만."

"지금 그 이야기는 하지 말아요! 나는 무엇이 당신을 이토록 괴롭히고 있는지 알고 싶은 거예요, 에드워드."

"그리 괴로워하고 있지는 않소."

"아니, 괴로워하고 있어요. 왜 그러지요?"

"모르겠소?"

"네, 모르겠어요. 좀더 알아듣기 쉬운 말로 이야기해요. 당신은 한 여자와 불장난을 했어요. 그건 흔한 일이지요. 그런데 그 정사가 끝났다, 아니면 아직 끝은 나지 않았나요? 그녀 쪽은 아직 끝나지 않았을지 모르겠군요. 그런가요? 그렉은 이 일을 알고 있나요? 전부터 이 점이 궁금했어요."

"모르겠소. 어쨌든 아무 말이 없소. 언제나 친구처럼 굴고 있으니까."

"남자란 몹시 둔감한지도 모르겠어요. 아니면 그렉은 그렉대로 다른 여자와 바람피우고 있는 건지도 모르지요!"

"그는 당신에게도 치근덕거렸겠지? 대답해 보오, 나는 다 알고 있으니까."

이블린은 덤덤하게 대답했다.

"네, 맞아요. 하지만 그는 여자만 보면 누구에게나 치근덕거리는 사람이에요. 그것이 그렉이라는 사나이지요. 그러므로 거기에 큰 뜻은 없다고 여겨요. 다만 그렉의 수컷으로서의 행동의 일부에 지나지 않아요."

"당신은 그를 좋아하오, 이블린? 나는 사실을 알고 싶소."

"그렉을? 네, 무척 좋아해요. 그는 나를 즐겁게 해주거든요. 그와는 좋은 친구 사이에요."

"그것뿐이오? 정말 그랬으면 좋겠소만."

이블린은 가시 돋친 목소리로 말했다.

"당신이 그런 것을 문제 삼을 까닭은 없을 텐데요."

"하긴 그렇게 생각하는 것도 무리가 아닐 테지만."

이블린은 창가로 다가가 베란다를 둘러보고 다시 돌아왔다.

"어째서 그토록 동요하고 있는지 말해 보세요, 에드워드."

"그건 이미 말했을 텐데."

"그런가요?"

"아마 당신은 이해하지 못하겠지만, 이런 종류의 일시적인 광기는 그것이 지나가고 난 뒤에 보면 아주 이상하게 여겨지는 법이오."

"이해하려고 애쓰는 일은 나도 할 수 있어요. 하지만 지금 마음에 걸리는 것은 러키가 당신의 목덜미를 꽉 쥐고 있는 듯이 보이는 일이에요. 그녀는 버림받은 여자가 아니에요. 날카로운 발톱을 가진 암호랑이에요. 솔직히 말해 보세요. 에드워드. 내 도움을 받고 싶다면 그 방법밖에 없어요."

에드워드는 낮은 목소리로 말했다.
"지금 곧 그녀로부터 떠나지 못한다면, 나는 그녀를 죽이겠소."
"러키를 죽인다고요? 어째서?"
"그런 짓을 하게 만들었니까……."
"그녀가 당신에게 어떤 짓을 시켰지요?"
"나는 그녀가 살인하는 것을 도와주었소."
그 말에 이어진 침묵. 이블린은 멍하니 그를 바라보았다.
"당신 자신이 지금 무슨 말을 하고 있는지 아세요?"
"알고말고. 나는 그런 줄도 모르고 살인을 도와주었소. 그녀가 어떤 물건을 사다 달라고 부탁했지. 약방에 가서. 나는 몰랐소. 그녀가 그런 약을 어디에 쓰려는 것인지 전혀 몰랐소. 그녀는 가지고 있던 처방전을 내게 베끼게 하여……."
"그건 언제 일이지요?"
"4년 전 일이었소. 우리가 마르티니크 섬에 있을 때였지. 그때 그렉 부인은……."
"그렉의 첫 부인 게일 말인가요? 요컨대 러키가 그녀를 독살했다는 건가요?"
"맞소. 그리고 내가 그 일을 도와주었지. 그 사실을 깨달았을 때……."
이블린이 그의 말을 막았다.
"당신이 진상을 깨닫자 러키는 '당신'이 처방전을 써서 약을 구입했다, 다시 말해서 당신과 그녀는 공범이라고 지적했겠군요. 그렇지요?"
"맞소. 그녀는 오히려 자비심에서 한 짓이라고 했소. 병으로 고통받고 있던 게일을 보다 못해 병고의 시달림에서 벗어나게 하는 약을 구해 달라는 부탁을 게일로부터 받았기 때문이라고 말이오."

"안락사라는 뜻인가요? 참으로 그럴듯하군요. 그래, 당신은 그것을 믿었나요?"

에드워드 힐링던은 한순간의 침묵 뒤에 대답했다.

"아니, 그 말을 그대로 받아들인 것은 아니오. 한 가닥의 의문은 있었소. 내가 그것을 받아들인 것은 그렇게 '믿고 싶었기' 때문이었지. 그 무렵 나는 러키에게 흠뻑 빠져 있었으니까."

"그 뒤 그녀가 그렉과 결혼했을 때도 당신은 여전히 그 말을 믿었나요?"

"그때는 억지로 나 자신을 납득시켰소."

"그럼, 그렉은, 그는 얼마나 알고 있나요?"

"그는 전혀 모르고 있소."

"나는 믿어지지 않아요!"

에드워드 힐링던은 갑자기 외치기 시작했다.

"이블린, 나는 달아나고 싶소! 그녀는 4년 전에 내가 한 짓을 꼬투리 잡아 아직도 내게 매달려 떠나려 하지 않고 있소. 이미 내가 사랑하고 있지 않다는 것을 잘 알면서도. 그녀를 사랑하고 있느냐고? 오히려 증오하고 있을 정도요. 그러나 나는 그녀로부터 달아날 수 없을 것 같은 기분이 드오. 4년 전에 함께 한 일이 족쇄가 되어……."

이블린은 방안을 왔다 갔다 하고 있었는데, 이윽고 멈춰 서서 그를 마주보았다.

"에드워드, 모든 문제는 당신이 우스꽝스러울 만큼 민감하고, 게다가 믿어지지 않을 만큼 암시에 걸려들기 쉽다는 거예요. 그 악마 같은 여자는 당신의 죄의식을 기화로 당신을 마음대로 조종해 왔어요. 그리고 명백한 성서의 말로 한다면 당신의 마음을 무겁게 짓누르고 있는 죄는 살인이 아니라 간음죄예요. 당신은 러키와의 정사 때문에 죄의식을 느끼고 있었지요. 그 점에 착안하여 그녀는 당신을 살인 계획의 앞잡이로 이용했고, 공범자라는 의식을 당신에게 교묘하게 심어 주었어요. 당신은 살인 공범자는 아니에요."

"이블린……."

그는 아내 쪽으로 다가갔다. 그녀는 한 걸음 물러서서 살피는 듯한 눈으로 그를 지켜보았다.

"지금 말한 것 모두 사실인가요, 에드워드? 사실이겠지요? 아니면 당신이 지어낸 이야기인가요?"

"이블린! 어째서 내가 이야기를 지어낼 필요가 있겠소?"

이블린 힐링던은 느릿하게 말했다.

"모르겠어요. 그건 아마 내가 아무도 믿을 수 없기 때문일지도 몰라요."

"이제는 모든 일을 일단락 짓고 영국으로 돌아갑시다."

"네, 그렇게 해요. 하지만 지금 당장은 안 돼요."

"어째서?"

"지금까지 대로 사는 거예요. 당분간은 이것이 중요한 점이에요. 아시겠어요, 에드워드? 우리가 이제부터 하려는 일을 러키가 알아차리지 못하도록 하는 것 말예요."

빅토리아 퇴장

그날 밤도 거의 지나 가고 있었다. 스틸 밴드도 겨우 조용해져 있었다.

팀은 테라스를 향한 식당 옆에 서 있었다. 그는 이미 손님들이 떠나 버린 테이블의 조명을 몇 개 껐다.

등 뒤에서 어떤 목소리가 말을 걸어 왔다.

"팀, 잠깐 할 이야기가 있어요."

팀 켄들은 깜짝 놀라 돌아보았다.

"아, 이블린, 무슨 일입니까?"

이블린은 주위를 둘러보았다.

"이쪽 테이블에 가서 잠깐 앉아요."

그녀는 앞장서서 테라스 맨 끝에 있는 테이블 쪽으로 걸어갔다. 그들 가까이에는 아무도 없었다.

"갑자기 말을 걸어 미안해요, 팀. 하지만 몰리 일이 걱정스러워서요."

그의 얼굴빛이 확 달라졌다. 그는 무뚝뚝한 목소리로 물었다.

"몰리가 어떻게 됐습니까?"

"그녀의 심리 상태가 그리 좋지 않은 것 같더군요. 무척 동요하고 있어요."

"요즘은 확실히 여러 가지 일에 신경과민이 되어 있는 것 같습니다."

"의사에게 진찰받는 게 좋지 않겠어요?"

"네, 나도 그렇게 생각하지만 몰리가 싫어합니다."

"어째서요?"

"네? 뭐라고 하셨지요?"

"어째서냐고 물었어요. 그녀는 어째서 의사의 진찰을 받기 싫어하지요?"

팀은 애매하게 말했다.

"그건 저, 의사를 싫어하는 사람이 있잖습니까. 다시 말하면 뭐라면 좋을까, 의사라는 말만 들어도 무서워하는 거지요."

"당신도 몰리 일이 걱정스럽지요, 팀?"

"네, 그야 좀 걱정스럽지요."

"가족 가운데 누군가 여기 와서 함께 있어 줄 사람은 없나요?"

"아닙니다. 그렇게 하면 오히려 역효과가 날 겁니다. 더욱 나빠집니다."

"무슨 사정이 있나요, 그녀의 가족 일로?"

"그저 흔히 있는 일이지요. 그녀가 너무 신경질적으로 대하고 있을 뿐입니다. 가족들과 잘 맞지 않는 거지요. 특히 어머니와의 사이가. 전부터 그랬답니다. 뭐라면 좋을까, 좀 별난 사람들이어서 몰리는 거기서 도망쳐 나온 거지요. 그러기를 잘했다고 나는 생각합니다."

이블린은 조심스럽게 말했다.

"그녀에게 들은 이야기로는 이따금 의식이 없어지는 일이 있는 듯하고, 게다가 사람을 두려워하는 것 같았어요. 피해망상이 아닌가 싶어요."

팀은 화난 듯 말했다.

"피해망상이라니요! 그런 말씀 마십시오. 그녀는 다만 신경이 좀 곤두서 있을 뿐입니다. 멀리 서인도제도까지 온통 검은 얼굴들이 잔뜩 우글거리고 있잖습니까. 서인도제도 사람이면 흑인을 기분 나쁘게 여기는 사람이 더러 있지요."

"하지만 몰리는 그렇지 않지요?"

"아닙니다. 사람이 무엇을 무서워하는지는 알 수 없는 일이지요. 고양이가 있는 방에는 무서워서 들어가지 못하는 사람도 있으니까요. 자벌레가 떨어지는 것을 보기만 해도 기절하는 사람이 있지요."

"이런 간섭은 하고 싶지 않지만, 그녀는 정신과 의사에게 진찰받는 게 좋지 않을까요?"

팀은 화를 내며 소리쳤다.

"당치도 않습니다! 그런 사람들에게 몰리를 보이다니, 안 됩니다.

나는 정신과 의사를 믿지 않습니다. 병이 더욱 악화될 뿐이지요. 그녀의 어머니도 정신과 의사 따위를 찾아가지만 않았더라도……."

"그렇다면 그녀 가족에게 그런 종류의 문제가 있었군요. 그렇지요?"

그녀는 신중히 낱말을 골랐다.

"정신적으로 불안정한 사람이 있었군요?"

"그 이야기는 하고 싶지 않습니다. 나는 그녀를 그곳에서 구해내 왔으니 그녀는 안전합니다, 절대로 안전합니다. 신경이 좀 곤두서 있을 뿐이지요. 그런 병은 유전이 아니니까요. 요즘은 누구나 모두 알고 있지요. 그런 생각은 학문적으로 부정되고 있잖습니까. 몰리는 완전히 정상입니다. 다만, 그렇습니다! 이렇게 된 것은 팰그레이브 소령이 죽었기 때문입니다."

"아, 네. 하지만 팰그레이브 소령의 죽음에는 아무 걱정할 만한 일이 없잖아요?"

"물론입니다. 그러나 누군가가 갑자기 죽는다는 것은 큰 충격이니까요."

그가 너무도 정색을 하고 말했고 또한 기가 꺾이는 것을 보고 이블린은 가엾은 마음이 들었다. 그녀는 팀의 팔에 한손을 얹고 말했다.

"당신이 모두 잘 알아서 하겠지요. 그래도 팀, 내가 도움이 된다면, 다시 말해서 나와 함께 몰리를 뉴욕으로 보낼 마음이 있다면 뉴욕이든 마이애미든 그녀가 일류 의사의 진단을 받을 수 있는 곳으로 데려다 줘도 좋아요."

"친절은 고맙지만 몰리는 괜찮습니다. 이제 곧 나아질 겁니다."

이블린은 의심스러운 듯 머리를 저었다. 그리고 느릿하게 뒤돌아서서 테라스의 선을 따라 눈길을 보냈다. 이미 대부분의 사람들이 저마다 방갈로로 돌아가 있었다.

이블린은 뭔가 잊은 게 없나 하고 자기 테이블로 돌아가다가 팀이 앗 하고 소리 지르는 것을 들었다. 팀이 테라스 끝의 돌층계를 뚫어지게 보고 있으므로 그녀도 그의 눈길을 쫓았다. 그 순간 그녀도 바짝 긴장했다.

몰리가 바닷가에서 돌층계를 올라오고 있는 참이었다. 그녀는 흐느껴 우는 듯한 숨결로 가슴을 헐떡이며 방향이 일정하지 않은 종종걸음으로 다가오고 있었다.

팀이 외쳤다.

"몰리! 왜 그러오?"

그는 몰리 쪽으로 달려갔고 이블린도 그 뒤를 따랐다. 몰리는 돌층계를 다 올라와 두 손을 뒤로 감추며 그곳에 멈춰 섰다.

그녀는 울면서 띄엄띄엄 말했다.

"그녀를 발견했어요. 저기 수풀 속에서……. 내 손을 보세요. 자, 내 손을."

그녀는 두 손을 내밀었다. 이블린은 그 손에서 거무스름한 얼룩을 보고 깜짝 놀랐다. 그것은 어슴푸레한 곳에서는 검게 보였지만 거의 붉은색임을 알 수 있었다.

팀이 외쳤다.

"무슨 일이 있었소, 몰리?"

몰리가 말했다.

"아래쪽 수풀 속에……."

그녀의 몸이 흔들거리고 있었다.

팀은 잠깐 망설인 다음 이블린을 돌아보더니 몰리를 그녀 쪽으로 가볍게 밀어붙이고 나서 돌층계를 뛰어 내려갔다.

이블린은 몰리의 어깨를 안았다.

"자, 앉아요, 몰리. 여기가 좋겠어요. 뭔가 마시는 게 좋겠어요."

몰리는 의자에 몸을 던지고 테이블 위에 포개 놓은 팔에 엎드렸다. 몰리는 더 이상 묻지 않았다. 그녀를 안정시키는 게 무엇보다도 급했다.

이블린은 상냥하게 말했다.

"아무것도 아니에요. 이제 괜찮아요."

몰리는 말했다.

"모르겠어요. 무슨 일이 일어났는지 모르겠어요. 아무것도 기억나지 않아요. 나는 나는……."

그녀는 갑자기 얼굴을 들었다.

"나는 어떻게 됐지요? 어떻게 된 거지요?"

"아무것도 아니에요. 이제 괜찮아요."

팀이 돌층계를 천천히 올라왔다. 얼굴이 핼쑥했다. 이블린이 얼굴을 들고 묻듯이 눈썹을 찌푸렸다.

그는 말했다.

"우리 고용인 가운데 한 사람입니다. 이름이 뭐였더라…… 그래, 빅토리아였지요. 누군가가 그녀를 나이프로 찔렀습니다."

취조

1

몰리는 침대에 누워 있었다. 그레이엄 의사와 경찰의 로버트슨이 침대 한쪽 옆에 서 있고 팀이 반대쪽에 서 있었다.

로버트슨이 몰리의 맥을 짚은 다음 침대 발치에 서 있는 경찰관 제복 차림의 늘씬하고 얼굴이 가무잡잡한 사나이에게 고개를 끄덕여 보였다. 산 트레노 경찰에서 나온 웨스턴 경감이다.

"간단한 질문만 해주십시오. 그 이상은 곤란합니다."

경감은 고개를 끄덕였다.

"그럼 켄들 부인, 시체를 발견했을 때의 상황을 설명해 주십시오."

한순간 침대 위의 몰리는 그 목소리를 듣고 있지 않은 것 같았다. 이윽고 그녀는 가날프고 멍한 목소리로 말하기 시작했다.

"수풀 속에 하얀……."

"뭔가 하얀 것이 보여서, 그것을 확인하려 했다는 말씀입니까?"

"네. 하얀 것이 가로놓여 있어서…… 나는 그것을 안아 일으키려고 했어요. 그랬더니 피가…… 내 손에 흥건하게 묻었어요."

그녀는 와들와들 떨기 시작했다.

그레이엄 의사가 머리를 가로저었다. 로버트슨이 나직한 목소리로 말했다.

"이 이상은 안 됩니다."

"당신은 바닷가 오솔길에서 뭘 하고 있었습니까, 켄들 부인?"

"따뜻하고 아주 상쾌한 저녁이어서……바닷가로 나가……."

"당신은 그녀가 누구인지 아셨습니까?"

"빅토리아예요. 착한 아가씨루, 잘 웃는 [illegible]아, 그 아가씨는 이제 두 번 다시 웃지 못하겠군요. 나는 잊을 수가 없어요, 결코."

그녀의 목소리가 히스테릭하게 높아졌다.

팀이 말했다.

"몰리, 침착하오!"

로버트슨이 달래듯 말했다.

"침착하십시오. 침착하십시오. 마음을 푹 놓고, 그럼, 주사를 좀——."

그는 주사기를 챙겨 넣으며 말했다.

"적어도 스물네 시간 안에 취조하는 것은 무리입니다. 기운을 되찾으면 내 편에서 연락하겠습니다."

2

잘생긴 덩치큰 흑인이 테이블을 둘러싼 사나이들을 한 사람 한 사람 바라보며 말했다.

"내가 알고 있는 것은 이것뿐입니다. 맹세코 지금 이야기한 것 말고는 아무것도 모릅니다."

사나이의 이마에는 땀이 배어나와 있었다. 대번트리는 한숨지었다. 취조의 중심인물인 산 트레노 경찰 범죄수사과 웨스턴 경감이 사나이에게 가도 좋다는 몸짓을 했다. 덩치큰 짐 에리스는 다리를 끌며 방에서 나갔다.

웨스턴이 섬사람 특유의 부드러운 목소리로 말했다.

"물론 저 녀석이 알고 있는 건 이것뿐이 아닐 겁니다. 그러나 녀석의 입에서 더 이상 알아내기는 힘들겠지요."

대번트리가 물었다.

"저 사나이는 결백하다고 여기십니까?"

"그렇게 여겨도 좋겠지요. 두 사람 사이는 괜찮았던 것 같습니다."

"결혼은 하지 않았었습니까?"

웨스턴 경감의 입가에 희미한 미소가 떠올랐다.

"네, 하지 않았지요. 이 섬에서는 정식으로 결혼하는 사람이 적습니다. 아이들에게는 세례를 받게 합니다만, 저 사나이에게도 빅토리아가 낳은 아이가 둘 있지요."

"저 사나이가 살해된 여자의 계획에 관계하고 있었다고 생각하십니까? 어떤 계획이었는지는 제쳐놓고."

"아마 관계가 없었을 겁니다. 그런 일에 손을 빌려 줄 만큼 담이 큰 사내가 아니니까요. 게다가 여자가 대수로운 것을 알고 있지 않았을지도 모릅니다."

"협박할 만큼의 자료는 가지고 있었다고 여깁니까?"

"과연 협박이라고 할 만한 것이었는지도 의심스럽습니다. 그녀가 그런 말을 알고 있는지조차도 의심스럽고요. 입막음으로 받는 돈을 모두 협박이라고 단정할 수는 없으니까요. 이곳에 묵고 있는 사람들은 대개 돈푼이나 있는 플레이보이들이니, 그들의 소행에 관해 파헤치면 여러 가지 비밀이 나올 테지요."

그의 말투에는 가시가 돋쳐 있었다.

대번트리가 말했다.

"확실히 여러 종류의 사람들이 있습니다. 여러 남자와 자고, 그 일을 비밀에 붙이기 위해 하녀에게 선물을 하는 여자도 있으니까요. 그런 것을 보통 입막음이라고 봐야겠지요."

"그렇습니다."

대번트리가 반론을 폈다.

"그러나 이것과 그것은 이야기가 다릅니다. 이것은 살인사건이니까요."

"하지만 그녀는 그리 중요하게 생각하고 있지 않았을 겁니다. 그녀는 무엇인가를 보았겠지요. 이 약병과 관계있는, 뭔가 납득할 수 없는 것을 말입니다. 이 약병은 다이슨 씨의 것인 듯합니다. 다음은 그를 만나는 게 좋을 듯싶군요."

그레고리가 언제나처럼 쾌활한 몸짓으로 방에 들어왔다.

"자, 어서 무엇이든지 물어 보십시오. 그 아가씨 일은 안됐습니다. 좋은 여자였으므로, 나도 아내도 그녀를 무척 좋아했었지요. 아마 치정 관계가 얽혀 있겠지만, 그녀는 행복해 보였고 무슨 난처한 일이 있는 것 같지는 않았는데요. 어젯밤에도 그녀에게 농담을 했지요."

"당신은 세레나이트라는 약을 복용하고 계시지요, 다이슨 씨?"

"네, 그렇습니다. 핑크빛 작은 알약이지요."

"그 약은 의사의 처방을 받고 사신 것입니까?"
"그렇습니다. 바라신다면 처방전을 보여 드리지요. 예외가 아니어서 나도 고혈압이 있답니다."
"그 사실을 아는 사람은 아주 드문 것 같더군요."
"네, 나는 내 병에 대한 것을 남에게 이야기하지 않는 주의지요. 늘 병에 대한 이야기만 하는 사람은 싫습니다."
"몇 알씩 복용하십니까?"
"두 알씩 하루 세 번입니다."
"사놓은 게 많습니까?"
"네, 병으로 반 다스쯤 가지고 있습니다. 슈트케이스에 넣어 잠가 놓았지요. 지금 복용하고 있는 것만 내놓고 말입니다."
"얼마 전 그 병을 잃어버렸다는 이야기가 있더군요."
"그렇습니다."
"그래서 이 아가씨, 빅토리아 존슨에게 병을 못 보았느냐고 물으셨다지요?"
"네, 물었습니다."
"그녀는 뭐라고 대답했습니까?"
"마지막으로 본 것은 욕실 선반 위에서였다고 하더군요. 그녀는 자세히 찾아보겠다고 대답했습니다."
"그래, 그러고 나서는?"
"얼마 뒤 약병을 가져와 잃어버렸다는 병이 아니냐고 묻더군요."
"당신은 뭐라고 대답했습니까?"
"맞다고 하며 어디서 찾았느냐고 물었어요. 그러자 그녀는 팰그레이브 소령님의 방에서 찾았다고 대답했습니다. 그래서 나는 어째서 그런 곳에 가 있었을까 하고 말했지요."
"그녀는 뭐라고 하던가요?"

"그녀는 모른다고 했습니다. 그러나……."

"그러나, 뭐지요, 다이슨 씨?"

"그녀는 내게 이야기한 것 이상으로 뭔가 알고 있는 듯한 느낌이 들었습니다. 하지만 그리 대수롭게 여기지는 않았습니다. 아까도 말했듯 약병은 그 밖에도 있었으니까요. 아마 내가 레스토랑이나 어딘가에 놓아두고 잊은 것을 무슨 까닭에서였는지 팰그레이브 소령님이 가져가셨겠지요. 내게 돌려줄 생각으로 주머니에라도 넣어 두셨는데 그대로 잊어버렸던 게 아닐까요?"

"알고 있는 일은 그것뿐입니까, 다이슨 씨?"

"그렇습니다. 도와드리지 못해서 죄송합니다. 그토록 중요한 일입니까? 어째서지요?"

웨스턴은 어깨를 으쓱했다.

"지금으로서는 모든 것이 중요합니다."

"그러나 이 일과 약이 어떤 관계가 있는지 모르겠군요. 아마 이 가엾은 여자가 찔렸을 때 내가 무엇을 하고 있었는지 알고 싶겠지요. 그것이라면 되도록 자세히 적어 두었습니다."

웨스턴은 주의 깊게 그를 보았다.

"정말입니까? 그거 참, 고맙군요."

"그렇게 하면 서로 시간이 절약될 것 같아서요."

그렉은 종이 한 장을 테이블 위로 밀어 보냈다. 웨스턴이 그것을 바라보았고, 대번트리도 의자를 당겨 웨스턴의 어깨너머로 넘겨다보았다.

잠시 사이를 두었다가 웨스턴이 말했다.

"이것이라면 한눈에 뚜렷하군요. 당신과 부인은 9시 10분전까지 방갈로에 있었으며 저녁 식사를 위해 옷을 갈아입었다. 그리고 당신은 테라스로 나가 그곳에서 드 카스페어로 부인과 함께 음료수를 마셨다. 9시 15분에 힐링던 대령 부부가 와서 함께 식당으로 갔다. 그리고 당신 기억으로는 11시 30분쯤에 잠자리에 들었다는 말씀이군요."

그렉이 말했다.

"그녀가 살해된 시각을 정확히 알고 있는 것은 아닙니다만……."

그 말에는 어딘지 그녀가 살해된 시각을 묻는 듯한 울림이 담겨 있었다. 웨스턴 경감은 그것을 알아차린 것 같지 않았다.

"켄들 부인이 시체를 발견했다지요? 큰 충격을 받았겠습니다그려."

"네, 로버트슨 선생이 진정제를 놓아 줘야 할 정도였지요."

"그때는 꽤 늦은 시각이었는데, 대부분의 사람들이 잠자리에 들어 있었겠지요?"

"그렇습니다."

"죽은 지 시간이 많이 지나 있었습니까? 켄들 부인이 시체를 발견했을 때 말씀입니다."

웨스턴이 곧 대답했다.

"죽은 시각은 아직 확실하지 않습니다."

"가엾게도 몰리가 얼마나 큰 충격을 받았겠습니까, 실은 어젯밤 나는 그녀를 보지 못했습니다. 두통이라도 나서 누워 있는 줄로만 알았지요."

"켄들 부인을 처음 보신 것은 언제였습니까?"

"이른 저녁이었습니다. 옷을 갈아입으러 돌아가기 전이었으니까요. 테이블을 꾸미고, 나이프를 가지런히 늘어놓고 있더군요."

"그랬었군요."

"그때는 활기 있어 보였습니다. 농담하기도 하며. 그녀는 멋진 여자입니다. 우리는 모두 그녀를 좋아하지요. 팀은 운좋은 사람입니다."

"정말 고마웠습니다, 다이슨 씨. 그녀가 약병을 돌려드릴 때 한 말에 대해 더 이상 기억나는 건 없습니까?"

"네……, 기억나는 것은 모두 말씀드렸습니다. 찾고 있는 것이 이 약병이냐고 내게 물었고, 팰그레이브 소령의 방에서 찾아냈다고 말했을 뿐입니다."

"누가 팰그레이브 소령의 방에 그 약병을 갖다 놓았는지에 대해 그녀는 아무 말도 하지 않았습니까?"

"그런 것 같습니다. 분명히 기억하고 있지는 않습니다만."

"덕분에 많은 참고가 됐습니다, 다이슨 씨."

그레고리는 방에서 나갔다. 웨스턴은 종이조각을 손가락 끝으로 톡톡 두드렸다.

"아주 빈틈없는 사람이군요."

"어젯밤 어디에 있었는지를 우리에게 정확히 알리려는 점 같은 데가 그렇군요."

대번트리가 물었다.

"시나치게 빈틈없는 것 같지 않습니까?"

"글쎄요, 그건 뭐라고 말할 수 없군요. 선천적으로 자신의 안전에 대해 아주 신경질적이고, 어떤 사건과도 관련 맺고 싶지 않은 사람이 있으니까요. 자기에게 아무 거리낌이 없어도 말입니다. 하긴 그럴 경우도 있을 수 있겠지만요."

"기회는 없었을까요? 밴드의 연주와 춤, 게다가 오가는 이도 많았으니 완전한 알리바이를 세울 수 있는 사람은 없을 겁니다. 모두 자리를 떴다가 다시 돌아오곤 했을 테니까요. 부인들은 화장실에 볼일이 있었을 테고, 남자들은 잠시 산책하러 갔을지도 모릅니다. 다이슨도 살짝 빠져 나갔었는지 누가 압니까. 그것은 다이슨 뿐만 아니라 누구나 할 수 있는 일이지요. 하지만 그는 밖으로 나가지 않았었다는 것을 증명하는 일에 지나치게 열심인 것 같습니다."

그는 골똘히 생각하며 다이슨의 메모를 들여다보았다.

"켄들 부인이 나이프를 가지런히 늘어놓았다고 했는데, 그는 뭔가 속셈이 있어서 일부러 그 말을 한 것 같은 느낌이 듭니다."

"당신에게는 그렇게 들렸습니까?"

대번트리는 신중히 생각하며 대답했다.

"그렇게도 생각할 수 있지요."

두 사람이 있는 방 밖에서 시끄러운 소리가 들려 왔다. 새된 목소리가 안으로 들여보내 달라고 외치고 있었다.

"할 이야기가 있단 말입니다. 저 두 사람이 있는 곳으로 데려다 주십시오."

제복 경관이 방문을 밀어 열고 말했다.

"이곳 요리사 가운데 한 사람인데, 두 분을 뵙고 싶답니다. 꼭 말씀드려야 할 것이 있다는군요."

요리사 모자를 쓴 겁먹은 듯한 표정을 한 흑인이 경관을 밀어젖히고 방안으로 들어왔다. 그 사나이는 견습 요리사로 산 트레노 토박이가 아니라 쿠바 사람이었다.

"말씀드릴 것이 있습니다. 그녀는 내 조리실을 지나갔습니다. 그때 나이프를 손에 들고 있었습니다. 나이프 말입니다. 조리실을 지나 밖으로 나갔단 말입니다, 뜰 쪽으로. 내 눈으로 봤습니다."

대번트리가 말했다.

"자, 침착하시오. 대체 누구 이야기요?"

"누구 이야기라니요. 주인 아주머니지요. 켄들 부인 말씀입니다. 나이프를 손에 들고 어둠 속으로 나갔습니다. 그것은 저녁 식사가 시작되기 전의 일이었고, '그녀는 그 뒤 돌아오지 않았습니다'."

취조 계속

1

"잠깐 할 이야기가 있는데 괜찮습니까, 켄들 씨?"

"네, 좋습니다."

팀은 자기 책상에서 얼굴을 들었다. 그는 책상의 서류를 밀어 놓고 의자를 권했다. 마음의 고통으로 얼굴이 일그러져 있었다. 그는 말을 이었다.

"취조는 잘 되어 갑니까? 뭔가 단서를 잡았습니까? 이제 이 호텔도 끝장인 듯싶습니다. 손님들은 모두 떠나려는지 비행기 편을 물어 옵니다. 겨우 사업이 성공하나 보다고 여기던 참인데요. 당신들은 도저히 모를 겁니다. 이 호텔이 저와 몰리에게 얼마나 큰 뜻을 지니고 있는지. 우리는 모든 것을 이 호텔에 걸었지요."

웨스턴 경감이 말했다.

"당신의 괴로운 시정은 이해합니다. 우리가 동정하지 않는다고 여기지 마십시오."

"빨리 이 사건이 해결되기만 하면, 그 빅토리아만, 아니, 이런 말은 하는 게 아니지. 그녀는 아주 좋은 아가씨였지요, 그 빅토리아라는 아가씨는. 하지만 틀림없이 뭔가 단순한 이유가 있었을 겁니다. 밀통이라든가 정사 같은 것이. 그래서 그녀의 남편이……."

"짐 에리스는 그녀의 남편이 아니었습니다. 게다가 이 두 사람은 아주 사이가 좋았던 것 같습니다."

팀은 다시 되풀이했다.

"빨리 이 사건이 해결되기만 하면…… 아, 미안합니다. 제게 뭔가 묻고 싶은 것이 있다고 하셨지요. 어서 물어 보십시오."

"네, 실은 어젯밤의 일입니다. 의사의 의견에 따르면 빅토리아는 오후 10시 30분에서 12시 사이에 살해되었다고 합니다. 그런데 어젯밤 같은 상황에서는 알리바이를 입증하기가 그리 쉽지 않습니다. 모두들 이리저리 돌아다니고 춤을 추었으며, 테라스에서 떠나 산책도 했고 다시 돌아오기도 했으니까요. 그래서 알리바이를 증명하기가 매우 어렵습니다."

"그럴 테지요. 그러니까 빅토리아는 우리 호텔 숙박객 가운데 누군가에게 살해되었다고 여기시는군요?"

"그 가능성을 검토해 볼 필요가 있습니다, 켄들 씨. 그런데 특히 당신에게 묻고 싶은 것은 댁의 요리사 한 사람이 한 말에 대해서입니다."

"허, 어느 요리사입니까? 그가 뭐라고 했습니까?"

"그는 쿠바 사람이라고 하더군요."

"우리 호텔에서는 쿠바 사람 둘, 그리고 푸에르토리코 사람이 하나 있습니다."

"이 엔리코라는 요리사는 당신 아내가 식당에서 조리실을 지나 뜰로 나갔는데, 그때 손에 나이프를 들고 있었다고 말했습니다."

팀은 멍한 얼굴로 상대를 바라보았다.

"몰리가 나이프를 가지고 있었다고요? 어째서 그런 것을 가지고 있었을까요? 다시 말해서, 그──설마 당신은──대체 무슨 말을 하고 싶으신 겁니까?"

"그것은 사람들이 식당에 모여들기 전의 일입니다. 아마 8시 30분쯤이었겠지요. 그때쯤 당신은 식당에서 급사장 페르난도와 이야기하고 있었을 겁니다."

팀은 문득 생각난 듯 말했다.

"네, 맞습니다. 기억납니다."

"그래, 부인은 테라스에서 들어오셨습니까?"

"그렇습니다. 그녀는 늘 테이블을 점검하지요. 이따금 급사들이 식기를 잘못 놓거나 나이프며 포크를 잊기 때문입니다. 어젯밤에도 그랬겠지요. 나이프며 무엇인가를 다시 놓고 있었을 겁니다. 손에 들고 있었던 것은 여분의 나이프나 스푼이었을 테지요."

"부인은 테라스에서 식당으로 들어왔는데, 그때 당신에게 말을 걸었습니까?"

"네, 두세 마디 주고받았습니다."

"뭐라고 하셨습니까? 기억납니까?"

"저는 누구와 이야기하고 있었느냐고 물었던 것 같습니다. 테라스에서 그녀의 말소리가 들렸었거든요."

"누구와 이야기 나누었던가요?"

"그레고리 다이슨입니다."

"네, 그도 그렇게 말하더군요."

팀은 말을 이었다.

"그는 몰리에게 치근덕거렸지요. 그런 버릇이 있는 사나이거든요. 저는 그 말을 듣고 화가 나서 그 녀석 혼내 줘야겠다고 했더니, 몰리는 웃으며 그럴 필요가 있을 때에는 따끔한 맛을 보여 줄 테니 걱정 말라더군요. 몰리는 그런 일에 관해서는 아주 현명한 여자입니다. 아시다시피 언제나 편한 입장에 있는 것은 아니니까요. 손님을 화나게 할 수 없으니까 몰리 같은 매력적인 여자는 적당히 받아넘겨야 합니다. 그레고리 다이슨은 미인을 보면 가만히 있지 못하는 남자지요."

"두 사람이 말다툼 같은 건 하지 않았을까요?"

"네, 하지 않았을 겁니다. 그녀는 언제나처럼 웃어넘겼을 테니까요."

"부인이 나이프를 들고 있었는지 어떤지 당신은 확실히 모르십니까?"

"잘 생각나지 않습니다. 거의 확실하게 가지고 있지 않았다고 생각합니다만."

"하지만 당신은 지금 막……."

"아시겠습니까? 만일 몰리가 식당이나 조리실에 있었다면 거기에 있던 나이프를 집거나 또는 처음부터 가지고 있었다고 얼마든지 생각할 수 있다는 뜻입니다. 실은 저는 분명하게 기억하고 있지만, 그녀는 손에 아무것도 들고 있지 않았습니다. 이건 잘라 말할 수 있습니다."

"네, 잘 알았습니다."

팀은 불안한 듯이 웨스턴을 보았다.

"대체 당신의 목적은 무엇입니까? 그 바보 같은 엔리코가, 아니면 마누엘이 뭐라고 하던가요?"

"부인이 조리실로 들어왔을 때 손에 나이프를 들고 있었으며 몹시 흥분해 있었다고 합니다."

"그건 그 녀석이 지어낸 이야기입니다."

"저녁 식사 때, 또는 그 뒤로 부인과 이야기 나누신 적이 있습니까?"

"아니오, 하지 않은 것 같습니다. 저도 바빴거든요."

"부인은 식사 시간 동안 식당에 있었습니까?"

"그렇습니다. 우리는 언제나 손님들 주변을 돌아다닙니다. 여러분이 만족해 하는지 알아보기 위해."

"부인에게 말을 걸었습니까?"

"아니오, 걸지 않았다고 생각합니다…… 대체로 늘 바빠서요. 서로 상대가 무엇을 하고 있는지 알아차리지 못하고, 물론 이야기도 주고받을 틈이 없습니다."

"그러니까 세 시간 뒤 부인이 시체를 발견하고 돌층계를 올라올 때까지 말을 나눈 일이 없군요?"

"몰리는 심한 충격을 받아서 몹시 흥분하고 있었습니다."

"알만합니다. 얼마나 끔찍했겠습니까. 그런데 부인은 어째서 바닷가 길을 걷고 있었습니까?"

"저녁 식사 서비스로 신경을 많이 쓰므로 그 뒤로는 흔히 기분 전환을 위해 바닷가로 내려갑니다. 잠시 손님 곁을 떠나 한숨 돌리는 거지요."

"부인이 돌아왔을 때 당신은 힐링던 부인과 이야기하고 있었다지요?"

"그렇습니다. 다른 사람들은 거의 잠자리에 들어 있었지요."

"힐링던 부인과 어떤 이야기를 나누었습니까?"

"특별한 이야기는 아무것도, 어째서 그런 것을 묻지요? 그녀가 뭐라고 하던가요?"

"지금으로서는 아직 아무것도. 아직 힐링던 부인에게는 묻지 않았으니까요."

"이것저것 두서없이 이야기했습니다. 몰리에 대해, 호텔 경영에 대해서 말입니다."

"그때 부인이 테라스의 돌층계를 올라와 사건을 알렸군요."

"그렇습니다."

"부인의 손에 피가 묻어 있었습니까?"

"물론입니다! 어떻게 된 일인지도 모르고 빅토리아를 안아 일으키려 했으니까요. 물론 두 손에 피가 흠뻑 묻어 있었습니다. 대체 당신은 무슨 말을 하고 싶으신 겁니까? 분명히 말해 보십시오."

대번트리가 말했다.

"자, 침착하십시오. 당신의 괴로운 입장은 잘 알지만, 우리로서는 사실을 분명히 해야 할 필요가 있으니까요. 요즘 부인의 건강이 좋지 않으셨다지요?"

"당치도 않습니다. 몰리는 팔팔합니다. 팰그레이브 소령이 갑작스럽게 돌아가셔서 좀 흥분했지만, 그렇게 된 것도 무리가 아니지요. 그녀는 감수성이 예민하니까요."

웨스턴이 말했다.

"부인이 기운을 되찾으면 두세 가지 물을 것이 있습니다만."

"어쨌든 지금은 곤란합니다. 의사가 진정제를 주면서 당분간 안정시키라고 했습니다. 그녀를 놀라게 하거나 겁주지 마십시오."

웨스턴이 말했다.

"설마 겁주기야 하겠습니까. 다만 사실을 분명히 하고 싶을 뿐이지요. 지금 당장은 방해하지 않겠지만 의사의 허가가 내리는 대로 곧 부인을 찾아뵙겠습니다."

말투는 정중했으나 옴짝달싹 못하게 하는 울림이 있었다.

팀은 상대의 얼굴을 보며 뭐라고 말하려다가 결국 그만두었다.

2

이블린 힐링던은 언제나처럼 침착하게 지시받은 의자에 앉았다. 그녀는 자기에게 던져진 몇 가지 물음을 시간을 충분히 두고 생각했다. 총명한 검은 눈이 경계하는 듯이 웨스턴을 보고 있었다.

"그래요. 테라스에서 켄들 씨와 이야기하고 있을 때 그녀가 돌층계를 올라와 살인에 대한 것을 알려 주었어요."

"힐링던 씨는 그 자리에 있지 않았습니까?"

"네, 그는 이미 잠자리에 들어 있었어요."

"켄들 씨와 이야기할 특별한 일이라도 있었습니까?"

이블린은 눈썹연필로 그린 가느다란 눈썹을 치켜 올렸다. 그것은 틀림없는 비난의 표정이었다. 그녀는 쌀쌀맞게 말했다.

"이상한 질문이군요. 아니오, 이렇다 할 특별한 화제는 없었어요."
"그의 부인의 건강이 화제에 올랐습니까?"
이블린은 다시금 시간을 들여 신중히 생각했다.
이윽고 그녀는 대답했다.
"잘 기억나지 않아요."
"확실합니까?"
"확실하냐고요? 기억나지 않는다는 것 말인가요? 정말 이상한 질문을 하시는군요. 그때그때마다 화제는 여러 가지가 있지요."
"켄들 부인은 요즘 건강이 좋지 않다지요?"
"아니오, 아주 건강해 보이던데요. 그야 좀 피곤하겠지요. 호텔 경영에는 여러 가지로 신경 쓸 일이 많은 데다 그녀는 아직 경험이 적으니까요. 이따금 혼란을 일으키는 것도 무리가 아닐 거예요."
웨스턴은 되풀이했다.
"혼란을 일으킨다, 어젯밤의 켄들 부인이 그런 상태였다는 말씀이군요?"
"낡아빠진 말일지 모르지만, 우리가 마구 쓰고 있는 새로운 말에 조금도 뒤지지 않는 표현이지요. 정말 요즘은 짜증만 부려도 '바이러스 감염', 일상생활의 자질구레한 걱정거리는 '노이로제'로 처리해 버리니까요."
그녀의 미소는 웨스턴에게 좀 무시당한 듯한 느낌이 들게 했다. 이블린 힐링던은 아주 머리 좋은 여자인 듯하다고 그는 스스로에게 타일렀다. 그는 표정 하나 바꾸지 않는 대번트리의 얼굴을 바라보며 대체 이 사람은 어떻게 여기고 있을까 생각했다.
웨스턴이 말했다.
"협조해 주셔서 고맙습니다. 힐링던 부인."

3

"당신을 괴롭혀 드리고 싶지 않습니다만, 켄들 부인, 그러나 시체를 발견했을 때의 상황을 설명해 주셔야만 하겠습니다. 그레이엄 선생님은 당신이 이야기해도 괜찮다고 하셨습니다."

몰리는 신경질적인 미소를 떠올렸다.

"네, 나는 이제 괜찮아요. 단순한 충격이었으니까요, 끔찍한 사건이었어요."

"부인 심정은 짐작합니다. 당신은 저녁 식사 뒤에 산책 나가셨었다지요?"

"네, 자주 나가요."

그녀의 눈이 침착치 못하게 움직이고 두 손의 손가락이 서로 얽혔다 풀렸다 하고 있음을 대번트리는 알아차렸다.

웨스턴이 물었다.

"그것은 몇 시쯤이었습니까, 켄들 부인?"

"글쎄요, 잘 모르겠어요. 시간을 보면서 산책하는 일은 드무니까요."

"스틸 밴드 연주가 아직 계속되고 있었습니까?"

"네, 그랬던 것 같아요. 확실히 기억하지는 못하지만요."

"그래, 당신은 어느 쪽으로 걸어갔습니까?"

"바닷가 오솔길을 따라 걸어갔어요."

"왼쪽으로 갔습니까, 오른쪽으로 갔습니까?"

"글쎄요, 처음에 어느 쪽으로인지 갔다가 반대쪽으로 돌아왔는데, 어느 쪽이 먼저였는지는 모르겠어요."

"어째서 그것을 기억하지 못하시지요?"

그녀는 눈썹을 찌푸렸다.

"아마 생각에 잠겨 있었기 때문일 거예요."

"뭔가 특별한 일이라도?"

"아니오, 특별한 일은 아무것도. 호텔 일이지요."

그녀는 안절부절못하며 손가락을 구부렸다 폈다 했다.

"그러다가…… 뭔가 하얀 것이 하비스커스 덤불 속에서 보였어요. 나는 무엇일까 생각하며 걸음을 멈추고 당겨 보니……."

그녀는 침을 꿀꺽 삼켰다.

"그것은 그녀 빅토리아였어요. 몸을 구부리고 있어서……내가 얼굴을 쳐들려고 했는데, 피가……두 손에 흠뻑……."

그녀는 두 손을 들여다보며 뭔가 참기 어려운 것이라도 생각난 듯이 되풀이했다.

"피가……두 손에 흠뻑……."

"그랬겠지요. 얼마나 놀라셨겠습니까. 그 부분은 이야기하지 않아도 좋습니다. 시체를 발견한 것은 산책을 시작한 지 얼마나 지난 뒤였습니까?"

"글쎄요, 모르겠어요."

"한 시간? 30분? 아니면 30분이 넘었을까요?"

몰리는 되풀이했다.

"모르겠어요."

대번트리는 조용한 목소리로 아무렇지도 않게 물었다.

"산책하실 때 나이프를 가지고 있었습니까?"

몰리는 놀라며 되물었다.

"나이프라고요? 어째서 나이프를?"

"요리사 한 사람이 말하더군요. 당신이 조리실에서 뜰로 나갈 때 손에 나이프를 들고 있었다고요."

몰리는 눈살을 찌푸렸다.

"하지만 나는 조리실에서 나가지 않았는걸요. 아, 당신은 좀 더 일찍 저녁 식사 전의 일을 말씀하시는 거로군요.”

“당신은 테이블의 은그릇을 바로잡아 놓았을 텐데요.”

“이따금 그럴 필요가 있어요. 고용인들에게만 맡겨 두면 흔히 나이프가 모자라거나 너무 많기 때문이지요. 게다가 포크며 스푼의 수도 틀리고…….”

“어젯밤도 그랬습니까?”

“그랬을지도 모르지요. 그런 일은 무의식중에 해서 일일이 생각하지 않아요. 그러므로 기억 못해요.”

“그렇다면 어젯밤 당신은 손에 나이프를 들고 조리실에서 나갔을지도 모르겠군요.”

“그런 일은 없었다고 여겨요. 절대로 없었을 거예요. 팀이 거기 있었어요. 팀이라면 알고 있을 거예요. 그에게 물어 보세요.”

웨스턴이 물었다.

“당신은 그 아가씨, 빅토리아가 마음에 들었었습니까? 그녀는 일을 열심히 했습니까?”

“네, 빅토리아는 아주 착한 아가씨였어요.”

“그녀와 말다툼한 일은 없었습니까?”

“말다툼이오? 네, 없었어요.”

“그녀가 당신을 협박한 일도 없었겠지요?”

“협박이라고요? 그게 무슨 뜻이지요?”

“아니오, 없었다면 됐습니다. 누가 그녀를 죽였는지 전혀 짐작가는 바가 없습니까?”

그녀는 딱 잘라 말했다.

“없어요.”

그는 미소지으며 말했다.

“이제 됐습니다, 켄들 부인. 어떻습니까? 그리 피곤하지 않지요?"

"이제 다 됐나요?"

"지금으로서는."

대번트리가 일어서서 문을 열어 주고 그녀가 나가는 것을 지켜보았다. 그는 의자로 돌아오며 그녀의 말을 되풀이했다.

"'팀이라면 알고 있을 거예요'라고……. 그 팀은 그녀가 나이프를 가지고 있지 않다고 잘라 말했지요."

웨스턴이 엄숙한 목소리로 말했다.

"이럴 경우 어떤 남편이든 그렇게 대답하는 게 좋다고 느끼지 않을까요?"

"그러나 과연 테이블 나이프로 사람을 죽일 수 있겠습니까?"

"그러나 이 경우는 스테이크 나이프입니다. 대번트리 씨. 어젯밤의 식단은 스테이크였지요. 스테이크 나이프의 칼날은 날카로우니까요."

"지금 우리와 이야기 나눈 저 여자가 손을 피투성이로 만든 살인범이라고는 아무래도 생각할 수가 없는데요, 웨스턴 씨."

"아직은 그렇게 생각할 필요가 없습니다. 켄들 부인은 식사 전 테이블에서 들고 온 여분의 나이프를 손에 들고 뜰로 나갔을지도 모릅니다. 그녀는 그것을 손에 들고 있다는 것조차 깨닫지 못했을지 모르며, 그것을 어디에 놓았거나 또는 떨어뜨렸을지도 모릅니다. 누군가가 그것을 주워 흉기로 썼을 가능성도 있지요. 실은 나도 그녀가 살인을 했으리라고는 생각할 수 없습니다."

대번트리는 신중하게 말했다.

"그건 그렇고, 그녀는 자기가 알고 있는 것을 모두 이야기하지 않은 게 틀림없습니다. 시간이 정확하지 않은 점이 이상하며 어디서 무엇을 하고 있었는가 하는 점도, 지금으로서는 어젯밤 식당에서 그녀를 본 사람은 없는 것 같습니다."

"남편 쪽은 여느 때와 그리 다를 바 없었으나 아내 쪽은 그렇지 않았다……."

"그녀가 누군가를, 빅토리아 존슨을 만나러 갔었다고 여깁니까?"

"그랬을지도 모릅니다. 또는 빅토리아를 만나러 간 사람을 확인하기 위해 갔을지도 모르지요."

"그레고리 다이슨 말이군요?"

"그가 그전에 빅토리아와 이야기한 것은 알고 있습니다. 어쩌면 나중에 다시 만날 약속을 했을지도 모르지요. 누구나 테라스에서 마음대로 다녔을 테니까요. 춤을 추고, 바 안팎에서 술도 마시며——."

대번트리가 비웃듯 말했다.

"강철 같은 알리바이는 아무도 없는 셈이군요."

당신이 막아야 해요

그 고상한 노부인이 방갈로 발코니에 서서 무언가 골똘히 생각하고 있는 모습을 본 사람이 있다 해도 그녀의 마음을 차지하고 있는 게 그날의 계획——크리프 성을 향한 원정이나 제임스타운 방문, 펠리컨 곶으로의 즐거운 드라이브와 점심 식사, 또는 그저 바닷가로 나가 조용한 오후를 보낼 계획——이외의 다른 무엇이라고는 짐작도 못했으리라.

그런데 이 고상한 노부인은 전혀 다른 일을 생각하고 있었다. 그녀는 아주 호전적인 기분에 젖어 있었던 것이다. 그러나 대체 이 사실을 누구에게 납득시킬 수 있겠는가? 시간만 있다면 혼자 힘으로 찾아낼 수 있으리라고 그녀는 생각하고 있었다.

그녀는 여러 가지 일을 발견했다. 그러나 그것으로는 아직 충분하지 못하다. 충분한 것과는 거리가 멀었다. 그런데 시간은 이제 얼마 남지 않은 것이다. 이 섬의 낙원에는 여느 때와 달리 자기편이 하나도 없음을 그녀는 안타깝게도 인정하지 않을 수 없었다.

그녀는 영국인 친구들이 그리웠다. 언제나 열심히 귀 기울여주는 헨리 클리더링 경, 런던 경시청에서 승진했어도 아직 미스 마플이 어떤 의견을 말하면 소홀히 듣지 않는 헨리 경의 손자 더못 클래독.

그러나 저 부드러운 목소리로 말하는 섬의 경감은 과연 이 노파가 역설하는 일에 귀 기울여 줄까? 그레이엄 의사는?

그러나 그레이엄 의사는 그녀가 필요로 하는 인물이 아니다. 너무도 예절바르고 우유부단하여 아무리 생각해도 재빠른 결단과 민첩한 행동을 할 사람으로 여겨지지 않았다. 미스 마플은 신의 천한 대리인이라도 된 듯한 기분으로 거의 목소리를 내어서 지금의 심경을 성서의 말로 표현했다.

누가 나를 위해 가야 하는가?

나는 누구를 보낼 것인가?

한순간 뒤에서 들려 온 목소리를 그녀가 기도에 대한 답변으로 곧 인정한 것은 아니었다. 그것은 그녀의 마음 한구석에 개라도 부르고 있는 사나이의 목소리로서 새겨졌을 뿐이었다.

"이보시오!"

어찌할 바를 몰라 하는 미스 마플은 그 목소리에 주의를 기울일 여유가 없었다.

"이보시오!"

목소리가 한층 더 커졌으므로 그녀는 멍하니 그쪽을 보았다.

"이보시오!"

래필 씨는 안타까운 듯이 외치고 덧붙였다.

"이보시오! 당신."

처음에 미스 마플은 래필 씨의 "이보시오, 당신"이 설마 자기를 가리키고 있는 줄은 몰랐다. 다른 사람으로부터 그런 식으로 불린 경험이 없었기 때문이다.

그것은 아무리 생각해도 신사적인 말투가 아니었다. 그러나 미스 마플은 화내지 않았다. 사람들은 래필 씨의 어딘지 변덕스러운 점에 대해 좀처럼 화내는 일이 없었기 때문이다. 그는 그 자신이 법이었으며 사람들도 그를 그러한 존재로서 인정하고 있었던 것이다.

미스 마플은 자기 방갈로와 그의 방갈로 사이의 공간으로 눈짓을 보냈다. 래필 씨는 발코니의 의자에 앉아 그녀를 손짓해 부르고 있었다.

그녀는 물었다.

"나를 부르셨나요?"

래필 씨가 대답했다.

"물론 당신이지요. 다른 누구를 불렀으리라고 생각했소, 고양이? 이리 좀 오시오."

미스 마플은 핸드백을 찾아 손에 들고 래필 씨의 방갈로 쪽으로 걸어갔다.

래필 씨는 설명했다.

"나는 누군가의 도움을 받지 않으면 그쪽으로 못 가오. 그러니 당신이 와줘야 하지 않겠소?"

"그렇군요. 그런 것은 염려 마세요."

래필 씨는 옆 의자를 가리켰다.

"좀 앉으시오. 당신에게 할 이야기가 있으니까요. 이 섬에서는 지금 묘한 일이 일어나고 있소."

미스 마플은 지시받은 의자에 앉으며 맞장구쳤다.

"정말이에요."

습관이란 무서운 것이어서 그녀는 저도 모르게 뜨개질 주머니에서 뜨개질감을 꺼내고 있었다.

"뜨개질은 그만두시오. 나는 그것을 참을 수가 없소. 여자의 뜨개질은 아주 질색이오. 사람을 초조하게 만든다오."

미스 마플은 뜨개질감을 주머니에 집어넣었다. 그것은 필요 이상으로 유순한 태도라기보다 오히려 까다로운 병자에 대한 너그러움으로 가득 찬 태도였다.

"말들이 많은 듯한데, 틀림없이 당신과 그 신부와 신부의 누이가 가장 심할 테지요."

미스 마플은 기세있게 말했다.

"말이 많은 것은 당연할지도 모르지요. 일이 되어가는 형편으로 보아서 말예요."

"섬 여자가 나이프에 찔린 채 수풀 속에서 시체로 발견되었다는 그저 흔해빠진 사건일지도 모르오. 함께 살던 남자가 다른 남자를 질투해서 그랬을지도 모르고, 또는 남자가 다른 여자와 가까이 지내는 걸 보고 여자가 질투하다가 두 사람이 다투었을지도 모르오. 열대의 치정 사건. 이런 것일지도 모르지요. 당신은 어떻게 생각하오?"

미스 마플은 고개를 저었다.

"그렇지 않아요."

"경찰도 그렇게 생각하고 있지 않은 듯하오."

"경찰은 나보다 당신에게 많은 것을 알려 드렸겠지요."

"그런데도 당신이 나보다 많이 알고 있을 것이오. 당신은 여러 가지 소문을 들었을 테니까요."

"그건 그래요."

"잡담에 귀 기울이는 것 말고는 그리 할 일도 없겠지요?"

"잡담도 많이 들으면 도움이 된답니다."
래필 씨는 그녀에게 주의 깊은 눈길을 보냈다.
"솔직히 말해서 나는 당신이라는 사람을 잘못 보고 있었소. 사람 보는 눈이 틀림없다고 자부하고 있었는데 말이오. 당신은 내가 생각했던 것 이상으로 야무진 것 같소. 팰그레이브 소령과 그가 이야기한 것에 관해 여러 가지 소문이 나돌고 있소. 소령이 살해되었으리라고 여기오?"
"그렇지 않을까 하고 나는 생각해요."
"실은 그렇다고 하오."
미스 마플은 놀랐다.
"아주 확실하게 말씀하시는군요."
"그렇소. 살해된 것이 틀림없소. 나는 대번트리로부터 들었소. 어차피 검시 결과가 공표될 테니 비밀을 폭로하는 것은 아니오. 당신이 그레이엄에게 무슨 말인가 했고, 그레이엄은 대번트리를 만났으며, 대번트리는 행정관에게 가서 그 이야기를 했다더군요. 범죄수사과에 연락이 가자 거기서 모두들 아무래도 이상하다고 여겨 팰그레이브 소령의 무덤을 파헤쳤다고 하오."
미스 마플은 다음 말을 재촉했다.
"소령은 의사들이나 온전한 이름을 알만한 독약을 먹은 듯하오. 나도 잘 기억하지 못하겠는데 다이프롤, 헥서거널 에시르 카벤졸인가 뭔가 하는 약이라더군요. 물론 이것이 옳은 이름은 아니지만 대체로 그런 어감의 이름이었소.

경찰의는 독의 정체를 알리고 싶지 않아 일부러 그런 어려운 말을 쓴 것 같소. 자기들끼리는 에비판이니 베로날이니 이스튼즈 시럽이니 하는 간단하고 쉬운 이름으로 부르고 있을 테지요. 즉 정식 명칭을 써서 여느 사람들에게 연막을 치자는 속셈이겠지요.

그것을 상당량 마시면 죽는데, 술을 많이 마셨거나 밤놀이를 지나치게 해서 고혈압이 악화됐을 때와 똑같은 증상이 나타난다고 하오. 사실 죽었을 때는 전혀 이상이 없었으므로 아무도 의문을 품지 않았지요. 안됐다고 여겼을 뿐 서둘러 묻어 버렸는데, 지금 와서는 소령이 과연 고혈압이었는지 어떤지는 뚜렷하지 않게 되고 말았소. 그는 자신이 고혈압이라고 당신에게 말했었소?"

"아니오."

"그랬겠지요! 그런데도 누구나 그것을 명백한 사실로 받아들였던 것 같소."

"아마 소령님이 누군가에게 말씀하셨겠지요."

"그건 유령을 보았다는 이야기와 똑같소. 자기 눈으로 유령을 보았다는 사람은 만난 적이 없지요. 모두 아주머니의 육촌이나 친구나 친구의 친구로부터 들었다는 식이지요. 아무튼 그 이야기는 잠시 제쳐 두기로 합시다.

사람들은 소령이 고혈압으로 고민했었다고 생각했지요. 소령의 방에서 혈압을 낮추는 약병이 발견되었으니까요. 그러나——여기가 중요한 점인데——살해된 여자는, 누군가가 그 약병을 소령의 방에 갖다 놓았으며 '본디'는 그렉이라는 사람의 것이었다고 떠벌리고 다닌 듯하오."

"다이슨 씨는 혈압이 높다더군요. 그의 부인이 그렇게 말했어요."

"요컨대 팰그레이브는 고혈압으로 고민하고 있었다, 그리고 그의 죽음이 자연사로 보이도록 하기 위해 그 약병을 누군가가 그의 방에 갖다 놓았다는 이야기지요."

"맞아요. 그리고 소령님이 고혈압에 대해 사람들에게 이야기하고 다녔다는 소문이 아주 교묘하게 퍼져 있어요. 하지만 소문을 퍼뜨리기란 아주 쉬운 일이지요. 그런 일쯤 누워서 떡먹기예요. 나는 지금까지 그런 예를 여러 번 보았어요."
"그렇고말고요."
"여기저기서 수군거리면 충분해요. 자기가 직접 들은 게 아니라 B 부인이 C대령으로부터 들은 얘기를 내게 이야기해 준 바에 따르면 하는 식으로 속삭이는 거지요. 언제나 남에게서 들은 것을 그대로 전한다는 식으로 해두면 본디 소문이 난 곳을 찾아내기가 매우 어려워지니까요. 아주 간단해요. 그렇게 해두면 당신으로부터 이야기를 들은 사람은 마치 자기가 알고 있었던 것 같은 얼굴로 잇달아 소문을 퍼뜨려 주지요."
래필 씨가 생각에 잠겨 말했다.
"누구인지 머리 좋은 녀석이 있었던 듯하오."
"네, 아주 머리 좋은 사람이 있었어요."
"살해된 여자는 무엇을 보았거나 알고 있었으며, 아마 누군가를 협박하려 했겠지요."
"협박 같은 건 할 생각이 없었을지도 몰라요. 이런 큰 호텔에서는 일부 손님이 사람들에게 알리고 싶어 하지 않는 일을 하녀가 알고 있는 일이 흔하니까요. 그럴 때 손님은 팁을 좀 많이 주거나 돈을 꽤 듬뿍 주는 법이지요. 그녀도 처음에는 자기가 알고 있는 일의 중요성을 깨닫지 못했을지 몰라요."
래필 씨는 무서운 듯 말했다.
"하지만 그녀는 실제로 등에 칼침을 맞고 죽었소."
"네, 그녀가 떠벌리면 난처하게 되는 사람이 있던 모양이지요."
"어떻소. 당신 의견을 좀 듣고 싶은데요."
미스 마플은 상대의 얼굴을 신중하게 바라보았다.
"어째서 당신보다 내가 더 많이 알고 있다고 여기시지요, 래필 씨?"

"내가 잘못 생각하고 있을지도 모르겠소. 아무튼 나는 당신이 알고 있는 것에 대한 당신의 의견을 듣고 싶소."

"어째서지요?"

"이곳에서는 돈벌이 말고는 그리 할 일이 없기 때문이오."

미스 마플은 좀 놀란 표정을 떠올렸다.

"돈벌이라고요? 여기서 말인가요?"

"그럴 마음만 있으면 암호 전보 반 다스쯤 날마다라도 칠 수 있소. 나는 그것을 즐기고 있지요."

미스 마플은 마치 외국어라도 입에 올리는 어조로 의심스러운 듯 물었다.

"주식 매매인가요?"

"그렇다고 할 수 있겠지요. 다른 사람과의 지혜겨루기요. 다만 문제는 그것만으로는 대수로운 소일거리가 안 된다는 거요. 그래서 나는 이 문제에 흥미를 갖게 되었소.

이것은 내 호기심을 자극했소. 팰그레이브 소령은 당신과 자주 이야기하는 것 같더군요. 아마 다른 사람들은 상대해 주지 않았기 때문이겠지요. 그는 당신에게 어떤 이야기를 했소?"

"여러 가지 이야기를 하셨어요."

"그건 알고 있소. 대부분 굉장히 따분한 이야기지요. 게다가 한 번으로 그치는 게 아니오. 그의 옆에 있으면 같은 이야기를 세 번 네 번 듣게 되지요."

"네, 남자분들은 나이 드시면 모두 그렇게 되는 게 아닐까요?"

래필 씨는 그녀를 흘끗 쏘아보았다.

"나는 나이 먹어도 그런 이야기는 하지 않소. 그건 그렇고, 팰그레이브는 그가 늘 하는 이야기를 당신에게도 했겠지요?"

"그분은 살인자를 알고 있다고 말했어요. 그렇다고 해서 특별한 이야기는 아니었어요."

그리고 그녀는 상냥한 목소리로 덧붙였다.

"왜냐하면 대부분의 사람이 그런 경험을 가지고 있을 테니까요."

"그게 무슨 뜻이오?"

"그리 특별한 뜻은 없어요. 하지만 래필 씨, 일생 동안 보고 들은 갖가지 사건들을 마음속에 떠올려 보세요. 누군가가 무심코 '네, 아무개라면 잘 알고 있습니다. 네, 정말이지 너무 갑작스럽게 돌아가셨어요. 소문에는 그가 부인에게 살해되었다고 하던데, 설마 사실이겠어요'라고 말하는 것을 들은 경험이 거의 누구에게나 있을 거예요. 당신도 사람들이 그런 이야기하는 것을 들은 적 있겠지요?"

"그러고 보니 나도 네, 확실히 그런 일이 있었소. 하지만 그리 진지한 이야기는 아니었지요."

"그러셨겠지요. 그런데 팰그래이브 소령님은 아주 진지한 분이셨어요. 그분은 이 이야기를 하며 즐기고 있었던 것 같아요. 살인자의 스냅 사진을 가지고 있다면서 내게 그 사진을 보여 주려 했는데, 실제로는 보여 주지 않았지요."

"어째서요?"

"바로 그때 무엇인가를 보았기 때문이에요. 누군가의 얼굴을 보았기 때문이라고 여겨요. 갑자기 얼굴을 붉히며 사진을 지갑에 넣고 화제를 바꿔 버리더군요."

"누구의 얼굴을 보았을까요?"

"나도 그 점을 많이 생각해 보았어요. 그때 나는 내 방갈로 앞에 앉아 있었고 소령님은 거의 나와 마주보고 앉아 있었지요. 그분이 무엇을 보았는지는 몰라도 아무튼 내 어깨너머로 그것을 보셨어요."

"그때 당신의 오른쪽 뒤 오솔길, 작은 시내와 주차장으로 이어진 오솔길에서 누군가가 다가온 셈이군요."

"그래요."

"실제로 그 오솔길을 누군가가 걸어왔었소?"

"다이슨 부부와 힐링던 대령 부부였어요."

"그 밖에는?"

"그 밖에는 눈여겨보지 않았어요. 물론 당신 방갈로도 소령님의 눈길 방향에 있었지만요……."

"그런가요. 그렇다면 에스터 월터즈와 잭슨도 그 가운데 포함시키기로 합시다. 됐지요? 두 사람 가운데 누군가가 당신이 보고 있지 않는 동안에 방갈로에서 나왔다가 다시 곧 들어갔다고 생각할 수도 있을 테니까요."

"그랬을지도 몰라요. 나는 곧 돌아보지 않았으니까요."

"다이슨 부부, 힐링던 부부, 에스터, 잭슨. 그 가운데 한 사람이 살인자겠군. 그리고 물론 나도 있지요."

그는 분명 나중에 생각해 내고는 덧붙였다.

미스 마플은 희미하게 웃었다.

"그래, 소령은 살인자가 남자라고 하던가요?"

"네."

"좋소. 그렇다면 이블린 힐링던, 러키, 에스터 월터즈를 제외할 수 있겠군요. 그렇다면 당신이 말하는 살인범은――이 엉터리 같은 이야기가 사실이라고 치고서 하는 말이지만――다이슨, 힐링던, 그리고 입에 발린 말을 잘하는 우리 잭슨, 이들 가운데 누구인가 하는 셈이 되겠군요."

"당신 자신은 잊으셨어요."

래필 씨는 그것을 무시하고 말했다.

"사람을 초조하게 하는 말은 그만두시오. 내가 처음에 알아차린 것으로, 당신은 생각도 미치지 못할 듯한 일을 말하겠소. 만일 이 세 사람 가운데 누군가가 살인범이라면 어째서 팰그레이브는 좀더 일찍 알아차리지 못했을까 하는 점이오. 2주일 동안이나 여기서 서로 얼굴을 마주하고 있었는데 말이오. 이건 앞뒤가 맞지 않소."

"반드시 그렇다고 할 수는 없어요."

"그럴까요? 그렇다면 그 까닭을 말해 보시오."

"팰그레이브 소령님은 그 사나이를 한 번도 본 적 없었다고 하셨거든요. 이것은 소령님이 어떤 의사로부터 들은 이야기예요. 그 의사는 신기한 것이라고 하며 사진을 소령님에게 드렸다더군요. 소령님은 그 사진을 받을 때 찬찬히 들여다보았을 테지만 그 뒤로는 지갑에 넣어 기념으로 간수해 두었어요. 물론 이따금 그것을 꺼내 이 이야기를 들어준 상대에게 보였겠지요.

그리고 또 한 가지——아시겠어요, 래필 씨. 우리는 그것이 언제 일어난 사건인지 몰라요. 소령님이 내게 그 이야기를 하셨을 때에는 언제쯤의 일인지 가르쳐 주지 않았지요.

소령님은 이미 여러 해 동안 이 이야기를 해왔을지도 몰라요. 5년, 10년, 또는 더 옛날 일이었을지도 모르지요. 실제로 그분의 호랑이 사냥 이야기만 해도 거의 20년이나 지난 옛날 일이니까요."

"그럴 테지요."

"그러므로 팰그레이브 소령님이 우연히 그 사진의 사나이를 만났다 해도 곧 알아보았으리라고 단정지을 수는 없다고 여겨요. 실제로 이 추측은 거의 틀림없을 거예요. 소령님이 그 이야기를 하며 지갑을 뒤져 사진을 꺼내 찬찬히 바라보다가 얼굴을 들었을 때 사진과 똑같은 얼굴, 또는 그와 아주 비슷한 얼굴이 10피트나 20피트 떨어진 곳에서 다가오고 있었던 게 아니었을까요."

래필 씨는 신중하게 고개를 끄덕였다.

"그렇게도 생각할 수 있겠군요."

"소령님은 깜짝 놀라더니 재빨리 사진을 지갑에 넣고 다른 이야기를 시작했지요."

래필 씨는 빈틈없이 지적했다.

"아마 확신을 갖지 못했겠지요."

"네, 그랬을 거예요. 그러나 물론 나중에 사진을 찬찬히 들여다보며 새삼스럽게 그 사람의 얼굴을 다시 보고 단순히 비슷하게 생긴 것인지 아니면 같은 인물인지를 판단해야겠다고 생각했겠지요."

래필 씨는 좀 생각한 다음 고개를 저었다.

"어딘지 석연치 않소. 동기가 희박하오. 동기가 말이오. 팰그레이브는 당신에게 큰소리로 이야기하고 있었겠지요?"

"네, 물론 큰소리로 이야기하셨어요. 여느 때의 버릇대로."

"그랬을 테지요. 그는 언제나 고함지르듯 했으니까요. 그러니 다가오던 사람이 누군든 소령의 말소리가 그에게도 들렸으리라고 여기오?"

"무척 먼 곳까지 들렸으리라고 생각해요."

래필 씨는 다시 고개를 저었다.

"너무 공상적이오. 이런 이야기를 들으면 누구나 웃을 거요. 어떤 어리석은 노인이 있었는데, 누군가로부터 들은 살인사건 이야기를 하며 사진을 한 장 꺼내 보였다, 그것은 몇 년 전에 있었던 살인사건이었다, 적어도 1, 2년 전의 이야기였지요.

그러니 그 사나이가 그런 일을 걱정할 필요가 있을까요? 증거는 하나도 없고, 있는 건 몇 사람 거쳐 들은 소문뿐이오. 그 사나이는 사진의 얼굴이 자기와 비슷한 것을 보고 '그러고 보니 확실히 비슷하군요, 하하하!' 하고 웃어넘겨 버릴 수 있지 않을까요?

팰그레이브 노인이 이 사나이가 범인이라고 지적해도 아무도 진지하게 받아들일 사람은 없소. 적어도 나라면 그런 일은 믿지 않소. 그 사나이가 비록 사진과 같은 인물이었다 해도 아무것도 두려워할 것 없소. 그런 것은 웃어넘길 수 있는 트집이라고 할 수 있소. 소령을 죽여야 할 까닭이 어디에 있다는 거요? 그것이 전혀 불필요한 일임을 당신도 알겠지요."

"그야 알고말고요. 당신 의견에는 절대적으로 찬성해요. 오히려 내가 불안하게 느끼는 것은 그 점이에요. 어젯밤 그 때문에 잠을 이루지 못했을 정도였어요."

래필 씨는 깜짝 놀라 그녀를 지켜보았다.

"당신의 걱정거리가 무엇인지 들어 볼까요."

미스 마플은 망설였다.

"어쩌면 내 착각일지도 몰라요."

래필 씨는 언제나처럼 시원스럽게 말해치웠다.

"그럴지도 모르지요. 어쨌든 당신이 무슨 생각을 했는지 들어 봅시다."

"어쩌면 아주 강한 동기가 있다고 여길 수도 있지 않을까요? 만일 ——."

"만일, 무엇이지요?"

"만일 아주 가까운 날에, '두 번째 살인사건'이 일어나는 일이 있다면."

래필 씨는 놀란 얼굴로 그녀를 지켜보았다. 그리고 의자 위에 똑바로 앉으며 말했다.

"좀더 알기 쉽게 말하시오."

미스 마플은 빠르고 좀 애매한 투로 말했다. 볼에 핏기가 솟아올랐다.

"설명하는 일은 질색이지만요, 만일 계획 살인이 이뤄졌다고 치고서 하는 이야기예요. 팰그레이브 소령님은 그 아내가 의심스러운 방법으로 죽은 사나이의 이야기를 내게 하셨어요. 그리고 얼마 뒤 다시 똑같은 상황으로 살인이 저질러졌어요. 이름이 다른 사나이의 아내가 똑같은 방법으로 죽었는데, 그 이야기를 한 의사는 사나이의 이름만 다를 뿐 같은 인물임에 틀림없다고 보고 있었지요. 그렇다면 이 살인범은 습관적으로 아내를 살해하는 사나이로 여겨지는데, 당신은 어떻게 생각하세요?"

"말하자면 《욕조의 신부》 사건의 스미스 같은 남자라는 이야기로군요. 네, 나도 그렇게 생각하오."

"내가 상상하는 한에서는, 그리고 지금까지 듣고 읽은 이야기로 미루어 보아 이런 나쁜 짓을 하고 또한 첫 번째에 멋들어지게 해치운 사람이란 슬프게도 더욱더 우쭐해지는 경향이 있더군요. 아주 간단하군, 나는 머리가 좋거든, 하고 생각하는 거지요.

그래서 같은 범행을 되풀이하게 되지요. 마침내는 당신이 말씀하신 스미스와 욕조의 신부들 경우처럼 일종의 습관이 되어 버려요. 저지를 때마다 장소와 자기 이름을 바꿔 가며 말예요. 그러나 그 범행 자체는 늘 같지요. 그것을 생각하면 혹 내 오해일지도 모르지만——."

래필 씨가 빈틈없이 말했다.

"하지만 당신은 오해라고 여기고 있지 않지요?"

미스 마플은 그 말에 대답하지 않고 계속했다.

"만일 이 인물이 이곳에서 살인 준비를 끝내고 아내를 죽이기만 하면 될 단계에 있다면, 그리고 이번이 세 번째인지 네 번째의 아내 살해라면, 범인은 범행의 유사성이 지적되었을 경우 옴짝달싹 못할 것이므로 소령님의 이야기는 중요한 뜻을 지니게 되지요.

그 스미스도 그렇게 해서 체포되었으니까요. 범행 수법이, 다른 사건의 신문 기사를 오려내 두었던 어떤 사람의 주위를 끌었지요. 그러므로 만일 이 악당이 범죄를 계획하고, 모든 준비를 끝내고, 남은 일은 가까운 시일 안에 그것을 실행하는 것뿐이라면 팰그레이브 소령이 그 이야기를 하며 사진을 보여주고 다니는 것을 잠자코 내버려 둘 수가 없었을 거예요."

그녀는 말을 끊고 호소하듯 래필 씨를 보았다.

"요컨대 그 사람은 되도록 빨리 대책을 세워야 할 필요에 몰리고 있었어요."

래필 씨가 말했다.

"좀더 분명히 말하면, 그날 밤 안으로라는 이야기요?"

"네."

"바쁜 일이기는 해도 불가능하진 않았다. 팰그레이브 방에 약병을 갖다 놓고, 고혈압이라는 소문을 퍼뜨리고, 그 몹시 복잡한 이름의 독약을 소령의 플랜더즈 펀치에 조금 탔다는 이야기인가요?"

"네, 하지만 그건 지난 일이에요. 이제 그 일을 걱정할 필요는 없어요. 문제는 지금이에요. 팰그레이브 소령님은 돌아가셨고, 사진이 사람 눈에 띌 걱정도 없어졌다면 계획대로 살인을 실행할지도 몰라요."

래필 씨는 휘파람을 불었다.

"당신의 계획은 이미 완성되어 있겠지요?"

미스 마플은 고개를 끄덕였다. 그녀는 여느 때와 달리 거의 명령조라고 할 수 있는 단호한 어조로 말했다.

"우리 손으로 그것을 막아야 해요. '당신이' 이 살인을 막아야 해요, 래필 씨."

래필 씨는 놀라며 물었다.

"내가? 어째서 내가 해야 하오?"

"당신은 부자고 유력자기 때문이에요. 당신 말이라면 사람들이 들을 거예요. 내가 말하면 아무도 귀 기울이지 않아요. 저 공상가 할머니가 이상한 말을 한다는 정도로밖에 받아들이지 않을 거예요."

"그럴지도 모르겠군요. 그렇다면 세상 사람들은 정말 바보라고 해야겠소. 하기야 그들은 설마 당신 머리 속에 이처럼 훌륭한 두뇌가 들어 있는 줄을 모르니 당신 수다에 귀 기울이지 않는 것도 무리가 아니지요. 그러나 당신은 실제로는 이론적인 두뇌의 소유자요. 이건 여자에게서는 흔히 볼 수 없는 일이지요."

그는 의자 위에서 몸을 움직거리며 말을 이었다.

"에스터와 잭슨은 어디 갔을까? 앉는 자리가 편치 않아서 견딜 수가 없는데, 아니, 당신으로서는 무리요. 그런 힘은 있을 것 같지 않소. 나를 이렇게 내버려두고 그 두 사람은 대체 어쩔 생각일까."

"내가 찾아보겠어요."

"아니오, 그럴 필요 없소. 당신은 여기서 결론을 내리시오. 어느 녀석일까? 그 그렉이라는 얼간이일까, 조용한 에드워드 힐링던일까, 아니면 우리 잭슨일까? 세 사람 가운데 하나가 아닐까요?"

래필 씨, 활동 개시

미스 마플은 대답했다.

"그건 몰라요."

"모르다니, 무슨 말이오? 이 20분 동안 우리는 대체 무슨 이야기를 했단 말이오?"

"어쩌면 우리가 틀렸을지도 모른다는 기분이 들어서요."

래필 씨는 어이없는 얼굴로 그녀를 물끄러미 지켜보았다. 그리고 진절머리 나는 듯이 말했다.

“기가 막히는군! 그토록 확신있는 듯 말하고서는.”
“확신은 있어요. 살인에 대해서는요. 자신이 없는 것은 살인자에 대해서예요. 팰그레이브 소령님이 알고 있던 살인사건이 하나만이 아님을 알고 있어요. 실제로 당신은 그분으로부터 루크리시아 보르지아의 살인 이야기를 들으셨다고 했고.”
“그야, 그 이야기는 들었소. 하지만 그건 전혀 다른 이야기요.”
“알고 있어요. 그리고 월터즈 부인도 가스 오븐 속에서 살해된 사람의 이야기를 들었다고 하더군요…….”
“그러나 당신이 들었다는 이야기는…….”
미스 마플은 끝까지 말하도록 내버려두지 않고 가로막았다. 래필씨로서는 자기가 이야기하는 도중에 방해받는 일은 좀처럼 없는 경험이었다.
미스 마플은 몹시 열띤 어조로 좀 머뭇거리며 말했다.
“이해하지 못하시겠어요? 분명하게 말씀드리기는 어려워요. 문제는 이따금 사람들이 상대가 하는 이야기를 귀담아듣지 않는다는 거예요. 월터즈 부인에게 물어 보세요. 그녀도 같은 말을 했어요. 처음에는 열심히 들었는데 이윽고 주의력이 엷어져, 이것저것 다른 일을 생각하다가 문득 깨닫고 보니 중간 부분을 못 듣고 넘겨 버렸다는 거예요.
내 경우도 어쩌면 소령님이 이야기하고 있던 것, 그 사나이에 관한 이야기와 ‘살인자의 사진을 보시겠습니까?’ 하며 지갑을 꺼내던 순간 사이에 잠깐 틈——그것도 아주 작은——이 있지 않았을까 하는 느낌이 들어요.”
“그런데, 당신은 그것이 소령이 이야기하던 사나이의 사진이라고 생각했단 말이지요?”
“네 당연히 그렇게 생각하지요. 설마 다른 사진이라고는 꿈에도 생각지 못할 거예요. 그러나 지금으로서는 그것을 확인할 방법이 없어요."

래필 씨는 주의 깊게 그녀를 지켜보고 있더니 이윽고 말했다.

"당신의 결점은 지나치게 신중하다는 것이오. 그건 큰 잘못이오. 망설이지 말고 결심하오. 처음에는 이런 식으로 망설이지 않았잖소. 내가 상상하건대 당신은 그 신부의 여동생이며 다른 사람들과 이야기 나누다가 어떤 일에 생각이 미쳐 불안해진 것 같군요."

"그 말씀이 맞는 것 같아요."

"아무튼 그 일은 우선 제쳐 두기로 합시다. 그보다도 먼저 당신이 처음에 말을 꺼낸 것에 대해서인데, 첫 판단이 십중팔구 옳은 법이오. 적어도 내 경험으로는 그렇소.

그렇다면 용의자는 세 사람 있소. 한 사람씩 차분히 검토해 봅시다. 누구부터 시작할까요?"

"누구부터라도 상관없어요. 셋 다 어느 모로 보나 범인답지 않은 사람들뿐이에요."

"그럼, 그렉부터 시작합시다. 그 사나이가 어쩐지 그럴듯해 보이지 않소? 그렇다고 해서 억지로 살인자로 만들면 안 되지요. 다만 그에게는 한두 가지 불리한 점이 있소. 그 고혈압 약 말인데, 그것은 그렉의 것이오, 다시 말해서 손쉽게 이용할 수 있었던 셈이지요."

미스 마플은 반론했다.

"그건 너무 두드러지게 눈에 띄는 일이 아닐까요?"

"그럴까요, 결국 조급히 적절한 수단을 쓸 필요가 있었을 테고, 마침 그는 약을 가지고 있었지요. 다른 누군가가 가지고 있을지도 모를 약을 찾아다닐 겨를은 없었을 거요.

이를테면 그렉이 범인이라고 칩시다. 그가 귀여운 아내 러키를 죽이려 했다 해도, 나는 여기에는 찬성이오. 실은 그 점에서는 그에게 동정하고 있을 정도지만, 동기가 보이지 않소. 사람들의 소문으로 판단하면 그는 부자인 듯하오. 큰 부자였던 첫 부인으로부터 유산을 듬뿍 물려받았다더군요. 첫 부인을 그가 죽였다고 생각할 수도 있소. 그러나 그것은 이미 끝난 일이지요.

그는 감쪽같이 해치웠소. 그러나 러키는 첫 부인의 가난한 친척이오. 돈은 없을 테지요. 그러므로 그가 만일 그녀를 죽이려 한다면 그것은 다른 여자와 결혼하기 위해서일 거요. 그런 소문은 없소?"

미스 마플은 고개를 저었다.

"그런 말은 들은 적 없어요. 그는 저…… 모든 여성에게 매우 은근한 태도를 보이더군요."

"호, 꽤 멋진 예스러운 표현이군요. 그럴 테지요. 그는 호색가요. 여자만 보면 유혹하려고 하지요. 그것으로는 불충분하오. 그것이 아내를 죽일 이유가 되지는 않지요. 다음은 에드워드 힐링던이오. 다크호스가 있다면 그를 제쳐놓고 누가 또 있겠소."

"그는 행복해 보이지 않아요."

래필 씨는 미스 마플을 뚫어지게 보았다.

"살인자는 행복한 사람이라야 하오?"

미스 마플은 기침을 했다.

"내 경험으로는 대부분의 살인자가 그랬어요."

"당신의 경험이 그토록 풍부한 줄은 몰랐구려."

그의 이 추측은 미스 마플에게 말하라면 틀렸다고 할 것이다. 그러나 그녀는 굳이 반론하지 않았다. 신사란 자기의 발언이 바로잡아지는 것을 좋아하지 않는다는 걸 알고 있었기 때문이다.

래필 씨는 말했다.

"나는 힐링던이라는 사나이가 마음에 드오. 그와 그 부인 사이에는 뭔가 미묘한 것이 있지 않을까 하는 느낌이 드는군요. 당신도 그런 것을 느끼지 못했소?"

"느꼈어요. 물론 사람들 앞에서는 이렇다 할 이상한 기색을 나타내지 않지만, 그건 당연한 일이겠지요."

"그런 부부에 대해서는 내가 당신보다 잘 알고 있을지 모르오. 겉으로는 아무 나무랄 데가 없지만, 에드워드 힐링던은 자못 신사적인 얼굴을 하고 있으면서도 이블린 힐링던을 죽일 생각을 하고 있을지 모르지요. 당신도 그렇게 생각하오?"

"만일 그렇다면 달리 또 여자가 있어야 하지 않겠어요?"

미스 마플은 납득이 가지 않는 듯이 머리를 가로저으며 말을 이었다.

"나는 역시 그런 간단한 일이 아니라고 여겨요."

"자, 그 다음은 누구지? 잭슨인가? 나는 제쳐놓으시오."

미스 마플은 처음으로 미소지었다.

"어째서 당신만은 제쳐놓으라는 거지요, 래필 씨?"

"내가 범인일 가능성을 논하려면 어떤 다른 사람과 공모해야 할 필요가 있기 때문이오. 그런 것을 나와 이야기한다는 건 시간 낭비 아니겠소. 게다가 어떻든 내가 살인할 수 있을 사람 같소? 자기 혼자서는 아무것도 못하는 인형처럼 침대에서 안겨 내려오고 바퀴 의자로 움직여 다니며 비틀비틀 걷는 것이 고작인데요. 내게 내 발로 걸어가 사람을 죽일 어떤 기회가 있었단 말이오?"

미스 마플은 힘주어 말했다.

"다른 사람과 똑같은 기회가 있을지도 몰라요."

"호, 어디 한 번 그 까닭을 설명해 보시오."

"당신에게는 뛰어난 두뇌가 있다는 점은 동의하시겠지요?"

래필 씨는 잘라 말했다.

"물론 내게는 뛰어난 두뇌가 있소. 그 점에서는 이곳에 있는 누구에게도 뒤지지 않는다고 여기오."

미스 마플은 말을 이었다.

"그 두뇌가 살인자가 되기에는 어려운 육체적 장애를 극복할지도 모르지요."

"그건 굉장히 힘들 텐데요."

"네, 힘들겠지요. 하지만 래필 씨, 당신이라면 그것을 즐길 수 있을 것 같아요."

래필 씨는 꽤 오랫동안 그녀를 바라보더니 이윽고 크게 웃음을 터뜨렸다.

"당신은 만만찮은 사람이군요! 마음 좋은 상냥한 할머니처럼 보이면서도 속은 전혀 그렇지 않소. 그렇다면 내가 범인일지도 모른다고 정말 진심으로 생각하고 있소?"

"아니오, 그렇게는 생각하지 않아요."

"어째서요?"

"글쎄요, 그건 당신의 머리가 좋기 때문일 테지요. 머리가 좋으면 사람을 죽이거나 하지 않아도 대부분의 원하는 물건을 손에 넣을 수 있으니까요. 살인이란 어리석은 일이에요."

"대체 내가 죽여야 하는 것은 어떤 상대요?"

"그건 흥미 깊은 질문이 될 듯싶군요. 나는 아직 그 점에 관해 하나의 추리를 펼칠 만큼 당신과 깊이 파고든 이야기를 하지 않았어요."

래필 씨의 미소가 퍼졌다.

"당신과 이야기하는 것은 위험할지도 모르겠구려."

"숨기는 일이 있는 사람에게 대화란 언제나 위험하지요."

"그럴지도 모르오. 그럼, 잭슨에게로 옮아갑시다. 당신은 잭슨을 어떻게 생각하오?"
"어려운 질문이군요. 그와는 한 번도 이야기 나눌 기회가 없었으니까요."
"그러니 이 문제에 대해 의견이 없다는 거요?"
"그를 보고 있으면 왠지 생각나요, 내가 살고 있는 고장 가까이의 군청에서 일하던 조너스 패리라는 젊은이가."
"그 젊은이가 어떻게 되었는데요?"
래필 씨는 재촉하고 대답을 기다렸다.
미스 마플은 말했다.
"그는 나무랄 데 없는 사람이라고는 할 수 없었어요."
"잭슨도 백점 만점은 아니지요. 하기야 나에게는 편리한 사나이지만. 마사지 기술이 일류고 내가 마구 야단쳐도 그리 마음 쓰지 않거든요. 보수가 굉장히 많다는 것을 아니까 어떤 일이든 참고 견디는 거겠지요.
　나는 그를 믿고 고용한 것은 아니지만, 본디 신용 같은 건 할 필요가 없소. 그의 과거는 결백할지 모르고 그렇지 않을지도 모르지요. 신원 보증서는 확실하지만 내 눈으로 보면 뭔가 숨기는 것 같은 데가 있소. 다행히 나는 뒤가 켕기는 비밀이 없으므로 협박당할 걱정은 없지만요."
미스 마플은 빈틈없이 말했다.
"비밀이 없으시다고요? 하지만 래필 씨. 사업상의 비밀이 없지는 않겠지요?"
"잭슨의 손이 미칠 만한 비밀은 없소. 아니, 잭슨은 빈틈없는 사나이일지는 몰라도 살인을 저지를 사람이라고는 생각하지 않소. 살인은 그의 성미에 맞지 않지요."
그는 1분쯤 쉰 다음 갑자기 말했다.

"아시겠소, 한 걸음 뒤로 물러서서 팰그레이브 소령과 그의 터무니없는 이야기 등, 이 두서없는 이야기의 전모를 찬찬히 다시 살펴보면 중요한 점이 틀려 있소. 피해자는 바로 나여야만 하지요."

미스 마플은 좀 놀라며 그의 얼굴을 보았다.

래필 씨는 말했다.

"다시 말하면 배역이 알맞은지 어떤지 하는 문제인데, 미스터리 소설의 피해자는 어떤 타입이지요? 큰 부자 노인이오."

"그리고 그 돈을 손에 넣기 위해 노인을 죽이고 싶은 이유를 가진 사람이 많이 있다고 말하고 싶으신가요?"

래필 씨는 생각에 잠겨 말했다.

"글쎄요, 더 타임즈의 내 사망 기사를 읽고도 울지 않을 듯한 사람이 런던에 대여섯 있소. 그러나 그들은 나를 죽이기 위해 구체적으로 뭔가 행동에 옮길 단계까지는 가지 않을 듯싶군요. 우선 무엇 때문에 그런 짓을 해야만 하는가? 나는 내버려둬도 머지않아 죽을 사람인데. 오히려 그들은 내가 지금까지 지탱해 나오는 것에 놀라고 있을 정도지요. 그 점은 의사들도 마찬가지지만요."

"그건 당신이 살아가기 위한 강한 의지를 가지고 있기 때문이에요."

"당신은 그것을 이상하게 여기고 있겠지요."

미스 마플은 고개를 저었다.

"천만에요. 그건 아주 자연스러운 일이라고 생각돼요. 인생이란 그것이 얼마 남지 않았다고 여겨질수록 살아가는 보람도 생기고 흥미도 늘어나지요. 정말은 그래서는 안 될지도 모르지만 현실은 그렇더군요.

젊고 힘 있고 건강하고 넓은 앞날이 펼쳐져 있을 때는 삶 같은 건 그리 중요하지 않아요. 실연의 슬픔이니 때로는 순수한 불안에서 아주 간단히 자살해 버리는 것은 젊은 사람에 한해서예요. 그와 달리 노인은 산다는 것이 얼마나 중요하고도 흥미 깊은 일인지 알고 있어요."

래필 씨가 코를 울렸다.

"흥! 노인 두 사람의 이야기를 귀 기울여 들으라는 말 같구려."

"하지만 내 이야기는 사실이지요?"

"그렇고말고요. 어쨌든 나야말로 피해자 역에 꼭 어울린다는 생각도 맞지 않소?"

"그건 당신의 죽음으로써 누가 이익을 얻느냐에 달려 있지요."

"이익 얻을 사람은 아무도 없소. 아까도 말했듯 사업상의 적을 제쳐놓으면 말이오. 더욱이 아까도 말했듯 그들은 내가 이제 오래가지 않으리라고 마음 놓고 있을 거요.

나는 막대한 유산을 친척에게 무더기로 나눠 줄 만큼 어리석지 않소. 친척의 손에 돌아갈 것은 거의 정부가 차지하고 남는 아주 적은 돈에 지나지 않지요. 그 절차는 이미 여러 해 전에 끝냈소. 자선 사업이며 신탁 재산 등으로."

"예를 들면 잭슨은 당신이 세상을 떠나도 이익 얻는 일이 없단 말씀이군요?"

래필 씨는 즐거운 듯 말했다.

"그는 한 푼도 받을 수 없소. 나는 그에게 보통의 두 배나 되는 월급을 주고 있지요. 그건 내 짜증을 견뎌내야만 하기 때문이오. 내가 죽으면 손해가 크다는 것쯤 그도 알고 있지요."

"월터즈 부인은 어떨까요?"

"에스터의 경우도 마찬가지라고 할 수 있소. 그녀는 훌륭한 여자요. 비서로서는 일류고 머리도 마음씨도 좋으며, 내 버릇을 잘 알고 있어서 내가 울컥해도 냉정하기 그지없고 아무리 욕해도 마음 쓰지 않소. 어쩔 도리 없는 거친 어린아이를 맡은 우수한 보모 겸 가정 교사 같지요.

물론 때때로 나를 짜증나게 하는 수가 있지만, 그렇지 않은 사람이 어디 있겠소? 이렇다 하게 눈에 띄는 데가 없는 여자요. 모든 점에 있어 아주 평범한 여자지만 그보다 더 내게 맞는 사람은 없으리라 여기오.

그녀 자신은 여러 가지로 고생해 온 듯싶소. 그리 좋지 않은 남자와 결혼했으니까요. 그녀는 남자를 보는 눈이 그리 좋지 않은 것 같소. 그런 여자가 더러 있지요.

불행한 신상 이야기를 하는 상대를 만나면 곧 인정에 끌려 남자에게 필요한 것은 여성의 적절한 이해라고 믿는 거지요. 자기와 결혼하면 상대는 성질을 고치고 인생에 성공하리라고.

그러나 그런 종류의 남자들은 결코 다시 일어나지 못하지요. 어쨌든 그녀의 무시근한 남편은 죽었소. 어느 날 밤 바에서 술을 지나치게 많이 마시고 버스 앞으로 비틀비틀 나아갔다더군요. 에스터는 딸 하나를 키워야 했으므로 전에 하던 비서일로 돌아갔지요.

내 밑에서 일하게 된 지도 벌써 5년이 지났소. 내가 죽어도 아무것도 생기는 게 없다는 것은 미리 밝혀 두었소. 그 대신 처음부터 많은 월급을 주었고, 해마다 25퍼센트씩 올려 주고 있지요.

아무리 예절바른 정직한 사람도 완전히 믿어서는 안 되오. 그 때문에 내가 죽어도 아무것도 기대할 게 없다는 점을 그녀에게 분명히 밝혀 두었지요. 내가 오래 살면 살수록 그녀의 월급은 올라가오. 승급된 것만큼 해마다 저축하면——그녀는 틀림없이 그러고 있으리라 생각하지만——내가 죽을 때쯤에는 상당한 부자가 되어 있을 거요.

딸의 교육비는 내가 부담하고 있고 딸이 20살이 되면 받을 수 있도록 일정한 금액을 예치해 두었소. 그러므로 에스터 월터즈는 아주 근사한 신분이라고 할 수 있지요. 아시겠소, 나의 죽음은 그녀에게 크나큰 손실이 되오. 그녀는 이 점을 잘 깨닫고 있소. 머리 좋은 여자지요, 에스터는."

"그녀와 잭슨은 잘해 나가고 있나요?"

래필 씨는 재빠른 눈길을 미스 마플에게 던졌다.

"뭔가 알아차린 것이라도 있소? 아무래도 그런 것 같구려. 잭슨 녀석, 여자 꽁무니를 쫓아다니고 있는 듯싶소. 특히 요즘 에스터에게 추파를 던지는 것 같더군요.

물론 그는 좋은 남자지만 에스터는 거들떠보지도 않는 듯하오. 그 하나는 신분의 차이라는 것이 있기 때문이오. 에스터쪽이 한 단계 위거든요. 대수로운 차이는 아니지만 말이오. 신분의 차이가 분명하면 문제는 없는데, 도무지 이 중류의 아래쪽이란 이것이 또한 특수한 계급이라서요.

그녀의 어머니는 교사였고 아버지는 은행원이었지요. 에스터가 잭슨 때문에 잘못 행동할 걱정은 없을 거요. 그는 그녀의 저금에 눈독들이고 있겠지만 잘되지 않을 거요."

"쉿, 그녀가 오고 있어요."

그들은 호텔 오솔길을 걸어오고 있는 에스터 월터즈 쪽을 보았다.

래필 씨는 말했다.

"그녀는 상당한 미인이지만 이른바 글래머는 아니오."

미스 마플은 한숨지었다. 그것은 여성이 아무리 나이를 먹었다 해도 기회는 잃었다고 여겨질 때 내뱉는 한숨이었다.

에스터에게 결여되어 있는 것이 미스 마플의 경험의 범위 안에서도 얼마나 많은 이름으로 불렸던가. '나에게는 그리 매력적이 아니야' '성적 매력이 없어' '저 눈에는 끌어당기는 것이 없어' 등등.

금발, 건강한 얼굴빛, 엷은 갈색 눈, 균형잡힌 스타일, 애교있는 미소, 그러나 지나가는 남자를 돌아보게 하는 뭔가가 결여되어 있다.

미스 마플은 목소리를 낮춰 말했다.

"그녀는 재혼하는 게 좋겠어요."

"나도 동감이오. 그녀라면 좋은 아내가 될 거요."

에스터 월터즈가 곁으로 오자 래필 씨는 좀 꾸며낸 목소리로 말했다.

"이제 겨우 나타났군! 대체 뭘 하고 있었소?"

에스터가 대답했다.

"오늘 아침에는 전보치는 분들이 많은 것 같았어요. 게다가 이제 그만 돌아가겠다는 분들이 많아서요."

"돌아간다고? 살인사건 때문이오?"

"그런 것 같아요. 가엾게도 팀 켄들은 걱정스러워 견딜 수 없는 듯했어요."

"무리도 아닌 이야기지. 그 젊은 부부는 운이 나빴다고 할 수 있소."

"네, 이 호텔 경영은 그 사람들 손에는 좀 지나치게 큰일이 아니었을까요? 운영이 잘될지 어떨지 걱정하고 있었으니까요. 지금까지는 순조로웠지만요."

래필 씨도 찬성했다.

"맞소, 꽤 잘해 나가고 있었지. 남편 쪽은 아주 유능하고 부지런한 사람이오. 부인도 좋은 여자며 매력적이오. 두 사람 모두 흑인처럼 열심히 일했지. 하긴 이곳에서 이런 표현을 하는 것은 맞지 않을지도 모르겠군. 내가 보기에 이곳 흑인들은 전혀 일을 하지 않으니까. 언젠가 어떤 남자가 아침 식사 거리를 위해 코코넛 나무에 기어오르는 것을 보았는데, 그 뒤 녀석은 하루 종일 잠만 자더군. 정말로 마음편한 생활이라니까."
그리고 그는 덧붙여 말했다.
"우리는 여기서 살인 이야기를 하고 있었소."
에스터 월터즈는 좀 놀란 표정을 떠올렸다. 그리고 미스 마플 쪽을 보았다.
래필 씨는 노인답게 매우 솔직히 말했다.
"나는 그녀를 오해하고 있었소. 전부터 이런 할머니들을 싫어했었지. 하는 일이라고는 뜨개질과 수다뿐인 무리들이니까. 그런데 이 할머니는 볼 만한 데가 있소. 눈도 귀도 날카로운데다 그것을 살리는 방법도 터득하고 있어."
에스터 월터즈는 미안한 듯 미스 마플을 보았으나, 그녀는 조금도 화내고 있지 않았다.
에스터가 설명했다.
"이것은 칭찬의 뜻으로 말씀하시는 거예요."
미스 마플이 말했다.
"알고 있어요. 그리고 래필 씨에게는 특권이 있지요. 아니, 스스로 있다고 생각하지요."
"무슨 뜻이오, 특권이 있다니?"
"당신이 바라면 무례한 짓을 해도 된다는 특권이지요."
래필 씨는 놀라며 물었다.
"내가 뭔가 무례한 짓을 했소? 당신 마음에 거슬리는 말을 했다면 사과하겠소."
"없어요. 나는 처음부터 참작하고 있었으니까요."
"비꼬지 마시오. 에스터, 의자를 갖다 놓고 앉구려. 당신 의견도 참고가 될지 모르니까."
에스터는 방갈로의 발코니까지 가서 가벼운 배스킷 체어를 날라왔다.
래필 씨가 말했다.
"우리 협의를 계속합시다. 죽은 팰그레이브 소령과 그의 늘 똑같은 이야기에 대해 말하고 있었소."
에스터는 탄식했다.
"난처하군요. 저는 언제나 그분으로부터 달아나려 애쓰고 있었으니까요."
"미스 마플은 참을성이 많았더군. 그런데 에스터, 그가 당신에게도 살인 이야기를 한 적 있었소?"
"네, 여러 번 있었어요."
"정확하게 어떤 이야기였소? 하나 생각해내 보오."
"글쎄요……."
에스터는 조금 쉬며 생각했다.
"난처하군요, 그리 진지하게 듣지 않았으니까요. 그 언제 끝날지 모르는 로데시아의 사자 이야기처럼 아주 지루한 이야기였거든요. 그저 듣고 있는 척했을 뿐 아무것도 듣지 않았어요."
"그럼, 기억하고 있는 것만이라도 이야기해 보오."
"신문에 실린 살인사건의 이야기가 계기가 되었다고 여겨요. 팰그레이브 소령님은 자기는 흔치 않은 경험을 가지고 있다고 말씀하셨지요. 실제로 살인자와 얼굴을 마주한 일이 있다는 거였지요."
래필 씨가 외쳤다.
"얼굴을 마주했다고? 그는 실제로 그 말을 썼소?"
그녀는 자신이 없는 듯했다.
"그렇다고 여기지만, 어쩌면 '어느 사람이 살인자인지 가르쳐 줄 수 있다'고 말씀하셨는지도 모르겠어요."
"대체 어느 쪽이오? 이야기가 꽤 달라지잖소."

"그렇게 말씀하시면 자신이 없어요……. 어쨌든 누군가의 사진을 보여 주겠다고 하신 것 같아요."

"좋소."

"그리고 루크리시아 보르지아에 대해 많이 이야기하셨어요."

"루크리시아 보르지아 이야기는 하지 않아도 좋소. 그녀 이야기라면 잘 알고 있으니까."

"그분은 독살자들에 관한 이야기를 하며 루크리시아는 굉장한 미인으로 빨강 머리였다고 했지요. 그리고 이 세상에는 우리가 알고 있는 것보다 훨씬 많은 여성 독살자가 있지 않을까 하는 말씀도 하셨어요."

미스 마플은 말했다.

"그건 매우 있음직한 이야기예요."

"그리고 독약은 여자의 무기라는 말씀도 하셨지요."

"좀 옆길로 빗나간 느낌이군."

"그분 이야기는 늘 그랬어요. 그래서 모두 진지하게 듣지 않고 적당히 맞장구칠 뿐이었지요."

"당신에게 보여 주겠다던 사진 이야기는 어떻게 되었소?"

"잘 기억나지 않아요. 그분이 신문에서 본 사진 이야기였을지도 몰라요."

"그는 당신에게 스냅 사진을 보여 주지 않았소?"

그녀는 고개를 저었다.

"스냅 사진이오? 아니오, 그건 확실해요. 그녀는 굉장한 미인으로 얼굴만 보아서는 도저히 살인자로 여길 수 없다고 하셨을 뿐이에요."

"그녀라고요?"

미스 마플은 외쳤다.

"어머나, 이야기가 몹시 얽히는군요."

"그는 여자 이야기를 했소?"

"네."

"그렇다면 사진도 여자 사진인 셈이오?"

"아마 그랬겠지요."

"그럴 리 없소!"

에스터는 우겨댔다.

"하지만 정말이에요. 그분은 제게 '그녀는 이 섬에 있소. 어느 사람인지 당신에게 가르쳐 준 다음 모두 이야기해 주겠소'라고 말씀하셨거든요."

래필 씨는 심한 욕설을 입에 올렸다. 죽은 팰그레이브 소령을 욕하는 그 말은 참으로 인정사정없는 것이었다.

그는 결론 내렸다.

"요컨대 그의 이야기는 처음부터 끝까지 모두 거짓말인 셈이오!"

미스 마플이 중얼거렸다.

"도무지 알 수 없게 되었군요."

"그렇소. 그 얼간이 영감은 처음에 사냥 이야기를 시작했고, 멧돼지 사냥, 호랑이 사냥, 코끼리 사냥, 하마터면 사자에게 먹힐 뻔했다는 이야기. 그 가운데에는 한두 가지 진짜 이야기가 있었을지도 모르지요. 몇 가지는 지어낸 이야기고 나머지는 다른 사람이 겪은 일을 듣고 그대로 옮긴 거요!

다음에 그는 살인사건으로 화제를 옮겨 잇달아 살인 이야기를 지어냈소. 더욱이 그것이 모두 자신의 경험담인 듯이 떠벌렸지요. 십중팔구 대부분 신문에서 읽거나 텔레비전에서 본 이야기를 뒤섞었을 거요."

그는 에스터에게 비난하는 듯한 눈길을 던졌다.

"당신은 그의 이야기를 진지하게 듣지 않았다고 했소. 그러니까 그의 이야기를 잘못 알고 있는 걸 거요."

에스더는 완강하게 주장했다.

"그분이 여자 이야기를 한 것만은 틀림없어요. 그 여자가 누구일까 하고 저는 생각했었으니까요."

미스 마플이 물었다.

"그래, 누구 이야기라고 생각했지요?"

에스터는 얼굴을 붉히며 좀 난처한 표정을 떠올렸다.

"거기까지는, 그러니 그런 말은 하고 싶지 않아요."

미스 마플은 더 이상 따져 묻지 않았다. 래필 씨 앞에서는 에스터 월터즈의 추측을 듣는 게 불편하다고 여겼기 때문이다. 그것을 알아내기 위해서는 여자끼리 마주앉아 이야기하는 수밖에 없다.

그리고 물론 에스터 월터즈가 거짓말하고 있을 가능성도 있다. 당연한 일이지만 미스 마플은 그것을 입 밖에 내어 말하지 않았다. 가능성으로서 마음에 새겨 두긴 했지만 스스로도 그렇게 믿고 싶지 않았다. 하나는 에스터 월터즈가 거짓말쟁이라고는 생각하고 있지 않았기 때문이었고——실제로는 어떨지 모르지만——또 하나는 그런 거짓말을 할 까닭을 찾을 수 없었기 때문이다.

래필 씨는 미스 마플 쪽을 보았다.

"그러나 당신 이야기에 따르면 그는 어떤 살인자 이야기를 하며 그 사나이의 사진을 가지고 있으니 보여 주겠다고 했다지요?"

"아마 그랬을 거예요, 네."

"아마 그랬을 거라고요? 처음에는 아주 자신이 있었잖소!"

미스 마플은 날카롭게 반론했다.

"전에 주고받은 이야기를 다시 한 번 되풀이하여 상대의 말을 정확하게 재현하는 것은 그리 간단한 일이 아니에요. 누구나 상대가 이렇게 말하려 했으리라고 짐작한 것을 실제로 했다고 착각하기 쉽지요. 그리고 나중에는 그것을 상대가 진짜 한 말로 이야기하는 거예요.

팰그레이브 소령님은 확실히 내게 그 이야기를 했어요. 그 이야기를 그에게 한 의사는 살인자 사진을 그에게 보여 주었다고 분명 말했어요. 그러나 솔직히 말하면 소령님은 내게 살인자 사진을 보고 싶지 않느냐는 말밖에 하지 않았음을 인정해야겠어요.

그래서 나는 물론 그것을 그가 그때 이야기하고 있던 살인자의 사진으로 해석했지요. 하지만 지금 와서 생각하니 소령님은 마음속에 어떤 것에서 힌트를 얻어 언젠가 한 번 본 스냅 사진으로부터 그 자신이 얼마 전 찍은 사진 그리고 그가 살인자라고 믿고 있는 누군가가 찍힌 사진으로 이야기를 비약시켜 버렸을 가능성도 아주 조금이기는 하지만 있어요."

래필 씨는 분연히 외쳤다.

"여자는 이래서 탈이라니까! 여자는 누구 할 것 없이 참으로 한심한 족속들이야! 무엇 하나 정확하게 말하지 못하거든. 무엇 하나 아는 것도 없어. 이번에는 대체 어떻게 된다는 거요? 그렇다면 이블린 힐링던이오, 아니면 그렉의 아내 러키요? 온통 뒤죽박죽이잖소."

변명 같은 헛기침 소리가 들려 왔다. 아서 잭슨이 래필 씨 곁에 서 있었다. 그는 소리 없이 왔으므로 아무도 알아차리지 못했던 것이다.

"마사지 시간입니다."

래필 씨는 곧 울화통을 터뜨렸다.

"몰래 다가와서 나를 놀라게 하다니, 대체 무슨 속셈인가? 발소리가 전혀 들리지 않았잖은가."

"죄송합니다."

"오늘은 마사지 필요 없어. 그런 것은 효험도 없어."
잭슨은 직업적인 상냥함을 가득 담아 말했다.
"그런 말씀 하시면 안 됩니다. 하지 않으면 몸의 상태가 금방 나빠지십니다."
그는 재치있게 의자 방향을 바꾸었다.
미스 마플은 몸을 일으켜 에스터에게 미소를 던지고 바닷가쪽으로 내려갔다.

프리스콧 신부가 없는 동안

이날 아침은 꽤 한산했다.
그렉은 언제나처럼 시끄럽게 헤엄치며 물보라를 일으켰고, 러키는 햇빛에 그을린 등에 기름을 듬뿍 바르고 금발을 어깨에 펼친 채 모래톱 위에 엎드려 있었다.
힐링던 부부의 모습은 보이지 않았다. 온갖 아첨을 하는 남자들에게 에워싸인 드 카스페어로 부인이 모래톱에 엎드려 목구멍 깊숙한 곳에서 나오는 경쾌한 스페인어로 지껄이고 있었다. 프랑스인과 이탈리아인 아이들이 몇 명 물가에서 뛰놀고 있었다.
프리스콧 신부와 그의 누이는 비치 체어에 앉아 그 광경을 지켜보고 있었다. 프리스콧 신부는 모자 차양을 깊숙이 내리고 반쯤 졸고 있는 듯했다. 미스 마플은 미스 프리스콧의 옆 의자가 마침 비어 있어서 다가와 앉았다.
그녀는 깊은 한숨을 쉬며 말했다.
"정말이지, 어쩌면."
미스 프리스콧이 말했다.
"네, 그래요."
그것은 변사한 사람에 대한 그녀들 공동의 조상(弔喪)의 말이었다.

프리스콧 신부가 말했다.

"슬픈 일입니다. 정말로 한탄스럽습니다."

미스 프리스콧이 말했다.

"아주 잠시 동안이었지만 우리는——제리미와 나는 진정으로 이곳을 떠날 생각을 했었답니다. 하지만 생각을 바꿨지요. 그러면 켄들 부부가 너무 가엾어지니까요. 결국 이것은 그 사람들 탓이 아니거든요. 어디에서나 일어날 수 있는 일이지요."

프리스콧 신부는 엄숙한 목소리로 말했다.

"삶의 한가운데에서도 우리는 죽음을 봅니다."

미스 프리스콧이 말했다.

"저 부부는 어떻게든 이 호텔 경영을 성공시켜야만 해요. 전 재산을 여기에 쏟아 넣었거든요."

미스 마플이 말했다.

"부인은 아주 좋은 사람인데, 요즘 기운이 좀 없는 것 같아요."

"꽤 신경질적이 되어 있어요. 물론 그녀 가족이……."

미스 프리스콧은 말하다 말고 머리를 흔들었다.

프리스콧 신부가 부드러운 비난을 담아 말했다.

"나는 생각하는데, 그긴 틀림없이 무슨 사정이……."

"그건 누구나 알고 있는 일이에요. 그녀의 가족은 우리와 같은 고장에 살고 있으니까요. 그녀 고모할머니——이 사람이 가장 이상했지요——그리고 숙부 한 사람이 지하철역에서 입고 있던 것을 모두 벗어 버린 적이 있었어요. 아마 그린 파크 역이었을 거예요."

"조운, 그런 이야기는 다른 사람 앞에서 하는 게 아니야."

미스 마플은 고개를 저었다.

"슬픈 이야기예요. 하기야 정신이상자의 행동으로서는 신기한 것도 아니지만요. 아르미니아 구제 활동을 하고 있을 때의 일인데, 나도 어떤 나이 지긋한 훌륭한 목사가 그와 똑같은 행동을 하는 것을 보았어요. 부인에게 전화로 알렸더니 곧 와서 남편을 담요로 싸서 택시에 태워 데리고 돌아갔지요."

미스 프리스콧이 말했다.

"물론 몰리의 친형제는 모두 정상이에요. 몰리는 어머니와 그리 사이좋지 않았지만, 요즘은 어머니와 사이좋은 아가씨가 드문 것 같아요."

"정말 안타까워요. 젊은 아가씨들이 정말로 필요로 하는 것은 처세에 대한 어머니의 지혜와 경험인데 말예요."

미스 프리스콧은 힘주어 말했다.

"맞아요. 사실 몰리는 어떤 남자와 가깝게 지낸 적이 있어요. 그리 탐탁치 않은 남자라는 말을 들었지만요."

"흔한 일이지요."

"당연한 일이지만 가족들은 반대했어요. 그녀는 그 일을 가족에게 이야기하지 않았었지요. 전혀 관계없는 제삼자가 가족들에게 이야기했어요. 물론 그녀의 어머니는 상대 남자를 집으로 데려오라고 했지요. 딸이 그것을 거절했나 봐요. 그렇게 하면 상대의 마음이 상한다는 거지요. 남자로서 아가씨 집에 불려가 가족들에게 면접시험 받는 건 심한 모욕을 당하는 것과 같다는 거지요. 그건 마치 말 고르기와 같다고 그녀는 이야기한 것 같아요."

미스 마플은 한숨지었다.

"젊은 사람을 다루려면 무척 조심해야겠어요."

"어쨌든 가족은 그녀가 애인과 만나는 것을 금지시켜 버렸지요."

"하지만 요즘 세상에 그런 것이 통할까요. 젊은 아가씨들은 모두 일터에 나가고 있으니 가족이 금지하든 않든 여러 사람을 만날 기회가 있으니까요."

"그런데 그 뒤 아주 운 좋게도 그녀는 팀 켄들과 알게 되어 첫 남자는 자연히 그림자가 엷어졌지요. 덕분에 가족들이 얼마나 마음 놓았는지 나로서는 도저히 표현할 수가 없어요."

"가족들이 그 기분을 너무 노골적으로 드러내지 않았더라면 좋았으리라고 여겨요. 그 결과 아가씨가 가족에 대해 애정을 갖지 못하게 되는 수가 흔히 있으니까요."

"정말 그래요."

미스 마플은 옛날 일을 떠올리며 중얼거렸다, 옛날 그녀가 크로케 파티에서 만난 젊은이를 떠올리며.

"그래서 생각나는데——."

그 젊은이는 아주 멋있는 사람으로 여겨졌다. 꽤 명랑한 편이며 보헤미안적이라고도 할 수 있는 사고방식의 소유자였다. 이윽고 뜻밖에도 그는 그녀 아버지의 따뜻한 환영을 받게 되었다. 그는 딸의 교제 상대로서 잘 어울리며 자격이 충분했다.

한 번뿐이 아니라 여러 번 가정에 초대되었다. 그 결과 미스 마플은 결국 그가 지루한 사람임을 발견했던 것이다. 지루하기 그지없는 사람이라는 것을.

신부는 졸고 있으므로 이야기를 들을 염려가 없을 듯싶어 미스 마플은 마음에 걸리던 화제를 꺼내 보았다.

"당신은 이 고장에 대해 잘 아시겠지요. 몇 년째 해마다 오셨지요?"

"이곳에 처음 온 것은 3년 전이었어요. 우리는 산 트레노가 아주 마음에 들어요. 언제 와보아도 모두 좋은 사람들뿐이에요. 야하게 차려 입은 벼락부자 취미의 사람도 없고요."

"그럼, 힐링던 부부며 다이슨 부부에 대해서도 잘 아시겠군요."

"네, 잘 알고말고요."

미스 마플은 헛기침을 하고 목소리를 조금 낮췄다.

"팰그레이브 소령님이 아주 재미있는 이야기를 들려주셨어요."

"그분은 화제가 매우 풍부한 분이셨지요! 그야 물론 온갖 곳을 여행하셨으니까요. 아프리카, 인도, 중국까지 가시지 않았을까요."

"그러셨을 거예요. 하지만 내가 말하는 것은 그런 이야기가 아니에요. 지금 내가 이름을 말한 사람들 가운데 한 사람과 관계있는 이야기였어요."

미스 프리스콧은 뜻있는 목소리로 외쳤다.

"어머나!"

"네. 그래서 내가 이상하게 생각하는 것은……."

미스 마플은 러키가 등을 말리고 있는 곳으로 자연스럽게 눈길을 보내며 말을 이었다.

"정말 예쁘게 그을렸군요. 게다가 저 머리칼, 저렇듯 아름다울 수가! 몰리 켄들의 머리 빛과 거의 같은 빛깔이라고 여겨지는데, 다른가요?"

"오직 다른 것은, 몰리의 것은 자연색인데 러키의 것은 물들였다는 점뿐이에요."

프리스콧 신부가 뜻밖에도 눈을 뜨고 나무랐다.

"무슨 말이냐, 조운. 그런 말을 하면 가엾잖니."

미스 프리스콧은 가시 돋친 투로 말했다.

"가엾긴요, 사실인걸요."

"내 눈에는 아주 아름다워 보이는데."

"그건 그래요. 그렇지 않으면 누가 일부러 물들이겠어요. 하지만 제리미, 남자는 몰라도 여자의 눈은 못 속여요. 그렇지요?"

그녀는 미스 마플에게 응원을 청했다.

"글쎄요, 물론 나는 당신만큼 경험이 없지만. 하지만 네, 부자연스러운 느낌이 든다는 것만은 확실히 말할 수 있어요. 5, 6일마다 머리 밑 부분이……."

그녀는 미스 프리스콧 쪽을 보며 여성 특유의 확신을 담고 고개를 끄덕였다.

프리스콧 신부는 다시 꾸벅꾸벅 졸기 시작하는 것 같았다.

미스 마플은 나직한 목소리로 말했다.

"팰그레이브 소령님은 아주 이상한 이야기를 하셨어요. 무엇이었느냐 하면——실은 나도 잘 알아듣지 못했지만——귀가 좀 어두워 이따금 말소리가 잘 들리지 않거든요. 소령님이 말씀하시려던 것은……."

그녀는 도중에 말을 끊었다.

"당신이 말하려 하는 것이 무엇인지 알겠어요. 그 무렵은 여러 가지 소문이 나돌아……."

"그 무렵이라니요?"

"다이슨 씨의 첫 부인이 돌아가셨을 때 말이에요. 너무 갑작스러웠으니까요. 실은 모두들 그녀를 마음이 병든 사람, 일종의 히스테리 환자로 여기고 있었어요. 그러므로 그녀가 발작을 일으켜 갑작스럽게 죽었을 때는 당연히 여러 가지로 말이 많았지요."

"그 무렵은 그리 아무데도 나쁜 데가 없었겠지요?"

"의사 선생님은 갈피를 잡지 못하셨어요. 아직 젊은 분이어서 경험이 적었지요. 내가 보기에는 항생제만 믿는 의사 같았어요. 그 왜 환자를 잘 보지도 않고, 어디가 나쁜지도 잘 알아보지 않는 타입이 흔히 있지요. 걸핏하면 약을 먹이고, 그것이 잘 듣지 않으면 다른 약으로 바꾸는 타입 말예요. 네, 그는 확실히 갈피를 못 잡고 있었는데, 그녀는 전에 위장병을 앓은 적이 있었던 것 같아요. 적어도 그녀의 남편은 그렇게 말했고, 뭔가가 뒤에 있다고 믿을 만한 까닭은 아무것도 없는 듯싶었지요."

"그러나 당신 자신의 생각은……."

"그야 나는 언제나 편견에 사로잡히지 않고 사물을 판단하려 애쓰고 있지만, 누구나 미심쩍게 여겨지는 일이 있는 법이지요. 게다가 그 무렵 나돌던 여러 가지 소문을 생각하면……."

"조운!"

프리스콧 신부가 앉음새를 고쳤다. 그는 한바탕 싸울 것도 사양하지 않겠다는 태도였다.

"못써, 그런 악의적인 소문이 되풀이되는 것을 나는 좋아하지 않아. 우리는 늘 그런 일에 반대해 왔잖니. 악을 보지 않고, 악을 듣지 않고, 악을 이야기하지 않으며, 악을 생각하지 않는다. 모든 그리스도교도는 이것을 좌우명으로 삼아야 해."

두 여자는 말없이 앉아 있었다. 그녀들은 꾸지람을 들으며 법도에 어긋나지 않는 남성의 비판에 경의를 나타냈다. 그러나 마음속으로는 불만을 느꼈고 초조해 했으며 조금도 후회하지 않았다.

미스 프리스콧은 오빠에게 드러내 놓고 초조한 눈길을 던졌다. 미스 마플은 뜨개질감을 꺼내 놓고 물끄러미 내려다보았다. 다행히 기회는 그녀들의 편이었다.

프리스콧 신부를 부르는 새된 아이의 목소리가 들려 왔다.

"신부님."

말을 건 것은 물가에서 놀고 있던 프랑스인 아이였다. 그 여자 아이는 어느새 곁으로 와서 프리스콧 신부의 의자 옆에 섰다.

여자 아이는 가냘픈 목소리로 불렀다.

"신부님."

"왜 그러지? 무슨 일이 있니, 아가?"

여자 아이는 사정을 설명했다. 날개형 부낭을 사용하는 순서와 다른 바닷가에서의 에티켓에 관해 아이들 사이에 의견 차이가 생긴 것이었다.

프리스콧 신부는 아이, 특히 여자 아이를 좋아했다. 아이들끼리의 싸움이 벌어지면 언제나 기꺼이 중재를 맡고 나섰다.

지금도 싱글싱글 웃으며 몸을 일으켜 여자 아이와 함께 물가로 갔다.

미스 마플과 미스 프리스콧은 안도의 한숨을 쉬며 신이 나서 서로 얼굴을 마주보았다.

미스 프리스콧은 말했다.

"제라미가 악의적인 소문에 강력히 반대하는 것은 당연하지만, 나도는 소문은 완전히 무시할 수는 없어요. 아까도 말했듯 그 무렵에는 그 소문으로 들끓고 있었으니까요."

미스 마플은 그 다음을 듣고 싶어 견딜 수 없다는 듯이 말했다.

"그래서요?"

"소문의 여자는 그 무렵 아마 그레이트렉스라는 이름이었다고 생각되지만 확실하지는 않아요. 그녀는 사촌이라든가 하며 다이슨 부인을 보살펴 주고 있었지요. 그녀에게 약을 먹이거나 이것저것 시중들며 말예요. 물론 내가 들은 바로는――."

미스 프리스콧은 목소리를 한층 더 낮췄다.

"다이슨 씨와 그레이트렉스 양 사이에는 예사롭지 않은 관계가 있었던 듯해요. 많은 사람들이 그 점을 알아차리고 있었지요. 이런 곳에서는 그런 관계가 사람 눈에 띄기 쉬워요. 마침내 에드워드 힐링던이 그녀를 위해 약국에서 약을 구했다는 묘한 소문이 돌았어요."

"어머나, 에드워드 힐링던도 그 일에 얽혀들어 있었나요?"

"네, 그는 넋을 잃고 있었지요. 이 점을 모두 알아차리고 있었답니다. 그리고 러키——그레이트렉스 양——가 두 사람을 경쟁하게 했어요. 그레고리 다이슨과 에드워드 힐링던을. 여기가 중요한 대목인데, 그녀는 그 무렵부터 벌써 매력적인 여성이었어요."

"지금은 그때만큼 젊지 않지요."

"그래요. 그 무렵부터도 옷치장이니 화장술에 아주 능했어요. 물론 가난한 친척에 지나지 않았을 무렵에는 지금만큼 화려하지 않았지만요. 그녀는 병자에 대해 몹시 헌신적인 듯이 보였어요. 하지만 그 뜻을 당신도 아시겠지요."

"그 약국 이야기란 어떤 것이지요? 어째서 그런 일이 알려졌을까요?"

"제임스타운에서의 일이 아니라 아마 그들이 마르티니크 섬에 있을 때의 일인가 봐요. 프랑스인은 약에 관해 우리 영국인보다 대범하거든요. 그 약국 주인이 누군가에게 이야기하여 소문이 퍼졌지요. 흔히 있는 일이에요, 당신도 아실 테지만."

아실 테지만 정도가 아니라 미스 마플만큼 잘 알고 있는 사람은 없을 것이다.

"힐링던 대령님이 약을 사러 왔는데, 무엇에 쓰이는지 자신도 모르는 것 같더라는 이야기가 주인의 입을 통해 퍼졌지요. 그 처방전을 내보이며 말예요. 아무튼 그런 소문이었어요."

미스 마플은 미심쩍은 듯 눈썹을 찌푸렸다.

"어째서 힐링던 대령님이?"

"그는 앞잡이로 이용당한 게 아닐까요. 그건 그렇고, 그레고리 다이슨은 아무리 그렇더라도 너무 일찍 재혼했어요. 한달도 채 못 되었던 것 같아요."

두 사람은 얼굴을 마주보았다.

미스 마플이 물었다.
"하지만 구체적인 혐의는 없었겠지요?"
"네, 그야 물론 그저 소문뿐이었지요. 전혀 근거가 없다고도 충분히 생각될 만큼."
"팰그레이브 소령님은 근거가 있다고 여기시는 것 같았어요."
"그분이 당신에게 그렇게 말하셨나요?"
"나는 그리 주의 깊게 듣고 있지 않았답니다. 그래서 생각했지요. 혹 당신에게도 그분이 같은 말을 하지 않았을까 하고."
"그분은 어느 날 그녀를 가리키며 말하셨어요."
"정말인가요? 실제로 그녀를 손가락으로 가리켰나요?"
"네. 실은 처음에 나는 그분이 가리키는 게 힐링던 부인이라고 생각했어요. 그분은 농담 비슷이 웃으며 말했지요.

'저기 있는 여자를 보십시오. 내가 생각하기에는, 저것이 사람을 죽여 놓고도 붙잡히지 않은 채 약삭빠르게 돌아다니고 있는 여자입니다.'

물론 나는 몹시 놀랐어요. 그래서 '당신은 농담을 하고 계시는 것일 테지요, 소령님?' 하고 말했지요. 그러자 그분은 '글쎄요, 네, 농담으로 해둡시다' 하고 대답하시더군요. 힐링던 부부와 다이슨 부부는 바로 가까운 테이블에 앉아 있었으므로 우리의 이야기가 들리지 않았을까 걱정스러웠어요. 소령님은 웃으며 말했지요.

'파티에 나가서 어느 사람으로부터 칵테일을 만들어 받는 것은 사양해야겠습니다. 보르지아 집안에서 만찬 대접을 받는 것과 같을 테니까요.'"
"아주 재미있는 이야기로군요. 그분이 사진에 대해 뭔가 말하지 않았나요?"
"글쎄요, 기억나지 않지만…… 신문 오려낸 것인지 뭔지였었던가요?"

미스 마플은 뭐라고 말하려 했으나 그 바로 전에 입을 다물었다. 한순간 태양이 사람 그림자로 어두워졌다. 이블린 힐링던이 지나가다가 걸음을 멈췄다.

"좋은 아침이에요."

미스 프리스콧이 상냥하게 바라보며 말했다.

"어디 가셨나 했어요."

"제임스타운으로 물건을 좀 사러 갔었어요."

"어머나, 그러셨군요."

미스 프리스콧이 넌지시 둘레를 살피자 이블린 힐링던이 말했다.

"에드워드는 함께 가지 않았어요. 남자분들은 물건 사기를 싫어하니까요."

"뭔가 마음에 드는 물건이라도 찾아냈나요?"

"그런 게 아니라, 약국에 볼일이 있었어요."

그녀는 미소지으며 가볍게 머리 숙이고 가버렸다.

미스 프리스콧이 말했다.

"아주 좋은 사람들이에요, 힐링던 부부는. 그녀에게는 좀 이해하기 곤란한 점이 있지만요. 언제나 아주 상냥해서 좋은데, 그 이상은 사람을 가까이하려 하지 않는 듯한 느낌이 들어요."

미스 마플은 신중하게 고개를 끄덕였다.

미스 프리스콧은 말을 이었다.

"저 사람이 생각하고 있는 것은 아무도 몰라요."

"그편이 오히려 나을지도 모르지요."

"네? 뭐라고요?"

"아니오, 아무것도 아니에요. 다만 그녀의 생각은 사람을 어리둥절하게 하는 성질의 것일지도 모른다는 느낌이 전부터 들었어요."

미스 프리스콧은 여우에게 홀린 듯한 표정으로 말했다.

"네! 그러세요."

그리고 그녀는 화제를 조금 바꿔 말을 이었다.

"저 부부는 햄프셔에 멋진 집을 가지고 있고 남자 아이가 하나——아니, 둘이던가——얼마 전 윈체스터 학교에 입학한 모양이에요."

"햄프셔를 잘 아세요?"

"아니오, 전혀 모른다고 해도 좋을 정도예요. 그들의 집은 앨턴 부근인 듯하더군요."

미스 마플은 잠시 사이를 두었다가 말했다.

"그런가요. 그리고 다이슨 부부는 어디에 살고 있지요?"

"캘리포니아예요. 하긴 그건 국내에 있을 때의 이야기며, 저 부부는 늘 여행만 한답니다."

"여행중에 만난 사람에 대해서는 아주 조금밖에 알 수 없지요. 즉 뭐라면 좋을까, 그들이 당신에게 말한 것밖에 알 수가 없다는 이야기예요. 예를 들면 당신도 다이슨 부부가 정말로 캘리포니아에 살고 있는지 어떤지 모르시지요."

미스 프리스콧은 깜짝 놀랐다.

"하지만 다이슨 씨가 분명히 그렇게 말했어요."

"네, 네, 그렇겠지요. 내가 하고 싶은 말은 그거예요. 힐링던 부부의 경우도 같아요. 당신은 그들이 햄프셔에 살고 있다고 말씀하셨지만, 실은 그들이 그렇게 말했을 뿐이겠지요?"

미스 프리스콧은 놀라운 표정을 지었다.

"그렇다면 힐링던 부부는 햄프셔에 살고 있지 않단 말인가요?"

미스 마플은 사과하듯 얼른 말했다.

"아니오, 그렇다는 것은 아니에요. 우리의 여러 가지 사람에 관한 지식의 한 예로서 말했을 뿐이지요. '나'만 하더라도 세인트 메리 미드에 살고 있다고 당신에게 말씀드렸지요. 그것은 고장 이름임에는 틀림없겠지만, 당신은 한 번도 들은 적이 없어요. 즉 당신 자신이 그 고장을 알고 있는 것은 아니지요."

미스 프리스콧은 당신이 어디에 산들 내가 알 바 아니라고 말하려다가 겨우 그만두었다. 세인트 메리 미드는 영국 남부 시골 어딘가에 있다는 것이 그녀가 알고 있는 전부였다.

그녀는 재빨리 동의했다.

"당신의 말뜻은 알겠어요. 게다가 사람이 외국에 나가면 주의가 산만해지기 쉽다는 것도 알고 있어요."

"거기까지 말할 생각은 없었는데요."

미스 마플의 마음속에 어떤 기묘한 생각이 떠오르고 있었다. 과연 나는 프리스콧 신부와 미스 프리스콧이 진짜 프리스콧 신부와 미스 프리스콧임을 알고 있는 것일까 하고 스스로에게 물었다.

두 사람은 확실히 그렇게 말했다. 그것을 부정할 증거는 아무것도 없었다. 그러나 신부풍의 깃을 세운 신부복을 입고 성직자다운 대화를 나누기란 아주 쉬운 일이 아닐까. 동기만 있다면…….

미스 마플은 자기가 살고 있는 지방의 성직자에 대해서 아주 자세히 알고 있지만, 프리스콧 남매는 북부 사람이었다. 댈럼이 아니었던가?

두 사람이 진짜 프리스콧 남매임은 조금도 의심하지 않지만, 그래도 역시 그녀의 사고는 다시 출발점으로 되돌아갔다. 사람은 상대의 말을 그대로 믿고 있을 뿐이라는 것으로.

사람은 그 점을 경계해야 할지도 모른다. 아마……. 그녀는 깊은 생각에 잠기며 머리를 흔들었다.

망가진 구두의 쓸모

프리스콧 신부는 숨을 좀 헐떡이며 물가에서 돌아왔다. 아이들과 노는 것은 노인의 몸에 부친다.

이윽고 남매는 호텔로 돌아갔다. 바닷가 햇살이 강해지기 시작했기 때문이다.

사라져 가는 두 사람의 뒷모습을 보며 드 카스페어로 부인이 경멸하듯 말했다.

"바닷가가 지나치게 덥다는 말을 할 수 있을까요? 당치도 않아요. 우선 그녀가 입고 있는 것을 보세요. 팔도 목도 다 가려져 있잖아요. 하긴 그편이 나을지도 모르지요. 털 뽑힌 닭처럼 지독한 살갗일지도 모르니까요!"

미스 마플은 크게 숨을 들이쉬었다. 드 카스페어로 부인과 이야기 나눌 기회는 바로 지금이다. 다만 난처한 일은 어떤 것을 화제에 올려야 할지 모른다는 점이었다. 그녀들의 공통된 화제는 아무리 생각해도 있을 듯싶지 않았다.

그녀는 물었다.

"자제분을 몇이나 두셨지요, 부인?"

드 카스페어로 부인은 손가락 하나하나에 입맞추며 대답했다.

"천사가 셋 있어요."

미스 마플은 그 대답을 드 카스페어로 부인의 아이들이 천국에 있다는 뜻으로 받아들일 것인지, 아니면 천사처럼 귀여운 아이들이라는 뜻으로 받아들일 것인지 망설였다.

그녀를 둘러싸고 있는 신사 가운데 한 사람이 스페인어로 뭐라고 말하자 드 카스페어로 부인은 얼굴을 젖히고 노래하는 듯한 목소리로 웃었다.

"그가 하는 말 아시겠어요?"

미스 마플은 미안한 듯이 대답했다.

"아니오, 유감스럽게도."

"오히려 그편이 나아요. 그는 심술궂으니까요."

빠른 스페인어로 시끄러운 농담이 한바탕 오갔다.

드 카스페어로 부인이 갑자기 진지한 얼굴을 하며 영어로 말했다.

"이런 일이 있을 수 있을까요, 정말 너무해요. 경찰은 우리를 이 섬에서 나가지 못하게 하는 거예요. 날뛰어도, 고함질러도, 발을 동동 굴러도 경찰은 단 한마디로 안 된다고 할 뿐이죠. 이래서야 우리 모두 죽고 말겠어요."

호위역의 사나이가 그녀를 안심시키려 했다.

"하지만 그렇잖아요, 이 호텔에 틀림없이 불행이 달라붙어 있는 거예요. 나는 처음부터 알고 있었어요. 죽은 소령, 그 못생긴 노인 말예요. 그는 악마의 눈을 가지고 있었어요. 기억하고 있지요?

그의 눈총을 받으면 불행이 찾아와요! 나는 그의 눈총을 받을 때마다 마귀를 쫓는 뿔의 정표를 만들었답니다."

그녀는 실제로 그 정표를 만들어 보였다.

"하긴 그는 사팔뜨기여서 나를 보고 있는지 어떤지 알 수 없었지만 ――."

미스 마플은 죽은 이를 대신하여 말했다.

"소령님의 한쪽 눈은 의안이었어요. 어릴 때 사고로 한쪽 눈을 잃었다더군요. 그러니 그 눈길은 그분 탓이 아니지요."

"그는 악운을 짊어지고 있었어요. 그건 틀림없는 악마의 눈이었어요."

그녀는 다시금 한손을 내밀어 라틴 여러 나라에 잘 알려져 있는 주술, 집게손가락과 새끼손가락을 세우고 사이의 두 손가락을 구부려 뿔의 정표를 만들어 보였다.

그리고 그녀는 명랑하게 말했다.

"어쨌든 소령은 이미 죽었어요. 이제 그와 얼굴을 마주 대할 일은 없지요. 나는 추한 것을 보는 일은 질색이에요."

아무리 그렇다 해도 팰그레이브 소령에게는 너무 가혹한 묘비명이라고 미스 마플은 생각했다.

모래톱을 바다 쪽으로 더 내려간 곳에서 그레고리 다이슨이 바다로부터 올라오고 있었다. 러키는 모래 위에서 몸을 뒤치고 있었다. 이블린 힐링던은 러키를 쏘아보고 있었는데, 그녀의 표정이 왠지 미스 마플을 전율케 했다.

그녀는 생각했다.

'하지만 추울 리 없어. 이처럼 뜨거운 햇살 속에서.'

아마 이런 낡은 문구가 있었지. '자기 무덤이 될 장소를 한 마리의 거위가 걷고 있다(까닭없이 소름이 돋을 때 쓰는 문구).'

그녀는 몸을 일으켜 자기 방갈로 쪽으로 천천히 돌아갔다.

돌아가는 길에 바닷가로 내려오는 래필 씨와 에스터 월터즈와 마주쳤다. 래필 씨가 그녀에게 눈을 찡긋해 보였다. 미스 마플은 거기에 응하지 않고 나무라는 눈길을 보냈다.

그녀는 방갈로로 들어가 침대에 누웠다. 갑자기 늙어 버린 기분이 들고 피로와 걱정이 덮쳐 왔다.

그녀는 이제 한시도 지체해서는 안 된다고 확신했다. 한시도 지체해서는 안 된다……. 이미 시간이 늦었다……. 해는 저물어 가고 있다. 해는, 사람은 언제나 검댕으로 검게 한 유리를 통해 해를 보아야만 한다. 누군가로부터 받은 그 그을린 유리는 어디로 갔을까?

아니, 결국 그을린 유리는 필요 없었다. 하나의 그림자가 해를 가려 버린 것이다. 하나의 그림자. 이블린 힐링던의 그림자 아니, 이블린 힐링던이 아니다. 그림자, 어떤 말이었더라? ──'죽음 골짜기의 그림자'——맞아, 그것이었어.

나는 해야만 한다. 대체 무엇을? 뿔의 정표를 만들어야 한다. 악마의 눈을 피하기 위해. 팰그레이브 소령의 악마의 눈을.

깜박거리며 그녀는 눈을 떴다. 어느새 졸았던 듯하다. 그러나 그림자는 현실에 있었다. 누군가가 창문으로 들여다보고 있었다.

그림자는 떠나갔다. 그리고 미스 마플은 그 그림자의 주인을 똑똑히 보았다. 그것은 잭슨이었다.

"저런, 버릇없이 남의 집을 들여다보다니. 마치 조너스 패리처럼."

그 비교는 잭슨을 절대적으로 믿지 못하도록 했다.

그녀는 잭슨이 어째서 자기 침실을 들여다보았는지 생각했다.

그녀가 거기 있는지 어떤지 알기 위해서? 또는 만일 있다면 잠자고 있는지 확인하기 위해서?

그녀는 일어나 욕실로 가서 조심스럽게 창문으로 내다보았다.

아서 잭슨은 옆 방갈로 문가에 서 있었다. 래필 씨의 방갈로다. 그는 재빨리 주위를 둘러본 다음 안으로 살짝 들어갔다.

이상하다고 미스 마플은 생각했다. 어째서 저런 식으로 주위를 몰래 살필 필요가 있는 것일까? 래필 씨의 방갈로 안쪽에는 잭슨 자신의 방도 하나 있으므로 그가 안으로 들어가는 것을 이상하게 여길 사람은 아무도 없을 텐데. 뭔가 볼일이 있을 때마다 드나들지 않았는가. 그런데 어째서 저렇듯 뭔가 켕기는 듯한 모습으로 재빨리 주위를 살피는 것일까?

그녀는 자기 자신의 물음에 대답했다.

"까닭은 오직 하나, 이제부터 안에서 뭔가 하려고 꾀하고 있기 때문에 지금 안으로 들어가는 것을 남에게 보이고 싶지 않은 것이다."

물론 이 시각에는 멀리 간 사람들을 빼고 모두 바닷가에 모여 있다. 앞으로 20분만 있으면 잭슨 자신도 래필 씨의 해수욕을 돕기 위해 바닷가로 내려갈 것이다.

방갈로 안에서 남에게 들키지 않고 뭔가 하려면 지금이 가장 좋은 기회다. 미스 마플이 자기 침대에서 잠자고 있는 것도, 자기 행동을 보고 있는 사람이 가까이에 없다는 것도 확인한 것이다.

사태가 이렇다면 무슨 수를 써서라도 그가 하는 일을 봐야겠다고 그녀는 마음먹었다. 미스 마플은 침대에 걸터앉아 예쁜 샌들을 벗고 고무창을 붙인 운동화로 갈아 신었다. 그러나 마침내 머리를 저으며 그 운동화를 벗고 슈트케이스를 뒤져 하이힐 한 켤레를 꺼냈다. 한쪽 뒤축이 얼마 전 문 옆의 멈춤 쇠에 걸려 헐거워져 있었다.

조금 위태로운 상태에 있는 그 뒤축을 미스 마플은 손톱 손질용 줄로 재치있게 뜯어 한층 더 헐겁게 만들었다. 그리고 양말만 신은 맨발로 조심스럽게 밖으로 나갔다.

바람이 불어가는 쪽으로 영양 무리에게로 다가가는 사냥꾼 같은 조심성으로 미스 마플은 래필 씨의 방갈로를 조용히 빙 돌았다. 건물 모퉁이를 돈 곳에서 손에 들고 있던 하이힐 구두 한쪽을 신고 또 한쪽의 뒤축을 마지막으로 다시 한 번 비튼 다음 땅에 살짝 무릎을 짚고 창문 밑에 웅크렸다.

만일 잭슨이 무슨 소리를 듣고 내다보기 위해 창문으로 왔다해도 하이힐 뒤축이 떨어져서 굴렀다고 변명할 수 있으리라. 그러나 잭슨은 아무 소리도 듣지 못했음에 틀림없다.

미스 마플은 천천히 고개를 들었다. 방갈로의 창문은 낮았다. 댕댕이 덩굴의 꽃가지로 몸을 살짝 감추며 그녀는 방안을 들여다보았다.

잭슨은 슈트케이스를 앞에 놓고 무릎을 짚고 있었다. 슈트케이스 뚜껑이 열려 있어, 그것은 안에 갖가지 서류가 든 몇 개의 칸으로 나누어진 특제 케이스임을 알 수 있었다. 잭슨은 이따금 기다란 봉투

속에서 서류를 꺼내 찬찬히 살펴보고 있었다.

미스 마플은 이 감시 초소에 오래 있지 않았다. 목적을 이뤘기 때문이다. 잭슨은 훔쳐보러 들어간 것이다. 뭔가 특별한 목적이 있어서인지, 아니면 선천적인 버릇인지 그녀로서는 알 수 없었다. 그러나 아서 잭슨과 조너스 패리의 닮은 점은 얼굴 생김만이 아니라는 그녀의 확신은 이것으로 증명되었다.

남은 일은 물러나오는 것뿐이었다. 그녀는 다시금 조심스럽게 몸을 웅크리고 꽃밭을 따라 창문에서 보이지 않는 곳까지 기어갔다.

자기 방갈로로 돌아와 손에 든 구두와 잡아 뜯은 뒤축을 옆에 놓고 만족스레 바라보았다. 이 멋진 착상은 필요할 때 다시 쓸 수 있을 것 같았다. 그녀는 본디의 샌들로 갈아 신고 뭔가 생각에 잠기며 바닷가로 내려갔다.

에스터 월터즈가 바다에 들어가자 미스 마플은 에스터가 그때까지 앉아 있던 의자로 옮겨 앉았다.

그렉과 러키가 드 카스페어로 부인을 상대로 시끄럽게 수다를 떨고 있었다.

미스 마플은 거의 속삭이는 목소리로 래필 씨 쪽을 보지 않으면서 그에게 말을 걸었다.

"잭슨이 뭘 훔쳐보고 있는 것을 아세요?"

래필 씨가 말했다.

"맙소사, 나를 놀라게 하는구려. 현장을 보았소?"

"여러 가지로 애쓴 끝에 창문으로 들여다보았지요. 그는 당신의 슈트케이스를 열고 안의 서류를 조사하고 있더군요."

"녀석, 슈트케이스 열쇠를 손에 넣었나 보군. 꽤 하는걸. 그러나 실망했을 거요. 그런 짓을 해봐야 아무 소용없을 테니까."

미스 마플이 호텔 쪽을 보며 말했다.

"저기 그가 오고 있어요."

"나의 재미없는 해수욕 시간이오."

그는 다시 조용히 말을 이었다.

"당신 말이오만, 너무 위험한 흉내는 내지 않는 편이 좋소. 다음이 당신의 장례식이라면 사절하겠소. 조금은 자신의 나이도 생각하여 삼가시오. 이 부근에는 그리 양심적이지 않은 사람이 있다는 것을 잊지 마오."

한밤의 놀라움

1

밤이 찾아왔다. 테라스에 불이 켜지고 사람들은 하루 이틀 전만큼 소란스럽지도 명랑하지도 않았지만 식사하며 이야기 나누고 웃기도 했다. 스틸 밴드 연주도 흘러나오고 있었다.

그러나 춤은 이른 시간에 끝나고 말았다. 사람들은 하품하고 잠자리로 물러갔다. 불이 꺼졌다. 어둠과 정적만이 남았다. 골든 팜 트리 호텔은 고요히 잠들었다.

예사롭지 않은 날카로운 목소리가 들려 왔다.

"이블린, 이블린!"

이블린 힐링던은 깜짝 놀라 벌떡 일어났다. 팀 켄들이 문 앞에 서 있었다. 그녀는 놀라서 그를 보았다.

"이블린, 좀 와주시겠습니까. 몰리가 몸이 좀 이상합니다. 왜 그런지 나는 모르겠습니다. 아마 약을 먹은 것 같습니다."

이블린은 재빨리 결심했다.

"네, 곧 가겠어요. 당신은 먼저 가 계세요."

팀 켄들이 사라졌다. 이블린은 침대에서 빠져 나와 가운을 걸치고 옆 침대를 보았다.

남편이 잠을 깬 것 같지는 않았다. 그는 얼굴을 저쪽으로 돌린 채 조용한 숨소리를 내며 누워 있었다.

이블린은 한순간 머뭇거렸으나 그를 깨우지 않기로 했다.

방에서 급히 나가 호텔 본관으로 가서 그 맞은편 쪽에 있는 켄들 부부의 방갈로로 갔다. 문 앞에서 팀을 따라잡았다.

몰리는 침대에 누워 있었다. 눈을 감고 있는데 분명 숨결이 거칠었다. 이블린은 그녀 위로 몸을 굽혀 한쪽 눈꺼풀을 뒤집어 보고 맥을 짚어 본 다음 침대 옆 테이블로 눈길을 던졌다.

테이블에는 물을 마시고 난 컵과 빈 약병이 있었다. 그녀는 빈 병을 손에 들었다.

"몰리의 수면제입니다. 어제인지 그저께는 아직 절반이나 남아 있었지요. 그녀는 남은 약을 모조리 먹어 버린 모양입니다."

"어서 가서 그레이엄 선생님을 불러오세요. 그리고 돌아오는 길에 고용인들을 깨워 진한 커피를 끓여 오라고 하세요, 자, 어서요."

팀은 허둥지둥 밖으로 나갔다. 문을 나서는 순간 에드워드 힐링던과 마주쳤다.

"미안합니다, 에드워드."

에드워드 힐링던이 물었다.

"무슨 일이오? 대체 무슨 일이 일어났소?"

"몰리가 이상합니다. 이블린이 곁에 있습니다. 나는 의사를 불러와야겠습니다. 먼저 의사를 불러와야 했을지도 모르지만 자신이 없어서요. 이블린이라면 알 것 같다고 생각했지요. 필요도 없이 의사를 부르거나 하면 몰리가 화내거든요."

팀은 달려갔다. 에드워드 힐링던은 잠시 팀을 바라보고 있다가 침실로 들어갔다.

"어떻게 된 거요? 상태가 심하오?"

"어머나, 와주었군요, 에드워드. 당신이 깨어나 주지 않을까 생각하고 있었어요. 이 어리석은 사람이 약을 먹었나 봐요."

"많이 먹었소?"

"몇 알 먹었는지 모르니 뭐라고 말할 수 없어요. 때만 늦지 않았다면 곧 좋아질 테지만요. 커피를 끓이도록 하라고 일렀어요. 짙은 커피를 마시게 할 수만 있다면……."

"몰리는 어째서 이런 짓을 했을까? 설마……."

그는 말하다 말고 입을 다물었다.

"설마 뭐지요?"

"설마 경찰의 취조를 받은 것 때문은 아닐 테지."

"물론 그것도 생각할 수 있어요. 신경질적인 사람에게는 그런 일이 큰 충격일 테니까요."

"몰리를 그런 신경질적인 타입으로 여기지 않았소만."

"알 수 없지요. 아무리 생각해도 그럴 듯싶지 않은 사람이 광란 상태에 빠지는 수가 이따금 있으니까요."

"그건 그렇소. 나는 지금도 기억하고 있지만……."

그는 다시 도중에 입을 다물었다.

이블린이 말했다.

"사람은 남에 대해 무엇 하나 아는 게 없다는 것은 정말이 아닐까요? 가장 가까운 사람에 대한 것조차도."

"그건 좀 지나친 생각이오. 너무 과장된 말이 아닐까?"

"나는 그렇게 생각하지 않아요. 사람이란 남에 대해 생각할 때는 자기가 만들어 낸 이미지에 맞춰서만 그 사람을 생각하니까요."

"하지만 나는 당신을 알고 있소."

"알고 있다고 생각할 뿐이에요."

"그렇지 않소. 나는 자신 있소. 당신도 나에 대해 자신을 가지고 있지.”

이블린은 그를 말끄러미 바라보다가 침대 쪽으로 몸을 돌렸다. 그녀는 몰리의 어깨에 손은 얹고 가볍게 흔들었다.

“어떻게든 해야겠지만, 그레이엄 선생님이 오실 때까지 기다리는 게 나을지도 몰라요. 아,. 발소리가 들려요.”

2

“이제 마음 놓으십시오.”

그레이엄 의사는 한 걸음 물러서서 손수건으로 이마를 닦으며 안도의 한숨을 쉬었다.

팀이 걱정스러운 듯 물었다.

“아무 이상 없겠습니까?”

“걱정 마오. 일찍 발견해서 다행이었소. 목숨이 위태로울 만큼 먹지도 않았군요. 며칠 뒤에는 완전히 낫겠지만, 처음 하루 이틀은 좀 괴로울 거요.”

그는 빈 병을 손에 들고 물었다.

“대체 누가 이런 것을 주었지요?”

“뉴욕의 의사였습니다. 몰리는 늘 잠을 이루지 못했거든요.”

“맙소사, 요즘 의사는 이런 것을 환자에게 마구 준단 말이야. 불면증으로 고민하는 젊은 여성에게 양의 수를 세어 보라거나, 일어나서 비스킷을 먹으라거나, 편지를 한두 통 써서 침대에 넣으라고 가르치는 의사는 하나도 없나 보오.

즉효약이라! 요즘 환자들은 모두 그것을 요구하지만 나는 이따금 그런 약을 환자에게 건네 주는 게 안타까워서 견딜 수 없을 때가 있소.

사람은 인생에 있어 견디는 것을 배워야 하오. 아기 울음을 그치게 하기 위해 고무 젖꼭지를 물리는 것은 좋소. 그러나 일생동안 그 방법을 계속 쓸 수는 없으니까요. 잠이 오지 않을 때 어떻게 하는지 미스 마플에게 물어 보오. 그녀라면 틀림없이 문 밑에 지나가는 양을 세어 본다고 대답할 거요."

몰리가 몸을 움직였으므로 그는 침대 쪽을 보았다. 몰리는 눈을 뜨고 있었다. 그녀는 눈앞에 있는 것이 누구인지도 알아보지 못하는지 멍한 눈으로 그들을 보았다.

그레이엄 의사가 그녀의 손을 잡았다.

"오, 정신이 들었소? 대체 당신은 무슨 짓을 한 거요?"

그녀는 눈을 깜박거리며 아무 대답도 하지 않았다.

팀이 다른 한쪽 손을 쥐고 말했다.

"어째서 이런 짓을 했지, 몰리? 까닭을 말해 보오."

그래도 여전히 그녀의 눈은 움직이지 않았다. 그 눈이 누구인가에게 쏠려 있다고 한다면 그 대상은 이블린 힐링던이었다. 그 눈길에는 희미한 물음마저 담겨 있는 듯했으나 확실하지는 않았다.

이블린은 마치 물음에 대답하듯 말했다.

"팀이 나를 부르러 왔었어요."

몰리의 눈길은 팀에게로, 이어서 그레이엄 의사에게로 옮겨졌다.

그레이엄 의사가 말했다.

"이제 곧 회복되오, 하지만 두 번 다시 이런 일을 되풀이하지 마오."

팀이 조용히 말했다.

"그녀는 죽을 생각은 아니었습니다. 결코 그런 생각은 아니었을 겁니다. 그저 푹 자고 싶었겠지요. 그런데 처음에 약이 잘 듣지 않자 다시 또 약을 먹었을 겁니다. 그렇지, 몰리?"

그녀가 머리를 아주 희미하게 가로저었다.

"그럼, 죽으려고 약을 먹었다는 거요?"
몰리는 가까스로 입을 열었다.
"네, 그래요."
"어째서지, 몰리?"
눈꺼풀이 꿈틀 떨렸다. 그리고 가까스로 한마디가 들렸다.
"무서웠어요."
"무서웠다고? 뭐가?"
그러나 그녀는 다시 눈을 감았다.
그레이엄 의사가 말했다.
"조용히 있게 해주오."
그러나 팀은 마구 물었다.
"무엇이 무서웠지? 경찰이? 그들이 당신을 다그치며 여러 가지 질문을 했기 때문이오? 그렇다면 나도 무리가 아니었다고 여기오. 무서워지는 게 당연하니까. 그러나 그러는 것이 경찰의 수법이니 그리 걱정할 건 없소. 누구나 설마——."
그는 갑자기 말을 끊었다.
그레이엄 의사가 단호한 몸짓으로 그를 말렸다.
몰리가 말했다.
"나는 졸려요."
"자도록 하오. 그게 가장 좋소."
말을 마치자 그레이엄 의사는 문 쪽으로 걸어갔다. 다른 사람들도 그를 따랐다.
그레이엄이 말했다.
"푹 잘 수 있을 거요."
팀이 여느 때처럼 어딘지 몸이 불편한 사람 같은 좀 근심스러운 태도로 물었다.

"제가 뭔가 해야 할 일이 있습니까?"

이블린이 친절하게 나섰다.

"내가 옆에 있어 줄까요?"

몰리는 다시 눈을 떴다.

"아니오."

그리고 조금 사이를 두었다가 그녀는 덧붙였다.

"팀만 있어도 돼요."

팀이 돌아와 침대 옆에 앉았다. 그는 그녀의 손을 쥐었다.

"나 여기 있소, 몰리. 좀 자구려. 내가 옆에서 떠나지 않을 테니까."

그녀는 가냘프게 한숨을 쉬고 눈을 감았다.

그레이엄 의사는 방갈로 밖에서 멈춰 섰고, 힐링던 부부가 그 옆에 섰다.

이블린이 다짐했다.

"내가 해줄 일이 정말 아무것도 없을까요?"

"그렇다고 여깁니다. 힐링던 부인. 팀이 함께 있어 주는 편이 나을 겁니다. 그러나 내일쯤은 그도 호텔 일이 바쁠 테니 누군가가 몰리 곁에 있어 주어야겠지요."

힐링던이 물었다.

"그녀는 또 할까요?"

그레이엄은 초조하게 이마를 닦았다.

"뭐라고 말할 수 없군요. 아마 괜찮을 것으로 여겨도 될 겁니다. 지금도 보았듯 회복할 때까지의 조치는 아주 불쾌한 것이니까요. 물론 잘라 말할 수는 없습니다. 아직 어딘가에 약을 더 숨겨 두고 있을지도 모르지요."

힐링던이 말했다.

"몰리 같은 여성이 설마 자살을 기도하리라고는 생각도 못했습니다."

그레이엄이 차갑게 말했다.

"늘 자살한다고 입버릇처럼 말하는 사람이 반드시 실제로 자살한다고 할 수는 없습니다. 그런 사람은 오히려 자살한다고 넌지시 말함으로써 자신을 극적으로 보이게 하여 울분을 발산시키지요."

이블린은 좀 망설였다.

"당신에게 말씀드려야 할 것 같군요."

그녀는 빅토리아가 살해된 날 밤 바닷가에서 몰리와 주고받은 이야기를 털어놓았다. 듣고 난 그레이엄의 얼굴은 심각하기 그지없었다.

"잘 알려 주셨습니다. 힐링던 부인. 그러고 보니 어떤 종류의 뿌리 깊은 병의 조짐이 뚜렷이 보입니다. 네, 내일 아침 그녀의 남편과 의논해야겠습니다."

3

"중대한 이야기가 있소, 켄들. 당신 부인에 관해서."

그들은 팀의 방에 앉아 있었다. 이블린 힐링던이 팀 대신 몰리를 간호하고 있고, 러키가 나중에——그녀 자신의 표현을 빌면——'몰리를 감시하여 단단히 묶어 두기로' 약속되어 있었다. 미스 마플도 보살펴 주겠다고 나섰다.

가엾은 팀은 호텔의 잡다한 일과 아내의 용태 사이에 끼어 고민하고 있었다. 팀이 말했다.

"저는 잘 모르겠습니다. 몰리의 기분을 알 수가 없습니다. 그녀는 달라져 버렸습니다. 아무리 보아도 다른 사람 같습니다."

"몰리는 악몽에 시달리고 있었다지요?"

"네, 그 문제로 이따금 투덜거리고 있었지요."

"언제부터지요?"

"글쎄요, 잘 모르겠습니다. 아마 한달쯤 또는 훨씬 전이었을지도 모릅니다. 그녀는, 우리는 그것을 단순한 악몽으로 여기고 있었지요."

"그러셨겠지요. 알만하오. 그러나 그보다 더 중대한 조짐은 그녀가 누군가를 두려워하고 있었던 것 같다는 사실이오. 부인이 당신에게 그 점도 말하던가요?"

"네, 그러고 보니 한두 번 말했습니다. 누군가가 자기를 뒤쫓고 있는 것 같다고."

"그리고 누군가에게 감시당하고 있는 듯하다고 했겠지요?"

"네, 그런 말도 한 번 했습니다. 그들은 그녀의 적이며 여기까지 쫓아왔다고."

"부인에게 적이 있었소, 켄들?"

"아니오, 물론 그런 것은 없었습니다."

"영국에 살 때, 당신들이 결혼하기 전에 무슨 사건 같은 것은 없었소?"

"사건 같은 것은 없었습니다. 그저 가족과 사이가 좋지 않았을 뿐입니다. 그녀의 어머니가 좀 괴팍스러워서 함께 살기가 어려웠던 모양이지만, 그렇다고……"

"몰리의 집안에 정신병 조짐은 없었소?"

팀은 충동적으로 뭐라고 말하려다가 생각을 고쳐 입을 다물었다. 그리고 책상 위의 만년필을 이리저리 움직였다.

그레이엄 의사가 말했다.

"그런 사실이 있다면 내게 말하는 편이 좋소."

"실은 그런 것 같습니다. 대수로운 일은 아닙니다만, 할머니인지 누구인지 한 사람 머리가 이상했다더군요. 그러나 그런 것은 문제가 아닙니다. 즉 어느 집안에나 하나쯤 그런 사람이 있지 않느냐는 뜻입니다만.”

“맞소. 그 일로 당신에게 겁줄 생각은 없소. 그러나 뭐라면 좋을까, 스트레스가 심해졌을 경우 신경이 이상해지거나 쓸데없는 망상을 품게 되는 경향은 충분히 생각할 수 있소.”

“결국 저로서는 잘 모르겠습니다. 부부라고 해서 집안 이야기를 모두 털어놓지는 않으니까요.”

“그건 그렇소. 당신 말이 맞소. 부인에게 당신 이전의 남자 친구는 없었겠지요. 누군가와 결혼 약속을 했었다거나 하여 그 사나이가 질투심으로 그녀를 협박하는 일 같은 것은 없었지요?”

“모르겠습니다. 하지만 그런 일은 없으리라고 여깁니다. 하긴 몰리는 저와 만나기 전에 어떤 남자와 약혼했었지요. 그런데 가족들이 크게 반대했고, 몰리는 아마 가족에 대한 반항심으로 그 남자에게 열 올렸던 것 같습니다.”

그는 문득 엷은 웃음을 지었다.

“젊었을 때는 누구나 그렇지요. 반대하면 상대가 더욱더 좋아지고 맙니다.”

그레이엄 의사도 미소 지었다.

“맞소, 흔한 일이지요. 어버이는 자식이 탐탁치 못한 친구와 사귀어도 덮어놓고 반대하지 말아야 하오. 그런데 그가 어떤 사람인지는 모르지만 몰리를 협박한 일은 없었겠지요?”

“그런 일은 없었을 겁니다. 만일 있었다면 몰리가 제게 이야기했을 테니까요. 몰리는 제게 그 사람과의 일은 젊은 혈기가 빚은 잘못이며, 그에게 끌린 것은 주로 그의 평판이 나빴기 때문이라고 했지요.”

“그렇다면 대단한 문제는 없을 것 같구려. 그러나 또 한 가지 문제가 있소. 당신 부인은 이따금 기억상실증에 빠지는 듯하오. 그녀 자신이 그렇게 말했는데, 아주 짧은 시간 자기가 한 행동을 설명하지 못하는 수가 있다는 거요. 당신은 그 사실을 알고 있소?"

"아니오, 몰랐습니다. 몰리로부터도 듣지 못했습니다. 선생님이 그렇게 말씀하시니 짚이는 것이 있습니다. 몰리는 이따금 멍청하니……. 네, 맞습니다. 이제 납득이 갑니다. 그녀가 아주 간단한 일을 잊기도 하고, 지금이 언제인지 알지 못하는 듯이 보이는 일도 있었으므로 저는 왜 그럴까 생각했었지요. 그저 그녀가 다른 생각을 했기 때문이라고 여겼답니다."

"그것이 쌓여서 이렇게 됐군요. 당신은 반드시 부인을 뛰어난 전문의에게 보여야 하오."

팀이 얼굴을 붉히며 분연히 말했다.

"정신과 전문의를 말하시는 것일 테지요?"

"레테르를 문제 삼을 건 없소. 정신과의건 심리학자건 요컨대 사람들이 흔히 신경쇠약이라고 부르는 것을 전문으로 보는 사람을 말하는 것이니까요. 킹스턴에 뛰어난 전문가가 한 사람 있소. 물론 뉴욕에 가도 좋소. 어쨌든 당신 부인의 신경질적인 두려움에는 뭔가 원인이 있을 거요.

그 원인은 그녀 자신도 아마 거의 모를 거요. 전문가의 의견을 듣는 게 가장 좋은 방법이오. 그것도 되도록 빠른 시일 안에 말이오."

그는 팀 켄들의 어깨에 손을 얹고 일어섰다.

"하지만 당분간은 걱정 없소. 당신 부인에게는 좋은 친구가 많고, 우리도 그녀를 지켜보고 있으니까요."

"몰리는 두 번 다시 그런 짓을 하지 않으리라고 여기십니까?"

"아마 99퍼센트는 괜찮으리라고 생각하오."

"단언하지는 못하시는군요."

그레이엄 의사는 대답했다.

"1백 퍼센트 보증하지는 못하오. 그것이 의사라는 직업의 가장 기본적인 문제지요. 그러나 너무 걱정 마시오."

팀은 방에서 나가는 의사를 배웅하며 중얼거렸다.

"입으로 말하는 것은 간단하지. 너무 걱정하지 말라고! 대체 저 사람은 나를 돌과 나무로 만들어진 사람으로 여기는 것일까?"

잭슨의 화장품 강의

이블린 힐링던이 다짐했다.

"정말 괜찮겠어요, 미스 마플?"

미스 마플이 대답했다.

"네, 괜찮아요. 무슨 일이든 도움 된다면 기꺼이 하겠어요. 내 나이쯤 되면 아무 쓸모없는 존재가 되어 버린 기분이 든답니다. 이런 곳에 정양하러 와 있으면 특히 그런 기분이 들지요. 해야 할 일이 아무것도 없으니까요. 네, 기꺼이 몰리를 보살펴 드리겠어요. 당신은 부디 멀리 나갔다 오세요. 펠리컨 곶이있지요?"

"네, 에드워드도 나도 그곳을 아주 좋아해요. 새들이 하늘에서 쏜살같이 날아 내려와 물고기를 잡는 광경은 아무리 봐도 싫증이 나지 않지요. 지금은 팀이 몰리를 보살펴 주고 있어요. 하지만 그는 여러 가지 자질구레하게 일이 많은데도 몰리를 혼자 있게 하고 싶지 않은가 봐요."

"그럴 테지요. 내가 그 사람의 입장이라도 역시 그럴 거예요. 무슨 일이 일어날지 모르니까요. 누군가가 그런 일을 저질렀을 때, 네, 어서 다녀오세요."

이블린은 자기를 기다리고 있는 몇몇 사람에게로 갔다. 그녀의 남편, 다이슨 부부, 그 밖에 서너 사람 더 있었다.

미스 마플은 뜨개질 도구를 챙겨 모두 갖춰져 있는지 확인한 다음 켄들 부부의 방갈로 쪽으로 걸어갔다.

발코니로 올라갔는데, 반쯤 열린 프랑스 창을 통해 팀의 목소리가 들려 왔다.

"어째서 그런 짓을 했는지 말해 보오, 몰리. 내가 어떻게 했소? 틀림없이 무슨 까닭이 있을 게 아니오? 그것을 말해 주었으면 좋겠소."

미스 마플은 걸음을 멈췄다.

한순간 사이를 두고 몰리의 목소리가 들렸다. 억양없는 피곤한 목소리였다.

"나도 모르겠어요, 팀. 아마 내가 어떻게 되었었나 봐요."

미스 마플은 창문을 가볍게 두드리고 안으로 들어갔다.

"어서 오십시오, 미스 마플. 폐 끼치게 되어 죄송합니다."

"천만에요. 무슨 일이든 기꺼이 도와드리겠어요. 이 의자에 앉아도 될까요? 무척 좋아지셨어요, 몰리. 정말 다행이에요."

몰리가 말했다.

"이제, 괜찮아요. 거의 아무렇지도 않아요. 다만 좀 졸릴 뿐이에요."

"나는 아무 말도 하지 않을 테니 당신도 잠자코 주무세요. 나는 뜨개질을 하겠어요."

팀 켄들은 그녀에게 고마움의 눈길을 보내고 밖으로 나갔다. 미스 마플은 의자에 앉았다.

몰리는 왼쪽 겨드랑이를 아래로 하고 누웠다. 반쯤 멍해 있는 지친 표정이었다. 목소리는 거의 속삭이는 듯 낮았다.

"당신은 정말 친절한 분이세요, 미스 마플. 나 마음 편히 자겠어요."

그녀는 몸을 뒤척이며 눈을 감았다.

숨결은 꽤 고르게 되었지만 그래도 아직 정상과는 거리가 멀었다. 병자를 보살펴 준 풍부한 경험에서 미스 마플은 반쯤 무의식적으로 시트의 주름을 펴고 끝자락을 매트리스 밑으로 집어넣었다.

그때 한쪽 손이 딱딱한 직사각형 물건에 닿았다. 좀 놀라며 그녀는 그것을 잡아 뺐다. 그것은 한 권의 책이었다. 미스 마플은 침대에 누워 있는 몰리를 흘끗 보았다. 그녀는 꼼짝도 하지 않았다. 틀림없이 자고 있었다.

미스 마플은 책을 펼쳐 보았다.

그것은 신경증에 관한 새로운 서적이었다. 우연히 펼친 페이지에 피해망상이며 정신분열증 및 합병증의 갖가지 증상이 설명되어 있었다.

그것은 높은 수준의 전문 서적이 아니라 여느 사람이 쉽게 이해할 만한 내용이었다. 읽어 나가는 동안에 미스 마플의 표정은 차츰 엄숙해졌다.

1, 2분 뒤 그녀는 책을 덮고 생각에 잠겼다. 그리고 몸을 구부려 매트리스 밑으로 조심스럽게 책을 밀어 넣었다.

그녀는 당혹한 듯 머리를 흔들었다. 그리고 소리없이 의자에서 일어났다. 창문쪽으로 몇 걸음 걸어가다가 홱 돌아보았다. 몰리의 눈은 뜨여져 있었는데, 미스 마플이 뒤돌아보는 순간 다시 감겼다.

한순간 미스 마플은 몰리가 그녀의 재빠른 눈길을 알아차렸는지 어떤지 확신을 가질 수가 없었다. 몰리는 잠든 척했을 뿐일까? 그것은 당연히 생각할 수 있는 일이었다. 잠들어 있지 않음을 알게 되면 미스 마플이 말을 걸어오리라고 경계했을지도 모른다.

미스 마플은 몰리의 그 눈길 속에서 그리 느낌이 좋지 않은 음험함을 읽었던 것일까? 결국 그런 것은 알 수 없는 일이라고 그녀는 스스로에게 타일렀다.

그녀는 되도록 빠른 기회에 그레이엄 의사와 의논해 봐야겠다고 마음먹었다. 그녀는 침대 옆 의자로 돌아갔다. 그리고 5분쯤 뒤 몰리는 역시 정말로 잠들어 있었다고 결론지었다. 자는 척했다면 저렇듯 꼼짝 않고 평온한 숨소리를 낼 수 없으리라.

미스 마플은 다시 한 번 일어났다. 오늘은 고무창 운동화를 신고 있었다. 그리 우아하다고는 할 수 없으나 섬의 기후에 어울렸으며, 신는 기분도 편안하고 쾌적했다.

그녀는 방안을 조용히 걸어 다니며 저마다 다른 방향으로 나 있는 창문 옆에 멈춰 섰다. 호텔 부지 안은 쥐죽은 듯 조용하고 사람 기척이 없었다.

미스 마플은 의자 옆으로 돌아와 좀 근심스러운 듯 서 있다가 마침내 앉았는데, 그때 밖에서 나는 어떤 희미한 소리를 들었다. 발코니 바닥을 비비는 구두 소리일까?

그녀는 좀 주춤거리며 프랑스 창문 앞으로 가서 밀어 열고 살짝 빠져 나가 방안을 뒤돌아보며 말했다.

"잠깐 동안만 다녀오겠어요. 내 방갈로에 옷본을 놓고 왔는데, 그것을 가져 올게요. 내가 돌아올 때까지 얌전히 있어야 해요."

그리고 그녀는 뒤돌아서서 고개를 끄덕이며 혼잣말을 했다.

"잠들어 있는 것 같군. 가엾게도. 하지만 그것이 가장 좋아."

그녀는 발코니를 살금살금 나아가 층계를 내려가 오른쪽 오솔길로 구부러졌다. 때마침 하비스커스 수풀 사이를 지나가던 사람이 있었다면, 갑자기 진로를 바꾸어 화단으로 들어가 방갈로 뒤쪽으로 돌아서 뒷문을 지나 다시 방갈로 안으로 들어가는 미스 마플의 행동에 대해 의아한 느낌을 품었으리라.

뒷문은 팀이 이따금 사무실 대신으로 쓰는 작은 방으로, 그리고 이어서 거실로 통해 있었다.

그 방의 폭넓은 커튼은 방의 서늘함을 유지하기 위해 반쯤 닫혀 있었다. 미스 마플은 그 커튼 그늘에 몸을 숨겼다. 그리고 뭔가를 기다렸다. 그곳 창문에서는 몰리의 침실로 다가오는 사람이 모두 보이게 되어 있다. 4, 5분 뒤 한 사람이 다가왔다.

흰 마사지사 제복을 산뜻하게 입은 잭슨이 발코니 층계를 올라왔다. 그는 발코니에서 잠깐 멈춰 서더니 열려 있는 프랑스 창문을 똑똑 두드리는 듯했다.

미스 마플이 알아들을 만한 응답은 없었다. 잭슨은 사람 눈을 피하듯 재빨리 주위를 둘러보더니 열린 문을 지나 안으로 살짝 들어갔다.

미스 마플은 옆의 욕실로 난 문 곁으로 옮겼다. 가벼운 놀람으로 그녀의 눈썹이 치켜 올라갔다. 잠깐 생각한 다음 그녀는 복도로 나가 반대쪽 문을 통해 욕실로 들어갔다.

세면대 위의 선반을 뒤지고 있던 잭슨이 몸을 홱 돌렸다. 당연한 일이지만 허를 찔린 얼굴이었다.

그는 말했다.

"오, 저는 몰랐습니다……."

미스 마플은 크게 놀란 듯한 얼굴로 말했다.

"잭슨 씨."

잭슨이 말했다.

"당신이 이 집 어딘가에 계시리라고 생각했었습니다."

미스 마플이 따져 물었다.

"무슨 일이지요?"

"실은 켄들 부인이 어떤 크림을 쓰고 있는지 살펴보던 참입니다."

미스 마플은 잭슨이 크림병을 손에 들고 있는 것으로 미루어 저도 모르게 그가 사실을 말했다고 판단했다.

그는 코를 벌름거리며 말했다.

"좋은 냄새가 나는 군요. 여느 것보다 훨씬 고급품입니다. 싼 물건은 어느 누구의 피부에나 맞는다고 할 수는 없지요. 습진이 생기는 수가 있거든요. 분의 경우도 이따금 그런 일이 있습니다."

"당신은 화장품에 대해 무척 자세히 아는군요."

"제약 관계에서 잠깐 일한 적이 있어서요. 덕분에 화장품에 대해 잘 알게 되었지요. 아름다운 병에 담아 고급스럽게 포장하면 부인들은 놀랄 만큼 비싼 값이라도 사거든요."

"당신은 설마 그런 일로……."

미스 마플은 일부러 도중에 말을 끊었다.

잭슨이 동의했다.

"물론입니다. 화장품 이야기를 하기 위해 여기 온 것은 아닙니다."

미스 마플은 마음속으로 생각했다.

'거짓말을 생각해 낼 만한 시간이 없나 보군. 어떤 변명을 할는지 두고 보자.'

잭슨이 말했다.

"실은 요전에 월터즈 부인이 켄들 부인에게 입술연지를 빌려주었거든요. 내가 그녀 대신 그것을 돌려 달라기 위해 왔습니다. 창문을 두드렸는데도 켄들 부인이 깊게 잠들어 있는 것 같아 마음대로 욕실에 들어와서 찾아가도 괜찮으리라고 여겼습니다."

"그래, 입술연지는 찾았나요?"

잭슨은 머리를 저었다.

"아마 핸드백 속에라도 들었나 봅니다. 하지만 보이지 않아도 괜찮습니다. 월터즈 부인도 꼭 찾아오라고 말은 하지 않았으니까요. 지나가는 말로 했을 뿐입니다."

그는 줄곧 화장품을 살펴보고 있었다.

"그리 가짓수가 많지 않군요. 하기야 그녀 나이에는 필요 없을 테지요. 아직 피부가 아름다운 동안은."

미스 마플은 상냥하게 미소 지었다.

"당신이 여성을 보는 눈은 여느 남성과 아주 다른 것 같군요."

"네, 어떤 종류의 직업은 사람의 관점을 바꿔 버리지요."

"당신은 약에 관해서도 환하신가요?"

"그야 뭐, 직업상 여러 가지로 관계가 있으니까요. 하긴 요즘은 약이 너무 많아서요. 트랭키라이저니 강장제니 특효약이니 말입니다. 의사의 처방에 의해 환자의 손에 건네진다면 그래도 다행이지요. 그런데 처방전 없이 살 수 있는 약이 너무 많습니다. 그 가운데에는 위험한 약도 있지요."

"그럴 테지요."

"그런 약은 사람의 행동에 큰 영향을 끼칩니다. 이따금 보게 되는 10대 젊은이들의 히스테리 말인데, 그것은 자연적 원인으로 그렇게 되는 것과는 다릅니다. 아이들이 약을 먹고 있는 겁니다. 이건 그리 새로운 일도 아니지만요. 오래 전부터 잘 알려진 사실이지요.

예를 들어 저는 가본 적 없습니다만 동양에서는 여러 가지 재미있는 일이 일어나고 있습니다. 여자들이 남편에게 먹이는 약 가운데 깜짝 놀랄 만한 것도 있다더군요.

옛날 인도의 이야기인데, 노인과 결혼한 젊은 아내는 남편이 먼저 죽기를 바라지 않았습니다. 남겨진 아내는 남편이 화장되는 장작더미에서 함께 불태워지는 관습이 있었으며, 그것을 거부하면 가족들로부터 추방당할 운명이었기 때문일 테지요. 그러니 그 무렵 인도에서는 미망인이 되는 것만큼 수지맞지 않는 일도 없었을 겁니다. 그러나 늙은 남편에게 약을 먹여 살려 둔 채 반 폐인을 만들어 환각을 일으키게 하거나 착란 상태에 빠뜨리게 할 수는 있었지요. 정말이지 온갖 부정이 이뤄진 듯합니다."

그는 머리를 흔들었다.

"그리고 옛날 마녀들에 대해서도 재미있는 이야기가 많이 전해지고 있습니다. 어째서 그녀들은 예외 없이 자기가 마녀라는 것을, 악마의 향연날에 빗자루를 타고 하늘을 날았다는 것을 그토록 쉽게 털어놓았는지."

"고문 탓이었겠지요."

"반드시 그것만은 아니었습니다. 그야 고문을 받고 털어놓은 이도 많았지만, 그 가운데에는 고문한다는 위협을 받기 전에 털어놓고 마는 이도 있었지요. 그 경우는 털어놓았다기보다는 오히려 자랑했다는 것이 맞을 겁니다.

마녀들이 몸에 향유를 발랐다는 것은 알고 있겠지요. 그녀들은 그것을 도유라고 했습니다. 베라돈나니 아트로핀 같은 것을 몸에 바르는 것인데, 그렇게 하면 공중으로 날아오르는 환각이 생기지요. 가엾게도 그녀들은 그것을 현실에서 일어난 일로 믿고 있었던 듯합니다.

그리고 중세의 시리아며 레바논에서 그리스도교도를 살해한 암살 비밀 결사를 보십시오. 그들은 인도 대마를 복용하고 극락이니 극락의 여신이니 영원한 시간이니 하는 환상에 젖어 있었지요. 죽은 뒤에 다다르는 곳이 그런 세계며, 그곳에 이르기 위해서는 의식으로서의 암살을 행해야 한다는 가르침을 받았지요. 이건 지어낸 이야기가 아니라 모두 정말로 있었던 일입니다."

"다시 말하면 사람은 본질적으로 아주 속기 쉽다는 이야기군요."

"그렇지요. 그렇게 말할 수도 있습니다."

"사람은 남의 말을 아주 간단히 믿어 버려요. 맞아요, 우리는 모두 그런 경향을 지니고 있어요."

그리고 나서 미스 마플은 야무지게 물었다.

"인도 여자들이 남편에게 흰 독말풀을 먹인다는 말을 당신은 대체 누구로부터 들었지요? 팰그레이브 소령님인가요?"

잭슨은 희미한 놀라움의 표정을 떠올렸다.

"아 네, 실은 그렇습니다. 물론 그런 이야기는 소령님보다 훨씬 옛날부터 있었겠지만, 그는 그런 것을 잘 알고 있었지요."

"팰그레이브 소령님은 자신이 무엇이든 알고 있다고 생각했지요. 하지만 그분이 한 이야기는 정확하지 않았어요."

그녀는 머리를 저으며 생각에 잠겨 덧붙였다.

"팰그레이브 소령님도 무척 죄되는 일을 하셨어요."

옆 침실에서 희미한 소리가 났다. 미스 마플은 홱 돌아보았다. 그리고 욕실에서 급히 나가 침실로 들어갔다. 러키 다이슨이 프랑스 창문 안쪽에 서 있었다.

"어머나! 당신이 여기 계신 줄은 몰랐어요, 미스 마플."

미스 마플은 위엄과 빅토리아 왕조적 예절을 희미하게 풍기며 대답했다.

"잠깐 욕실에 가 있었어요."

욕실에서 그 말을 들은 잭슨은 싱긋 웃었다. 빅토리아 왕조적 예절은 언제나 그의 미소를 자아내게 했다.

러키가 침대로 눈길을 보내며 말했다.

"잠시 교대하여 몰리 곁에 있어 줄까 하고 왔어요. 잠들어 있는 것 같군요."

"그럴 거에요. 여기는 염려 말고 마음껏 즐기세요. 나는 당신이 멀리 나가신 줄 알았지요."

"그럴 생각이었는데 울고 싶도록 두통이 났기 때문에 차라리 남아서 도와드리는 편이 낫다고 생각했지요."

미스 마플은 침대 곁에 앉아 다시 뜨개질을 시작했다.

"친절하군요. 하지만 나는 여기서 그런대로 재미를 붙이고 있으니까요."

러키는 잠깐 망설이다가 마침내 발길을 돌려 밖으로 나갔다.

미스 마플은 깊이 숨을 들이마신 다음 다시금 욕실로 갔는데, 잭슨은 다른 문으로 나갔는지 이미 그곳에 없었다.

미스 마플은 그가 들고 있던 크림병을 집어 주머니에 넣었다.

몰리에게 남자가?

그레이엄 의사와 자연스러운 형태로 이야기할 기회를 붙잡는 일은 미스 마플이 예상했듯 아주 간단했다.

그녀는 이제부터 해야겠다고 생각하고 있는 질문에 필요 이상 중요한 뜻을 부여하고 싶지 않았으므로 드러나게 그에게 접근하지 않도록 마음 썼다.

팀이 방갈로로 돌아와 몰리 곁에 있었고, 미스 마플은 식당에서 이것저것 일이 많은 저녁 식사 시간 때 다시 팀과 교대하기로 했다.

그는 다이슨 부인이 곁에 있어 주겠다고 했고 힐링던 부인도 그런 제의를 해왔다고 하며 미스 마플을 쉬게 하려고 했으나, 그녀는 젊은 두 사람의 즐거움을 빼앗는 것은 미안한 일인데다 자기는 조금 일찍 가벼운 식사로 때우는 것이 오히려 편하므로 그렇게 하면 모든 사람의 불편이 가시지 않느냐며 굳이 자기가 병자 옆에 있겠다고 고집했다. 팀은 새삼 그녀에게 진심으로 고맙다는 말을 했다.

좀 불안한 기분으로 호텔 둘레를 거닐며, 그레이엄 의사의 방갈로를 포함한 여기저기의 방갈로를 잇는 길 위에서 미스 마플은 다음과 같은 행동 계획을 세웠다.

그녀의 머리 속에서는 갖가지 혼란되고 모순된 생각이 소용돌이치고 있었는데, 미스 마플이 무엇보다도 가장 싫어하는 것은 혼란되고 모순된 생각이었다.

이 사건의 발단은 아주 명백했다. 팰그레이브 소령의 한탄스러운 수다스러움, 틀림없이 누군가에게 그 이야기를 엿듣게 한 그의 경솔함, 그 당연한 귀결로서 스물네 시간도 채 못 되어 찾아온 그의 죽음. 여기까지는 참으로 논리정연하다고 미스 마플은 생각했다.

그러나 그 다음은 혼란 이외에 아무것도 없음을 미스 마플은 인정하지 않을 수 없었다. 온갖 일이 동시에 너무나 많은 방향을 가리키고 있었다.

남의 말은 한마디도 믿지 않고, 믿을 수 있는 사람도 없다고 생각하며, 그녀가 이곳에서 이야기를 주고받는 사람들의 대부분이 세인트 메리 미드의 몇몇 사람들과 한탄스러울 만큼 닮았다는 것을 인정한다 하더라도 거기에서 어떤 결론을 끌어낼 수 있겠는가?

그녀의 마음은 시간이 흐름에 따라 더욱더 희생자에게로 쏠렸다. 다시 또 누군가의 목숨이 목표물로 되어 있음은 확실했으며, 그녀는 어떻게든 그 누군가를 찾아내야만 할 의무감을 강하게 느끼고 있었다.

'무엇인가'가 있었던 것만은 사실이다. 그 무엇인가란 그녀가 사람들로부터 들은 것일까? 아니면 그녀 자신이 알아차린 것, 또는 목격한 것일까?

이 사건에 관련하여 누군가가 그녀에게 이야기한 그 무엇일까? 그 누군가란 조운 프리스콧일까? 조운 프리스콧은 여러 사람에 관해 여러 가지를 이야기했다. 스캔들? 아니면 가십? 대체 조운 프리스콧은 무엇을 이야기했는가?

그레고리 다이슨, 그리고 러키. 미스 마플의 사고는 러키에 이르자 멈추었다. 러키가 그레고리 다이슨 첫 부인의 죽음과 관련되어 있다는 것을 미스 마플은 타고난 날카로운 '육감'으로 확신하고 있었다. 온갖 상황이 그것을 가리키고 있었다.

그렇다면 지금 미스 마플의 마음에 걸리는 다음 희생자는 그레고리 다이슨일까? 러키는 두 번째 남편으로 다시 한 번 운수를 시험해 보려 하고 있고, 그럼으로써 얻는 자유뿐만 아니라 그레고리 다이슨의 미망인으로서 거액의 유산을 손에 넣으려 계획하고 있는 것일까?

미스 마플은 혼잣말을 했다.

"하지만 이건 어디까지나 추측에 지나지 않는다. 나는 왜 이렇듯 바보일까. 나는 내가 바보짓을 하고 있음을 잘 알고 있다. 쓸데없는 장애물을 깨끗이 거둬 버릴 수만 있다면 진상은 틀림없이 단순 명쾌해진다. 장애물이 너무 많은 점이 문제다."

래필 씨의 목소리가 들렸다.

"혼잣말을 하고 있는 거요?"

미스 마플은 깜짝 놀라 펄쩍 뛰었다. 그가 다가오는 것을 전혀 몰랐기 때문이다. 그는 에스터 월터즈의 부축을 받으며 방갈로에서 테라스로 나오고 있었다.

"느닷없이 말을 걸어 깜짝 놀랐어요. 래필 씨."

"당신 입술이 움직이고 있더군요. 당신이 말하는 긴급 사태는 그 뒤 어떻게 되었소?"

"여전히 해제되지 않은 상태예요. 그저 간단하기 그지없는 일일 텐데 아무래도 알 수가 없어서……."

"그토록 간단한 일이라니 기쁘군요. 아무튼 뭔가 도움이 필요할 때는 언제든지 나를 부르시오."

그는 오솔길을 다가오는 잭슨 쪽으로 얼굴을 돌렸다.

"이제야 나타나는군, 잭슨. 대체 어디 갔었나? 일이 곁에 있을 곁에 있은 적이 한 번도 없잖은가."
"죄송합니다, 래필 씨."
그는 래필 씨 어깨 밑으로 자기 어깨를 솜씨있게 밀어 넣었다.
"테라스로 내려가시겠습니까?"
"바로 데려다 주게. 에스터, 당신은 그만 들어가서 저녁 식사를 위한 옷으로 갈아입구려. 30분 뒤에 테라스로 데리러 오오."
그와 잭슨은 함께 가버렸다.
월터즈 부인은 미스 마플의 옆 의자에 앉았다. 그녀는 팔을 천천히 문지르며 말했다.
"보기에는 아주 가벼울 것 같지만 팔이 저리도록 힘든답니다. 그런데 오늘은 한 번도 뵙지 못했군요, 미스 마플."
미스 마플은 설명했다.
"네, 나는 이제까지 몰리 켄들 옆에서 보살펴 주고 있었어요. 훨씬 나아졌답니다."
"내가 보기에 그녀의 용태는 그리 나쁘지 않았어요."
미스 마플은 의아한 듯 눈썹을 치켜 올렸다. 에스터 월터즈의 말투는 냉정하기 그지없었나.
"그렇다면 그녀의 자살 미수는……."
"저는 그것을 자살 미수로는 결코 보지 않아요. 그녀가 수면제를 지나치게 많이 먹었다는 것은 거짓말이며 그레이엄 선생님도 그 사실을 알고 있을 거예요."
"아주 재미있는 말씀이군요. 어째서 그렇게 생각하지요?"
"그야 진상이 그렇다고 믿고 있기 때문이지요. 흔한 일이에요. 아마 자기에게 주의를 끌기 위해 한 짓일 거예요."
미스 마플이 거들었다.
"다시 말해서, 죽으면 상대가 후회할 테니까?"

에스터 월터즈는 고개를 끄덕였다.
"그렇다고 할 수 있겠지요. 하긴 이 경우의 동기는 그것과 좀 다르다고 여겨요. 당신이 말씀하시는 건 남편이 냉담하고 아내가 남편을 깊이 사랑하고 있을 때 아내가 느끼는 것이지요."
"그럼, 당신은 몰리 켄들이 남편을 사랑하고 있다고 여기지 않아요?"
"글쎄요, 당신은 어떻게 생각하세요?"
미스 마플은 신중히 생각한 다음 대답했다.
"나는 사랑하고 있다고 생각했어요."
그리고 좀 사이를 두었다가 덧붙였다.
"하지만 내가 틀렸을지도 모르지요."
에스터는 비꼬는 웃음을 떠올리며 말했다.
"그녀에게 관한 소문을 좀 들었어요."
"미스 프리스콧으로부터?"
"그렇다고 할 수 있지요. 한두 사람의 입을 통해 들었어요. 여기에는 또 한 사람의 남자가 얽혀 있다는 거예요. 예전에 그녀가 좋아하던 남자가 있었는데, 그녀의 가족이 크게 반대했더군요."
"네, 그 이야기라면 나도 들었지요."
"이윽고 그녀는 팀과 결혼했지요. 그야 어떤 뜻에서는 팀을 사랑하고 있을지도 모르지요. 하필 난 또 한 남자도 단념하지 못하는 거예요. 저는 그 남자가 이 섬까지 그녀를 쫓아오지 않았을까 하고 한두 번 생각한 적이 있었어요."
"그렇군요. 하지만 누구일까요, 그 사람은?"
"그건 몰라요. 두 사람 모두 남의 눈에 띄지 않도록 조심할 테니까요."
"몰리가 그 남자를 사랑하고 있다고 생각하나요?"

에스터는 어깨를 으쓱했다.
"그 남자는 나쁜 사람일 테지요. 그런 남자일수록 여자의 마음을 사로잡아 잊지 못하게 하는 법이에요."
"그 남자가 어떤 남자인지, 무엇을 하고 있던 사람인지에 대해 듣지 못했나요?"
에스터는 머리를 끄덕였다.
"네, 여러 사람이 이것저것 추측하고 있지만 결국 확실한 것은 몰라요. 기혼자였을지도 모르지요. 그 때문에 가족이 반대했을지도 모르고, 또는 나쁜 평판이 있는 남자였을지도 몰라요. 술꾼이었다고도 생각할 수 있고, 아니면 법을 어기는 짓을 한 남자였는지, 저는 모르겠어요. 아무튼 그녀는 지금도 그 남자를 사랑하고 있어요. 이것만은 확실해요."
미스 마플은 넌지시 떠보았다.
"그렇다면 뭔가 보거나 들은 일이라도 있나요?"
에스터는 가시 돋친 말투로 쌀쌀하게 대답했다.
"저는 제가 무슨 말을 하고 있는지쯤은 알고 있어요."
미스 마플이 화제를 바꾸었다.
"그건 그렇고, 이 살인사건 말인데요."
"살인사건 이야기는 접어 둘 수 없겠지요? 래필 씨까지 살인사건에 열 올리고 계세요. 어차피 아무리 애써 봐야 이 이상 일은 알 수 없을 텐데요."
미스 마플은 상대의 얼굴을 찬찬히 보았다.
"당신은 뭔가 알고 있군요."
"네, 알고말고요. 게다가 확신도 있어요."
"그렇다면 아는 것을 말하는 게 옳지 않을까요. 잠자코 내버려 둘 수는 없지 않겠어요?"

"그럴까요? 그런다고 무슨 소용 있겠어요? 저는 무엇 하나 증명할 수가 없고, 제가 말했다고 해서 어떻게 되는 것도 아니잖아요. 요즘은 형벌을 가볍게 하는 것쯤 아주 간단해요. 경감 책임인지 뭔지 하는 명목으로 4, 5년쯤 교도소에서 지내고 나면 다시 멀쩡하게 세상으로 돌아오는 걸요."

"만일 당신이 알고 있는 것을 이야기하지 않았기 때문에 또 누군가가 살해된다면, 새로운 희생자가 나오게 된다면?"

에스터는 자신있는 듯 머리를 저었다.

"그런 일은 결코 일어나지 않아요."

"하지만 잘라 말할 수 없겠지요."

"할 수 있어요. 아무튼 누가――."

그녀는 눈살을 찌푸렸다.

"어쨌든, 아니, 어차피 경감 책임이라는 것으로 되어 버릴 거예요. 그것까지 피할 수는 없겠지만요. 완전한 정신이상자가 아닌 한. 하긴 잘 모르겠어요. 어쨌든 가장 바람직한 것은 그녀가 누구하고라도 좋으니 여기에서 사라져 주는 거예요. 그러면 우리는 모든 것을 잊을 테니까요."

그녀는 시계를 흘끗 보고 깜짝 놀라며 벌떡 일어섰다.

"나는 그만 가서 옷을 갈아입어야겠어요."

미스 마플은 앉은 채 그녀를 배웅했다. 대명사란 언제나 성가신 것이지만, 특히 에스터 월터즈 같은 여자는 그것을 닥치는 대로 내뱉는 버릇이 있어 난처하다고 미스 마플은 생각했다.

에스터 월터즈는 무슨 까닭으로 팰그레이브 소령과 빅토리아 존슨을 죽인 것이 여자라고 생각하는 것일까. 그녀의 말투가 그렇지 않은가. 미스 마플은 깊은 생각에 잠기고 말았다.

"여, 미스 마플, 혼자서――더구나 뜨개질도 않고."

목소리의 주인은 아까 그토록 찾아도 보이지 않던 그레이엄 의사였다. 그 그레이엄 의사가 그녀 옆에 앉아 몇 분 동안 이야기하기 위해 스스로 찾아온 것이다.

그 역시 저녁 식사를 위해 옷을 갈아입어야 할 테고, 게다가 그의 저녁 식사 시간은 언제나 매우 이른 편이었으므로 미스 마플은 오래 있지 않으리라고 상상했다. 그녀는 오후 내내 몰리 곁에 있었다고 말했다.

"정말로 믿어지지 않을 만큼 빨리 회복되고 있어요."

그레이엄 의사가 대답했다.

"그럴 테지요. 놀랄 일은 아닙니다. 수면제를 많이 먹었다지만 대단한 양은 아니었으니까요."

"어머나, 병에 절반 남아 있던 것을 모두 먹지 않았나요?"

그레이엄 의사는 싱글벙글 웃었다.

"아니오, 그렇게는 먹지 않았을 겁니다. 아마 처음에는 모두 먹을 작정이었겠지만 마지막 순간에 절반쯤 버렸을 테지요. 사람이란 자살하고 싶다고 마음먹고 있을 때조차도 본디 마음은 그렇지 않은 수가 많습니다. 그러므로 치사량을 먹는 사람은 좀처럼 없지요. 이것은 의식적인 기만이 아니라 실은 의식 속의 브레이크가 움직이고 있는 셈입니다."

"의식적인 경우도 있을지 몰라요. 말하자면 자살을 기도한 듯 보이게 하고……."

"그것도 생각할 수 있습니다."

"예를 들어 몰리와 팀은 부부 싸움을 한 적이 있을까요?"

"없는 것 같습니다. 두 사람은 서로 깊이 사랑하고 있는 듯하니까요. 그러나 어떤 부부든 한 번쯤은 싸우겠지요.

어쨌든 몰리에 대해서는 걱정할 것 없습니다. 여느 때와 마찬가지로 일어나 돌아다녀도 됩니다. 하긴 앞으로 하루 이틀은 가만히 있도록 하는 편이 무난하겠지만요."

그는 몸을 일으켜 가볍게 머리 숙여 보이고 호텔 쪽으로 사라졌다. 미스 마플은 그 뒤에도 얼마 동안 그 자리에 앉아 있었다.

갖가지 생각이 그녀의 마음에 떠올랐다. 몰리가 매트리스 밑에 숨겨 둔 책에 대해, 몰리가 잠든 척한 것에 대해, 조운 프리스콧이, 그리고 그 뒤에 에스터 월터즈가 말한 것.

그녀의 생각은 마침내 그 시초로 팰그레이브 소령에게로 되돌아갔다.

무엇인가가 그녀의 마음속에서 갈등을 벌이고 있었다. 팰그레이브 소령에 관한 무엇인가가…….

그것이 무엇인지 생각해 낼 수만 있다면……

마지막 날

1

미스 마플은 혼자 중얼거렸다.

"저녁이 있고 새벽이 있었노라, 그 첫날에."

그리고 여우에게 홀린 듯한 얼굴로 그녀는 의자 위에서 등을 폈다.

아무래도 졸고 있었던 것 같다. 시끄러운 스틸 밴드 연주를 들으며 졸다니. 그렇다면 그것은 이 고장에 익숙해졌다는 증거라고 미스 마플은 생각했다.

나는 무엇을 중얼거리고 있었을까? 틀리게 외고 있는 어떤 인용구였다. 마지막 날이었나? '첫날'. 그래야만 할 것이다. 하지만 오늘은 첫날이 아니다, 아마 마지막 날도 아니리라.

그녀는 다시 한 번 등을 폈다. 실은 몹시 지쳐 있었다. 이 걱정, 어떤 점에서는 자신이 부끄러울 만큼 무력했었다는 이 자각…… 그녀는 몰리가 반쯤 감은 눈꺼풀 아래에서 자기를 엿보던 그 기묘하고도 교활한 눈길을 생각하고 새삼 불쾌한 기분에 사로잡혔다. 대체 몰리는 무엇을 생각하고 있었을까?

모든 양상이 처음과는 완전히 달라졌다고 미스 마플은 생각했다. 보기만 해도 자연스럽고 행복한 젊은 부부였던 팀과 몰리도, 상냥하고 고상하고 이른바 인상 좋은 사람들이었던 힐링던 부부도.

그리고 명랑하고 서글서글한 사교가 그렉 다이슨, 역시 명랑하고 사람들 앞에서 서슴없이 새된 목소리를 지르는 러키, 쉴 새 없이 수다를 떨고 세상에도 스스로에게도 만족하고 있는 듯한…… 아주 사이좋은 4인조.

조용하고 친절한 프리스콧 신부, 조운 프리스콧, 좀 신랄한 면이 있긴 해도 마음 좋은 여자, 이렇듯 마음 좋은 여자들이란 기분 전환을 위해 남의 이야기로 꽃을 피우지 않을 수 없다. 그녀들은 세상에서 일어난 일을 무엇이든 알고 싶어한다. 그러나 이런 여자들은 해롭지 않다. 남의 이야기를 시작하면 그칠 줄 모르지만 남의 불행을 보면 친절해진다.

그리고 래필 씨, 명사로 사람 됨됨이도 빈틈없어 한 번 만나 보면 결코 잊을 수 없다. 그러나 미스 마플은 래필 씨에 대해 또 한 가지 자신이 알고 있는 것이 있다고 생각했다.

그에게서 들은 바에 따르면 그는 지금까지 여러 의사로부터 절망적인 말을 들었다고 했는데, 이번에야말로 의사의 견해가 맞아 들어갈 것이라고 그녀는 생각했다. 래필 씨도 자신의 목숨이 앞으로 얼마 남지 않았음을 알고 있다.

이 점을 확실한 사실로서 알고 있다면 그는 뭔가 행동을 취하지 않을까?

미스 마플은 그 의문에 대해 생각해 보았다.

이것은 중요한 문제일지도 모른다고 미스 마플은 생각했다.

그가 좀 지나치게 크다고 할 만한 목소리로 자신감 넘치게 말한 것은 대체 무엇이었을까? 미스 마플은 다른 사람의 목소리 가락에 아주 민감했다. 사람들의 이야기에 귀 기울일 기회가 수없이 많았기 때문이다.

래필 씨는 그녀에게 뭔가 거짓말을 했던 것이다.

미스 마플은 주위를 둘러보았다. 밤공기, 달콤한 꽃향기, 작은 스탠드가 놓인 테이블, 아름답게 차려 입은 여인들, 짙은 감색과 흰색의 프린트 드레스를 입은 이블린, 흰색 드레스를 입고 금발을 반짝이고 있는 러키.

오늘 밤은 누구나 모두 명랑하며 생기에 넘쳐흐르고 있다. 팀 켄들마저 미소 짓고 있다.

그는 미스 마플의 테이블 옆을 지날 때 말을 걸었다.

"당신의 친절에는 뭐라고 고마운 말을 해야 할지 모르겠습니다. 몰리는 이제 거의 나았습니다. 의사 선생님도 내일부터는 일어나도 좋다고 하셨답니다."

미스 마플은 방긋 웃으며 그거 참 반갑다고 대답했다. 그러나 미소 짓기 위해서는 노력이 필요했다. 어쨌든 그녀는 몹시 지쳐 있었다……

그녀는 자리를 떠나 자기 방갈로 쪽으로 천천히 갔다. 그래도 여전히 생각하고 추리하고 기억의 실을 더듬었으며, 갖가지 사실이니 말이니 눈길을 짜 맞추어 보려고 애썼다.

그러나 도저히 기운이 나지 않았다. 지친 마음이 반항했다.

그것은 그녀에게 명령했다.

"잠을 자시오! 잠을 자야만 합니다!"

미스 마플은 옷을 벗고 침대에 들어가 늘 머리맡에 놓아두는 토마스 아 켐피스의 《그리스도를 본받아》를 조금 읽은 다음 불을 껐다.

어둠 속에서 기도문을 외웠다. 아무것도 혼자서는 할 수 없다. 누군가의 도움이 필요하다.

그녀는 희망을 품고 속삭였다.

"오늘 밤은 아무 일도 일어나지 않을 거야."

2

미스 마플은 급히 잠을 깨어 침대 위에 일어나 앉았다.

가슴이 세게 두근거렸다. 불을 켜고 머리맡의 작은 시계를 보았다. 오전 2시. 한밤중 2시라는 시각에 밖에서 뭔가 소동이 일어나고 있다.

그녀는 일어나 가운을 걸치고, 실내화를 신고, 모직 스카프를 머리에 쓰고 동태를 살피러 밖으로 나갔다.

횃불을 든 사람 그림자가 뛰어다니고 있다. 그 가운데 프리스콧 신부의 모습도 보여서 그녀는 옆으로 다가갔다.

"무슨 일이지요?"

"아, 미스 마플입니까. 캔들 부인 일입니다. 남편이 잠에서 깨어나 보니 그녀가 침대에서 빠져 나가고 없더랍니다. 지금 그녀를 찾고 있는 중입니다."

그는 급히 사라졌다. 미스 마플은 그를 따라잡을 수는 없었으나 그래도 걱정스러워 뒤쫓아 갔다.

몰리는 어디로 갔을까? 무엇하러? 이것은 계획적인 행동일까? 옆에 붙어 있는 사람이 없자 남편이 깊이 잠든 틈을 타서 방을 빠져 나간 것일까? 있을 수 없는 일은 아니라고 미스 마플은 생각했다.

그러나 무엇 때문에? 까닭이 무엇일까? 에스터 월터즈가 강하게 암시했듯 달리 또 남자가 있는 것일까?

만일 그렇다면 대체 그 남자는 누구일까? 아니면 뭔가 좀더 불길한 까닭이라도 있단 말인가?

미스 마플은 주위를 둘러보고 수풀을 들여다보며 나아갔다. 그때 희미한 외침이 들려 왔다.

"여기다…… 여기 있다……."

외침은 호텔 부지 바깥으로 조금 나아간 곳에서 들려 왔다. 아마 바다로 흘러가는 시냇물 가까이라고 미스 마플은 판단했다. 그녀는 되도록 빨리 그쪽으로 걸어갔다.

수색하는 사람 수는 처음에 생각했던 것만큼 많지 않았다. 대부분의 사람이 아직 아무것도 모르고 방갈로에서 잠들어 있음에 틀림없다.

시냇가 한곳에 사람들이 모여 있었다. 누군가가 그녀를 밀치며 그쪽으로 달려갔다. 그녀는 하마터면 쓰러질 뻔했다. 팀 켄들이었다.

1, 2분 뒤 그의 외침이 들려왔다.

"몰리! 아, 몰리!"

미스 마플은 그 1, 2분 뒤에 몇몇 사람들이 빙 둘러싸 울타리를 이루고 있는 곳에 다다랐다. 쿠바인 급사 한 사람, 이블린, 그리고 현지인 여자 두 사람이었다.

그들은 길을 열어 팀을 나아가게 했다. 미스 마플은 그가 허리 굽혀 시냇물 속을 들여다보고 있을 때 가 닿았다.

"몰리……."

팀 켄들은 땅에 털썩 주저앉았다.

미스 마플의 눈에 개울 바닥에 누워 있는 여자의 시체가 뚜렷이 보였다. 얼굴은 수면 밑에 가라앉아 있고 어깨에 걸친 수놓은 연한 초록색 숄 위에 금발이 펼쳐져 있었다. 마른 잎과 개울가의 골 풀에 싸여 그것은 《햄릿》의 한 장면을 떠오르게 했다. 몰리는 물에 빠져 죽은 오필리어였다…….

팀이 한손을 뻗어 시체를 만지려 할 때 냉정하고 양식있는 미스 마플이 나아가 단호하게 타일렀다.

"움직이면 안 돼요, 켄들 씨. 손대지 말고 그대로 내버려두세요."

팀은 멍하니 돌아보았다.

"하지만 이대로 내버려둘 수는 없습니다. 이건 몰리입니다. 아무리 그래도 이대로……."

이블린 힐링던이 그의 어깨에 가만히 손을 얹었다.

"그녀는 이미 죽었어요, 팀. 움직이지 않고 맥을 짚어 보았어요."

팀은 믿을 수 없다는 얼굴이었다.

"죽었다고요? 그렇다면 그녀는 몸을 던진 겁니까?"

"가엾게도 그런 것 같아요."

젊은 남편은 큰소리로 울기 시작했다.

"하지만 왜 그랬을까요? 왜 그랬을까요? 그녀는 바로 오늘 아침까지만 해도 아주 행복해 보였는데요. 내일은 무엇을 할까하고 제게 의논하며 말입니다. 어째서 또 그 무서운 죽음의 소망에 사로잡혔을까요? 어째서 그런 식으로 몰래 방에서 빠져 나가 한밤중에 이런 곳에 몸을 던졌을까요? 무엇에 절망하여, 무엇이 슬퍼서, 어째서 제게는 한마디도 하지 않았을까요?"

이블린이 상냥하게 말했다.

"모르겠어요. 정말 모르겠어요."

미스 마플이 말했다.

"어느 분이든 그레이엄 선생님을 모셔와 주겠어요? 그리고 전화로 경찰에 알려 주세요."

팀이 비통하게 웃으며 말했다.

"경찰이라고요? 경찰을 불러서 무엇하지요?"

미스 마플이 대답했다.

"자살일 경우는 경찰에 알려야만 해요."

팀이 느릿하게 일어나 침통한 목소리로 말했다.

"제가 그레이엄 선생님을 모셔오겠습니다. 어쩌면 아직 무슨 방법을 쓸 수 있을지도 모르니까요."

그는 비틀거리며 호텔 쪽으로 사라졌다.

이블린 힐링던과 미스 마플은 나란히 서서 시체를 내려다보았다.

이블린이 머리를 흔들며 말했다.

"이미 때가 늦었어요. 완전히 싸늘해졌는걸요. 적어도 죽은 지 한 시간, 아마 그보다 더 지났을지도 모르겠어요. 참으로 슬픈 사건이에요. 언제나 그토록 행복해 보이던 두 사람이었는데. 그녀는 아마 오래전부터 정신에 이상이 있었을지도 몰라요."

"아니에요, 나는 그녀의 정신이 이상하다고는 여기지 않아요."

이블린이 이상한 듯이 그녀를 보았다.

"그게 무슨 뜻이지요?"

이때까지 구름에 가려져 있던 달이 구름 사이로 그 모습을 나타내어 몰리의 펼쳐진 머리칼에 반짝이는 은빛 광선을 던졌다.

미스 마플이 갑자기 앗 하고 비명을 질렀다. 그녀는 쭈그려 앉아 수면을 들여다보며 한손을 뻗어 금발로 뒤덮인 머리를 만졌다. 이블린 힐링던에게 말을 거는 그녀의 목소리는 이제까지와 전혀 달랐다.

"찬찬히 확인해야 할 필요가 있겠어요."

이블린 힐링던이 놀라며 그녀를 바라보았다.

"조금 전에는 팀에게 손대면 안 된다고 했잖아요."

"알고 있어요. 그때는 달이 나오지 않았었지요. 그래서 알아차리지 못했지만……."

그녀의 손가락이 어느 한 점을 가리켰다. 그리고 금발에 손가락 끝을 대어 머리 밑이 보이도록 헤쳤다.

이블린이 날카롭게 외쳤다.

"러키!"

그리고 한순간 뒤 이블린은 되풀이했다.

"몰리가 아니라 러키예요."

미스 마플이 고개를 끄덕였다.

"머리 색은 아주 비슷하지만 그녀 것은 물들인 금발이어서 머리 밑이 검지요."

"하지만 몰리의 숄을 어깨에 걸치고 있잖아요."

"그녀는 이것을 마음에 들어 했어요. 언젠가 같은 걸 사고싶다고 한 적 있는데, 그 뒤에 샀나 봐요."

"그래서 모두들 속았군요."

이블린은 자기를 지켜 보고 있는 미스 마플의 눈길을 느끼며 도중에 말을 끊었다.

미스 마플이 말했다.

"누군가가 그녀의 남편에게 알려야 돼요."

잠깐 사이를 두었다가 이블린이 말했다.

"좋아요, 제가 가겠어요."

그녀는 몸을 돌려 종려나무 사이를 누비며 사라졌다.

미스 마플은 꼼짝도 하지 않고 서 있다가 이윽고 조금 돌아보며 말했다.

"웬일이세요, 힐링던 씨?"

에드워드 힐링던이 그녀 뒤의 나무숲에서 나타나 그녀 곁으로 와서 섰다.

"제가 있는 것을 알고 있었습니까?"

"그림자가 보였어요."

그들은 말없이 서 있었다.

이윽고 힐링던이 혼잣말처럼 중얼거렸다.

"그랬었군. 결국 그녀는 자기 운을 지나치게 믿은 셈이군……."

"당신은 그녀가 죽어서 아마 마음 놓였을 것 같군요."

"그렇다고 대답하면 충격을 받으시겠습니까? 네, 그것을 부정할 생각은 없습니다. 죽어 주어서 마음 놓였다는 것이 솔직한 심정입니다."

"죽음은 이따금 문제의 해결이 되지요."

에드워드 힐링던은 천천히 얼굴을 돌렸다. 미스 마플은 조용히 다부지게 그의 눈길을 잡았다. 그는 그녀에게로 바싹 다가갔다.

"설마 당신은……."

그 목소리는 갑자기 위협적인 울림을 띠었다.

미스 마플은 침착하게 대답했다.

"부인이 다이슨 씨를 모시고 곧 돌아올 거예요. 그리고 그레이엄 선생님을 모시러 간 켄들 씨도."

에드워드 힐링던의 어깨에서 힘이 빠졌다. 그는 다시 여자의 시체를 돌아보았다.

미스 마플은 소리없이 그 자리를 떠났다. 이윽고 그녀의 걸음걸이가 빨라졌다.

미스 마플은 자기 방갈로에 다다르기 바로 전에 멈춰 섰다.

그날 팰그레이브 소령과 이야기 나누었던 곳이 바로 거기였다. 소령이 지갑을 뒤져서 살인자의 사진을 꺼내려고 한 것도 이곳이었다…….

그녀는 소령이 얼굴을 들었을 때의 일, 그리고 그 얼굴이 거무스름하게 변했던 때의 일을 생각해 냈다.

드 카스페어로 부인은 말했었다.

"그 못생긴 노인 소령은 악마의 눈을 가지고 있었어요."

악마의 눈…… 눈…… 눈…….

복수의 여신

1

한밤중의 비상소집과 출격이 아무리 시끄러웠다 해도 래필 씨는 그 법석을 듣지 못했다.

그는 가볍게 코를 골며 깊이 잠들어 있다가 두 어깨를 심하게 흔들리는 바람에 깨어났다.

"으윽 누구야, 어느 악마야?"

미스 마플은 비문법적인 대답을 했다.

"나예요. 하긴 악마보다 좀더 강한 표현을 써야 할지도 모르겠지만요. 참, 그리스 사람은 이럴 경우에 꼭 맞는 말을 가지고 있어요. 내 기억이 틀리지 않는다면 복수의 여신(네메시스)이라는 말이 있지요."

래필 씨는 윗몸을 한껏 베개 위로 번쩍 일으켰다. 그리고 어이없는 얼굴로 그녀를 뚫어지게 보았다. 폭신한 엷은 핑크빛 모직 스카프로 얼굴을 싸고 달빛 아래 서 있는 미스 마플은 복수의 여신과는 거리가 먼 부드러운 모습이었다.

래필 씨는 한순간 사이를 두었다가 말했다.

"그래, 당신이 복수의 여신이란 말이오?"

"그렇게 되고 싶어요, 당신의 힘을 빌려서."

"좀 알기 쉽게 설명해 주시오. 이런 한밤중에 대체 무슨 이야기요?"

"우물쭈물할 시간이 없어요. 서둘러야 해요. 나는 어리석었어요. 터무니없이 어리석었어요. 처음부터 알고 있어야만 했는데요. 이렇듯 간단한 일이었는데."
"뭐가 간단하단 말이오? 대체 당신은 무슨 이야기를 하는 거요?"
"무척 깊이 잠들어 있었나 보군요. 시체가 발견되었어요. 처음에는 모두 몰리 켄들의 시체로 여겼지요. 그런데 그녀가 아니라 러키 다이슨이었어요. 시냇물에 빠져 죽었어요."
"러키가? 빠져 죽었다고? 시냇물에, 그녀는 자기 스스로 빠진 거요, 아니면 누군가가 그녀를 빠지게 한 거요?"
"누군가가 밀어서 빠뜨렸어요."
"그랬었군. 이제 알 것 같소. 이렇듯 간단한 일이라고 당신이 말한 것은 바로 이 일이오? 그렉 다이슨은 처음부터 가장 의심스러운 인물이었는데, 역시 범인은 그였었군요. 그렇지요? 당신이 생각하고 있는 것은 바로 이것이겠지요? 그리고 당신이 걱정하고 있는 것은 다이슨 녀석이 이번에도 꼬리를 붙잡히지 않으리라는 게 아니오?"
미스 마플은 숨을 깊이 들이마셨다.
"래필 씨, 여기서 나를 믿어 주세요. 당장 살인을 막아야만 해요."
"살인은 이미 이뤄졌다고 했잖소?"
"러키가 살해된 것은 착오였어요. 그러므로 금방이라도 또 다른 살인이 저질러질지 몰라요. 꾸물거리고 있을 겨를이 없어요. 우리의 손으로 그것을 막아야 해요. 당장 가봐야 해요."
"그런 식으로 말하는 건 자유겠지만, 지금 당신은 우리라고 했지요? 이 내가 대체 무엇을 할 수 있다는 거요? 나는 누구의 도움 없이는 걸을 수도 없단 말이오. 당신과 내가 어떻게 해서 살인을 막을 수 있다는 거요? 당신은 다 늙어빠진 할멈이고, 나는 폐인이나 다름없는 데요."
"아니에요, 내가 생각하고 있는 것은 잭슨이에요. 잭슨은 당신 명령이라면 무슨 일이든지 하지 않을까요?"

"그야 하겠지요. 게다가 그만한 보수를 준다면 더욱더 기꺼이 명령에 따를 것이오. 나더러 그렇게 하라는 거요?"

"네, 나와 함께 가서 내가 내리는 어떤 명령에든 따르도록 그에게 명령해 주세요."

래필 씨는 거의 6초 동안 그녀의 얼굴을 노려본 다음 말했다.

"좋소. 나는 아무래도 생애에서 가장 큰 위험을 무릅쓰게 될 듯싶구려. 그러나 위험을 무릅쓰는 것이 이번이 처음은 아니니까요."

그는 목소리를 돋구어 불렀다.

"잭슨."

동시에 옆에 있는 버저를 눌렀다.

30초도 채 못 되어 옆방으로 통하는 문에서 잭슨이 모습을 나타냈다.

"부르셨습니까? 무슨 일이신지요?"

그는 미스 마플의 존재를 알아채고 급히 말을 끊었다.

"여보게, 잭슨, 내가 하라는 대로 해야 하네. 자네는 이 미스 마플과 함께 가게. 그녀가 가는 곳이라면 어디든지 따라가서 그녀가 시키는 대로 하게. 어떤 명령에든 따라야 해. 알겠나?"

"하지만……."

"알겠나!"

"네."

"그렇게 하면 결코 자네에게 손해는 없어. 나는 어김없이 상을 줄 테니까."

"고맙습니다."

미스 마플이 말했다.

"그럼, 부탁해요, 잭슨 씨."

그리고 그녀는 어깨너머로 래필 씨에게 말을 건넸다.

"가는 길에 월터즈 부인에게 당신 방으로 가보라고 말해 두겠어요. 그녀에게 옷을 갈아입혀 달라고 하여 뒤따라 오세요."

"어디로?"

"켄들 부부의 방갈로예요. 몰리는 그리로 돌아올 거예요."

2

몰리가 바다에서 오솔길을 따라 올라오고 있었다. 눈은 앞쪽을 물끄러미 보고 있었다. 이따금 짓누른 듯한 울음소리가 흘러나왔다.

그녀는 발코니 층계를 올라와 한순간 멈춰 섰다가 이윽고 프랑스 창을 밀어 열고 침실로 들어섰다. 불이 켜져 있었으나 방안은 텅 비어 있었다. 몰리는 침실을 가로질러 침대로 가서 앉았다. 이따금 이마에 손을 대고 눈살을 찌푸리며 그대로 앉아 있었다.

이윽고 주위를 재빨리 둘러본 다음 매트리스 밑에 한손을 찔러 넣어 숨겨 두었던 책을 꺼냈다. 허리를 굽히고 책을 들여다보며 페이지를 들추기 시작했다.

얼마 뒤 밖에서 나는 어떤 다급한 발소리를 듣고 그녀는 깜짝 놀라 얼굴을 들었다. 그리고 뒤가 켕기는 듯한 재빠른 동작으로 등 뒤에 책을 감췄다.

팀 켄들이 숨을 헐떡이며 들어와 그녀를 보자 깊은 안도의 한숨을 내쉬었다.

"아 다행이군. 대체 어디 갔었소, 몰리? 온갖 곳을 다 찾아 다녔잖소."

"시냇가 쪽에 갔었어요."

"시냇가 쪽에?"

"네, 시냇가에 갔었어요. 하지만 거기서 기다리는 것은 싫었어요.

누군가가 물에 빠져…… 그녀는 죽었어요."

"대체 당신은 어떻게 된 거요? 나는 그 시체가 틀림없는 당신인 줄 알았소. 그것이 러키라는 것을 지금 막 알았소."

"내가 죽이지 않았어요. 정말이에요, 팀. 내가 죽이지 않았어요. 맹세코, 정말로 내가 죽였다면 당연히 기억하고 있을 게 아니겠어요?"

팀은 천천히 침대 끝에 걸터앉았다.

그는 마치 아우성치듯 말했다.

"당신이 죽이지 않았다고! 틀림없겠지? 그럴 테지, 물론 당신이 러키를 죽일 리 없소! 그런 생각은 하지 마오, 몰리. 러키는 스스로 몸을 던진 거요. 물론 그렇고말고. 힐링던에게 차였기 때문이오. 그래서 거기로 가서 시냇물에 얼굴을 처박은 거지."

"러키는 그런 일을 할 사람이 아니예요. 투신자살을 할 사람이 아니예요. 하지만 나는 그녀를 죽이지 않았어요. 맹세코 나는 아니에요."

"알고 있소. 물론 당신은 아니오!"

그는 몰리를 끌어안으려고 했으나 그녀는 몸을 살짝 뺐다.

"나는 이 섬이 아주 싫어요. 구석구석 밝은 햇살이 비쳐 드는 줄 알았었지요. 처음에는 확실히 그렇게 보였어요. 하지만 실제로는 그렇지 않아요. 그렇지 않고 그늘이 있어요. 커다란 그늘이…… 나는 그 속에 갇혀서, 나가려 해도 나갈 수 없어요."

그녀의 목소리는 히스테릭한 외침으로 바뀌었다.

"조용히 하오, 몰리! 제발 조용히 하오!"

그는 욕실로 가서 컵을 들고 왔다.

"자, 이걸 마셔 보오. 기분이 가라앉을 테니까."

"나는 아무것도 마실 수가 없어요. 이가 딱딱 맞부딪쳐요."

그는 그녀를 한손으로 안았다. 그리고 컵을 그녀의 입술에 갖다대며 말했다.

"걱정 마오, 자. 침대에 앉아 이걸 마시구려."

그때 창문에서 말소리가 들려 왔다. 미스 마플이었다.

"잭슨, 가세요. 저 컵을 그로부터 빼앗아 단단히 쥐어야 해요. 조심하세요, 상대는 힘이 세고, 무슨 짓을 할지 모르니까요."

잭슨은 몇 가지 장점을 가지고 있었다. 우선 명령에 복종하는 일에 익숙한 유순한 사람이라는 점. 그리고 돈에는 꼼짝 못하는 사람이라는 점——그 돈을 지위와 권위를 갖춘 그의 고용주가 약속하고 있었다. 마지막으로 그는 훈련으로 단련된 억센 완력의 소유자였다. 그는 이유를 생각하기 전에 우선 행동하는 타입의 사람이다.

그는 번개처럼 재빠르게 방을 가로질러 갔다. 한손이 팀에 의해 몰리의 입가에 대어진 컵으로 뻗어 나가고 또 한쪽 팔이 팀의 몸을 죄었다. 손목을 재빨리 한 대 쳤을 뿐으로 컵은 그의 손으로 옮겨져 있었다. 팀은 얼굴빛이 달라지며 그에게 덤벼들었으나 잭슨은 억센 힘으로 그를 꽉 눌렀다.

"이거 왜 이래 놔, 놔. 당신 돌았소? 무슨 짓이오?"

팀은 심하게 저항했다.

미스 마플이 말했다.

"단단히 눌러요, 잭슨."

에스터 월터즈의 부축을 받으며 래필 씨가 프랑스 창으로 들어왔다.

"무슨 일이오? 대체 왜 이러는 거요?"

그러자 팀이 외쳤다.

"무슨 일이 일어났는지 알고 싶습니까? 당신의 마사지사가 돌았나 봅니다. 완전히 돌았습니다. 나를 놓아주라고 말씀하십시오."

미스 마플이 말했다.

"안 돼요."

래필 씨는 그녀 쪽을 보고 말했다.

"설명하시오, 복수의 여신. 정확한 이야기를 들려주시오."

"나는 얼빠진 바보였어요. 하지만 이번에야말로 속지 않아요. 이 사람이 자기 아내에게 먹이려 하던 컵에 담긴 것을 분석하면 틀림없이——네, 내 불멸의 넋을 걸어도 좋지만——그 속에는 독약이 섞여 있음이 밝혀질 거예요.

이것은 같은 유형이에요. 그 팰그레이브 소령님의 이야기와 똑같은 유형이에요. 정신이상이 된 아내가 스스로 목숨을 끊으려고 한다. 그것을 때늦기 전에 남편이 구해 주는 거지요. 그러나 아내는 두 번째에는 성공해요. 네, 아주 똑같은 유형이에요. 팰그레이브 소령님은 내게 그 이야기를 하고 사진을 꺼냈어요. 그때 그는 얼굴을 들어 보았던 거예요."

래필 씨가 말했다.

"당신의 오른쪽 어깨너머였지요."

미스 마플이 머리를 저었다.

"틀려요. 소령님은 내 오른쪽 어깨너머로는 아무것도 보지 못했어요."

"무슨 말을 하는 거요? 당신이 그렇게 말하지 않았소……."

"내가 잘못 알았던 거예요. 완전히 틀려 있었어요. 나는 믿어지지 않을 만큼 바보였어요. 팰그레이브 소령은 내 오른쪽 어깨너머로 무엇인가를 보고 있는 듯 아니, 무엇인가 발견한 듯 보였지요.

그러나 그는 아무것도 볼 수가 없었어요. 그러려면 그는 왼쪽 눈으로 보고 있어야 했거든요. 그의 왼쪽 눈은 의안이었으니까요."

"그 말을 들으니 생각나는구려. 그의 한쪽 눈은 확실히 의안이었소. 깨끗이 잊고 있었다기보다는 거의 마음 쓰지 않고 있었소. 요컨대 그는 아무것도 볼 수가 없었단 말이오?"

"물론 볼 수가 없었어요. 온전히 볼 수 있었다 해도 그건 한쪽 눈뿐이었어요. 보이는 쪽 눈은 오른쪽 눈이었지요. 그러므로 그때 그가 보고 있었던 것은 내 오른쪽이 아니라 왼쪽에 있던 물건 또는 사람인 셈이에요."

"당신 왼쪽에 누군가가 있었소?"

"네, 팀 켄들과 부인이 그리 머지않은 곳에 앉아 있었어요. 키 큰 하비스커스가 우거져 있는 곳 바로 옆에 놓인 테이블에. 그곳에서 두 사람은 장부를 정리하고 있었지요. 그때 소령님이 얼굴을 들었어요. 그의 왼쪽 의안은 내 어깨 뒤를 노려보고 있었지만 그가 또 한쪽 눈으로 본 것은 하비스커스 옆에 앉아 있던 한 사나이였으며, 그 얼굴은 좀 나이 들었다는 점만 빼면 스냅 사진에 찍힌 것과 똑같았어요. 사진의 사나이도 역시 하비스커스 옆에 있었지요.

팀 켄들은 소령님이 몇 번이나 되풀이한 그 이야기를 듣고 있었으므로 마침내 소령님에게 정체가 드러났음을 직감했지요. 이렇게 되면 물론 소령님을 살려 둘 수 없어요. 그리고 소령님 방으로 약병을 가져가는 것을 본 빅토리아도 죽이지 않을 수 없었지요.

그녀는 처음에는 그 사실을 아무렇지도 않게 여겼어요. 팀 켄들이 여러 가지 일로 방갈로에 드나드는 것은 조금도 이상한 일이 아니니까요. 소령님이 레스토랑 테이블에 잊고 놓아둔 것을 돌려주러 갔을 뿐일지도 모르지요. 그러나 빅토리아가 이것저것 생각한 끝에 마침내 그에게 질문을 퍼붓자 그는 결국 그녀를 죽여야만 했어요.

하지만 그가 진짜로 하려던 살인, 그가 오래 전부터 계획하고 있던 살인은 이것이에요. 그는 아내 상습 살해범이었지요."

팀 켄들이 외쳤다.

"그건 당치도 않은 말입니다!"

느닷없이 울음소리가 터졌다. 격렬한 노여움에 찬 울음소리였다. 에스터 월터즈가 래필 씨를 떠밀다시피 떨쳐 버리고 쏜살같이 달려가 잭슨을 떼어놓으려 했다. 그러나 잭슨은 꿈쩍도 하지 않았다.

"그를 놔주어요, 놔줘요. 저 여자가 말한 것은 사실이 아니예요. 처음부터 끝까지 거짓말이에요. 팀, 그렇지요, 거짓말이지요? 당신이 살인을 할 리 없어요. 나는 잘 알아요. 당신이 그런 짓을 하다니. 모든 게 당신이 결혼한 이 끔찍한 여자 때문이에요.

저 여자가 거짓말을 하고 있는 거예요. 모두 거짓말이에요. 나는 당신을 믿어요. 당신을 사랑하고 믿어요. 다른 사람이 하는 말 같은 건 조금도 믿지 않아요. 나는――."

이번에는 팀이 냉정을 잃었다.

"제기랄, 제발 입 좀 다물어. 내 목을 잘리게 하고 싶소? 입 다물란 말이오, 그 더러운 큰 입을 다물라고."

래필 씨가 조용히 말했다.

"가엾게도 어리석은 여자로군. 그랬었군. 일이 그렇게 되어 있었군."

미스 마플의 상상력

래필 씨는 말했다.

"일이 그렇게 되어 있었군."

그와 미스 마플은 아주 다정한 사람들처럼 함께 앉아 있었다.

"그녀는 팀 켄들과 관계가 있었소?"

미스 마플은 새침하게 말했다.

"관계라는 말이 지나치게 강한 것 같아요. 장래의 결혼을 꿈꾼 낭만적인 집착이었으리라고 여겨요."

"뭐라고? 그의 부인이 죽은 뒤에?"
"가엾은 에스터 월터즈는 몰리가 죽을지도 모른다는 것을 알지 못했던 듯해요. 그녀는 팀 켄들의 말을 듣고 몰리에게는 남자가 있어 그 남자가 여기까지 그녀를 쫓아왔다고 믿고 있었지요. 그리고 팀이 몰리와 이혼할 것을 기대하고 있었어요. 그러므로 그녀로서는 거의 양심의 가책을 받을 게 없었을 거예요. 너무 지나치게 팀에게 열 올리고 있었으니까요."
"그 기분을 모르는 바 아니오. 그는 아주 매력적인 사나이니 말이오. 그런데 그는 무엇 때문에 에스터에게 눈독 들였을까요. 당신은 그 까닭을 알고 있소?"
"그건 당신도 알고 있을 테지요."
"내 생각이 아마 맞으리라고 여기는데, 당신이 어떻게 그것을 알게 되었는지 이상하구려. 첫째 그 점에 관한 한 팀이 어떻게 그 사실을 알게 되었는지 전혀 모르겠소."
"그 일은 상상력을 조금만 펼쳐 보면 설명할 수 있으리라고 여겨요. 당신이 이야기해 주시면 더욱 간단하지만요."
"나는 말하지 않겠소. 당신은 머리 좋은 사람이니 어디 한 번 추리해 보시오."
"나는 이렇게 생각해요. 내가 전에도 넌지시 말했듯 당신의 잭슨은 이따금 당신 서류를 훔쳐보는 상습범이 아닌가 생각돼요."
"그 생각은 아마 맞을 테지요. 그러나 그가 훔쳐보아도 그리 도움될 만한 서류는 없었을 거요. 그 점은 나도 충분히 조심하고 있으니까."
"그는 당신의 유언장을 읽지 않았을까요?"
"아, 그렇겠군. 그러고 보니 나는 유언장 사본을 한 통 가지고 있소."

"당신은 말씀하셨어요. 아주 큰 목소리로 뚜렷하게 유언으로 에스터 월터즈에게는 아무것도 남겨 주지 않았다고. 당신은 그녀에게도, 그리고 잭슨에게도 그 점을 뚜렷이 인식시켰어요. 아마 잭슨의 경우는 그 말씀대로겠지요. 그에게는 아무것도 남겨 주지 않았어요. 그러나 에스터 월터즈에게는 돈을 남기셨어요. 다만 그녀에게는 그 사실을 알리지 않으려 하셨지요. 그렇지 않은가요?"

"맞소. 당신은 그것을 어떻게 아오?"

"당신이 그 점을 지나치게 강조했기 때문이에요. 거짓말을 분간하는 일에는 나도 얼마쯤 경험을 쌓고 있으니까요."

"이거 한 대 맞았구려. 좋소. 나는 에스터에게 5만 파운드를 남겨 주었소. 내가 죽으면 그것으로 그녀를 깜짝 놀라게 해줄 생각이었지요.

아마 그 사실을 알고 팀 켄들이 지금의 부인을 약이나 뭔가로 처치하고 5만 파운드의 지참금이 딸린 에스터 월터즈와 재혼할 작정이었나 보구려. 언젠가는 때를 보아 에스터도 처치할 생각이었다고 여길 수 있겠군. 그런데 그는 에스터가 5만 파운드를 받게 된다는 것을 어떻게 알았을까요?"

"물론 잭슨이 말했겠지요. 그 두 사람은 아주 친했거든요. 팀 켄들은 잭슨에게 아주 친절했는데, 거기에는 별 속셈이 없었으리라고 여겨요. 그러나 잭슨이 무심코 한 이야기 속에 에스터 월터즈가 큰 돈을 받게 되어 있는데 그녀는 아직 그것을 모른다는 말이 섞여 있었겠지요. 그리고 잭슨 자신이 에스터를 유혹하여 결혼할 생각이지만 지금으로서는 아직 그녀의 마음을 끌지 못하고 있다는 말도 했을지 몰라요. 네, 틀림없이 두 사람 사이에 그런 이야기가 오갔을 거예요."

"당신이 생각하는 것은 모두 있음직한 일들이오."

"하지만 나는 바보였어요. 정말 바보였어요. 모든 것이 꼭 들어맞는데도 알아차리지 못했거든요. 팀 켄들은 극악인인 동시에 아주 머리 좋은 사람이었어요. 특히 소문을 퍼뜨리는 일에서는 그 위에 설 사람이 없을 정도였지요. 아마 내가 이곳에 와서 들은 이야기의 절반은 그의 입에서 나왔을 거예요.

몰리가 그리 탐탁치 못한 남자와 결혼하려 했었다는 소문이 나돌았는데, 그 남자란 실제로는 팀이 아니었을까 생각해요. 물론 그 무렵에는 팀 켄들이라는 이름이 아니었겠지만요.

몰리의 가족은 그의 경력에 좀 미심쩍은 점이 있다느니 뭐니하는 소문을 들었겠지요. 그래서 그를 마다했고, 그가 몰리에게 이끌려 그녀의 집으로 와서 인사하는 것을 거절했을 거예요. 그러자 두 사람은 일을 조금 꾸며서 울분을 풀었을 테지요. 즉 그녀는 가족에게 토라졌고, 그를 애타게 그리워하는 척했어요.

이때 몰리네 집안의 오랜 친구들 이름을 미리 여러 가지로 알아 둔 팀 켄들 씨가 나타났지요. 가족은 이렇듯 훌륭한 젊은이와 교제하면 몰리도 그 불량배를 잊을 수 있으리라 여기고 그를 두손 들어 환영했어요. 몰리와 팀은 잘 속였다고 하며 뒤에서 한바탕 웃지 않았을까요.

그건 그렇고, 그는 몰리와 결혼하여 그녀의 돈으로 호텔을 사서 이리로 왔어요. 아마 그는 몰리의 돈을 눈 깜짝할 사이에 다 써버렸겠지요. 마침 그 무렵 에스터 월터즈와 만나게 되었으며, 좋은 '봉'이 나타났다고 여겨 그녀를 노렸던 거예요."

"그는 어째서 나를 죽이지 않았을까요?"

미스 마플은 헛기침을 했다.

"그보다도 먼저 월터즈 부인의 마음을 사로잡는 게 급했겠지요. 게다가 그……"

그녀는 난처한 얼굴로 말을 머뭇거렸다.
래필 씨가 대신 말했다.
"게다가 그는 그리 오래 기다릴 필요가 없다고 생각했단 말이지요. 자기가 손대지 않아도 내가 자연히 죽어 줄 거라는 이야기겠지요. 그리고 나는 거부인 만큼 억만장자의 죽음은 이곳 평범한 아내의 죽음과는 달리 세상 눈이 성가실 테고요."
"네, 그 말씀이 맞아요. 게다가 그는 무척 많은 거짓말을 했어요. 예를 들어 몰리에게 믿도록 한 거짓말만 하더라도, 그녀에게 정신이상에 관한 책을 읽게 했고 꿈이며 환상을 일으키게 하는 약을 먹였으니까요.
그 점에 대한 잭슨의 눈은 날카로웠어요. 그는 몰리의 갖가지 조짐이 약에 의해 일어나고 있음을 알아차렸지요. 그래서 그날 방갈로로 몰래 들어와 욕실을 뒤졌던 거예요. 그가 조사하고 있던 그 크림, 아마 마녀들이 베라돈나가 든 향유를 몸에 발랐다는 옛날 이야기에서 힌트를 얻은 걸 거예요. 베라돈나를 크림에 섞으면 아주 똑같은 효과를 얻지요. 그것을 얼굴에 바른 몰리는 일시적으로 기억상실증을 일으켜요. 자기가 무엇을 하고 있었는지 모르게 되고, 하늘을 나는 꿈을 꾸기도 하지요. 그녀가 두려워한 것도 무리가 아니예요. 여러 가지로 그녀가 정신이상을 일으키고 있는 셈이었으니, 잭슨의 추측은 맞은 거지요. 그는 인도 여자들이 남편에게 흰독말풀을 먹였다는 팰그레이브 소령님의 이야기에서 그 추리의 실마리를 찾았을지도 몰라요."
"팰그레이브 소령이라! 그가!"
"그는 스스로 자신의 죽음을 불러왔어요. 그리고 그 가엾은 빅토리아라는 아가씨의 죽음도, 그리고 하마터면 몰리의 죽음까지 불러올 뻔했지요. 그는 범인을 알고 있었던 거예요."

래필 씨는 흥미진진한 얼굴로 물었다.

"당신이 느닷없이 그의 의안에 대해 생각이 미친 것은 어떻게 해서요?"

"드 카스페어로 부인의 말이 힌트가 되었어요. 그녀는 소령의 얼굴이 못생겼다느니 그의 눈은 악마의 눈이라느니 했거든요. 그래서 내가 그것은 의안 때문이므로 그의 탓으로 여기면 가엾다고 했더니, 그녀는 소령의 오른쪽 눈과 왼쪽 눈이 저마다 다른 방향을 보고 있었다, 즉 사팔뜨기였다고 하더군요. 물론 그것은 사실이었지요. 그리고 그 눈이 불행을 가져다주었다고 그녀는 말했어요.

나는 알고 있었지요. 그날 뭔가 중요한 말을 들었다는 것을, 그리고 어젯밤 러키가 죽은 뒤에야 그것이 무엇인지 생각났던 거예요! 그래서 더 이상 우물쭈물하고 있을 수 없다고……."

"팀 켄들은 어째서 러키를 몰리로 잘못 알고 살해했을까요?"

"그건 전적으로 우연이었다고 여겨요. 그의 계획은 이렇지 않았을까요. 몰리가 정신이상을 일으키고 있음을 그녀 자신을 비롯한 모든 사람에게 믿도록 해놓고는 그녀에게 알맞은 양의 수면제를 먹인 다음 둘이서 살인 사건의 수수께끼를 해결하자고 그녀에게 제안했겠지요. 그러기 위해서는 그녀의 도움이 필요하다고요.

모두들 잠들었을 때쯤 두 사람은 따로따로 방갈로를 나가 시냇가의 어떤 장소에서 만나기로 정했어요.

그는 누가 범인인지 거의 짐작 가므로 그 사람에게 덫을 걸어야겠다고 했겠지요. 몰리는 시키는 대로 방갈로를 나갔어요. 그러나 조금 전에 먹은 수면제 때문에 머리가 혼란되어 약속 시간보다 늦고 말았지요.

팀은 먼저 가 닿았는데, 거기 있던 러키를 틀림없이 몰리로 생각했어요. 금발에다 연한 초록색 숄을 어깨에 걸치고 있었으니까요.

그래서 등 뒤로 몰래 다가가 입을 막고 억지로 얼굴을 물 속에 처넣었을 거예요."

"정말 지독한 녀석이군! 차라리 치사량의 수면제를 먹이는 편이 한결 간단했을 텐데!"

"물론 그편이 간단해요. 하지만 그것은 의혹을 불러일으킬 우려가 있었어요. 왜냐하면 수면제나 진정제 종류는 모두 몰리의 손이 미치지 않는 곳에 간수해 두었거든요. 만일 그녀에게 새로 약을 건네준 사람이 있다면 역시 가장 의심받는 것은 남편 아니겠어요?

그러나 죄 없는 남편이 잠들어 있는 동안 절망에 사로잡혀 발작적으로 밖으로 뛰어나가 물에 몸을 던졌다면 그것은 낭만적인 비극으로 여겨지며, 누군가가 그녀를 고의적으로 빠뜨려 죽였다고 할 사람은 아무도 없지요.

게다가 살인자란 예외 없이 모두 단순한 것을 싫어해요. 어떻게든 공들인 방법을 택하려고 하지요."

"살인자에 대해서라면 무엇 하나 모르는 게 없다는 투로군요! 팀은 러키를 몰리로 잘못 알고 죽인 것을 모르고 있었다고 생각하오!"

미스 마플은 고개를 끄덕였다.

"그는 얼굴을 확인하지도 않은 채 되도록 빨리 일을 끝내고 한 시간쯤 뒤 몰리를 찾기 시작하여 비탄에 젖은 남편 역을 하고 있었지요."

"대체 러키는 그런 한밤중에 시냇가에서 무엇을 하고 있었을까요?"

미스 마플은 난처한 듯한 얼굴로 가볍게 기침을 했다.

"아마 그녀는 누군가를 기다리고 있지 않았을까요."

"에드워드 힐링던이오?"

"아니에요, 두 사람 사이는 이미 끝나 버렸는걸요. 이건 다만 상상에 지나지 않는데, 그녀는 잭슨을 기다리고 있었을지도 몰라요."

"잭슨이라고?"

"나는 알아차리고 있었어요. 한두 번 잭슨을 보는 그녀의 눈빛을 말예요."

미스 마플은 눈을 내리떴다.

래필 씨는 휘파람을 불었다.

"호색가 잭슨이라! 녀석이라면 그럴 거요! 팀은 나중에 사람을 잘못 보았음을 깨닫고 무척 충격 받았겠군요."

"그렇고말고요. 그도 아마 필사적이 되었을 거예요. 죽은 줄 알았던 몰리가 멀쩡하게 돌아다니고 있으니까요. 게다가 몰리의 정신 상태에 대해 그가 조심스럽게 퍼뜨린 소문도 그녀가 유능한 전문의의 진찰을 받으면 당장에 거짓말임이 드러나고 말지요.

그리고 그가 그녀에게 시냇가까지 나오라는 말을 했다는 것이 밝혀지면 팀 켄들의 입장이 어떻게 되겠어요? 일이 이쯤 되면 바랄 것은 오직 하나, 되도록 빨리 몰리를 처치하는 것뿐이지요.

그렇게 하면 광기어린 발작을 일으킨 몰리가 러키를 물에 빠뜨려 죽이고 자기가 한 짓이 무서워 자살했다고 믿도록 할 가능성도 많이 있었으니까요."

"그래서 그때 당신이 복수의 여신으로 둔갑하기로 마음 먹었구려?"

그는 느닷없이 몸을 홱 젖히고 큰 소리로 웃었다.

"이 연극은 아주 최상급이오! 그날 밤 폭신한 핑크빛 모직 스카프를 머리에 쓰고 복수의 여신이라면서 내 방에 나타났을 때의 당신 모습은 정말 볼 만 했소! 그 모습은 잊으려 해도 잊을 수 없을 거요!"

에필로그

출발시간이 되어 미스 마플은 공항에서 비행기를 기다리고 있었다.

많은 사람들이 전송하러 나와 있었다. 힐링던 부부는 이미 떠난 뒤였다. 그레고리 다이슨은 다른 섬으로 날아가 그곳에서 아르헨티나 어느 미망인에게 열 올리고 있다는 소문이 벌써 나돌고 있었다. 드 카스페어로 부인은 남아메리카로 돌아가 버렸다.

몰리도 미스 마플을 배웅하러 나와 있었다. 그녀는 아직 얼굴빛이 나쁘고 야위어 있었으나 기특하게도 뜻밖의 발견으로 충격을 이겨내고, 래필 씨가 전보로 영국에서 불러들인 그의 명의 중 한 사람의 도움을 받으며 호텔 경영을 계속하고 있었다.

래필 씨는 말했다.

"바쁜 편이 오히려 기운 전환이 되오. 마음아파 하지 마오. 할 일도 있으니까."

"어떨지 모르겠어요. 살인 사건도 있었고 해서……."

래필 씨는 그녀의 기분을 북돋아 주었다.

"세상 사람들이란 살인사건을 좋아하는 법이오. 힘을 내오. 어쩌다 나쁜 녀석을 만났다고 해서 모든 남성을 불신해서는 안되오."

그녀는 대답했다.

"당신은 미스 마플과 똑같은 말씀을 하시는군요. 그분도 언젠가는 정의로운 사람이 내 앞에 나타날 거라고 하셨어요."

래필 씨는 이 말을 듣고 빙그레 웃었다.

이리하여 공항에는 몰리가 있고 프리스콧 남매, 래필 씨, 그리고 에스터가 있었다. 에스터는 전보다 나이가 들어 버린 듯했고 슬픈 느낌이었지만, 그러한 그녀에게 래필 씨는 이따금 뜻밖일 만큼 친절한 태도를 보였다.

물론 잭슨도 모습을 보였으며 미스 마플의 짐을 챙겨 주는 척하고 있었다. 요즘 그는 늘 싱글벙글했으며 자신이 부자가 되었다는 것을 감추려 하지도 않았다.

하늘에서 희미한 폭음이 들려 왔다. 비행기가 와 닿은 것이다.

이곳의 탑승 수속은 아주 간단했다. 8번 통로, 또는 9번 통로를 통해 타라는 안내의 말도 없었고 다만 꽃으로 뒤덮인 작은 퍼빌리언에서 활주로로 나가기만 하면 되었다.

몰리가 그녀에게 키스했다.

"안녕히 가세요, 미스 마플."

미스 프리스콧은 진심으로 악수했다.

"안녕히 가세요. 부디 우리 집에도 놀러 오세요."

프리스콧 신부가 말했다.

"당신을 알게 되어 정말 기쁩니다. 누이도 말했듯 꼭 놀러 오십시오."

잭슨이 말했다.

"몸조심하십시오. 무료로 마사지를 해 받고 싶으실 때는 언제든지 연락하십시오. 바라시는 날을 비워 놓겠습니다."

에스터 월터즈만은 작별할 때도 옆을 보고 있었다. 미스 마플도 그녀에게는 말을 걸지 않고 내버려두었다.

마지막으로 래필 씨 차례였다. 그는 미스 마플의 손을 쥐고 말했다.

"Ave Caesar, nos morituri te salutamus(황제 만세, 바야흐로 죽음을 맞이하고 있는 우리는 폐하에게 경례합니다. 죽음을 앞둔 검투사들의 말)."

"나는 라틴어를 잘 모르는데요."

"하지만 지금 이 말의 뜻은 아셨을 텐데요?"

"네."

그녀는 그 이상 아무 말도 하지 않았다. 그 라틴어의 뜻을 너무나도 잘 알고 있었다.

그녀는 말했다.

"당신을 알게 되어 기뻐요."

이윽고 그녀는 활주로를 가로질러가 비행기에 올랐다.

주옥같은 크리스티 명단편들

크리스티 여사의 단편을 읽을 수 있는 것은, 미스터리소설 애호가에게는 반가운 선물이며, 또 일반 독자도 여사의 단편 작가로서의 풍부한 재능에 푹 빠질 수 있을 것이다.

세계 미스터리소설사에 거대한 발자취를 남긴 크리스티 여사의 업적은, 미스터리소설 독자들에게는 이미 널리 알려져 있다. 포, 도일, 체스터튼, 크로프츠, 반다인, 챈들러, 시므농, 퀸, 카와 어깨를 나란히 하는 거장으로서, 45년 동안의 문필 활동에 한결같은 필력을 자랑할만큼 순수한 미스터리 작가로서 경탄스러운 재능을 타고났다.

크리스티의 장편은 우리나라 독자들에게도 친숙하지만, 이 '단편집'에 수록되어 있는 작품들은, 1933년에 간행된 Hound of Death의 번역으로, 여사의 알려지지 않은 일면을 전하는 것으로서 의의가 깊다.

작품 대부분에 정신과 의사와 학자가 등장하고 심령술, 유령의 집, 투시력, 환각 같은 신비 현상을 다룬 것이 많은 이색 작품들이다.

〈빨강신호〉는 정신과 의사를 둘러싸고 예감에 대한 토론이 벌어진

다. 시로마코라는 일본인 지배령이 나타나는 영매를 초대하여 강령술 모임이 열리는데, 그 자리에서 '집으로 돌아가면 위험하다'는 경고를 받는다. 친구의 아내를 사랑하는 정신과 의사의 조카가 집으로 돌아가자, 발사된 권총이 있고 정신과 의사를 살해한 범인으로서 자신을 체포하러 온 경관을 만난다. 그는 교묘하게 그 자리를 빠져나가 친구의 도움을 받지만 그곳에서 비로소 자신이 빠진 함정을 깨닫는다.

주인공을 덮친 재난에 트릭은 있지만 영매의 경고에는 속임수가 없으므로 모든 것을 합리적으로 끌고 가는 것이 아니라 신비 현상을 추리의 도입에 활용하고 있다.

〈네 번째 남자〉는 기차 안에서 목사와 법률가와 정신과 전문의가 대화를 나누다, 거칠고 우둔한 한 프랑스 아가씨에게 나타난 4중 인격이 화제에 오른다. 거기에 제4의 남자가 끼어들어, 그 아가씨가 인격 전환할 때 나타나는 죽은 자의 영혼에 얽힌 인연담을 얘기해주는데, 과학적인 설명이 없어 근대의 괴기담을 듣는 듯한 느낌이 있다.

〈집시〉에는 운명을 투시하는 능력을 가진 여성이 등장, 〈램프〉는 유령의 집으로 이사한 가족의 아이가 그 집에 달라붙어 있는 어린아이의 영혼과 친구가 되어 함께 밖으로 나가버리는 기이한 이야기다.

〈라디오〉는 심장이 약한 고모를 위해 조카가 라디오 수신기의 설치를 권유한다. 처음에 성가시게 생각했던 고모도 점점 마음에 드는 프로그램에 귀를 기울이게 되는데, 방송 도중에 죽은 남편의 목소리가 자신을 곧 데리러 오겠다고 말하는 소리를 듣는다. 그 예고를 몇 번이나 받은 고모는 죽음을 준비한 뒤 정해진 시간에 죽는다.

이 영계 통신을 이용한 스릴 뒤에는, 교묘한 범죄 공작이 있고 더욱 놀라운 결말이 준비되어 있다. 신비담을 늘어놓은 것 같은 이 단편집 속에 미스터리소설의 화려한 트릭을 짜 넣어, 한층 더 효과적으로 훌륭하게 구성된 멋진 단편이 되었다고 할 수 있다.

빌리 와일더 감독, 타이런 파워·마리네 디트리히·찰스 로턴 등 명 배우들이 출연한 걸작영화의 원작 〈검찰측 증인〉도 반전의 효과에서는 전작에 못지않다. 부유한 노파의 환심을 산 가난한 청년이, 노파를 죽인 용의자로 체포된다. 검찰측은 청년의 내연의 처를 증인으로 세워 그가 범행을 고백했다고 말하게 한다. 그러나 변호사는 그녀가 신뢰할 수 없는 여성이라는 것을 폭로함으로써 청년의 무죄판결로 심리는 끝나지만, 그 뒤에는 여성의 대담한 연기가 준비되어 있었던 것. 이 전집 가운데 단 하나 신비에 언급하지 않고 1인 2역을 효과적으로 사용한 미스터리물이다.

〈푸른 항아리의 비밀〉은 〈라디오〉와 함께, 괴기를 작품 속에 멋지게 끌어들인 단편 미스터리소설이다. 주인공은 골프장에서 '사람 살려!' 하는 비명을 매일 같은 시간에 듣는데 다른 사람에게는 들리지 않는다. 환청이 아닐까 고민하는 청년은 정신 의학자와 상담하여 목소리가 들려오는 집에 대해 조사한다. 그 집의 딸이 꿈에 보았다는 항아리가 청년의 백부의 수집품과 일치하여, 그 항아리 앞에 앉아 영혼의 계시를 받으려다가 감쪽같이 속아 넘어가는 얘기다. 발단과 결말이 기막히게 조응하는 재치 있는 작품이 되었다.

〈아서 카마이클 경의 이상한 사건〉은 기억을 상실한 청년이 고양이와 같은 동작과 행동을 한다. 정신병을 전문으로 하는 심리학자가 초빙되어 와서, 청년의 계모이자 동양인의 피를 이어받은 여성의 마성에 주목한다. 잇따라 일어나는 괴기와 위험에서 탈출하는 것은, 학자의 적절한 조치와 청년의 약혼자의 애정 덕분으로, 인간을 동물로 변하게 하는 마력의 정체에 대해서는 달리 설명이 되어 있지 않다.

〈날개의 부름〉은 육체를 사랑하고 정신을 부정하는 한 부호가, 날개에 끌려 올라가는 듯한 환각을 느끼고, 영혼과 육체의 투쟁을 벌이다 지쳐서 전재산을 빈민 구제를 위해 기부하는 얘기이고, 〈마지막 강령술〉은 영매와 결혼을 앞둔 남자가, 자식을 잃은 부인을 동정한 나머지 아이를 소생시킬 것을 약혼자에게 권함으로써 돌이킬 수 없는 비극을 초래한다는 얘기이다.

〈SOS〉는 신비학 연구자가 자동차 고장과 폭풍을 만나, 하룻밤 신세를 지게 된 외딴집에서 기묘한 분위기를 느낀다. 뿐만 아니라 먼지 속에 적힌 SOS라는 글자를 보고, 충동적으로 적힌 이 문자의 의도에서 사악한 범죄 계획을 밝혀낸다.

〈죽음의 사냥개〉에서는 제1차 세계대전 중에 독일군을 폭약으로 전멸시키는 기적을 일으킨 수녀를 방문하여 그 환각과 초자연 능력의 신비를 알게 되나 그와 함께 이를 이용하려는 자에 대한 보상을 떠올리게 하는이야기이다.

〈카리브해의 수수께끼〉 중편 중에서 수작으로 꼽히는 이 작품은 미스 마플이 등장하여 인생의 후추같은 묘미를 느끼게 한다.

도일이 심령학 신봉자였다는 것은 잘 알려져 있는 사실로, 영미 지식인들 중에는 초자연 현상에 관심을 가진 사람이 적지 않다. 크리스티 여사도 신비한 사물과 현상을 그대로 소재로 삼거나, 범죄 트릭에 이용하면서 자유자재로 처리하여, 괴기와 범죄가 교차하는 묘미를 잘 살렸다.